dtv

Andrzej Sapkowski

Gottesstreiter

Roman

Aus dem Polnischen
von Barbara Samborska

dtv

Ausführliche Informationen über
unsere Autorinnen und Autoren und ihre Bücher
finden Sie unter www.dtv.de

Anmerkungen und Übersetzungen zu den fremdsprachigen Zitaten und Begriffen finden Sie ab S. 709

Neuausgabe 2021
Veröffentlicht 2006 bei
dtv Verlagsgesellschaft mbH & Co. KG, München

Titel der polnischen Originalausgabe: ›Boży bojownicy‹
(Niezależna Oficyna Wydawnicza NOWA Sp. z o.o., Warschau 2004)

Umschlaggestaltung und -illustration: www.buerosued.de
Satz: Fotosatz Amann, Memmingen
Gesetzt aus der Stempel Garamond 10,5/13,5˙
Druck und Bindung: CPI books GmbH, Leck
Printed in Germany · ISBN 978-3-423-26289-7

PROLOG

*Die Welt, werte Herren, hat begonnen, größer zu werden.
Aber gleichzeitig ist sie auch kleiner geworden.*

Ihr lacht? Weil ich, wie es scheint, Unsinn rede? Weil das eine das andere ausschließt? Gleich werde ich Euch beweisen, dass dies keineswegs der Fall ist.

Seht doch mal aus dem Fenster, edle Herren. Was seht Ihr da, worauf fällt Euer Blick? Auf die Scheune, antwortet Ihr, was der Wahrheit entspricht, und auf den Abtritt dahinter. Aber was ist da weiter, frage ich, dort hinter dem Abtritt? So merkt denn auf: Wenn ich die Maid frage, die eben mit den Bierkrügen herbeieilt, wird sie antworten, dass hinter dem Abtritt ein Stoppelfeld ist, hinter dem Stoppelfeld Jachyms Anwesen, dahinter die Teerbrennerei und noch ein Stück weiter wohl schon Klein-Kosolup. Wenn ich unseren Wirt frage, der mir etwas weltläufiger erscheint, dann wird er hinzusetzen, dass dies noch lange nicht das Ende ist, denn hinter Klein-Kosolup liegt Groß-Kosolup, nach den beiden kommt der Weiler Kozmirau, hinter Kozmirau das Dorf Lahse, hinter Lahse Goschütz, und hinter Goschütz liegt dann wohl schon Festenberg. Aber merkt auf, umso weltgewandter die Menschen sind, die ich befrage, wie zum Beispiel Euch, desto weiter entfernen wir uns von unserer Scheune, dem Abtritt und den beiden Geißenhügeln – denn einem weltgewandteren Verstand ist wohl bekannt, dass auch hinter Festenberg die Welt nicht zu Ende ist, denn dahinter liegen Oels, Brieg, Falkenberg, Neisse, Leobschütz, Troppau, Jitschin, Trentschin, Neutra, Esztergom, Buda, Belgrad, Ragusa, Janina, Korinth, Kreta, Alexandria, Kairo, Memphis, Ptolemais, Theben …

Na, wie sieht's aus? Wächst unsere Welt etwa nicht? Wird sie nicht immer größer?

Und auch dort ist sie beileibe noch nicht zu Ende. Folgt man hinter Theben dem Nil, der als Fluss Gihon einer Quelle im irdischen Paradies entspringt, flussaufwärts, so gelangt man zum Lande der Äthiopier, hinter dem bekanntermaßen das Wüstenland Nubien liegt, das heiße Land Kusch, das Goldland Ophir und die ganze unermessliche *Africae Terra, ubi sunt leones*. Und dahinter der Ozean, der die ganze Erde umfließt. Aber auch in diesem Ozean gibt es noch Inseln – Cathay, Taprobane, Bragine, Oxidrate, Gynosophe und Cipangu, wo das Klima wundersam fruchtbringend ist und Edelsteine zuhauf herumliegen, wie es der Gelehrte Hugo von St. Victor und Pierre d'Ailly beschreiben, und auch der edle Herr Jean de Mandeville, der jene Wunder mit eigenen Augen gesehen hat.

Somit ist also bewiesen, dass unsere Welt in den letzten paar Jahrhunderten wesentlich größer geworden ist. In gewissem Sinne, versteht sich. Hat auch die Welt nicht an Substanz gewonnen, um neue Namen ist sie gewiss reicher geworden.

Wie aber, fragt Ihr, soll man damit die Behauptung in Einklang bringen, die Welt sei kleiner geworden? Gleich werde ich Euch dies darlegen und beweisen. Zuvor aber bitte ich, Ihr möget weder spotten noch dreinreden, denn das, was ich sage, ist keineswegs eine Ausgeburt meiner Phantasie, sondern entspricht dem Wissen, das ich aus Büchern geschöpft habe. Und über Bücher soll man nicht spotten, denn schließlich hat sich ja jemand ganz fürchterlich abmühen müssen, damit sie entstehen konnten.

Wie man weiß, ist unsere Erde eine flache Scheibe von der Gestalt etwa eines runden Pfannkuchens, in deren Mitte Jerusalem liegt und die ringsum vom Ozean umgeben ist. Im Okzident bilden Calpe und Abyle, die Säulen des Herkules, mit der Meerenge von Gades dazwischen, das Ende der Welt.

Im Süden erstreckt sich der Ozean hinter Afrika, wie ich gerade ausführte. Im Südosten endet das Festland in *India infe-*

rior, das dem Presbyter Johannes gehört, dort leben auch die Völker Gog und Magog. Im septentrionalen Teil der Welt ist Ultima Thule das letzte Stückchen Land, dort jedoch, *ubi oriens iungitur aquiloni*, liegt das Land Mogal, das Tartarenreich. Im Osten hingegen endet die Erde am Kaukasus, ein Stück hinter Kiew.

Und nun kommen wir zum Wesentlichen. Das heißt zu den Portugiesen. Genauer gesagt, zum Infanten Heinrich, dem Herzog von Viseu, einem Sohn König Johanns. Portugal, das lässt sich nicht leugnen, ist kein sehr großes Königreich, der Infant stand als Sohn des Königs erst an dritter Stelle in der Thronfolge, kein Wunder also, dass er von seiner Residenz in Sagres öfter und hoffnungsvoller hinaus aufs Meer blickte als nach Lissabon. Er berief Astronomen und Kartographen nach Sagres, jüdische Gelehrte, Seefahrer, Kapitäne und Schiffsbaumeister. Und dann ging es los.

Anno Domini 1418 gelangte Kapitän João Gonçalves Zarco zu den Inseln, die als *Insulas Canarias*, also Kanarische Inseln, bekannt wurden; der Name stammt daher, dass man dort eine außergewöhnliche Vielzahl an Hunden vorfand. Nur wenig später, nämlich 1420, segelte jener João Gonçalves Zarco gemeinsam mit Tristão Vaz Teixeira zu einer Insel, die Madeira genannt wurde. Im Jahre 1427 gelangten die Karavellen Diego de Silves zu den Inseln, die man Azoren benannte, Diego und Gott allein wissen, weshalb. Erst vor ein paar Jährchen, nämlich 1434, hat ein weiterer portugiesischer Seefahrer, Gil Eanes, das Kap Bojador umschifft. Und es geht das Gerücht, dass der tätige Infant Dom Henrique ein neuerliches Unternehmen vorbereitet, er, den einige bereits *El Navegador* – den »Seefahrer« nennen.

In der Tat, ich bewundere jene Meeresbezwinger und hege große Wertschätzung für sie. Welch unerschrockenen Leute sind das! Welch ein Graus ist es, sich unter Segeln auf den Ozean hinauszuwagen! Dort herrschen Böen und Stürme, da gibt es Felsen unter der Wasseroberfläche, Magnetberge, kochende oder zähflüssige See und in einem fort Wirbel und Turbulenzen, und wenn nicht Turbulenzen, dann Strömungen. Es wimmelt dort nur so von Ungeheuern, das Wasser ist voller Seedrachen, Seeschlangen, Delphine, Tritonen, Hippocampi, Sirenen und Plattfische. Im Meer tummeln sich *sanguisugae*, *polypi*, *octopodes, locustae, cancri,* verschiedenste *pistrices et huic similia.* Das Schrecklichste aber kommt am Ende – dort, wo der Ozean aufhört, an seinem äußersten Rand, beginnt die Hölle.

Warum wohl, meint Ihr, ist die untergehende Sonne so rot? Eben weil sie sich im Höllenfeuer spiegelt. Über den ganzen Ozean verstreut sind Löcher; segelt man mit einer Karavelle versehentlich über ein solches Loch, stürzt man geradewegs in die Hölle, Hals über Kopf, mitsamt dem Schiff und allem Drum und Dran. Ein solches Bild wurde erschaffen, damit sich kein Sterblicher auf die Meere hinauswagt. Die Hölle ist die Strafe für all jene, die dieses Verbot missachten.

Aber wie ich das Leben kenne, wird dies die Portugiesen nicht aufhalten.

Denn *navigare necesse est*, und jenseits des Horizonts liegen Inseln und Länder, die es zu entdecken gilt. Das ferne Taprobane muss in die Karten eingezeichnet, der Weg hin zu dem geheimnisvollen Cipangu in den Roteiros beschrieben und die *Fortunatae Insulae,* die Glücklichen Inseln, in den Portolanen markiert werden. Man muss weitersegeln auf der Fährte des heiligen Brendan, auf der Fährte der Träume, gen Hy Brasil, dem Unbekannten entgegen. Um das Unbekannte zu erforschen und bekannt zu machen.

Und dann – *quod erat demonstrandum* – wird die Welt für uns kleiner werden, schrumpfen; denn noch ein wenig Zeit, und alles findet sich auf den Landkarten, den Portolanen und den Roteiros. Und plötzlich ist alles ganz nah.

Die Welt schrumpft zusammen und wird um noch eines ärmer – um die Legenden. Je weiter die portugiesischen Karavellen segeln, je mehr Inseln entdeckt und benannt werden, umso weniger werden die Legenden. Wohin man auch blickt, schon löst sich wieder eine in Luft auf. Wir werden um immer mehr Träume ärmer. Und wenn die Träume sterben, nimmt das Dunkel ihren verwaisten Platz ein. Im Dunkeln aber, besonders wenn auch noch der Verstand einschläft, erwachen die Ungeheuer. Wie? Das hat schon jemand gesagt? Mein lieber Herr! Gibt es denn überhaupt etwas, was nicht schon einmal jemand gesagt hat?

Ach je, die Kehle ist mir ganz trocken geworden ... Ob ich ein Bier verschmähen würde, fragt Ihr? Gewiss nicht.

Was sagt Ihr, frommer Bruder des heiligen Dominicus? Aha, dass es langsam Zeit wird, mit dem Geschwafel aufzuhören und mit meiner Erzählung fortzufahren? Zu Reynevan, Scharley, Samson und den anderen zurückzukehren? Ihr habt Recht, Bruder. Es wird Zeit. Ich komme also darauf zurück.

Das Jahr des Herrn 1427 war heraufgezogen. Erinnert Ihr Euch noch, was es gebracht hat?

Gewiss doch. Das kann man nicht vergessen. Aber ich will es Euch noch einmal ins Gedächtnis rufen.

Im Frühling jenes Jahres, wohl im März, aber sicher noch vor Ostern, erließ Papst Martin V. die Bulle *Salvatoris omnium*, in der er die Notwendigkeit des nächsten Kreuzzuges gegen die böhmischen Ketzer feierlich verkündete. Anstelle von Giordano Orsini, der schon betagt und entsetzlich unbeholfen war, ernannte Papst Martin Henry Beaufort zum Kardinal und Legaten *a latere*, den Bischof von Winchester und Halbbruder des englischen Königs. Beaufort nahm sich sehr eifrig der Sache an. Der Kreuzzug, der mit Feuer und Schwert die hussitischen Apostaten strafen sollte, war bald beschlossen. Der Feldzug wurde sorgfältig vorbereitet, das Geld, im Kriege eine Sache von allergrößter Wichtigkeit, wurde gewissenhaft eingetrieben. Wunder über Wunder, diesmal wurde auch nicht ein Groschen davon gestohlen. Einige Chronisten vermuten, die Kreuzfahrer seien ehrlicher geworden, andere meinten, man habe es einfach besser bewacht.

Zum Leiter des Kreuzzuges berief der Reichstag in Frankfurt am Main Otto von Ziegenhain, den Erzbischof von Trier. Alle Welt wurde zu den Waffen und unter das Zeichen des Kreuzes gerufen. Und schon standen die Heere bereit. Friedrich der Ältere von Hohenzollern, der Kurfürst von Brandenburg, erschien mit seinen Kriegern. Unter Waffen standen die Bayern unter Herzog Heinrich dem Reichen, der Pfalzgraf Johann von Pfalz-Neumarkt und sein Bruder Otto von Mosbach, Pfalzgraf bei Rhein. Am Treffpunkt erschien der noch nicht mündige Friedrich von Wettin, der Sohn des durch Krankheit verhinderten Friedrich des Streitbaren, des Kurfürsten von Sachsen. Es erschienen – jeder mit einer stattlichen Schar – Raban von Helmstätt, der Bischof von Speyer, Anselm von Nenningen, der Bischof von Augsburg, Friedrich von Aufseß, der Bischof von Bamberg. Johann von Brunn, der Bischof von Würzburg. Thiébaut de Rougemont, der Erzbischof von Bésançon. Es kamen Bewaffnete aus Schwaben, Hessen, Thüringen, aus den Hansestädten im Norden.

Der Kreuzzug begann Anfang Juli in der Woche nach Peter und Paul, man überschritt die Grenze und drang, den Weg mit Leichen und Brandschatzungen pflasternd, tief nach Böhmen ein. Am Mittwoch vor St. Jakobi standen die Kreuzfahrer, verstärkt durch die Kräfte des katholischen böhmischen Landfriedens, vor Mies, wo der hussitische Herr Prybik de Clenove saß, und belagerten die Burg, sie schwer aus Bombarden beschießend. Herr Prybik hielt sich jedoch tapfer und dachte nicht daran, sich zu ergeben. Die Belagerung dauerte an, die Zeit verrann. Der Brandenburger Kurfürst Friedrich verlor die Geduld. Was das denn für ein Kreuzzug sei, rief er, er rate, unverzüglich weiterzuziehen und Prag anzugreifen. Prag, so rief er, sei das *caput regni*, wer Prag habe, der habe Böhmen …

Heiß und glühend war der Sommer des Jahres 1427.

Aber was taten daraufhin die Gottesstreiter, fragt Ihr? Was geschah mit Prag, fragt Ihr?

Prag …

Prag stank nach Blut.

Erstes Kapitel

in dem Prag nach Blut stinkt und Reynevan verfolgt wird. Dann langweilt ihn der Alltagstrott, er hängt Erinnerungen nach, verspürt Sehnsucht, feiert, kämpft um sein Leben und versinkt in einem Federbett – in dieser Reihenfolge. Im Hintergrund schlägt Europa Purzelbäume, nimmt die Hacken zusammen und quietscht in den Kurven.

Prag stank nach Blut.

Reynevan roch an den Ärmeln seines Wamses. Er hatte gerade das Spital verlassen, und im Spital, wie das in Spitälern nun einmal so ist, wurden fast alle zur Ader gelassen, wurden laufend Geschwüre aufgeschnitten und Amputationen mit der Regelmäßigkeit von guten Werken durchgeführt. Die Kleidung konnte wohl diesen Geruch annehmen, das war nicht gerade außergewöhnlich. Aber sein Wams verströmte nur seinen eigenen Geruch, keinen anderen.

Er hob den Kopf und schnupperte. Von Norden her, vom linken Ufer der Moldau, drang der Geruch von Unkraut und Blattwerk, das man in den Gärten verbrannte. Vom Fluss wurde zudem der Geruch nach Schlamm und Aas hergetragen – es war heiß, der Wasserspiegel hatte sich stark gesenkt, und die freigelegten Ufer und austrocknenden Pfützen vermittelten der Stadt schon seit geraumer Weile unvergessliche olfaktorische Eindrücke. Aber diesmal war es nicht der Schlamm, der stank. Dessen war sich Reynevan sicher.

Ein leichter, sich aber ständig drehender Wind wehte zeitweise von Osten, vom Porzyczker Tor, her. Von Vítkov. Die Erde am Vítkover Hügel könnte gut und gerne Blut ausschwitzen. So viel war davon in den Boden gesickert.

Aber das war doch wohl nicht möglich. Reynevan schob den Riemen der Tasche auf seiner Schulter zurecht und ging mit raschen Schritten die Straße hinunter. Es war ganz einfach nicht möglich, dass es von Vítkov her nach Blut roch. Erstens war es ziemlich weit bis dorthin. Zweitens hatte die Schlacht im Sommer 1420 stattgefunden. Vor sieben Jahren. Sieben langen Jahren.

Energischen Schrittes eilte er an der Heilig-Kreuz-Kirche vorüber. Aber der Blutgeruch verging nicht. Ganz im Gegenteil. Er wurde stärker. Denn plötzlich wehte der Wind von Westen her.

Ha, dachte er, während er zum nahe gelegenen Ghetto hinüberblickte, Steine sind nicht wie der Erdboden, diese alten Ziegelsteine und der Putz hier haben schon viel gesehen, vieles hat sich in ihnen erhalten. Was dort eingedrungen ist, stinkt noch lange vor sich hin. Und dort, bei der Synagoge, in den Gässchen und Häusern ist noch viel mehr Blut geflossen als bei Vítkov. Zu Zeiten, die noch nicht ganz so lange zurückliegen. Im Jahre 1422, während des blutigen Pogroms, während der Unruhen, die in Prag nach der Hinrichtung von Jan Želivský ausgebrochen waren. Prag, erbost über den Tod seines beliebten Volkstribunen, der durch das Schwert umgekommen war, hatte sich erhoben, um sich zu rächen, zu brennen und zu morden. Wie üblich hatte dabei das jüdische Viertel am meisten abbekommen. Die Juden hatten mit der Hinrichtung Želivskýs absolut nichts zu tun und trugen in keiner Weise die Schuld an seinem Tod. Aber wen störte das?

Hinter dem Heilig-Kreuz-Friedhof bog Reynevan ab, ging am Spital vorbei, kam zum Alten Kohlenmarkt, lief über den kleinen Platz, tauchte in Torbögen und enge Durchgänge, die zur Langen Gasse führten. Der Blutgeruch verschwand, er löste sich in einem Meer von anderen Gerüchen auf. Die Torbögen und die Durchgänge stanken nämlich nach allem, was sich denken ließ.

Die Lange Gasse begrüßte ihn sogleich mit ihrem alles beherrschenden, ja geradezu überwältigenden Brotgeruch. An den Bäckerständen, auf den Laden und Bänken erglänzte, prahlte und duftete das berühmte Prager Backwerk, so weit das Auge reichte.

Obwohl er im Spital gefrühstückt hatte und keinen Hunger verspürte, konnte er sich nicht bezwingen – gleich an der ersten Bäckerbude erstand er zwei frische Brötchen. Die Brötchen, die hier *calty* genannt wurden, hatten eine derart aufdringliche erotische Form, dass Reynevan längere Zeit träumend durch die Lange Gasse wanderte, an Buden stieß, während seine Gedanken in einem wüstenheißen Wirbelsturm um Nicoletta kreisten. Um Katharina von Biberstein. Unter den Fußgängern, in die er in seiner Selbstvergessenheit hineinlief, waren einige überaus attraktive Pragerinnen unterschiedlichsten Alters. Er bemerkte sie nicht. Er entschuldigte sich zerstreut und ging weiter, biss von Zeit zu Zeit von seiner *calta* ab und betrachtete sie dann wieder gedankenverloren.

Der Altstädter Markt rief ihn mit seinem Blutgeruch in die Realität zurück.

Ha, dachte Reynevan, während er seine *calta* aufaß, hier ist das vielleicht nicht verwunderlich. Für diese Pflastersteine war Blut nichts Neues. Jan Želivský und neun seiner Gefährten war hier der Kopf abgeschlagen worden, im Alten Rathaus, nachdem man sie an einem Montag im März dorthin gelockt hatte. Als man nach dieser verräterischen Hinrichtung den Fußboden des Rathauses schrubbte, war der blutige Schaum in Strömen unter den Toren hervorgequollen und, wie man hörte, bis zum Pranger in der Mitte des Marktplatzes geronnen, wo er eine große Lache bildete. Kurz darauf, nachdem die Nachricht vom Tode des Tribunen in Prag einen Zornesausbruch und den Ruf nach Rache ausgelöst hatte, war Blut in alle umliegenden Rinnsteine geflossen.

Zur Kirche der Jungfrau Maria vor dem Teyn begaben sich viele Leute, in dem Gewölbe, das zur Kirchenpforte führte, herrschte großes Gedränge. Rokycana predigt, dachte Reynevan. Es wäre eigentlich recht gut zu hören, was Rokycana zu sagen hat. Jan Rokycanas Predigten zu hören, lohnte sich immer. Immer. Besonders jetzt, wo der so genannte Verlauf der Ereignisse in geradezu erschreckendem Tempo Stoff für Predigten lieferte. Es gab wohl genügend Dinge, über die man predigen konnte. Und die man sich unbedingt anhören musste.

Keine Zeit, ermahnte er sich. Es gibt wichtigere Dinge, dachte er. Und es gibt ein Problem.

Es ist darauf zurückzuführen, dass ich verfolgt werde.

Dass man ihn verfolgte, hatte Reynevan schon längst mitbekommen. Gleich nachdem er das Spital verlassen hatte, bei der Heilig-Kreuz-Kirche. Seine Verfolger waren sehr schlau, sie fielen nicht auf und verbargen sich geschickt. Aber Reynevan hatte sie dennoch bemerkt. Denn dies war nicht das erste Mal.

Er wusste im Grunde, wer seine Verfolger waren und in wessen Auftrag sie arbeiteten. Aber das war von geringer Bedeutung.

Er musste sie loswerden. Und er hatte auch schon einen Plan.

Er kam zum gut besuchten, lauten, stinkenden Viehmarkt, mischte sich unter die Menge, die sich zur Moldau und zur Steinernen Brücke hinbewegte. Er wollte verschwinden, und auf der Brücke, jenem schmalen Durchlass, der die Altstadt mit der Kleinseite und dem Hradschin verband, im Gewirr und Getöse, war die Gelegenheit zu verschwinden günstig. Reynevan drängte sich durch die Menschenmenge, rempelte die an ihm Vorbeigehenden an und erntete Flüche.

»Reinmar!« Einer der Angerempelten grüßte ihn mit seinem Taufnamen, statt ihn wie die anderen einen Hurensohn zu nennen. »Bei Gott! Du hier?«

»Ja, ich hier. Hör zu, Radim … Jesses, was stinkt denn hier so entsetzlich?«

»Das …« Radim Tvrdik, ein untersetzter und nicht mehr

ganz junger Mann, wies auf den Eimer, den er schleppte. »Das ist Ton und Schlamm. Vom Flussufer. Den brauche ich ... Du weißt schon, wozu.«

»Ja, ich weiß.« Reynevan blickte sich nervös um. »Gewiss doch.«

Radim Tvrdik war, wie alle Eingeweihten wussten, ein Magier. Radim Tvrdik war auch, wie einige wenige der Eingeweihten wussten, von der Idee besessen, einen künstlichen Menschen, einen Golem, zu schaffen. Alle, sogar die so gut wie nicht Eingeweihten, wussten, dass es bis dahin nur einmal in fernen Zeiten einem Prager Rabbiner, dessen gewiss verunstalteter Name in den erhalten gebliebenen Dokumenten mit Bar Halevi angegeben wurde, gelungen war, einen Golem zu erschaffen. Jenem Juden, wie man wissen wollte, habe seinerzeit Ton, Schlamm und Schlick vom Grunde der Moldau als Rohstoff zur Erschaffung des Golem gedient. Tvrdik jedoch vertrat als Einziger die Ansicht, nicht die immerhin bekannten Zeremonien und Beschwörungen hätten hierbei die entscheidende Rolle gespielt, sondern eine ganz bestimmte astrologische Konjunktion habe Einfluss auf Schlamm und Ton und deren magischen Eigenschaften. Freilich ohne dabei die geringste Ahnung davon zu haben, um welche konkrete Planetenkonstellation es sich handeln könnte. Tvrdik arbeitete nach dem Ausschlussverfahren – er holte sich Schlamm, sooft es ging, in der Hoffnung, einmal den geeigneten zu finden. Er holte ihn auch von verschiedenen Orten. Heute aber hatte er eindeutig übertrieben – dem Gestank nach zu urteilen, hatte er diesen Schlamm direkt unter einem Scheißhaus hervorgeholt.

»Du bist nicht bei der Arbeit, Reinmar?«, fragte er, sich die Stirn mit dem Handrücken abwischend. »Nicht im Spital?«

»Ich habe mir freigenommen. Es gab nichts zu tun. Ein ruhiger Tag.«

»Geb's Gott«, der Magier stellte seinen Eimer ab, »dass dies nicht der letzte ruhige ist. Denn die Zeiten sind danach ...«

Jeder in Prag wusste, was gemeint war, um was für Zeiten es

sich handelte. Aber jeder zog es vor, nicht darüber zu reden. Man brach den Satz einfach ab. Sätze abzubrechen hatte sich in letzter Zeit überraschend schnell verbreitet und war Mode geworden. Die Konvention gebot, als Antwort auf solch einen abgebrochenen Satz eine schlaue Miene aufzusetzen, zu seufzen und bedeutungsvoll zu nicken. Aber dazu hatte Reynevan keine Zeit.

»Geh deines Weges, Radim«, sagte er und blickte sich um. »Ich kann hier nicht stehen bleiben. Und es wäre besser, wenn auch du nicht stehen bliebest.«

»Häää?«

»Ich werde verfolgt. Deshalb kann ich auch nicht zu den Tuchlauben gehen.«

»Du wirst verfolgt?«, wiederholte Radim Tvrdik. »Die Üblichen?«

»Sicher. Mach's gut.«

»Warte.«

»Worauf denn?«

»Es ist nicht sinnvoll, wenn man versucht, seine Verfolger abzuhängen.«

»Warum denn?«

»Für die Verfolger«, erklärte der Böhme mit bemerkenswertem Scharfsinn, »ist der Versuch, sie abzuschütteln, ein sicheres Zeichen dafür, dass der Verfolgte kein reines Gewissen und etwas zu verbergen hat. Einem Dieb brennt die Kappe. Dass du nicht zu den Tuchlauben gehst, ist vernünftig. Aber schlag keine Haken, verschwinde nicht, versteck dich nicht. Tu das, was du immer tust. Geh deinen Alltagsgeschäften nach. Schläfere die Verfolger durch öde Alltagsroutine ein.«

»Zum Beispiel?«

»Ich habe von der ganzen Schlammschürferei einen trockenen Hals bekommen. Komm mit in den ›Krebs‹. Wir trinken ein Bier.«

»Ich werde verfolgt«, erinnerte Reynevan ihn. »Hast du denn keine Angst, dass ...«

»Wovor sollte ich Angst haben?« Der Magier hob seinen Eimer wieder auf.

Reynevan seufzte. Es war nicht das erste Mal, dass ihn die Prager Magier überraschten. Er wusste nicht, ob dies an ihrer außerordentlichen Kaltblütigkeit oder einfach an ihrem mangelnden Vorstellungsvermögen lag, aber einige ortsansässige Magier schien es überhaupt nicht zu kümmern, dass für diejenigen, die sich mit schwarzer Magie befassten, die Hussiten gefährlicher waren als die Inquisition. *Maleficium*, Zauberei, fiel unter die Todsünden, auf die gemäß dem Vierten Prager Artikel die Todesstrafe stand. Und was die Prager Artikel anbelangte, so waren die Hussiten da keineswegs zu Scherzen aufgelegt. Die Calixtiner von Prag, die sich für die Gemäßigten hielten, standen darin den taboritischen Radikalen und den Fanatikern der Waisen in nichts nach. Ein Magier, den man gefasst hatte, wurde in ein Fass gesteckt und in diesem Fass auf dem Scheiterhaufen verbrannt.

Sie kehrten zum Markt zurück, schritten durch die Scherenschleifergasse, dann durch die Goldschmiedgasse und die St.-Ägidius-Gasse. Sie gingen langsam. An einigen Ständen blieb Tvrdik stehen und tauschte mit den Krämern, die er kannte, ein paar Neuigkeiten aus. Den Gepflogenheiten entsprechend, wurde nach »heutzutage, in solchen Zeiten ...« der Satz abgebrochen und das Abbrechen mehrfach von einer schlauen Miene, Seufzen und Kopfnicken begleitet. Reynevan blickte sich um, aber er konnte seine Verfolger nicht entdecken. Sie verbargen sich zu gut. Er wusste nicht, was sie dachten, aber ihn selbst begann die monotone Routine schon sehr zu langweilen.

Zum Glück gelangten sie kurz darauf, nachdem sie von der St.-Ägidius-Gasse in einen Hof und ein Torgewölbe abgebogen waren, direkt vor das Haus »Zum roten Krebs«. Und zur Schenke, die der Schankwirt, dem jeglicher Erfindungsreichtum fehlte, genauso genannt hatte.

»He! Guckt doch mal! Das ist doch Reynevan!«

Am Tisch, auf einer niedrigen Bank hinter den Pfeilern, saßen vier Männer. Alle trugen Schnurrbärte, hatten breite Schultern und waren nach Ritterart mit Lendnern bekleidet. Zwei von ihnen kannte Reynevan, er wusste, dass es Polen waren. Selbst wenn er es nicht gewusst hätte, hätte er es erraten. Wie alle Polen im Ausland verhielten sich auch jene in der Fremde lärmend, arrogant und demonstrativ rüpelhaft, was ihrer Auffassung nach ihren Stand und ihren hohen gesellschaftlichen Rang hervorheben sollte. Lustig war dabei nur, dass seit Ostern das Ansehen der Polen in Prag sehr niedrig und ihre gesellschaftliche Position noch niedriger war.

»Gelobt sei... Sei uns gegrüßt, ehrenwerter Äskulap!«, begrüßte sie einer von den Polen, den Reynevan unter dem Namen Adam Wejdnar vom Wappen Rawicz kannte. »Setzt euch doch, setzt euch beide! Wir laden euch ein und bewirten euch!«

»Was lädst du denn den so bereitwillig ein?« Der zweite Landsmann, ebenfalls Großpole und Reynevan als Mikołaj Żyrowski vom Wappen Czewoja bekannt, rümpfte mit gespielter Verachtung die Nase. »Hast du zu viele Groschen übrig, oder was? Außerdem versieht dieser Kräuterkundler doch bei den Aussätzigen seinen Dienst! Der steckt uns noch mit der Lepra an! Oder mit etwas noch Scheußlicherem!«

»Ich arbeite nicht mehr im Leprosorium«, erklärte Reynevan geduldig und nicht zum ersten Mal. »Ich praktiziere jetzt im Spital der Bohuslav-Mönche. Hier in der Altstadt. Bei der kleinen Kirche St. Simon und Judas.«

»Ist ja gut, ist ja gut!« Żyrowski, der dies wusste, winkte ab. »Was wollt ihr trinken? Ach verdammt, entschuldigt. Macht euch miteinander bekannt. Die Ritter Jan Kuropatwa von Łańcuchowo vom Wappen Streniawa und Jerzy Skirmunt vom Wappen Odrowąż. Entschuldigt, aber was zum Teufel stinkt denn hier so?«

»Schlamm. Aus der Moldau.«

Reynevan und Radim Tvrdik tranken Bier. Die Polen tranken österreichischen Wein und aßen gedünstetes Lammfleisch und dazu Brot. Sie schwadronierten absichtlich laut und vernehmlich auf Polnisch und erzählten einander mehrere Schnurren, die sie, jede einzelne, mit lautem Gelächter quittierten. Leute, die vorübergingen, wandten sich ab und fluchten leise. Manche spuckten aus.

Seit Ostern, genauer gesagt, seit Gründonnerstag, hatten die Böhmen von den Polen nicht die beste Meinung, und sie standen in Prag in keinem sehr hohen Ansehen. Mit fallender Tendenz.

Mit Zygmunt Korybut, der Einfachheit halber kurz Korybut genannt, Jagiełłos Schwiegersohn und Anwärter auf den böhmischen Königsthron, waren beim ersten Mal etwa fünftausend, beim zweiten Mal etwa fünfhundert polnische Ritter nach Prag gekommen. Auf Korybut hatten viele ihre Hoffnung gesetzt und in ihm die Rettung für die böhmischen Hussiten gesehen, und die Polen hatten tapfer für die Sache des Kelches und das Gesetz Gottes gekämpft und bei Karlstein, Iglau, Rötz und Aussig ihr Blut vergossen. Trotzdem waren sie nicht einmal bei ihren böhmischen Waffenbrüdern sonderlich beliebt. Wie konnte man denn auch Kerle mögen, die laut lachten, wenn sie hörten, dass ihre böhmischen Verbündeten Namen wie Picek von Psikous oder Sadlo von Stare Kobzi trugen? Die mit hemmungslosem Gelächter auf Namen wie Cvok von Chalupy oder Doupa von Zasada reagierten?

Korybuts Verrat hatte der Sache der Polen erheblich geschadet, so viel war klar. Die Hoffnungen der Böhmen waren auf der ganzen Linie dadurch enttäuscht worden, dass dieser Hussitenkönig *in spe* mit den katholischen Herren paktierte, die Kommunion *sub utraque specie* verriet und den Schwur auf die Vier Prager Artikel brach. Die Verschwörung war entdeckt und zerschlagen worden, statt auf dem böhmischen Thron landete Jagiełłos Schwiegersohn im Gefängnis, und man begann die Polen als Feinde zu betrachten. Ein Teil von ihnen hatte Böhmen auf der Stelle verlassen. Ein anderer Teil war aber geblieben. Wohl, um der Verachtung für Korybuts Verrat Ausdruck zu verleihen, sich für die Sache des Kelches auszusprechen und zu zeigen, dass man weiterhin für die calixtinische Sache kämpfen wollte. Und was hatte all dies gebracht? Man mochte sie auch weiterhin nicht. Es wurde – nicht ohne Grund – vermutet, dass die calixtinische Lehre den Polen schlichtweg am Arsch vorbeiging. Man behauptete, sie seien geblieben, weil sie – *primo* – nichts besäßen, zu dem sie hätten zurückkehren können. Nach Böhmen seien sie nur gezogen, weil sie von den Gerichten als Prasser und Verschwender gesucht würden, und nun lasteten auch noch auf allen, Korybut eingeschlossen, Flüche und Verleumdungen. Dass sie – *secundo* – nur in Böhmen gekämpft hätten, weil sie ausschließlich auf Bereicherung, auf Beute und Besitz ausgewesen seien. Dass sie – *tertio* – nicht kämpften, sondern lediglich die Abwesenheit der kämpfenden Böhmen ausnutzten, um deren Frauen zu vögeln.

All diese Behauptungen stimmten.

Ein Prager Bürger, der eben vorüberging, spuckte auf den Boden.

»Oho, irgendwie mögen die uns nicht, nein, sie mögen uns nicht«, bemerkte Jerzy Skirmunt vom Wappen Odrowąż mit komischer lang gezogener Artikulation. »Warum wohl? Das ist doch seltsam.«

»Sollen sie sich doch sonst wohin scheren!« Żyrowski warf sich Richtung Straße in die mit den silbernen Hufeisen des Czewoja-Wappens geschmückte Brust. Wie jeder Pole vertrat er die widersinnige Ansicht, dass er als Träger eines Familienwappens, wenn auch völlig pleite, in Böhmen mindestens den Rožmberks, den Kolowrats, den Sternbergs und allen anderen mächtigen Familien zusammen ebenbürtig sei.

»Vielleicht tun sie's ja auch«, pflichtete ihm Skirmunt bei. »Ja, das ist schon seltsam, ihr Lieben.«

»Die Leute wundert es«, Radim Tvrdik sprach mit ruhiger

Stimme, aber Reynevan kannte ihn nur zu gut, »die Leute verwundert der Anblick der ritterlichen und kämpferischen Herren, die sich so sorglos an einem Wirtshaustisch verlustieren. In diesen Tagen! Heutzutage, in solchen Zeiten ...«

Er unterbrach sich, wie dies jetzt Sitte war. Aber die Polen waren es nicht gewohnt, derlei Bräuche zu pflegen.

»Solche Zeiten, dass die Kreuzfahrer gegen euch losziehen, um zu kämpfen, was«, lachte Żyrowski, »dass sie mit großer Macht nahen, Feuer und Schwert mit sich führend und Erde und Wasser hinter sich lassend? Bald werden sie ...«

»Schweig!«, unterbrach ihn Adam Wejdnar. »Euch aber, Herr aus Böhmen, entgegne ich: Eure Zurechtweisung trifft hier nicht zu. In der Neustadt träfe sie wohl zu, da ist es leer geworden, da sind die Leute weg. Denn, wie Ihr zu sagen beliebtet, heutzutage, in solchen Zeiten, sind die Neustädter Kaufleute mit Prokop dem Kahlen zur Verteidigung des Landes ausgerückt. Hätte mir ein Neustädter so etwas gesagt, hätte ich geschwiegen. Aber hier aus der Altstadt ist doch kaum einer mitgezogen. Ein Esel schilt den anderen ein Langohr, das ist es doch.«

»Eine Streitmacht zieht von Westen heran«, wiederholte Żyrowski, »das ganze Europa! Diesmal werdet ihr nicht standhalten können. Das wird euer Ende sein, dann ist es aus mit euch.«

»Mit uns«, versetzte Reynevan spöttisch, »und mit euch etwa nicht?«

»Mit uns auch«, erwiderte Wejdnar düster und brachte Żyrowski mit einer Handbewegung zum Schweigen. »Mit uns auch. Leider. Es scheint, wir haben uns in diesem Konflikt nicht für die richtige Seite entschieden. Wir hätten darauf hören sollen, was Bischof Łaskarz gepredigt hat.«

»Wohl, wohl«, seufzte Jan Kuropatwa, »ich hätte auf Zbyszek Oleśnicki hören sollen. Jetzt hocken wir hier wie der Ochse im Schlachthaus, und gleich kommt der Metzger. Ein Kreuzzug zieht gegen uns heran, ihr Herren, wie ihn die Welt noch nicht gesehen hat. Ein Heer von achthunderttausend

Mann. Kurfürsten, Herzöge, Pfalzgrafen, Bayern, Sachsen, Bewaffnete aus Schwaben, aus Thüringen, aus den Hansestädten, dazu der gesamte Pilsener Landfrieden, ja sogar noch ein paar Wunderlinge aus Übersee. Anfang Juli haben sie die Grenze überschritten und Mies belagert, das jeden Augenblick fallen kann oder gar schon gefallen ist. Wie weit ist es von Mies bis hierher zu uns? Rund zwanzig Meilen. Nun rechnet es euch selbst aus. In fünf Tagen sind sie hier. Heute ist Montag. Am Freitag sehen wir ihre Kreuze in Prag, denkt an meine Worte.«

»Prokop wird sie nicht aufhalten, sie schlagen ihn im Feld. Er kann ihnen keinen Widerstand leisten. Ihrer sind zu viele.«

»Als die Midianiter und Amalekiter gegen Gilead zogen«, sagte Radim Tvrdik, »waren sie so zahlreich wie die Heuschrecken, und ihre Kamele waren wie Sand am Meer. An der Spitze von nur dreihundert Kriegern hat Gideon sie geschlagen und vertrieben. Weil er im Namen des Herrn Zebaoth gekämpft hat und mit seinem Namen auf den Lippen.«

»Ja, ja, gewiss doch. Und der Schusterjunge Skuba hat den Drachen am Wawelschloss besiegt. Liebwerte Herrn, verwechselt doch nicht Märchen mit der Realität.«

»Die Erfahrung lehrt«, fügte Wejdnar mit einem säuerlichen Lächeln hinzu, »dass der Herr, so er überhaupt Partei ergreift, sich meist auf die Seite des Stärkeren schlägt.«

»Prokop wird die Kreuzfahrer nicht aufhalten«, wiederholte Żyrowski nachdenklich. »Ha, diesmal, mein Herr aus Böhmen, würde euch nicht einmal Žižka persönlich retten können.«

»Prokop hat keine Chance!«, lachte Kuropatwa. »Da gehe ich jede Wette ein. Zu groß ist die Streitmacht, die heranzieht. Am Kreuzzug beteiligt sind Ritter vom Jörgenschild, aus dem Orden vom Schilde St. Georgs, der Blüte der europäischen Ritterschaft. Und der päpstliche Legat führt mehr als hundert englische Bogenschützen an. Hast du schon mal von den englischen Bogenschützen gehört, Böhme? Sie haben Bogen von

Mannesgröße, schießen damit auf fünfhundert Schritte, aus dieser Entfernung durchschlagen ihre Pfeile Blech, durchlöchern sie Brustpanzer, als wären es Leinenhemden. Hoho! So ein Bogenschütze schafft es ...«

»Schafft es so ein Bogenschütze«, fiel ihm Tvrdik gelassen ins Wort, »auf seinen Beinen zu bleiben, wenn er mit dem Dreschflegel eins über den Schädel gezogen bekommt? Zu uns sind schon viele tüchtige Leute gekommen, Blüten der Ritterschaft jeglicher Art, aber bisher ist uns noch keiner untergekommen, dessen Schädel einem böhmischen Dreschflegel widerstanden hätte. Wollt Ihr eine solche Wette bieten, Herr Pole? Ich behaupte, merkt auf, wenn so ein überseeischer Engländer eins mit dem Flegel über den Schädel gezogen bekommt, dann spannt dieser überseeische Engländer die Sehne kein zweites Mal, weil aus dem überseeischen Engländer ein überseeischer Leichnam geworden ist. Ist dem nicht so, habt Ihr gewonnen. Worum wetten wir?«

»Die ziehen euch das Fell über die Ohren.«

»Das haben sie schon versucht«, bemerkte Reynevan. »Vor einem Jahr. Am Sonntag nach St. Veit. Bei Aussig. Du warst doch bei Aussig dabei, Herr Adam.«

»Das ist wahr«, gab der Großpole zu. »Ich war dabei. Wir alle waren dabei. Und du warst auch dabei, Reynevan. Das hast du doch nicht etwa vergessen?«

»Nein. Das habe ich nicht vergessen.«

Die Sonne brannte fürchterlich, glühende Hitze ergoss sich vom Himmel herab. Die Sicht war ihnen vollständig genommen. Die Staubwolken, welche die Pferdehufe der angreifenden Ritter hatten aufsteigen lassen, mischten sich mit dem dichten Pulverdampf, der nach jeder Salve das ganze Karree der Wagenburg überzog. Über dem Geschrei der Kämpfenden und dem Gewieher der Pferde erhoben sich plötzlich das Geräusch von brechendem Holz und Triumphgeheul. Reynevan sah, wie die Fliehenden aus dem Dunst hervorbrachen.

»Sie sind durchgedrungen«, seufzte Diviš Bořek von Miletínek laut. »Sie haben die Wagenkette gesprengt ...«

Hynek von Kolštejn fluchte. Roháč z Dubé versuchte, sein heftig schnaubendes Pferd zu zügeln. Das Antlitz Prokops des Kahlen war wie versteinert. Zygmunt Korybut war leichenblass.

Aus dem Dunst brachen mit lautem Geheul die Panzerreiter, die eisenbewehrten Herren drangen auf die fliehenden Hussiten ein, ritten sie um und metzelten all jene nieder, denen es nicht gelungen war, sich in das Innere der Wagenburg zu retten. Schon gelangten weitere Schwerbewaffnete in großer Anzahl durch die Bresche.

In diese dicht gedrängte Menge hinein, direkt in die Pferdemäuler und in die Gesichter der Reiter, blitzten plötzlich die Haubitzen und Tarrasbüchsen mit Feuer und Blei, krachten die Hakenbüchsen und donnerten die Faustrohre, prasselte ein dichter Hagel von Bolzen aus den Armbrüsten. Reiter stürzten aus den Sätteln, Pferde stürzten, Menschen stürzten zusammen mit ihren Tieren, die Reiterei verkeilte sich ineinander und ballte sich zu einem Knäuel zusammen; in dieses Gewirr hinein schlug die zweite Salve mit noch mörderischerer Wirkung. Nur wenige von den Panzerreitern waren bis ins innere Geviert der Wagen eingedrungen, sie wurden sogleich mit Hellebarden und Dreschflegeln niedergemacht. Gleich darauf brachen die Böhmen mit wildem Geschrei hinter den Wagen hervor, überraschten die Deutschen mit einem gewaltigen Gegenangriff und hatten sie im Handumdrehen aus der Bresche verdrängt. Unverzüglich wurde die Bresche wieder mit Wagen geschlossen, Armbrustschützen und Krieger mit Dreschflegeln besetzten sie. Wieder grollten die Haubitzen, rauchten die Läufe der Hakenbüchsen. Über den Wagenschanzen erglänzte mit blendend goldenem Schein die Monstranz, blitzte das Weiß der Standarte mit dem Kelch auf.

Ktož jsú Boží bojovníci
a zákona jeho,
prostež od Boha pomoci
a úfajte v něho,
že konečně vždycky s ním svítězítě.

Gesang erklang, schwoll an und erhob sich triumphierend über der Wagenburg. Hinter den auf dem Rückzug befindlichen Panzerreitern legte sich allmählich der Dunst.

Roháč z Dubé wusste schon Bescheid, er wandte sich zu den in Formation wartenden berittenen Hussiten um und hob seinen Streitkolben. Dobko Puchała tat es ihm auf Seiten der polnischen Reiterei kurz darauf gleich. Die mährischen Reiter versetzte eine Geste Jan Tovačovskýs in Kampfbereitschaft. Hynek von Kolštejn senkte das Visier seines Helmes.

Vom Felde her hörte man die Rufe der sächsischen Anführer, die die Panzerreiter zu einem neuerlichen Angriff auf die Wagen aufriefen. Aber die Panzerreiter zogen sich zurück und wendeten die Pferde.

»Fliiieeehhht, fliieehht, ihr Deutschen!«

»Auf siiieee!«

Prokop der Kahle atmete tief durch und hob den Kopf.

»Jetzt …«, keuchte er laut, »jetzt gehören ihre Ärsche uns.«

Reynevan verließ die Polen und Radim Tvrdik ziemlich unverhofft – er stand ganz einfach plötzlich auf, verabschiedete sich und ging. Mit einem kurzen, bedeutsamen Blick signalisierte er Tvrdik den Grund für sein Verhalten. Der Magier blinzelte. Er hatte verstanden.

Die Gegend stank wieder nach Blut. Das kommt gewiss von den nahen Schlachthöfen, von den Hühnerschlachtereien oder vom Fleischmarkt. Aber vielleicht auch nicht? Vielleicht ist das ein ganz anderes Blut?

Vielleicht jenes, das im September 1422 die umliegenden Rinnsteine gefüllt hatte, als die Eisengasse und die daran angrenzenden Gässchen zum Schauplatz brudermörderischer Kämpfe geworden waren, als der Gegensatz zwischen der Altstadt und Tábor erneut in einem bewaffneten Konflikt gipfelte? Viel böhmisches Blut war damals die Eisengasse entlanggeflossen. Genug, um immer noch zu stinken.

Eben dieser Blutgeruch hatte seine Wachsamkeit verstärkt. Seine Verfolger konnte er nicht ausmachen, er bemerkte nichts Auffälliges, keiner der durch die Gässchen schlendernden Böhmen sah wie ein Spitzel aus. Dennoch spürte Reynevan beständig jemandes Blicke in seinem Nacken. Es sah ganz so aus, als wäre sein Verfolger trotz der ermüdenden Routine noch nicht genügend gelangweilt. Na schön, ihr Schurken, dachte er, na schön, dann werde ich euch noch etwas mehr Routine liefern. So viel, dass ihr kotzen werdet.

Er ging die Geißengasse entlang, in der die Buden und Werkstätten der Weißgerber eng nebeneinanderstanden. Ein paar Mal blieb er stehen und tat so, als interessierte er sich für die Waren, während er sich verstohlen umblickte. Er bemerkte niemanden, der aussah, als wäre er ein Spitzel. Aber er wusste, sie waren da.

Noch vor der St.-Gallus-Kirche bog er in ein weiteres Gässchen ein. Er strebte dem Carolinum zu, der Karls-Universität, seiner Alma mater. Der Routine folgend, wandte er sich dorthin, mit der Absicht, einem Disput zu lauschen. Er ging gerne in die Universität zu Disputen und *quodlibets*. Nachdem er am Sonntag *Quasimodogeniti*, dem ersten Sonntag nach Ostern, 1426 die Kommunion in beiderlei Gestalt empfangen hatte, besuchte er regelmäßig das *lectorium ordinarium*. Als wahrer Neophyt wollte er so tief wie möglich in die Geheimnisse und komplizierten Fragen seiner neuen Religion eindringen, und am leichtesten gelang ihm dies durch die dogmatischen Streitgespräche, welche die Vertreter des gemäßigten und des konservativen Flügels, die sich um Meister Jan Přybrama scharten, mit jenen des radikalen Flügels, also Leuten aus den Kreisen von Jan Rokycana und Peter Payne, einem Engländer, Lollarden und

Wyclifiten, austrugen. Ein wahrhaftes Feuer entfachten die Dispute aber dann, wenn echte Radikale aus der Neustadt hinzukamen. Dann wurde es erst richtig lustig. Reynevan war Zeuge gewesen, als man den irgendein wyclifitisches Dogma verteidigenden Payne einen »beschissenen Englishman« genannt und mit Rüben beworfen hatte. Als man dem alten Christian von Prachatitz, dem ehrwürdigen Rektor der Universität, damit gedroht hatte, ihn in der Moldau zu ertränken. Als man dem grauköpfigen Peter von Mladoňovice eine tote Katze entgegengeschleudert hatte. Das Publikum lieferte sich regelmäßig Schlägereien, blutige Nasen und ausgeschlagene Zähne gab es auch draußen vor dem Carolinum, auf dem Fleischmarkt.

Seit jenen Zeiten hatte sich aber so manches verändert. Jan Přybrama und die Leute aus seiner Umgebung waren in Korybuts Verschwörung verwickelt gewesen, entlarvt und mit der Vertreibung aus Prag bestraft worden. Da die Natur keine Leere verträgt, hatte man die Dispute fortgesetzt; nach Ostern aber waren Rokycana und Payne plötzlich zu den Gemäßigten und Konservativen übergelaufen. Die Neustädter gaben wie üblich die Radikalen. Und zwar verdammt hartgesottene Radikale. Auf den Disputen wurde nach wie vor geschlägert, mit Schimpfwörtern und mit Katzen um sich geworfen.

»Herr.«

Er wandte sich um. Vor ihm stand ein kleiner Mann, von Kopf bis Fuß grau. Er hatte ein graues Gesicht, ein graues Wams, eine graue Kappe und graue Hosen. Den einzigen lebhafteren Akzent an seiner Person setzte ein funkelnagelneuer Schlagstock aus hellem Holz.

Er drehte sich erneut um, weil er hinter seinem Rücken ein Geräusch vernommen hatte. Der zweite Gancve, der ihm den Weg aus der Gasse abschnitt und ebenfalls einen Schlagstock trug, war ein bisschen größer und etwas bunter gekleidet. Dafür hatte er aber auch die verbotenere Visage.

»Gehen wir, Herr«, sagte der Graue, ohne die Augen zu heben.

»Wohin denn? Und wozu?«
»Leistet keinen Widerstand, Herr.«
»Wer schickt euch?«
»Der gnädige Herr Neplach. Gehen wir.«

Wie sich herausstellte, hatten sie nicht weit zu gehen. Bis zu einem der Häuser an der Südseite des Altstädter Marktes. Reynevan gelang es nicht, sich genau zu merken, in welches sie gingen; die Spitzel führten ihn durch den Hintereingang, dann durch finstere, nach verfaulter Gerste stinkende Erdgeschosse, Höfe, Durchgänge und über Stiegen. Das Innere der Wohnung war recht ansehnlich – wie die Mehrzahl der Häuser in dieser Gegend war auch dieses von reichen Deutschen erbaut worden, die nach 1420 aus Prag geflohen waren.

Bohuchval Neplach, genannt Filou, erwartete ihn in der Stube. Unter der Sturzdecke aus hellen Balken. An einem Balken war ein Strick befestigt. An diesem Strick baumelte ein Mann. Die Spitzen der eleganten Schnabelschuhe berührten den Boden. Fast. Es fehlten etwa zwei Zoll.

Ohne sich mit einer Begrüßung oder anderen kleinbürgerlichen Sitten aufzuhalten, ja beinahe ohne Reynevan auch nur eines Blickes zu würdigen, wies Filou mit dem Finger auf den Gehenkten. Reynevan wusste, worum es ging.

»Nein …«, er schluckte, »das ist er nicht. Eher nicht …«

»Sieh ihn dir genau an.«

Reynevan hatte ihn sich bereits so genau angesehen, dass er diese Schnur, die in den aufgequollenen Hals schnitt, das zur Fratze verzogene Gesicht, die hervorquellenden Augen und die heraushängende schwarze Zunge während seiner nächsten Mahlzeiten bestimmt vor Augen haben würde.

»Nein. Nicht der… Außerdem, was weiß ich… Ich habe ihn ja nur von hinten gesehen …«

Neplach schnippte mit den Fingern. Die aufmerksamen Knechte in der Stube drehten den Gehenkten mit dem Rücken zu Reynevan.

»Er saß, und er trug einen Mantel.«

Neplach schnippte wieder mit den Fingern. Kurz darauf saß der vom Strick geschnittene und mit einem Mantel versehene Leichnam zusammengesunken auf einem Stuhl, eine recht makabere Pose im Hinblick auf den *rigor mortis*.

»Nein.« Reynevan schüttelte den Kopf. »Wohl nicht. Den … Hmmm … An der Stimme hätte ich den bestimmt erkannt …«

»Tut mir leid.« Filous Stimme war so eisig wie der Wind im Februar. »Aber da kann man nichts machen. Wenn er ein Wort herausbringen könnte, hätte ich dich überhaupt nicht gebraucht. Vorwärts, bringt das Rabenaas da weg.«

Der Befehl wurde blitzschnell ausgeführt. Filous Befehle wurden stets blitzschnell ausgeführt. Bohuchval Neplach, genannt Filou, war das Haupt von Spionage und Gegenspionage der Taboriten und unterstand Prokop dem Kahlen direkt. Zu Lebzeiten Žižkas war er diesem unmittelbar untergeordnet gewesen.

»Setz dich, Reynevan.«

»Ich hab keine Zei…«

»Setz dich, Reynevan.«

»Wer war der …«

»Der Gehenkte? Das ist doch im Augenblick überhaupt nicht von Bedeutung.«

»War er ein Verräter? Ein katholischer Spion? Er war schuldig, wenn ich das recht verstehe?«

»Hä?«

»Ich frage, ob er schuldig war.«

»Geht es dir um die Eschatologie? Um die Lehre von den letzten Dingen? Wenn ja, kann ich mich lediglich auf das nicäische *Credo* berufen: Jesus starb, gekreuziget unter Pontius Pilatus, aber er ist auferstanden, und von dannen wird er kommen, zu richten die Lebendigen und die Toten. Ein jeglicher wird gerichtet werden, für seine Gedanken und für seine Taten. Und dann wird entschieden, wer schuldig ist und wer nicht.

Das wird, wenn ich es so ausdrücken darf, am Ende entschieden.«

Reynevan seufzte und schüttelte den Kopf. Er war selbst schuld. Er kannte Filou. Er hätte nicht fragen dürfen.

»Es ist also unwichtig«, Filou machte eine Kopfbewegung hin zu dem Balken und dem abgeschnittenen Strick, »wer er war. Wichtig ist, dass es ihm noch gelungen ist, sich aufzuhängen, bevor wir seine Tür aufbrechen konnten. Dass ich es nicht geschafft habe, ihn zum Reden zu bringen. Und dass du ihn nicht identifizieren konntest. Du behauptest, er ist es nicht. Er ist nicht der, den du belauscht hast, der in Schlesien an der Verschwörung mit dem Breslauer Bischof beteiligt war. Richtig?«

»Richtig.«

Filou maß ihn mit tückischem Blick. Filous Augen, schwarz wie die eines Marders, die neben der Nase wie die Lauföffnungen zweier Hakenbüchsen zu zielen schienen, waren zu äußerst tückischen Blicken fähig. Es kam vor, dass in Filous schwarzen Augen zwei kleine goldfarbene Teufelchen aufleuchteten, die plötzlich wie auf Befehl gleichzeitig Kobolz schossen. Reynevan hatte dies schon gesehen. Stets kündigten sich dadurch sehr unangenehme Dinge an.

»Ich denke«, sagte Filou, »dass dies nicht stimmt. Ich denke, dass du lügst. Dass du von Anbeginn an lügst, Reynevan.«

Wie Filou zu Žižka gekommen war, wusste niemand. Selbstverständlich kursierten Gerüchte darüber. Eines von ihnen besagte, Bohuchval Neplach heiße mit richtigem Namen Jehoram ben Jizhak und sei Jude, ein Schüler der Rabbinerschule, den die Hussiten während des Blutbads im Ghetto von Komotau im März 1421 zum Zeitvertreib verschont hätten. Einem anderen Gerücht zufolge hieß er in Wirklichkeit Gottlob und war Deutscher, ein Kaufmann aus Pilsen. Man hörte aber auch, er sei Mönch gewesen, ein Dominikaner, den Žižka persönlich aus unerfindlichen Gründen vor dem Massaker an Priestern und Mönchen in Beraun gerettet habe. Es wurde auch behauptet, Filou sei Propst in Tschaslau gewesen, habe beizeiten den

Konjunkturumschwung gewittert, sei zu den Hussiten übergelaufen und Žižka so gründlich in den Arsch gekrochen, dass er schließlich einen Posten bekommen habe. Reynevan war geneigt, dieser letzten Version noch am ehesten Glauben zu schenken. Filou musste Priester gewesen sein, dafür sprachen seine schurkische Verlogenheit, seine Janusköpfigkeit, sein entsetzlicher Egoismus und seine schier unvorstellbare Gier.

Jener Gier verdankte Bohuchval Neplach auch seinen Spitznamen. Als nämlich im Jahre 1419 die katholischen Herren Kuttenberg, das Silberbergwerkszentrum in Böhmen, besetzt hatten, begann das von den Kuttenberger Bergwerken und der dortigen Münzstätte abgeschnittene hussitische Prag, eigenes Geld zu prägen, Kupfergeld mit geringem Silberanteil. Das waren erbärmliche Münzen, praktisch wertlos und von einer Parität, die gen null tendierte. Daher verachtete man die Prager Münzen und nannte sie verächtlich Filous. Kaum hatte Bohuchval Neplach unter Žižka den Posten des Chefs der Geheimpolizei erhalten, wurde ihm der Spitzname Filou sofort und wie selbstverständlich angehängt. Denn es zeigte sich bald, dass Bohuchval Neplach für den kleinsten Filou zu allem bereit war. Genauer gesagt, Bohuchval Neplach war immer bereit, sich nach jedem noch so kleinen Filou zu bücken, und wenn er ihn aus einem Scheißhaufen aufklauben musste. Und dass Bohuchval Neplach keinen Filou verachtete – niemals – und dass er keine Gelegenheit verstreichen ließ, auch nur einen Filou zu stehlen oder abzuzweigen.

Wie es Filou gelungen war, seine Stellung bei Žižka, der in seinem Neuen Tábor Betrüger streng bestrafte und Diebstahl mit eiserner Hand unterband, zu sichern, blieb ein Rätsel. Auch insofern, da später der nicht minder prinzipientreue Prokop der Kahle Filou duldete. Es gab hierfür nur eine Erklärung – in dem, was Bohuchval Neplach für Tábor tat, war er ein Fachmann. Und Fachleuten sieht man vieles nach. Muss man vieles nachsehen. Denn Fachleute sind dünn gesät.

»Wenn du es genau wissen willst«, Filou ergriff wieder das Wort, »so habe ich deinem Bericht wie letztendlich auch deiner Person von Anfang an nur ein ganz geringes Maß an Vertrauen entgegengebracht. Geheime Zusammenkünfte, Beratungen im Verborgenen, weltumfassende Verschwörungen, das sind Dinge, die sich in der Literatur recht gut machen, die, sagen wir mal, einem Wolfram von Eschenbach gut anstehen; gewiss, bei Wolfram liest man mit Vergnügen von Geheimnissen und Verschwörungen … Vom Gralsmysterium, von der Terre de Salvaesche, von diversen Klingsors, Flagetanis, Feirefizen und Titurels. Deine Berichte enthielten ein bisschen viel von Literatur dieser Art. Mit anderen Worten, ich denke, dass du ganz einfach gelogen hast.«

Reynevan erwiderte nichts. Er zuckte nur mit den Achseln. Ziemlich vielsagend.

»Gründe für deine zusammenphantasierten Geschichten mag es viele geben«, fuhr Neplach fort. »Aus Schlesien bist du geflohen, wie du behauptest, weil man dich verfolgt hat und dir der Tod drohte. Wenn das wahr ist, dann hattest du gar keine andere Möglichkeit, als dich in Ambros' Gunst einzuschmeicheln. Und wie hättest du das besser bewerkstelligen können, als ihn vor einem Anschlag zu warnen, der ihm angeblich bevorstand? Daraufhin hat man dich zu Prokop gebracht. Prokop vermutet hinter Flüchtlingen aus Schlesien für gewöhnlich Spione, er hängt daher einfach alle auf und kommt so *per saldo* auf seine Kosten. Wie hast du da wohl deine Haut retten können? Zum Beispiel, indem du deine sensationelle Nachricht über ein geheimes Treffen und eine Verschwörung verkündetest. Was meinst du, Reynevan? Wie klingt das?«

»Wolfram von Eschenbach wäre vor Neid erblasst. Und das Turnier auf der Wartburg hättest du in null Komma nichts gewonnen.«

»Gründe, dir etwas auszudenken«, fuhr Filou ungerührt fort, »hattest du mehr als genug. Aber ich denke, in Wirklichkeit gab es nur einen.«

»Klar.« Reynevan wusste nur zu gut, worum es ging. »Einen.«

»Mir leuchtet am meisten die Annahme ein«, in Filous Augen erschienen zwei kleine goldene Teufelchen, »dass deine Schwindeleien nur dazu da sind, von der Hauptsache abzulenken. Von den fünfhundert Gulden, die dem Steuereinnehmer geraubt worden sind. Was sagst du dazu, Medicus?«

»Das, was ich immer sage.« Reynevan gähnte. »Das haben wir doch längst durchgekaut. Deine üblichen, langweiligen Fragen beantworte ich wie üblich und genauso langweilig. Nein, Bruder Neplach, ich werde das Geld, das dem Steuereinnehmer geraubt worden ist, nicht mit dir teilen. Dafür gibt es mehrere Gründe. Erstens habe ich dieses Geld nicht, weil ich es nicht geraubt habe. Zweitens …«

»Und wer hat es geraubt?«

»Meine stinklangweilige Antwort ist: Ich weiß es nicht.«

Die beiden Teufelchen begannen zu hüpfen und kräftig Kobolz zu schießen.

»Du lügst!«

»Na klar. Kann ich gehen?«

»Ich habe Beweise dafür, dass du lügst.«

»Oho!«

»Du gibst an«, Filou durchbohrte ihn mit seinem Blick, »deine mysteriöse Zusammenkunft habe am dreizehnten September stattgefunden, und Kaspar Schlick habe daran teilgenommen. Aus erster Quelle weiß ich aber, dass Kaspar Schlick am dreizehnten September 1425 in Buda war. Er kann daher nicht in Schlesien gewesen sein.«

»Deine Quellen sind einen Dreck wert, Neplach. Aber was soll's, das ist eine Provokation. Du versuchst, mich zu überlisten, mich festzunageln. Nicht zum ersten Mal. Stimmt's?«

»Stimmt.« Filou zuckte nicht mit der Wimper. »Setz dich, Reynevan. Ich bin noch nicht fertig mit dir.«

»Ich habe das Geld des Steuereinnehmers nicht, und ich weiß auch nicht …«

»Halt die Klappe!«

Eine Zeit lang schwiegen sie. Die Teufelchen in Filous Augen beruhigten sich, ja, sie waren fast ganz verschwunden. Aber Reynevan ließ sich nicht täuschen. Filou kratzte sich an der Nase.

»Wenn Prokop nicht wäre ...«, sagte er leise. »Wenn Prokop mir nicht verboten hätte, euch auch nur mit dem kleinen Finger anzurühren, dich und deinen Scharley, dann würde ich schon aus dir herauspressen, was notwendig ist. Bei mir haben noch alle gesungen; es hat nicht einen gegeben, der geschwiegen hätte. Du kannst gewiss sein, auch du würdest sagen, wo das Geld ist.«

Reynevan hatte schon so einiges gelernt, er ließ sich nicht erschrecken. Er zuckte mit den Achseln.

»Jaaa«, sagte Neplach nach einer weiteren Pause und blickte auf den Strick, der vom Balken herabhing. »Auch der hätte geredet, auch aus dem hätte ich ein Geständnis herausgepresst. Schade, wirklich schade, dass er es geschafft hat, sich aufzuhängen. Weißt du, eine Zeit lang habe ich wirklich gedacht, dass er in dieser Scheune gewesen ist ... Ich bin sehr enttäuscht, dass du ihn nicht erkannt hast ...«

»Dauernd muss ich dich enttäuschen. Das tut mir wirklich leid.«

Die Teufelchen begannen, sachte zu hüpfen.

»Wirklich?«

»Wirklich. Du verdächtigst mich, lässt mich verfolgen, liegst auf der Lauer, provozierst. Du stellst meine Motive in Frage, und dabei vergisst du ständig das eine und Wichtigste: Jener Böhme, der bei der Verschwörung in der Scheune dabei war, hat meinen Bruder verraten, hat seinen Tod durch die Häscher des Bischofs von Breslau verursacht. Und hat sich dessen auch noch vor dem Bischof gerühmt. Wenn der an diesem Balken gehangen hätte, hätte ich mit keinem Groschen für eine Dankesmesse gegeizt. Glaub mir, mir tut es auch leid, dass er es nicht war. Und auch keiner von denen, die du mir bei anderer

Gelegenheit gezeigt und die zu identifizieren du mir nahegelegt hast.«

»Stimmt«, gab Filou nach einigem gewiss nur vorgetäuschten Nachdenken zu. »Früher hatte ich auf Diviš Bořek von Miletínek gesetzt. Mein zweiter Kandidat war Hynek von Kolštejn … Aber von denen ist es keiner …«

»Fragst du, oder stellst du Behauptungen auf? Denn ich habe dir bereits hundertmal erklärt, dass es keiner von denen ist.«

»Ja, du hast sie dir ja beide gut angesehen … Damals. Als ich dich mitgenommen habe …«

»Nach Aussig. Ich hab's nicht vergessen.«

Der gesamte sanft geschwungene Hang war mit Leichen übersät, aber ein wahrhaft makaberer Anblick bot sich ihnen erst, als sie auf das Flüsschen Zdiřnica hinabblickten, das unten im Tal dahinfloss. Hier türmten sich, teilweise in den vom Blut geröteten Schlamm eingegraben, Berge von Toten, Menschenleiber und Pferdekadaver wüst durcheinander. Was hier geschehen war, war klar zu erkennen. Die sumpfigen Ufer hatten die vom Schlachtfeld fliehenden Sachsen und Meißner aufgehalten, lange genug, um von der taboritischen Reiterei und gleich dahinter einer brüllenden Horde von Reisigen eingeholt werden zu können. Die berittenen Böhmen, Polen und Mähren hatten nicht lange gefackelt, sie erschlugen, was ihnen unter die Schwerter kam, und nahmen dann sofort die Verfolgung der in Richtung Aussig Fliehenden wieder auf. Die Reisigen der Hussiten, Taboriten und Waisen hingegen machten am Fluss Halt. Sie erschlugen oder erstachen alle Deutschen. Systematisch, die Ordnung wahrend, kreisten sie sie ein, trieben sie zusammen, und dann verrichteten die Dreschflegel, Morgensterne, Hellebarden, Wurfspieße, *sudlice* genannt, Breitbeile, Speere und Forken ihr Werk.

Verschont wurde niemand. Die nach dem Gemetzel von Kopf bis Fuß mit Blut besudelten und singend und grölend zurückkehrenden Gottesstreiter hatten keine Gefangenen gemacht.

Am anderen Ufer der Zdiřnica, an der Straße nach Aussig, hatten Reiterei und Fußvolk noch zu tun. Aus den Staubwolken erscholl das Klirren von Eisen, das Geräusch von Hieben und Geschrei. Schwarzer Rauch kroch am Boden dahin, die Dörfer Předlice und Habrovice am anderen Ufer des Flüsschens brannten, auch dort dauerte, dem Lärm nach zu urteilen, das Gemetzel an.

Pferde schnaubten, schüttelten unruhig die Köpfe, legten die Ohren an, drängten seitwärts und stampften. Die sengende Hitze setzte ihnen zu.

Waffenklirrend und Staub aufwirbelnd kamen ihnen Reiter entgegen, unter ihnen Roháč z Dubé, Wyszek Raczyński, Jan Bleh z Těšnice und Puchała.

»Schon fast alles vorüber!« Roháč räusperte sich, spuckte aus und wischte sich mit dem Handrücken über den Mund. »Es waren an die dreizehntausend. Nach ersten Berechnungen haben wir etwa dreieinhalbtausend von ihnen erledigt. Bisher zumindest. Denn dort drüben sind sie ja noch bei der Arbeit. Die Pferde der Sachsen sind müde. Die entkommen uns nicht. Da können wir die Rechnung noch ein bisschen nachbessern. Ich schätze, wir werden wohl so an die viertausend erschlagen haben.«

»Das ist vielleicht nicht gerade Grunwald«, Dobko Puchała lachte und zeigte dabei die Zähne, das Wieniawa-Wappen war unter der Schicht aus blutigem Schlamm fast nicht mehr zu erkennen, »das ist vielleicht nicht gerade Grunwald, aber toll ist es schon. Nicht wahr, Herr Fürst?«

»Herr Prokop!« Korybut tat so, als hätte er dies nicht gehört. »Ist es nicht an der Zeit, christliche Nächstenliebe zu üben?«

Prokop der Kahle gab keine Antwort. Er lenkte sein Pferd den Hang hinab, der Zdiřnica zu. Mitten durch die Leichen hindurch.

»Nächstenliebe hin, Nächstenliebe her«, brummte der etwas weiter hinten reitende Jakoubek von Vřesovice, der Hetman von Bilin. »Aber Geld ist Geld! Das ist doch nun wirklich schade! Guckt doch mal, der hier, der ohne Kopf, hat gekreuzte güldene Gabeln auf seinem Wappenschild. Das heißt, der ist ein Kalckreuth. Das wäre ein Lösegeld von wenigstens hundert Schock alte Groschen. Der hier, dem die Därme rausgequollen sind, mit dem Winzermesser im diagonalen Feld, ist ein Dietrichstein. Ein namhaftes Geschlecht, wenigstens dreihundert …«

»Ein versilberter Balken auf schwarzem Feld«, bemerkte Jakoubek von Vřesovice gleichmütig, ein Kenner von Heraldik und Ökonomie gleichermaßen, wie sich erwies. »Das heißt, das ist ein Nesselrode. Von der gräflichen Linie. Fünfhundert hätten wir für diesen Strolch gekriegt. Wir verschwenden hier Geld, Bruder Prokop.«

Prokop der Kahle wandte ihm sein Bauerngesicht zu.

»Gott ist der Richter«, erwiderte er heiser. »Die, die hier liegen, haben nicht sein Zeichen auf ihrer Stirn getragen. Ihre Namen standen nicht im Buch der Lebenden.«

»Außerdem«, versetzte er nach einer Weile bedeutungsvollen Schweigens, »haben wir sie nicht hierhergebeten.«

»Neplach?«

»Was willst du?«

»Du lässt mich immer noch bespitzeln. Deine Häscher sind mir stets auf den Fersen. Wirst du mich auch weiterhin verfolgen lassen?«

»Warum fragst du?«

»Weil mir scheint, dass es keinen Grund dafür gibt …«

»Reynevan, versuche ich etwa, dir beizubringen, wie man Schröpfköpfe setzt?«

Sie schwiegen eine Zeit lang. Filou ließ seinen Blick wieder zu dem abgeschnittenen Strick hinwandern, der vom Deckenbalken herabhing.

»Die Ratten verlassen das sinkende Schiff«, sagte er nach einigem Nachdenken. »Nicht nur in Schlesien verschwören sich die Ratten in Scheunen und Schlössern, sehen sich nach ausländischer Protektion um und kriechen den Bischöfen und Herzögen in die Ärsche. Denn ihr Schiff sinkt, ihnen geht der Arsch auf Grundeis, denn jetzt sind sie mit ihren trügerischen Hoffnungen am Ende. Denn wir steigen empor, und sie sinken herab, in die Kloake! Korybut ist umgefallen, vor Aussig hat es ein Pogrom und Massaker gegeben, die Österreicher haben bei Zwettl eins aufs Haupt gekriegt und sind erledigt. In der Lausitz brennt es bis nach Görlitz hinein. Ungarisch-Brod und Pressburg schlottern vor Angst, Olmütz und Tyrnau zittern hinter ihren Mauern. Prokop triumphiert.«

»Vorläufig.«

»Was heißt vorläufig?«

»Na, dort, bei Mies ... In der Stadt sagen sie ...«

»Ich weiß, was sie in der Stadt sagen.«

»Gegen uns zieht ein Kreuzzug heran.«

»Das ist normal.«

»Es heißt, ganz Europa ...«

»Nicht ganz.«

»Achtzigtausend Bewaffnete ...«

»Das stimmt einen Dreck. Dreißigtausend, höchstens.«

»Aber sie sagen doch ...«

»Reynevan«, unterbrach ihn Filou in aller Gemütsruhe, »überleg doch mal. Wenn es wirklich bedrohlich wäre, wäre ich dann noch hier?«

Wieder schwiegen sie ein Weilchen.

»Außerdem wird sich die Angelegenheit jeden Moment aufklären«, sagte der Chef der taboritischen Geheimpolizei. »Jeden Moment. Hörst du?«

»Was? Wie? Woher?«

Neplach brachte ihn mit einer Geste zum Schweigen. Er wies zum Fenster hin. Er bedeutete ihm, zu lauschen.

Die Glocken von Prag ergriffen das Wort.

Die Neustadt begann. Als erste Kirche läutete Maria auf dem Rasen, gleich darauf die Kirche des Emmaus-Klosters, kurz danach ertönten die Glocken von St. Wenzel am Zderaz, St. Stephan stimmte in den Chor ein, nach ihm St. Adalbert und St. Michael, dann singend und klingend Maria Schnee. Kurz darauf erklang das Glockengeläut aus der Altstadt. Als Erstes ertönte das von St. Ägidius, darauf das von St. Gallus und schließlich laut und triumphierend das der Jungfrau Maria vor dem Teyn. Dann stimmten die Glocken auf dem Hradschin ein, St. Benedikt, St. Georg und die Allerheiligenkirche.

Im Goldenen Prag hatten die Glocken zu singen begonnen.

Auf dem Altstädter Markt herrschte ein schreckliches Gedränge und Gerangel. Vor dem Rathaus wogte eine Volksmasse, die Menge ballte sich vor den Türen zusammen. Die Glocken läuteten immer noch. Es war ein unglaublicher Lärm. Die Leute drängten, schrien sich gegenseitig nieder, gestikulierten, überall sah man nur noch verschwitzte Gesichter, rot vor Anstrengung und Erregung, und offene Münder. Fiebrig glänzende Augen.

»Was ist denn los?« Reynevan fasste einen nach Säure stinkenden Gerber am Ärmel. »Nachrichten? Gibt es Nachrichten?«

»Bruder Prokop hat die Kreuzfahrer geschlagen! Bei Tachau! Er hat ihnen aufs Haupt geschlagen, hat sie bezwungen!«

»Hat es eine offene Feldschlacht gegeben?«

»Was denn für eine Feldschlacht!«, schrie neben ihm ein Kerl, der, wie man sah, geradewegs aus der Barbierstube herausgesprungen war, das Gesicht noch halb mit Barbierschaum bedeckt. »Was denn für eine Schlacht! Ausgerissen sind sie! Hals über Kopf! In wilder Flucht!«

»Sie haben alles zurückgelassen!«, plärrte ein Handwerksbursche erregt. »Ihre Waffen, ihre Büchsen, ihre Habe, ihre Spieße! Geflohen sind die Papisten bei Tachau! Bruder Prokop ist der Sieger! Der Kelch ist der Sieger!«

»Was schwatzt ihr denn da! Sie sind geflohen? Ohne jede Schlacht?«

»Geflohen sind sie, geflohen! Und auf der Flucht von den Unseren ganz furchtbar verhauen worden! Tachau wird belagert, die Herren vom Landfrieden werden auf der Burg belagert! Bruder Prokop beschießt die Mauern mit seinen Bombarden, heute oder morgen kriegt er die Stadt! Bruder Jakoubek von Vřesovice verfolgt und bezwingt Herrn Heinrich von Plauen!«

»Still! Seid alle still! Bruder Jan kommt.«

»Bruder Jan! Bruder Jan! Und die Ratsherren!«

Die Türen des Rathauses öffneten sich, und eine Gruppe von Leuten trat auf die Stufen.

An ihrer Spitze ging Jan Rokycana, der Propst der Kirche der Jungfrau Maria vor dem Teyn, klein von Gestalt, mit edlem, um nicht zu sagen vergeistigtem Antlitz. Er war noch nicht alt. Der derzeit tonangebende Ideologe der utraquistischen Revolution zählte fünfunddreißig Lebensjahre, war also zehn Jahre älter als Reynevan. Neben seinem bereits berühmten Schüler schritt kurzatmig Jakobellus von Mies einher, Magister der Karls-Universität. Einen halben Schritt hinter ihm hielt sich Peter Payne, der Engländer, mit seinem Asketengesicht. Dahinter kamen die Ratsherren der Altstadt, Jan Velvar, Matěj Smolař und Václav Hedvika. Und noch andere.

Rokycana blieb stehen.

»Böhmische Brüder! Bürger von Prag!«, rief er und hob beide Hände. »Gott ist mit uns! Und Gott ist über uns!«

Das Geschrei der Menge schwoll an, dann wurde es leiser und verstummte. Die Kirchenglocken hörten auf zu läuten. Rokycana ließ die Hände sinken.

»Die Häretiker sind besiegt!«, rief er noch lauter. »Diejenigen, die das heilige Kreuz besudelt haben, weil sie es, aufgewiegelt von Rom, auf ihre verbrecherischen Waffen setzten, Gottes Strafe hat sie ereilt! Der Sieg ist bei Bruder Prokop!«

Die Menschen schrien wie aus einem Munde, Hochrufe wurden laut. Der Prediger gebot ihnen zu schweigen.

»Obwohl sich die höllischen Horden hier gegen uns versammelt und Babylons blutige Krallen gegen uns ausgestreckt haben«, fuhr er fort, »obwohl die Bosheit des römischen Antichristen den wahren Glauben aufs Neue bedroht hat, ist Gott doch über uns! Der Herr des Himmels hat seine Hand erhoben, um die feindliche Macht zu vernichten! Der Herr, der die Krieger des Pharaos im Roten Meer versenkte, der die zahllose Armee der Midianiter zur Flucht vor Gideon zwang! Der Herr, der in einer einzigen Nacht durch seinen Engel hundertfünfundachtzigtausend Assyrer schlug, dieser Herr des Himmels hat die Herzen unserer Feinde mit Angst erfüllt! Wie die gotteslästerlichen Krieger Sanheribs vor Jerusalem flohen, so ist auch das furchtgebeutelte Papistengezücht vor Mies und Tachau davongerannt!«

»Als diese Teufelsdiener den Kelch auf den Standarten von Bruder Prokop auch nur sahen«, fiel Jakobellus mit dünner Stimme ein, »als sie den Choral der Gottesstreiter vernahmen, sind sie voller Panik auseinandergestoben, so, dass nicht einmal mehr zwei beieinanderstanden! Sie waren wie die Spreu, die der Wind zerstreut!«

»*Deus vincit!*«, schrie Peter Payne. »*Veritas vincit! Te Deum laudamus!*«

Die Menge heulte und schrie. So laut, dass Reynevan fast das Hören verging.

An diesem Abend, am vierten August 1427, feierte Prag lauthals und geräuschvoll den Sieg. Die Prager schüttelten in einem spontanen, verrückten Freudentaumel die Angst und die Unsicherheit der letzten Wochen ab. In den Straßen wurde gesungen, auf den Plätzen rings um die Feuer getanzt, in den Gärten und Höfen gefeiert. Die Frömmeren ehrten Prokops Sieg mit Gottesdiensten, die *impromptus* in allen Prager Kirchen abgehalten wurden. Den weniger Frommen bot sich eine Fülle von anderen Vergnüglichkeiten. Überall, in der Altstadt, in der Neustadt, auf der Kleinseite, die zum überwiegenden

Teil immer noch eine Brandstätte war, auf dem Hradschin, also fast überall, feierten die Schankwirte den Triumph über die Kreuzfahrer damit, dass sie jedem, der es wollte, auf Kosten des Hauses Alkoholisches spendierten und Essen servierten. Prag auf, Prag ab sprangen die Pfropfen und Spunde aus den Fässern, entfaltete sich ein leckerer Duft von den Bratspießen, den Bratrosten und aus den Kochkesseln. Wie üblich nutzten listige Gastwirte die Gelegenheit, um unter dem Deckmantel der Großzügigkeit vor allem jene Produkte loszuschlagen, die sauer zu werden oder zu verderben drohten, und auch solche, die diese Drohung schon wahr gemacht hatten. Aber wen kümmerte das! Die Kreuzfahrer sind geschlagen! Die Gefahr ist gebannt! Lasst uns feiern!

Prag auf, Prag ab wurde gefeiert. Trinksprüche auf den tapferen Prokop und die Gottesstreiter wurden ausgebracht und die von Tachau fliehenden Kreuzfahrer zum Teufel gewünscht. Besonders dem Anführer der Kreuzfahrer, Otto von Ziegenhain, dem Erzbischof von Trier, wünschte man, er möge auf dem Heimweg verrecken oder doch wenigstens krank werden. Rasch erstellte Couplets wurden darüber gesungen, wie sich der päpstliche Legat Henry Beaufort beim Anblick von Prokops Standarten in die Hose machte.

Reynevan hatte sich den Feiernden angeschlossen. Zuerst auf dem Altstädter Markt, dann war er zusammen mit einer bunt zusammengewürfelten, recht zahlreichen Gesellschaft auf den Peštýn in die Herberge »Zum Bären« gezogen, in der Nähe des Kirchleins St. Martin in der Mauer. Später war dann die angeheiterte Gesellschaft zur Neustadt hinübergewandert. Nachdem sie unterwegs noch ein paar Betrunkene vom Friedhof von Maria Schnee aufgelesen hatten, zogen die Feiernden zum Pferdemarkt. Hier wurden nacheinander zwei Wirtschaften aufgesucht, »Zur weißen Stute« und »Bei Mejzlik«.

Reynevan folgte seinen Kumpanen getreulich. Warum auch nicht, er verspürte selbst Lust auf Feiern und Frohsinn, er freute sich ehrlich über den Sieg von Tachau, auch um Scharley machte er sich jetzt weniger Sorgen. Und der Weg kam ihm zupass – schließlich wohnte er in der Neustadt. Und zu den Tuchlauben, in die Apotheke »Zum Erzengel«, wo er Samson Honig vermutete, konnte er nicht gehen. Diese Absicht verwarf er endgültig. Er befürchtete, den geheimen Treffpunkt zu verraten und das Interesse auf die böhmischen Alchemisten und Magier zu lenken. Und sie dadurch womöglich Schlimmerem auszusetzen. In dem lustigen Haufen vor der »Stute« waren hin und wieder die graue Gestalt, die graue Kappe und das graue Gesicht des Spitzels aufgetaucht. Filou gab anscheinend nie auf.

Also feierte er mit, aber in Maßen, er übertrieb es nicht mit dem Trinken, obwohl der magische Dekokt, den er in der Tuchhallengasse eingenommen hatte, ihn gegen alle Gifte, darunter auch den Alkohol, feite. Die Stimmung bei »Mejzlik« erreichte schon fast den Punkt, den Scharley »Wein, Gesang und Gekotze« zu nennen pflegte. Das Wort »Weib« fehlte nicht zufällig in dieser Zusammenstellung.

Reynevan trat auf die Gasse und atmete tief durch. Prag wurde langsam still. Der Widerhall der lauten Feiern wich allmählich dem Chor der Moldaufrösche und der Grillen in den Klostergärten.

Er wandte sich dem Pferdetor zu. Aus den Schenken und Kellern, an denen er vorbeikam, drangen säuerliche Gerüche, das Klirren von Geschirr, das schrille Gelächter von Mädchen und schläfriger und undeutlicher werdende Gesänge:

Já řezník, ty řezník, oba řezníci
Pudem za Prahu pro jalovici
Jak budu kupovat, budeš smlouvat
Budem se panenky hezky namlouvat!

Ein leichter Wind erhob sich und trug den Geruch von Blüten, Blättern, Schlamm, Rauch und Gott allein weiß was noch herbei.

Und von Blut.

Prag stank immer noch nach Blut. Reynevan roch andauernd diesen Gestank, der ihn verfolgte, ständig hatte er ihn in der Nase. Von Neplachs Spitzeln war weder etwas zu sehen noch zu hören. Aber die Unruhe blieb.

Er bog in die Alte Gürtlergasse ein, dann aus der Gürtlergasse in ein Gässchen, das »In der Höhle« hieß. Während er so dahinging, dachte er an Nicoletta, an Katharina von Biberstein. Er dachte ganz intensiv an sie und spürte unmittelbar, welche Folgen diese Gedanken hatten. Die Erinnerung stand ihm so deutlich und plastisch vor Augen, dass es kaum noch auszuhalten war.

Reynevan blieb unwillkürlich stehen und sah sich um. Unwillkürlich. Weil er genau wusste, dass es doch keinen Ort gab, zu dem er hätte gehen können. Schon im August 1419, knapp zwanzig Tage nach dem Fenstersturz, waren in Prag alle Freudenhäuser verwüstet und die Freudenmädchen aus den Mauern der Stadt hinausgejagt worden. In puncto Sittenstrenge waren die Hussiten wirklich rigoros.

Die lebhaften und detaillierten Erinnerungen an Katharina riefen auch noch andere Eindrücke wach. Die Wohnung an der Ecke St.-Stephans-Gasse und Fischteichgässchen, die sich Reynevan mit Samson Honig teilte, gehörte Frau Blažena Pospichalova, einer Witwe und einem mit allen Reizen versehenen Frauenzimmer mit lieben blauen Äuglein. Diese Augen hatten mehrfach derart beredt auf Reynevan geruht, dass er Frau Blažena im Verdacht hatte, Lust auf etwas zu haben, das Scharley für gewöhnlich als »einzig auf Begehren gegründete Vereinigung, die nicht das Ergebnis einer von der Kirche sanktionierten Absicht ist« zu bezeichnen pflegte. Die restliche Welt bezeichnete diese Sache mit entschieden kürzeren und entschieden drastischeren Wörtern. Die Hussiten aber bestraften jene drastisch benannte Sache, wie es hieß, mit großer Strenge. Zwar taten sie dies für gewöhnlich zur Abschreckung, aber man wusste ja nie, woraus und aus wem sie ein abschreckendes

Beispiel zu machen gedachten. Obwohl Reynevan die Blicke von Frau Blažena sehr wohl verstanden hatte, hatte er bisher so getan, als verstünde er sie nicht. Teils aus Angst, sich Ärger einzuhandeln, teils – und das wog sehr viel schwerer –, weil er den Wunsch hatte, seiner Nicoletta treu zu bleiben.

Ein wütendes Miauen riss ihn aus seinen Träumereien. Aus der dunklen Seitengasse zu seiner Rechten sprang eine große rote Katze und sauste die Straße hinunter. Reynevan beschleunigte sofort seinen Schritt. Die Katze hätte von Filous Spitzel aufgescheucht sein können. Aber es konnten auch gemeine Beutelschneider sein, die auf einen einsamen Passanten aus waren. Es dämmerte bereits, die Gassen leerten sich, und bei völliger Dunkelheit waren die Gässchen der Neustadt gefährlich. Besonders jetzt, wo der größte Teil der Stadtwache in Prokops Armee diente, sollte man besser nicht einsam durch die Neustadt schlendern.

Daher beschloss Reynevan, nicht mehr allein zu bleiben. Ein paar Dutzend Schritte vor ihm gingen zwei Prager. Er musste sich ganz schön anstrengen, um sie einzuholen, sie gingen rasch, und als sie seine Schritte hallen hörten, gingen sie noch schneller. Plötzlich bogen sie in eine Seitengasse ab. Er lief hinter ihnen her.

»He, Brüder! Habt keine Angst! Ich möchte nur …«

Die Männer wandten sich um. Der eine hatte dicht neben seiner Nase ein eitriges luetisches Geschwür. Und in der Hand ein Messer, ein gewöhnliches Metzgermesser. Der zweite, kleiner und gedrungener, war mit einem Dolch mit s-förmiger Griffschale bewaffnet. Keiner der beiden gehörte zu Filous Spitzeln.

Der dritte, der hinter ihm herkam und die Katze verscheucht hatte, ein Grauhaariger, ebenfalls nicht. Er hielt ein Stilett in der Hand, dünn und scharf wie eine Nadel.

Reynevan machte ein paar Schritte rückwärts und drückte sich mit dem Rücken gegen die Hauswand. Er hielt den Halunken seine Arzttasche entgegen.

»Meine Herren …«, stotterte er und klapperte dabei mit den Zähnen, »Brüder … Nehmt … Mehr habe ich nicht … Er … Erbar … Erbarmen … Tötet mich nicht …«

Die Mienen der Halunken, die bisher hart und angespannt gewesen waren, lockerten sich ein wenig, lösten sich dann und verzogen sich schließlich zu verächtlichen Grimassen. In den Augen, die bis dahin kalt und aufmerksam geblickt hatten, erschien der Ausdruck geringschätziger Grausamkeit. Sie kamen näher und richteten ihre Waffen auf die leichte, verachtenswerte Beute.

Reynevan ging nun zur nächsten Phase über. Nach dem psychologischen Spielchen à la Scharley war es jetzt an der Zeit, andere Methoden anzuwenden. Wofür er andere Lehrmeister gehabt hatte.

Der erste Halunke hatte keinen Angriff erwartet, auch keinen Schlag mit der Arzttasche auf seine von der Lues verunzierte Nase. Den zweiten brachte ein Tritt gegen das Schienbein ins Wanken. Der dritte, untersetzte, wunderte sich, als sein Stilett in hohem Bogen durch die Luft flog und er selbst in einem Abfallhaufen landete, nachdem er über ein geschickt gestelltes Bein gestolpert war. Als er sah, dass sich die anderen auf ihn stürzen wollten, warf Reynevan die Tasche weg und zog aus seinem Gürtel blitzschnell ein Stilett hervor. Er tauchte mit dem Messer in der Hand unter einer Schulter durch und wandte einen Hebelgriff um Handgelenk und Ellenbogen an, genauso wie es ›Das Fechtbuch‹ aus der Feder von Hans Talhoffer vorschrieb. Er stieß den einen Gegner gegen den zweiten, sprang nach hinten und attackierte aus der Flanke heraus mit einer Finte, die der ›Flos Duellatorum‹ von Fiore de Liberi im ersten Kapitel, das dem Kampf mit Stichwaffen gewidmet war, für derartige Situationen empfahl. Als der Halunke unwillkürlich eine Abwehrbewegung nach oben machte, stach Reynevan ihn kurzerhand in den Schenkel – gemäß Kapitel zwei desselben Lehrbuches. Der Halunke brüllte auf und fiel auf die Knie. Reynevan sprang nach hinten, versetzte dabei demjenigen, der im Begriff war, sich von seinem Abfallhaufen zu erheben, beiläufig einen Tritt, sprang wieder vor einem Stoß rückwärts und tat, als strauchelte er und verlöre das Gleichgewicht. Der grauhaarige Halunke mit dem Stilett hatte ganz eindeutig die Klassiker nicht studiert und auch noch nichts von Finten gehört, denn er machte einen heftigen, aber ungeschickten Ausfall, der Reynevan nur wie ein Reiherschnabel streifte. Reynevan tauchte ruhig unter seiner Schulter hindurch, drehte ihm den Arm um, packte ihn an der Schulter, wie ›Das Fechtbuch‹ es lehrte, blockte ihn ab und drückte ihn gegen die Hauswand. Um freizukommen, holte der Halunke mit der linken Faust zu einem mächtigen Schlag aus – und traf geradewegs die Schneide des Stiletts, das Reynevan ihm, den Instruktionen des ›Flos Duellatorum‹ gemäß, hingehalten hatte. Die schmale Klinge drang tief ein, Reynevan hörte, wie der Mittelhandknochen splitterte. Der Halunke schrie laut auf, sank in die Knie und presste seine stark blutende Hand gegen den Bauch.

Der dritte Angreifer, der Untersetzte, lief ihm rasch entgegen, wobei er mit dem Dolch über Kreuz ausholte, rechts – links, sehr gefährlich. Reynevan ging in die Defensive, parierte und sprang wieder nach hinten, wobei er immer noch auf eine Bilderbuchposition hoffte, aber weder Meister Talhoffer noch Messer Fiore waren ihm heute von Nutzen. Hinter dem Rücken des Halunken mit dem Dolch war unvermittelt etwas sehr Graues mit grauer Kappe, grauem Kittel und grauen Hosen aufgetaucht. Der aus hellem Holz gedrechselte Stock pfiff durch die Luft und gab mit einem dumpfen Laut seinen intensiven Kontakt mit dem Hinterkopf bekannt. Der Graue war äußerst flink. Noch bevor der Halunke zu Boden ging, schaffte er es, ein zweites Mal zuzuschlagen.

Filou und einige seiner Agenten betraten die Seitengasse.

»Na, wie sieht's aus?«, fragte er. »Bist du immer noch der Meinung, dass es keinen Grund gibt, dir nachzugehen?«

Reynevan holte tief Atem, mit offenem Mund sog er die Luft ein. Erst jetzt begann das Adrenalin in ihm zu kochen. Ihm wurde so schwarz vor Augen, dass er sich gegen die Hauswand lehnen musste.

Filou trat näher, beugte sich vor und betrachtete den jammernden Halunken mit der durchstochenen Hand. Mit raschen Bewegungen machte er die deutsche Blockade und die italienische Konterattacke nach, die Reynevan ausgeführt hatte.

»Na, na, na«, er schüttelte den Kopf, ungläubig und anerkennend zugleich, »glänzend gemacht, glänzend. Wer hätte ahnen können, dass du es bei deinen Übungen zu solch einer Kunst bringst. Ich wusste ja, dass du zu einem Fechtmeister gehst. Aber der hat zwei Töchter. Also hatte ich angenommen, dass du mit einer von ihnen übst. Oder mit allen beiden.«

Auf sein Zeichen hin wurde der schluchzende, blutende Schurke gefesselt. Er sah sich auch nach jenem um, der den Stich in den Schenkel abbekommen hatte, aber der hatte sich bereits heimlich und leise davongemacht. Er befahl, den aufzuheben, den der Schlag mit dem Stock getroffen hatte. Der war immer noch betäubt, sabberte und konnte seinen Blick nicht geradeaus richten, er schielte unglaublich, und seine Augäpfel verschwanden immer wieder im Innern seines Schädels.

»Wer hat euch gedungen?«

Der Halunke schielte und wollte ausspucken. Er schaffte es nicht. Filou nickte, und der Schurke erhielt einen Schlag mit dem Stock in die Nieren. Als er zischend die Luft einsog, bekam er einen zweiten Schlag. Filou machte eine beiläufige Handbewegung, ein Zeichen, dass man ihn abführen sollte.

»Du wirst reden«, versprach er dem Abgeführten, »alles wirst du sagen. Bei mir hat es noch keinen gegeben, der geschwiegen hätte.«

Filou wandte sich zu Reynevan. »Dich zu fragen, ob du eine Ahnung hast, hieße, deine Intelligenz zu beleidigen. Deshalb frage ich dich: Kannst du dir denken, wessen Arbeit das war?«

Reynevan nickte. Auch Filou nickte, anerkennend.

»Diese Häscher werden es mir sagen. Bei mir hat es noch

keinen gegeben, der geschwiegen hätte. Bei mir hat sogar Martin Loquis geredet, und der war ein gnadenloser und verbissener Wicht, ein Ideologe, ein wahrhafter Märtyrer für die Sache. Diese Lumpen, die man für ein paar alte Groschen gedungen hat, werden alles ausplaudern, sobald sie die Folterwerkzeuge zu Gesicht bekommen. Aber ich werde sie trotzdem rösten lassen. Aus purer Sympathie für dich, ihr verhindertes Opfer. Nein, danke mir nicht.«

Reynevan dankte ihm nicht.

»Aus purer Sympathie werde ich für dich noch etwas tun«, fuhr Filou fort. »Ich werde dir gestatten, deinen Bruder selbst zu rächen. Ja, ja, du hast richtig gehört. Nein, danke mir nicht.«

Reynevan dankte ihm auch diesmal nicht. Außerdem waren Filous Worte noch nicht ganz zu ihm durchgedrungen.

»Nach einiger Zeit wird sich ein Mann von mir bei dir melden. Er wird dir empfehlen, dich zum Markt zu begeben, zum Haus ›Zum güldenen Rösslein‹, dorthin, wo wir heute miteinander geredet haben. Du wirst dich dann unverzüglich dorthin begeben. Und nimm deine Armbrust mit. Hast du verstanden? Gut. Leb wohl.«

»Leb wohl, Neplach.«

Daraufhin geschah nichts weiter. Es war schon finster, als Reynevan zur Ecke St.-Stephans-Gasse und Fischteichgässchen gelangte, nach Hause, in die kleine Kammer im Oberstock, die er gemeinsam mit Samson Honig von Frau Blažena Pospichalova gemietet hatte. Die Witwe des Herrn Pospichal – *requiescat in pace,* und Gott befohlen, wer immer er auch gewesen sein mochte, wie immer er auch gelebt hatte und woran er gestorben war – zählte etwa dreißig Lenze.

Vorsichtig öffnete er die kleine Gartenpforte und trat in den Hausflur, wo es so finster war, dass man die Hand nicht vor Augen sehen konnte. Er gab sich alle Mühe zu vermeiden, dass die Tür quietschte und die alten Stufen der Stiege knarrten. Das tat er immer, wenn er erst nach Einbruch der Dämmerung heimkam. Er wollte Frau Blažena nicht wecken. Er fürchtete sich ein wenig davor, eine Konfrontation mit Frau Blažena zu haben, vor allem, wenn es im Dunkeln dazu käme.

Trotz all seiner Bemühungen knarrte die Stiege geradezu schändlich. Eine Tür öffnete sich, es roch nach Larendogra, Rouge, Wein, Wachs, Pflaumenmus, altem Holz und frisch gewaschener Bettwäsche. Reynevan spürte, wie mollige Arme seinen Hals umschlangen und mollige Brüste ihn gegen das Geländer pressten.

»Heute feiern wir«, flüsterte ihm Frau Blažena Pospichalova ins Ohr. »Heute ist ein Feiertag, mein Junge.«

»Frau Blažena ... Aber wenn ... Schickt sich das ...?«

»Sei still. Komm.«

»Aber ...«

»Still!«

»Ich liebe eine andere!«

Die Witwe zog ihn zum Alkoven hin und stieß ihn aufs Bett. Er fiel in die nach frischer Wäschestärke duftenden Pfühle und versank darin, hilflos in den weichen Daunen.

»Ich ... liebe ... eine andere ...«

»Von mir aus, dann lieb sie halt!«

Zweites Kapitel

in dem Filou Wort hält, Hynek von Kolštejn Prag den heiligen Frieden bringt und die Geschichte verwundet und verletzt und so die Ärzte zu Schwerarbeit zwingt.

Filou hielt Wort. Er überraschte Reynevan damit voll und ganz.

Seit jenem Gespräch, seit den Feierlichkeiten nach dem Sieg bei Tachau war ein Monat vergangen. Seit jenem Überfall. Und seit jenem Zwischenfall mit Frau Blažena Pospichalova, der sich in der Nacht vom vierten auf den fünften August ereignet hatte. Der Zwischenfall mit Frau Blažena hatte sich, weshalb sollte man es leugnen, noch einige Male wiederholt und hatte eigentlich mehr gute als schlechte Folgen. Zu den guten gehörte unter anderem das üppige und schmackhafte Frühstück, mit dem Frau Blažena ihre Untermieter seitdem bedachte. Reynevan und Samson, die bis dahin recht unregelmäßig und sehr bescheiden gefrühstückt hatten, gingen nach dem vierten August satt und zufrieden und lebensfroh ihren Geschäften nach, lächelten ihren Mitmenschen heiter zu und schwatzten fröhlich in Erinnerung an den Genuss von Brötchen, Quark, Schnittlauch, Gürkchen und Rührei mit geraspeltem Sellerie. Rührei mit Sellerie servierte Frau Blažena besonders häufig. »Eier«, erklärte sie, während sie Reynevan mit einem Blick, samten wie ein Bergedelweiß, bedachte, »verleihen Kraft. Und Sellerie«, fügte sie hinzu, »steigert das Verlangen.«

Einen Monat nach jenen Ereignissen, am sechsten September bereits, am Samstag vor Mariä Geburt, als Reynevan und Samson gerade Rührei mit Sellerie verzehrten, erschien in der kleinen Kammer, still wie ein Schatten, jener graue Wicht in grauen Hosen, den Reynevan bereits kannte.

»Der gnädige Herr wartet«, sagte er, kurz und leise. »Im ›Güldenen Rösslein‹. Unverzüglich, Herr.«

Die Prager Straßen waren ungewöhnlich leer, ja geradezu ausgestorben. Man spürte die Anspannung, der Puls der Stadt klopfte gereizt, unruhig und unregelmäßig. Die Dächer glänzten nach dem Regen, der noch vor dem Morgengrauen niedergegangen war.

Sie gingen schweigend nebeneinander. Samson Honig ergriff als Erster das Wort.

»Vor fast genau zwei Jahren«, sagte er, »waren wir in Münsterberg. Am achten September 1425 bist du nach Münsterberg gekommen. In der edlen Absicht, deine Liebste zu befreien. Weißt du noch?«

Statt zu antworten oder einen Kommentar abzugeben, beschleunigte Reynevan seinen Gang.

»In diesen zwei Jahren hast du eine veritable Metamorphose durchgemacht.« Samson gab nicht auf. »Du hast deine Religion und deine Weltanschauung gewechselt, das ist keine Kleinigkeit. Um beide zu verteidigen, bist du mit der Waffe in der Hand in den Kampf gezogen, manchmal hast du dich von Politikern, Spionen und Schurken benutzen lassen. Und dein Motiv ist nun nicht mehr die edle Befreiungstat, sondern, ganz im Gegenteil: blinde Rache. Eine Rache, die, selbst wenn sie wie durch ein Wunder die wahren Schuldigen treffen sollte, deinem Bruder das Leben nicht zurückbringen kann.«

Reynevan blieb stehen.

»Wir haben das doch schon längst besprochen«, stellte er fest. »Meine Motive kennst du. Und du hast versprochen, mir zu helfen. Ich verstehe nicht …«

»Warum ich wieder darauf zurückkomme? Weil es stets lohnt, darauf zurückzukommen. Man muss es immer wieder versuchen, vielleicht wirkt es, vielleicht gehen dir ja die Augen auf, und der Verstand kehrt wieder in deinen Kopf zurück. Aber du hast Recht. Ich habe versprochen, dir zu helfen. Und ich werde dir auch helfen. Gehen wir.«

Am St.-Gallus-Tor am Brückl war keine Wache zu sehen, seltsam, nicht ein einziger Bewaffneter. Dies war äußerst merkwürdig, denn Tor und Brücke über den Stadtgraben bildeten die Hauptverbindung zwischen der Neustadt und der Altstadt, und die Spannungen zwischen den beiden Stadtteilen waren so groß, dass es gerechtfertigt war, die Tore mit bewaffneten Wachmannschaften zu versehen. Heute war von der Wache nicht das Geringste zu sehen, Brücke und Tor waren leer. Forderten zum Betreten heraus. Zur Unehrlichkeit. Wirkten wie eine Falle.

Leer waren auch die Gässchen hinter der St.-Gallus-Kirche, die für gewöhnlich mit Buden und Ständen gefüllt waren, eigenartige Stille herrschte auch auf dem Fischmarkt. Der Altstädter Markt lag da wie ausgestorben. Zwei Hunde, eine Katze und an die dreißig Tauben tranken in friedlicher Eintracht Wasser aus einer Pfütze am Pranger, ohne sich dabei auch nur einmal nach den wenigen Passanten umzusehen, die an den Häuserwänden entlanghuschten.

Die vom Regen benetzten Kugeln an den Fialen der Kirche der Jungfrau Maria vor dem Teyn glitzerten. Wie ein goldener Dreizack blitzte der Rathausturm auf.

Das Horologium des Rathauses, die Turmuhr, knarrte wie gewöhnlich, schlug und zeigte etwas an – wie üblich wusste man auch diesmal nicht genau, was, warum und wie präzise überhaupt. Dem Stand der Sonne nach zu urteilen, war die Terz gerade vorüber.

Filou wartete im Haus »Zum güldenen Rösslein«, in derselben Stube wie zuvor, diesmal hatte er allerdings keinen Gehenkten zu bieten.

Am Fenster stehend, lauschte der taboritische Spion den Meldungen, die ihm Leute überbrachten, die wie Agenten aussahen, und auch solche, die nicht wie Agenten aussahen. Er hatte Reynevan schon gesehen. Bei Samsons Anblick verzog er das Gesicht.

»Da bist du ja.«

»Da bin ich.«

»Du hast ja deine Armbrust gar nicht dabei«, bemerkte Neplach missvergnügt. »Ist vielleicht auch besser so. Womöglich hättest du dir noch selbst ins Knie geschossen. Muss dein Einfaltspinsel hier herumstehen?«

»Muss er nicht. Geh nach unten, Samson. Und warte.«

»Stell dich dorthin«, befahl Filou ihm, nachdem Samson hinausgegangen war. »Dort ans Fenster. Bleib stehen, sag nichts und beobachte.«

Reynevan blieb stehen, schwieg und beobachtete. Der Marktplatz war nach wie vor menschenleer. Neben der Pfütze am Pranger kratzte sich ein Hund, eine Katze leckte hingebungsvoll ihren Schwanz und dessen Umgebung, Tauben trippelten am Rande der Pfütze auf und ab. Irgendwo vom Teynhof »Ungelt« und von der St.-Jakobs-Kirche ertönte ein Horn. Kurz darauf war auch eines von Osten her zu hören, von der geplünderten Kirche St. Clemens, die früher zum ehemaligen Dominikanerkloster gehört hatte.

Ein Agent stürzte völlig außer Atem in die Kammer. Filou hörte sich seine Meldung an.

»Sie kommen«, erklärte er und trat an das Nebenfenster. »Etwa fünfhundert Berittene. Hast du gehört, Reinmar? Mit fünfhundert Berittenen wollen sie Prag einnehmen, diese Narren. Mit fünfhundert die Macht übernehmen, diese Megaprotze.«

»Wer? Willst du mir vielleicht endlich mal sagen, worum es hier eigentlich geht?«

»Die Ratten verlassen das sinkende Schiff. Tritt ans Fenster. Schau hinaus. Sieh aufmerksam zu. Du weißt ja, nach wem du Ausschau halten sollst.«

Am Pranger rannten die Hunde plötzlich davon, die Katze huschte ihnen hinterher. Die Tauben erhoben sich in einer flatternden Wolke, aufgeschreckt vom herannahenden Hufgetrappel. Ein Trupp Berittener zog von Süden heran, vom Stadtgraben, vom verlassen dastehenden St.-Gallus-Tor. Kurz darauf strömten die Reiter – darunter eine Schar Schwerbewaffneter – mit Lärm und Getöse auf den Markt.

»Die Kolíner Rotte von Diviš Bořek«, erläuterte Filou, diese an den Farben und Wappen erkennend. »Die Bewaffneten von Puta von Czastolovice. Die Gefolgsleute von Jan Miesteckis von Opoczno, die Panzerreiter von Jan Michalec von Michalovice. Die Reiter von Otto de Bergow, dem Herrn auf Troský ... Und allen voran?«

An der Spitze der Berittenen stand ein Ritter in voller Rüstung, aber ohne Helm. Auf dem weißen Wams trug er ein Wappen – einen goldenen aufrecht stehenden Löwen auf blauem Feld. Reynevan hatte diesen Ritter und auch sein Wappen schon gesehen. In der Schlacht bei Aussig.

»Hynek von Kolštejn«, stieß Filou zwischen den Zähnen hervor. »Von der Stephanschen Linie der Wallensteins, aus dem mächtigen Geschlecht der Markvartice. Der Held vom Vyšehrad, der gegenwärtige Herr auf Kamyk, der Hetman von Leitmeritz. Er hat einen weiten Weg zurückgelegt, von Macht und Größe bis zum Verrat. Sieh dich unter seinen Kumpanen um, Reynevan. Sieh genau hin. Eine innere Stimme sagt mir, dass du jemanden wiedererkennst.«

Der Altstädter Markt hallte wider vom Hufschlag der Pferde, Getöse und Lärm brachen sich mit einem Echo an der Häuserfront und stiegen über die Dächer hinauf. Hynek von Kolštejn, der Ritter mit dem Löwen, trieb sein graues Pferd an, sich dicht vor dem Portal des Altstädter Rathauses aufzubäumen.

»Heiliger Friede!«, brüllte er mit Donnerstimme. »Die Zeit für den heiligen Frieden ist gekommen! Genug des Blutvergießens, der Gewalt und Verbrechen! Befreit die Gefangenen! Befreit Zygmunt Korybut, unseren rechtmäßigen Herrn und König! Genug der Herrschaft blutrünstiger Cliquen! Schluss mit Gewalt, Verbrechen und Krieg! Wir bringen euch den Frieden!«

»Heiliger Friede!« Die Reiter nahmen im Chor die Parole auf. »Heiliger Friede! *Pax sancta!*«

»Bürger der Stadt Prag!«, schrie Hynek. »Hauptstadt des Königreiches Böhmen und Hauptstadt all derer, die diesem Königreiche die Treue halten! Kommt zu uns! Herr Bürgermeister der Altstadt! Meine Herren Räte! Meine Herren Schöffen! Stoßt zu uns! Kommt heraus!«

Die Türen des Rathauses öffneten sich keinen Zoll breit.

»Prag!«, brüllte Hynek. »Freies Prag!«

Und Prag antwortete.

Mit einem lauten Knall flogen die Fensterläden auf, und aus ihnen tauchten die Bügel und Bogen der Armbrüste, die Läufe der Hakenbüchsen hervor. Plötzlich, wie auf ein Kommando, versank der Altstädter Markt im dröhnenden Lärm der Schüsse, im Rauch und Gestank von Pulver. Ein Hagel von Kugeln und Bolzen ging auf die auf dem Platz zusammengezwängten Berittenen nieder. Das Rufen, Schreien und Brüllen verwundeter Menschen, das entsetzte Wiehern verletzter Pferde explodierte in den Ohren und stieg empor. Die Reiter drängten sich in einem einzigen Gewirr, stießen gegeneinander, stürzten und zerstampften diejenigen, die aus dem Sattel gefallen waren. Ein Teil von ihnen spornte die Pferde zum Galopp an, aber vom Marktplatz gab es kein Entrinnen. Die Straßen waren plötzlich mit großen Balken verbarrikadiert, mit quer gespannten Ketten gesperrt. Hinter diesen Hindernissen surrten die Bolzen hervor. Und von allen Seiten, von der Eisengasse, der Michaelsgasse, der Langen Gasse, der Zeltnergasse und vom Teyn, rannten Bewaffnete auf den Marktplatz zu.

Die Reiter drängten sich, einander mit ihren Schilden abschirmend, vor dem Rathaus zu einem Pulk zusammen, Hynek von Kolštejn mühte sich, heiser vom Brüllen, Ordnung darin zu schaffen. Doch aus den Häusern wurde immer noch geschossen, Kugeln und Bolzen sausten aus den Fenstern der den Altstädter Markt umrahmenden Bürgerhäuser, aus dem »Einhorn«, aus der »Roten Tür«, aus dem »Lamm«, aus der »Steinernen Glocke«, aus dem »Schwanen«. Aus Fenstern und Luken, von Erkern, von Dächern, Hausfluren und Toren herab wurde geschossen. Die Ritter und Waffenknechte fielen einer nach dem anderen aus dem Sattel, die sich aufbäumenden Pferde stürzten.

»Gut!«, stieß Filou immer wieder zwischen den Zähnen hervor. »Gut, Bürger von Prag! Weiter so! Oh, du kommst hier nicht lebend heraus, Herr Kolštejn von den Wallensteins. Du wirst dein Haupt nicht mehr erheben.«

Als hätte Hynek von Kolštejn dies gehört, teilte sich seine Reiterschar plötzlich in zwei Abteilungen. Eine, etwa hundert Berittene, galoppierte in Richtung St.-Niklas-Kirche. Die zweite, mit Hynek selbst an der Spitze, wandte sich gegen die Angreifer aus der Langen Gasse. Die erste Abteilung entschwand aus Reynevans Blickfeld, er konnte lediglich aus dem Lärm und dem Getöse schließen, dass die Berittenen versuchten, die Barrikaden zu überwinden und sich den Weg über die Brücke zur Kleinseite freizukämpfen. Dagegen sah er, mit welcher Wucht Hyneks Abteilung auf die bewaffneten Bürger prallte, wie sie deren vorderste Linie niedermähte, die zweite niederritt. Und in der dritten stecken blieb, als sie auf eine Barriere aus zweischneidigen Äxten, Spießen und Forken traf. Die Prager standen wie ein Mann, sie ließen sich nicht ins Bockshorn jagen. Ihrer waren viele. Sie waren stark. Selbstbewusst.

Denn immer noch erhielten sie Verstärkung durch weitere Bürger.

»Tod den Verrätern!«, schrien sie und griffen an. »In die Moldau mit ihnen!«

»Tötet sie, tötet, lasst keinen am Leben!«

Die verwundeten Rösser wieherten verzweifelt und stiegen, sie stürzten auf den vom Blut der Reiter glitschigen Boden. Und aus den Fenstern sausten unaufhörlich Bolzen, Bolzen und noch mehr Bolzen …

»Tötet die Verräter! In die Moldau mit ihnen!«

Die Reiter traten den Rückzug an, kehrten auf den Markt zurück, zerstreuten sich und jagten in kleinen Grüppchen umher, um sich auf eigene Faust durch die Barrikaden und Ketten bei St. Niklas und der Michaelsgasse zu schlagen. Aber Hynek war nicht unter ihnen. Sein Pferd war unter dem Helden vom Vyšehrad und von Aussig nach einem Sensenhieb in die Vorderbeine zusammengebrochen. Der Ritter hatte noch rechtzeitig aus dem Sattel springen können und auch sein Schwert nicht fahren lassen; diejenigen, die ihn angriffen, zerhieb er. Mit dem Rücken an das Haus »Zum Elefanten« gepresst, rief er ein paar seiner Leute zu sich, die es ähnlich eilig hatten, als er jedoch sah, dass sie, von Bolzen hingemäht, fielen, rannte er die Tür mit der Schulter ein. Eine Menschentraube bildend, drangen die Prager hinter ihm in das Haus ein. Hynek hatte keine Chance. Es dauerte nicht lange, und der blutüberströmte Körper im Wams mit dem Löwen der Markvartice flog aus einem Fenster im ersten Stock und schlug auf das Prager Pflaster.

»Ein Fenstersturz!« Filou lachte, das Gesicht zu einer dämonischen Grimasse verzogen. »Ein zweiter Fenstersturz! Das gefällt mir, verdammt noch eins! Gerechtigkeit und Symbolik in einem!«

Der aus dem Fenster gestoßene Hynek gab noch schwache Lebenszeichen von sich. Die Prager umringten ihn. Eine Zeit lang zögerten sie. Schließlich beendete einer das Zögern und schlug mit dem Dreschflegel auf den Ritter ein. Ein zweiter setzte mit der Axt nach. Und dann fingen alle an, zu schlagen und zu hauen.

»Jawohl!«, rief Neplach lachend. »Welch eine Symbolik! Was, Reynevan? Was sagst du …«

Er beendete den Satz nicht. Reynevan war nicht mehr im Raum.

Man musste dem Ritter mit dem Wappenschild, das diagonal in ein silbernes und ein schwarzes Feld geteilt war, durchaus zubilligen, dass er sein Leben durch Vernunft und Ideenreichtum gerettet hatte. Zum einen hatte er seinen Wappenschild, der ihn verriet, noch auf dem Marktplatz weggeworfen. Als sich aber dann die durch die Barrikade am Fruchtmarkt zurückgedrängten Reiter hinter das St.-Linharts-Kirchlein zurückzogen, wo sie auf weitere Prager Bürger trafen und sich auf einen heftigen Kampf mit ihnen einließen, wendete der silbern-schwarze Ritter sein Pferd und entkam in ein Gässchen, wobei er im Galopp seinen reich bestickten Mantel von den Schultern streifte. Er stürmte, Enten und Bettler aufscheuchend, auf einen kleinen Platz, der »An der Pfütze« hieß. Die Schreie seiner vom Markt ihm hinterherstürzenden Verfolger vernehmend, sprang er aus dem Sattel, versetzte seinem Ross einen Schlag auf die Kruppe und tauchte in einen engen, dunklen Durchschlupf, der zur Plattnergasse führte. Die Prager folgten laut schreiend dem Hufschlag des Pferdes, das Richtung Dominikanerkloster und Moldau davonjagte. Zum Fluss, in dessen Tiefe, dem allmählich langweilig werdenden Geschrei des Pöbels nach zu schließen, alle Verräter und Rebellen in Kürze ihr Ende finden würden.

Die Stimmen wurden leiser und entfernten sich. Der Ritter atmete erleichtert auf und lächelte in seinen Bart hinein. Er war ziemlich sicher, dass es ihm gelänge.

Und wer weiß, vielleicht wäre es ihm sogar gelungen, hätte Reynevan das Terrain nicht so gut gekannt. Die Plattnergasse und die von ihr abzweigenden Gässchen hatten in vorrevolutionärer Zeit ein paar lauschige, preiswerte Freudenhäuser beherbergt, diese Gegend kannte also jeder Student und jeder Baccalaureus der Karls-Universität nur allzu gut. Hinzu kam, dass sich Reynevan und Samson Honig der Magie bedienten. Telepathischer Amulette. Diese waren sehr simpel, aber für eine telepathische Verbindung ausreichend. Zum Aufspüren und zum Verfolgen.

Der silbern-schwarze Ritter wartete eine Weile und nutzte die Zeit, um sein Schwert mit einem Stück Zwillichplane, das er gefunden hatte, zu bedecken. Er drückte sich an die Wand, als er Hufschlag vernahm, es preschte aber nur ein reiterloses Pferd an ihm vorüber, ein Falbe, die Seite blutverschmiert. Dem Pferd hinterher rannte, sich wiegend und muhend, eine scheckige Kuh – wie die hierhergekommen war, wusste wohl nur der Leibhaftige.

Als wieder alles still geworden war, lief der Ritter rasch zur Plattnergasse. Dort angelangt, blieb er stehen, blickte sich um und lauschte den allmählich aufhörenden Geräuschen von Kampf und Gemetzel. Dann bog er in den erstbesten Torbogen und den dahinter liegenden Hof ein und begann, die Teile seiner Rüstung abzulegen, die ihn hätten verraten können. Aus den Wäschestücken, die auf einer Schnur trockneten, zog er ein Hemd herunter, das recht zerschlissen und reichlich weit war, offenbar für eine Schwangere oder für ein Weib bestimmt, das ganz einfach fett war. Als er sich das Hemd über den Kopf zog, konnte er einen Moment nichts sehen.

Diesen Moment nutzten Reynevan und Samson.

Reynevan holte weit aus und zog dem Ritter mit einem Brett, das er vom Boden aufgelesen hatte, eins über. Samson packte den derart Geschlagenen an den Schultern, schüttelte ihn, hob ihn hoch und drückte ihn fest gegen die Wand. Aber welch ein Wunder, statt leblos an der Mauer hinabzugleiten, stieß sich der Ritter von selbiger ab, riss sein Schwert aus der Scheide und griff an. Samson sprang rückwärts, Reynevan schwang sein Brett, der Ritter wehrte es mit Macht ab und setzte mit einem so geschickten und raschen Stoß hinterher, dass Reynevan ohne die einschlägigen Lektionen seines Fechtmeisters wohl Leib und Leben eingebüßt hätte. Der Ritter handhabte das Schwert geschickt und führte einen raschen Streich; wenn er den Sprung zur Seite nicht beherrscht hätte, hätte die Klinge Reynevan den Adamsapfel wohl bis zum Halswirbel durchtrennt. Samson rettete die gefährliche Situation, mit einem Stock schlug er dem Ritter das Schwert aus der Hand, ihn selbst mit einem Faustschlag zu Boden. Der Schlag war zwar gewaltig, aber der Ritter dachte auch diesmal nicht daran, dort liegen zu bleiben, wo er gefallen war. Er sprang auf, griff sich ein leeres Fass, hob es hoch, stöhnte, vor Anstrengung puterrot angelaufen, und schleuderte es wie ein Geschoss auf Samson Honig. Aber da hatte er die Rechnung ohne den Wirt gemacht. Samson fing das Fass noch in der Luft auf. Warf es zurück, als wäre es ein Ball. Der Ritter, dem es die Beine unter dem Leib wegzog, stürzte in einen Strohhaufen.

Er schaffte es nicht mehr aufzustehen. Reynevan und Samson warfen sich auf ihn, drückten ihn zu Boden, drehten ihm die Hände auf den Rücken und fesselten ihn. Das Weiberhemd wanden sie ihm um den Kopf. Die Beine banden sie ihm an den Knöcheln mit einem Strick zusammen. Dann zogen sie ihn an jenem Strick hinter sich her, in den nächsten Keller. Sie machten sich keine Umstände, scherten sich nicht weiter darum, dass der Kopf des Ritters rhythmisch auf jeder Steinstufe einzeln aufknallte.

Nachdem sie ihn schwungvoll auf einen Haufen Kohlköpfe geworfen hatten, begann der Ritter, sich stöhnend und fluchend aufzusetzen. Als Reynevan ihm das Hemd vom Kopf zog, blinzelte er. Der Keller hatte ein kleines Fenster, von dort fiel ein wenig Licht herein. Der Ritter blickte Reynevan lange an, Samson nur kurz. Und er begriff sofort, dass nur einer der beiden für Verhandlungen ansprechbar war. Er sah Reynevan direkt in die Augen und räusperte sich.

»Vernünftig«, sagte er, sich ein Lächeln abringend. »Umsichtig, Bruder. Warum soll man mit anderen teilen, wenn man alles für sich allein haben kann? Die Zeiten sind viel zu schwer und zu unsicher, um einen Groschen zu verachten. Und dieser Groschen fällt dir in den Geldbeutel, das verspreche ich dir.«

Reynevan atmete vor Erleichterung auf. Eine hundertprozentige Sicherheit hatte er bisher nicht gehabt, und Enttäuschungen angesichts der Folgen eines möglichen Irrtums hatte er schon mehr als genug erlebt. Aber sobald der Ritter begonnen hatte zu sprechen, konnte von einem Irrtum keine Rede mehr sein. Diese Stimme hatte er vor zwei Jahren vernommen, am dreizehnten September, in Schlesien, in der Scheune der Zisterzienser in Eichau.

»Du hast es dir verdient ...«, der silbern-schwarze Ritter feuchtete sich die Lippen an und schielte zu Reynevan hinüber, »du hast eine Belohnung verdient. Allein schon für deine Schlauheit. Mit Schläue hast du mich gefangen, da kann man nichts sagen. Du bist ein heller Kopf, da kann man nichts sagen ...«

Er hörte auf zu sprechen. Er hatte bemerkt, dass er vergebens redete, dass seine Worte auf den, an den sie gerichtet waren, nicht den geringsten Eindruck machten. Sogleich änderte er seine Vorgehensweise. Er setzte eine stolze Miene auf und änderte seinen Ton. In einen hochherrschaftlichen und herrischen.

»Ich bin Jan Smiřický von Smiřice. Begreifst du das, Kerl? Jan Smiřický! Das Lösegeld für mich ...«

»Dort auf dem Markt«, unterbrach ihn Reynevan, »hängt der Leichnam deines Kameraden Hynek schon am Pranger, nackt. Daneben ist noch viel Platz.«

Der Ritter senkte den Blick nicht. Reynevan begriff, mit wem er es zu tun hatte, aber er blieb dennoch bei seiner Strategie. Er versuchte weiterhin, ihn zu erschrecken und einzuschüchtern.

»Von deinen restlichen Freunden haben nur die überlebt, die Propst Rokycana verteidigt hat, als er sie mit seinem eigenen Leib vor den Spießen des Pöbels schützte; die hat man ins Rathausverlies geworfen. Zuvor aber hat man sie über einen rasch ersonnenen ›Tugendpfad‹ gejagt, durch ein Spalier von Leuten mit Keulen und Äxten. Außerdem geht die Verfolgung weiter, und der Pöbel wartet immer noch vor dem Rathaus. Du fragst dich, warum ich dir das alles erzähle? Weil ich große Lust habe, dich dorthin zu schleifen, auf den Markt, um dich den Pragern auszuliefern und zuzusehen, wie du unter den Schlägen anfängst zu rennen. Weißt du, woher diese Lust rührt? Errätst du es womöglich?«

Der Ritter zwinkerte mit den Augen. Dann riss er sie weit auf.

»Du bist das …! Jetzt erkenne ich dich!«

»Du hast meinen Bruder verraten, Jan Smiřický von Smiřice, du hast ihn in den Tod geschickt … Dafür wirst du bezahlen. Ich überlege gerade, wie. Vielleicht liefere ich dich den Pragern aus, wie ich es dir gesagt habe. Ich kann dir auch hier auf der Stelle ein Messer in die Rippen jagen.«

»Ein Messer?« Der Ritter hatte rasch wieder Haltung angenommen, er schürzte verächtlich die Lippen. »Du? In die Rippen? Ha, na dann los, jüngerer Herr von Bielau. Nur zu!«

»Provoziere mich nicht.«

»Provozieren?« Jan Smiřický lachte und spuckte aus. »Ich provoziere dich nicht. Ich verspotte dich! Ich kenne mich mit Menschen aus, ich kann ihnen durch die Augen bis in die Seele blicken. Dir habe ich in die Augen gesehen, und ich sage dir: Du kannst nicht mal ein Küken töten.«

»Ich kann dich zum Rathaus schleifen, habe ich gesagt. Dort wartet eine Meute auf dich, die weniger empfindsam ist.«

»Du kannst mir auch den Arsch küssen. Genau das schlage ich dir vor. Und empfehle es dir aus tiefstem Herzen.«

»Ich kann dich auch freilassen.«

Smiřický wandte den Kopf ab. Nicht schnell genug, als dass Reynevan nicht das Aufblitzen in seinen Augen bemerkt hätte.

»Also setzt du«, fragte Smiřický nach einer Weile, »doch auf Lösegeld?«

»So kann man es nennen. Du wirst mir einige Fragen beantworten.«

Der Ritter blickte ihn an. Er schwieg lange.

»Du Grünschnabel«, sagte er schließlich, verzog verächtlich den Mund und betonte jedes Wort. »Du kleiner Schlesiendeutscher. Du Doktor Quacksalber! Was glaubst du eigentlich, mit wem du es zu tun hast? Ich bin Jan Smiřický von Smiřice, ein böhmischer Edelmann, ein Ritter, der Hetman von Melnik und Raudnitz. Meine Vorfahren haben bei Legnano gekämpft, bei Askalon und Arsuf. Mein Urgroßvater hat sich vor Mühldorf und vor Crécy Ruhm erworben. Ich soll dir Rede und Antwort stehen? Dir? Ach, fick dich doch selbst, du Trottel.«

»Du, edler Herr Smiřický, hast wie ein ganz gewöhnlicher Verbrecher den Verrat an deinen eigenen Landsleuten angezettelt. An jenen, die dich zum Hetman ernannt und in Melnik und Raudnitz eingesetzt haben. Zum Dank dafür hast du mit Konrad von Oels, dem Bischof von Breslau, konspiriert. Vor zwei Jahren, in Schlesien, in der Scheune der Zisterzienser. Zwei Jahre ist das jetzt her, aber das weißt du mit Sicherheit noch. Denn ich weiß es auch noch. Jedes einzelne Wort, das dort gesprochen wurde.«

Smiřický heftete die Augen fest auf Reynevan. Er schwieg eine Zeit lang, mehrmals musste er schlucken. Als er endlich zu sprechen begann, schwang in seiner Stimme außer Erstaunen auch unverhohlene Bewunderung mit.

»Also du bist das ... Du warst dort. Du hast dort gelauscht ... Der Teufel soll dich ...! Das muss man dir lassen, du treibst dich in der ganzen Welt herum. Das bewundere ich. Aber gleichzeitig tust du mir auch leid. Leute wie du sterben jung. Und meist eines gewaltsamen Todes.«

Samson Honig sandte Reynevan mit seinem magischen Amulett ein mentales Signal. Aber obwohl während der Verfolgung die Verständigung einigermaßen geklappt hatte, war jetzt, auf nur zwei Schritte Entfernung, das Signal völlig unkenntlich. Das heißt, der Inhalt war unkenntlich, die Intensität der Botschaft war hingegen deutlich spürbar. Reynevan empfing es als eine Aufforderung, standhaft zu bleiben.

»Du wirst meine Fragen beantworten, Herr Smiřický.«

»Nein, ich werde sie nicht beantworten. Du glaubst, du hättest etwas gegen mich in der Hand, etwas, womit du mir Angst machen und mich erpressen kannst? Einen Scheiß hast du, jüngerer Herr von Bielau. Und weißt du, warum? Weil ein neues Zeitalter angebrochen ist. Jeder Tag bringt Veränderungen. In solchen Zeiten müssen Quacksalber und Erpresser rasch handeln, sonst wird ihre Tat zum Gespött. Hast du nicht bemerkt, was heute auf den Straßen vor sich gegangen ist? Ich bin an der Seite von Hynek von Kolštejn in Prag eingezogen. Wir sind direkt von Kolín gekommen, von Herrn Diviš Bořek, er hat uns seine Bewaffneten mitgegeben. An unserer Seite waren echte Gefolgsleute und auch so fanatische Katholiken und Hussitenschlächter wie Puta von Czastolovice und Otto de Bergow. Wozu wir gekommen sind, ist kein Geheimnis. Wir hatten die Absicht, das Rathaus zu besetzen und die Macht zu übernehmen, denn Prag ist das *caput regni*, und wer Prag hat, hat Böhmen. Wir wollten Korybut befreien und ihn zum König machen. Zu einem legitimen König, das heißt mit der Zustimmung Roms. Wir wollten mit dem Papst verhandeln, der, wie es heißt, einem Kompromiss im Hinblick auf die Liturgie nicht abgeneigt und, was den Kelch anbelangt und die Kommunion *sub utraque specie*, bereit ist nachzugeben. Bereit ist zu Verhandlungen. Aber nicht mit Tábor. Nicht mit den Radikalen, nicht mit den Leuten, an deren Händen Fürstenblut klebt. Gemeinsam mit Oldřich von Rožmberk und den Herren vom Landfrieden wollten wir die Radikalen erledigen, die Waisen vertreiben, Tábor liquidieren und die Ordnung im Königreich Böhmen wiederherstellen. Begreifst du das?«

»Wir sind in Prag eingezogen«, Smiřický wartete die Antwort von Reynevan gar nicht erst ab, »offen und ohne Kopfbedeckung. Deutlicher konnte ich wohl nicht zeigen, was meine Absicht ist, gegen wen und gegen was ich bin. Wem ich die Treue halte und mit wem ich gemeinsame Sache mache. Heute hat sich alles erwiesen und alles gezeigt. Was also willst du tun? Jetzt, wo die Katze aus dem Sack ist, willst du zum Tábor gehen und Folgendes verkünden: ›Hört, Brüder, ich bringe euch eine Neuigkeit: Jan Smiřický ist euer Feind, er konspiriert mit den Katholiken gegen euch.‹? Das ist Schnee von gestern, Herr von Bielau,

Schnee von gestern! Du hast es vermasselt, du bist zu spät gekommen. Klar, vor einem Jahr, vor einem Monat noch …«

»Vor einem Monat noch«, beendete Reynevan mit kaltem Lächeln den Satz, »hätte ich dich enttarnen können, war ich für dich gefährlich. Deshalb hast du Meuchelmörder auf mich gehetzt. Wahrhaft ritterlich, Herr von Smiřice, wahrhaft eines Edelmannes würdig. In der Tat, Eure ruhmreichen Ahnen in der besseren Welt, die Helden von Askalon und Crécy, können stolz auf Euch sein.«

»Wenn du denkst, dass ich deswegen vor dir zu Kreuze krieche, dann irrst du dich gewaltig.«

»Beantworte meine Frage!«

»Habe ich dir nicht bereits vorgeschlagen, mir den Hintern zu küssen? Dann wiederhole ich diese Einladung jetzt ganz einfach noch mal.«

Plötzlich erhob sich Samson Honig. Reynevan hätte schwören können, dass es Smiřický nun mit der Angst zu tun bekam.

»Es ist Krieg!«, schrie er, was Reynevans Vermutung bestätigte. »Krieg, Mann! Wer dir schaden kann, der ist ein Feind, und einen Feind vernichtet man! Dein Bruder hat für Tábor, für Žižka, für Švamberk und für Hvězda gearbeitet, also war er ein Feind, der Schaden anrichten konnte, und genau das hat er getan. Der Bischof von Breslau hingegen war ein wertvoller Verbündeter, es war der Mühe wert, sich mit ihm zusammenzutun. Der Bischof wollte die Namen der taboritischen Spione in Schlesien, und er hat die Liste bekommen. Zudem hatte der Bischof deinen Bruder schon seit langem in Verdacht, er hätte ihn auch ohne meine Hilfe erwischt. Der Bischof von Breslau hat seine eigenen Mittel und Methoden. Du würdest dich wundern, wie wirksam die sind.«

»Wundern würde ich mich nicht, ich habe das eine und andere gesehen. Die Wirksamkeit seiner Aktionen streite ich auch nicht ab. Denn Jan Hvězda, den du erwähnt hast, lebt nicht mehr, Bohuslav von Švamberk lebt auch nicht mehr. Und du warst es, der sie beide damals in der Scheune der Zisterzienser den Schergen des Bischofs ausgeliefert hat. Švamberk war von hoher Abkunft. Von weitaus höherer und bedeutenderer als du, obwohl du dich deiner Ahnen so rühmst. Für Bohuslav von Švamberk wartet das Beil auf dich, dafür wird seine Familie schon Sorge tragen.«

Samson sandte erneut ein Signal. Reynevan verstand.

»Hvězda und Švamberk sind an ihren Wunden gestorben, die sie im Kampf davongetragen haben«, erklärte Smiřický währenddessen. »Da kannst du viel erzählen und anklagen, niemand wird dir Glauben schenken ...«

»Denn niemand glaubt an schwarze Magie«, vollendete Reynevan den Satz. »Das wolltest du doch sagen?«

Smiřický presste die Lippen aufeinander.

»Was zum Teufel willst du eigentlich?«, brach es plötzlich aus ihm heraus. »Rache? Na, dann räche dich doch! Erschlag mich! Ja, ich habe deinen Bruder verraten, obwohl er mir vertraut hat, so wie Christus Judas vertraute. Bist du nun zufrieden? Natürlich habe ich gelogen, ich habe deinen Bruder nie gesehen, gehört habe ich von ihm von ... Es spielt keine Rolle, von wem. Aber ich habe ihn dem Bischof ausgeliefert, deshalb ist er gestorben. Dich hingegen habe ich für einen Spion Neplachs gehalten, für einen möglichen Aufwiegler und Erpresser. Ich musste etwas gegen dich unternehmen. Der gedungene Armbrustschütze hat dich verfehlt, es ist kaum zu glauben. Zweimal habe ich versucht, dich zu vergiften, aber Gift scheint bei dir nicht zu wirken. Drei Mörder habe ich gedungen, ich weiß nicht, was mit ihnen geschehen ist. Sie sind verschwunden. Äußerst seltsame glückliche Zufälle. Hat hier nicht gerade erst jemand von schwarzer Magie gesprochen?«

Filou hat die gefangenen Häscher gezwungen auszusagen, überlegte Reynevan. Er hatte gewiss schon früher Kunde von dem Putsch, die Häscher haben unter der Folter das Übrige ausgeplaudert und seinen Verdacht bestätigt. Weil er Mörder auf mich angesetzt hat, hat Jan Smiřický Prag verspielt. Und Hynek von Kolštejn hat dafür mit seinem Leben bezahlt.

»Die Ratten verlassen das sinkende Schiff«, sagte er, mehr zu sich selbst als zu dem Ritter. »Nach Tachau und bei der größer werdenden Macht von Prokop und Tábor war das eure einzige Chance. Ein Umsturz, die Machtergreifung, Korybuts Befreiung und Erhebung auf den Thron, eine Einigung mit den Papisten und dem Landfrieden. Ihr habt alles auf eine Karte gesetzt. Na ja, es hat nicht geklappt.«

»Tja, es hat nicht geklappt«, erwiderte der Ritter gleichmütig, wobei er immer noch Samson und nicht Reynevan ansah. »Ich habe verloren. Von welcher Seite aus man es auch betrachtet, es wird mich den Kopf kosten. Gut, soll geschehen, was da will. Erschlag mich, liefere mich Neplach aus, liefere mich dem Pöbel ans Messer, ganz nach Belieben. Ich habe genug von all dem. Nur eine Bitte habe ich noch, ich bitte nur noch um eines ... Ich habe in Prag ein Mädchen. Aus niederem Stand. Gebt ihr meinen Ring und das Kreuz. Und meinen Geldbeutel. Wenn ich euch darum bitten darf. Ich weiß, es ist eure Beute ... Aber das Mädchen ist arm ...«

»Beantworte mir meine Fragen«, wieder befolgte Reynevan Samsons telepathische Anweisungen, »und du wirst ihr alles selbst aushändigen können. Heute noch.«

Smiřický senkte schnell die Lider, um das Aufblitzen in seinen Augen zu verbergen.

»Du stellst mir eine Falle. Du wirst mir nicht vergeben. Du wirst die Rache für den Tod deines Bruders nicht aufgeben ...«

»Du hast ihn nur verraten. Andere haben ihn mit dem Schwert durchbohrt. Deren Namen will ich haben. Los, weiter, du elender Schacherer, jetzt bist du dran. Biete mir die Möglichkeit, mich an den anderen zu rächen, und ich verzichte auf meine Rache an dir.«

»Was für eine Garantie habe ich, dass du mich nicht hinters Licht führst?«

»Keine.«

Der Ritter schwieg eine Zeit lang, man hörte nur, wie er schluckte.

»Frag!«, sagte er schließlich.

»Hvězda und Švamberk, sie wurden ermordet, stimmt's?«

»Es stimmt«, stotterte Smiřický hervor. »Wahrscheinlich … Ich weiß es nicht … Ich vermute es, aber ich weiß es nicht sicher. Möglich ist es.«

»Schwarze Magie?«

»Bestimmt.«

»An dem Gespräch mit dem Bischof hat noch ein anderer teilgenommen. Ein Hochgewachsener, Schlanker. Schwarze Haare bis zu den Schultern. Ein Vogelgesicht …«

»Der Berater des Bischofs, sein Helfer und Vertrauter. Hör auf, mich mit Blicken zu durchbohren. Du weißt es doch oder kannst es dir wenigstens denken. Er erledigt die schmutzige Arbeit für den Bischof. Keine Frage, dass er auch Peter von Bielau ermordet hat. Und viele andere. Ich erinnere nur an den neunzigsten Psalm …«

»Der Pfeil, der am Tage fliegt. *Timor nocturnus*. Der Dämon, der am Mittag zerstört …«

»Das hast du gesagt«, Smiřický verzog den Mund, »du hast diese Worte ausgesprochen. Und du hast wohl ins Schwarze getroffen. Willst du einen guten Rat, mein Junge? Halte dich von dem fern. Von ihm und den …«

»Den schwarzen Reitern, die *Adsumus* rufen, die sich wie die Assassinen mit geheimnisvollen arabischen Substanzen benebeln. Die schwarze Magie anwenden.«

»Das hast du gesagt. Jage sie nicht! Glaube mir und höre auf mich. Versuch nicht einmal, dich ihnen zu nähern. Und wenn sie versuchen, sich dir zu nähern, fliehe. So weit und so schnell es geht.«

»Seinen Namen. Den Namen des Vertrauten des Bischofs.«

»Der Bischof selbst fürchtet ihn, so viel ist sicher.«

»Seinen Namen!«

»Er weiß von dir.«

»Seinen Namen!«

»Birkhart von Grellenort.«

Reynevan zog seinen Dolch. Der Ritter schloss unwillkürlich die Augen. Aber er öffnete sie sofort wieder und blickte mutig drein.

»Das ist alles, Herr Jan Smiřický, du bist frei. Leb wohl. Und versuche nicht noch einmal, mir nach dem Leben zu trachten.«

»Er wird es nicht versuchen«, sagte Samson Honig plötzlich. »Dir, Jan von Smiřice, bekommen Verrat und Verschwörung nicht gut. Sie zahlen sich nicht aus. Das wird auch in Zukunft so sein. Lass ab von Verrat und Verschwörung. In dir stecken so viele Ideen, so viele Pläne. So viele Ambitionen. In der Tat, es würde sich lohnen, wenn jemand hinter dir stünde, der dir halblaut rät, dir zuspricht und dich erinnert. *Respice post te, hominem te esse memento, cave, ne cadas. Cave, ne cadas,* Herr Jan Smiřický. Höre, wenn du Ohren hast. *Nescis, mi fili, diem neque horam.* Deine Ambitionen, Herr Smiřický, sind der Grund dafür, dass du untergehst. Aber du wirst weder den Tag noch die Stunde deines Falls kennen.«

Als Reynevan den Keller verließ, war Samson irgendwohin verschwunden, aber einen Moment später tauchte er wieder auf. Sie gingen durch die Gässchen in Richtung Plattnergasse.

»Meinst du, dass das klug war?«, fragte Reynevan. »Deine Rede am Schluss? Was war das eigentlich? Eine Prophezeiung?«

»Eine Prophezeiung?« Samson wandte ihm sein Idiotengesicht zu. »Nein. Das habe ich irgendwie dahingesagt. Und ob das klug war? Nichts ist klug. Zumindest nicht hier, in deiner Welt.«

»Aha. Dass ich das nicht gleich erraten habe! Aber da wir schon dabei sind, gehst du in die Tuchlaubengasse?«

»Natürlich. Du nicht?«

»Nein. Es gibt sicher viele Verwundete. Wie ich Rokycana kenne, hat er befohlen, sie in die Kirchen zu bringen. Das gibt jede Menge Arbeit, jeder Arzt wird gebraucht. Außerdem wird Neplach mich suchen. Ich kann nicht riskieren, dass er mich im Haus ›Zum Erzengel‹ findet.«

»Ich verstehe.«

Sie kamen zum Markt. Der nackte, grässlich zugerichtete Leichnam Hynek von Kolštejns, des Herrn auf Kamyk, des Hetmans von Leitmeritz und Ritters aus der Stephanslinie der Wallensteins, aus dem Geschlecht der mächtigen Markvartice, hing nun nicht mehr am Pranger. Sicherlich hatte Propst Rokycana befohlen, ihn von dort zu entfernen. Propst Rokycana duldete Totschlag, in gewissen Grenzen, versteht sich, ausschließlich um der gerechten Sache willen, versteht sich, und nur dann, wenn der Zweck die Mittel heiligte, aber er tat dies nur unter Schmerzen.

Aber Leichenschändung duldete er nie. Na, sagen wir mal, fast nie.

»Leb wohl, Reinmar. Gib mir das Amulett. Du verlierst es sonst noch, und dann reißt mir Telesma den Kopf ab.«

»Leb wohl, Samson. Aha, ich habe vergessen, dir zu danken. Für die telepathisch übermittelten Botschaften.«

Samson sah ihn an, und das Lächeln eines Kretins erhellte plötzlich sein Idiotengesicht.

»Dank deiner Pfiffigkeit und deiner Intelligenz ist alles glattgegangen«, antwortete er. »Ich habe dir kaum geholfen, ich habe dir keinen Dienst erwiesen, sieht man einmal von dem Fass ab, das ich nach Smiřický geworfen habe. Was die Botschaften anbelangt, so habe ich dir keine geschickt. Ich habe dich telepathisch nur ein bisschen angeschoben, dich gebeten, du mögest dich beeilen. Weil ich nämlich ganz dringend pinkeln musste.«

Es gab tatsächlich jede Menge Arbeit. Wie sich erwies, wurde jede Hand, die sich auf ärztliche Kunst verstand, dringend gebraucht. Die beiden Seitenschiffe von Maria vor dem Teyn waren voller Verwundeter, und wie Reynevan gehört hatte, lagen auch zahlreiche Verwundete in St. Niklas. Bis zum Einbruch der Dämmerung schiente Reynevan mit anderen Ärzten Brüche, stoppte Blutungen und vernähte, was zu vernähen war.

Als er damit aufhörte, aufstand, seinen schmerzenden Rücken streckte, zum wer weiß wievielten Male die vom Blutgestank und Weihrauchgeruch verursachte Übelkeit bekämpfte, als er schließlich beschloss, sich zu waschen, tauchte vor ihm wie ein Gespenst der Graue in den grauen Hosen auf. Reynevan seufzte und folgte ihm, ohne zu diskutieren oder eine Frage zu stellen.

Bohuchval Neplach wartete auf ihn in der Wirtschaft »Zum böhmischen Löwen« in der Zeltnergasse. Die Wirtschaft braute ein ausgezeichnetes Bier und war für ihre Küche berühmt, aber das wohl kalkulierte Renommee schlug sich in den Preisen nieder, so dass Reynevan nicht zu den Gästen dieses Lokals zählte, weder zu Studentenzeiten noch jetzt konnte er es sich leisten. Heute hatte er daher zum ersten Mal Gelegenheit, mit dem Interieur und den Küchengerüchen Bekanntschaft zu schließen, die zugegebenermaßen verführerisch waren.

Der Chef des taboritischen Geheimdienstes schmauste allein in einer Ecke sitzend, wobei er einer gebratenen Gans eifrig und tapfer zusprach und dabei völlig außer Acht ließ, dass ihm das Fett auf die Manschetten und die Brust seines mit Silberfäden bestickten Wamses tropfte. Er erblickte Reynevan, bedeutete ihm mit einer Geste, Platz zu nehmen, einer Geste, die er übrigens mit einem schaumbedeckten Humpen ausführte, aus dem er das Gänschen befeuchtete. Er aß weiter, hob nicht einmal den Blick.

Er verspeiste die ganze Gans, sogar den Sterz, den er sich bis zum Schluss aufhob. Wer hätte das gedacht, sinnierte Reynevan, er ist klapperdürr, aber er hat den Appetit eines Krokodils. Ha, das kommt sicher von der anstrengenden Arbeit. Oder von einem Parasiten.

Filou musterte die Reste seiner Gans und kam zu der Überzeugung, sie seien nun so wenig anziehend, dass er seine Aufmerksamkeit auf etwas anderes lenken könne. Er hob die Augen.

»Ja und?« Er wischte sich das Fett vom Bart. »Hast du mir etwas zu sagen? Zu überbringen? Zu melden? Du gestattest, dass ich rate? Du hast nichts.«

»Du hast es erraten.«

In Filous schwarzen Augen erschienen zwei kleine Teufelchen. Beide hüpften und schlugen Purzelbäume. Unmittelbar nach ihrem Auftauchen.

»Ich habe einen Kerl verfolgt.« Reynevan tat, als bemerkte er nichts. »Fast hätte ich ihn gehabt. Aber bei St. Valentin ist er mir entwischt.«

»Was für ein Pech«, sagte Neplach leidenschaftslos. »Hast du ihn wenigstens erkannt? Ist es vielleicht der gewesen, der mit dem Bischof von Breslau konspiriert hat?«

»Der war's. Glaube ich jedenfalls.«

»Aber er ist dir entwischt?«

»Er ist mir entwischt.«

»Also hast du wieder eine Gelegenheit zur Rache verpasst.« Filou griff nach seinem Humpen. »In der Tat, du bist ein Pechvogel, ein wahrer Pechvogel. Nein, wirklich, nichts gelingt dir, das Schicksal ist irgendwie nicht auf deiner Seite. Manch einer hätte schon aufgegeben, bei so einem Pech. Aber ich schau dich an und sehe, du trägst es mit Würde. Das kann man nur bewundern. Und dich darum beneiden.«

»Aber«, fuhr er fort, ohne eine Reaktion abzuwarten, »ich habe eine gute Neuigkeit für dich. Was dir nicht gelungen ist, ist mir gelungen. Ich habe den Lumpenhund geschnappt. Tatsächlich in der Nähe der St.-Valentins-Kirche, was deine Ehrlichkeit sehr schön zeigt. Freust du dich, Reynevan? Bist du dankbar? Vielleicht so sehr, dass wir offen und ehrlich über die fünfhundert Gulden des Steuereinnehmers sprechen können?«

»Neplach, hab Erbarmen.«

»Entschuldige, ich habe vergessen, dass du von der Affäre mit dem Steuereinnehmer überhaupt nichts weißt, dass du unschuldig und unwissend bist. Kommen wir also auf den Lumpenhund zurück, den ich gefasst habe. Stell dir mal vor, das ist kein Geringerer als Jan Smiřický von Smiřice, der Hetman von Melnik und Raudnitz. Kannst du dir das vorstellen?«

»Kann ich.«

»Ja und?«

»Nichts und.«

Es sah ganz so aus, als würden die Teufelchen jetzt Purzelbäume schlagen. Taten sie aber nicht.

»Deine Meldung, dass Jan von Smiřice an der schlesischen Verschwörung beteiligt war«, fuhr Filou nach einer Weile fort, »ist leider Schnee von gestern. Ist überhaupt nicht mehr aktuell. Ein neues Zeitalter ist heraufgezogen, es tut sich vieles, jeder Tag bringt Veränderungen, was gestern noch wichtig war, hat heute keine Bedeutung mehr und ist morgen so viel wert wie Hundescheiße. Das verstehst du doch, denke ich?«

»Na klar.«

»Das ist gut. Insgesamt gesehen ist es nämlich bedeutungslos, denn was macht es schon für einen Unterschied, wofür Smiřický vor Gericht gestellt, verurteilt und hingerichtet wird, wegen Verschwörung, Verrat, Revolte, das ist doch alles ein und derselbe Mist. Was hängen soll, ertrinkt nicht. Dein Bruder wird gerächt. Freust du dich? Bist du mir dankbar?«

»Neplach, ich flehe dich an, bitte fang nicht wieder mit den fünfhundert Gulden des Steuereinnehmers an.«

Filou setzte den Humpen ab und blickte Reynevan direkt in die Augen.

»Ich werde nicht davon reden. Die Sache ist peinlich, aber Smiřický ist geflohen.«

»Was?«

»Du hörst es ja. Smiřický hat Fersengeld gegeben. Er ist aus dem Gefängnis entflohen. Einzelheiten kenne ich im Moment noch nicht, eines ist jedoch bekannt: Bei der Flucht hat ihm sein Liebchen geholfen, die Tochter eines Prager Webers. Eine wahrhaft revolutionäre Angelegenheit, das musst du zugeben. Ein Ritter aus hohem Adel und seine Geliebte, eine Plebejerin, eine Weberstochter. Die müsste doch wissen, dass sie für ihn nur ein Spielzeug ist, dass aus dieser Verbindung nichts werden kann. Und doch hat sie für ihren Liebsten ihr Leben riskiert. Hat er ihr Liebstöckel gegeben, oder was?«

»Vielleicht«, Reynevan hielt dem Blick stand, »war es reine Menschlichkeit? Eine Stimme von hinten, die mahnte: *hominem te memento*?«

»Ist dir ganz wohl, Reynevan?«

»Ich bin müde.«

»Willst du was trinken?«

»Danke, aber auf nüchternen Magen …«

»Ha! Getroffen, Doktorchen! Holla, Wirt! Her zu mir!«

Am Donnerstag nach Mariä Geburt, am elften September, fünf Tage nach dem Putschversuch, zog Prokop der Kahle, der Triumphator von Tachau und Mies, nach Prag. Mit ihm die ganze Armee, Tábor, die Waisen, die Prager und ihre Anhänger, die Kampfwagen, die Artillerie, die Reisigen und die Reiterei. Es waren *in toto* zwölftausend Bewaffnete.

Und unter ihnen Scharley.

Drittes Kapitel

in dem Reynevan erfährt, dass er sich vor alten Weibern und Jungfrauen in Acht nehmen muss.

Das Rührei war nicht übel«, meinte Scharley. »Zwar hat der Sellerie den Geschmack ein wenig beeinträchtigt und wollte nicht ganz zu dem der Eier passen. Wer um Gottes willen und wozu gibt geraspelten Sellerie ans Rührei? Das muss eine übersteigerte kulinarische Phantasie unserer liebenswürdigen Wirtin sein. Aber wozu herumnörgeln, das Wichtigste ist doch, dass der Bauch voll ist. Die Frau Wirtin, unter uns gesagt, ist als Frau nicht ganz ohne, ja, gar nicht ohne ... Die Gestalt einer Juno, die Bewegungen einer Pantherin, in den Augen ein Blitzen, ha, vielleicht werde ich mir bei ihr auch ein Zimmer mieten und ein bisschen hier wohnen? Ich denke an den Winter, jetzt bleibe ich ja nicht lange hier, denn Prokop befiehlt den Abmarsch, wenn nicht morgen, dann übermorgen, wir ziehen, wie es heißt, nach Kolín, um Bořek von Miletínek den Verrat heimzuzahlen ... Holla, Reinmar, gehen wir denn überhaupt in die richtige Richtung? Ich kenne Prag nicht sehr gut, aber sollten wir nicht eher dort entlanggehen, hinter dem Neustädter Rathaus zum Karmeliterkloster?«

»Wir gehen über den Zderaz zur Anlegestelle am Holzmarkt. Wir fahren mit dem Boot.«

»Auf der Moldau?«

»Aber sicher. Ich mache das in letzter Zeit immer so. Ich habe dir doch gesagt, dass ich im Spital der Bohuslav-Mönche arbeite, das ist in der Nähe von St. Franziskus. Um dorthin zu kommen, muss man durch die ganze Stadt laufen. Das ist mehr als eine halbe Stunde Marsch, und an den Markttagen muss man jedes Mal eine halbe Stunde hinzurechnen, die man im Gedränge vor dem St.-Gallus-Tor steht. Mit dem Boot geht es schneller. Und es ist bequemer.«

»Du hast also ein Boot gekauft.« Scharley nickte und bemühte sich, eine ernste Miene aufzusetzen. »Ich sehe schon, den Ärzten hier geht es gut. Sie kleiden sich hervorragend, wohnen im Luxus, frühstücken ausgiebig und werden von attraktiven Witwen bedient. Jeder besitzt nach dem Vorbild venezianischer Patrizier seine eigene Gondel. Komm schon, komm, ich brenne darauf, sie zu sehen.«

Das am Ufer festgezurrte ausladende, breitrumpfige Boot glich nicht im Entferntesten einer venezianischen Gondel – vielleicht auch deshalb, weil es zum Transport von Gemüse diente. Scharley zeigte keinerlei Enttäuschung, er sprang behände an Bord und setzte sich zwischen die Körbe. Reynevan begrüßte den Bootsführer. Er hatte vor einem halben Jahr dessen Bein geheilt, das zwischen den Bordrändern zweier Barken hässlich zerquetscht worden war, wofür sich der täglich zwischen Psáry und Bubny pendelnde Bootsführer mit kostenlosem Transport revanchierte. Na, sagen wir, nahezu kostenlosem, denn im letzten halben Jahr hatte Reynevan auch noch die Frau des Bootsführers und zwei seiner sechs halbwüchsigen Kinder kuriert.

Kurz darauf legte der mit Möhren, Rettichen und Kohl schwer beladene Kahn vom Ufer ab und trieb, tief liegend, mit der Strömung der Moldau.

Außer Hobelspänen und Ästen trug das Wasser viele bunte Blätter mit sich. Es war bereits September. Wenn auch ein außergewöhnlich warmer.

Sie entfernten sich vom Ufer, glitten durch ein Wehr und durch Strudel, um die herum zahlreiche Rapfen schwammen, die einen ganzen Schwarm von Strömlingen nachzuahmen schienen.

»Von den zahlreichen Vorzügen einer solchen Flussfahrt«, bemerkte Scharley scharfsinnig, »ist die Möglichkeit, sich zu unterhalten, ohne dabei belauscht zu werden, keineswegs die geringste. Wir können also unser gestriges abendliches Gespräch fortsetzen.«

Das gestrige Gespräch, das am Abend begonnen und sich bis tief in die Nacht hinein hingezogen hatte, betraf, verständlicherweise, die wichtigsten Ereignisse der letzten Monate – von der Schlacht bei Tachau bis zum Putsch Hynek von Kolštejns vor kurzem und seinen Konsequenzen. Reynevan erzählte Scharley alles, was er eine Woche zuvor von Jan Smiřický von Smiřice erfahren hatte. Und er berichtete von seinen Plänen. Diese fanden, wie zu erwarten war, keineswegs Scharleys Beifall. Er hatte sie gestern nicht gutgeheißen und hieß sie auch heute nicht gut.

»Das ist mehr als töricht!«, stellte er noch einmal fest. »Es ist doch völliger Irrsinn, nach Schlesien zurückzukehren und Rache zu üben. Wenn ich es nicht besser wüsste, würde ich denken, du wärest in den letzten zwei Jahren überhaupt nicht klüger, ja, ich würde sogar meinen, du wärest noch dümmer geworden. Aber so ist es ja nicht. Du bist klüger geworden, Reinmar, dein Handeln Smiřický gegenüber beweist es doch. Du hattest ihn in der Hand, auf Gedeih und Verderb. Und was hast du getan? Du hast ihn freigelassen. Betrübt über den Tod deines Bruders, nach Rache dürstend, und doch hast du ihn gehen lassen. Denn mit dem Verstand, den du besitzt, erfasst du die Sinnlosigkeit einer solchen Rache. Schuld am Tod deines Bruders ist Smiřický nicht direkt. Jenen Birkhart von Grellenort, der vielleicht sogar deinen Bruder eigenhändig erschlagen hat, und Konrad, den Bischof von Breslau, der wohl den Befehl dazu gegeben hat, trifft paradoxerweise auch keine Schuld. Das, was Peterlin getötet hat, war der historische Augenblick. Jener historische Augenblick, der im Winter 1425 Ambros nach Wünschelburg und Wartha geführt hat. Nicht die Einwohner von Kuttenberg, sondern die Geschichte hat die aufgegriffenen Hussiten in die Schächte der Bergwerke geworfen. Nicht die Ungarn des Luxemburgers, sondern die Geschichte hat die Frauen in Laun vergewaltigt und ermordet. Nicht Žižka, sondern die Geschichte hat die Leute in Komotau, in Beraun und in Böhmisch-Brod gemordet und bei lebendigem Leibe verbrannt. Die Geschichte hat auch Hynek von Kolštejn erschlagen. Und da willst du Rache üben? An der Geschichte? Dich aufführen wie König Xerxes, der das Meer peitschte?«

Reynevan schüttelte den Kopf. Aber er erwiderte nichts.

Sie gelangten zur Insel Travnik. Vom linken Ufer her roch es immer noch nach Verbranntem. Im Mai 1420, während heftiger Kämpfe mit dem Heer der Königstreuen, war die Kleinseite in Flammen aufgegangen, so gründlich, dass sie fast vollständig zu Asche geworden und dies bis zum heutigen Tag so geblieben war. Man hatte zwar versucht, dort wieder etwas aufzubauen, aber irgendwie herzlos und ohne jeden Eifer. Es hatte immer wieder andere Sorgen gegeben, die Geschichte hatte dafür gesorgt, dass es daran nicht mangelte.

»Im Lichte der historischen Prozesse betrachtet«, fuhr Scharley mit Blick auf die schwärzlichen Überreste der Mühlen am Ufer fort, »kann man also davon ausgehen, dass du bereits Rache für deinen Bruder genommen hast. Denn du bist in seine Fußstapfen getreten und setzt sein Werk fort, das er nicht zu Ende bringen konnte. Als Erbe deines Bruders hast du die Kommunion *sub utraque specie* angenommen und bist ein Hussit. Peterlin war, das weiß ich, weil entsprechende Informationen zu mir gelangt sind, ein gläubiger Utraquist, welcher der Sache des Kelches aus aufrichtiger Überzeugung diente. Ich sage dies, weil es auch andere gab, die das aus anderen Beweggründen, manchmal recht schmutzigen, immer aber aus sehr prosaischen, getan haben.

Aber, und das wiederhole ich noch einmal, das traf weder auf deinen Bruder zu noch auf dich, wie ich denke. Du kämpfst immer ehrlich und aufopferungsvoll, ohne geringste Berechnung, für die Sache und die Religion, für die dein Bruder sich töten ließ.«

»Ich weiß nicht, woher das kommt, Scharley, aber aus deinem Munde klingen die heiligsten Dinge wie eine Wirtshauszote. Ich weiß, dass du dir nichts aus Heiligkeit machst …«

»Heiligkeit?«, unterbrach ihn der Demerit. »Reinmar? Ich höre wohl nicht recht?«

»Unterbrich mich bitte nicht.« Reynevan presste die Lippen zusammen, nicht etwa aus Niedertracht oder weil er keine eigene Meinung hatte. »Sicher, dass Peterlin für sie gestorben ist, hat mich den Hussiten nähergebracht, ich weiß, was für ein Mensch mein Bruder war, also stehe ich, ohne zu zögern, auf der Seite, für die er sich ausgesprochen hat. Aber ich habe auch meinen eigenen Verstand. Ich habe die Sache durchdacht und in meiner Seele ein Urteil gefällt. Die Kommunion mit dem Kelch habe ich aus voller Überzeugung empfangen. Denn ich unterstütze die Vier Artikel und Wyclifs Lehre, ich unterstütze die Hussiten in Fragen der Liturgie und der Interpretation der Bibel. Ich teile ihre Weltanschauung und ihr Programm zur Schaffung einer sozialen Gerechtigkeit.«

»Entschuldige, was für einer Gerechtigkeit?«

»*Omnia sunt communia*, Scharley! Alles gehört allen, in diesen Worten liegt die ganze göttliche Gerechtigkeit. Es gibt keine Großen, keine Kleinen, keine Reichen, keine Armen. Alles gehört allen gemeinsam! Kommunismus! Klingt das nicht schön?«

»Ich habe lange nichts mehr gehört, was so schön klingt.«

»Woher dann dieser Sarkasmus?«

»Mach dir nichts draus. Klinge ruhig so weiter. Womit haben dich die Wyclifiten noch betört?«

»Mit ganzem Herzen und mit ganzer Seele unterstütze ich das Prinzip *sola scriptura*.«

»Aha.«

»Der Heiligen Schrift muss und soll man nichts hinzufügen. Die Schrift ist verständlich genug, dass jeder Gläubige sie auch ohne Kommentar von der Kanzel herab verstehen kann. Zwischen den Gläubigen und Gott bedarf es keiner Mittler. Vor dem Schöpfer sind alle gleich. Die Autorität des Papstes und der kirchlichen Würdenträger kann man nur dann anerkennen, wenn sie mit dem Willen des Allerhöchsten und der Heiligen Schrift übereinstimmt. Besonders der Besitz wird den Priestern nur anvertraut, damit sie ihre ihnen von Christus und der Schrift auferlegten Pflichten erfüllen. Wenn die Priester diese Pflichten nicht erfüllen, wenn sie sündigen, muss ihnen dieser Besitz genommen werden.«

»Oh!«, versetzte Scharley lebhaft. »Nehmen? Ja, das klingt gut. Dieser Klang gefällt mir!«

»Spotte nicht. Hast du dir noch nie überlegt, warum gerade hier in Böhmen, in Prag, aus dem Funken, der von dem Scheiterhaufen in Konstanz ausging, solch ein Brand entfacht wurde? Ich sag's dir: Weißt du, wie viele Geistliche es in der Prager Diözese gab? Sechstausend. Wie viele Klöster es gab? Hundertsechzig. Weißt du, dass allein in Prag jeder Zwanzigste einen Habit oder eine Kutte trug? Und wie viele Pfarreien gab es in Prag? Vierundvierzig. Breslau hat, wenn ich dich daran erinnern darf, neun. Allein im St.-Veits-Dom gab es exakt dreihundert kirchliche Stellen. Kannst du dir vorstellen, wie groß das Vermögen war, das allein aus den Präbenden und Annaten gezogen wurde? Nein, Scharley, so konnte es nicht länger weitergehen, und so kann es nicht gehen. Die Säkularisierung der Kirchengüter ist absolut notwendig. Der Klerus herrscht über einen zu mächtigen weltlichen Besitz. Hier geht es nicht nur mehr um Christi Gebote, sondern um die Rückkehr zur evangelischen Armut, zu der Art zu leben, wie Jesus und die Apostel es taten. Diese gewaltige Konzentration von Besitz und Macht musste Zorn und soziale Spannungen heraufbeschwören. Das muss ein Ende nehmen, ihr Reichtum, ihre Leuteschinderei, ihr Prunk, ihr Stolz, ihre Macht. Sie müssen wieder zurückkehren zu dem, was sie waren, zu dem, was ihnen Christus befohlen hat: nämlich arme und demütige Diener zu sein. Und nicht Joachim von Fiore ist als Erster darauf gekommen, nicht Ockham, nicht Waldhausen, nicht Wyclif und nicht Hus, sondern Franz von Assisi. Die Kirche muss sich ändern. Sich reformieren. Von einer Kirche der Magnaten und Politiker, der Prahler und Dummköpfe, der Obskuranten und Hypokriten, von einer Kirche der Inquisitoren, einer Kirche verbrecherischer Anführer von Kreuzzügen, solcher Kreaturen wie zum Beispiel unser Breslauer Bischof Konrad, muss sie sich zu einer Kirche der Franziskaner wandeln.«

»Du verschwendest dein Talent in den Spitälern. Du solltest Prediger werden. Meiner Ansicht nach solltest du dich aber ein wenig zügeln. In Tábor haben wir genügend Prediger, ja sogar mehr als genug, bis zum Gehtnichtmehr, manchmal kommt dir bei so einer Predigt das Frühstück wieder hoch. Hab doch ein bisschen Mitleid mit unserem Rührei mit Sellerie und bremse dich ein wenig. Du fängst sonst womöglich noch an, gegen Simonie und Wollust zu wettern.«

»Wenn's aber wahr ist! Niemand hält sich mehr an die kirchlichen Eide und Regeln. In Rom angefangen bis hinunter zum entlegensten Pfarrsprengel, nichts, nur Ämterkauf, Sittenlosigkeit, Sauferei und Verderbtheit. Soll man sich da wundern, wenn Analogien zu Babylon und Sodom aufkommen, wenn alles mit dem Antichristen gleichgesetzt wird? Wenn das Wort umgeht: *omne malum a clero*? Deswegen bin ich für eine Reform, selbst für die radikalste.«

Scharley wandte seinen Blick von der Brandstätte der Johanniterkommende und den flammengeschwärzten Mauern der Ordenskirche St. Maria unter der Kette.

»Du bist für eine Reform, sagst du. Also werde ich deine Ohren mit einem Bericht darüber erfreuen, wie wir, die Gottesstreiter, diese Lehre mit Leben erfüllen. Im Mai dieses Jahres, die Nachricht darüber ist dir gewiss zu Ohren gekommen, sind wir unter Prokop dem Kahlen zu einem Zug in die Lausitz aufgebrochen. Wir haben eine ganze Reihe von Kultstätten in Brand gesteckt und ausgeraubt, darunter Kirchen und Klöster in Hirschfeld, in Ostritz und in Bernstadt, und auch, was dich interessieren dürfte, bei Friedland, auf dem Land von Ulrich von Biberstein, der wohl der Onkel deiner geliebten Katharina ist. Görlitz einzunehmen, obgleich wir es bestürmt haben, ist uns nicht gelungen, aber in Lauban, das wir am Freitag vor dem Sonntag *Cantate* eingenommen haben, sind wir auf ein gutes Dutzend Priester und Mönche gestoßen, darunter auch Dominikaner, die aus Böhmen geflohen waren und eben in Lauban Asyl gefunden hatten. Prokop befahl, sie erbarmungslos niederzumachen. Also haben wir sie niedergemacht. Die böhmischen Pfaffen wurden verbrannt, die deutschen erschlagen oder im Queis ertränkt. Ein ähnliches Gemetzel haben wir vier Tage später in Goldberg veranstaltet ... Du machst so ein komisches Gesicht. Langweile ich dich?«

»Nein. Aber mir scheint, wir reden von völlig verschiedenen Dingen.«

»Tatsächlich? Du willst, sagst du, die Kirche verändern. Deshalb erzähle ich dir, wie wir sie verändern. Du willst, sagst du, Reformen, selbst die radikalsten. Ich möchte dich daran erinnern, dass sogar schon Könige übermütige Prälaten reformiert haben: Bolesław II. der Kühne, Heinrich II. Plantagenêt, Wenzel IV., hier in Prag. Und was hat das gebracht?

Einen Unruhestifter, Stanislaus von Szczepanów: geköpft; einen frechen Pfaffen, Thomas Becket: erstochen; einen Schwindler, Johannes von Pomuk: ertränkt. Einen Tropfen im Meer! Nicht radikal genug, Einzelaktionen anstelle einer Großaktion. Was mich betrifft, so ziehe ich die Methode von Žižka, Prokop und Ambros vor. Deren Ergebnisse fallen entschieden mehr ins Auge. Du sagtest, vor der Revolution habe jeder zwanzigste Prager eine Kutte oder einen Habit getragen. Wie viele siehst du heute noch auf der Straße?«

»Wenige. Pass auf, wir fahren gleich unter der Steinernen Brücke hindurch, da spucken sie immer runter. Manchmal pissen sie auch.«

Tatsächlich hingen an der Brüstung der Brücke Gassenbuben, die versuchten, auf jedes unten hindurchfahrende Boot, auf jede Barke und jede Schute hinunterzuspucken oder hinunterzupissen. Zum Glück glitten zu viele Boote unter der Brücke hindurch, als dass es den Gassenjungen gelungen wäre, mehr als ein paar zu treffen. Das Boot mit Reynevan und Scharley hatte Glück.

Die Strömung trug sie näher ans linke Ufer. Sie glitten an dem arg beschädigten Bischofspalast und den Ruinen des Augustinerklosters vorbei. Dahinter, über der Brandstätte der Kleinseite und hoch über dem Fluss, erhob sich imponierend der Felsen des Hradschins, stolz gekrönt von der Burg und den Türmen des St.-Veits-Doms.

Der Schiffer stieß mit seiner Stange das Boot in die Strömung zurück, sie fuhren wieder schneller dahin. Das rechte Ufer hinter der Mauer füllte schon die geschlossene Bebauung der Altstadt, das linke Ufer war malerischer – Weinberge nahmen es fast zur Gänze ein. Einst, vor der Revolution, hatten sie fast alle den Klöstern gehört.

»Vor uns«, der Demerit wies auf die Kirchtürme am rechten Ufer, »liegt doch St. Franziskus. Steigen wir hier aus?«

»Noch nicht. Wir fahren noch bis zum Wehr, von dort sind es nur ein paar Schritte bis zu den Tuchlauben.«

»Scharley?«

»Ich höre.«

»Geh etwas langsamer. Uns drängt nichts, und ich wollte ...«

Scharley blieb stehen und winkte den Mädchen in der Seifensiederei, was ein Konzert aus hellem Gelächter hervorrief. Er zeigte einer Schar Kinder, die die Zunge herausstreckten und kindliche Flüche ausstießen, demonstrativ seinen Ellenbogen. Er reckte sich und blinzelte in die Sonne, die hinter dem Kirchturm hervorlugte.

»Ich kann mir schon denken, was du willst.«

»Ich habe mir deine Auslassungen über historische Prozesse angehört. Dass Rache ein eitles Unterfangen ist, predigt Samson mir Tag für Tag. König Xerxes, der das Meer peitschte, ist jämmerlich und lächerlich. Dennoch ...«

»Ich höre dir mit großer Aufmerksamkeit zu. Und mit zunehmender Beunruhigung.«

»Ich habe große Lust, diese Hundesöhne, die Peterlin getötet haben, in die Finger zu kriegen. Besonders diesen Birkhart Grellenort.«

Scharley schüttelte den Kopf und seufzte.

»Genau das habe ich befürchtet. Dass du das sagst. Erinnerst du dich noch an unsere Reise, Reinmar, an Schlesien vor zwei Jahren? An die schwarzen Reiter, die ›Hier sind wir‹ schrien? An die Fledermäuse im Zisterzienserwald? Damals hat Huon von Sagar unsere Ärsche gerettet. Wäre Huon damals nicht rechtzeitig zur Stelle gewesen, hinge die Haut unserer Ärsche heute schön getrocknet über dem Kamin jenes Birkhart von Grellenort. Ich vernachlässige jetzt einfach mal die Tatsache, dass dieser Birkhart im Dienste des Bischofs Konrad steht, des mächtigsten Mannes in ganz Schlesien, ein Mann, der nur mit dem kleinen Finger zu winken braucht, damit man uns auf Pfähle spießt. Und jener Grellenort ist kein gewöhnlicher Häscher, er hängt der schwarzen Magie an. Der Kerl kann sich in einen Vogel verwandeln, und du sagst, du würdest ihn gern in die Finger kriegen? Ja, wie denn, da bin ich aber neugierig.«

»Es würde sich schon ein Weg finden. Der findet sich immer, da genügt der ehrliche Wille. Und ein paar Ideen. Ich weiß, dass es verrückt ist, nach Schlesien zurückzukehren. Aber sogar verrückte Unternehmungen können gelingen, wenn man nach einem gut durchdachten Plan vorgeht. Stimmt's?«

Scharley blickte ihn prüfend an.

»Ich merke, dass dich deine neuen Freunde auf deutliche und interessante Weise beeinflussen. Ich denke dabei selbstverständlich an die berühmte Gesellschaft aus der Apotheke ›Zum Erzengel‹. Ich bezweifle nicht, dass man viel von ihnen lernen kann. Die Schwierigkeit ist nur, aus dieser Vielfalt das herauszufinden, was des Lernens wert ist. Wie steht es denn damit?«

»Ich gebe mir Mühe.«

»Das ist lobenswert. Aber sag mal, wie bist du eigentlich mit ihnen in Verbindung gekommen? Das war doch wohl nicht ganz leicht?«

»War es nicht.« Reynevan lächelte, als er sich daran erinnerte. »Um die Wahrheit zu sagen, es bedurfte schon eines Zufalls, der an ein Wunder grenzte, einer Fügung. Und stell dir vor, diese ist tatsächlich eingetreten. An einem heißen Julitag Anno Domini 1426.«

Svatopluk Fraundinst, Erster Arzt am Spital der Kreuzherren mit dem roten Stern an der Steinernen Brücke, war ein Mann in den besten Jahren, von stattlicher Gestalt und immerhin so ansehnlich, dass er, ohne sich groß anzustrengen, die im Spital seit der Zeit vor der Revolution tätigen Benediktinerinnen, die von den Hussiten aus ihrem Kloster vertrieben worden waren, verführen und bei jeder geeigneten Gelegenheit vögeln konnte. Es verging kaum eine Woche, in der man nicht hören konnte, wie eine vom Doktor in eine Kammer verfrachtete Schwester juchzte, stöhnte und die Heiligen anrief.

Dass Svatopluk Fraundinst ein Magier war, hatte Reynevan schon gleich zu Anfang vermutet, am ersten Tag, als er mit der Arbeit dort begann und dem Chirurgen bei seinen Operationen assistierte. Denn erstens war Svatopluk Fraundinst, ein ehemaliger Kanoniker vom Vyšehrad, *doctor medicinae* der Karls-Universität, der die *licentia docendi* in Salerno, Padua und Krakau erworben hatte, ein Schüler des Matěj von Bechyna, eines engen Mitarbeiters des berühmten Bruno von Osenbrughe. Meister Bruno von Osenbrughe war seinerzeit eine lebende Legende der europäischen Medizin, und Matěj von Bechyna verdächtigte man, der Magie zuzuneigen, sowohl der weißen wie auch der schwarzen. Allein die Tatsache, dass Svatopluk Fraundinst sich mit der Chirurgie befasste, besagte so einiges – Universitätsmediziner machten sich ihre Hände nicht mit der Chirurgie schmutzig, sondern überließen sie den Henkern und den Barbieren, ja, sie ließen sich nicht einmal zu einer Phlebotomie herab, die an allen Lehrstühlen als Allheilmittel gerühmt wurde. Diejenigen Ärzte hingegen, die Magier waren, scheuten nicht vor der Chirurgie zurück und waren sogar gut darin – und

Fraundinst war ein unglaublich geschickter Chirurg. Kamen dann noch die typische Manier von Worten und Gesten hinzu, der ganz offen getragene Ring mit dem Pentagramm, die scheinbar unwichtigen und wie von ungefähr hingeworfenen Äußerungen, konnte man sich einer Sache fast sicher sein. Nämlich der, dass Svatopluk Fraundinst einen mehr als flüchtigen Kontakt zur schwarzen Magie unterhielt und versuchte, Reynevan bei bestimmten Anlässen zu überprüfen. Selbstverständlich sah Reynevan sich vor, er lavierte und umging die Fallen so geschickt, wie er konnte. Die Zeiten waren hart, und man konnte nichts und niemandem über den Weg trauen.

Bis es eines schönen Tages im Juli, am Tage vor dem Fest des Apostels Jakobus des Älteren, geschah, dass man aus der nahe gelegenen Sägemühle einen Brettschneider ins Spital brachte, der sich an einer Säge schwer verletzt hatte. Das Blut floss in Strömen, und Fraundinst, Reynevan und die vorrevolutionäre Benediktinerin taten, was sie konnten, damit es aufhörte herauszuschießen. Es gelang ihnen nur schlecht, sei es durch die Schwere der Verletzung, vielleicht hatten sie aber auch ganz einfach nur einen schlechten Tag. Als ihm zum wiederholten Male das Blut aus der Arterie direkt ins Auge spritzte, stieß Doktor Svatopluk einen kräftigen Fluch aus, so schlimm, dass die Benediktinerin erst wankte und dann floh. Aber der Doktor sprach einen Bindefluch, auch »Zauber der Alkmene« genannt. Er tat dies mit einem Wort und einer Geste, Reynevan hatte noch nie im Leben eine derart elegant hingelegte Beschwörung gesehen. Die Arterie schloss sich auf der Stelle, das Blut begann sofort, dunkel zu werden und zu stocken. Fraundinst wandte Reynevan sein blutbeschmiertes Gesicht zu. Es war klar, was er wollte. Reynevan seufzte.

»*Quare insidiaris animae meae?*«, murmelte er. »Warum lauerst du mir auf, Saul?«

»Ich habe mich zu erkennen gegeben, und du musst es auch.« Der Magier lächelte. »Vorwärts, du vorsichtiger Zauberer von Endor. Hab keine Angst. *Non veniet tibi quicquam mali.*«

Gemeinsam sprachen sie die Beschwörung, *unisono*, mit der Kraft der gemeinsamen Magie fügten sie alle Gefäße aneinander und schlossen sie.

»Und dieser *doctor medicinae*«, erriet Scharley, »hat dich zur Gesellschaft der Magier geführt, die sich in der Apotheke ›Zum Erzengel‹ treffen. Die, zu der wir jetzt hingehen.«

Scharley hatte richtig geraten. Sie waren bei den Tuchlauben, die Apotheke sah man bereits hinter einer Reihe von Spinnereien, Webereien und Läden mit Seidenwaren. Über dem Eingang, hoch oben über der Tür, war ein Erker mit schmalen Fensterchen, den die hölzerne Figur eines Erzengels zierte. Der Zahn der Zeit hatte ordentlich an der Figur genagt, so dass es unmöglich war herauszufinden, welchen Erzengel sie darstellte. Reynevan hatte nie danach gefragt. Weder beim ersten Mal, als Fraundinst ihn im August 1426, an einem Donnerstag, auf den der Tag der Enthauptung Johannes' des Täufers fiel, dorthin geführt hatte, noch später.

»Bevor wir hineingehen«, Reynevan hielt Scharley zurück, »noch eines. Eine Bitte. Ich bitte dich sehr darum, dass du dich zurückhältst.«

Scharley stampfte mit dem Fuß auf, um ein Restchen Dreck vom Schuh zu schütteln, das auf den ersten Blick wie Hundekot aussah, aber sicherlich keiner war, denn in der Gegend liefen genügend Kinder umher.

»Wir sind Samson einiges schuldig«, fuhr Reynevan mit Nachdruck fort.

»Zum Ersten«, Scharley hob den Kopf, »hast du mir das schon gesagt. Zum Zweiten: Das bedarf gar keiner Frage. Er ist unser Freund, diese vier Worte besagen alles.«

»Ich freue mich, dass du das so aufnimmst. Ob du daran glaubst oder nicht, ob du zweifelst oder nicht, nimm es einfach hin, dass Samson in unserer Welt gefangen ist. Er ist in einer ihm fremden körperlichen Hülle eingeschlossen, und zwar nicht der schönsten, wie du zugeben musst. Er tut, was er kann, um sich daraus zu befreien, er sucht Hilfe ... Vielleicht findet er sie ja endlich hier in Prag, im ›Erzengel‹, vielleicht sogar heute ... Denn es ist gerade ...«

»Denn es ist gerade«, unterbrach ihn der Demerit mit leichter Ungeduld in der Stimme, »ein weltberühmter Magier aus Salzburg im ›Erzengel‹ zu Gast, ein *magnus nigromanticus*. Das, was den Prager Magiern nicht gelungen ist, gelingt vielleicht ihm. Das hast du mir schon gesagt. Wenigstens ein paar Mal.«

»Und du hast jedes Mal gelacht und spöttisch das Gesicht verzogen.«

»Das mache ich unwillkürlich. So reagiere ich, wenn ich von Magie höre, vom Eingeschlossensein ...«

»Ich bitte dich darum«, unterbrach ihn Reynevan ziemlich schroff, »dich heute mit deinen unwillkürlichen Reaktionen etwas zurückzuhalten. Aus Freundschaft zu Samson nicht zu lachen und keine Grimassen zu schneiden. Versprichst du mir das?«

»Ich verspreche es dir. Ich werde keine Grimassen schneiden. Ich verziehe nicht die Miene. Nicht ein einziges Mal, Gott soll mich strafen, wenn ich laut lache, sobald die Rede ist von Zauber, von Dämonen, von Parallelwelten und -existenzen, von Astralleibern, von ...«

»Scharley!«

»Ich bin ja schon still. Gehen wir hinein?«

»Wir gehen hinein.«

In der Apotheke war es finster, der Eindruck des Dunklen wurde durch die Farbe der Wandtäfelung und der Möbel noch verstärkt; wenn man aus der Sonne kam, so wie jetzt eben, konnte man einen Moment überhaupt nichts sehen. Man konnte nur stehen bleiben, blinzeln und die schweren Gerüche von Staub, Kampfer, Pfefferminze, Honig, Ambra, Salpeter und Terpentin in die Nasenflügel aufsteigen lassen.

»Zu Diensten, die Herren ... zu Diensten ... Was wünschen die Herren?«

Hinter dem Kontor tauchte genauso wie vor einem Jahr, am Tage der Enthauptung Johannes' des Täufers, Beneš Kejval auf, dessen Glatze im Halbdunkel glänzte.

»Womit«, fragte er, genau wie damals, »womit kann ich dienen?«

»*Cremor tartari*«, hatte damals Svatopluk Fraundinst leichthin gefragt, »habt Ihr vorrätig?«

»*Cremor*«, der Apotheker hatte sich über die Glatze gestrichen, »*tartari*?«

»So und nicht anders. Ich brauche auch noch etwas *unguentum populeum*.«

Reynevan hatte vor Verwunderung schlucken müssen. Nach allem, was er gehört hatte, musste Svatopluk Fraundinst in der Apotheke ein bekannter und geschätzter Kunde sein, aber der glatzköpfige Apotheker machte den Eindruck, als sähe er ihn zum ersten Mal in seinem Leben.

»*Unguentum* ist da, frisch hergestellt ... Aber mit *cremor tartari* sieht es weniger gut aus ... Benötigt Ihr viel?«

»Zehn Drachmen.«

»Zehn? So viel lässt sich wohl finden. Ich sehe nach. Tretet näher, Ihr Herren, hier herein.«

Erst sehr viel später hatte Reynevan erfahren, dass das scheinbar idiotische Begrüßungsritual eine Bedeutung hatte. Die Vereinigung in der Apotheke »Zum Erzengel« wirkte unter striktester Geheimhaltung. War alles in Ordnung, bat der Ankömmling in der Apotheke um zwei, stets um zwei, Arzneien. Bat er nur um eine, hieß das, er wurde erpresst oder verfolgt. Drohte hingegen in der Apotheke eine Gefahr oder eine Falle, warnte Beneš Kejval dadurch, dass er vorgab, nur die Hälfte des Verlangten vorrätig zu haben.

Hinter der Theke, hinter einer Eichentür, verbarg sich die eigentliche Apotheke mit ihrer typischen Einrichtung: Es fehlte weder an Schränken mit tausend kleinen Schubfächern noch an zahlreichen Gläsern und Flaschen aus dunklem Glas, weder an Mörsern aus Messing noch an Waagen. Von der Sturzdecke herab hing an einer Schnur ein vertrocknetes Monstrum, die Standarddekoration von Magierkabinetten, Apotheken und Gauklerbuden, eine Sirene, halb Jungfrau, halb Fisch, in Wirklichkeit aber ein präparierter Rochen. Dementsprechend ausgebreitet und auf einem Brett befestigt und getrocknet, hatte der Fisch in der Tat »Sirenengestalt« angenommen – die Nasenöffnungen gaben die Augen ab, und die gebrochenen Teile der Flossen waren die Schultern. Derlei Fälschungen wurden in Antwerpen und Genua hergestellt, wohin die Rochen von arabischen Kaufleuten oder portugiesischen Seglern, die überall hinkamen, gebracht wurden. Manche waren so geschickt gefertigt, dass man sie nur mit großer Mühe von echten Meernixen unterscheiden konnte. Es gab aber ein probates Mittel zur Überprüfung der Echtheit – wirkliche Sirenen waren nämlich um das Hundertfache teurer als nachgemachte, und keine Apotheke hatte so viel Geld dafür übrig.

»Antwerpische Arbeit.« Scharley taxierte mit dem Auge des Kenners die vertrocknete Scheußlichkeit. »Früher habe ich selbst welche verkauft. Die gingen weg wie warme Semmeln. In Breslau, in der Apotheke ›Zum goldenen Apfel‹, hängt noch heute eine davon.«

Beneš Kejval blickte ihn neugierig an. Als Einziger von den Magiern im »Erzengel« war er kein Mitarbeiter der Universität. Ja, er hatte nicht einmal studiert. Die Apotheke hatte er schlicht und einfach geerbt. Aber er war trotzdem ein unvergleichlicher Pharmazeut und ein Meister in der Zubereitung von Arzneien, magischen wie gewöhnlichen. Seine Spezialität war ein Aphrodisiakum aus zu Pulver zerriebenen Blätterschwämmen, Pinienkernen, Koriander und Pfeffer. Man erzählte sich scherzhaft, dass selbst ein Toter nach Einnahme dieses Spezifikums von der Bahre spränge und mit fröhlichen Sprüngen ins Freudenhaus hüpfte.

»Geht in die untere Kammer, Ihr Herren. Dort sind alle. Sie warten auf Euch.«

»Und du, Beneš? Gehst du nicht mit?«

»Ich würde gerne«, seufzte der Apotheker, »aber ich muss im Kontor bleiben. Dauernd kommen Leute. Ich sage dieser Welt nichts Gutes voraus, wenn es darin so viele Kranke, Schmerzgeplagte und von Arzneien Abhängige gibt.«

»Aber vielleicht«, meinte Scharley lächelnd, »ist das nur Hypochondrie?«

»Dann sage ich dieser Welt noch Ärgeres voraus. Beeilt Euch, Ihr Herren. Ach, Reynevan! Pass auf die Bücher auf.«

»Ich werde aufpassen.«

Von der Apotheke gelangte man in den Hof. Ein Brunnen, grün vom Moos, erfüllte die Luft mit ungesunder Feuchtigkeit, tapfer assistierte ihm dabei ein windschiefer Holunderstrauch, der eine Mauer verbarg und nicht aus der Erde, sondern aus einem Haufen fauliger Blätter herauszuwachsen schien. Der Strauch verdeckte wirkungsvoll eine kleine Tür. Der Türrahmen war fast völlig von Spinnweben bedeckt, dick und dicht. Es war klar, dass seit Jahren niemand mehr durch diese Tür gegangen war.

»Eine Illusion«, hatte Doktor Svatopluk Fraundinst ruhig erklärt, während er seine Hände in den Kokon von Spinnweben tauchte. »Illusorische Magie. Ganz einfach. Geradezu klassisch.«

Die Tür, die er angestoßen hatte, öffnete sich nach innen, zusammen mit den illusorischen Spinnweben, die nach dem Öffnen aussahen, als hätte man ein Stück dicken Filz mit dem Messer herausgeschnitten. Hinter der Tür war eine Wendeltreppe, die nach oben führte. Die Stufen waren steil und so schmal, dass es die Ankömmlinge nicht verhindern konnten, ihre Schultern mit dem Putz von der Wand zu beschmutzen. Nach ein paar Minuten Geschnaufe stand man vor der nächsten Tür. Diese hatte niemand mehr verbergen wollen.

Hinter der Tür befand sich die Bibliothek. Sie war voll gestopft mit Büchern. Außer Büchern, Schriftrollen, Papyri und einigen seltsamen Exponaten gab es dort nichts. Es war gar kein Platz dafür.

Überall lagen Inkunabeln herum, man konnte nicht einen Schritt tun, ohne zu stolpern, etwa über das ›Summarium Philosophicum‹ von Nicolas Flamel oder den ›Kitāb al-Mansūrī‹ von Rhazes, ›De expositione specierum‹ von Morienus oder ›De imagine mundi‹ von Gervasius von Tilbury. Bei jedem unbedachten Schritt konnte man sich empfindlich den Knöchel an den beschlagenen Kanten des Einbandes von Werken wie die ›Semita recta‹ von Albertus Magnus, die ›Perspectiva‹ von Witelo oder die ›Illustria miracula‹ von Caesarius von Heisterbach stoßen. Es genügte schon, unachtsam ein Regal zu streifen, und ›De arte occulta‹ des Artephius, ›De universo‹ des Wilhelm von Auvergne oder der ›Liber de natura rerum‹ des Thomas von Cantimpré fielen einem in einer dichten Staubwolke auf den Kopf.

In diesem ganzen Durcheinander konnte man versehentlich über etwas stolpern oder zufällig etwas berühren, das zu berühren ohne außerordentliche Vorsichtsmaßnahmen keineswegs ratsam war. Denn es kam vor, dass die Grimuarien, Traktate und Schriften über Magie selbst und aus eigenem Antrieb Zauber trieben: Manchmal genügte es schon, sich sorglos zu bewegen, zu klopfen oder zu pochen – und das Unglück war geschehen. Besonders gefährlich war in dieser Hinsicht das ›Grand Grimoire‹, als sehr bedrohlich konnten sich auch die ›Aldaraia‹ und das ›Lemegeton‹ erweisen. Bei seinem zweiten Besuch im »Erzengel« hatte Reynevan das Pech gehabt, von dem mit Büchern und Schriftrollen übersäten Tisch einen dicken Band herunterzustoßen, der nichts anderes als der ›Liber de Nyarlathotep‹ war. In dem Moment, als die mit fettigem Staub verklebte Inkunabel zu Boden fiel, wackelten die Wände, und vier von den sechs Gläsern mit Homunculi, die auf dem Schrank gestanden hatten, explodierten. Ein Homunculus verwandelte sich in einen federlosen Vogel, ein zweiter in eine Art Tintenfisch, der dritte in einen scharlachroten, aggressiven Skorpion und der vierte in einen Miniaturpapst in Pontifikalgewändern. Bevor auch nur irgendjemand irgendetwas unternehmen konnte, lösten sich alle vier in eine grüne, abscheulich stinkende, glibberige Masse auf, wobei es der Miniaturpapst noch schaffte, *»Beati immaculati, Cthulhu fhtagn!«* hervorzustoßen. Danach hatten sie alle Hände voll zu tun gehabt, alles wieder aufzuräumen.

Dieser Zwischenfall hatte die Mehrzahl der Magier vom »Erzengel« amüsiert, einige waren aber nicht gerade mit goldenem Humor gesegnet, und Reynevan hatte in ihren Augen dadurch, um es vorsichtig auszudrücken, keineswegs gewonnen. Aber nur einer der Magier hatte ihn noch lange nach diesem Zwischenfall mit scheelen Blicken bedacht und ihn spüren lassen, was Antipathie hieß.

Dies war, wie unschwer zu erraten, der Bibliothekar und Betreuer jener Büchersammlung.

»Grüß dich, Stephan.«

Stephan von Drahotuše, der Hüter der Bibliothek, hob den Kopf von den reich bebilderten Seiten der ›Archidoxa magica‹ des Apollonios von Tyana.

»Grüß dich, Reynevan.« Er lächelte. »Schön, dich wieder mal zu sehen. Du bist lange nicht hier gewesen.«

Es hatte Reynevan viel Mühe gekostet, nach jener Katastrophe in der Bibliothek das Verhältnis zu Stephan von Drahotuše wieder in Ordnung zu bringen. Aber er hatte es geschafft, und das mit einem Ergebnis, das alle Erwartungen übertraf.

»Und dies hier«, der Bibliothekar kratzte sich mit einem staubbeschmutzten Finger an der Nase, »ist gewiss der Herr Scharley, von dem ich so viel gehört habe? Willkommen, willkommen.«

Der aus einem alten mährischen Adelsgeschlecht stammende Stephan von Drahotuše war Mönch, Augustiner und –

selbstverständlich – Magier. Die übrigen Magier der Vereinigung vom »Erzengel« kannte er seit langem, schon seit seiner Studienzeit, aber erst 1420 hatte er sich in das Versteck in der Apotheke geflüchtet, nachdem sein Kloster auf dem Hradschin geplündert und verbrannt worden war. Im Unterschied zu den übrigen Magiern verließ er die Apotheke – oder, besser gesagt, die Bibliothek – so gut wie nie, er ging nie in die Stadt. Er war ein wandelnder Bibliothekskatalog, kannte jedes Buch und konnte es sofort ausfindig machen – unter den Bedingungen des in diesem Raum herrschenden Chaos war das eine Fähigkeit, die man nicht hoch genug veranschlagen konnte. Reynevan war daher auch stolz auf seine Freundschaft mit dem Mähren und verbrachte lange Stunden in der Bibliothek. Ihn interessierten Kräuterheilkunde und Pharmazie, und die Bibliothek im »Erzengel« war eine wahrhafte Fundgrube an Wissen. Außer Herbarien, Arzneilisten und bekannten, klassischen Pharmakopöen, wie die von Dioskurides, Walahfrid Strabo, Avicenna, Hildegard von Bingen oder Nikolaus von Polen, barg die Bibliothek auch unermessliche Schätze. Da gab es den ›Kitāb Sirr al-Asar‹ von Gābir, den ›Sefär ham-mirqāhôt‹ des Sabbataj Donnolo, unbekannte Werke von Maimonides, Hālid, Apuleius, der Herrad von Landsberg – wie auch andere *antidotaria, dispensatoria* und *ricettaria*, von denen Reynevan bisher nichts gewusst und von denen er nicht einmal etwas gehört hatte. Er bezweifelte, dass man an den Universitäten etwas darüber vernehmen würde.

»Also gut.« Stephan von Drahotuše machte das Buch zu und stand auf. »Gehen wir in die untere Kammer. Wir kommen gerade rechtzeitig, bald ist es beendet. Einerseits ist es reichlich extravagant, die Beschwörung nicht um Mitternacht zu beginnen, wie dies jeder normale Magier, der etwas auf sich hält, tun würde, sondern zur ersten Stunde des Tages, aber was soll's … Es steht mir nicht zu, die Taten von jemandem wie dem *valde venerandus et eximius* Vinzenz Reffin Axleben aus Salzburg, der lebenden Legende, dem wandelnden Ruhm und dem Meister aller Meister, zu kritisieren. Ha, ich bin wirklich gespannt, ob es dem Meister aller Meister bei Samson gelingen wird ...«

»Ist er gestern angekommen?«

»Gestern, in den Nachmittagsstunden. Er hat etwas gegessen und getrunken und sich dann danach erkundigt, womit er uns helfen kann. Daraufhin haben wir ihm Samson vorgestellt. Der Venerandus ist sofort aufgesprungen und wollte wieder gehen, er war überzeugt, wir erlauben uns einen Scherz mit ihm. Da hat Samson dasselbe Kunststückchen angewendet, mit dem er uns letztes Jahr überrascht hat: Er hat ihn auf Lateinisch angesprochen und dann alles in der Koina und auf Aramäisch wiederholt. Ihr hättet das Gesicht des ehrenwerten Meister Vinzenz sehen sollen! Aber es hat gewirkt, ähnlich wie damals bei uns. Der ehrenwerte Vinzenz Reffin Axleben hat Samson interessiert und wohlwollend angesehen, ja, er hat sogar gelächelt, zumindest soweit ihm dies seine Gesichtsmuskulatur erlaubte, die sonst das Gesicht zu einer ebenso düsteren wie arroganten Grimasse erstarren lässt. Danach haben sich die beiden im *occultum* eingeschlossen ...«

»Nur die beiden?«

»Der Meister aller Meister«, antwortete der Mähre lächelnd, »ist auch in dieser Hinsicht reichlich extravagant. Er stellt Diskretion über alles. Selbst wenn es an eine schwere Taktlosigkeit, um nicht zu sagen an eine Beleidigung grenzt. Verdammt noch mal, dieser alte Quacksalber ist hier zu Gast. Mich stört es nicht weiter, das geht mir sonstwo vorbei, Bezděchovský steht über solchen Dingen, aber Fraundinst, Teggendorf und Telesma ... Die sind wütend, milde ausgedrückt. Und wünschen Axleben von Herzen eine Niederlage. Meiner Ansicht nach wird ihr Wunsch in Erfüllung gehen.«

»Hä?«

»Er macht denselben Fehler wie wir am Dreikönigstag. Weißt du noch, Reinmar?«

»Und ob.«

»Dann wollen wir mal. Hier entlang, Herr Scharley.«

Aus der Bibliothek heraus traten sie in einen Kreuzgang, vom Kreuzgang führte sie ihr Weg über eine Stiege hinunter ins Untergeschoss, wo sie vor einer eisenbeschlagenen Tür Halt machten. An der Tür befand sich ein Bild, ein Oval, in welchem man die erzene Schlange Moses, den *serpens mercurialis*, erblickte. Über der Schlange war ein Kelch abgebildet, aus dem Sonne und Mond emporstiegen. Darunter erglänzten die Lettern V.I.T.R.I.O.L., die sich aus den Anfangsbuchstaben von *Visita Inferiora Terrae Rectificando Invenies Occultum Lapidem*, der geheimen Transmutationsformel der Alchemisten, ergaben.

Stephan von Drahotuše berührte die Tür und sprach die Beschwörungsformel. Die Tür öffnete sich knarrend und quietschend. Sie traten ein. Scharley seufzte laut auf.

»Nicht schlecht«, brummte er, während er sich umsah. »Nicht schlecht ... Das muss ich zugeben.«

»Mir hat es beim ersten Mal auch die Sprache verschlagen«, versicherte ihm Reynevan schmunzelnd. »Dann habe ich mich daran gewöhnt.«

In diesem großen alchemistischen Laboratorium, das den gesamten früheren Weinkeller einnahm, hörte die Arbeit nicht auf, ständig war jemand zugange, ganz gleich, ob es Werktag oder Sonntag war. Die Öfen und Atanore, die eine unbarmherzige Hitze ausstrahlten, erloschen nicht, was man besonders in der Winterzeit sehr zu schätzen wusste, und auch dann, wenn die Sommer kalt waren. In den Atanoren vollzogen sich die Kalzination und das Ausglühen, die unterschiedlichsten Substanzen gingen von der *albedo*-Phase in die *nigredo*-Phase über und verströmten bei der Umwandlung einen entsetzlichen Geruch. In den Kolben wurde unaufhörlich gefiltert, destilliert oder extrahiert, begleitet von heftigen Efferveszenzen und noch höllischerem Gestank. In gewaltigen Aludelen wirkten Säuren auf Metalle ein, wobei sich unedle Metalle mit mehr oder minder großem Effekt in edlere umwandelten. In Tiegeln brodelte Mercurius oder *argentum vivum*, Schwefel schmolz in Kupellen, in

Retorten wurden Nitrate geschieden und Salze abgesetzt, was einem die Tränen in die Augen trieb. Da wurde etwas aufgelöst, dort koaguliert, da sublimiert, Säure spritzte nach allen Seiten und brannte Löcher in die Seiten der auf dem Tisch liegenden kostbaren Exemplare von ›De quinta essentia‹ des Raimundus Lullus, des ›Speculum alchemicum‹ Roger Bacons und des ›Theatrum chemicum‹ des Arnold de Villanova. Auf dem Fußboden standen übel stinkende Kübel voller *caput mortuum* herum.

Meist, auch als Svatopluk Fraundinst Reynevan zum ersten Mal hierhergeführt hatte, waren im Laboratorium mindestens drei oder vier Alchemisten bei der Arbeit. Heute war ausnahmsweise nur ein einziger da.

»Guten Tag, Meister Edlinger!«

»Kommt bloß nicht näher«, brummte der Alchemist, ohne seine Augen von dem großen Kolben zu wenden, der in heißem Sand stand, »der kann gleich explodieren!«

Edlinger Brehm, einen Lizentiaten aus Heidelberg, hatte Herzog Wacław, der Sohn Przemkos von Troppau, in Mainz kennen gelernt, nach Leobschütz eingeladen und dorthin mitgebracht. Eine Zeit lang hatte Meister Edlinger den jungen Herzog mit Theorie und Praxis der Alchemie bekannt gemacht. Wacław hatte, wie viele Fürsten seiner Zeit, eine Schwäche für Alchemie und den Stein der Weisen, und Brehm lebte in Saus und Braus, bis zu dem Moment, als ihn die Inquisition ins Visier nahm. Als die Leobschützer Luft nach Scheiterhaufen zu riechen begann, flüchtete der Alchemist an die Prager Universität, wo ihn das Unwetter des Jahres 1419 ereilte. Als Deutscher, der sich von den anderen unterschied, fremd war und nur schlecht Böhmisch sprach, hatte er gewiss schwierige Zeiten durchlebt. Aber die Magier vom »Erzengel« hatten ihn als einen der ihren erkannt und ihn gerettet.

Edlinger Brehm packte den Kolben mit einer Eisenzange und goss die blubbernde bläuliche Flüssigkeit in eine mit einer froschlaichähnlichen Substanz gefüllte Schale. Es zischte, qualmte und stank erbärmlich.

»Herrgottdonnerwetterhimmelkreuzhalleluja!« Es war klar, dass sich der Alchemist eine überzeugendere Reaktion erhofft hatte. »Eine total beschissene Sache! Scheiße, Scheiße und noch einmal Scheiße! Seid ihr denn immer noch da? Ich bin beschäftigt! Aha, ich weiß ... Ihr wollt sehen, wie es Axleben bei Samson gelingt?«

»Ja sicher!«, bestätigte Stephan von Drahotuše. »Wir gehen hin. Du nicht?«

»Im Prinzip«, Edlinger Brehm wischte sich die Hände mit einem Lappen ab und bedachte die Schale mit dem Froschlaich mit einem bedauernden Blick, »im Prinzip kann ich auch hingehen. Hier hält mich nichts.«

Tief im Innern des Laboratoriums der Alchemisten verbarg sich in einer unscheinbaren Ecke hinter einem unscheinbaren Vorhang ein kleines Türchen. Für Uneingeweihte, sollten sie es je schaffen, bis hierher vorzudringen, befand sich hinter dem Türchen ein kleines Lager voller Kistchen, Fässchen und Fläschchen. Die Eingeweihten hingegen bewegten den im Innern eines Fässchens verborgenen Hebel, sprachen eine Formel, und die Wand wich zurück und gab eine dunkle Öffnung frei, der Grabesluft entströmte. Diesen Eindruck gewann man zumindest beim ersten Mal.

Edlinger Brehm, der auf magische Weise eine magische Laterne entzündet hatte, ging voran. Stephan von Drahotuše, Reynevan und Scharley folgten ihm über eine Treppe, die sich wie eine Spirale an den Wänden eines düsteren, scheinbar bodenlosen Schachtes entlangwand. Von unten her wehte es kalt und feucht.

Stephan von Drahotuše drehte sich um.

»Weißt du noch, Reynevan?«

Es war kein' Kemenat in einem Schlosse,
Dort wo ich war, ein Kerker der Natur,
Mit schlechtem Boden, finsterem Geschosse.

»Samson Honig«, meinte Scharley sogleich. »Das heißt, ich wollte sagen: Dante Alighieri. ›Die göttliche Komödie‹. Das poetische Lieblingswerk unseres Freundes.«

»Mit Sicherheit sein Lieblingswerk.« Der Mähre lachte. »Denn nur allzu häufig zitiert er daraus. Auf diesen Stufen ist eurem Freund mehr als eine Zeile aus dem ›Inferno‹ eingefallen. Ich sehe, Ihr kennt auch diese Seite von ihm gut.«

»Am Ende der Welt würde ich ihn daran erkennen.«

Sie stiegen die Treppe nicht bis in die Tiefe hinab, überwanden nur zwei Stockwerke; der Schacht war noch wesentlich tiefer, die Stufen verloren sich in schwarzer Dämmerung, aus der das Plätschern von Wasser heraufklang. Die Felsenhöhle, deren Geschichte in Vergessenheit geraten war, führte bis zur Moldau hinab. Wer sie wann entdeckt, wer sie und wozu genutzt hatte, wessen Erbe das seit Jahrhunderten hier befindliche Anwesen war, das den Eingang zur Höhle barg, wusste niemand mehr. Am ehesten verwies es wohl auf keltischen Ursprung – die Wände der Höhle waren von halb verloschenen, moosbewachsenen Reliefs und Zeichnungen bedeckt, auf denen charakteristische, geheimnisvoll ineinander verwobene Ornamente und von mäandernden Linien durchschlungene Kreise vorherrschten. Hier und da tauchten weniger charakteristische Wildschweine, Hirsche, Pferde und gehörnte Menschengestalten auf.

Edlinger Brehm drückte die massive Tür auf. Sie gingen hinein.

In der unterirdischen Kammer, die ganz einfach nur die Untere genannt wurde, saßen an einem gedeckten Tisch die übrigen Magier des »Erzengels« – Svatopluk Fraundinst, Radim Tvrdik, Jost Dun, Walter von Teggendorf. Und Jan Bezděchovský von Bezděchov.

Jost Dun, genannt Telesma, war wie Stephan von Drahotuše früher Mönch gewesen, das verrieten seine Haare, die, aus der Tonsur nachgewachsen, büschelweise unordentlich über den Ohren standen, wodurch der Träger dieser Frisur ein wenig wie ein Kauz aussah. Reynevan wusste, dass Telesma in jungen Jahren das *ora et labora* im Benediktinerkloster von Opatovice befolgt hatte, dort war er auch zum ersten Mal mit den geheimen Wissenschaften in Berührung gekommen. Danach hatte er in Heidelberg studiert, wo er sein magisches Wissen vervollkommnete. Er war eine Autorität auf dem Gebiet der Talismane, sowohl was die theoretischen Kenntnisse darüber anbelangte, wie auch bei der Herstellung von Amuletten. Er erstellte auch recht brauchbare Horoskope, mit denen er handelte; er verkaufte sie an diverse lügnerische Propheten, Pseudoastrologen und Möchtegernmagier und verdiente nicht schlecht damit. Neben den Erlösen aus der Apotheke bildeten die Einnahmen Jost Duns das finanzielle Fundament der Vereinigung.

Der schon recht betagte Walter von Teggendorf war ein Absolvent der Universitäten von Wien, Bologna, Coimbra und Salamanca, der die *facultas docendi* für all diese Lehranstalten besaß. Ihn zeichnete eine überaus große, beinahe andächtige Ehrfurcht vor der Medizin, der Alchemie und der arabischen Magie aus, besonders für Gābir und al-Kindī, also, wie er selbst zu sagen pflegte, für Abū Mūsā ibn Haiyān as Sufi und Abū Yūsuf Yacqūb al-Kindī. Teggendorfs Faszination drückte sich darin aus, wie er an Samsons Fall heranging. Seiner Ansicht nach waren die Dschinns an allem schuld. Samson in seiner gegenwärtigen Gestalt sei ein *madjnoun*, also ein Mensch, in dessen Körper ein mächtiger Dschinn einen weniger mächtigen, den er bezwungen hatte, zur Strafe gefangen hielt. Gegen eine solche Gefangenschaft, meinte der deutsche Magier, könne man nichts tun. Das Einzige, was man tun könne, sei, sich gut zu führen und auf eine Amnestie zu warten.

Der *reverendissime doctor* Jan Bezděchovský von Bezděchov war der älteste, erfahrenste und angesehenste der Magier vom »Erzengel«. Kaum einer wusste Näheres über ihn, er mochte es nicht, wenn über ihn gesprochen wurde, und er selbst sagte nichts. Er zählte – was allein schon an ein Wunder grenzte und von außergewöhnlichen magischen Fähigkeiten zeugte – nicht weniger als siebzig Jahre, wusste man doch immerhin, dass er zur Zeit Karls V. des Weisen, der 1380 gestorben war, an der Sorbonne gelehrt hatte und demnach, den Regeln der Universität gemäß, das einundzwanzigste Lebensjahr vollendet haben musste. Zu den Universitäten, an denen er studiert und an denen er gelehrt hatte, gehörten mit Sicherheit Paris, Padua, Montpellier und Prag – und gewiss war mit diesen vier die Liste noch nicht zu Ende. Es ging das Gerücht, dass sich Bezděchovský in Prag auf einen ernsthaften und heftigen persönlichen Streit mit dem Rektor der Universität, dem berühmten Johannes Schindel, eingelassen hatte. Die Ursachen dieses Konflikts, von dem Reynevan schon während seiner Studienzeit gehört hatte, waren nicht bekannt, führten aber dazu, dass Bezděchovský die Universität verließ und alle Kontakte dorthin abbrach. Nach dem Jahre 1417 war Bezděchovský ganz einfach verschwunden. Man rätselte, wo er abgeblieben sein konnte. Auch Reynevan hatte herumgerätselt. Jetzt wusste er es.

»Sei gegrüßt, junger Freund«, sagte Bezděchovský. Als einziger Magier redete er Reynevan nie mit dem Vornamen an. »Sei auch du gegrüßt, Herr Scharley, dein Ruhm eilt dir voraus. Wir haben vernommen, dass du schon das zweite Jahr bei den Taboriten weilst. Wie steht es denn um den Krieg? Was gibt es zu berichten?«

Jan Bezděchovský war der Einzige in der Runde, der kein Interesse für Politik aufbrachte. Die Kriegsereignisse, die ganz Prag fesselten, waren dem Alten völlig einerlei. Er fragte aus purer Höflichkeit.

»Ja, um den Krieg steht es ganz gut«, erwiderte Scharley höflich. »Die gerechte Sache siegt, die ungerechte verliert. Unsere schlagen die anderen. Ich wollte sagen, das Gute besiegt das Böse. Das heißt, die Ordnung triumphiert über das Chaos. Und Gott freut sich darüber.«

»Ach, ach.« Der alte Magier freute sich. »Das ist wirklich schön. Setz dich zu mir, Herr Scharley, und erzähle ...«

Reynevan nahm bei den anderen Magiern Platz. Radim

Tvrdik goss ihm Wein ein, der dem Bukett nach zu urteilen ein spanischer aus Alicante sein musste.

»Wie steht es?«, fragte Stephan von Drahotuše und wies mit einer Kopfbewegung auf die geschlossene Tür, die zum *occultum*, in den Götter- und Beschwörungssaal, führte. »Gibt's schon Ergebnisse? Oder wenigstens Vorzeichen dafür am Himmel und auf der Erde?«

»Meister Axleben zieht es vor, allein zu arbeiten«, antwortete Teggendorf. »Er mag es nicht, wenn man ihm über die Schulter schaut. Er hütet seine geheimnisvollen Methoden streng.«

»Sogar vor denen, die ihm Gastfreundschaft gewähren«, kommentierte Fraundinst mit saurer Miene. »Damit zeigt er ihnen, wofür er sie hält. Für Diebe, die auf seine Geheimnisse aus sind. Vor dem Schlafengehen versteckt er vermutlich auch seine Geldkatze und seine Schuhe unterm Kopfkissen, dass wir sie ihm nicht wegstehlen.«

»Er hat bei Sonnenaufgang begonnen«, warf Radim Tvrdik ein, der sah, dass sich Reynevan mehr für Samson Honig als für die Meinung anderer über Axleben interessierte. »Selbstverständlich nur mit dem Objekt, also mit Samson. Er wollte keine Hilfe, obwohl wir sie ihm angeboten haben. Er hat um nichts gebeten, weder um Instrumente noch um Weihrauch, auch nicht um ein *aspergillum*. Er muss also recht wirksame Artefakte haben.«

»Oder es gilt für ihn«, setzte Brehm hinzu, »was man auch über Manusfortis sagt. Man darf ihn nicht unterschätzen.«

»Wir unterschätzen ihn nicht«, versicherte Telesma. »Schließlich ist das trotz allem Vinzenz Axleben höchstpersönlich, der *magnus experimentator et nigromanticus.* Am Wissen über die Magie fehlt es ihm sicherlich nicht. Das ist ein Meister. Daher hat er auch das Recht, ein wenig extravagant zu sein.«

»Was für ein kompliziertes Wort.« Fraundinst verzog das Gesicht. »In Mala Smědava, meinem Dorf, bezeichnet man solche wie Axleben nicht als extravagant. Da sagte man schlicht und einfach: ein verdammter, aufgeblasener Narr.«

»Niemand ist vollkommen«, konstatierte Teggendorf, »auch Vinzenz Axleben nicht. Dass seine Arbeitsmethoden seltsam sind? Nun, wir werden sehen, wie sie sich bewähren. Wir werden es erkennen und beurteilen, wie die Schrift es lehrt: *ex fructibus eorum.*«

»Ich gehe jede Wette ein«, Svatopluk gab nicht auf, »dass diese Früchte sauer und nicht reif sind. Wer hält die Wette?«

»Ich bestimmt nicht«, Stephan von Drahotuše zuckte mit den Achseln, »denn Trauben erntet man nicht vom Dornenstrauch und Feigen nicht von Disteln. Axleben wird es bei Samson nicht gelingen, sein Ergebnis wird genauso aussehen wie unseres am Dreikönigstag. Das heißt: Es wird keines geben. Axleben wird das zum Verderben werden, was auch unser Verderben war: Stolz und Eitelkeit.«

Auf einem eisernen Dreibein glomm der Weihrauch, und ein deliziöses Duftwölkchen wand sich empor, die klassische, von der Mehrzahl der Grimuarien empfohlene Mischung aus Aloe und Muskatnuss. Samson, in Trance versetzt, lag auf einem großen Eichentisch. Er war vollkommen nackt, seinen riesigen, nahezu unbehaarten Körper bedeckten zahlreiche magische und kabbalistische Zeichen, die mit magischer Tinte aus Zinnober, Alaun und Kupferwasser aufgetragen worden waren. Man hatte ihn so hingelegt, dass sein Kopf, seine Hände und Füße die wesentlichsten Punkte im Salomonischen Kreis berührten, die hebräischen Lettern Lamed, Vau, Jod, Caph und Nun. Neun schwarze Kerzen, ein Schälchen mit Salz und eine Schale mit Wasser waren rings um ihn angeordnet.

Teggendorf und Brehm, die an den gegenüberliegenden Ecken des Tisches standen, beide in Zeremoniengewändern, intonierten halblaut die vom Ritual vorgeschriebenen Psalmen. Sie hatten soeben das *Ecce quam bonum* beendet und begannen nun mit dem *Dominus illuminatio mea.*

Bezděchovský trat näher. Er trug ein weißes Gewand und

eine ellenlange, spitze, mit Hieroglyphen bedeckte Mütze. In der Hand hielt er den *athame*, ein Stilett mit einem Elfenbeingriff, ein unumgängliches Requisit der Goetia.

»Athame!«, rief er laut. »Du, der du Athanaos bist, der den Tod nicht kennt und der du al-dhamme bist, das Zeichen des Blutes! *Coniuro te mihi cito oboedire! Hodomos! Helon, Heon, Homonoreum! Dominus illuminatio mea et salus mea, quem timebo? Dominus protector vitae meae, a quo trepidabo?*«

Bezděchovský berührte mit der Schneide des *athames* nacheinander die Flammen der Kerzen, das Wasser und das Salz.

»Ich beschwöre dich«, sagte er dabei jedes Mal, »Wesen des Feuers, im Namen der Macht: Der Geist, das nächtliche Gespenst möge davonfliegen. Ich beschwöre dich, Wesen des Wassers, im Namen der Macht: Wirf alle Unreinheit und Flecken von dir. Im Namen der Macht, im Namen Ambriels und Ehesatiels, sei gesegnet, Wesen des Salzes, möge der böse Wille der Dämonen dich verlassen. Und das Gute des Schöpfers möge an seinen Platz zurückkehren.«

Svatopluk Fraundinst, der dem Alten assistierte, trat heran und übergab ihm das *arctrave*, ein Messer, an dessen Ende sich ein Haken befand. Bezděchovský vollführte damit in der Luft vier rituelle Gesten.

»Bei allen Namen Gottes, bei Adonai, El, Elohim, Elohe, Zebaoth, Elion, Escerchie, Jah, Tetragrammaton, Sadai, befehlen wir euch Dämonen, die ihr hier herumschwirrt und in eurer Astralform anwesend seid, ihr möget in leidlicher menschlicher Gestalt hier vor uns erscheinen, nicht entstellt und nicht als Ungeheuer, ihr sollt einer klaren und verständlichen Sprache mächtig sein, befähigt sein, auf Fragen zu antworten, die euch gestellt werden. Tretet hervor und seid uns gehorsam, dies befehle ich euch bei Daniel, Gediel und Theodoniel, bei Klarimum, Habdanum und Ingodum! Tretet hervor!«

Natürlich geschah nichts, niemand trat hervor, niemand zeigte sich. Aber bei dieser Stufe der Beschwörung war das eher normal.

»Ego vos invoco«, fuhr Bezděchovský fort und hob das *arctrave*, *»et invocando vos coniuro, per eum cui oboediunt omnes creaturae, et per hoc nomen ineffabile, Tetragrammaton, Jehova, in quo est plasmatum omne saeculum, quo audito elementa corruunt, arae concutiuntur, mare retrograditur, ignis extinguitur, terra tremit, omnesque exercitus Coelestium, Terrestrium et Infernorum tremunt et turbantur!«*

»Venite, venite quid tardatis? Imperat vobis Rex regum! Titeip, Azia, Hyn, Jen, Minosel, Achadan, Vay, Vaa, Ey, Haa, Eye, El, El, Va, Vaaaaa!«

Mit dem Fortgang der Beschwörung wuchs die Stimme des Magiers an, erklomm immer höhere Lagen, war am Ende mehr ein Heulen, ein unmenschlicher, unnatürlicher Ton. Die Luft vibrierte spürbar, die Kerzen sprühten Funken und drohten zu erlöschen. Plötzlich roch es nach Tier, ein Gestank von Fäulnis und Löwenpisse wehte herüber. Das Dunkel, das die Kammer erfüllte, verdichtete sich, nahm Gestalt an und wurde zu einem Kumulus. Im Innern des Kumulus bewegte sich etwas, glitt heraus, wand sich, wie Aale in einem Sack, wie ein Bündel Schlangen. Reynevan sah, wie in dem Bündel plötzlich blutige Augen aufglommen, wie schreckliche, zähnebewehrte Kiefer aufeinanderschlugen, wie monströse Physiognomien vorüberglitten. Sein Staunen verflüchtigte sich rasch und begann einer Panik zu weichen. Nicht bloß aus Angst vor jenem schrecklichen Ungeheuer. Auch bei dem Gedanken, dass Samson vielleicht doch etwas damit verband.

Aber Jan Bezděchovský von Bezděchov war ein mächtiger Magier, darüber gab es keinen Zweifel, er hatte alles unter Kontrolle. Durch die Kraft seiner Beschwörungen rieselte der Putz des Gewölbes von den Wänden, die Flammen der Kerzen veränderten ihre Farbe, wurden tiefrot und dann blau. Ein gewaltiges Gebrüll und ein Knall waren zu hören, das makabre Schlangenbündel erstarrte zu einer anthrazitschwarzen Kugel, deren Oberfläche, so schien es, das Licht aufsog. Nach der nächsten Beschwörung verschwand die Kugel pfeifend. Der auf dem

Tisch liegende Samson streckte sich und begann zu erzittern. Dann wurde er schwächer und blieb bewegungslos liegen.

»Bei Cratares«, rief Bezděchovský. »Bei Capitel! Ich rufe dich, Wesenheit! Sprich, wer bist du! Ehrlich und ohne Lügen sage, wer bist du!«

Samsons Körper begann wieder heftig zu erzittern.

»Verum sine mendacio, certum et verissimum«, war seine etwas veränderte Stimme zu vernehmen. *»Quod est inferius, est sicut quod est superius, est sicut quod est inferius, ad perpetranda miracula rei unius.«*

Radim Tvrdik, der neben Reynevan saß, seufzte laut, Stephan von Drahotuše fluchte leise.

»Das ist die ›Tabula smaragdina‹«, erklärte er, als er Reynevans fragenden Blick bemerkte. »Er spricht mit den Worten des Hermes Trismegistos. Als ob er … als ob er …«

»Als ob er uns verspotten wollte«, vollendete Jost Dun den Satz.

»Bei Alpharos!« Jan Bezděchovský hob die Arme. »Bei Bedrimubal! *Per signum Domini Tau!* Wer bist du? Rede! Wo ist die Wahrheit?«

»Trenne die Erde vom Feuer«, antwortete fast unmittelbar darauf Samsons Stimme. »Mit großer Sorgfalt trenne das, was zart ist, von dem, was dicht ist. Und die Potenz wird sich von der Erde zum Himmel erheben, dann lässt sie sich wieder zur Erde nieder und nimmt die Macht aller höheren und niederen Wesen in sich auf. Dann wirst du alle Macht dieser Welt besitzen. Und alle Dunkelheit wird von dir weichen.«

»Vasotas, Samarath, Katipa!«, schrie Bezděchovský. »Astroschio, Abedumabal, Asath! Sprich! Ich fordere dich auf zu sprechen!«

Lange Zeit herrschte Stille, die nur vom Knistern der Kerzenflammen unterbrochen wurde.

»Completum est …«, war schließlich Samsons ruhige Stimme zu hören. *»Completum est quod dixi de Operatione Solis.«*

Da halfen weder Beschwörungen im Namen Gottes noch die des Astroschio oder des Abedumabal. Es halfen weder die rituellen Gesten, die mit Hilfe des *athames* und *arctraves* über Samson ausgeführt wurden. Das Weihrauchschwenken half nicht, und auch nicht das Aspergillum aus Verbenen, Immergrün, Salbei, Pfefferminze und Rosmarin. Als wirkungslos erwiesen sich sowohl der ›Große‹ als auch der ›Kleine Schlüssel Salomons‹, das ›Enchiridion‹ und das ›Grand Grimoire‹ halfen ebenso wenig. Die ganze Magie hätte fast das ganze Haus in die Luft gejagt, aber Samson antwortete mit keiner Silbe mehr.

Die Magier vom »Erzengel« taten so, als bekümmere sie dieses Fiasko nicht, sie sagten, das sei nichts, einen ersten Schritt habe man getan und man werde schon weitersehen. Jan Bezděchovský, dem es am schwersten fiel, gute Miene zum bösen Spiel zu machen, raffte sich lediglich dazu auf, ein paar ähnliche Fälle von Persönlichkeitstausch zu erwähnen; da ging es unter anderem um den *casus* Poppo von Osternas, des Hochmeisters des Deutschen Ordens. Dies klang verdächtig pessimistisch, denn in jenem Fall waren alle Bemühungen der deutschen Magier vergebens gewesen – Poppo von Osterna war und blieb bis an sein Lebensende ein »Anderer«, was übrigens niemand bedauerte, denn der eigentliche Poppo war ein Hurensohn gewesen.

Teggendorf war guten Mutes, das *infortunium* erachtete er für ganz gewöhnliches Pech, berief sich dabei auf al-Kindī und salbaderte unaufhörlich von Sheitanen, Ghuls, Dschinns und Ifriten. Fraundinst und Edlinger Brehm gaben den *dies aegyptiaci*, den pechbringenden ägyptischen Tagen, die Schuld, zu diesen zählte ihrer Auffassung nach jener unglückliche Freitag, der einunddreißigste August 1425, der Tag der Exorzismen in jenem schlesischen Benediktinerkloster. Die böse »ägyptische« Aura, sagten sie, habe seinerzeit den Exorzismus und seine Wirkung beeinträchtigt, die Sache sei dadurch extrem untypisch geworden und es werde schwierig sein, sie umkehrbar zu machen. Telesma seinerseits war der Ansicht, man erreiche überhaupt nichts ohne Talismane, und versprach, die dazu notwendigen herzustellen. Radim Tvrdik stotterte etwas von Golems und Schemen, bevor man ihn beschimpfen konnte.

Stephan von Drahotuše hingegen kritisierte *in toto* die von den Magiern angewandte Strategie und Taktik. Der Fehler, so behauptete er, sei nicht so sehr die Methode, diese sei zweitrangig, sondern das Ziel, das man sich gesetzt habe. Aufgrund der einfachen und keine Diskussion erfordernden Hypothese, dass Geist und Persönlichkeit Samson Honigs durch eine unbekannte Macht in den Körper eines dümmlichen Kraftpakets befördert worden seien, müssten die Bemühungen auf die Umkehr des Prozesses gerichtet sein, mit anderen Worten, auf die Entdeckung der Ursache, denn *nihil fit sine causa.* Entdecke man jene *causa efficiens*, lasse sich der Prozess vielleicht umkehren. Was aber täten die Magier vom »Erzengel«? Sie konzentrierten sich darauf, das Geheimnis zu lüften, zu entdecken, das Samson selbst entweder nicht verraten könne oder wolle. Mit ihren Bemühungen, herauszufinden, wer oder was Samson sei, strebten die Magier lediglich danach, ihre eigene Neugier und Eitelkeit zu befriedigen, sie gingen wie Ärzte vor, die sich abmühten, eine rätselhafte Krankheit zu diagnostizieren und eingehend zu untersuchen, ohne geringste Rücksichtnahme und ohne Mitleid mit dem Patienten zu empfinden, der von jener Krankheit befallen sei.

Die Magier empörten sich und schrien den Mähren nieder. Bevor man mit dem Heilen anfangen könne, müsse man sich der Metamorphose zuwenden, es sei notwendig, die Krankheit bis in ihre Tiefen hinein zu erkennen. *Scire*, zitierten sie Aristoteles, *est causam rei cognoscere.* Wer oder was Samson wirklich sei, stelle das Schlüsselelement dar. Samsons Geheimnis und sein Inkognito seien, um bei medizinischen Vergleichen zu bleiben, nicht nur die Symptome, sondern auch der *nexus*, der Kern, das Wesen der Krankheit selbst; wenn also die Krankheit ausgeheilt werden solle, müsse das Geheimnis entdeckt werden.

Und so begannen sie zu entdecken. Mit Eifer und Verve. Ohne auch nur den Hauch eines Ergebnisses.

In der Zwischenzeit war es Samson gelungen, sich mit allen Magiern vom »Erzengel« anzufreunden. Mit Jan Bezděchovský diskutierte er stundenlang über Gott und die Natur. Mit Edlinger Brehm stand er ganze Tage vor den Alembiks und Retorten, die Worte *»solve et coagula«* auf den Lippen. Mit Teggendorf diskutierte er die Theorien der arabischen Hakim und der jüdischen Kabbalisten. Mit Stephan von Drahotuše beugte er sich über unbekannte, stark zerfledderte Manuskripte von Petrus von Abano und Cecco d'Ascoli. Gemeinsam mit Jost Dun stellte er Talismane her, die beide später in der Stadt ausprobierten. Mit Radim Tvrdik wanderte er zur Moldau, um Schlamm zur Schöpfung eines Golems zu holen. Für Beneš Kejval machte er als Dummkopf vorsorglich Einkäufe bei den Apotheken der Konkurrenz.

Mit allen spielte er Karten, soff und sang.

Die Magier hatten Samson Honig lieb gewonnen. Reynevan konnte sich des Gedankens nicht erwehren, dass sie ihn so sehr mochten, dass sie alles, was dazu führen konnte, sich von ihm trennen zu müssen, vermieden hatten.

Die Tür, die zum *occultum* führte, öffnete sich, und Vinzenz Reffin Axleben trat heraus. Er raffte die Falten seines schwarzen Gewandes, setzte sich an den Tisch und leerte in einem Zug einen Kelch mit Alicante-Wein. Dann saß er da, inmitten von Stille und Schweigen, gab auch selbst keinen Laut von sich. Er war blass und schweißbedeckt, seine spärlichen Haare an Schläfen und Scheitel klebten vom Schweiß.

Vinzenz Reffin Axleben war nur auf der Durchreise in Prag. Von Salzburg aus, wo er wohnte, war er nach Krakau aufgebrochen, zu einer Reihe von Vorträgen an der dortigen Universität. Von Krakau aus wollte der Magier nach Danzig reisen, von dort über Königsberg nach Riga, Dorpat und Pernau. Uppsala war dann das letzte Ziel seiner Reise, wie Reynevan gehört hatte. Auch andere Dinge waren ihm zu Ohren gekommen. Dass Axleben, obschon ein mächtiger, fähiger und berühmter Magier, nicht unbedingt geschätzt wurde, widmete er sich doch der Nekromantie und Dämonomantie, was man nicht gerne sah, und dass seine Spielchen mit Leichen und bösen Geistern dazu geführt hatten, von vielen Kreisen gemieden zu werden. Die Fama schrieb ihm die Kenntnis und die Fertigkeit zu, sich der Manusfortis, der mächtigen Hand, zu bedienen, eines unglaublich starken Zaubers, der mit einer einzigen Handbewegung ausgeführt werden konnte. Die Fama hatte aus Axleben auch einen der Vordenker und führenden Ideologen der osteuropäischen Waldenser und Anhänger der Lehren des Joachim von Fiore gemacht, den man dazu mit der lombardischen Stregheria in Verbindung brachte. Bekannt waren auch Axlebens außerordentlich enge Beziehungen zur Bruder- und Schwesternschaft des Freien Geistes – es hatte die Magier vom »Erzengel« schon sehr verwundert, dass Axleben während seines Aufenthaltes in Prag ihre Gastfreundschaft beansprucht und nicht im Haus »Zur schwarzen Rose«, dem geheimen Prager Sitz der Bruderschaft, gewohnt hatte. Einige schrieben dies dem freundschaftlichen Verhältnis Axlebens zu Jan Bezděchovský zu. Andere vermuteten, dass der Nekromant sein eigenes Süppchen kochen wollte.

Endlich hob Axleben den Kopf und blickte die Versammelten an.

»Davon, dass Ihr mir Euren Samson für immer überlasst, kann wohl nicht die Rede sein, oder?«

Reynevan war bereits aufgesprungen, eine heftige Erwiderung auf den Lippen, aber ein Ellenbogenstoß Scharleys gebot ihm Einhalt. Der Nekromant hatte dies nicht einmal bemerkt, es schien, als suche er die Antwort einzig und allein in Jan Bezděchovskýs Gesicht und Augen. Er las die Antwort und kräuselte die Lippen.

»Na klar, ich verstehe schon. Schade. Ich hätte mich mit diesem Herrn gerne noch unterhalten. Das ist ein gebildeter, belesener Mann … Redegewandt … Und witzig. Mehr als witzig.«

»Bravo, Samson«, flüsterte Fraundinst.

»Er hat ihn mit der ›Smaragdtafel‹ bewirtet«, gab Telesma ebenfalls flüsternd zurück.

»Ihr würdet es nicht für möglich halten«, Axleben entschied sich dafür, das Getuschel geflissentlich zu übergehen, »was er mir alles gesagt hat, als er in Trance war. Daher behalte ich es für mich, wozu soll ich darüber reden, da Ihr es mir doch nicht glaubt. Ich sage nur so viel, dass er mir in Trance mehrere Ratschläge erteilt hat. Ich werde versuchen, mich an einige davon zu halten, wir werden sehen, was sich daraus ergibt.«

»Ein Kretin, der belesen ist und viele Sprachen spricht«, fügte er nach einer Weile hinzu, in der er sich dem Genuss des Alicante-Weines hingegeben hatte, »er hat mich unter anderem mit einem ausführlichen Zitat aus der ›Göttlichen Komödie‹ erfreut. Mich ermahnt, ich möge den Verlockungen der Eitelkeit nicht nachgeben. Bedenken, dass alles eitel sei, keine Schuld ungesühnt bleibe. Denn Dante begegne im Paradies zwar Albertus Magnus, aber Michael Scotus, Guido Bonatti und Asdente seien, zur Strafe für ihre Nekromantie, in den achten Höllenkreis, Malebolge, verbannt worden. Dort stöhnten und weinten sie, vergössen reichlich Tränen, aber die Teufel hätten ihnen zu ihrer Qual die Hälse und Köpfe nach hinten verdreht, so dass ihnen die Tränen über die Ärsche rollten. Schöne Aussichten, fürwahr! Euer Samson hat mir dies, das muss ich noch hinzufügen, mit reinstem toskanischem Akzent deklamiert.«

Stephan von Drahotuše und Scharley tauschten ein Lächeln und bedeutsame Blicke. Axleben bedachte sie mit einem vernichtenden Blick aus seinen mit dunklen Ringen versehenen Augen und machte Tvrdik ein Zeichen, ihm seinen Kelch wieder zu füllen.

»Einen Moment«, bekannte er, »kam mir der Gedanke: Wenn das nun ein Teufel ist? Der Teufel selbst, in Menschengestalt? Ha, sagt jetzt nicht, dass Euch dieser Gedanke nicht auch schon gekommen wäre! Das wäre doch ein teuflisches Kunststückchen, wie es im Buche steht: betören, blenden, durch Vorspiegelung täuschen. *Diabolus potest*, wie die Klassiker gesagt haben, *sensum hominis exteriorem immutare et illudere.* Er kann dies auf vielerlei Art bewirken, indem er unser abbildendes Sinnesorgan, also unser Auge, verwandelt und der Augensubstanz etwas beimischt, so dass wir den Gegenstand, auf den wir schauen, so wahrnehmen, wie der Dämon will, dass wir ihn wahrnehmen sollen. Schon vor Jahren haben Bonaventura, Michael Psellos, Petrus Lombardus, Witelo und Nikolaus Jauer darüber geschrieben, es wäre gar nicht verkehrt, sich an jene Werke zu erinnern.«

»Strohkopf«, flüsterte Fraundinst. Axleben tat wieder so, als höre er nichts.

»Ich stelle aber fest«, er verlieh seiner Erkenntnis Nachdruck, indem er mit der flachen Hand auf den Tisch schlug, »dass wir es hier weder mit einem Teufel noch mit einem Fall von Besessenheit durch einen Dämon zu tun haben. Das Eingreifen von Dämonen in das menschliche Leben ist möglich und geschieht recht häufig, wir haben genug gesehen, um daran nicht zu zweifeln. Aber das ist eine Erscheinung, die im Einklang mit dem Willen des Schöpfers geschieht, der sie zulässt *ad gloriae suae ostensionem vel ad peccati poenitentiam sive ad peccantis correccionem sive ad nostram erudicionem.* Der Dämon an sich ist nicht der Urheber. Der Dämon ist der *incentor, excitator* und *impellator*, der Helfer, der Wühler und der Verführer, der, der das in uns schlummernde Böse mehrt und unsere sündige Natur zu bösen Taten durchwühlt. Ich aber...«

»Ich finde nichts Böses in jenem Menschen, den zu untersuchen Ihr mich gebeten habt«, schloss er dann. »In ihm, ich weiß, dass das lächerlich klingt, findet sich nicht die geringste Regung des Bösen.

Auf Euren Gesichtern steht, ich sehe es, geschrieben, dass Ihr selbst zu einer ähnlichen Schlussfolgerung gelangt seid.

Und ich sehe noch etwas, das dort geschrieben steht: den sehnlichen Wunsch, ich möchte endlich meine Niederlage eingestehen. Mich für besiegt zu erklären. Ich erkläre daher: Ich habe eine Niederlage erlitten, ich habe nichts errungen. Seid Ihr nun zufrieden? Großartig. Dann lasst uns in eine Wirtschaft gehen, denn ich bin hungrig geworden. Seit meinem letzten Besuch in Prag träume ich geradezu von böhmischen Knödeln mit Kraut … Was macht Ihr denn für Gesichter? Ich hätte gedacht, dass meine Niederlage Euch erfreut.«

»Was redet Ihr denn da, Meister Vinzenz?«, fragte Fraundinst unaufrichtig lächelnd. »Etwas anderes bereitet uns Sorge. Wenn selbst Ihr nicht in der Lage wart, bis zum Wesen der Dinge vorzudringen …«

»Wer sagt denn«, antwortete der Nekromant mit geschwellter Brust, »dass ich dazu nicht in der Lage gewesen wäre? Ich war es, ich habe es getan.«

»Der Perisprit ist positiv«, setzte er dann hinzu und genoss die Aufmerksamkeit, Konzentration und erhoffte Stille. »Sagt Euch diese Bezeichnung etwas? Die Frage ist müßig, denn natürlich sagt es Euch etwas. Davon, dass so etwas wie ein kreisender Perisprit existiert, habt Ihr sicher auch schon gehört. Dieser Sachverhalt wird in der Fachliteratur recht gut beschrieben, ich rate herzlichst, sie einzusehen.«

»Ich rate auch«, fuhr Axleben fort, ohne sich auch nur im Geringsten um die hasserfüllten Blicke der Magier vom »Erzengel« zu kümmern, »den Fall Poppo von Osternas, des Hochmeisters des Deutschen Ordens, gründlich zu studieren. Wie auch den recht ähnlichen, ja von seiner Natur her vollkommen identischen *casus* der Lucilla, der Tochter des Mark Aurel. Vielleicht erinnert Ihr Euch daran? Nein? Dann ruft es Euch wieder ins Gedächtnis. Mit Eurem … Samson ist das Gleiche geschehen wie mit Lucilla oder Poppo. Der Kern dieser Sache ist der positive und kreisende Perisprit. Genau so ist es. Ich weiß es. Leider reicht Wissen allein hier nicht aus. Denn ich kann damit nichts anfangen. Das heißt: Ich habe jenem

Samson nicht helfen können und kann es auch weiterhin nicht. Lasst uns zu Tisch gehen.«

»Wenn Ihr es nicht vermocht habt«, Stephan von Drahotuše zwinkerte mit den Augen, »wer schafft es dann?«

»Rupilius der Schlesier«, antwortete Axleben sofort. »Kein anderer.«

»Ja, lebt der denn noch?«, beendete Teggendorf das beklommene Schweigen.

»Gibt es den denn überhaupt?«, flüsterte Tvrdik Telesma zu.

»Er lebt. Und er ist der größte lebende Spezialist für Astralleiber und Astralwesen. Wenn hier jemand helfen kann, dann nur er. Gehen wir zu Tisch. Ach ... Fast hätte ich es vergessen.«

Der Nekromant suchte Reynevans Blick und sah ihm direkt in die Augen.

»Du bist sein Freund, junger Mann«, stellte er fragend fest. »Dein Name ist Reynevan.«

Reynevan schluckte und antwortete mit einem Nicken.

»Während er in Trance war, hat Samson geweissagt«, sagte Axleben gleichmütig. »Er hat diese Weissagung mehrfach wiederholt, sie ist klar und deutlich. Du sollst dich vor der Großmutter und der Jungfrau hüten.«

»Nun fügt es sich so«, der Nekromant ließ mit einem eisigen Blick das spöttische Lächeln von Scharley und Tvrdik gefrieren, »nun fügt es sich so, dass ich weiß, was damit gemeint ist. Die ›Großmutter‹ und die ›Jungfrau‹ sind die beiden berühmten Felstürme der nicht weniger berühmten Burg Troský im Vorland des Riesengebirges. Hüte dich vor Burg Troský, Jüngling, den man Reynevan nennt.«

»Einer glücklichen Fügung entsprechend, führt unser Weg nicht in jene Richtung«, stieß Reynevan hervor.

»Eine Fügung ist ganz etwas anderes«, warf Axleben über die Schulter zurück, während er der Tür zustrebte. »Nämlich, dass Rupilius der Schlesier, der einzige Mensch, der meiner Ansicht nach deinem Samson helfen kann, seit über zehn Jahren in Böhmen lebt. Und zwar auf Burg Troský.«

Viertes Kapitel

in dem vor Kolín die Bombarden schießen und donnern und Pläne entworfen werden, die einen mehr, die anderen weniger utopisch und phantastisch – wie es jedoch um Utopie und Phantasie bestellt ist, wird die Zeit erst noch erweisen.

Bruder Prokop! Bruder Prokop! Die Bombarde ist abgekühlt. Lassen wir es noch einmal krachen?«

Der Mann, an den sich der Büchsenmeister mit seiner Frage wandte, war von kräftiger Statur und hatte breite Schultern. Sein rosiges, klar konturiertes Gesicht, die Kartoffelnase und der herunterhängende schwarze Welsschnurrbart ließen ihn wie einen Bauer aussehen, wie einen Landmann, der mit seiner Ernte unzufrieden war.

Reynevan war diesem Mann schon begegnet. Mehrmals. Und jedes Mal hatte er ihn neugierig betrachtet.

Prokop war vor der Revolution Priester gewesen, es hieß, er stamme aus Prag, aus einem Patriziergeschlecht der Altstadt. Zu den Hussiten war er gleich nach dem Fenstersturz gestoßen, aber vor 1425 war er nur einer von vielen taboritischen Predigern gewesen, von denen er sich jedoch nicht nur durch Verstand, Kaltblütigkeit und Aufgeschlossenheit unterschied, sondern auch dadurch, dass er entgegen der hussitischen Liturgie keinen Apostelbart trug, sondern sich jeden Morgen penibel rasierte und seinen berühmten Welsschnurrbart pflegte. Nach Bohuslav von Švamberks Tod war Prokop überraschend zum Ersten Hetman, zum Oberbefehlshaber, und zum Ersten »Wirker« – so hatte man den Titel *director operationum Taboritarum* übersetzt – gewählt worden.

Kurz nach seiner Nominierung erhielt Prokop einen weiteren Beinamen: der Große. Und dabei ging es nicht allein um seine Statur. Prokop erwies sich als wahrhaft großer Anführer und Stratege, was seine spektakulären Siege bei Aussig, bei Zwettl, bei Tachau und Mies bezeugten. Der Stern Prokops des Kahlen erstrahlte hell.

»Bruder Prokop«, der Büchsenmeister brachte sich in Erinnerung, »lassen wir es krachen?«

Prokop der Kahle betrachtete die Mauern und Türme Kolíns, die sich malerisch in das Rot der Dächer und die herbstliche Farbenpracht der umliegenden Wälder und ihrer Vegetation einfügten.

»Warum habt ihr es denn so eilig mit der Schießerei«, antwortete er, eine Gegenfrage stellend, »mit der Zerstörung? Dies ist eine böhmische Stadt, bei Gott! Wartet's doch ab, bald ziehen wir in fremdes Gebiet, da könnt ihr rumballern und Schaden anrichten. Ich brauche Kolín als Stadt und möglichst wenig zerstört. Und genau so werden wir es auch einnehmen.«

Kolín erwiderte das Feuer, als wollte es dadurch seine gegenteilige Meinung und sein Missvergnügen zum Ausdruck bringen. Von den Mauern herunter krachte und donnerte es, über den Schießscharten stiegen Rauchwolken auf, pfiffen Steinkugeln. Diese bohrten sich etwa zwanzig Schritte vor den Schanzen der vordersten Belagerungslinie in den Erdboden. Der in Kolín eingeschlossene Diviš Bořek von Miletínek zeigte auf diese Weise, dass es ihm weder an Kampfeswillen noch an Schießpulver mangelte.

»Wir werden Herrn Diviš Bořek zur Aufgabe zwingen.« Prokop kam jetzt eventuellen Fragen zuvor. »Und wir werden die Stadt einnehmen, ohne Verwüstungen, ohne Gemetzel nach der Erstürmung und ohne Plünderungen. Damit die Bürger unseren Bruder Hertvik, der hier in Kürze der Hetman sein wird, gleich lieben lernen.«

Die Hussitenführer, die um Prokop herumstanden, brachen im Chor in Gelächter aus. Reynevan kannte viele von ihnen, aber nicht alle. Jan Hertvik von Rušinov kannte er nicht, der, wie sich jetzt erwies, seine Ernennung zum Hetman von Kolín schon in der Tasche hatte. Von den anderen Waisen war er bisher nur Jan Královec von Hrádek und Jíra z Řečice begegnet, in jenem hellhaarigen, freundlich lächelnden Riesen vermutete er Jan Kolda von Žampach. Von den Anführern von Tábor erkannte er Jaroslav von Bukowina, Jakub Kroměšín, Otíka z Lozy und Jan Bleh z Těšnice.

»Damit wäre wohl klar«, Prokop reckte sich und blickte in die Runde, »dass dies nicht nur für die Büchsenschützen gilt, sondern auch für alle anderen. Also übereilt bitte nichts, drängt euch nicht nach vorn und vergeudet das Pulver nicht ...«

»Wir sollen einfach hier stehen bleiben?«, fragte Jan Kolda mit deutlich hörbarem Missmut. »Hier vor diesen Mauern? Ohne etwas zu tun?«

»Wer hat gesagt, dass ihr nichts tun sollt? Bruder Jaroslav!«

»Zu Befehl!«

»Hat Fil... hat Bruder Neplach endlich die Stentoren geschickt?«

»Er hat sie geschickt«, bestätigte Jaroslav von Bukowina, »zehn an der Zahl. Oh, die haben vielleicht gemeine Visagen ... Die stinken so nach Schnaps und Zwiebeln, dass es einen gestandenen Mann glatt umhaut. Aber ihre Stimmen sind ideal, wie Glocken.«

»Sie sollen sich unter die Mauer stellen und rufen. Tag und Nacht. Besonders nachts, in der Nacht wirkt das am besten. Hat Herr Bořek Kinder in Kolín?«

»Eine Tochter.«

»Dann sollen sie viel über diese Tochter hinaufrufen. Du aber, Bruder Kolda, weil du Nichtstun nicht ausstehen kannst ...«

»Zu Befehl!«

»Du nimmst deine Reiter und ziehst durch die Dörfer, auf dieser und auf der anderen Seite der Elbe. Du tust noch einmal überall kund, dass jeder, der auch nur versucht, Lebensmittel in die Stadt zu schmuggeln, dies bitter bereuen wird.

Wenn wir bei ihm auch nur ein Zündhölzchen finden, auch nur ein Säcklein Grieß, werden Hände und Füße abgehackt.«

»Zu Befehl, Bruder Prokop!«

»Dann macht euch an euer Werk, geht zu euren Männern, ich will euch nicht länger aufhalten! Und du, Bruder, was willst du noch immer hier?«

»Es krachen lassen«, stotterte der Büchsenmeister, »mit der großen Bombarde ... Bloß noch ein einziges Mal ... Bevor es dunkel wird ...«

»Ich hab doch gewusst«, seufzte Prokop, »dass du keine Ruhe gibst. Gut. Aber erst einmal kommst du mit mir, ich werde mir deine Vorbereitungen anschauen. Wir werden ja sehen, wie und worauf du deine Büchsen gerichtet hast. Sei gegrüßt, Scharley! Sei mir ebenfalls gegrüßt, Bruder Bielau! Kommt mit mir! Gleich werde ich Zeit für euch haben ...«

Reynevan hatte sich seit langem den Kopf zerbrochen, woher die Bekanntschaft zwischen den beiden stammen mochte. Prokop der Kahle und Scharley hatten sich bei ihrer Begegnung zu Fastnacht 1426 in der Stadt Nimburg wiedererkannt, wohin man die Kompanie von Hradec Králové geschickt hatte. Wer weiß, womöglich hatte dies ihnen allen den Kopf gerettet, denn die Gottesstreiter, die jeden für einen Spion und Provokateur hielten, zuerst die aus Hradec Králové, dann die aus Nimburg, hatten ihnen mehr und mehr misstraut und waren immer feindseliger geworden. Es half ihnen nichts, sich auf Peterlin und Horn zu berufen, denn beide waren, wie sich zeigte, so geheime Mitarbeiter, dass ihre Namen unbekannt waren und auf Protektion daher nicht zu hoffen war. Wer weiß, was geschehen wäre, wäre nicht Prokop aufgetaucht.

Zwar fiel er Scharley nicht um den Hals, er begrüßte ihn auch nicht gerade überschwänglich, aber man sah, dass sich die beiden kannten. Das Woher blieb auch weiterhin ein Geheimnis, keiner der beiden zeigte sich geneigt, es zu erklären oder darauf einzugehen.

Man wusste, dass Prokop am Carolinum studiert und auch

Universitäten im Ausland besucht hatte. Reynevan vermutete, dass er Scharley auf einer dieser Reisen kennen gelernt hatte.

Reynevan, Scharley und Samson folgten Prokop und dem Büchsenmeister an einer Linie von Palisaden und mit Reisigbündeln bestückten Barrikaden entlang. Prokop kontrollierte die Bombarden und Mörser, sprach mit den Büchsen- und Mörserschützen und den Pavesenträgern, klopfte den Armbrustschützen auf die Schulter, rief den Dreschflegelstreitern an den Feuern derbe Scherze zu und fragte die Hellebardenträger, ob es ihnen an etwas mangele. Er fand Zeit, mit den sich bei den Kochkesseln tummelnden Frauen zu sprechen, kostete von der Grütze für die Soldaten und versäumte auch nicht, den sich in der Nähe der Küche herumtreibenden Kindern das Blondhaar zu zerzausen. Er hob bescheiden die Hände, als die Gottesstreiter ihm zu Ehren in Ovationen ausbrachen.

Das Ganze dauerte ziemlich lange. Aber Prokop hatte sie keineswegs vergessen. Sie kehrten in die Vorstadt zurück.

Prokops Armee war unvermutet vor Kolín aufgetaucht, ohne der Bevölkerung der Vorstadt viel Zeit zu geben. Diese hatte sich nur durch Flucht in die Stadt retten können, und nur mit dem, was jeder tragen konnte, und so hatten sie den Taboriten und den Waisen reichlich Vorräte, viel Vieh und dazu noch ihre Hütten mit allen Einrichtungsgegenständen überlassen müssen. Es war also nicht verwunderlich, wenn sich jetzt auf diesem Gebiet das Hauptquartier der Gottesstreiter befand, umgeben von einer Schanze aus Kampfwagen und mit einer Einfriedung für die Pferde. Zwischen den Hütten und Katen brannten zahlreiche Feuer, dröhnten die Eisenhämmer der Schmiede, klopften die Holzhämmer in den Stellmacherwerkstätten. Wäsche trocknete auf Leinen. Schweine quiekten, Schafe blökten. Die Latrinen stanken.

»Nur mal so«, ließ sich Prokop plötzlich vernehmen, »warum bist du eigentlich hierhergekommen, Bruder Bielau?«

Reynevan stieß insgeheim einen tiefen Seufzer aus. Er hatte diese Frage erwartet.

Den Entschluss, sich zur Burg Troský aufzumachen, hatte Reynevan gefasst. Man muss hinzufügen, er hatte ihn ziemlich spontan gefasst und mit einem derart überschwänglichen Enthusiasmus, wie er wohl eher einer jungen Witwe angestanden hätte. Jener Enthusiasmus und jene Spontaneität hatten so gar nicht dem Geschmack der Magier vom »Erzengel« entsprochen, am wenigsten dem von Fraundinst und Stephan von Drahotuše. Beide zogen sowohl den Wahrheitsgehalt von Axlebens Mitteilungen wie auch die angeblich legendären Fähigkeiten jenes angeblich legendären Rupilius des Schlesiers in Zweifel. Axleben, behaupteten sie, habe ganz einfach etwas dahergefaselt, um von seiner blamablen Niederlage mit Samson abzulenken. Rupilius der Schlesier befinde sich überhaupt nicht auf Burg Troský. Und selbst wenn sich Rupilius der Schlesier zufällig auf Burg Troský befände, sei die Wahrscheinlichkeit, dass er helfen könne, gleich null – denn nach vagen Berechnungen zähle Rupilius der Schlesier gut und gerne an die neunzig Jahre, und was könne man wohl von solch einem Tattergreis erwarten?

Telesma hingegen hatte sich sofort auf Reynevans Seite geschlagen. Telesma hatte von Rupilius dem Schlesier gehört, war ihm wohl auch einmal flüchtig begegnet und hielt dessen Kompetenz hinsichtlich Spiritismus und Astralwesen schon seit einem halben Jahrhundert für bestätigt und bewiesen. Es zu versuchen, entschied er, könne nichts schaden. Der Aufbruch nach Troský stelle für Samson eine Chance dar, die man nutzen müsse, und das schleunigst.

Rupilius, das sei wohl wahr, habe bereits neunzig Jahre auf dem Buckel. Und in diesem Alter, das sei klar, genüge es, wenn man sich erkälte, niese und furze, und unvermutet fände man sich in der Astralwelt wieder.

Telesma bekam Unterstützung durch Bezděchovský. Der betagte Magier hatte von Rupilius nicht nur gehört, sondern ihn vor Jahren in Padua persönlich kennen gelernt. Rupilius, verkündete er, könne Samson sehr wohl helfen. Man wisse jedoch nicht, ob er es auch tun werde, denn in Padua habe er sich als arroganter und wenig umgänglicher Scheißkerl erwiesen.

Skeptisch und zurückhaltend einem solchen Unternehmen gegenüber verhielt sich seltsamerweise Samson selbst. Samson hatte sich an der Diskussion kaum beteiligt, und wenn doch, dann ziemlich lustlos. Er hatte weder dafür noch dagegen argumentiert. Die meiste Zeit hatte er geschwiegen. Aber Reynevan kannte ihn nur zu gut. Samson glaubte schlicht und ergreifend nicht an den Erfolg dieses Unternehmens. Als er am Ende dann doch noch zustimmte, hatte Reynevan den Eindruck, er tue dies nur aus Höflichkeit.

Blieb Scharley. Scharleys Ansichten über dieses Unternehmen waren Reynevan bekannt, noch bevor er ihn überhaupt danach gefragt hatte. Aber er fragte ihn, der Ordnung und der Form halber.

»Das ist ausgemachter Blödsinn«, bekundete Scharley gelassen. »Das Ganze erinnert mich noch dazu auch zu sehr an Schlesien vor zwei Jahren, an die denkwürdige, schwärmerische Odyssee auf den Spuren von Frau Adele. Die Reise nach Troský erscheint mir genauso wenig durchdacht und würde wohl auch auf die gleiche Weise ablaufen. Ich sehe das Ergebnis schon vor meinem geistigen Auge. Du wirst wohl niemals klüger, Reinmar.«

»Wir haben, wie du sagst, Samson gegenüber eine Verpflichtung«, fuhr er etwas leiser und ernsthafter fort, »wir sind es ihm schuldig. Vielleicht verhält es sich wirklich so, ich will es gar nicht abstreiten. Aber das Leben ist nun einmal so, wie es ist, und eine goldene Lebensregel besagt, derlei Schulden zu vergessen und sie aus dem Gedächtnis zu tilgen. Das Leben ist so eingerichtet, dass ein jeder sich selbst der Nächste ist. Seinem Freund zu helfen, warum nicht, aber bitte nicht auf eigene Kosten. Ich behaupte, wir haben genug für Samson getan, und wenn sich eine Gelegenheit dazu ergibt, werden wir auch noch mehr tun. Eine solche Gelegenheit wird sich früher oder später ergeben, da bin ich sicher, wir müssen uns nur hinsetzen und geduldig darauf warten. Lasst uns also die Gelegenheit abwarten. Warum sollen wir sie suchen und dabei auch noch Prügel riskieren? Lass uns an unsere eigene Haut denken und an unseren eigenen Körper, Reinmar, denn das ist das Wichtigste. Warum sollen wir unsere Körper einer solchen Gefahr aussetzen, Junge? Wohin willst du uns führen? Umsturz, Krieg und Brand dauern fort, Chaos, Wirrwarr und Gesetzlosigkeit herrschen. Es ist jetzt keine gute Zeit für verrückte Unternehmungen. Dazu noch ohne jegliche Vorbereitung.«

»Du irrst dich«, entgegnete Reynevan. »Ich bin mit dem, was du sagst, überhaupt nicht einverstanden. Nicht nur in puncto deiner zynischen Lebensregeln, und auch nicht im Hinblick darauf, was im Leben das Wichtigste ist. Ich bin nicht damit einverstanden, wie du die Situation einschätzt. Denn die Zeit für unser Unternehmen ist nicht nur günstig, sie drängt geradezu. Nicht nur, dass Podeštědí und das Vorland von Jitschin von unseren Truppen gehalten werden, die wenigen katholischen Herren dieser Gegend sind vor Schreck gelähmt, die Niederlage der Kreuzfahrer bei Tachau hat ihre Moral untergraben. Sie sind wie Bienen, die der Rauch betäubt hat. Wenn wir also losziehen wollen, dann jetzt, bevor sie sich besinnen und wieder in der Lage sind, zuzustechen. Was sagst du dazu?«

»Nichts.«

»Was die ab jetzt stattfindende Vorbereitung betrifft, hast du Recht. Lass uns damit beginnen. Was schlägst du vor?«

Scharley seufzte.

Reynevan und Samson verließen Prag am zehnten Oktober, dem Festtag des heiligen Gereon und seiner Märtyrerbrüder, der in diesem Jahr auf einen Freitag fiel. Sie verließen die Stadt am frühen Morgen. Als sie durch das Porzyczker Tor ritten, kam hinter den Wolken die Sonne hervor und übergoss Vítkov und Špitálské Feld mit dem märchenhaften Glanz wechselnder Farben. Diesen das Herz erfreuenden Anblick nahm Reynevan als gutes Zeichen und Omen.

Weder er noch Samson fühlten sich sonderlich gut. Sie hatten beide eine ausgiebige und bis tief in die Nacht hinein dauernde Abschiedsfeier mit den Magiern aus der Apotheke »Zum Erzengel« hinter sich. Reynevan seufzte und setzte sich wieder im Sattel zurecht – er hatte auch noch feierlich Abschied von Frau Blažena Pospichalova nehmen müssen.

Sie wollten nach Kolín, das seit Mitte September von Tábor, den Waisen und den Pragern belagert wurde. Die Besatzer befehligte Prokop der Kahle. Scharley befand sich unter Prokops Soldaten. Den Monat, der seit ihrer Trennung vergangen war, hatte Scharley zur Vorbereitung ihres Unternehmens nutzen sollen. Er hatte behauptet, über entsprechende Möglichkeiten dazu zu verfügen. Reynevan glaubte ihm. Scharley verfügte sowohl über die Möglichkeiten als auch über die Mittel. Der Demerit verschwieg keineswegs, ja er prahlte hin und wieder sogar damit, dass er in den taboritischen Feldzügen um Beute und Gewinn kämpfte und schon die eine oder andere erkleckliche Rücklage gebildet und in verschiedenen Verstecken deponiert hatte.

Die Sonne verbarg sich wieder hinter den von Norden herantreibenden dunklen Wolken. Es wurde frostig und finster. Als wäre dies ein böses Omen.

Reynevan gelangte nun zu der Ansicht, dass Vorhersagen Aberglaube seien.

Prokop erweckte den Eindruck, als höre er nicht. Aber das war nur vorgetäuscht.

»Bruder Scharley Urlaub erteilen?«, wiederholte er. »Ihn in Zeiten des Krieges aus dem Armeedienst entlassen? Für deine privaten Angelegenheiten, Bruder Bielau? Mit anderen Worten: Das Private hat den Vorrang, und die Pflicht gegen Gott und Vaterland bedeutet nichts. Oder wie ist das zu verstehen?«

Reynevan antwortete nicht. Er schluckte nur hörbar. Prokop lachte laut auf.

»Einverstanden«, erklärte er, »ich bin einverstanden.«

»Dafür gibt es drei Gründe«, fuhr er fort, geradezu entzückt über ihr Erstaunen. »Erstens dient Bruder Scharley schon seit über einem Jahr in den Reihen von Tábor und hat einen Urlaub verdient. Zweitens hat mir Bruder Neplach deine Verdienste geschildert, Bruder Bielau. Aufopferungsvoll hast du gegen die Feinde unserer Sache gekämpft, heldenhaft, so scheint's, hast du am sechsten September gegen die Aufständischen in Prag gekämpft. Du hast Verwundete gepflegt, ohne zu trinken, zu essen oder zu schlafen. Das verdient zweifellos eine Belohnung. Drittens aber und am wichtigsten ist …«

Er blieb stehen und drehte sich um. Sie waren schon bei der Scheune angelangt, die derzeit als Hauptquartier und Sitz des Stabes diente.

»Was am wichtigsten ist, erfahrt ihr später, wir kommen noch auf die Sache zurück. Jetzt habe ich anderes zu tun. Ihr werdet gleich sehen, was. Ihr werdet zuhören, denn ich behalte euch bei mir.«

»Bruder …«

»Das war ein Befehl! Gehen wir! Und euer Diener … Ach, ich sehe, der hat schon eine Beschäftigung gefunden. Das ist gut. Dann stört er nicht.«

Samson Honig, der wie üblich so tat, als sähe und verstünde er nichts, hatte sich an einer Wand der Scheune niedergelassen, sein Messer hervorgezogen und begonnen, Stöckchen zu schneiden. Samson schnitt oft Stöckchen. Erstens, hatte er erklärt, sei das eine Beschäftigung, die vortrefflich zu einem Idioten passe, schließlich sehe er aus wie einer. Zweitens habe das Stöckchenschneiden eine beruhigende Wirkung und beeinflusse Nerven und Verdauung vorteilhaft. Und drittens helfe ihm, dem zum Zuhören Verdammten, das Hölzchenschnitzen bei Diskussionen über Politik und Religion, denn der Geruch frischer Späne mindere den Brechreiz.

Sie betraten die Scheune, einen großen Bau, der, obwohl schon vor längerer Zeit den Bedürfnissen des Stabes angepasst, immer noch angenehm nach Heu roch. Drinnen erwarteten sie, über Landkarten gebeugt, zwei Menschen. Der eine war klein und schmächtig und wie hussitische Kapläne ganz in Schwarz gekleidet. Der zweite, jüngere, der sich wie ein Ritter gab, war kräftiger gebaut und blond, sein Gesicht glich teils dem eines Cherubins, teils war es von einer überwältigenden Müdigkeit gezeichnet und erinnerte an flämische Miniaturen aus dem ›Stundenbuch‹ des Herzogs von Berry.

»Endlich«, sagte der Kleinere, Schwarze. »Wir warten schon eine geraume Weile, Bruder Prokop.«

»Pflichten, Bruder Prokop.«

Im Gegensatz zu seinem Namensvetter trug jener zweite Prokop einen Bart, der dünn und ungepflegt war und daher eher lächerlich wirkte. Wegen seines geringen Wuchses trug er auch den entgegengesetzten Beinamen – er hieß Prokop der Kleine oder Prokupek. Zu Beginn ebenfalls nur ein Prediger unter vielen, hatte er sich bei den Hussiten, genauer gesagt, bei den Waisen, nach dem Tode von Jan Žižka von Trocnov hervorgetan. Zusammen mit Ambros von Hradec Králové hatte Prokupek an Žižkas Totenbett gestanden, und die Waisen betrachteten die Zeugen der letzten Atemzüge ihres verehrten Anführers geradezu als Heilige. Es passierte, dass sie vor ihnen niederknieten und den Saum ihrer Gewänder küssten, es kam vor, dass Mütter ihre fieberkranken Kinder zu ihnen brachten. Diese Verehrung hatte aus Prokupek den wichtigsten geistlichen Führer gemacht – bei den Waisen versah er also ein Amt, das dem entsprach, welches Prokop in Tábor vor der Übernahme seiner Aufgabe als Oberbefehlshaber innegehabt hatte.

»Pflichten«, wiederholte Prokop der Große und deutete vage in Richtung belagerte Stadt. Auf seine Worte hin erhob sich ein fürchterliches Getöse, die Wände erzitterten, und Dreck und Staub rieselten von der Decke herab. Der Büchsenmeister hatte endlich mit seiner Zweihundertpfund-Bombarde losballern können. Gleichzeitig bedeutete das aber auch Stille bis zum Morgen, denn solch eine Bombarde musste nach dem Abfeuern mindestens sechs Stunden auskühlen.

»Verzeih, Bruder, dass ich dich warten ließ. Und du auch, Bruder Wyszek.«

Wyszek Raczyński war Reynevan schon früher begegnet, vor Aussig, bei den Reitern des Jan Roháč z Dubé. Der Weg, der den Polen zu den Hussiten geführt hatte, war ein ungewöhnlicher gewesen – Wyszek war 1421 als Abgesandter des litauischen Fürsten Witold nach Prag gekommen und in dessen Diensten verblieben. Bei dieser Mission war es, wie heute jeder wusste, um die Krone Böhmens für Zygmunt Korybut gegangen. Raczyński hatte an der böhmischen Revolution Gefallen gefunden, besonders nach der Begegnung mit Žižka, Roháč und den Taboriten, die dem Polen wesentlich mehr zusagten als die weitaus gemäßigteren Calixtiner, mit denen er über Witolds Anliegen verhandelte. Raczyński hatte sich eilends den Taboriten angeschlossen, und mit Roháč verband ihn eine echte Freundschaft.

Auf ein Zeichen von Prokop setzten sich alle an den mit Landkarten bedeckten Tisch. Reynevan fühlte sich unbehaglich, er wusste, dass er hier ein Eindringling war, der zu der Gesellschaft nicht so recht passen wollte. Diese Empfindung wurde auch durch Scharleys heitere Nonchalance nicht gebessert, denn Scharley fühlte sich überall ganz wie zu Hause. Auch die Tatsache, dass Prokupek und Raczyński keine Einwände gegen ihre Anwesenheit vorbrachten, war wenig hilfreich, denn sie waren daran gewöhnt. Prokop hatte ständig irgendwelche Kundschafter, Gesandte, Emissäre und Leute für besondere Aufgaben – manchmal sogar ganz spezielle – um sich.

»Das wird keine kurze Belagerung.« Prokop der Kahle beendete das Schweigen. »Wir liegen schon seit dem Tag der Aufrichtung des Kreuzes vor Kolín, und ich betrachte es als Erfolg, wenn sich die Stadt noch vor dem Advent ergibt. Es kann gut sein, Bruder Wyszek, dass du mich bei der Rückkehr von Polen noch hier antreffen wirst. Wann machst du dich auf den Weg?«

»Morgen in aller Frühe. Über Odrau, dann über Teschen bis nach Zator.«

»Hast du keine Angst aufzubrechen? Jetzt kann dich in Polen nicht nur Oleśnicki, sondern auch jeder Starost einkerkern. Den Gesetzen gemäß, die Jagiełło erlassen hat. Wahrscheinlich, weil er Bauchweh bekommen hat.«

Alle, auch Reynevan, wussten, worum es ging. Seit April 1424 galt im Königreich Polen das Edikt von Wieluń, das Bischof Oleśnicki, der Luxemburger und die päpstlichen Legaten Jagiełło abgezwungen hatten. In diesem Edikt war – obwohl darin weder der Name Hus noch die Bezeichnung »Hussiten« vorkam – *expressis verbis* von Böhmen als einem Gebiet, das von der Häresie befallen war, die Rede, und es verbot den Polen den Handel mit Böhmen und Reisen nach Böhmen überhaupt; denjenigen, die sich dort aufhielten, wurde befohlen, unverzüglich zurückzukehren. Auf Ungehorsame warteten die Ehrlosigkeit und der Verlust ihrer Besitztümer. Darüber hinaus hatte das Edikt prinzipiell die Rechtslage gegenüber Ketzern verändert – war Häresie bislang in Polen ein Vergehen gewesen, das von kirchlichen Gerichten geahndet worden war, so war sie nun ein Verbrechen gegen Königtum und König, ein *crimen laesae maiestatis*, und Hochverrat. Bei der Verfolgung und Bestrafung von Häresie war nun der gesamte Staatsapparat beteiligt, und für die für schuldig Befundenen bedeutete diese Änderung die Todesstrafe.

Die Böhmen hatte dies naturgemäß verärgert – Polen war für sie bislang ein ihnen freundlich gesinntes Bruderland gewesen, und nun war plötzlich anstelle einer gemeinsamen Front gegen die »Deutschen« eine Beleidigung getreten – aus der gemeinsamen Front war ein Affront geworden. Die Mehrheit hatte jedoch Verständnis für die Beweggründe Jagiełłos und begriff die Regeln jenes komplizierten Spiels, das zu spielen er gezwungen war. Kurz darauf erwies sich, dass das Edikt nur auf dem Papier gefährlich war – und dabei blieb es buchstäblich auch. Wenn also ein Böhme »Edikt von Wieluń« sagte, zwinkerte er dabei meist bedeutungsvoll oder fügte ein spöttisches Wort hinzu. So wie auch Prokop jetzt.

»Das macht nichts, denn wenn sich der Deutsche Orden

aufmacht und die Drewenz überschreitet, vergisst Jagiełło sein laut verkündetes Edikt ganz schnell. Denn er weiß sehr wohl, dass er, wenn er Hilfe gegen die Deutschen sucht, sie vermutlich nicht in Rom findet.«

»Ha!«, erwiderte Raczyński, »das ist wahr, das bestreite ich nicht. Aber ich sage auch nicht, dass ich keine Angst habe. Ich reise zwar unter fremdem Namen. Aber ihr wisst ja selbst, wie das mit diesem neuen Gesetz ist: Jeder will sich plötzlich vordrängen, will durch seinen Eifer glänzen, sich zeigen und sich hervortun, vielleicht rechnen sie's ja an, und man wird befördert. Zbigniew Oleśnicki hat eine ganze Armee von Zuträgern in seinen Diensten. Und dieser Jędrzej Myszka, der *vicarius* des Bischofs, dieser Bastard und Hundesohn, hat eine Nase wie ein Jagdhund und schnüffelt aufgeregt herum, damit auch ja kein Hussit um König Władysław II. Jagiełło herumschwänzelt ... Verzeiht, ich wollte sagen ...«

»Du wolltest sagen, ja ›kein Hussit‹«, sagte Prokop, ihm kalt lächelnd das Wort abschneidend. »Nur keine Haarspaltereien.«

»Ja, richtig ... Aber ich werde wohl kaum in die Nähe des Königs gelangen. In Zator treffe ich Herrn Jan Mężyk z Dąbrowy, einen Verfechter unserer Sache, gemeinsam begeben wir uns dann nach Pieskowa Skała, dort treffen wir uns heimlich mit Piotr Szafraniec, dem Krakauer Unterkämmerer. Und Herr Piotr, ein Mann, der uns gewogen ist, wird König Władysław die Botschaft überbringen.«

»Gut, gut«, sagte Prokop gedankenverloren und zwirbelte dabei seinen Schnurrbart. »Jagiełło selbst benötigt derzeit keine Boten. Der hat wahrscheinlich ganz andere Sorgen.«

Die Anwesenden wechselten bedeutungsvolle Blicke. Sie wussten, was gemeint war, die Nachricht hatte sich schnell verbreitet. Königin Sonka, Jagiełłos Gemahlin, war der Treulosigkeit und des Ehebruchs angeklagt. Sie hatte sich, wie das Gerücht besagte, mit mindestens sieben Rittern ehrlos vergangen. In Krakau dauerten Verhaftungen und Verfolgungen an, und der für gewöhnlich ruhige Jagiełło tobte vor Wut.

»Eine große Verantwortung ruht auf dir, Bruder Wyszek. Unsere Botschaften nach Polen hatten bislang kläglichen Erfolg. Ich erinnere nur an Hynek von Kolštejn. Deswegen übermittle Herrn Szafraniec bitte zu allererst, dass, falls König Władysław dies gestattet, in Kürze eine böhmische Abordnung, an deren Spitze ich stehen werde, ins Wawelschloss kommen wird, um sich vor Seiner Majestät zu verneigen. Das ist die wichtigste Aufgabe deiner Mission, meine Mission vorzubereiten. Du wirst sagen, dass du mein Abgesandter und Stellvertreter bist.«

Wyszek Raczyński verneigte sich.

»Deinem Urteilsvermögen und deinem Empfinden überlasse ich es«, fuhr Prokop der Kahle fort, »mit wem du in Polen noch sprechen wirst. Wen du ausforschst. Du musst auch wissen, dass ich noch nicht entschieden habe, an wen ich mich mit meiner Botschaft wende. Ich möchte zu Jagiełło. Aber bei widrigen Umständen schließe ich auch Witold nicht aus.«

Raczyński öffnete den Mund, schwieg aber dann.

»Mit Fürst Witold«, warf Prokupek ein, »würden wir einen gemeinsamen Weg gehen. Wir haben ähnliche Pläne.«

»Pläne wozu?«

»Böhmen, von einem Meer zum anderen. Das ist unser Ziel.«

Wyszeks Gesicht sprach Bände, Prokupek beeilte sich daher mit seiner Erklärung.

»Brandenburg«, erklärte er und tippte mit dem Finger auf die Landkarte, »ist Stammland der böhmischen Krone. Die Luxemburger haben Brandenburg den Wittelsbachern einfach abgeluchst, es wird keine große Kunst sein, diesen Handel für ungültig zu erklären. Sigismund von Luxemburg haben wir als König unmöglich gemacht, also erklären wir auch seine Geschäfte für ungültig. Wir nehmen uns, was unser ist. Und wenn sich die Deutschen widersetzen wollen, kommen wir mit unseren Kampfwagen und versohlen ihnen den Hintern.«

»Ich verstehe«, sagte Raczyński, aber sein Gesichtsausdruck veränderte sich nicht wesentlich, was Prokupek bemerkte.

»Sobald wir Brandenburg haben«, fuhr er deshalb fort, »machen wir uns über den Deutschen Orden her. Dann verscheuchen wir diese verdammten Teutonen von der Ostsee. Und dann haben wir das Meer für uns, nicht?«

»Und Polen?«, fragte Wyszek reserviert.

»Polen liegt nicht an der Ostsee, wie man nach Grunwald sehen konnte. Und nach dem Frieden vom Melno-See. Das sieht man auch ganz deutlich an Jagiełłos Politik, oder, besser gesagt, an Witolds, denn Jagiełło … Tja, schlimm, wenn man das so sagen muss, aber was soll's, so ist das Leben, jeder von uns wird irgendwann zum Greis. Und was Witolds Interessen anbelangt, die liegen im Osten und nicht im Norden. Wir nehmen uns also die Ostsee, denn … Wie sagst du immer, Scharley?«

»Res nullius cedit occupanti.«

»Sicher«, Wyszek nickte. »Ein Meer hätten wir schon mal. Und das andere?«

»Wir schlagen die Türken.« Prokupek zuckte mit den Achseln. »Und schon haben wir das Schwarze Meer. Böhmen wird eine Seemacht, und damit basta.«

»Wie du siehst, Bruder Wyszek«, Prokop der Kahle ergriff lächelnd wieder das Wort, »auf uns kann man Häuser bauen. Wir finden mit allen einen Weg, und mit uns finden alle ihren Vorteil und ihre Zufriedenheit. Jagiełło hat dann Ruhe vor dem Deutschen Orden, Witold freie Hand im Osten, soll er doch dort erobern, was er will, sogar Moskau, Nowgorod und Perejaslavl. Selbst für den Papst wird es von Vorteil sein, wenn wir die Deutschordensritter ausrotten, die recht aufmüpfig und frech geworden sind. Wir werden die Prophezeiung der heiligen Brigitta erfüllen, diesmal vollständig. Und wenn wir uns über die Türken hermachen, wird sich der Heilige Vater eher freuen als grämen, nicht wahr? Was denkst du?«

Wyszek Raczyński behielt seine Gedanken lieber für sich.

»Soll ich das Szafraniec so übermitteln?«, fragte er.

»Bruder Wyszek«, Prokop wurde wieder ernst, »du weißt sehr gut, was du übermitteln sollst. Schließlich bist du unser

Mann, ein wahrer Christ, du empfängst die Kommunion aus dem Kelch, genau wie wir. Aber du bist auch ein Pole und ein Patriot, also handle so, dass es auch Polen zum Vorteil gereicht. Die Deutschordensritter sind für Polen eine ständige Bedrohung, Grunwald hat da nicht sehr geholfen, der Teutonenorden hängt immer noch wie ein Damoklesschwert über euch. Wenn König Władysław Jagiełło den päpstlichen Klagen und Bitten nachgibt, am Kreuzzug teilnimmt und polnische Truppen gegen uns schickt, werden die Deutschordensritter sofort von Norden her einfallen. Die Brandenburger und die schlesischen Herzöge ebenfalls. Und schon ist es um Polen geschehen. Schon ist es um Polen geschehen, Bruder Wyszek.«

»König Władysław weiß das«, entgegnete Raczyński. »Und ich denke nicht, dass er am Kreuzzug teilnehmen wird. Aber der polnische König kann sich nicht offen gegen den Papst stellen. Die Schmähschriften häufen sich ohnehin, und von der Marienburg aus hetzen sie, dass Jagiełło ein Heide und in tiefster Seele ein Götzenanbeter sei, der es mit den Heiden halte und mit dem Teufel im Bund stehe. Dabei strebt der polnische König nach Frieden. Nach Versöhnung zwischen den Böhmen und Rom. Und Rom ist zu solch einer Versöhnung bereit ...«

»Bereit, bereit«, spottete Prokupek. »Je heftiger wir den römischen Kreuzfahrern das Fell gerben, umso eher werden sie dazu bereit sein.«

»Ihr sagt die Wahrheit«, meinte, ihm zustimmend, der Pole. »Wenn der Papst euch so ... Will sagen, uns so mit Feuer und Schwert bezwingen könnte, dann täte er's. Dann würde er Köpfe rollen lassen, uns foltern, uns von Pferden zerstampfen, uns bei lebendigem Leibe verbrennen oder uns ersäufen lassen und dabei *Gloria in excelsis* singen. Sie würden mit uns das Gleiche tun, was sie mit den Albingensern getan haben, und danach verkünden, dies sei zum Ruhme Gottes geschehen. Aber nun hat sich gezeigt, dass sie dies nicht können. Dazu fehlt ihnen die Kraft. Also wollen sie verhandeln.«

»Ich weiß, dass sie das wollen.« Prokupek lachte verächtlich.

»Aber warum sollten wir wollen? Schließlich versohlen wir denen die Ärsche und nicht sie uns.«

»Bruder«, Raczyński hob verzweifelt die Hände, »Bruder, du wiederholst nur das, was ich selbst weiß. Erlaube, dass ich dir noch einmal sage, was König Władysław weiß. Was jeder christliche König im gesamten christlichen Europa weiß: Die Kirche beherrscht die Welt und hält zwei Schwerter in ihrer Hand: das geistliche und das weltliche. Oder einfacher ausgedrückt: Der Papst hat die volle weltliche Macht und der König nur die Vollmacht. Noch einfacher gesagt: Das Königreich Böhmen wird so lange kein Königreich sein, bis der Papst den böhmischen König bestätigt. Erst dann wird es Frieden und Ordnung geben, und Böhmen kehrt als christliches Königreich nach Europa zurück.«

»Nach Europa? Das bedeutet, zu Rom? Schön, kehren wir also zurück, aber nicht um den Preis des Verlustes unserer Eigenständigkeit! Und unserer Religion! Unserer christlichen Werte! Zuerst muss Rom, muss Europa diese christlichen Werte annehmen. Kurz gesagt, es muss sich zum rechten Glauben bekehren. Das heißt zu unserem. Daher: *Primo*: Europa muss die Kommunion mit dem Kelch anerkennen und annehmen. *Secundo*: Es muss auf die Vier Prager Artikel schwören. *Tertio*: …«

»Ich bezweifle«, Raczyński wartete das *Tertio* gar nicht erst ab, »dass sich Europa darauf einlässt. Vom Papst ganz zu schweigen.«

»Das wird man sehen!«, rief Prokupek zornig. »Wie weit ist es von hier bis nach Rom? An die zweihundert Meilen? Spätestens in einem Monat könnten wir da sein! Und dann werden wir weitersehen! Wenn der römische Antichrist erst mal unsere Kampfwagen in Trastevere auffahren sieht, wird er schnell klein beigeben!«

»Beruhigt euch, Brüder, beruhigt euch!« Prokop der Kahle ballte die Fäuste auf dem Tisch. »Wir sind für Frieden, hast du das vergessen? Unser gelehrter Bruder Petr Chelčický lehrt, dass nichts den Verstoß gegen das fünfte Gebot rechtfertigen kann. ›Du sollst nicht töten‹ ist heilig und unverbrüchlich. Wir wollen keinen Krieg, also sind wir zu Verhandlungen bereit.«

»Diese Bereitschaft wird den polnischen König erfreuen«, antwortete Raczyński.

»Das denke ich wohl. Aber Rom soll sein Haupt nicht so kühn emporrecken, sich auf keinen Sockel drängen und nicht von zwei Schwertern schwadronieren. Denn uns, den rechtgläubigen Böhmen, Bruder Wyszek, fällt es schwer, davon auszugehen, dass die Päpste, die sich in letzter Zeit wie die Karnickel vermehren, seien sie römischer oder anderer Observanz, befähigte Stellvertreter Gottes auf Erden sein sollen und dass sich die beiden Schwerter in guten und gerechten Händen befinden. Denn in letzter Zeit hat sich ein jeder Papst als schlimmer als ein Strauchdieb erwiesen. War's kein Kretin, dann war's ein Dieb, war's kein Dieb, dann ein Lump, war's kein Lump, dann ein Saufbold und Wollüstling. Und manchmal sogar alles zusammen. Bei allem guten Willen, den ich habe, auch wenn ich so fromm wäre wie ein Lämmlein, solch einem Hirten könnte ich nicht gehorchen, solch einen nicht als Oberhaupt der Kirche anerkennen, solch einen Alleinherrscher nicht akzeptieren, selbst wenn er mir hundert Konstantinische Schenkungsurkunden unter die Nase hält. Meister Jan Hus hat gelehrt, dass kein Papst ein wahrer Nachfolger des Apostels Petrus sein kann, der nach Sitten lebt, die denen des Petrus entgegenstehen. Solch ein Papst ist kein Vikar Gottes, sondern ein Judas Ischariot. Anstatt solch einem Gehör zu schenken, sollte man ihn besser am Genick packen und die Kanzel hinunterwerfen, ihm die Privilegien nehmen und sein Vermögen einziehen! Und zwar beim Vatikan angefangen bis hinunter zu jeder Landpfarre.«

»Du sagst, Bruder Wyszek, die *Curia Romana* würde die Böhmen gerne wie den verlorenen Sohn mit Vergebung begrüßen und sie wieder in den Kreis der europäischen Christenheit aufnehmen? Das würden sie auch gerne. Aber zuerst müssen sie ihre Sitten und ihren Glauben ändern. In den echten. In einen solchen, wie Christus ihn lehrte. Wie ihn Petrus bekannte.

Wie Meister Wyclif und Meister Hus ihn lehrten. Denn der wahre Glaube, der echte apostolische Glaube, der mit dem Buchstaben der Bibel übereinstimmt, das ist der, zu dem wir uns bekennen, wir, die rechtgläubigen Böhmen. Will uns die europäische *christianitas* in ihrem Schoß? Dann soll sie diesen Schoß erst säubern.«

»Es gibt solche Leute wie Petr Chelčický und Nikolaus von Pelhrimov. Wie dein großer Landsmann Paweł Włodkowic, der die Freiheit des Gewissens verteidigte. So Gott will, wendet sich die römische Kirche, wenn sie ihre Fehler einsieht, solchen Leuten zu. So Gott will, hört sie dann auf deren Lehren.«

»Und wenn sie deren Lehren nicht hören will«, schloss Prokupek mit grimmigem Lächeln, »dann wird sie unsere Dreschflegel zu fühlen bekommen.«

Das Schweigen dauerte lange. Wyszek Raczyński brach es schließlich.

»All das«, er fragte nicht, sondern stellte fest, »soll ich Szafraniec mitteilen? Das wollt Ihr?«

»Wenn ich es nicht wollte«, Prokop zwirbelte seinen Schnurrbart, »würde ich dann davon reden?«

Vor der Scheune wartete Jan Roháč z Dubé, der berühmte Hetman von Tschaslau, auf Raczyński. Mit einer berittenen Eskorte.

Der Pole sprang in den Sattel des für ihn bereitgehaltenen Pferdes und nahm den Wolfspelz, den ihm ein Knecht reichte. Da trat Prokop zu ihm.

»Leb wohl, Bruder Wyszek!« Er gab ihm die Hand. »Möge Gott dich leiten. Und richte über Szafraniec dem König Władysław meine guten Wünsche für seine Gesundheit aus. Ich wünsch ihm Glück ...«

»In der Ehe mit Sonka!« Prokupek zeigte breit lächelnd seine Zähne, aber der Kahle brachte ihn mit einem vernichtenden Blick zum Schweigen.

»Ich wünsch ihm Glück zur Jagd«, fuhr er fort. »Ich weiß,

dass er die Jagd schätzt. Aber er soll auf sich Acht geben. Siebenundsiebzig Jahre ist er alt. In dem Alter holt man sich leicht eine Erkältung, und daran kann man sterben.«

Raczyński verbeugte sich und trieb das Pferd zungeschnalzend an. Kurz darauf sprengten sie im Galopp dem Übergang über die Elbe entgegen, er und Jan Roháč z Dubé. Zwei Freunde, Kommilitonen und Waffenbrüder. Vor Roháč und Wyszek, dem Böhmen und dem Polen, lagen noch viele Schlachten, Scharmützel und Gefechte, in denen sie gemeinsam kämpfen sollten, Seite an Seite, Pferd an Pferd, Schenkel an Schenkel, Schulter an Schulter. Gemeinsam sollten sie auch sterben – am selben Tag auf demselben Richtplatz, zuerst grausam gefoltert, dann gehängt. Aber das konnte an jenem Tag noch niemand ahnen.

Die große Bombarde war bis zum Morgen abgekühlt, und der von heißem Enthusiasmus beseelte Büchsenmeister versäumte nicht, sie bei Sonnenaufgang krachen zu lassen. Der Lärm und die Erderschütterung waren so gewaltig, dass Reynevan von der schmalen Pritsche fiel, auf der er geschlafen hatte. Dünnes Stroh und Staub rieselten noch drei Vaterunser lang von der Decke. Hinter der großen Bombarde ließen sich, wie hinter einer Mutter, auch die kleineren vernehmen und schickten ihre zentner- oder halbzentnerschweren Kugeln.

Es donnerte. Der Boden zitterte. Reynevan war sein Traum wieder eingefallen, und der war es wert, dass man sich an ihn erinnerte: Er hatte wieder von Nicoletta, von Katharina von Biberstein, geträumt. In allen Einzelheiten.

Die Kanonen donnerten. Die Belagerung dauerte an.

Den dritten und letzten Grund dafür, dass er mit Scharleys Beurlaubung einverstanden war, nannte Prokop ihnen um die Mittagsstunde. Allen verging auf der Stelle die Lust.

»Ich brauche euch in Schlesien. Beide. Ich will, dass ihr nach Schlesien zurückkehrt.«

»Im August«, fuhr Prokop fort, ohne sich um ihre grimmigen Mienen zu kümmern oder gar eine Antwort abzuwarten, »im August, als wir die Kreuzfahrer bei Mies zurückgeschlagen haben, hat uns der Bischof von Breslau wieder einmal ein Messer in den Rücken gejagt. Das Heer des Bischofs und der schlesischen Herzöge, wie üblich unterstützt von Albrecht von Kolditz und Puta von Czastolovice, ist erneut in die Umgebung von Nachod eingefallen. Wieder wurde böhmisches Blut vergossen, wieder hat das Feuer die Häuser verschlungen. Wieder hat es bestialische Grausamkeiten an hilflosen Leuten gegeben.«

»Schon ein Jahr wälzt sich eine Lawine schrecklichen Terrors über Schlesien hinweg. Überall brennen die Scheiterhaufen. Grausam suchen die Deutschen unsere slawischen Brüder heim. Wir werden nicht tatenlos zusehen. Wir ziehen nach Schlesien, um unseren Brüdern zu Hilfe zu eilen. In einer Mission des Friedens und der Stabilisierung.«

»Eine solche Mission«, Prokop ließ sie weiterhin nicht zu Wort kommen, »bedarf aber der Vorbereitung. Und das wird eure Aufgabe sein. Wenn ihr eure Privatangelegenheiten erledigt habt, wozu ich euch so großzügig meine Erlaubnis erteilt habe, begebt ihr euch zum Weißen Berg, zu Bruder Neplach. Bruder Neplach wird euch auf eure Aufgabe vorbereiten. Die ihr, daran habe ich keinen Zweifel, für Gott, Religion und Vaterland aufopferungsvoll erfüllen werdet. Wie es sich für Gottesstreiter geziemt ... Du willst etwas sagen, Scharley. Sprich.«

»In Schlesien«, Scharley räusperte sich, »kennen sie uns. Wir sind dort bekannt. Es gibt viele, die eine Wut auf uns haben. Viele, die uns tot sehen möchten.«

»Das ist gut. Dann ist gewährleistet, dass ihr vorsichtig und umsichtig zu Werke gehen werdet.«

»Die Inquisition ...«

»Und dass ihr nichts verratet. Schluss mit der Diskussion, Scharley. Schluss mit dem Gerede! Ihr habt einen Befehl erhalten. Ihr habt eine Aufgabe zu erfüllen. Und jetzt geht, und erledigt eure privaten Angelegenheiten. Ich rate euch, erledigt sie allesamt, und zwar gründlich. Ich gebe zu, eure Aufgabe ist riskant, schwierig und gefährlich. Da ist es gut, wenn man vorher seine persönlichen Dinge regelt. Bei Freunden und guten Bekannten seine Schulden begleichen kann. Schulden anderer eintreibt ...«

Er brach plötzlich ab.

»Reinmar von Bielau«, sagte er nach einer Weile und sah Reynevan an, dass diesem schauderte, »haben deine Privatangelegenheiten zufällig etwas mit der Rache für deinen toten Bruder zu tun?«

Reynevan schüttelte verneinend den Kopf, denn sein Hals war plötzlich so trocken, dass er nicht ein Sterbenswörtchen hervorgebracht hätte.

»Ohhh!« Prokop faltete die Hände. »Das ist gut. Das ist ausgezeichnet. Weiter so!«

»Die Bibel sagt: Vertraue auf den Herrn!«, fuhr er nach einer Weile fort. »Was deinen Bruder betrifft, so kannst du dich auch auf mich verlassen, auf Prokop. Diese Sache nehme ich selbst in die Hand, persönlich. Ich habe schon damit begonnen.«

»Dein Bruder, dessen Andenken ich ehre, war nur einer von vielen Verbündeten, die man uns in Schlesien ermordet hat. Jene verbrecherische Hand hat viele Leute erreicht, die mit uns sympathisierten und die uns geholfen haben. Diese Verbrechen bleiben nicht ungesühnt. Auf Terror antworten wir mit Terror, getreu dem Wort Gottes: Auge um Auge, Zahn um Zahn, Hand um Hand, Bein um Bein, Wunde um Wunde. Dein Bruder wird gerächt, dessen kannst du gewiss sein. Aber private Rache verbiete ich dir. Ich verstehe deine Gefühle, aber du musst dich im Zaum halten. Verstehen, dass es hier eine Hierarchie gibt, eine Abfolge für die Revanche, und du bist in dieser Hierarchie weit von der Spitze entfernt. Weißt du, wer an der Spitze steht? Ich sage es dir: Ich! Prokop, genannt der Kahle! Diese schlesischen Verbrecher haben mich auf ihre Liste gesetzt, denkst du, ich erlaube, dass sie so etwas ungestraft tun dürfen? Dass ich kein Exempel des Schreckens statuiere? Ich schwöre beim Vater und beim Sohne, dass diejenigen, die Blut vergossen haben, es mit ihrem eigenen Blute bezahlen werden. Wie die Schrift sagt: Ich werde sie wie Staub in den Wind werfen, ich zertrete sie wie Schmutz auf der Straße. Ihrer Spur sende ich das Schwert hinterher, bis ich ihre Vernichtung vollzogen habe. Diejenigen, die einen Pakt mit dem Teufel geschlossen, die im Verborgenen Verbrechen ersonnen, die im Schutze der Dunkelheit meuchelmörderische Hiebe versetzt haben, blicken sich schon jetzt feige um, verspüren schon jetzt jemandes Blick im Nacken. Schon jetzt fürchten diese Kreaturen der Finsternis das, was im Dunkel auf sie lauert. Sie haben sich als Wölfe gesehen, die Schrecken unter den wehrlosen Lämmern verbreiten. Jetzt zittern sie selbst, wenn sie das Geheul des Wolfes hören, der ihrer Spur folgt.«

»Ich schließe also: Die Vorbereitung unseres Angriffes auf Schlesien ist derzeit eine Angelegenheit von hervorragender Bedeutung für unsere ganze Sache. Die Operation ist genauso wichtig wie etwa die Belagerung von Kolín oder der für Jahresende geplante Einfall in Ungarn. Ich wiederhole: Sollte wegen irgendwelcher Versuche einer privaten Rache diese Operation mit einem Fiasko enden, werde ich Konsequenzen ziehen. Streng. Ich werde keine Gnade kennen. Merkt euch das. Wirst du dir das merken?«

»Ich werde es mir merken.«

»Hervorragend. Jetzt aber … Reinmar, Bruder Neplach hat mir zugetragen, dass du Spezialist für … hmm … unkonventionelle Medizin bist. Und mir reißt es gewaltig in den Knochen … Kannst du das besprechen? Oder mit einem Zauberspruch heilen?«

»Bruder Prokop … Magie ist verboten … Hexerei ist ein *peccatum mortale* … Der Vierte Prager Artikel …«

»Hör auf, Unsinn zu reden, ja? Ich habe gefragt, ob du das heilen kannst.«

»Das kann ich. Zeigt bitte, wo es wehtut.«

Fünftes Kapitel

in dem wir unsere Helden kurz verlassen und uns von Böhmen nach Schlesien begeben, um zu sehen, was etwa zur gleichen Zeit einige alte – und neue – Bekannte tun.

Hab ich den nicht schon irgendwo gesehen, dachte, während er seinen Gast betrachtete, Wendel Domarask, *magister scholarum* an der Kollegiatschule des Heiligen Kreuzes in Oppeln. Hab ich den nicht schon irgendwo gesehen? Und wenn ja, wo? In Krakau? In Dresden? In Troppau?

Hinter dem Fenster erklangen die Stimmen der Schüler, die im Chor Strophen der ›Thebais‹ des Statius rezitierten. Von Zeit zu Zeit unterbrach Geschrei die Rezitation – der Signator, der die Klasse beaufsichtigte, verbesserte mit Hilfe des Stocks jemandes Latein und regte auf diese Weise zu Fortschritten beim Lernen an.

Der Gast war hochgewachsen, schlank, ja geradezu mager, aber man spürte eine unbändige Kraft in ihm. Sein graues Haar trug er nach der Art der Kleriker, das Filzkäppchen bedeckte, darauf hätte Wendel Domarask eine Wette abschließen können, eine Tonsur oder was davon übrig war. Der Besucher hätte auch – der Magister wäre bereit gewesen, auch darauf zu wetten – wie ein Mönch den Blick senken, gehorsam den Kopf neigen, die Hände falten und ein Gebet murmeln können. Hätte er. Wenn er gewollt hätte. Jetzt wollte er dies offensichtlich nicht. Er sah dem Magister direkt in die Augen.

Die Augen des Besuchers waren sehr seltsam. Sie beunruhigten durch ihren starren Blick, der tausende von Ameisen im Nacken und im Rücken zum Leben erweckte. Aber das Seltsamste war ihre Farbe – sie waren eisenfarben, hatten die Farbe einer alten, dunkel angelaufenen ausgemusterten Messerklinge. Diesen naturalistischen Eindruck verstärkten farbige Flecke auf der Iris, sie wirkten so, als hätte sich dort Rost angesetzt.

Ecce sub occiduas versae iam Noctis habenas / astrorumque obitus, ubi primum maxima Tethys / imu... impulit... Aua! Au Jesses!

Wendel Domarask, *magister scholarum* an der Kollegiatschule des Heiligen Kreuzes in Oppeln und Hauptresident des taboritischen Geheimdienstes, Chef und Koordinator des Agentennetzes in Schlesien in einer Person, seufzte leise. Er wusste, wer der Besucher war, man hatte ihn benachrichtigt, dass dieser bei ihm auftauchen werde. Er wusste, auf wessen Befehl sein Besucher gekommen war und wessen Autorität er repräsentierte. Er wusste, welche Vollmachten dieser hatte, wusste, dass dieser das Recht hatte zu befehlen, er wusste auch, was ihm blühte, wenn er einen Befehl nicht ausführte. Mehr wusste Domarask nicht. Sonst nichts. Vor allem nicht, welchen Namen der Ankömmling trug.

»Ach ja, werter Herr«, sagte er, sich endlich zu dieser gleichermaßen höflichen wie neutralen Form der Anrede aufraffend. »Wir haben es hier in Schlesien in letzter Zeit nicht leicht. Oh, wahrhaftig nicht leicht... Ich sage das nicht zu Euch, weil ich mich vor den Aufgaben drücken oder meine Untätigkeit rechtfertigen will, nein, was das anbelangt, gewiss nicht, ich bemühe mich sehr, da kann Bruder Prokop sicher sein...«

Er vestummte. Der eiserne Blick des Besuchers hatte, wie sich zeigte, auch die seltsame Fähigkeit, den Redefluss zu hemmen.

»Im Februar des vergangenen Jahres«, Wendel Domarask ging jetzt zu kürzeren und konziseren Aussagen über, »ist, wie Ihr sicher wisst, die Union von Strehlen entstanden. Die schlesischen Herzöge, die Starosten und die Ratsherren von Breslau, Schweidnitz, Jauer und Glatz. Ihr Ziel ist es, eine Armee aufzustellen, um gegen Böhmen zu ziehen. Und zuvor die Zerschlagung der böhmischen Netzwerke in Schlesien.« Der Besucher nickte, als Zeichen, dass er dies wusste. Aber die eisenfarbenen Augen veränderten ihren Ausdruck nicht.

»Sie haben uns empfindlich getroffen«, fuhr der Agent gleichmütig fort. »Die bischöfliche Inquisition, die Gegenspionage von Albrecht von Kolditz und Puta von Czastolovice. Die Äbte von Heinrichau, Kamenz und Grüssau. Im Herbst haben sie den Schweidnitzer Residenten und ein paar von unseren Leuten in Breslau gefasst. Irgendjemanden haben sie zum Reden gebracht, oder es hat uns einer verraten, denn schon am zweiten Adventssonntag haben sie eine Gruppe in Jauer ausgehoben. Im Winter ist die Mehrzahl der Agenten aus der Region Neisse verhaftet worden. Und in diesem Jahr vergeht kein Monat, ohne dass ihnen nicht einer ins Netz geht ... Oder dass sie nicht einen umbringen. Der Terror breitet sich aus. Sympathisanten werden umgebracht. Leute, die mit uns zusammenarbeiten, werden getötet, Kaufleute ... Angst ist über die Menschen gekommen. Unter diesen Bedingungen ist es schwer, neue Agenten anzuwerben oder sich irgendwo einzuschleichen, das Risiko, verraten oder provoziert zu werden, wächst ... Ich verstehe ja, Bruder Prokop interessieren die Schwierigkeiten nicht, sondern nur Ergebnisse, Resultate ... Sagt ihm, dass wir tun, was wir können. Wir tun das Unsrige. Ich tue das Meinige. Ich folge den Prinzipien unserer Zunft und tue das Meinige ...«

»Ich bin nicht auf Inspektion hier«, warf der Eisenäugige gelassen ein. »Ich habe lediglich meine Aufgaben in Schlesien zu erfüllen. Euch habe ich aus dreierlei Gründen aufgesucht. *Primo,* Ihr seid am besten abgeschottet, und mir liegt ein wenig an meiner eigenen Sicherheit. *Secundo,* ich benötige Eure Hilfe.«

Der Magister atmete erleichtert auf, schluckte und hob etwas mutiger den Kopf.

»Und *tertio*?«

»Ihr braucht Hilfe von Prokop. Hier ist sie.«

Der Eisenäugige knüpfte sein Bündel auf und entnahm ihm einen großen Packen, der mit einem Lammfell und einem Riemen umschnürt war. Als er den Packen auf den Tisch warf, schepperte er und verriet seinen Inhalt durch ein gedämpftes Klirren. Der Agent streckte seine Hand danach aus. Seine knochige, mit Altersflecken übersäte Hand glich einer Sperberkralle.

»Genau das brauchen wir«, sagte er, als er den Packen berührte. »Gold und einen siegesgewissen Geist. Wenn mir Prokop noch mehr Gold schickt und noch ein paar Siege in der Größenordnung von Tachau, dann gehört Schlesien übers Jahr ihm.«

Numquam tibi sanguinis huius / ius erit aut magno feries impre ... imperdita Tydeo / pectora; vado equidem exsul ... exsultans ... Au! Aua!

»Ihr sagtet«, der *magister scholarum* schloss das kleine Fenster, »dass Ihr Hilfe von mir erwartet?«

»Hier ist eine Liste von Dingen, die ich benötige. Bemüht Euch rasch darum.«

»Hmm ... Das wird erledigt.«

»Ich muss mich auch mit Urban Horn treffen. Benachrichtigt ihn. Er soll nach Oppeln kommen.«

»Horn ist nicht in Schlesien. Er musste fliehen. Jemand hat ihn verraten, sie hätten ihn beinahe erwischt. In Militsch hat er einen Schergen des Bischofs getötet und einen anderen schwer verwundet ... Ha, wie in einer Ritterromanze ... Jetzt ist er wohl in Großpolen. Genau weiß ich es nicht. Als Spezialagent untersteht Horn mir nicht, er muss mir nicht Bericht erstatten.«

»Dann Tybald Raabe. Holt ihn her.«

»Damit gibt es auch ein Problem. Tybald sitzt im Kerker.«

»Wo? Bei wem?«

»Auf Schloss Schwarzwaldau. Bei Herrn Hermann von Zettritz dem Jüngeren.«

»Besorgt mir ein gutes Pferd.«

Ritter Hermann von Zettritz der Jüngere, Herr auf Schwarzwaldau, saß mit gespreizten Beinen auf einem Stuhl, der an einen Thron erinnerte. Die Wand hinter ihm bedeckte ein rußgeschwärzter Gobelin, der aller Wahrscheinlichkeit nach den Paradiesgarten vorstellte. Zu Füßen des Ritters lagen zwei selten schmutzige Windspiele. Nebenan, hinter dem gedeckten Tisch, saß das Gefolge des Ritters, nur unwesentlich sauberer als die Windspiele, das sich aus fünf bewaffneten Burgmannen und zwei Weibsbildern von leicht zu erratender Profession zusammensetzte.

Hermann von Zettritz strich sich die Brotkrümel von Bauch und Familienwappen, dem Kopf eines Auerochsen, rot und silbern, und blickte von oben auf den Priester herab, der in der erniedrigenden Pose eines Bittstellers vor ihm stand.

»Ach ja«, wiederholte er. »Ja, das ist wohl so, Pfaffe. Wie heißt du noch gleich? Ich hab's vergessen.«

»Pater Apfelbaum.« Der Priester hob die Augen. Sie hatten die Farbe von Eisen, wie Zettritz feststellen konnte.

»Also, so ist das!« Er schob die Unterlippe nach vorne. »So ist das, Pfaffe Apfelbaum. Dieser bereits erwähnte Tybald Raabe sitzt in meinem Kerker. Ich habe den Lumpenhund eingesperrt. Weil er ein Häretiker ist.«

»Wirklich?«

»Spottlieder hat er auf die Pfaffen gesungen, über den Heiligen Vater ist er hergezogen. Hat ein Scherzbild herumgezeigt, auf dem Papst Martin V. im Schweinestall steht und die Schweinchen betrachtet, der Papa ist der Dritte von links, der mit der Tiara auf dem Kopf. Haaaha – haa – haa –haaaa!«

Zettritz kamen vor Lachen die Tränen, seine Burgmannen taten es ihm gleich. Eines der Windspiele begann zu bellen und bekam einen Tritt. Der eisenäugige Ankömmling lächelte starr.

»Ich habe ihn aber ermahnt«, der Ritter wurde wieder ernst, »mir die Untertanen nicht aufzuhetzen. Sing du, hab ich zu ihm gesagt, verdammt noch eins, Lieder, so viel du willst, Lieder über Wyclif und den Antichristen, nenn von mir aus die

Pfaffen Blutsauger, denn das sind sie auch. Aber erzähl meinen Knechten nicht, verdammter Mist, dass vor Gott alle gleich sind und alles allen gemeinsam gehören soll, auch meine Güter, meine Burg, meine Scheunen und meine Schatztruhe. Und dass man ans Schloss keine Abgaben zahlen muss, weil die künftige göttliche Ordnung alle Abgaben und Zinsen abschafft. Ich hab ihn ermahnt, ich hab ihn gewarnt. Er hat nicht gehört, also hab ich ihn ins Loch gesteckt. Ich hab noch nicht entschieden, was ich mit ihm mache. Vielleicht lasse ich ihn aufhängen. Vielleicht nur büßen. Vielleicht stelle ich ihn in Landeshut an den Pranger. Vielleicht liefere ich ihn dem Bischof von Breslau aus. Ich muss meine Beziehungen zum Bischof ein wenig aufbessern, weil sie mir in letzter Zeit ein wenig danebengegangen sind, haahaa – haa – ha!«

Der eisenäugige Priester wusste natürlich, worum es ging. Er wusste vom Überfall auf das Zisterzienserkloster in Grüssau, den sich Zettritz im vorigen Jahr gegönnt hatte. Aus dem Wiehern der Bewaffneten am Tisch schloss er, dass sie an dem Raub beteiligt gewesen waren. Vielleicht hatte er sie zu auffällig gemustert, vielleicht war etwas in seinem Gesicht zu lesen, denn der Herr auf Schwarzwaldau richtete sich plötzlich auf und schlug mit der Faust auf die Sessellehne.

»Drei Knechte hat mir der Grüssauer Abt verbrannt!«, brüllte er so laut, dass sich der Auerochse auf seinem Wappen, hätte er noch gelebt, des Gebrülls nicht geschämt hätte. »Das hat er mit Absicht getan! Händel hat er mit mir angefangen, der Hurensohn, obwohl ich ihn gewarnt habe, dass ich ihm das nicht durchgehen lasse! Ohne jeglichen Grund hat er die Knechte beschuldigt, sie würden zu den Hussiten halten, und sie auf den Scheiterhaufen geschickt! Und alles nur, um mir seine Verachtung zu zeigen! Er hat gedacht, ich brächte den Mut nicht auf, ich hätte nicht die Kraft, gegen das Kloster zu ziehen! Da hab ich ihm aber gezeigt, wo Barthel den Most holt!«

»Gezeigt habt Ihr's ihm«, der Priester hob wieder die Augen, »wenn ich mich recht erinnere, mit Hilfe und Unterstützung der Waisen aus Trautenau und ihrem Anführer Jan Baština von Porostle.«

Der Ritter beugte sich vor und durchbohrte ihn mit seinem Blick.

»Was bist du für einer, Pfaffe?«

»Könnt Ihr Euch das nicht denken?«

»Ich kann's mir denken, wohl wahr«, krächzte Zettritz. »Aber wahr ist auch, dass ich den Abt mit eurem unschätzbaren hussitischen Beistand Mores gelehrt habe. Macht das aus mir vielleicht gleich einen Hussiten? Ich empfange die Kommunion auf katholische Art, ich glaub ans Fegefeuer, und in der Not ruf ich die Heiligen an. Ich habe nichts mit euch gemein.«

»Mit Ausnahme der Beute aus Grüssau, die Ihr Euch mit Baština geteilt habt. Pferde, Rinder, Schweine, Bargeld in Silber und Gold, Wein, liturgische Gefäße ... Denkt Ihr wirklich, Herr, dass Bischof Konrad Euch im Austausch für irgendeinen dahergelaufenen Spielmann die Absolution erteilen würde?«

»Du bist ungebührlich kühn!« Zettritz blinzelte. »Gib Acht, dass ich dich nicht auch auf diese Rechnung setze! Oh, wie würde sich der Bischof über dich freuen, ja, freuen würde er sich ... Ich seh schon, du bist ein Schlaumeier, kein dahergelaufener Wicht. Aber deswegen sollst du noch lange nicht die Stimme oder die Augen heben. Du stehst vor einem Ritter! Einem Herrn!«

»Ich weiß. Und deshalb schlage ich vor, die Sache nach Ritterart zu erledigen. Ein ehrliches Lösegeld für einen Knappen sind zehn Schock Groschen. Ein Spielmann ist nicht mehr wert als ein Knappe. Ich zahle für ihn.«

Zettritz blickte zu seinen Burgmannen hinüber, und diese bleckten wie auf Kommando wie Wölfe die Zähne.

»Du hast also Silber mitgebracht? Hast es in den Satteltaschen, ja? Und dein Pferd ist im Stall, in meinem Stall? Auf meinem Schloss?«

»So ist es«, antwortete der Eisenäugige, ohne mit der Wimper zu zucken. »In Eurem Stall, auf Eurem Schloss. Aber Ihr habt mich nicht ausreden lassen. Ich gebe Euch für den Goliarden Tybald Raabe noch etwas.«

»Was soll das sein, du machst mich neugierig?«

»Eine Garantie. Wenn die Gottesstreiter nach Schlesien kommen, und dies geschieht sehr bald, und alles niederbrennen, wird weder Eurem Stall, noch Eurem Schloss, noch den Höfen Eurer Untertanen etwas Böses widerfahren. Wir brennen prinzipiell nicht den Besitz von Leuten nieder, die uns wohlgesinnt sind. Umso weniger den unserer Verbündeten.«

Lange Zeit herrschte Schweigen. Es war so still, dass man hörte, wie die Windspiele ihre Flohstiche bekratzten.

»Alle raus!«, brüllte der Ritter plötzlich sein Gefolge an. »Raus! Weg hier! Alle! Aber sofort!«

»Im Hinblick auf Bündnis und Freundschaft«, ließ sich Hermann Zettritz der Jüngere, Herr auf Schwarzwaldau, vernehmen, sobald sie allein waren, »im Hinblick auf eine künftige Zusammenarbeit … einen künftigen gemeinsamen Kampf und Waffenbrüderschaft … und das Teilen der Beute, selbstverständlich … Könnten wir wohl, Bruder Böhme, die Einzelheiten besprechen?«

Gleich hinter dem Tor gaben sie den Pferden die Sporen. Von Westen her verdunkelte sich der Himmel, er wurde nahezu schwarz. Der Sturm heulte in den Wipfeln der Tannen und riss vertrocknetes Laub von den Eichen und Hainbuchen.

»Herr Vlk!«

»Was ist?«

»Danke! Danke für die Befreiung!«

Der eisenäugige Priester wandte sich im Sattel um.

»Ich brauche dich, Tybald Raabe. Ich brauche Informationen.«

»Ich verstehe.«

»Das bezweifle ich. Ach, Raabe, noch eines.«

»Ich höre, Herr Vlk.«

»Wage es nie wieder, meinen Namen laut auszusprechen!«

Das Dorf musste genau an dem Weg gelegen haben, den die Truppen Baštinas von Porostle, die nach dem Überfall auf das Grüssauer Kloster im letzten Jahr die Gegend zwischen Landeshut und Waldenburg ausgeplündert hatten, nahmen. Etwas an diesem Dorf musste den Widerwillen der Hussiten erregt haben, denn es war davon einzig und allein verbrannte Erde übrig geblieben, aus der nur hie und da noch etwas herausragte. Auch von der Dorfkirche war kaum noch etwas vorhanden, nur noch so viel, dass man erkennen konnte, dass dies einmal ein Kirchlein gewesen war. Lediglich ein Kreuz am Wege und der hinter den mit Asche bedeckten Resten des Gotteshauses gelegene, mit Erlengestrüpp überzogene Friedhof waren unversehrt geblieben.

Der Wind ächzte, kämmte die bewaldeten Berghänge und überzog den Himmel mit einer schwarzgrauen Wolkendecke.

Der eisenäugige Priester hielt sein Pferd an, drehte sich im Sattel um und wartete, bis Tybald Raabe herangeritten war.

»Steig ab!«, befahl er ihm. »Ich habe dir gesagt, dass du mir ein paar Informationen geben musst. Jetzt und hier.«

»Hier? An diesem gespenstischen Ort, der nichts Gutes verheißt? Neben dem Friedhof? In der Abenddämmerung? Unter freiem Himmel, und wo es jeden Augenblick anfängt zu schütten? Können wir denn nicht in einer Schenke reden, beim Bier?«

»Ich habe mich deinetwegen schon deutlicher zu erkennen gegeben, als mir lieb ist. Ich will nicht, dass man mich mit dir zusammen sieht. Oder mit dir in Verbindung bringt. Deshalb …«

Er verstummte, weil er sah, dass sich die Augen des Goliarden vor Schreck weiteten.

Das, was sie zuerst sahen, war ein wildes Aufjagen schwarzer Vögel, die aus dem Gestrüpp, das den Friedhof umstand, ängstlich emporflatterten. Dann erblickten sie den Reigen.

Eines nach dem anderen, eine Reihe bildend, sich bei den Händen haltend, erschienen von der Friedhofsmauer her Skelette, die sich in ungestümen, grotesken Sprüngen wanden. Die einen waren nackt, andere waren unvollständig bekleidet, wieder andere nur mit zerrissenen Resten von Bahrtüchern bedeckt, so tanzten sie, wiegten sich und sprangen herum, warfen die knöchernen Füße, Schienbeine und Oberschenkel, wobei sie rhythmisch mit ihren zahnlückigen Kiefern klapperten. Der Wind stöhnte, er heulte wie ein Verdammter, pfiff durch Rippen und Becken und spielte auf den Schädeln wie auf einer Okarina.

»Der Totentanz«, seufzte Tybald Raabe, *»la danse macabre …«*

Dreimal umkreiste der Reigen der Skelette den Friedhof, dann zogen sie in den Wald, der die Hänge überzog, immer noch im Tanzschritt. Hüpfend und klappernd zogen sie in einer Wolke aus Blättern und von der Brandstätte aufgewirbelter Asche dahin. Scharen von schwarzen Vögeln begleiteten sie die ganze Zeit über. Später, als die gespenstischen Tänzer im Dickicht verschwunden waren, bezeichneten die ruhelos über den Wipfeln kreisenden Vögel ihren Weg.

»Ein Zeichen …«, brachte der Goliarde mühsam stotternd hervor. »Ein Omen! Eine Seuche wird kommen … Oder der Krieg …«

»Vielleicht das eine und das andere«, der Eisenäugige zuckte mit den Achseln. »Es sieht ganz so aus, als würden die Chiliasten Recht behalten. Diese Welt hat keine Aussicht, das Ende des zweiten Jahrtausends zu erleben, allen Zeichen zufolge wird ihr Untergang schon viel eher stattfinden. Sogar bald, würde ich sagen. Steig auf, Tybald, ich habe es mir anders überlegt. Wir werden uns eine Herberge suchen. Ein Stück weiter weg von hier.«

»Ach Herr«, sagte Tybald Raabe, den Mund voll mit Kraut und Erbsen, »wo soll ich denn solche Informationen hernehmen? Sicher, das, was ich weiß, kann ich Euch in allen Einzelheiten erzählen. Das von Peterlin von Bielau. Von seinem Bruder Reynevan und von der Romanze Reynevans mit Adele von Sterz, und was daraus folgte. Was im Raubritternest in Schönau und auf dem Turnier in Münsterberg geschah. Wie Reynevan … Wie geht es Reynevan eigentlich, Herr? Ist er gesund? Geht es ihm gut? Ihm? Samson? Scharley?«

»Lenk nicht vom Thema ab! Aber, wo du schon mal dabei bist, wer ist er, jener Scharley?«

»Das wisst Ihr nicht? Angeblich ein lasterhafter Mönch oder Priester, der aus dem Klostergefängnis entflohen ist. Sie sagen auch, etwas genauer hat mir das ein gewisser Tassilo de Tresckow berichtet, dass Scharley am Breslauer Aufstand von 1418 teilgenommen hat. Wisst Ihr, am achtzehnten Juli, als die aufgebrachten Fleischer und Schuster den Bürgermeister Freiberger und sechs Ratsherren erschlagen haben. Die Köpfe von dreißig Aufständischen sind danach über den Breslauer Marktplatz gerollt, und dreißig andere Aufständische hat man mit Verbannung gestraft. Da Scharley seinen Kopf immer noch auf den Schultern trägt, muss er wohl unter den dreißig Vertriebenen gewesen sein. Ich glaube …«

»Das genügt. Weitere Informationen. Die, um die ich dich gebeten habe. Über den Überfall auf den Steuereinnehmer und seinen Zug mit den Steuergeldern. Der Zug, in dem sich auch Reynevan befand. Und in dem du auch warst, Tybald.«

»Schon gut.« Der Goliarde schaufelte mit einem Löffel Erbsen in sich hinein. »Ich weiß, was ich weiß. Und ich sag's auch, warum auch nicht. Aber von diesen anderen Dingen …«

»Von jenen schwarzen Reitern, die *Adsumus* schreien. Und offensichtlich eine arabische Substanz verwenden, die man Hasch'isch nennt.«

»Eben. Davon wusste und weiß ich überhaupt nichts. Wo soll ich denn diese Informationen herkriegen? Woher nehmen?«

»Versuch es doch mal«, die Stimme des Eisenäugigen hatte sich gefährlich verändert, »vielleicht findest du sie ja in der Schüssel vor deiner Nase, zwischen Erbsen und Speckgrieben. Findest du was, soll es dein Schaden nicht sein. So sparst du Zeit und Kraft.«

»Ich habe verstanden.«

»Sehr gut. Alle Informationen, Tybald. Alles, was es auch nur gibt. Tatsachen, Geschwätz, Gerüchte, das, was man sich in den Schenken erzählt, auf den Märkten, Jahrmärkten, in den Klöstern, Feldlagern und Hurenhäusern. Das, was die Pfarrer in ihren Predigten von sich geben, die Gläubigen bei den Prozessionen, die Ratsherren im Rathaus und die Weiber am Brunnen. Klar?«

»Sonnenklar.«

»Heute ist der Abend vor dem Fest der heiligen Hedwig, der fünfzehnte Oktober, ein Dienstag. In fünf Tagen, am Sonntag, treffen wir uns in Schweidnitz. Nach der Messe, vor der Pfarrkirche St. Stanislaus und Wenzel. Wenn du mich siehst, komm nicht näher. Wenn ich weggehe, folgst du mir. Hast du verstanden?«

»Ja, Herr Vlk ... Hmmm ... Verzeiht!«

»Diesmal verzeihe ich dir noch. Das nächste Mal bringe ich dich um.«

Tempora cum causis Latium digesta per annum
lapsaque sub terras ortaque signa canam ...

Die Schüler der Kollegiatschule vom Heiligen Kreuz in Oppeln hatten für heute die ›Fasti‹ des Ovid auf. Von der Mühlgasse her erschallten die Rufe der Fischer und das Geschrei der Wäscherinnen, die miteinander stritten. Wendel Domarask, der *magister scholarum*, legte die Berichte seiner Agenten in das Geheimfach zurück. Die meisten Berichte klangen äußerst beunruhigend.

Irgendetwas war im Gange.

Dieser Mann mit den eisengrauen Augen, dachte Wendel Domarask, bedeutet Ärger. Ich hab's ja gleich gewusst, gleich, als ich ihn sah. Klar, dass der aus irgendeinem Grund hierhergeschickt worden ist. Das ist ein Mörder. Ein Attentäter, ein Meuchelmörder. Den haben sie geschickt, damit er jemanden erledigt. Und danach gibt's immer eine Menschenjagd, und blinder Terror bricht los. Man kann einfach nicht in Ruhe arbeiten. Zum Auskundschaften braucht man Ruhe, das verträgt keine Gewalt und keine Wirren. Aber vor allem braucht man dazu keine Leute mit Spezialaufträgen.

Warum, der Magister legte das Kinn auf seine aufgestützten Hände, warum nur hat er nach Vogelsang gefragt?

»Vogelsang? Sagt Euch dieser Name etwas?«

»Natürlich«, Domarask gelang es, sein Erstaunen zu verbergen, er gestattete es sich nicht, auch nur die Augenbrauen zu heben, »natürlich sagt mir das etwas.«

»Ich bin ganz Ohr.«

»Das Kryptonym Vogelsang«, der Magister bemühte sich, sachlich zu bleiben und mit gleichgültig klingender Stimme zu antworten, »ist die Bezeichnung für eine Geheimgruppe mit speziellen Aufgaben, die Žižka unmittelbar unterstand. Die Gruppe hatte einen Koordinator und Verbindungsmann. Nachdem dieser unter merkwürdigen Umständen zu Tode kam, brach der Kontakt ab. Vogelsang verschwand ganz einfach. Ich habe damals Befehl erhalten, die Gruppe aufzuspüren. Ich habe mir alle Mühe gegeben, eine Untersuchung durchgeführt. Vergebens.«

Er senkte den Blick nicht, obwohl die Blicke aus den eisengrauen Augen wie Nadeln stachen.

»Ich kenne die Fakten.« In der Stimme des Besuchers schwang keine Gefühlsregung mit. »Worum ich Euch bitte, ist Eure persönliche Meinung zu dieser Sache. Und Eure Schlussfolgerungen daraus.«

Die Schlussfolgerungen, dachte Domarask, sind schon längst gezogen worden. Filou hat sie gezogen, Bohuchval Neplach, der stets fieberhaft nach Schuldigen sucht. Denn Vogelsang, das war kein Geheimnis, hatte seine Gelder von Tábor erhalten. Enorme Summen, die zur Finanzierung der »Spezialaufgaben« dienten. Die Summen waren schlicht und einfach viel zu groß gewesen und die Leute, die man für Vogelsang angeworben hatte, ganz eindeutig zu speziell. Und was kam dabei am Ende heraus: Das Geld war verschwunden und die Leute auch. Wie es schien, auf Nimmerwiedersehen.

»Der Verbindungsmann und Koordinator von Vogelsang ist, wie ich schon sagte, ermordet worden. Die Umstände dieses gewaltsamen Todes waren mehr als rätselhaft. Sie waren bestürzend, und die Gerüchte haben daraus schlechterdings einen Albtraum gemacht. Die Angst vor dem Tod kann größer sein als die Loyalität und Ergebenheit für eine Sache. Und in großer Furcht und Angst um sein Leben vergisst man seine Loyalität.«

»Vergisst man seine Loyalität«, wiederholte der Ankömmling langsam. »Habt Ihr die Eure vergessen?«

»Meine ist unerschütterlich.«

»Ich verstehe.«

Ich hoffe, dass dem so ist, ich hoffe, dass er mich verstanden hat, dachte Domarask. Denn ich kenne die Gerüchte aus der Umgebung von Prokop und Filou, die sich um Verrat und Verschwörung ranken. Eine Verschwörung, das ist gut. Man bildet eine geheime »Spezialgruppe«, wirbt unter einem dunklen Stern geborene Ganoven dafür an, die beim ersten Anzeichen einer Gefahr stiften gehen und das ihnen anvertraute Geld mitnehmen. Und dann sucht man nach Verschwörern.

Und sendet Mörder nach Schlesien.

Die Wäscherinnen in der Mühlgasse stritten sich und bezichtigten sich gegenseitig, Huren zu sein. Die Fischer fluchten. Die Schüler rezitierten Ovid.

Adnue conanti per laudes ire tuorum
Deque meo pavidos excute corde metus.

Ich möchte bloß wissen, dachte der Magister, während er das Fenster schloss, wo dieser Kerl jetzt wohl steckt?

»Kennst du dieses Frauenzimmer?«, fragte Parzival von Rachenau seinen Freund. »Und dieses Fräulein?«

»Du hast doch gesehen, dass ich sie begrüßt habe«, brummte Heinrich Baruth, genannt Spatz, und lockerte seinen Gürtel. »Dass ich ihr die Hand geküsst habe. Denkst du, ich schlecke fremden Weibern die Hand ab? Das war meine Tante Roswitha, wie es scheint, auf Reisen. Die Rundliche ist ihre Dienerin. Und die mit der Haube ihre Zofe.«

»Und das Fräulein?«

»Die Tochter meiner Tante, also meine Cousine. Die Tante ist die Gemahlin meines Onkels. Aber nicht von Onkel Heinrich, der in Windisch-Marchwitz sitzt und den man Heinemann nennt, auch nicht von dem auf Breitenberg, dem Heinrich, den sie den Kranich nennen, sondern von dem dritten, Vaters jüngstem Bruder, der …«

»Heinrich heißt?«, erriet Parzival von Rachenau, der seinen Blick nicht von dem blonden Mädchen wandte.

»Du kennst ihn? Na, dann weißt du es ja. Der also ist mein Onkel, seine Gemahlin meine Tante und das Mädchen ihre Tochter. Sie heißt Ofka. Was glotzt du die denn so an, he?«

Ofka von Baruth tat nur so, als sei sie ausschließlich damit beschäftigt, auf der Bank der Schenke hin und her zu rutschen, mit den Beinen zu baumeln, mit dem Löffel an die Schüssel zu klopfen, an die Decke zu starren und am Ende ihres Zopfes herumzuzerren. In Wirklichkeit hatte sie längst bemerkt, dass der Knappe sie ansah, und sich spontan dazu entschieden, darauf zu reagieren.

Indem sie ihm die Zunge herausstreckte.

»So eine Zicke!«, erklärte Spatz angewidert. Parzival gab keinen Kommentar dazu ab. Er war absolut fasziniert. Das Einzige, was ihn bekümmerte, war das Problem der Verwandtschaftsverhältnisse. Die Rachenaus waren mit den Baruths verwandt, eine Schwester von Onkel Gawein war anscheinend die Cousine der Tante, welche die Gemahlin von Heinrich dem Kranich war. Bei diesem Verwandtschaftsgrad benötigte man wahrscheinlich einen Dispens, und mit den Dispensen ging es recht unterschiedlich zu. Parzival hielt das Heiraten für eine unangenehme Pflicht, wenn nicht gar für eine Strafe, aber jetzt dämmerte es ihm über alle Zweifel hinweg, dass er, wenn schon, dann tausendmal lieber die blondhaarige Ofka von Baruth haben wollte als die spindeldürre, pickelige Susanna, die ihr Vater, der alte Albrecht von Hackeborn, Herr auf Priebus, den Rachenaus angedient hatte. Parzival war fest entschlossen, die Hochzeit so lange hinauszuzögern, wie es ging. Im Laufe der Jahre würde Susanna von Hackeborn höchstens ihre Pickel vermehren können, während Ofka alle Voraussetzungen dazu mitbrachte, ein Fräulein von großer Schönheit zu werden. Von sehr großer Schönheit …

Das schöne Fräulein *in spe*, das sich sichtlich über das Interesse, das es erweckt hatte, freute, hielt ihm zunächst die untere Zahnreihe entgegen und streckte ihm anschließend die Zunge bis zum Kinn heraus. Die Matrone mit der Haube, die neben ihr saß, wies sie scharf zurecht. Ofka bleckte wieder die Zähne, diesmal die obere Reihe.

»Wie …«, stotterte Parzival von Rachenau, »wie viele Lenze zählt sie?«

»Was geht mich denn das an?« Spatz räusperte sich. »Und was dich, wo wir gerade dabei sind? Iss endlich deine Grütze auf, wir müssen weiter. Herr Puta wird zornig, wenn wir nicht rechtzeitig in Glatz eintreffen.«

»Wenn ich nicht irre, habe ich die Ehre mit den edlen Herren, den Rittern Heinrich Baruth und Parzival von Rachenau?«

Sie hoben die Köpfe. Neben ihnen stand ein Priester, hochgewachsen und grauhaarig. Seine Augen hatten die Farbe von Eisen. Aber vielleicht schien das nur so, im verrauchten Innern der Schankstube?

»In der Tat«, Parzival von Rachenau nickte, »in der Tat, Pater. Das sind wir. Aber wir sind keine Ritter. Wir haben die Schwertleite noch nicht empfangen.«

»Aber«, der Priester lächelte, »das ist doch nur eine Frage der

Zeit. Und gewiss einer absehbaren. Die Herren gestatten, ich bin Pater Schlossknecht, ein Diener Gottes … Ach, ist das eine Kälte heute … Da sollte man heißen Würzwein trinken … Würden die Herren Ritter mir die Ehre erweisen und mir gestatten, auch für Sie ein Becherchen zu holen? Hättet Ihr Lust?«

Spatz und Parzival sahen sich an und schluckten. Lust hatten sie schon, und zwar große. Nur mit dem Geld sah es schlecht aus.

»Pater Schlossknecht, ein Diener Gottes.« Der Priester stellte sich noch einmal vor, als er die Becher zu ihnen an den Tisch brachte. »Jetzt am Brieger Kollegiat. Früher Kaplan des Ritters Otto von Kauffung, der Herr sei seiner Seele gnädig …«

»Der Kaplan des Herrn von Kauffung!« Parzival von Rachenau wandte den Blick von Ofka von Baruth und verschluckte sich fast an dem heißen Würzwein. »Beim Haupte des heiligen Tiburtius! Der ist, im Kampf schwer verwundet, in meinen Armen gestorben! Vor zwei Jahren war das, im September in den Gallenauer Wäldern! Ich war bei jenem Zug, der von Briganten überfallen wurde! Als die Banditen zwei Fräulein geraubt haben, Fräulein von Biberstein und Fräulein von Apolda. Um sie dann beide später zu schänden, diese Gottlosen!«

»Barmherziger Gott«, der Priester faltete die Hände, »unschuldige Fräulein geschändet? Wie viel Böses es doch in der Welt gibt … wie viel Sünde … Wer tut denn so etwas?«

»Raubritter. Ihr Anführer war Reinmar Bielau, ein Lump und Hexer.«

»Ein Hexer? Unglaublich!«

»Ihr werdet es schon glauben, wenn ich es Euch erzähle. Mit eigenen Augen habe ich es gesehen … Und gehört habe ich auch vieles …«

»Da kann ich auch so manches erzählen!« Spatz griff nach seinem Becher. Seine Wangen waren schon stark gerötet. »Denn auch ich habe das schwarzkünstlerische Treiben Bielaus gesehen! Hexen habe ich gesehen, die zum Sabbat flogen! Und Erschlagene auf dem Weg bei Frankenstein, am Erbsberg!«

»Das kann nicht sein!«

»Doch, doch!«, versicherte Spatz selbstgefällig. »Ich sag die Wahrheit! Die Leute der Frau Dzierżka de Wirsing, der Pferdehändlerin, sind von den schwarzen Reitern erschlagen worden. Von der Todesrotte. Von Teufeln! Nur Teufel dienen jenem Bielau! Ihr glaubt nicht, was ich Euch alles erzählen kann!«

Der eisenäugige Priester versicherte, dass er ihm durchaus Glauben schenke. Der heiße Würzwein stieg ihnen in die Köpfe. Und löste die Zungen.

»Wie sagtet Ihr, heißt Ihr, Hochwürden?« Fryczko Nostitz runzelte die Stirn und warf seinen Sattel auf einen Balken. »Wie nennt Ihr Euch?«

»Pater Haberschrack«, wiederholte der Priester mit leiser Stimme. »Kanonikus an der Kirche der Allerheiligsten Jungfrau in Ratibor.«

»Ach ja, ich habe von Euch gehört«, sagte Fryczko, ohne eine Miene zu verziehen. »Und was führt Euch zu mir? Was ist so dringend, dass Ihr mich im Stall sprechen müsst? Wenn es um die Hedwig Strauch geht, die aus Ratibor, dann schwöre ich, der heilige Antonius soll mich verbrennen, dass sie lügt. Ich kann auf keinen Fall der Vater ihres Bankerts sein, denn ich hab sie nur einmal gevögelt, und zwar von hinten.«

»Aber nein, aber nein«, erwiderte der Priester rasch. »Ich versichere Euch, es geht um eine ganz andere Sache als um die Strauch. Obwohl ich meinen möchte, um eine ebenso delikate. Ich würde gern ... Hmmm ... Ich würde gern Näheres über die Umstände des Todes eines nahen Verwandten erfahren. Ach, besser doch nicht ... Ich möchte wohl eher ...«

»Was wollt Ihr?«

»Mit jemand anders über die Sache reden. Denn ...«

»Was druckst du herum, Pater? Rede, oder mach dich von hier fort! Ich hab's eilig, in die Wirtschaft zu kommen, meine Freunde warten auf mich. Weißt du, was Freunde sind? Kumpane? Na also! Dann sag jetzt, worum es geht!«

»Aber werdet Ihr mir auch antworten, wenn ich frage?«

»Das wird sich weisen.« Fryczko Nostitz spitzte die Lippen. »Denn ihr Pfaffen mischt euch zu oft in fremde Angelegenheiten ein. Zu oft. Anstatt euch um eure eigene Nase zu kümmern. Und ums Brevier. Anstatt zu Gott zu beten, Armen zu helfen, wie's die Regel euch heißt.«

»Das habe ich mir gedacht«, entgegnete der Priester leise und hob die Augen, die, wie sich zeigte, die Farbe von Eisen hatten. »Ich habe es vorhergesehen, dass Ihr so antworten werdet. Deshalb möchte ich Euch nur um eine Empfehlung bitten. Reden möchte ich mit Eurem Freund, jenem Italiener... Ihn hat man mir besonders empfohlen. Als den Klügsten und Erfahrensten von Euch allen.«

Fryczko brach in derart lautes Gelächter aus, dass die Pferde zu schnauben und zu stampfen begannen.

»Ah, das ist gut! Die haben dich hochgenommen, Pater, dich auf die Schippe genommen! Vitelozzo Gaetani soll der Erfahrenste sein? Worin? Wohl im Saufen. Der Klügste? Dieser piemontesische Gimpel, das ist ein rechter Esel, ein saublöder Strohkopf! Das Einzige, was der dir erzählen kann, ist sein ständiges *cazzo, fanculo, putana* und *porcamadonna*. Mehr weiß der nicht! Willst du die Wahrheit wissen? Dann frag die Schlauen! Mich, damit du nicht weiterhin suchen musst.«

»Wenn das Euer Wille ist«, der Priester blinzelte, »dann frage ich Euch. Wie und unter welchen Umständen ist Herr Hanusz Throst ums Leben gekommen, ein Kaufherr, der vor zwei Jahren in der Gegend von Silberberg getötet wurde?«

»Ha!«, platzte Fryczko heraus. »So etwas Ähnliches habe ich erwartet. Aber ich hab's versprochen, also sag ich's.«

Er ließ sich auf einer Bank im Stall nieder und bedeutete dem Priester, sich auf eine andere zu setzen.

»Im September war das, vor zwei Jahren«, begann er zu erzählen. »Wir sind von Schönau weggeritten, plötzlich sehen wir, jemand folgt uns. Da haben wir dem eine Falle gestellt und ihn ergriffen. Und wer ist uns da in die Hände gefallen? Das errätst du nicht: Reynevan de Bielau. Dieser Zauberer und Verbrecher, der Mädchen vergewaltigt. Hast du schon von Reynevan de Bielau gehört, dem Vergewaltiger?«

»Was hat die Vergewaltigung von Mädchen mit Throsts Tod zu tun?«

»Darauf komme ich gleich. Oh, da werdet Ihr Euch wundern, Pater. Ihr werdet Euch wundern ...«

»Bruder Kantor? Andreas Kantor?«

»Das bin ich!« Der Diakon der Heilig-Kreuz-Kirche machte einen Satz, als er plötzlich hinter seinem Rücken eine Stimme vernahm. »Ich bin's ...«

Der Mann, der so unvermittelt hinter ihm aufgetaucht war, trug einen schwarzen, mit Blütenmuster bestickten Mantel, ein graues, mit einem Ausschnitt versehenes, gefüttertes Wams und ein Barett mit Federn, Kleidungsstücke, wie reiche Kaufherren und Patrizier sie zu tragen pflegten. Aber an diesem Manne war etwas, das sich mit Kaufherren und adeligem Bürgertum nicht recht in Einklang bringen ließ. Der Diakon wusste nicht genau, was es war. Vielleicht der zu einer seltsamen Grimasse verzogene Mund. Vielleicht die Stimme. Vielleicht die Augen. Die waren seltsam. Sie hatten die Farbe von Eisen.

»Ich habe hier etwas für Euch.« Der Eisenäugige zog aus seiner Brusttasche ein Geldsäckel hervor. »Die Bezahlung. Dafür, dass Ihr Reinmar von Bielau dem Heiligen Officium ausgeliefert habt. Was nach unseren Büchern hier in der Stadt Frankenstein *quintadecima die mensis Septembris Anno Domini 1425* erfolgt ist. Die Bezahlung hat etwas auf sich warten lassen, leider, aber so arbeitet nun mal unsere Buchhaltung.«

Der Diakon dachte nicht einmal daran zu fragen, was denn mit »unseren Büchern« und »unserer Buchhaltung« gemeint sei. Er wusste es. Er nahm das Geldsäckel aus den Händen des Mannes entgegen. Es wog nicht so viel, wie er erwartet hatte. Er wusste aber auch, dass es sinnlos war, sich um Prozente streiten zu wollen.

»Ich …«, er nahm all seinen Mut zusammen, »ich werde immer … Das Heilige Officium kann immer auf mich zählen … Wenn ich nur einen Verdächtigen bemerke … Ich mache sofort Meldung … Ich laufe sogleich zum Prior … Also, gerade erst letzten Donnerstag, da hat sich bei den Tuchläden so einer herumgetrieben …«

»Für jenen Bielau«, unterbrach ihn der Eisenäugige, »sind wir Euch besonders dankbar. Das war ein schlimmer Verbrecher.«

»Schon!«, ereiferte sich Kantor. »Ein Räuber! Ein Jünger der schwarzen Magie! Es heißt, er habe Leute umgebracht. Vergiftet, sagen sie. Gegen den Herzog von Münsterberg hat er die Hand erhoben. In der Gegend um Oels hat er Ehefrauen durch Magie betört, die Betörten vergewaltigt und anschließend mit Hilfe der Magie bewirkt, dass sie alles vergaßen. Und die Tochter des Herrn Johann von Biberstein hat er entführt und ihr dann Gewalt angetan.«

»Gewalt?«, wiederholte der Eisenäugige und verzog den Mund. »Er hätte sie doch ganz einfach mit Hilfe der Magie betören, die Betörte nach Belieben schänden und dann durch Magie bewirken können, dass sie alles vergaß … Irgendwie stimmt hier die Logik nicht ganz, mein Freund, meinst du nicht?«

Der Diakon schwieg mit offenem Mund. Er wusste nicht so recht, was mit »Logik« gemeint war. Aber er befürchtete das Schlimmste.

»Aber wenn du so wachsam bist, wie du vorgibst«, fuhr der Eisenäugige fort, »hat da nicht jemand nach Bielau gefragt? Später, nach seiner Verhaftung? Das hätte ein Komplize sein können, ein Hussit, ein Waldenser oder Katharer.«

»Ge… ge… fra… fragt … ha… hat einer«, brachte Kantor, gegen seinen Willen stotternd, hervor. Er hatte Angst vor weiteren Fragen. Vor allem vor einer: Warum er den nicht angezeigt habe, der nach Bielau gefragt habe. Aber er hatte ihn aus Angst nicht angezeigt. Aus Angst, die der in ihm erweckt hatte, der nach ihm fragte. Jener Schwarzhaarige, Schwarzgekleidete mit der Physiognomie eines Vogels. Und dem Blick eines Teufels.

»Wie sah er aus?«, fragte der Eisenäugige schmeichelnd. »Beschreibe ihn. Möglichst genau. Bitte!«

In der Pfarrkirche war keine Menschenseele, sehr zur Freude des Eisenäugigen. Auf das leere und nach Weihrauch riechende Presbyterium blickte von der Mitte des Triptychons die Patronin der Kirche, die heilige Katharina von Alexandrien, hernieder, umgeben von einer Schar pausbäckiger kleiner Engel, die aus den Wolken hervorlugten.

Der Eisenäugige beugte das Knie vor dem Altar und dem Lämpchen des Tabernakels, erhob sich und eilte mit schnellen Schritten auf den im Schatten des Seitenschiffes liegenden Beichtstuhl zu. Bevor er es sich aber darin bequem machen konnte, klang aus der Sakristei ein lautes Niesen herüber, gefolgt von einem etwas leiseren Fluch und einem demütigen »Gott vergib's«. Der Eisenäugige fluchte ebenfalls. Aber das »Gott vergib's« schenkte er sich. Er tastete nach einem kleinen Geldbeutel in seinem Mantel, denn es sah ganz danach aus, als ginge es ohne Bestechung nicht ab.

Der Herankommende erwies sich als verkrümmtes Pfäfflein in einer verschlissenen Kutte, wohl der Beichtiger, denn er trippelte geradewegs auf den Beichtstuhl zu. Beim Anblick des eisenäugigen Priesters blieb er wie versteinert stehen und öffnete den Mund.

»Gelobt sei Jesus Christus«, grüßte der Eisenäugige und ließ sein einnehmendstes Lächeln auf dem Gesicht erscheinen. »Seid gegrüßt, Pater. Ich habe an Euch …«

Er verstummte.

»Bruder…« Das Antlitz des Beichtigers wurde plötzlich weich, Verwunderung und Unglaube wechselten sich darin ab. »Bruder Markus! Du bist es? Du! Du bist gerettet! Hast überlebt! Ich traue meinen Augen nicht!«

»Und du tust auch recht daran«, antwortete der Priester mit

den eisenfarbenen Augen kaltblütig. »Du befindest dich in einem Irrtum, Pater. Ich heiße Kneufel. Pater Johann Kneufel.«

»Ich bin Bruder Kajetan. Erkennst du mich nicht?«

»Nein.«

»Aber ich erkenne dich!« Der alte Beichtiger faltete die Hände. »Haben wir doch vier Jahre gemeinsam im Kloster von Chrudim verbracht. Jeden Tag haben wir in derselben Kirche gebetet und im selben Refektorium gegessen. Tagtäglich sind wir uns im Kreuzgang begegnet. Bis zu jenem schrecklichen Tag, als die Horden der Häretiker vor dem Kloster auftauchten ...«

»Du musst mich mit jemandem verwechseln.«

Der Beichtiger schwieg eine Weile. Dann erhellte sich seine Miene, und ein Lächeln umspielte seine Lippen.

»Jetzt verstehe ich!«, erklärte er. »Du willst unerkannt bleiben! Du fürchtest die Diener des Teufels, deren rächender Arm lang ist. Das musst du nicht, Bruder, das musst du nicht! Ich weiß nicht, welche Wege dich hierhergeführt haben, du Wanderer Gottes, aber hier bist du inmitten der Deinen. Unser sind hier viele, eine ganze Gruppe, eine ganze *communitas* aus armen Flüchtlingen, Exilanten, vertrieben aus der Heimat, verjagt aus den geplünderten Klöstern und geschändeten Sanktuarien. Hier ist Bruder Heliodor, der mit knapper Not aus Komotau entkommen ist, hier ist Abt Wetzhausen aus Kladrau, hier sind Flüchtlinge aus Strahov, aus Jarmirn und aus Břevnov. Der Herr über dieses Gebiet, ein edler und gottesfürchtiger Mann, ist uns gewogen. Er erlaubt uns, hier eine Schule zu führen, Predigten über die Verbrechen der Ketzer zu halten ... Er schützt und verteidigt uns. Ich weiß, was du durchgemacht hast, Bruder, ich verstehe, dass du dich nicht zu erkennen geben willst. Wenn es dein Wille ist, werde ich das Geheimnis für mich behalten. Ich werde kein Wort sagen. Wenn du weiterziehen willst, sage ich keinem, dass ich dich gesehen habe.«

Der eisenäugige Priester sah ihn lange Zeit an.

»Ganz sicher wirst du nichts sagen«, sagte er schließlich.

Es war eine blitzschnelle Bewegung, der Schlag wurde mit ganzer Kraft aus der Schulter heraus geführt. Die mit einem mit Spitzen versehenen Schlagring bewaffnete Hand traf punktgenau den Adamsapfel des Beichtigers und trieb ihn tief in den zerschmetterten Kehlkopf und die zerstörte Luftröhre hinein. Bruder Kajetan röchelte, griff sich an den Hals, und die Augen quollen ihm aus den Höhlen. Er hatte das Massaker, das Žižkas Taboriten im Dominikanerkloster von Chrudim im April 1421 angerichtet hatten, überlebt. Aber diesen Schlag konnte er nicht überleben.

Die heilige Katharina und die pausbäckigen Engelchen sahen gleichgültig seinem Sterben zu.

Der Priester mit den eisenfarbenen Augen löste den Schlagring von seinen Fingern, bückte sich, ergriff den Leichnam an der Kutte und schleifte ihn hinter den Beichtstuhl. Dann setzte er sich auf die Bank und verbarg sein Gesicht unter der Kapuze. Er saß da, in völliger Stille, umgeben nur vom Duft des Weihrauchs und der Kerzen. Er wartete.

Um die Mittagsstunde sollte hier, in die Pfarrkirche ihrer Namenspatronin, Katharina von Biberstein, die Tochter von Johann von Biberstein, dem Herrn auf Stolz, zusammen mit ihrem Kind zur Beichte kommen. Der Eisenäugige war neugierig auf die sündigen Gedanken der Katharina von Biberstein. Auf ihre sündigen Handlungen. Und auf ganz bestimmte sündige Ereignisse in ihrem bisherigen Leben.

In der Stadt Schweidnitz lockten am Sonntag, dem zwanzigsten Oktober, kurz nach dem Hochamt Gesang und Lautenspiel die Fußgänger zu einem Töpferstand in die Kupferschmiedgasse, der sich neben einem zur Synagoge führenden Durchschlupf befand. Ein nicht mehr ganz junger Goliarde mit roter Kapuze und einem Wams mit gezacktem Saum stand auf einem Fass, strich über die Saiten und sang:

Den Bischöfen an nichts es fehlt,
Sie haben Säcke voll mit Geld.
Allein am Glauben es ihnen gebricht,
Herr, lehre sie endlich den Geldverzicht.

Mit jeder Strophe vergrößerte sich die Zahl der Zuhörer. Die Menge, die den Goliarden umringte, wuchs stetig und drängte sich immer enger heran. Es gab tatsächlich auch solche, die sich eilig entfernten, als sie merkten, dass das Goliardenlied nicht von fleischlicher Liebe handelte, wie sie wohl gehofft hatten, sondern von der in letzter Zeit so gefährlich gewordenen Politik.

Ganz wie bei Hofe leben Kaplane,
Kanoniker und auch Dekane.
Geht's in der Kirch' recht höfisch zu,
Haben vor Gottesdiensten sie Ruh'.

»Das stimmt, das stimmt! Das ist richtig!«, hörte man einige aus der Menge rufen. Und gleich darauf entbrannte ein Disput. Die einen übten scharfe Kritik am Klerus und an Rom, die anderen, die Gegner, verteidigten den Klerus und Rom, wobei sie scharfsinnig bemerkten, wenn schon nicht Rom, was dann? Und der Goliarde packte die Gelegenheit beim Schopf und machte sich heimlich davon. Er bog in die Arkaden der Hopfengasse ab, tauchte dann in die Schlossgasse ein und wandte sich den Befestigungswällen am Burgtor zu. Kurz darauf erblickte er auch schon den Ausleger des Kellers »Zum roten Greifen«, das Ziel seines Weges.

»Schön hast du gesungen, Tybald«, hörte er eine Stimme hinter seinem Rücken sagen. Der Goliarde lüpfte die Kapuze und blickte herausfordernd in zwei eisengraue Augen.

»Zwei Stunden habe ich nach der Messe am Pfarramt auf Euch gewartet«, sagte er vorwurfsvoll. »Ihr wart nicht geneigt, Euch zu zeigen.«

»Schön hast du gesungen«, der Eisenäugige, heute im Bettelmönchsgewand der Minoriten, hielt es weder für angebracht, Erklärungen abzugeben, noch, sich zu entschuldigen. »Wirklich schön. Aber ein wenig gefährlich. Hast du keine Angst, dass sie dich wieder in den Turm werfen?«

»Erstens«, Tybald Raabe kräuselte die Lippen, *»pictoribus atque poetis quidlibet audendi semper fuit aequa potestas.* Zweitens, wie soll ich sonst für unsere Sache arbeiten? Ich bin kein Spion, der sich im Dunkeln oder unter einer Verkleidung verbirgt. Ich bin ein Agitator, meine Aufgabe ist es, mich unters Volk zu mischen ...«

»Schon gut, schon gut. Was für Informationen hast du?«

»Setzen wir uns hier irgendwo hin.«

»Muss es hier sein?«

»Das Bier hier ist vorzüglich.«

»Die schwarzen Reiter, nach denen Ihr gefragt habt«, berichtete der Goliarde, sobald sie am Tisch saßen, »sind hier in Schlesien oftmals gesehen worden. Besonders, und das ist interessant, sowohl in der Nähe von Strehlen, als dort Herr Bart getötet wurde, wie auch in der Gegend von Zobten am Berge, als dort Herr Czambor von Heißenstein ums Leben gekommen ist. Bei Strehlen hat sie ein dümmlicher Hirte gesehen, bei Zobten ein betrunkener Organist; wie sich leicht denken lässt, hat man keinem der beiden geglaubt. Für verlässlicher halte ich da schon die Pferdeknechte und Stallburschen von Frau Dzierżka de Wirsing, der Pferdehändlerin, deren Zug von Rittern in schwarzen Rüstungen bei Frankenstein überfallen und auseinandergesprengt wurde. Dafür gibt es viele Zeugen. Interessante Dinge haben auch die Inquisitionsknechte erzählt ...«

»Du hast die Inquisitionsknechte befragt?«

»Was denkt Ihr denn? Ich doch nicht. Meine Gewährsleute. Die Knechte haben ausgeplaudert, dass der päpstliche Inquisitor, der hochwürdige Gregor Hejncze, seit wenigstens zwei Jahren intensive Nachforschungen nach irgendwelchen dämonischen Reitern betreibt, die auf schwarzen Pferden Schlesien unsicher machen. Man hat ihnen sogar Namen gegeben: die Todesrotte oder die biblische Rotte oder die Mittagsdämonen. Man nennt sie auch … die Rächer. Aber nur, wenn es der Inquisitor nicht hört. Denn es ist schon lange klar, dass diese Todesrotte Leute umbringt, die im Verdacht stehen, es mit den Hussiten zu halten, mit ihnen Handel zu treiben, ihnen Lebensmittel, Waffen, Pulver und Blei zu liefern … Oder Pferde, wie jene Dzierżka de Wirsing. Also sind die schwarzen Ritter unsere Verbündeten und nicht unsere Feinde, flüstern hinter dem Rücken des Inquisitors seine Leute. Warum sollten wir die ausfindig machen, warum sie stören? Ihnen verdanken wir es, dass wir weniger zu tun haben.«

»Und der Überfall auf den Steuereinnehmer und seinen Zug, der die Steuereinnahmen mit sich führte? Die für den Krieg gegen die Hussiten bestimmt waren?«

»Man weiß nicht, ob die Todesrotte den Steuereinnehmer überfallen hat. In dieser Angelegenheit ist alles unklar.«

Der Eisenäugige schwieg ziemlich lange.

»Mich interessiert«, sagte er schließlich, »ob jemand diesen Überfall überlebt haben könnte.«

»Ich glaube nicht.«

»Du bist mit dem Leben davongekommen.«

»Ich habe Übung darin«, antwortete Tybald Raabe mit einem flüchtigen Lächeln. »Ich verstecke mich unaufhörlich, oder ich nehme Reißaus, das habe ich schon so oft getan, dass ich einen eigenen Sinn dafür entwickelt habe. Seit der Zeit, als ich die Krakauer Alma Mater gegen die Wanderschaft, meine Laute und meine Lieder eingetauscht habe. Ihr wisst doch, wie das ist: Ein Poet ist wie der Teufel im Weiberkloster, stets fällt alles auf ihn zurück, immer ist er an allem schuld. Da muss man ausreißen können. Instinktiv, wie ein Reh; wenn irgendetwas geschieht, dann nicht nachdenken, sondern sich sofort flüchten. Außerdem …«

»Was außerdem?«

»Ich habe damals am Steubernhau sehr viel Glück gehabt. Mich hat der Durchfall geplagt.«

»Hä?«

»Im Zug befand sich ein Fräulein, das habe ich Euch erzählt, die Tochter eines Ritters … Da ziemte es sich nicht, so in der Nähe des Fräuleins … Ich bin also ziemlich weit weg gegangen, um mich zu entleeren, ins Schilfrohr, dicht bei jenem Teich. Als der Überfall geschah, bin ich durch das Moor geflohen. Ich habe die Angreifer nicht einmal gesehen …«

Der Eisenäugige schwieg lange.

»Warum hast du mir früher nie erzählt«, fragte er schließlich, »dass dort ein Teich war?«

Der Wassermann war äußerst wachsam. Selbst wenn er sich in jenem in den Wäldern verlorenen kleinen Teich in der Einöde am Steubernhau aufhielt, sogar bei Sonnenuntergang, wenn es so gut wie ausgeschlossen war, dort jemanden anzutreffen, bewegte er sich überaus vorsichtig. Beim Auftauchen bemühte er sich, kaum eine größere Welle als ein Fisch zu verursachen; wäre die Wasseroberfläche nicht so glatt wie ein Spiegel gewesen, hätte der im Gebüsch verborgene Eisenäugige die immer größer werdenden Wasserblasen nicht einmal bemerkt. Als das Wesen ans Ufer kam, plantschte es nicht, raschelte es kaum, man hätte denken können, das wäre ein Fischotter. Aber der Eisenäugige wusste, dass es kein Otter war.

An Land und nachdem er sich vergewissert hatte, dass ihm nichts drohte, gewann der Wassermann seine Selbstsicherheit zurück. Er richtete sich auf, watschelte mit seinen riesigen Füßen herum, sprang umher, und während er seine Sprünge vollführte, plätscherten Wasser und Schlamm unter seinem grünen Hütchen hervor. Schon fast übermütig geworden, drückte der Wassermann das Wasser aus seinen Kiemen, dass es spritzte, öffnete sein Froschmaul und quakte vernehmlich, die Natur ringsumher informierend, wer hier das Sagen hatte.

Die Natur nahm keinerlei Notiz davon. Der Wassermann

wanderte ein wenig durch das Gras, wühlte im Schlamm und strebte schließlich weiter nach oben, dem Walde zu. Und tappte geradewegs in die Falle. Er begann zu quaken, als er vor sich den aus Sand aufgeschütteten Halbkreis sah. Er schob seine Flosse näher heran und zog sie dann verwundert wieder zurück. Plötzlich dämmerte ihm, was los war, er quakte laut auf, drehte sich um und wollte fortlaufen. Aber es war bereits zu spät. Der Eisenäugige war aus dem Gebüsch gesprungen und hatte den magischen Kreis mit Sand aus einem Säckchen geschlossen. Nachdem er dies erledigt hatte, setzte er sich auf einen Baumstumpf.

»Guten Abend«, sagte er höflich. »Ich möchte mit dir reden.«

Der Wassermann – der Eisenäugige wusste, dass diese Bezeichnung für den Wassergeist zutraf – versuchte noch ein paar Mal, den magischen Kreis zu überspringen, ohne Erfolg, versteht sich. Er kapitulierte und schüttelte energisch seinen flachen Kopf, wobei Wasser aus seinen Ohren rann.

»Brekk – rek«, quakte er. »Bhrekk – rekekex.«

»Spuck den Schlamm aus und sag's noch einmal, bitte.«

»Bhrekek-greg-greg-greg.«

»Willst du einen Idioten aus dir machen? Oder aus mir?«

»Quaax-quaaax.«

»Schade um dein Talent, Herr Wassermann. Mich täuschst du nicht. Ich weiß sehr wohl, dass Wesen wie ihr die menschliche Sprache verstehen und sprechen.«

Der Wassermann blinzelte mit seinen doppelten Augenlidern und öffnete das Maul, das so breit wie das einer Kröte war.

»Die menschliche Sprache …«, gurgelte er und spuckte Wasser aus, »die menschliche, jawohl. Aber warum soll ich Deutsch sprechen?«

»Der Punkt geht an dich. Darf es Böhmisch sein?«

»Jawohl.«

»Wie heißt du?«

»Lässt du mich frei, wenn ich es dir sage?«

»Nein.«

»Dann zieh Leine!«

Eine Zeit lang war es still. Die Stille unterbrach der Eisenäugige.

»Ich will dir einen Handel vorschlagen, Herr Wassermann. Ich möchte, dass du mir etwas gibst. Nein, nicht gibst. Sagen wir, du überlässt es mir.«

»Scheiße überlasse ich dir!«

»Ich habe auch nicht einen Augenblick lang daran geglaubt«, lachte der Eisenäugige, »dass du sofort einwilligst. Ich habe vorausgesehen, dass wir daran noch arbeiten müssen. Ich bin geduldig. Ich habe Zeit.«

Der Wassermann sprang auf und klatschte zornig mit seiner Flosse auf den Boden. Unter seinem Hütchen rann wieder Wasser heraus, er schien dort noch eine ganze Menge davon vorrätig zu haben.

»Was willst du?«, quakte er. »Warum quälst du mich? Was habe ich dir getan? Was willst du von mir?«

»Von dir nichts. Eher von deiner Frau. Sie hat auch unser Gespräch mit angehört, sie ist da, dicht beim Ufer, ich sehe, wie sich die Binsen bewegen und die Mummeln wackeln. Guten Abend, Frau Wassermann! Bitte, geht nicht weg, ich brauche Euch!«

Vom Ufer erklang ein Plätschern, als wäre ein Biber ins Wasser geglitten, über das Wasser zogen kleine Wellen. Der gefangene Wassermann knurrte laut, wie eine Rohrdommel, wenn sie mit ihrem Schnabel im Schlamm wühlt. Dann blähte er seine Kiemen gewaltig auf und gab ein lautes Quaken von sich. Der Eisenäugige beobachtete ihn reglos.

»Vor zwei Jahren«, sagte er dann, »im Monat September, den ihr *mheánh* nennt, sind hier am Steubernhau ein Überfall, ein Kampf und ein Mord geschehen.«

Der Wassermann blähte sich erneut auf und prustete. Aus seinen Kiemen quoll reichlich Wasser.

»Was geht mich das an? Ich mische mich nicht in eure Angelegenheiten ein!«

»Die Opfer hat man, mit Steinen beschwert, in diesen Teich geworfen. Ich bin sicher, weil es gar nicht anders sein kann, dass eines der Opfer noch lebte, als es ins Wasser geworfen wurde. Dass es erst durch Ertrinken starb. Und wenn dem so war, dann hast du es dort, auf dem Grund des Teiches, in deinem *rehoengan,* deinem Lager und deiner Schatztruhe. Du hast es dort als *hevai.*«

»Als was? Ich verstehe nicht.«

»Aber sicher verstehst du. Das *hevai* desjenigen, der ertrunken ist. Das hast du in deiner Schatztruhe. Schick deine Frau hinunter, damit sie es heraufholt. Sag ihr, sie soll es herbringen.«

»Du schwafelst hier herum, du Mensch«, röchelte das Wesen theatralisch, »und mir trocknen die Kiemen aus … Ich kriege keine Luft … Ich sterbe …«

»Versuch nicht, einen Idioten aus mir zu machen. Du kannst genauso lange wie ein Krebs Luft atmen, und es geschieht dir nichts. Aber wenn die Sonne untergeht und Wind aufkommt … Wenn deine Haut zu platzen anfängt …«

»Jadżkaaa!«, brüllte der Wassermann. »Bring das *hevai* her! Du weißt schon, welches!«

»Ach, du sprichst auch Polnisch?«

Der Wassermann hustete und ließ Wasser aus seiner Nase laufen.

»Meine Frau ist Polin«, gab er unwillig zu. »Aus dem Goplo-See. Können wir ernsthaft miteinander reden?«

»Sicher.«

»Also hör zu, du sterblicher Mensch. Du hast Recht. Von den sechzehn Menschen, die sie hier ermordet und in den Teich geworfen haben, war einer, obwohl reichlich mit Wunden bedeckt, noch nicht tot. Sein Herz schlug noch, als er in einer Wolke von Blut und Luftblasen auf den Grund sank. Er bekam die Lungen voller Wasser und starb, aber … auch das hast du richtig herausgefunden … ich habe es geschafft, bei ihm zu sein, bevor dies geschah, und ich habe sein … Ich habe sein *hevai*. Wenn ich es dir gebe … Schwörst du mir dann, dass du mich freilässt?«

»Ich schwöre es, ich schwör es dir!«

»Selbst wenn sich erweist … Obwohl du so viel weißt, du glaubst doch nicht etwa an Märchen und Übertreibungen? Du kannst einem Ertrunkenen das Leben nicht zurückgeben, wenn du sein *hevai* zerstörst. Das ist Blödsinn, Aberglauben, ausgedachtes Zeug. Nichts erreichst du, du zerstörst nur seine Aura. Und damit bewirkst du, dass er ein zweites Mal stirbt, unter großen Qualen, so großen, dass die Aura dies nicht aushalten kann und ebenfalls stirbt. Wenn dies also jemand war, der dir nahestand …«

»Es war niemand, der mir nahestand«, unterbrach ihn der Eisenäugige. »Und ich bin nicht abergläubisch. Gib mir das *hevai*, nur für ein paar Augenblicke. Dann gebe ich es dir zurück, unversehrt. Und lasse dich frei.«

»Ha!« Der Wassermann blinzelte mit allen seinen Lidern. »Wenn das so ist, was in aller Welt sollte dann diese Falle? Warum hast du mich gefangen, Druck auf mich ausgeübt und meine Nerven gereizt? Du hättest kommen und mich bitten können …«

»Beim nächsten Mal.«

Am Ufer gluckerte etwas, es stank nach Schlamm und totem Fisch. Nach einer Weile gelangte die Frau des Wassermanns, langsam und ängstlich wie eine Schlammschildkröte vor sich hin kriechend, bei ihnen an. Der Eisenäugige betrachtete sie interessiert, sah er doch zum ersten Mal in seinem Leben ein Wasserweibchen aus dem Goplo-See. Auf den ersten Blick unterschied sie sich nicht viel von ihrem Mann, aber das geübte Auge des Priesters erfasste auch weniger auffällige Einzelheiten. Glich der schlesische Wassermann einem Frosch, so kam man bei diesem polnischen Wasserweibchen auf den Gedanken, es könnte eine in einen Frosch verwandelte Prinzessin sein.

Der Wassermann nahm seiner Frau etwas ab, das an eine große, algenbewachsene Teichmuschel erinnerte. Aber unter den Algen drang Licht hervor. Die Teichmuschel leuchtete. Phosphoreszierte. Wie Moder. Oder wie eine Farnblüte.

Der Eisenäugige scharrte mit dem Fuß den Sand des magischen Kreises beiseite und befreite so den Wassermann aus seiner Falle. Dann nahm er aus dessen Händen das *hevai* entgegen. Und er spürte sogleich, wie das Gefäß pulsierte und zitterte, wie das Pulsieren und der Schauder von seiner Hand auf den ganzen Körper übergingen, wie es ihn durchdrang und durchströmte, um schließlich über den Nacken in sein Gehirn zu kriechen. Er hörte eine Stimme, zuerst leise wie Insektensummen, dann lauter und vernehmlicher.

»... Stunde unseres Todes ... Jetzt und in der Stunde unseres Todes ... Elencia ... Mein Kind ... Mein Kind ...«

Das war natürlich niemandes Stimme, das war kein der Sprache fähiges Wesen, auch keines, mit dem man hätte sprechen oder das man nach der Art der Nekromanten hätte befragen können. Wie in Amset, Hep, Duamutef und Qebehsenuef, den ägyptischen Kanopen, wie im *anguinum*, dem Ei der Druiden, wie im Kristall *oglain-nan-Druighe*, so war auch in jenem *hevai* wie in jedem anderen vergleichbaren Gefäß die Aura gefangen, oder eher das Fragment einer Aura, das sich nur an eines erinnerte – den Moment, der dem Tod unmittelbar vorausgegangen war. Dieser Moment dauert für die Aura ewig. Eine unbedingte und absolute Ewigkeit lang.

»Rettet mein Kind! Erbarmen! Jetzt und in der Stunde ... Rettet mein Kind ... Rettet meine Tochter ... Lauf, Elencia, lauf, sieh dich nicht um! Versteck dich, versteck dich, verbirg dich in den Büschen ... Sie werden sie finden ... sie töten ... Erbarme dich unser ... Bitte für uns Sünder, jetzt und in der Stunde unseres Todes ... Meine Tochter ... Allerheiligste Jungfrau ... In der Stunde unseres Todes, Amen ... Elencia! Lauf, Elencia! Lauf weg! Lauf!«

Der Priester bückte sich und legte das in seinem inneren

Licht pulsierende *hevai* am Ufer des kleinen Teiches ab. Sanft und vorsichtig. Damit er es nicht zerbrach. Nicht störte. Die ewige Ruhe nicht störte und verletzte.

»Ritter Hartwig von Stietencron.« Tybald Raabe erriet es sofort. »Und seine Tochter. Aber kann man daraus schließen, dass sie überlebt hat? Dass es ihr gelungen ist, zu fliehen oder sich zu verstecken? Sie hätten sie später töten können, nachdem sie ihn ertränkt hatten.«

»Die Rechnung geht nicht auf«, erwiderte der Eisenäugige ungerührt. »Der Wassermann hat sechzehn Körper gezählt, die in den Teich geworfen wurden. Den Steuereinnehmer, Stietencron, sechs Soldaten von der Eskorte, vier Mönche, vier Pilger. Da fehlt eine, Elencia von Stietencron.«

»Sie hätten sie mit sich schleppen können. Wisst Ihr, nur so zum Vergnügen ... Sie haben sich mit ihr vergnügt, ihr dann die Kehle durchgeschnitten und ihre Leiche irgendwo in den Wald zwischen die entwurzelten Bäume geworfen. So hätte es sein können.«

»Sie hat überlebt.«

»Woher wisst Ihr das?«

»Stell keine Fragen, Raabe. Finde sie. Ich reise jetzt ab. Wenn ich zurückkomme ...«

»Wo reist Ihr hin?«

Der Eisenäugige blickte ihn an. So, dass Tybald Raabe kein zweites Mal fragte.

Gregor Hejncze, der *inquisitor a Sede Apostolica specialiter deputatus* der Diözese Breslau, überlegte lange hin und her, ob er zu dieser Hinrichtung gehen sollte oder nicht. Lange Zeit erwog er das Für und Wider. Entschieden mehr sprach dagegen, allein schon die Tatsache, dass diese Hinrichtung auf Anordnung der bischöflichen Inquisition, also der Konkurrenz, erfolgte und in ihre Zuständigkeit fiel. Dafür sprach hingegen nur eines: Es war nicht weit bis dorthin. Die der Häresie und der Gefolgschaft der Hussiten für schuldig Befundenen sollten dort verbrannt werden, wo dies immer stattzufinden pflegte – auf dem Platz vor der St.-Adalbert-Kirche, der durch die Füße von hunderten von Schaulustigen, die sich an fremdem Leid und Tod ergötzten, längst wie festgestampft war.

Nachdem er das Für und Wider erwogen und sich ein wenig über sich selbst gewundert hatte, begab Gregor Hejncze sich doch zu jener Hinrichtung. Unerkannt, in einer Gruppe von Dominikanern verborgen, in deren Mitte er auf einer Tribüne Platz fand, die für die Geistlichkeit und Zuschauer höheren Ranges und mit Vermögen vorgesehen war. Als einer von ihnen machte es sich auf der Mitteltribüne, auf einer mit karmesinrotem Atlas ausgeschlagenen Bank, Konrad von Oels, der Bischof von Breslau, Veranstalter und Sponsor dieses Spektakels, gemütlich. Ihn umgaben mehrere Geistliche, unter ihnen der greise Notar Georg Lichtenberg sowie Hugo Watzenrode, der seit kurzem den von seinem Amt als Präpositus von St. Johannes dem Täufer abberufenen Otto Beess ersetzte. Dort war selbstverständlich auch Johann Sneschewitz, der Vikar *in spiritualibus* des Bischofs. Und auch der Leibwächter des Bischofs, Kutscher von Hunt. Birkhart Grellenort war nicht dabei.

Die Vorbereitungen zur Hinrichtung waren schon weit vorangeschritten, die Verurteilten, acht Personen, wurden bereits von den Henkersknechten über Leitern auf die Stöße gezerrt und mit Ketten an die mit Reisigbündeln und Scheiten umlegten Pfähle gebunden. Die Stöße waren, der neuesten Mode entsprechend, ungewöhnlich hoch.

Selbst wenn Gregor Hejncze einen Moment an den Absichten des Bischofs gezweifelt hätte, so hätten sich diese jetzt zerstreut.

Aber der Inquisitor hegte keine Zweifel. Von Anfang an hatte er gewusst, dass diese Veranstaltung des Bischofs eine gegen ihn gerichtete Demonstration der Macht war. Dass er unter den Verurteilten auf den Scheiterhaufen einige wiedererkannte, bestätigte nur seine Annahme.

Er erkannte drei von ihnen. Einer, ein Altardiener von St. Elisabeth, hatte ein wenig zu viel von Wyclif, Joachim von Fiore, dem Heiligen Geist und der Reform der Kirche geschwatzt, während der Untersuchung durch die päpstliche Inquisition aber rasch seinen Aussagen abgeschworen und bereut, und nach der formellen *revocatio et abiuratio* war er dazu verurteilt worden, eine Woche lang das Büßergewand mit dem Kreuz zu tragen. Der Zweite, ein Maler und Mitgestalter des herrlichen Polyptychons, das den Altar von St. Ägidius zierte, war aufgrund einer Anzeige vor das päpstliche Inquisitionstribunal gelangt. Nachdem sich die Anzeige als haltlos erwiesen hatte, war er freigelassen worden. Der Dritte, der Inquisitor hätte ihn fast nicht wiedererkannt, denn man hatte ihm die Ohren zerquetscht und die Nasenflügel ausgerissen, war ein Jude, der vor längerer Zeit wegen Lästerung und Entweihung der Hostie angeklagt worden war. Die Anklage hatte sich als falsch erwiesen, also hatte man auch ihn freilassen müssen. Die Nachricht davon musste jedoch bis zum Bischof und zu Sneschewitz vorgedrungen sein, denn jetzt fanden sich alle drei auf dem bischöflichen Scheiterhaufen wieder, mit Ketten an die Pfähle gebunden. Ohne auch nur die geringste Ahnung davon zu haben, dass sie ihr Schicksal den Differenzen zwischen der bischöflichen und der päpstlichen Inquisition zu verdanken hatten. Dass der Bischof in Kürze befehlen würde, das Reisig unter ihren Füßen anzuzünden, um damit den päpstlichen Inquisitor zu ärgern.

Wie viele von den übrigen Verurteilten heute lediglich deswegen sterben mussten, weil der Bischof demonstrieren wollte, wie groß seine Macht war, wusste Hejncze nicht. Er erkannte sonst niemanden. Erkannte kein einziges Gesicht mehr. Weder das der Frau mit dem kahl geschorenen Schädel und den aufgeplatzten Lippen, noch das des jungen Kerls, dessen Füße mit blutdurchtränkten Lappen umwickelt waren. Auch nicht das des weißhaarigen Greises mit dem Äußeren eines biblischen Propheten, der den Henkersknechten zu entkommen suchte und schrie …

»Euer Hochwürden …«

Er wandte sich um. Zog den Rand seiner Kapuze aus dem Gesicht.

»Seine Hochwürden, Bischof Konrad, bittet Euch zu sich.« Ein junger Kleriker verneigte sich vor ihm. »Wenn Euer Hochwürden mir folgen wollen. Ich gehe voran.«

Was sollte er tun?

Der Bischof machte, als er ihn erblickte, eine kurze und eher geringschätzige Handbewegung, auf den Platz an seiner Seite weisend. Sein scharfer Blick taxierte das Gesicht des Inquisitors und suchte darin nach einem Zeichen, das ihm Freude hätte bereiten können. Er fand nichts. Gregor Hejncze war mehrmals in Rom gewesen und hatte gelernt, gute Miene zu den bösesten Spielen zu machen.

»In wenigen Augenblicken«, knurrte der Bischof, »erfreuen wir hier Jesus und die Gottesmutter. Und du, Pater Inquisitor, freust du dich?«

»Unendlich.«

Der Bischof brummte etwas, sog die Luft ein und fluchte vor sich hin. Man sah ihm an, dass er missmutig war, und es war auch klar, weshalb. Solange er in der Öffentlichkeit war, durfte er nicht trinken, und die Mittagszeit war schon teuflisch lange vorbei.

»Sieh hin, Inquisitor, sieh hin! Und lerne daraus!«

»Brüder!«, schrie der weißhaarige Greis von seinem Scheiterhaufen herab, sich am Pfahl windend. »Nehmt doch Vernunft an! Warum mordet ihr eure Propheten? Warum befleckt ihr eure Hände mit dem Blut eurer Märtyrer? Brüüüdeeer!«

Einer der Henkersknechte rammte ihm scheinbar versehentlich den Ellenbogen in den Magen. Der Prophet knickte zusammen, röchelte und war still. Aber nicht lange.

»Uuumkooommen werdet ihr!«, heulte er nun, zur lauten

Freude der Menge. »Uuumkoommen! Und das Volk der Ungläubigen wird kommen und die einen erschlagen und die anderen in Gefangenschaft schleppen, gierige Wölfe werden sich gegen euch mehren und Dunkelheit, die euch hinabzieht in die Tiefen des Meeres. So spricht der Herr: Deshalb stoße ich dich vom Berge Gottes ... Zwischen feurigen Steinen sollst du verderben, deshalb werfe ich dich zu Boden und werfe dich vor das Antlitz der Könige wie einen knarrenden Schuh ...«

Die Meute brüllte und wogte im Freudentaumel.

»Der Herr wird seinen Regen ausgießen über die Schlingen der Gottlosen, das Gebäude der Lügen zerschmettert der Hagel, und die Schlupfwinkel wird das Wasser zerstören!«

»Hätte man diesen Verrückten nicht knebeln können?« Der Inquisitor konnte sich nicht mehr zurückhalten. »Oder auf andere Weise zum Schweigen bringen?«

»Aber warum denn?« Konrad von Oels lachte dröhnend. »Die Leute sollen ruhig diese Trottel hören. Sie sollen was zu lachen haben. Das Volk arbeitet im Schweiße seines Angesichtes. Betet eifrig. Hat oft nichts zu beißen, besonders in der Fastenzeit. Sollen sie ruhig ein bisschen Spaß haben. Lachen entspannt.«

Die Menge war offensichtlich derselben Meinung, jeder neue Ausruf des Propheten wurde mit Gelächter quittiert. Die ersten Reihen der Schaulustigen hatten sich vor Vergnügen hingehockt.

»Ihr werdet uuumkoommen!«

»Wird denn keinem Erbarmen gewährt?« Wieder konnte Gregor Hejncze sich nicht mehr zurückhalten, als er sah, was da im Gange war. »Haben die Henker keine Anweisungen erhalten?«

»Aber natürlich!« Der Bischof bedachte ihn endlich mit einem unverhohlen triumphierenden Blick. »Und sie halten sich auch ganz genau daran. Denn hier, Gregor, wird keinerlei Nachsicht geübt!«

Die Knechte entfernten die Leitern und traten einige Schritte zurück. Der Henker kam mit seiner an einem Teerfass entzündeten Fackel nach vorne. Der Reihe nach entzündete er die Scheiterhaufen, mit den Reisigbündeln schürte er das Feuer, dass es knackte, Rauchschwaden stiegen empor. Die Verurteilten reagierten unterschiedlich. Einige begannen zu beten. Andere wie Schakale zu heulen. Der Altardiener von St. Elisabeth zerrte an seinen Ketten, er riss daran, brüllte und schlug mit dem Hinterkopf immer wieder gegen den Pfahl. Die Augen des Malers, der das Polyptychon erschaffen hatte, belebten sich, wurden klarer, und der Anblick der Flammen und der Rauchschwaden riss ihn aus seiner Lethargie. Die kahl geschorene Frau begann zu jammern, aus ihrer Nase floss der Rotz in langen Fäden, Speichel tropfte von ihrem Mund. Der Prophet schrie weiterhin seine Flüche heraus, aber seine Stimme veränderte sich. Sie wurde immer höher und dünner, je näher das Feuer kroch.

»Brüder! Die Kirche ist eine Hure! Der Papst ist der Antichrist!«

Die Menge heulte, schrie und klatschte Beifall. Der Rauch wurde dichter und verwehrte die Sicht. Die Flammen krochen am Holz entlang und strebten nach oben. Aber die Scheiterhaufen waren hoch. Eigens angelegt, um das Schauspiel zu verlängern.

»Seht! Der Antichrist naht! Seht! Seht ihr ihn nicht? Sind eure Augen denn blind? Er ist vom Stamme Dan! Ein Vierteljahr währt seine Herrschaft! In Jerusalem wird seine Kirche stehen! Sein Name ist sechs, sechs und sechs, Evanthas, Lateinos, Teitan! Sein Gesicht ist das eines wilden Tieres! Sein rechtes Auge wie der Morgenstern, sein Mund wie eine Elle, die Zähne eine Spanne lang! Brüder! Seht ihr denn nicht! Brüüü...«

Das Feuer überwand und brach schließlich den passiven Widerstand des feuchteren Holzes, fraß sich rasend schnell hinauf, lohte auf und prasselte. Über den Scheiterhaufen erhoben sich schreckliche, unmenschliche Schreie. Eine heiße Welle verjagte den Qualm, und für einen Moment, einen ganz kurzen

Moment, waren in dieser roten Hölle die Silhouetten der sich an den Pfählen windenden menschlichen Gestalten zu sehen. Das Feuer, so schien es, schlug ihnen direkt in die zum Schrei aufgerissenen Münder.

Der Wind, der mit Gregor Hejncze Erbarmen zu haben schien, trug den Gestank zur gegenüberliegenden Seite.

Die vier schattigen Seitenarkaden im Garten des Prämonstratenserklosters auf dem Elbing sollten die Meditation unterstützen, an die vier Flüsse des Paradieses, die vier Evangelisten und die vier Kardinaltugenden erinnern. Jener Wall an Disziplin, als solchen hatte ihn der heilige Bernhard bezeichnet, imponierte durch Ordnung und Ästhetik. Er strahlte Ruhe aus.

»Du bist recht schweigsam, Greggele«, bemerkte Konrad von Oels, der Bischof von Breslau, während er den Inquisitor aufmerksam betrachtete. »So, als wärst du nicht ganz gesund. Ist es das Gewissen? Oder der Magen?«

Das Kloster. Der Klostergarten. Der Garten. Demut. Ruhe. Ruhe bewahren.

»Mit staunenswerter Ausdauer und Hartnäckigkeit erlauben sich Euer Bischöfliche Gnaden, mich äußerst vertraulich anzureden. Daher erlaube auch ich mir eine gewisse Hartnäckigkeit: Ich möchte noch einmal daran erinnern, dass ich päpstlicher Inquisitor bin, Delegat des Apostolischen Stuhles für die Diözese Breslau. Aufgrund meines Amtes gebührt mir sowohl Respekt wie auch der entsprechende Titel. ›Greggele‹, ›Hänschen‹, ›Fränzchen‹ oder ›Schwänzchen‹ mögen Euer Gnaden Euren Bediensteten, Kanonikern, Beichtigern oder Arschkriechern vorbehalten.«

»Euer Inquisitorische Gnaden«, der Bischof versah die Anrede mit all der verächtlichen Übertreibung, derer er mächtig war, »müssen mich nicht daran erinnern, was ich darf und was nicht. Das weiß ich selbst am besten. Und das ist ganz einfach: Ich darf schlichtweg alles. Damit es nicht zu Missverständnissen kommt, teile ich Euer Gnaden mit, dass ich im Briefwechsel mit Rom stehe. Mit dem Apostolischen Stuhl eben. Ein Ergebnis davon kann durchaus sein, dass sich die viel versprechende Karriere Eurer Gnaden als nicht viel haltbarer erweist als eine Fischblase. Bums! Und schon ist sie dahin. Dann ist die höchste Würde, auf die Euer Gnaden in dieser Diözese rechnen können, ein Pöstchen bei mir als Diener, als Kanonikus oder Arschkriecher, mit allem, was dazugehört, auch mit der vertraulichen Anrede ›Greggele‹. Oder ›Schwänzchen‹, wenn Ihr wollt. Denn die einzige Alternative wäre der Name ›Bruder Gregorius‹ und der Aufenthalt in einem stillen Kloster inmitten malerischer, aber dichter Wälder, an einem Ort, der von Breslau so weit entfernt ist wie Armenien.«

»In der Tat«, Gregor Hejncze verschränkte die Finger ineinander und lehnte sich ebenfalls an eine der Säulen der Arkade, ohne den Blick zu senken, »in der Tat haben Euer Bischöfliche Gnaden kaum eine Unklarheit entstehen lassen. Euer Bemühen war aber insofern vergeblich, als die Tatsache, dass Euer Gnaden mit Rom im Briefwechsel stehen, weithin bekannt ist. Auch ich kenne, wie sollte es anders sein, die Ergebnisse jener Korrespondenz, die mehr als bescheiden, um nicht zu sagen keine sind. Niemand wird es Euer Gnaden verbieten, auch weiterhin Episteln zu schicken, das ist klar, steter Tropfen höhlt den Stein, wer weiß, vielleicht zeigt sich schließlich doch einer der Kardinäle geneigt, und sie berufen mich endlich ab? Ich persönlich zweifle zwar daran, aber schließlich liegt alles in Gottes Hand.«

»Amen.« Bischof Konrad lächelte und atmete auf, erleichtert darüber, dass sich das Niveau des Gesprächs verbessert hatte. »Amen, Greggele, du bist kein dummer Junge, weißt du? Das mag ich an dir. Schade, dass es nur das eine ist.«

»In der Tat, schade.«

»Mach kein solches Gesicht. Du weißt sehr gut, was ich dir verarge und warum ich mir solche Mühe gebe, damit sie dich endlich abberufen mögen. Du bist zu weich, Greggele, zu mitleidig. Du wirkst zu unentschlossen, zögerlich und planlos. Und die Zeiten sind nicht danach. *Haereses ac multa mala hic in nostra dioecesi surrexerunt.* Ketzerei und Gottlosigkeit machen sich breit. Ringsherum wimmelt es nur so von hussitischen Spionen. Hexen, Kobolde, Gespenster und andere höllische Monster verspotten uns und halten ihre Sabbate auf dem Zobtenberg, fünf Meilen vor Breslau, ab. Schändliche Praktiken und Satanskulte finden nachts auf dem Erbsberg, auf dem Kochberg, auf dem Eisenberg, unter dem Gipfel des Altvaters und an hundert anderen Orten statt. Die Beginen heben wieder die Köpfe. Die gottlose Sekte der Schwestern des Freien Geistes spottet über das Gesetz, und dies, ohne bestraft zu werden, weil in ihr Adelige, Patrizierinnen und Äbtissinnen der reichsten Klöster vertreten sind. Und du, Inquisitor, wessen kannst du dich rühmen? Obwohl du ihn bereits in der Hand hattest, ist dir Urban Horn, dieser Apostat, Verräter und hussitische Spion, entwischt. Obwohl du ihn schon in der Hand hattest, ist dir Reinmar von Bielau, dieser Hexer und Verbrecher, entkommen. Einer nach dem anderen kommen sie davon, diese Kaufherrchen, die mit den Hussiten Handel treiben: Bart, Throst, Neumarkt, Pfefferkorn und andere. Die Strafe ereilt sie wohl, aber nicht die, die du ihnen zugemessen und angeordnet haben solltest. Jemand hat deine Arbeit übernommen. Andauernd muss jemand für dich die Arbeit verrichten. Muss das sein, dass jemand für den Inquisitor die Arbeit verrichtet? Was, Greggele?«

»Bald werde ich dieser ›Arbeitsübernahme‹ ein Ende setzen, das kann ich Euer Gnaden versichern.«

»Das versicherst du mir ständig. Schon vor zwei Jahren, im Dezember, hattest du angeblich einen Zeugen gefunden, dessen Aussage eine gefährliche, ja geradezu dämonische Organisation oder Sekte, die die Schuld an vielfachen Morden trägt, enttarnen sollte. Jenen Zeugen, angeblich einen Diakon in Falkenberg, hast du, ha, ha, im Irrenhaus aufgetrieben. Ich habe mit Spannung darauf gewartet, jenen Irren zu verhören. Und was war? Es ist dir nicht einmal gelungen, ihn nach Breslau zu schaffen.«

»Das ist mir nicht gelungen«, gab Hejncze zu. »Unterwegs ist er meuchlings ermordet worden. Von jemandem, der schwarze Magie gebraucht.«

»Ach, ach, schwarze Magie!«

»Was beweist«, fuhr der Inquisitor gelassen fort, »dass jemandem sehr daran gelegen war, dass er schwieg. Denn wenn er geredet hätte, hätte seine Aussage jemandem schwer geschadet. Er war Augenzeuge des Mordes an Pfefferkorn. Vielleicht hätte er den Mörder erkannt, wenn man ihn ihm gezeigt hätte?«

»Vielleicht? Vielleicht aber auch nicht? Das wissen wir nicht. Und warum wissen wir es nicht? Weil der päpstliche Inquisitor nicht in der Lage ist, das Leben eines Zeugen zu schützen, selbst wenn der Zeuge nur ein Irrer aus dem Narrenturm ist. Welch eine Schande, Greggele! Was für eine Blamage!«

»An deiner Seite blüht das Verbrechen«, fuhr der Bischof fort, ohne eine Antwort abzuwarten, »niemand ist mehr sicher. Raubritter plündern gemeinsam mit den Hussiten die Klöster. Juden schänden Hostien und Gräber. Die Häretiker rauben die Steuereinnahmen, das, was das arme Volk schwer verdient hat. Die Tochter Johann von Bibersteins, eines Ritters und Magnaten, wird entführt und vergewaltigt, eindeutig von Hussiten, aus Rache dafür, dass Biberstein ein guter Katholik ist. Und was tust du? Wieder hat dir jemand die Arbeit abnehmen müssen. Ich, der Bischof von Breslau, der ich unzählige Glaubensfragen im Kopf haben muss, muss für dich die Schuldigen verbrennen.«

»Unter denen, die heute verbrannt wurden, befanden sich Schuldige?« Der Inquisitor hob spöttisch die Augenbrauen. »Das habe ich gar nicht bemerkt!«

»Etwas zu bemerken, zählt nicht gerade zu deinen Stärken, Greggele. Du bemerkst ganz entschieden zu viele Dinge nicht. Und das gereicht Schlesien zum Schaden. Der Kirche. Und dem *Sanctum Officium,* dem du nach wie vor dienst.«

»Sinnlose und demonstrative Hinrichtungen gereichen dem Heiligen Officium zum Schaden. Unrecht gereicht ihm zum

Schaden. Dank solcher Dinge wird eine Horrorlegende in die Welt gesetzt, der Mythos von der grausamen Inquisition, Wasser auf die Mühlen der häretischen Propaganda. Ich denke mit Schrecken daran, dass in hundert Jahren nur noch diese Horrorlegende übrig bleiben wird, dunkle und Schrecken verbreitende Erzählungen von Kerkern, Foltern und Scheiterhaufen. Eine Legende, an die alle glauben werden.«

»Du kennst weder die Menschen noch die historischen Prozesse«, erwiderte Konrad von Oels kalt lächelnd. »Und das löscht dich als Inquisitor praktisch aus. Du solltest wissen, Greggele, es gibt immer zwei Pole. Wenn es eine Horrorlegende gibt, dann existiert auch eine Gegenlegende. Eine Antilegende. Die noch viel schreckenerregender ist. Wenn ich hundert Leute verbrenne, so werden in hundert Jahren die einen zu beweisen versuchen, ich hätte tausend Leute verbrannt. Und die anderen, ich hätte keinen Einzigen verbrannt. In fünfhundert Jahren, falls die Welt dann überhaupt noch bestehen sollte, wird auf drei von jenen, die erschüttert von Kerkern, Foltern und Scheiterhaufen sprechen, wenigstens ein Narr kommen, der sagt, es habe keine Kerker gegeben, die Folter sei nicht angewandt worden, und die Inquisition sei voller Mitleid und gerecht wie ein gütiger Vater gewesen, hätte nicht härter gestraft als durch eine väterliche Ermahnung, und alle Scheiterhaufen seien eine Ausgeburt häretischer Propaganda. Tu also das Deine, Greggele, und überlass den Rest der Geschichte. Und Leuten, die etwas davon verstehen. Und rede mir hier nicht von Gerechtigkeit. Nicht für die Gerechtigkeit wurde jene Institution geschaffen, für die du tätig bist. Gerechtigkeit ist das *droit de seigneur. Ergo*, die Gerechtigkeit bin ich, denn ich bin der Seigneur, ich bin der Herr, ich bin der Piast, ich bin der Fürst. Ein Kirchenfürst, jawohl, solch einer, der *habet omnia iura tamquam dux.* Du hingegen, Greggele, bist, verzeih, nur ein einfacher Diener.«

»Ein Diener Gottes.«

»Einen Dreck! Du bist ein Knecht der Inquisition, einer Institution, welche den Gedanken im Keim ersticken, Denkende abschrecken, Freigeister strafen und binden, Schrecken und Terror säen und bewirken soll, dass der Pöbel Angst davor hat zu denken. Genau zu diesem Zweck ist diese Institution ins Leben gerufen worden. Schade, dass nur so wenige daran denken. Deshalb blüht das Ketzertum und breitet sich aus. Es blüht dank derer, die dir ähneln, die enttäuscht in den Himmel starren, barfuß herumlaufen und betteln, in der Wahnvorstellung, sie würden Christus nacheifern. Diejenigen, welche vom Glauben, von Demut, vom Dienst an Gott reden, lassen zu, dass sich andere auf sie setzen, dass die Vögel auf sie herunterscheißen, und sie kriegen von Zeit zu Zeit Stigmata. Hast du manchmal Stigmata, Greggele?«

»Nein, Euer Gnaden. Die habe ich nicht.«

»Das ist immerhin etwas. Weiter: Das, was du um dich herum siehst, Pater Inquisitor, sind keine Spiele Gottes, das ist die Welt, die regiert werden muss. Beherrscht. Zu herrschen aber ist das Privileg der Fürsten. Der Herren. Die Welt ist ein Dominium, das sich den Herrschern unterordnen und unter tiefer Verbeugung das *droit de seigneur*, die Herrschaft der Herren, akzeptieren muss. Es ist doch wohl natürlich, dass die Herren zugleich auch Kirchenfürsten sind. Und ihre Söhne ebenfalls. Ja, ja, Greggele. Wir regieren die Welt, und nach uns übernehmen unsere Söhne die Macht. Die Söhne von Königen, Fürsten, Päpsten, Kardinälen und Bischöfen. Und die Söhne von Seidenhändlern, verzeih mir meine Aufrichtigkeit, sind ihre Vasallen und werden es auch bleiben. Ihre Untertanen. Ihre Diener. Sie sollen dienen. Dienen! Hast du das verstanden, Gregor Hejncze, Sohn eines Schweidnitzer Kaufmannes? Hast du das verstanden?«

»Besser, als Euer Gnaden denken.«

»Dann gehe hin und diene. Beobachte sorgfältig alle Anzeichen von Ketzerei, wie es dir dein Name befiehlt: Gregorios, der Wachsame. Sei streng den Häretikern, den Gottlosen, den Verderbten, den Monstern, den Hexen und den Juden gegenüber. Sei erbarmungslos gegenüber jenen, die es wagen, den Gedanken, die Augen, die Stimme und die Hand gegen meine Macht und meinen Besitz zu erheben. Diene. *Ad maiorem Dei gloriam.*«

»Was Letzteres anbelangt, so können sich Euer Gnaden auf mich verlassen.«

»Und denke daran«, Konrad spreizte erneut zwei Finger, aber diesmal hatte die Geste nichts von einem Segen, »denke daran: Wer nicht mit mir ist, *contra me est.* Wer meinen Feinden gegenüber nachsichtig ist, ist selbst mein Feind.«

»Ich verstehe.«

»Das ist gut. Ziehen wir also unter allem, was gewesen ist, einen dicken Strich. Schlagen wir eine neue, unbeschriebene Seite auf. *Sapienti sat*, einigen wir uns zu Beginn auf Folgendes: In der nächsten Woche wirst du die nächsten zehn Häretiker verbrennen, Inquisitor Greggele. Schlesien soll einen Augenblick den Atem anhalten. Die Sünder sollen an das Höllenfeuer denken. Die Schwankenden ihren Glauben stärken, indem sie die Alternative erkennen. Die Zuträger sollen daran erinnert werden, dass sie anschwärzen müssen, viel anschwärzen, wo und wen es nur geht. Bevor ein anderer sie anschwärzt. Die Zeit für Terror und Angst ist gekommen! Der ketzerischen Schlange muss mit dem Eisenhandschuh der Hals zugedrückt werden. Zudrücken, festhalten und nicht loslassen! Denn der Tatsache, dass man zu früh losgelassen hat, verdanken wir heute das Aufblühen der Häresie.«

»Die Häresie in der Kirche hat schon seit Jahrhunderten bestanden«, erwiderte der Inquisitor leise. »Schon immer. Denn die Kirche war immer ein Zufluchtsort und ein Hafen für solche, die tiefgläubig waren, aber auch intensiv nachdachten. Zugleich aber auch ein Asyl, ein fruchtbarer Boden und ein reiches Betätigungsfeld für solche Kreaturen wie Euer Gnaden.«

»Ich mag deine Intelligenz und deine Offenheit«, versetzte nach langem Schweigen der Bischof. »Es ist nur schade, dass da sonst nichts mehr ist.«

Pater Felician, in der Welt vormals Hans Gwisdek, genannt die Laus, wärmte sich an einem sonnigen Fleckchen am Ende des Klostergartens und beobachtete, hinter einem Schlehenbusch verborgen, den Bischof und den Inquisitor, die in ein Gespräch vertieft waren. Wer weiß, dachte er, vielleicht werde ich bald zu solchen Gesprächen zugelassen, vielleicht werde ich daran teilnehmen? Als Gleichberechtigter? Ich steige immer weiter nach oben. Nach oben.

Pater Felician war tatsächlich aufgestiegen. Der Bischof hatte ihn für seine Verdienste befördert. Die hauptsächlich darin bestanden hatten, dass er seinen bisherigen Vorgesetzten, Kanonikus Otto Beess, angeschwärzt hatte. Als Otto Beess infolge jener Denunziationen in Ungnade gefallen war, hatte man am bischöflichen Hofe begonnen, Pater Felician mit anderen Augen zu betrachten. Pater Felician erschien dies wie Bewunderung.

Ich steige nach oben. Ha! Ich steige auf.

»Pater!«

Er zuckte zusammen und drehte sich um. Der Mönch, der so lautlos an ihn herangetreten war, war kein Prämonstratenser, er trug den weißen Habit der Dominikaner. Pater Felician kannte ihn nicht. Was bedeutete, dass es sich um einen Gefolgsmann des Inquisitors handelte.

»Geht weg von hier, Pater! Hier habt Ihr nichts verloren. Hinweg mit Euch!«

Ein Mann des Inquisitors, dachte Pater Felician, während er sich eilig von dannen machte. Ein Dominikaner, eine jener berühmten hochfahrenden und hochmögenden »grauen Eminenzen«. Diese Stimme, herrisch wie die des Bischofs … Diese Augen …

Augen von eisengrauer Farbe.

Das Münsterberger Armen- und Siechenhaus Herz Jesu lag außerhalb der Stadtmauer, unweit der Weberpforte. Als sie dort ankamen, war gerade Essenszeit. Die ausgehungerten und mit eitrigen Geschwüren überzogenen Kranken erhoben sich von ihren Lagern, nahmen die Schüssel in die zitternden Hände, tauchten Brot hinein, um es aufgeweicht in die zahnlosen Münder zu schieben. Tybald Raabe hustete kurz, wandte den Blick ab und bedeckte seine Nase mit der Manschette seines Handschuhs. Der eisenäugige Priester schenkte all dem keinerlei Beachtung. Elend und Leid machten keinen Eindruck auf ihn und hatten schon lange aufgehört, ihn zu interessieren.

Sie mussten warten. Das Mädchen, zu dem sie gekommen waren, war in der Armenhausküche beschäftigt.

Aus der Küche stank es.

Es dauerte ein Weilchen, bis sie zu ihnen kam.

Das also ist Elencia von Stietencron, dachte der Eisenäugige. Nicht sehr anziehend. Gebückt, grau, mit dünnen Lippen. Mit wässrigen Augen. Mit Haaren, die ein Gebende und eine Haube barmherzig verbargen. Mit wild wachsenden, einst modisch gezupften Augenbrauen.

Elencia von Stietencron, die das Massaker überlebt hatte, bei dem sechzehn Männer getötet worden waren. Die die Einzige war, die es überlebt hatte. Männer, sogar Soldaten, hatten ihr Leben lassen müssen. Ein gebückt gehendes hässliches Frauenzimmer hat überlebt. Diese Schlussfolgerung ergab sich von selbst. Das gebückt gehende hässliche Frauenzimmer ist kein gewöhnliches gebückt gehendes hässliches Frauenzimmer.

»Edles Fräulein von Stietencron …«

»Ich bitte, mich nicht so zu nennen.«

»Hmm … Fräulein Elencia …«

Elencia. Ein außergewöhnlicher Name. Selten anzutreffen. Tybald hatte dessen Herkunft herausgefunden – diesen Namen hatte die Tochter Władysławs, des Herzogs von Beuthen, getragen. Hartwig von Stietencrons Großvater, der dem Herzog von Beuthen diente, hatte einer seiner Töchter diesen Namen gegeben. Eine Tradition war eröffnet. Hartwig hatte seine einzige Tochter der Tradition gemäß getauft.

Er machte Tybald Raabe ein Zeichen. Der Goliarde räusperte sich.

»Mein Fräulein«, sagte er dann ernst. »Ich habe Euch bereits beim letzten Mal darauf hingewiesen. Wir müssen Euch einige Fragen stellen. Sie betreffen ... den Steubernhau ...«

»Ich will nicht darüber reden. Ich will nicht mehr daran denken.«

»Ihr müsst!«, entgegnete der Eisenäugige hart, zu hart. Das Mädchen krümmte sich zusammen, als hätte er sie schlagen wollen oder mit der Faust bedroht.

»Ihr müsst!« Der Priester schlug einen sanfteren Ton an. »Es geht um Leben und Tod. Wir müssen es wissen. Der junge Edelmann, der sich Eurem Zug zwei Tage vor dem Überfall anschloss und kurz darauf den Zug wieder verließ – war er unter denen, die am Steubernhau den Überfall verübt haben? Fräulein Elencia! War Reinmar von Bielau unter den Angreifern?«

»Der junge Edelmann«, erklärte ihr Raabe, »den Sie als Reinmar von Hagenau kennen, Fräulein.«

»Reinmar Hagenau ...«, Elencia Stietencrons Augen weiteten sich, »das ... war ... Reinmar von Bielau?«

»Derselbe«, antwortete der Eisenäugige, seine Ungeduld bezähmend. »Hast du ihn wiedererkannt? War er unter den Angreifern?«

»Nein! Natürlich nicht ...«

»Warum natürlich?«

»Weil ... weil er ...«, das Mädchen begann zu stottern und blickte Tybald flehend an. »Er würde doch nie ... Herr Raabe ... Über Reinmar von Bielau ... gehen Gerüchte um ... er hätte ... der Tochter von Herrn von Biberstein ... etwas angetan ... Herr Raabe! Das kann einfach nicht wahr sein!«

Faszination, dachte der Eisenäugige und unterdrückte eine Grimasse. Die Faszination eines hässlichen Frauenzimmers, das in seinen Traum verliebt ist, in ein Bild, in eine Strophe aus dem ›Tristan‹ oder dem ›Erec‹. Noch eine, die sich in diesen Bielau verguckt hat. Noch eine in seiner Sammlung. Was finden die bloß an ihm? Ich fress einen Besen, wenn ich die Frauen je verstehen werde.

»Also war Reinmar von Bielau nicht unter jenen Angreifern?«, vergewisserte er sich.

»Nein.«

»Gewiss nicht?«

»Gewiss nicht. Ich hätte ihn doch erkannt.«

»Trugen jene Angreifer schwarze Rüstungen und Mäntel? Haben sie *Adsumus*, also ›Hier sind wir‹, gerufen?«

»Nein.«

»Nein?«

»Nein.«

Sie schwiegen. Einer der Elenden begann plötzlich zu weinen. Eine Pflegerin beruhigte den Weinenden, eine füllige Nonne im Habit der Klarissen.

Der Eisenäugige wandte weder den Kopf noch die Augen.

»Fräulein Elencia. Weiß deine Mutter ... deine Stiefmutter ... Weiß die Witwe deines Vaters, dass du hier bist?«

Das Mädchen verneinte mit einem Kopfschütteln, seine Lippen zitterten merklich. Der Eisenäugige wusste, warum. Tybald Raabe hatte sich erkundigt und die Wahrheit herausgefunden. An jenem für ihn so schicksalhaften Tag hatte Ritter Hartwig von Stietencron seine Tochter zu Verwandten nach Wartha bringen wollen. Er brachte sie von seinen eigenen, überdies ärmlichen Besitzungen dorthin, um sie von der rachsüchtigen und bösartigen Tyrannei ihrer Stiefmutter, seiner zweiten Frau, zu befreien. Um sie aus der Reichweite der schwitzigen Hände der beiden Söhne der Stiefmutter zu entfernen, zweier Tunichtgute und Säufer, die, nachdem sie alle Mädchen am Ort und in der Umgebung durchhatten, begannen, begehrliche Blicke auf Elencia zu werfen.

»Hast du nie an Rückkehr gedacht?«

»Mir geht es hier gut.«

Ihr geht es hier gut, wiederholte er in Gedanken. Bei den Verwandten, zu denen sie nach ihrer Flucht und längerem Umherirren schließlich gelangt war, war sie nicht lange geblieben. Sie hatte sich weder einleben noch eingewöhnen können, von

Zuneigung ganz zu schweigen. Bereits im Dezember hatten die Hussiten, Ambros' Waisen aus Hradec Králové, Wartha erobert, geplündert und verbrannt. Beide Verwandten, der Mann und die Frau, waren bei dem Gemetzel umgekommen.

Pech verfolgt dieses Mädchen. Ein Fatum. Ein schlimmes Geschick.

Aus dem verbrannten Wartha war Elencia ins Siechenhaus nach Münsterberg gelangt. Sie war lange geblieben. Zunächst als Patientin, in tiefer Apathie, die fast an Stupor grenzte. Dann, nach ihrer Genesung, als Pflegerin der anderen Kranken. In letzter Zeit, der neugierige Tybald Raabe, Hansdampf in allen Gassen, hatte auch dies herausgefunden, interessierten sich die Klarissen von Strehlen für sie, und Elencia dachte ernsthaft über ein Noviziat nach.

»Also bleibst du hier«, folgerte der Eisenäugige.

»Ich bleibe hier.«

Bleib, dachte der Eisenäugige. Bleib. Es hängt viel davon ab, dass du bleibst.

»Bruder Andreas Kantor?«

»Ich ...«, der Diakon von Heilig Kreuz sprang auf, als er so plötzlich hinter seinem Rücken eine Stimme vernahm. »Ich bin ... Och ... Heilige Mutter Gottes! Ihr seid es!«

Der Mann, der hinter ihm stand, trug Schwarz, er hatte einen schwarzen Mantel, ein schwarzes Wams, schwarze Hosen an und schwarze Haare, die ihm bis zu den Schultern reichten. Ein Vogelgesicht, die Nase geformt wie ein Vogelschnabel.

Und einen Blick wie der Leibhaftige.

»Wir sind es«, bestätigte er lächelnd, aber beim Anblick dieses Lächelns gefror dem Diakon das Blut in den Adern. »Wir haben uns lange nicht gesehen, Kantor. Ich bin in Frankenstein vorbeigekommen, um zu erfahren, ob ...«

Der Diakon schluckte.

»Ob sich in letzter Zeit jemand nach mir erkundigt hat«, beendete der Mauerläufer seinen Satz.

Wenn Konrad von Oels, der Bischof von Breslau, auf Schloss Ottmachau weilte, wurde – und dies war zur peinlich genau befolgten Regel geworden – die Tür zum bischöflichen Schlafgemach streng bewacht, niemandem war es gestattet, sie zu öffnen, geschweige denn einzutreten. So erstarrte der Bischof denn auch, als die Tür plötzlich mit einem Knall aufsprang und ein Knäuel von Leuten hereinkullerte. Der Bischof fluchte lästerlich. Eine sommersprossige, rothaarige, kurz geschorene Nonne sprang mit einem spitzen Schrei zwischen seinen Schenkeln hervor. Eine zweite Nonne, gleichfalls vollkommen nackt, verbarg ihren Kopf im Federbett, wobei sie etwas für ein Publikum weitaus Interessanteres zur Schau stellte.

Das Menschenknäuel auf dem Fußboden hatte sich inzwischen entwirrt, es bestand aus Kutscher von Hunt, dem Leibwächter des Bischofs, zwei Ottmachauer Wächtern und Birkhart von Grellenort.

»Euer Eminenz …«, stieß Kutscher von Hunt, nach Luft ringend, hervor. »Ich habe versucht …«

»Er hat es versucht«, bestätigte der Mauerläufer und spuckte das Blut, das aus seiner aufgerissenen Lippe quoll, auf den Boden. »Aber die Angelegenheit, in der ich komme, duldet keinen Aufschub. Ich habe es ihm gesagt, aber er wollte nicht hören …«

»Raus!«, brüllte der Bischof. »Alle raus! Nur Grellenort bleibt da!«

Die Wächter hinkten mit Kutscher von Hunt hinaus. Hinter ihnen her rannten, barfuß auf den Boden patschend, die Nonnen, bemüht, mit Hemden und Habiten von ihren Reizen so viel wie möglich zu verhüllen. Der Mauerläufer schloss die Tür hinter ihnen.

Der Bischof erhob sich nicht von seinem Lager, er bedeckte nur jenen Teil seines Körpers, dem sich die rothaarige Nonne eben noch so hingebungsvoll gewidmet hatte.

»Wehe, wenn es nicht wirklich dringend ist, Grellenort«, warnte er den Eindringling ungehalten. »Wehe, wenn es nicht wichtig ist! Wie dem aber auch sei, ich habe allmählich die

Nase voll von deiner Frechheit! Du scheinst wohl keine Lust mehr zu haben, durchs Fenster geflogen zu kommen oder durch die Wand zu gehen! Immer musst du so einen Aufruhr veranstalten! Aber egal! Ich höre!«

»Aber nein! Ich höre!«

»Waas?«

»Haben Euer Bischöfliche Gnaden mir nicht zufällig etwas mitzuteilen?«, spottete der Mauerläufer.

»Hat es dir den Verstand vernebelt, Birkhart?«

»Du verbirgst doch nicht zufällig etwas vor mir, Väterchen? Etwas Wichtiges? Etwas, das bislang höchster Geheimhaltung unterlag, aber jeden Moment der ganzen Welt bekannt werden kann?«

»Du redest vollkommenen Blödsinn daher! Ich denke nicht daran, mir so etwas anzuhören!«

»Hast du die Bibel vergessen, Bischof? Die Worte des Evangelisten? *Non enim est aliquid absconditum quod non manifestetur, nec factum est occultum sed ut in palam veniat.* Denn es ist nichts verborgen, was nicht offenbar werden wird. Ich möchte dich höflich davon in Kenntnis setzen, dass sich ein Zeuge für den Überfall auf den Steuereinnehmer am dreizehnten September *Anno Domini* 1425 in der Nähe von Wartha gefunden hat.«

»Sieh mal einer an!« Konrad von Oels knirschte mit den Zähnen. »Ein Zeuge hat sich gefunden. Und was hat er ausgesagt? Wer hat den Steuereinnehmer überfallen, da bin ich aber neugierig?«

Die Augen des Mauerläufers blitzten.

»Den Täter zu finden, ist nur noch eine Frage der Zeit«, knurrte er. »Es ist nämlich so, dass Leute, die uns nicht gewogen sind, jenen Zeugen ausfindig gemacht haben. Sobald sie den Zeugen haben, werden sie der Spur folgen. Und alles kommt ans Licht. Wie ein Goldstück aus dem Sack. Also mäßige deinen Ton ein wenig, Bischof!«

Bischof Konrad bedachte ihn einige Zeit mit bösen Blicken. Dann krabbelte er aus seinem Bett und bedeckte seine Blöße mit einem weiten Mantel. Er setzte sich, zusammengesunken, auf einen Stuhl. Und schwieg lange.

»Wie konntest du nur, Väterchen«, sagte der Mauerläufer vorwurfsvoll und nahm ihm gegenüber Platz. »Wie konntest du nur? Ohne mir etwas zu sagen? Ohne mich zu informieren?«

»Ich wollte dich nicht behelligen«, log Konrad flugs. »Du hattest so viel um die Ohren ... Woher weißt du von jenem Zeugen?«

»Durch Magie. Und durch Zuträger.«

»Ich verstehe. Mit Hilfe von Magie und Zuträgern wird man auch, wie ich annehme, jenen Zeugen ausmachen ... Und hmm ... beseitigen können? Überhaupt pfeife ich auf diesen Zeugen, und auf Leute, die uns nicht wohlgesinnt sind, scheiß ich. Einen Dreck können die mir! Aber wozu soll ich mir Ärger einhandeln? Wenn man diesem Zeugen in aller Stille den Hals umdrehen könnte ... He? Birkhart, mein Sohn? Hilfst du mir?«

»Ich habe so viel um die Ohren.«

»Schon gut, schon gut, *mea culpa*«, gab der Bischof widerwillig zu. »Nun werd doch nicht gleich wütend. Hast ja Recht. Ich hab's dir verheimlicht! Na und? Hast du etwa keine Geheimnisse vor mir?«

»Warum?« Der Mauerläufer wollte nicht zugeben, dass auch er Geheimnisse hatte. »Warum, erkläre es mir, Bischof, warum hast du das Geld geraubt, das einer heiligen Sache dienen sollte? Dem Krieg gegen die böhmische Häresie! Dem Kreuzzug, zu dem du immer noch aufrufst!«

»Ich habe dieses Geld gerettet«, antwortete Konrad mit Eiseskälte. »Dank meines Eingreifens wird es dazu dienen, wozu es dienen sollte. Es wird dafür ausgegeben, wofür es gebraucht wird. Für Söldner, Pferde, Waffen, Kanonen, Büchsen und Pulver. Für all das, mit dessen Hilfe wir die böhmischen Abtrünnigen bekämpfen, unterdrücken und vernichten können. Und es ist auch gewährleistet, dass von diesem Geld nicht ein Groschen beiseite geschafft werden wird. Wenn die Steuereinnahmen nach Frankfurt gelangt wären, hätten die sie gestohlen. So wie immer.«

»Deine Argumentation klingt zwar einleuchtend«, der Mauerläufer lächelte, »aber ich bezweifle, dass sich der päpstliche Legat davon überzeugen lässt.«

»Der Legat ist selbst der größte Dieb! Außerdem, wovon reden wir denn hier überhaupt! Der Legat und die Fürsten haben doch längst ihr Silber bekommen, denn nach dem Raub haben wir die Steuer ein zweites Mal erhoben. Wie sie damit gewirtschaftet haben, hat man ja gesehen. Bei Tachau! Das, was nicht in ihre Taschen gelangt ist, ist auf dem Schlachtfeld geblieben, von dem sie so feige geflohen sind und alles den Hussiten überlassen haben! Und jene Steuer? Daran kann ich mich schon gar nicht mehr erinnern. Das ist doch schon Geschichte.«

»Leider nicht«, erwiderte der Mauerläufer gelassen. »Jene Steuer hatte der Reichstag beschlossen. Wer die Steuereinnahmen geraubt hat, hat die Kurfürsten des Reiches verspottet und die Erzbischöfe verhöhnt. Die gehen über diese Angelegenheit nicht einfach so hinweg. Sie werden herumschnüffeln und herumwühlen. Und schließlich werden sie die Wahrheit aufdecken. Oder einen Verdacht hegen.«

»Und was wollen sie gegen mich unternehmen? Was können die mir schon antun? Schaden können sie mir nicht. Dies hier ist Schlesien! Hier herrsche ich, und ich bin mächtig! *Maior sum quam cui possit Fortuna nocere!*«

»Quem dies vidit veniens superbum, hunc dies vidit fugiens iacentem«, erwiderte der Mauerläufer, ebenfalls ein klassisches Zitat verwendend.

»Sei nur nicht zu selbstsicher, Väterchen. Ich rate zur Vorsicht. Selbst wenn das Problem mit jenem unbequemen Zeugen gelöst werden könnte, sollten wir daran denken, die Untersuchung über den Raub der Steuereinnahmen endgültig abzuschließen. Und ich denke dabei keineswegs daran, das Verfahren niederzuschlagen, sondern es dadurch zu beenden, dass wir einen Schuldigen ergreifen und bestrafen.«

»Um die Wahrheit zu sagen«, bekannte Konrad, »daran habe ich auch schon gedacht. Es geht das Gerücht um, dass Reinmar von Bielau, der Bruder von Peter von Bielau, dem hussitischen Spion, den Überfall auf den Steuereinnehmer begangen und die Steuergelder geraubt hat. Reinmar ist nach Böhmen geflohen, zu seinen häretischen Kumpanen. Locken wir ihn also nach Schlesien, und machen wir ihm den Prozess. Beweise für seine Schuld werden sich schon finden.«

»Sicher«, stimmte der Mauerläufer lächelnd zu. »Brauchst du etwas Besseres als das Geständnis des Angeklagten? Reinmar wird sich zu allen Verbrechen bekennen, die ihm vorgeworfen werden. Bei entsprechender Überzeugungsarbeit bekennt schließlich ein jeder. Es sei denn, er stirbt leider, bevor er bekennen kann.«

»Warum leider? Ich finde das ganz und völlig normal, wenn Bielau in der Folterkammer seinen Geist aufgibt. Nachdem er sich zu dem Überfall auf den Steuereinnehmer bekannt hat. Allerdings bevor er das Versteck des gestohlenen Geldes verraten konnte.«

»Na klar, ich verstehe. Aber ...«

»Was aber?«

»Die Leute interessieren sich dafür, wo das Geld abgeblieben ist, ich fürchte, sie werden weiterhin Zweifel hegen ...«

»Werden sie nicht. Auch dafür wird man unwiderlegbare Beweise finden. Im Hause von Bielaus Komplizen wird man bei einer Durchsuchung eine leere Truhe finden, dieselbe, in welcher der Steuereinnehmer das Geld verwahrt hat.«

»Genial! Und wer wird dieser Komplize sein?«

»Ich weiß es noch nicht. Aber ich habe schon eine Liste mit Namen vorbereitet. Was würdest du zum päpstlichen Inquisitor, zu Greggele Hejncze, sagen?«

»Na, na, gemach, gemach!« Der Mauerläufer runzelte die Stirn. »Allzu viel ist ungesund. Ich habe es dir schon hundertmal gesagt, Väterchen, hör auf, offen gegen Hejncze Krieg zu führen. Krieg mit Hejncze bedeutet Krieg mit Rom, ein solcher Kampf kann dir nur schaden. *Irritabis crabrones*, du stichst in ein Hornissennest. Obwohl du dich für größer und stärker als das Schicksal hältst und kein Unglück fürchtest, es geht hier nicht nur um deinen bischöflichen Arsch. Wenn du dich mit dem Inquisitor anlegst, führst du den Leuten erstens vor Augen, dass zwischen euch keine Einigkeit herrscht, dass ihr zerstritten seid und eure Macht zersplittert. Und zweitens, dass man die Inquisition nicht unbedingt fürchten muss. Und wenn die Leute aufhören, euch zu fürchten, kann es für euch Kleriker wirklich eng werden.«

Der Bischof schwieg eine Zeit lang und sah ihn unter seinen gesenkten Lidern hervor an.

»Mein Sohn«, sagte er schließlich, »du bist kostbar für Uns. Wir brauchen dich. Und du bist Uns über alle Maßen teuer. Aber reiße Uns gegenüber dein Maul nicht zu weit auf, denn Wir könnten sonst die Geduld verlieren. Zeige Uns nicht die Zähne, denn trotz aller wahrhaft väterlichen Liebe, mit der Wir dich umgeben, kann es gut sein, dass Wir in Unserer Ungeduld befehlen, dir die Zähne auszuschlagen. Alle. Einen nach dem anderen. Mit großen Pausen dazwischen, damit du die Behandlung auch richtig genießen kannst.«

»Und wer löst dann das Problem mit dem unbequemen Zeugen?« Der Mauerläufer lächelte spöttisch. »Wer lockt Reinmar von Bielau nach Schlesien und fängt ihn dort ein?«

»Ja eben!« Der Bischof schlug den Mantel zurück und kratzte sich an seiner behaarten Wade. »Da reden wir und reden, führen Wortgefechte, und das Wichtigste läuft uns davon. Erledige diese Angelegenheit, mein Sohn. Dieser Zeuge muss verschwinden. Spurlos. Wie der, den Hejncze vor zwei Jahren aus dem Narrenturm herausgeholt hat.«

»Wird erledigt.«

»Und Reinmar Bielau?«

»Wird auch erledigt.«

»Dann lass uns darauf trinken. Gib den Becher her. Aber koste zuerst einmal, was das für ein Bukett ist! Moldauer!

Sechs Fässchen davon habe ich als Handsalbe erhalten. Für das Amt eines Scholastikers in Liegnitz.«

»Handsalbe bei der Vergabe von Pfründen? Das ist aber gar nicht nett, Väterchen.«

»Nur Hosenscheißer geben keine Handsalbe, weil's bei ihnen dazu nicht reicht. Soll ich vielleicht Hosenscheißer auf Kirchenposten setzen? Was? Wo wir schon mal dabei sind, möchtest du vielleicht ein Kirchenamt, Grellenort?«

»Nein, Bischof, das will ich nicht. Der Klerus ekelt mich an.«

Der Eisenäugige hat seine Kleidung abermals gewechselt, stellte Wendel Domarask fest, er hat seine ganze Erscheinung verändert. Statt der Kutte, des Habits oder des gefütterten Patrizierwamses trug er heute eine kurze lederne Jacke, eine enge Hose und hohe Stiefel. Er trug, soweit man sehen konnte, keine Waffe bei sich, dennoch sah er wie ein Söldner aus. Diese Verkleidung schützte ihn hinreichend – in Schlesien wimmelte es in letzter Zeit nur so von Söldnern. Die Nachfrage nach Leuten, die mit dem Schwert umgehen konnten, war groß.

»In Bälde werde ich meine Aufgabe erfüllen«, begann der Eisenäugige. »Wenn ich damit fertig bin, verschwinde ich sofort. Deshalb möchte ich mich heute schon von Euch verabschieden.«

»Möge Gott Euch geleiten.« Der *magister schclarum* faltete die Hände. »Auf Wiedersehen in besseren Zeiten.«

»Geb's Gott. Ich habe noch eine letzte Bitte.«

»Betrachtet sie als erfüllt.«

»Ich wusste es zwar, aber nun habe ich mich selbst davon überzeugen können, dass Ihr ein Meister der Konspiration seid. Dass Ihr es versteht, etwas zu verbergen, was verborgen bleiben soll. Ich gehe wohl nicht fehl, wenn ich denke, Ihr könnt auch das Gegenteil bewirken?«

»Bewirken, dass ein Geheimnis aufhört, eines zu sein? Informieren und gleichzeitig desinformieren?«

»Ihr lest meine Gedanken.«

»Um wen oder was geht es dabei?«

Der Eisenäugige erklärte es ihm. Wendel Domarask schwieg lange. Dann versicherte er, es zu tun. Aber nicht mit Worten. Sondern mit einem Nicken.

Durch das geöffnete Fenster drang der Chor der Stimmen der Schüler der Oppelner Kollegiatschule nach draußen, die den Anfang der ›Metamorphosen‹ rezitierten.

Aurea prima sata est aetas, quae vindice nullo,
sponte sua, sine lege, fidem rectumque colebat.
Poena metusque aberant, nec verba minantia fixo
aere legebantur, nec supplex turba timebat
iudicis ora sui, sed erant sine vindice tuti.

»Mit Weisheit hat dies der große Ovid geschrieben«, beendete der Eisenäugige sein langes Schweigen, nachdem er den Worten der Schüler gelauscht hatte. »Golden war das erste Zeitalter, der ewige Weltenfrühling. Aber dieses Zeitalter kehrt nicht mehr wieder. Nach ihm ist schon das silberne Zeitalter verronnen, auch das bronzene. Jetzt ist das vierte Zeitalter heraufgezogen, das letzte Zeitalter, das des harten Eisens, *de duro est ultima ferro.* Das letzte Zeitalter ist das des Blutvergießens und der Vernichtung. Die Seuche aller Verbrechen ist über die Welt gekommen. Glauben und Wahrheit sind vor Krieg, Mord und Feuersbrünsten geflohen. Verrat und Gewalt triumphieren. Entsetzt über das, was geschieht, verlässt Astrea, die letzte der Göttinnen, die Erde. Und wenn die Götter verschwunden sind ... Was dann? Die Sintflut?«

»Nein«, widersprach ihm Wendel Domarask, »es wird keine Sintflut geben. Und dieses wird auch nicht das letzte Zeitalter sein. Eine Garantie dafür sind wohl auch jene Schlingel, die Ovid auswendig lernen. Wir, die Menschen der Dämmerung, die Menschen der Gewalt und des Verrats, wir werden mit dem Zeitalter des blutigen Stahls verschwinden, das ist wohl wahr.

Aber sie werden übrig bleiben. Sie sind die Zukunft und die Hoffnung der Welt. Das, was wir tun, tun wir auch und gerade für sie.«

»So dachte ich auch einmal.«

»Und jetzt?«

Der Eisenäugige antwortete nicht. Mit seinen im Ärmel der Jacke vergrabenen Fingern berührte er das Messer, das in der Scheide steckte, die am Unterarm befestigt war.

»Man hat dich verraten«, wiederholte Tybald Raabe ungeduldig, weil er es langsam müde wurde, ständig alles zu wiederholen, »man hat dich verkauft. Sie haben dich als Köder verwendet. Dir droht der Tod. Du musst sofort weg von hier. Verstehst du, was ich sage?«

Diesmal, diesmal erst bestätigte Elencia von Stietencron durch ein Nicken, dass sie ihn verstanden hatte, in ihren weit aufgerissenen blauen Augen glomm tatsächlich etwas auf. Tybald räusperte sich.

»Geh nicht ins Haus zurück«, sagte er mit Nachdruck. »Unter gar keinen Umständen. Verabschiede dich von keinem, sag niemandem ein Wort. Ich habe dir ein Pferd mitgebracht, einen Braunen, er steht hinter der Wäscherei des Spitals. In den Satteltaschen ist alles, was du unterwegs brauchst. Spring in den Sattel und reite los, sofort. Es tut nichts, dass es bald Nacht wird. Du wirst unterwegs sicherer sein als hier in Münsterberg. Reite nicht nach Strehlen zu den Nonnen, denn auf dem Weg, der dorthin führt, suchen sie dich bestimmt. Reite nach Frankenstein und nimm von dort aus die große Straße bis kurz vor Breslau. Wende dich dann nach Lohbrück zur Zollstation. Dort wird dir jeder den Weg nach Schalkau weisen, frag nach dem Gestüt der Frau Dzierżka de Wirsing. Frau Dzierżka kennt dieses Pferd, sie wird wissen, dass ich dich geschickt habe. Dann erzählst du ihr alles. Hast du verstanden?«

Wieder ein Nicken.

»Bei Dzierżka …«, der Goliarde blickte sich unruhig um.

»bei Dzierżka bist du in Sicherheit. Später, wenn sich alles ein bisschen beruhigt hat, bringe ich dich nach Polen. Wenn du es dir wirklich so sehr wünschst, kannst du Klarissin werden. Aber in Stary Sącz oder in Zawichost. Polen ist zwar nicht Schlesien, aber dort ist es auch schön. Du wirst dich eingewöhnen. Aber jetzt leb wohl. Gott mit dir, Mädchen!«

»Und mit Euch«, wisperte sie.

»Denke daran, nicht zurück nach Hause, sondern gleich auf den Weg!«

»Ich denke daran.«

Der Goliarde verschwand in der Dämmerung, genauso plötzlich, wie er aufgetaucht war. Elencia von Stietencron nahm langsam ihre Schürze ab. Sie blickte aus dem Fenster, hinter dem die Nacht schon fast alles verwischte; fast alle Konturen der bewaldeten Höhenzüge waren bereits verschwunden.

Sie nahm einen Mantel aus der Kleiderkammer und band sich ein Tuch um den Kopf. Dann rannte sie los. Aber nicht zur Wäscherei hinterm Graben. Sie lief in die entgegengesetzte Richtung.

In der kleinen Kammer über dem Siechhaus, in der sie wohnte, gab es nichts, was sie mitnehmen wollte. Nichts, was sie ihr Eigen nennen konnte. Nichts, was sie mit Bedauern zurückgelassen hätte.

Außer dem Kätzchen.

Die Warnung des Goliarden nahm sie ernst. Sie begriff, was Gefahr bedeutete. Sie begriff, woher diese kam, erinnerte sich an die eisenfarbenen Augen des Priesters, der sie ausgefragt hatte, erinnerte sich an die Angst, die er in ihr hervorgerufen hatte. Aber es dauert doch nur einen Moment, dachte sie, nur einen Moment, ich hole nur die Katze, nichts weiter, was soll mir schon geschehen, das ist doch nur ein Moment …

»Miez – miez … Miez – miez …«

Das Fenster war angelehnt. Sie ist hinausgelaufen, dachte sie mit wachsendem Erschrecken, sie ist wie jeden Abend hinausgelaufen, so, wie sie es gewohnt ist … Gleich finde ich sie …

»Miez – miez – miez …« Sie sprang auf das Podest und verhedderte sich in den dort aufgehängten Bettlaken. »Kätzchen … Kätzchen!«

Sie lief die Treppe hinunter. Und spürte sofort, dass etwas nicht so war, wie es sein sollte. Die kalte Nachtluft wurde plötzlich noch kälter, die Kälte drückte ihr die Kehle zu. Diese Kälte war nicht klar und erfrischend, sondern schwer und dick wie Schleim, wie geronnenes Blut. Sie war plötzlich erfüllt mit Bösem, undurchdringlich und zähflüssig.

Drei Schritte vor ihr sank ein Vogel zu Boden. Ein riesiger Mauerläufer.

Elencia schien es, als wäre sie am Boden festgewachsen, als wäre sie mit der Erde verwurzelt. Sie konnte sich nicht bewegen, sie konnte nicht einmal zittern. Auch nicht, als der Mauerläufer vor ihren Augen zu wachsen begann. Seine Gestalt veränderte. Ein Mensch wurde.

Und dann geschahen zwei Dinge gleichzeitig. Eine Katze miaute laut. Und aus dem Dunkel der Nacht löste sich ein riesiger Wolf.

Der Wolf wurde schneller, rannte plötzlich los und setzte dann zum Sprung an. Aber der Mauerläufer war schon wieder zum Vogel geworden, seine Menschengestalt löste sich auf, er wurde zusehends kleiner, schlug mit den Flügeln und schwang sich vom Boden. Er kreischte triumphierend auf, als die glitzernd weißen Zähne des Wolfes zuschnappten, ohne jedoch den Schwanz des Vogels dicht hinter den Steuerfedern zu erwischen. Der Wolf landete weich und jagte sogleich ins Dunkel davon, dem wegfliegenden Vogel hinterher.

Elencia erhaschte die Katze und lief davon. Die Tränen gefroren auf ihren Wangen.

Der eiserne Wolf jagte wie jeder gewöhnliche Wolf, er schnürte in schnellem, gleichmäßigem, ausdauerndem Lauf dahin. Von Zeit zu Zeit hob er die Nase und hielt sie witternd in den Wind, mit dem der Mauerläufer davonflog und der von Magie durchdrungen war. Die Augen des Tieres funkelten in der Dunkelheit.

Die Verfolgung ging weiter, der tödliche Wettlauf dauerte an. Über die Nimptscher Höhe, durch die Täler der Ohle, der Lohe und der Weistritz.

Die Kinder erwachten davon in ihren Wiegen, schrien und würgten an ihren Tränen. Die Pferde in den Ställen wurden wild. Das Hornvieh stampfte in den Kuhställen.

Aus einem Albtraum geweckt, fuhr der Ritter in seiner steinernen Feste auf. Dem sein *Nunc dimittis* murmelnden Dorfpfarrer fiel das Brevier aus den zitternden Händen. Die Waffenknechte auf den Wachtürmen rieben sich die Augen.

Die Verfolgung ging weiter. Ihr voraus jagte, wie ein sie ankündigender Läufer, das Grauen. Hinter ihr nistete sich die Furcht ein wie Staub.

Ganz in der Nähe befand sich eine uralte Kultstätte, ein flacher Bergrücken, und darauf ein aus behauenen Felssteinen geformter magischer Sonnenkreis, in dem früher zu Göttern gebetet wurde, die älter waren als die Welt. Zugleich eine Begräbnisstätte, ein Friedhof, eine Nekropole für Menschen und Nichtmenschen, deren Namen längst im Dunkel der Zeiten vergangen waren. Im Jahre 1150 hatte man während des Kampfes gegen Heidentum und Aberglauben jene Felssteine zerstreut, und an ihrer Stelle war auf Geheiß des Bischofs Walther von Malonne ein hölzernes Kirchlein oder, besser gesagt, ein Kapellchen errichtet worden, denn die Gegend war immer noch eine Wildnis.

Das Kapellchen hatte kein Jahr überdauert, ein Blitzschlag hatte es in Brand gesetzt. Das aus gleichen oder ähnlichen Gründen entstehende Feuer vernichtete auch alle anderen Kapellen, die auf der alten Nekropole errichtet worden waren. Dieser Kampf währte an die zwanzig Jahre, bis zum Tode Bischof Walthers. Das Volk begann zu flüstern, dass man sich mit den alten Göttern besser nicht anlegen solle, und der neue Bischof, Żyrosław, fällte die einzig richtige Entscheidung: Für den Bau des nächsten Gotteshauses wählte er einen neuen, entfernten Platz, schöner und günstiger gelegen und überhaupt viel, viel besser. Den Frieden der neuen Kirche störte niemand mehr, und sie zog viele Gläubige an, auf dem alten Friedhof hingegen legten unsichtbare Hände die Kultsteine wieder an ihren angestammten Platz. Im Laufe der Zeit umgab ein Kreis aus sonderbar geformten, skelettartigen Bäumen den Platz und an manchen Stellen eine ineinander verflochtene, mit mörderischen Stacheln bewehrte Hecke aus Schlehen.

Der Ort lag vom Mondlicht übergossen da.

Der herantrabende Wolf erreichte die ersten Steine und die Barriere aus Schlehen, wurde plötzlich langsamer, sein Fell sträubte sich. Er nahm den modrigen Geruch des Friedhofs wahr, der immer noch über der Anhöhe lag, obwohl hier schon seit Jahrhunderten keine Toten mehr begraben wurden. Er spürte die Schichten uralter Magie, die sich hier über Jahrhunderte hinweg angesammelten hatten, die Wesen, über die ein Zauber geworfen war, der den Zutritt verwehrte. Seine Konturen verschwammen, er wechselte seine Gestalt. Er wurde wieder Mensch. Ein hochgewachsener Mensch mit eisenfarbenen Augen.

Die kalte Nachtluft schien zu erstarren. Nicht ein einziges dürres Blatt, nicht ein einziges Riedgras bewegte sich. Die Stille dröhnte einem förmlich in den Ohren.

Sie wurde unterbrochen durch das Hallen von Schritten, ein leises Knirschen von Kies. Zwischen den Felsen trat der Mauerläufer hervor.

Der eiserne Wolf kam nach vorne und betrat ebenfalls den Kreis. Dieser belebte sich plötzlich. Hinter den Steinen, unter ihnen und zwischen ihnen hervor, aus dem Dickicht aus verflochtenem Gras und Reisig leuchteten plötzlich Dutzende, hunderte Augen wie kleine Laternen auf, betriebsam, beweglich, nervös wie Glühwürmchen. Die Stille der Nacht erfüllte eine beunruhigende Melodie aus Geflüster und Gewisper sirrender, hoher, nichtmenschlicher Stimmen.

»Sie sind gekommen, um dich und mich zu sehen.« Der Mauerläufer wies mit einer Bewegung des Kopfes auf den Kreis hin. »Die beiden möglicherweise letzten Polymorphen in diesem Teil der Welt. Sie haben gesehen, wie wir unsere Gestalt verändert haben. Jetzt wollen sie sehen, wie wir uns töten.«

Er bewegte den Unterarm, und in seine Hand glitt ein Messer, mit einer Klinge aus Toledo von neun Zoll Länge, die im Licht des Mondes blitzte.

»So lass uns ihnen ein würdiges Schauspiel bereiten«, erwiderte der eiserne Wolf mit rauher Stimme. »Etwas, das es wert ist, berichtet zu werden.«

Er machte eine Bewegung mit der Hand und dem Messer, das ihm aus dem Ärmel direkt in die Hand gesprungen war.

»Du wirst sterben, Wolf!«

»Du wirst sterben, Vogel!«

Sie begannen sich im Kreis zu bewegen, langsam, die Füße vorsichtig aufsetzend, ohne einander aus den Augen zu lassen. Dann sprangen sie aufeinander zu und führten blitzschnell Stöße aus. Der Mauerläufer stach von oben zu, ins Gesicht, der Wolf wich um einen Viertelzoll mit dem Kopf aus, stieß von unten zu, in den Bauch, der Mauerläufer wich dem Stoß aus, aus einem Hüftschwung heraus stach er von der linken Seite her zu, der Wolf wiederum rettete seinen Hals mit einer leichten Finte, sprang rückwärts, drehte das Messer in seiner Hand, täuschte und stach von unten nach oben, mit einem Klirren traf seine Klinge auf die ebenfalls umgedrehte Klinge des Mauerläufers. Beide versetzten einander ein paar blitzschnelle Stöße und sprangen dann nach hinten weg.

Keiner von beiden hatte auch nur den geringsten Kratzer.

»Du wirst sterben, Vogel!«

»Du wirst sterben, Wolf!«

Die laternenähnlichen nichtmenschlichen Augen funkelten und wogten in der Dunkelheit, das murmelnde, aufgeregte Geflüster wuchs und schwang hin und her.

Diesmal umkreisten sie sich länger, den Abstand einmal verringernd, einmal vergrößernd.

Der Wolf griff an und hieb mit dem gerade gehaltenen Messer über Kreuz, beendete die Attacke mit einer Drehung der Waffe und einem tückischen Stoß gegen den Hals.

Der Mauerläufer wich aus, stieß zuerst von links, dann von ganz unten, von rechts, zu, mit einem weiten, vernichtenden Schwung, und beendete dann mit einem Ausfall und einem geraden Stoß. Der Wolf parierte den Hieb mit seinem Messer, dem Stoß wich er durch eine halbe Drehung aus, drang selbst mit einem Ausfall vor, mit einer Finte, und hielt im Sprung von oben auf die Seite des Halses. Diesmal wich der Mauerläufer nicht aus, er parierte mit dem Unterarm, drehte sich herum, drehte das Messer in seiner Hand, und mit einem kräftigen Stoß, ausgeführt mit der ganzen Kraft seiner Schulter, traf er den Wolf mitten in den Solarplexus. Die Klinge glitt bis zum Griff hinein.

Der Wolf gab keinen Laut von sich. Er seufzte erst auf, als der Mauerläufer die Klinge aus der Wunde zog und ein Stück zurückwich, geduckt, bereit, den Stoß zu wiederholen. Aber es bedurfte keines weiteren Angriffes. Dem Wolf rutschte das Messer aus den Händen. Er fiel auf die Knie.

Der Mauerläufer trat vorsichtig näher, den Blick unverwandt auf die brechenden eisenfarbenen Augen gerichtet. Er sagte kein Wort.

Es herrschte vollkommene Stille.

Der eiserne Wolf seufzte erneut, kippte leicht nach vorne und sank dann schwer auf die Seite. Er bewegte sich nicht mehr.

In dem Kreis aus Felsen auf dem uralten Friedhof, inmitten der pulsierenden, uralten Magie und Macht der Kultstätte der vergessenen und ewigen alten Götter, reckte der Mauerläufer die Hände und das blutige Messer empor. Und schrie. Triumphierend. Ekstatisch. Unmenschlich.

Die Umgebung erstarrte in Grauen.

Sechstes Kapitel

in dem in einer ganz bestimmten Schenke am Kreuzweg die Unterhaltungsindustrie blüht und gedeiht. Würfel fallen, und infolgedessen geschieht etwas, das unausweichlich und unabdingbar scheint. Wenn jemand denkt, dies alles könnte der Anfang gewaltiger Schwierigkeiten sein, dann liegt er damit richtig.

Die Schenke am Kreuzweg war als einziges Gebäude von dem Dorf, das einst hier gelegen hatte und an das heute nur noch ein paar verkohlte Feuerstellen, kümmerliche Reste von Gebälk und der immer noch spürbare Brandgeruch erinnerten, übrig geblieben. Wer diese Ortschaft in Rauch hatte aufgehen lassen, war schwer zu sagen. Die meisten Spuren wiesen auf Deutsche oder Schlesier hin – das Dorf hatte an dem Weg gelegen, der die Kreuzfahrer im Juni 1420 unter König Sigismund nach Prag geführt hatte. Sie hatten so ziemlich alles niedergebrannt, was niedergebrannt werden konnte, sich aber bemüht, die Schenke zu verschonen. Aus verständlichen Gründen.

Die Schenke war für die Gegend typisch, niedrig, gedrungen und strohgedeckt, wobei etwa genauso viel altes, verdorrtes Moos wie Stroh das Dach bedeckte; sie hatte mehrere Eingänge und kleine Fensterchen, durch die man jetzt in der Dunkelheit die flackernden Lichter der Ölfunzeln und Kerzen sah, unbeständig und flüchtig wie Irrlichter im Moor. Aus dem Kamin kroch weißer Rauch, stand über dem Strohdach und floss dann auf die Wiesen hinaus. Ein Hund bellte.

»Wir sind da.« Scharley hielt sein Pferd an. »Hier besäuft sich, wie ich gehört habe, Herr Fridusch Hunzleder.«

»Fridusch Hunzleder«, obwohl ihm die Frage nicht gestellt worden war, hatte der Demerit sofort verstanden, »ist ein Geschäftsmann, ein Unternehmer. Mit Einfallsreichtum hat er es verstanden, das Missverhältnis zu beseitigen, das infolge gewisser außerhalb der Ökonomie liegender Ereignisse zwischen Angebot und Nachfrage entstanden war. Er liefert, sagen wir mal, bestimmte Waren, die sich einer großen Nachfrage erfreuen ...«

»Er führt ein Wanderhurenhaus«, Samson Honig fiel ihm, scharfsinnig wie immer, ins Wort, »oder eine Spielhölle. Oder beides zusammen.«

»So ist es. Im hussitischen Heer werden die Statuten, die Žižka erlassen hat, strikt eingehalten. Saufen, Glücksspiel und Ausschweifungen sind beim Heer verboten, darauf stehen harte Strafen, bis hin zum Aufknüpfen. Aber wie's eben so geht bei der Soldateska: In den Feldlagern will man saufen, Karten spielen und sich mit Huren vergnügen. Und das gibt's nicht, das darf man nicht. Niemand darf das. Žižkas Statuten sind geradezu ekelhaft demokratisch, alle werden bestraft, ohne Rücksicht auf Stand oder Rang. Dies hat aber auch seine guten Seiten: Die Kampfeskraft erschlafft nicht und wird auch nicht gemindert. Die Hauptleute verstehen das, sie loben die Statuten und befolgen sie streng und erbarmungslos. Der Schein muss schließlich gewahrt werden ... Der Hellebardenträger, der Fußknecht mit seinem Dreschflegel, der Bogenschütze, der Wagenlenker schon, die kriegen für Hurerei oder Diebstahl die Peitsche oder den Strick, das ist nur gerecht, das wirkt sich gut auf die Moral aus. Aber der Hauptmann oder der Führer einer Hundertschaft ...«

»Wir sind also«, fasste Reynevan zusammen, »kurz und gut, an einen Ort der Illegalität gekommen, der der Befriedigung der ungesetzlichen Wünsche der höheren Dienstgrade dient. Wie hoch ist das Risiko, das wir eingehen?«

»Hunzleder arbeitet getarnt als Armeelieferant und lässt nur Offiziere vor, denen er vertrauen kann. Trotzdem wird ihn irgendwann einer verraten, und dann wird er aufgeknüpft. Und vielleicht werden dann zur Abschreckung auch ein paar von denen aufgeknüpft, die sie bei ihm erwischen … Aber, zum einen, was ist das Leben ohne Risiko? Zum anderen, falls es dazu kommen sollte, werden uns Prokop und Filou schon heraushauen. Das denke ich jedenfalls.«

Sollte in seiner Stimme, kaum hörbar, ein wenig Angst mitgeschwungen haben, dann unterdrückte der Demerit diese sofort.

»Und dann«, brummte er, »haben wir hier schließlich etwas zu erledigen.«

Vor der Schenke bellte der Hund sie abermals an, trollte sich aber sofort wieder. Sie stiegen von den Pferden.

»Die Regeln, nach denen das Geschäft funktioniert, muss ich euch wohl nicht erklären.« Scharley schlang die Zügel um einen Pfahl. »Dies ist ein Ort ungesunder und verbotener Freuden. Hier kann man sich zu Tode saufen. Man kann nackte Frauenzimmer betrachten und auch der käuflichen Liebe frönen. Man kann sich dem verbotenen, rücksichtslosen Glücksspiel hingeben. Bei allem, was man tut und sagt, empfiehlt sich aber größte Vorsicht. Außerdem, damit das klar ist, reden werde nur ich. Spielen, wenn es um Karten oder Würfel geht, werde nur ich.«

»Klar«, Samson hob ein Stöckchen von der Erde auf, »klar, Scharley.«

»Dich habe ich damit nicht gemeint.«

»Ich bin kein Kind mehr.« Reynevan verzog das Gesicht. »Sprechen kann ich, ich weiß, was ich sage, und wann. Und würfeln kann ich auch.«

»Nein, kannst du nicht. Nicht mit Hunzleder und seinen Falschspielern. Keine weitere Diskussion. Richte dich danach.«

Als sie eintraten, verstummte das Stimmengewirr. Es wurde still, und mehrere nicht eben freundlich dreinblickende Augenpaare hefteten sich auf sie wie Blutegel an eine tote Plötze.

Es war ein peinlicher und beunruhigender Moment, aber er dauerte zum Glück nicht lange.

»Scharley? Bist du das?«

»Ich freue mich, dich zu sehen, Berengar Tauler. Sei auch du mir gegrüßt, Herr Hunzleder. Als Wirt.«

Hinter dem Tisch saß in Gesellschaft von drei Kumpanen in ledernen Wämsern ein breitschultriger, feister Mann mit einer großen Nase und einem durch eine große Schramme verunstalteten Kinn. Sein Gesicht war mit Pockennarben bedeckt, allerdings seltsamerweise nur auf einer, nämlich auf der linken Seite. Als hätten die Furche über der Nase, die Nase selbst und das missgestaltete Kinn eine Demarkationslinie gebildet, die auch die Krankheit nicht zu überschreiten gewagt hatte.

»Herr Scharley«, erwiderte er den Gruß. »Ich traue meinen Augen nicht. Noch dazu in Gesellschaft von Leuten, die ich nicht kenne. Aber da sie Euch begleiten ... Wir sehen hier Gäste sehr gern. Nicht, weil wir sie mögen. Ha, oft mögen wir sie überhaupt nicht. Aber wir leben von ihnen!«

Die in den Lederwämsern prusteten. Bei den übrigen Anwesenden waren keinerlei Zeichen von Heiterkeit zu entdecken, zweifellos hörten sie Hunzleders Scherz nicht zum ersten Mal. Weder der am Schanktisch stehende große Kerl mit dem roten Kelch auf dem Lendner noch der Bärtige, schwarz gekleidet wie ein hussitischer Prediger, der ihm Gesellschaft leistete, lachten. Auch keines der sehr freizügig gekleideten Frauenzimmer, die mit Kannen und Krügen durch die Schankstube eilten, lachte. Auch nicht jener Mann mit den dunklen, mehrere Tage alten Bartstoppeln und dem Wams, auf dem der Brustpanzer Rostspuren hinterlassen hatte, und der seinen Becher streichelte, jener Berengar Tauler, der Scharley gleich beim Eintreten begrüßt hatte. Den Tisch jenes Tauler, dem noch drei andere Gesellschaft leisteten, steuerte der Demerit an.

»Sei mir gegrüßt und nimm Platz!« Berengar Tauler wies auf die Bank und warf einen neugierigen Blick auf Reynevan und Samson. »Stell uns deine ... Freunde vor!«

»Nicht nötig«, ließ sich ein rotgesichtiger Dicker hinter seinem Humpen vernehmen. »Den jüngeren Herrn habe ich schon gesehen, in der Schlacht bei Aussig, bei den Hauptleuten. Sie sagten, das sei ihr Leibmedicus.«

»Reinmar von Bielau.«

»Wir sind geehrt. Und jener?«

»Jener«, antwortete Scharley mit der ihm eigenen Lässigkeit, »ist eben jener. Er stört nicht und fällt keinem zur Last. Jener schnitzt.«

Tatsächlich hatte Samson Honig seine Idiotenmiene aufgesetzt, sich an der Wand niedergelassen und begonnen, ein Stöckchen zu schneiden.

»Da wir schon einmal dabei sind, uns vorzustellen«, Scharley nahm Platz, »dann sei auch du so freundlich, Berengar...«

Die drei hinter dem Tisch deuteten eine Verbeugung an. Neben dem rotgesichtigen Dicken saßen ein stolz aussehendes Herrchen, für einen Hussiten übertrieben prächtig und bunt gekleidet, und ein kleiner, schmalgesichtiger, dunkler Kerl, der wie ein Ungar aussah.

»Amadeus Bata«, stellte der Dicke sich vor.

»Ich bin der Ritter Manfred von Salm«, erklärte das bunt gescheckte Herrchen, und der übertriebene Stolz, mit dem er das sagte, verriet, dass er ein Ritter unter den Rittern war wie ein Ziegenarsch eine Trompete unter den Trompeten, mit Taufnamen hieß er wohl Zdenek, und neben einem von Salm hatte er im Leben weder gesessen noch gestanden.

»Istvan Seczy«, sagte der Magyar, den äußeren Eindruck bestätigend. »Trinken wir einen? Ich warne euch, in diesem Räuberbordell kostet der Krug Wein drei Groschen und die halbe Pinte Bier fünf.«

»Aber der Wein ist gut.« Tauler nahm einen Schluck aus seinem Becher. »Zumindest für ein Räuberbordell und eine Spielhölle. Womit wir schon beim Thema wären. Welche der genannten Lustbarkeiten führt euch zu Hunzleder?«

»Eigentlich keine.« Scharley nickte dem Mädchen mit dem

Krug zu und taxierte es, als es näher trat, mit Kennerblick. »Was nicht heißen soll, dass wir nicht die eine oder andere ausprobieren. Gibt es zum Beispiel heute eine Vorstellung? Ein lebendes Bild?«

»Klar gibt's das«, lachte Tauler, »sicher gibt's das. Ich bin vor allem deswegen hier. Ich werde nicht einmal spielen. Aus Angst, dass sie mir auch noch den Gulden abnehmen, den man für die Darbietung zahlen muss.«

»Und die anderen«, Scharley wies mit dem Kopf Richtung Schanktisch, »wer sind die?«

»Der am Schanktisch«, Amadeus Bata wischte den Bierschaum von seinem Schnauzbart, »mit dem Kelch auf der Brust, das ist Habart Mol von Modřelice, einer der Hundertschaftsführer von Roháč. Der Bärtige, der wie ein Priester aussieht, ist sein Kamerad, sie sind gemeinsam gekommen. Bei Hunzleder am Tisch sitzen seine Falschspieler, Namen weiß ich nur einen, den Kahlkopf dort nennen sie Jeřabek ...«

»Nun denn, ihr Lieben!«, rief Hunzleder von seinem Tisch herüber, sich kräftig und fröhlich die Hände reibend. »Heran an den Tisch, zum Spiel, zum Spiel! Fortuna wartet!«

Manfred von Salm setzte sich als Erster an den Tisch, Scharley folgte seinem Beispiel, Istvan Seczy und Amadeus Bata schurrten mit ihren Schemeln. Der mit dem Kelch geschmückte Hundertschaftsführer aus Roháčs Truppe setzte sich dazu, sein Kamerad, der wie ein Priester aussah, verließ den Schanktisch. Reynevan blieb, wo er war, Scharleys Warnung eingedenk. Auch Berengar Tauler rührte sich nicht von seinem Platz, mit einem Nicken rief er das nächste Schankmädchen zu sich heran. Dieses war rothaarig und sommersprossenübersät, die Sommersprossen saßen sogar auf ihren entblößten Unterarmen. Im Unterschied zu den anderen hatte sie etwas weniger dunkle Ringe unter den Augen, aber ihr Gesichtsausdruck wirkte seltsam eingefroren.

»Was spielen wir?«, fragte Hunzleder die am Tisch Sitzenden. »Pikett? Ronfe? *Trentuno? Menoretto?* Zu Eurer Verfügung, zu Eurer Verfügung, was Ihr nur wollt. Vielleicht *cricca* oder *bassetta,* vielleicht auch *trappola* oder *buffa aragiato*, vielleicht wollt Ihr aber auch *ganapiérde*? Ich kenne alle *genera ludorum fortunae*! Ich bin mit allem einverstanden. Bei uns ist der Kunde König. Also wählt!«

»Zum Kartenspielen sind wir zu viele«, meinte Bata. »Schließlich sollen doch alle ihren Spaß haben. Ich schlage Würfel vor. Wenigstens zum Anfang.«

»Würfel? Die edlen *tesserae*? Bei uns ist der Kunde König. Ich bin zu jedem Spiel bereit ...«

»Besonders zum Spiel mit den Würfeln, die du gerade in der Hand hältst«, sagte Istvan Seczy humorlos. »Halt uns nicht für Blödmänner, mein Freund.«

Hunzleder lachte geziert, warf die markanten gelben Würfel, mit denen er gespielt hatte, in den Becher und schüttelte diesen. Er hatte kleine, gedrungene Hände und kurze, von Tuberkuloseknötchen gezeichnete Finger. Diese Hände waren das völlige Gegenteil von dem, was man sich unter Falschspielerhänden vorstellte. Aber sobald sie sich bewegten, bestätigten sie ihren Ruf, sie waren flink wie Eichhörnchen.

Die gelben Würfel wurden mit einem geschickten Wurf aus dem Becher befördert, rollten nur ein kurzes Stück und kamen beide mit der Sechs nach oben zu liegen. Hunzleder, das Gesicht noch immer zu einer Grimasse verzogen, die ein Lächeln vorstellen sollte, strich die Würfel mit einer blitzschnellen Bewegung wieder hinein, als haschte er nach einer Fliege auf dem Tisch. Er schüttelte den Becher in einem gewaltigen *accozzamento* und würfelte erneut. Es fielen zwei Sechsen. Jeřabek kicherte. Roháčs Hundertschaftsführer fluchte.

Ein rasches Einsammeln der Würfel, ein *accozzamento*, der Wurf. Und wieder eine doppelte *sex stantia*, doppelte *sex puncti.* Ein Wurf. Zweimal sechs Augen. Ein neuer Wurf. Das Gleiche. Ein Wurf. Der Hundertschaftsführer fluchte erneut.

»Das war nur ein Scherz«, Hunzleder verzog sein pockennarbiges Gesicht zu einem unentschlossenen Lächeln, »nur ein Scherz. Nur so ein kleiner Scherz.«

»In der Tat«, Scharley revanchierte sich mit einem schmallippigen Lächeln, »klein, aber geschmackvoll. Und lustig. Einmal war ich in Nürnberg Zeuge, wie man bei einem Spiel um Geld dem Spieler für diesen Scherz beide Hände gebrochen hat. An einer Steinschwelle, mit einem Schmiedehammer. Ich sage euch, wir haben Tränen gelacht.«

Fridusch Hunzleders Augen blitzten gefährlich auf. Aber er beherrschte sich und rief wieder ein Lächeln auf sein zerschlagenes Gesicht.

»Ein Scherz ist ein Scherz, und so soll es auch bleiben«, sagte er noch einmal. »Zum Spiel nehmen wir andere Würfel. Die hier stecke ich weg ...«

»Aber nicht in die Tasche, bei allen hundert Teufeln!«, knurrte Manfred von Salm. »Leg sie auf den Tisch. Als Anschauungsmaterial. Die anderen werden wir von Zeit zu Zeit damit vergleichen.«

»Wie Ihr wollt, ganz wie Ihr wollt!« Der Falschspieler hob die Hände, um zu zeigen, dass er mit allem einverstanden sei, alles akzeptiere und dass der Kunde König sei. »Welches Spiel beliebt Euch? Sechsundfünfzig? Sechsen und Sieben?«

»Vielleicht Glückhaus?«, schlug Scharley vor.

»Von mir aus auch Glückhaus! Mach schon, Jeřabek!«

Jeřabek wischte mit seinem Ärmel den Tisch ab und zeichnete mit Kreide ein Rechteck mit elfeinhalb Feldern auf die Tischplatte.

»Fertig!« Hunzleder rieb sich die Hände. »Ihr könnt Eure Einsätze machen ... Und du, Bruder Berengar? Gibst du uns nicht die Ehre? Schade, schade ...«

»Dein Bedauern erscheint mir wenig aufrichtig, Bruder!« Berengar Tauler gab sich alle Mühe, das Wort »Bruder« überhaupt nicht brüderlich klingen zu lassen. »Du kannst dich wohl schon gar nicht mehr daran erinnern, dass du mich letzten Sonnabend wie eine Martinsgans gerupft hast? Ich sitze hier, weil es mir an Kapital mangelt, warte auf die lebenden Bilder und vergnüge mich mit meinem Becher. Und vielleicht mit einem Gespräch, da es Herr Reinmar, wie ich sehe, auch nicht eilig hat, zu den Würfeln zu kommen.«

»Wie Ihr wollt.« Hunzleder zuckte mit den Achseln. »Für uns aber, meine Herren, habe ich Folgendes vorgesehen: Zuerst vergnügen wir uns mit den Würfeln. Dann, wenn wir weniger geworden sind, spielen wir Pikett oder einen anderen *ludus chartularum*. Dazwischen gibt es eine Darbietung, den so genannten künstlerischen Teil. Aber nun los, meine Herren! Glückhaus! Bitte, die Felder zu besetzen. Fortuna, komm zu uns!«

Eine Zeit lang waren vom Tisch her hauptsächlich Flüche zu hören, der Klang von Münzen, die auf die Felder geworfen wurden, das Klappern des *accozzamento* und der Klang der Würfel, die auf den Tisch kollerten.

»Wie ich das so sehe«, Berengar Tauler nahm einen Schluck aus seinem Becher, »wird Amadeus innerhalb von drei Vaterunsern alles verspielt haben und dann zu uns kommen. Wenn du mir also unter dem Siegel der Verschwiegenheit etwas mitzuteilen hast, dann jetzt gleich.«

»Warum glaubst du, dass dies sein könnte?«

»Intuition.«

»Ha! Also gut. Burg Troský im Jitschiner Bergland, in der Nähe von Turnau ...«

»Ich weiß, wo Burg Troský ist.«

»Warst du schon dort? Kennst du sie gut?«

»Ich war schon viele Male da und kenne sie sehr gut. Worum geht es?«

»Wir wollen dorthin.«

»Wozu?«

»Ach, bloß so, zum Spaß«, antwortete Reynevan möglichst gleichgültig. »Das ist so eine Laune von uns und ein netter Zeitvertreib: in katholische Schlösser zu gelangen.«

»Ich verstehe schon und frage nicht weiter. Scharley hat vorhin ganz dezent eine Schuld erwähnt, die ich abzutragen habe. So soll ich also die Rechnung begleichen? Also schön, ich werde darüber nachdenken.«

»Heißt das nun ja, oder heißt das nein?«

»Das heißt, ich werde darüber nachdenken. He, Marketka! Wein, wenn's beliebt!«

Das rothaarige, sommersprossige Mädchen mit dem starren Gesicht und den leblosen Augen schenkte ihm ein. Mangelte es dem Antlitz an Schönheit, so machte ihre Figur dies bei weitem wett. Als sich das Mädchen vom Tisch abwandte, konnte Reynevan nicht umhin, ihre Taille und die Hüften zu betrachten, die sich wie in einem sanften Tanz hin- und herwiegten und fast eine hypnotische Wirkung ausübten.

»Ich merke schon«, sagte Tauler mit einem Lächeln, »dass dir unsere Marketka ins Auge sticht. Unser lebendes Bild. Unsere Adamitin.«

»Adamitin?«

»Das heißt, du weißt nichts darüber. Hat dir denn Scharley nichts erzählt? Hast du noch nicht einmal etwas von den Adamiten gehört?«

»Dies und das ist mir schon zu Ohren gekommen. Aber ich bin Schlesier, in Böhmen bin ich erst seit knapp zwei Jahren ...«

»Bestell dir was zu trinken. Und setz dich bequem hin.«

»Der böhmische Umsturz«, begann Berengar Tauler, nachdem Reynevan versorgt worden war, »hat eine ganze Reihe von eigenartigen Narren und Verrückten aus dem Dunkel hervorgelockt und genährt. 1419 wurde das Land von einer Welle religiöser Hysterie, religiösem Wahn und Mystizismus überrollt. Überall rannten Propheten herum, die eine Vision gehabt haben wollten und mit dem Untergang der Welt drohten. Die Leute ließen alles stehen und liegen und zogen in hellen Scharen auf die Berge, wo sie auf die zweite Ankunft Christi warteten. Alte, halb vergessene Sekten fanden jetzt einen Nährboden für ihre Lehren. Aus allen dunklen Ecken krochen gottverdammte Chiliasten, Adventisten, Nikolaiten, Paternianer, Spiritualen, Waldenser, Begarden, weiß die Pest, wer noch, hervor, man konnte sie gar nicht mehr alle zählen ...«

Am Spieltisch entbrannte eine heftige Diskussion, Worte flogen hin und her, darunter auch Schimpfwörter. Am lautesten fluchte Manfred von Salm.

»Na, und dann ging es los. Predigten. Prophezeiungen. Vorhersagen. Wahrsagerei und Apokalypsen. Dass das dritte Zeitalter herannahe und die alte Welt im Feuer untergehen müsse, bevor dieses komme. Dann erscheine Christus in all seiner Glorie, das Königreich Gottes entstehe, die Auferstehung werde gefeiert, die Bösen gingen unwiderruflich in die ewige Verdammnis ein, und die Guten würden in paradiesischer Glückseligkeit leben. Alles gehöre allen gemeinsam, jegliches Eigentum verschwinde. Es gebe keine Reichen und Armen mehr, kein Elend und keine Unterdrückung. Auf Erden herrsche ein Zustand allgemeiner Vollkommenheit, des Glückes und des Friedens. Es gebe kein Unglück, keinen Krieg und keine Verfolgung mehr. Es werde keinen mehr geben, der einen anderen überfalle oder ihn zur Sünde verleite. Oder dessen Weib begehre. Denn auch die Weiber seien zum allgemeinen Gebrauch bestimmt.«

»Was soll's, die Welt ist, wie wir alle wissen, nicht untergegangen, Christus ist nicht auf die Erde zurückgekehrt, die Leute sind wieder zur Vernunft gekommen, und die Chiliasten und Adventisten haben ihre Anhänger verloren. Die Träume von Gleichheit sind verweht, auch jene von der Beseitigung jedweder Macht und jeglichen Zwanges. Das revolutionäre Tábor hat die staatliche Organisation wiederhergestellt und schon im Herbst 1420 begonnen, Steuern und Abgaben einzutreiben. Unter Zwang, versteht sich. Auch die kirchlichen Institutionen wurden wiedererrichtet, wie taboritische zwar, aber immerhin Institutionen. Der hussitische Bischof Nikolaus von Pelhrimov, der an der Spitze dieser Institutionen stand, hat von der Kanzel aus den Kanon des wahren Glaubens verkündet und diejenigen, die diesen Kanon nicht respektierten, als Abtrünnige und Häretiker bezeichnet. Auf diese Weise haben die Hussiten, die größten Ketzer Europas, ihre eigenen Ketzer und Dissidenten geschaffen. Die Pikarden.«

»Der Name scheint sich, abgewandelt, von dem der Begarden herzuleiten«, warf Reynevan ein.

»Das meinen viele«, Tauler nickte, »aber wahrscheinlicher ist, dass es um die Picardie und um die Waldenser ging, die von dort im Jahre 1418 eingewandert sind, weil sie hier in Böhmen Asyl fanden und unerhörten Zulauf hatten. Die Bewegung nahm an Stärke und Anzahl ihrer Anhänger zu, an ihrer Spitze stand der Mähre Martin Húska, den man aufgrund seiner Eloquenz Loquis nannte. Sie einfach Radikale zu nennen, genügt bei weitem nicht. Sie riefen dazu auf, die Gotteshäuser zu stürmen, sie behaupteten, die wahre Kirche Gottes sei eine pilgernde Kirche. Die Eucharistie lehnten sie vollständig ab. Alle eucharistischen Gegenstände betrachteten sie als nichtig, zerstörten jede Monstranz und jede Hostie, die ihnen in die Finger kam. Gott, so verkündeten sie, sei alles, was lebe, *ergo* sei der Mensch auch ein Gott. Die Kommunion könne ein jeder erteilen, behaupteten sie, und man könne sie in jeglicher Gestalt empfangen. Mit dieser Behauptung setzten sie den Calixtinern empfindlich zu. Wie, tobten jene, Hus hat sich verbrennen lassen, wir vergießen Blut für die Kommunion *sub utraque specie* mit Brot und Wein, und da kommt so ein Loquis daher und erteilt sie in Form von Grütze, Erbsen oder saurer Milch?«

Samson in seiner Ecke schnitt eifrig an seinem Stöckchen, unter der Schneide seines Messers ringelten sich schöne, lange Späne.

»Im Februar 1421 hatte man von diesen Sektierern endlich die Nase voll. Sie wurden aus Tábor vertrieben, und man befahl ihnen, sich fortzumachen. An die vierhundert Pikarden, die im nahen Přiběnice ihre eigene Wagenburg errichtet hatten, verließen den Berg …«

»Worüber sprecht ihr?«, erkundigte sich Amadeus Bata, der

mit der übertrieben fröhlichen Miene eines Mannes, der eben gründlich ausgenommen wurde, vom Spieltisch zurückkehrte.

»Von den Pikarden.«

»Ach? Von den Nackedeis? He, he ... Ich verstehe ...«

»Húska-Loquis war nicht mehr unter den Vertriebenen von Přiběnice, die führte jetzt der Prediger Petr Kániš an. Und seine Kameraden Jan Bydlin, Nikolaus der Blinde, Třaček und Burian. Die verkündeten die Auflösung aller Familienbande und erklärten alle Ehen für nichtig. Sie waren der Ansicht, sie seien frei von Sünde, wie Adam und Eva, und da unter Sündenfreien auch keine Scham herrscht, warfen sie ihre Kleider von sich und stolzierten nackt umher, im Adamskostüm – daher stammt die Bezeichnung ›Adamiten‹, die immer häufiger mit ihnen in Verbindung gebracht wurde. Begeistert begannen sie sich allgemeinen Orgien hinzugeben. Zwischen ihren Anführern und Kaplänen kam es aber bald darauf zu Auseinandersetzungen und zum Bruch – es ging dabei, wie es scheint, weniger um religiöse Prinzipien, sondern eher um die Aufteilung des Harems. Einige Anführer setzten sich ab und nahmen ihre Anhänger und Herden von Weiblein mit sich. Der Mehrzahl der Weiblein gefiel es übrigens in den pikardischen Kommunen, in denen die vollständige Gleichberechtigung der Geschlechter verkündet wurde, recht gut. Diese sollte so aussehen, dass jedes Weiblein Unzucht treiben und seiner Lust freien Lauf lassen konnte, wo und mit wem auch immer. Aber diese Freiheit war im Grunde keine, denn die Rolle der Hähne auf diesen Hühnerhöfen fiel Kániš und den anderen Kaplänen zu. Die Weiblein waren jedoch derart fasziniert und so ganz erfüllt von der promiskuitiven Mystik, dass sie sich darum rissen, einem der ›heiligen Männer‹ zu dienen. Sie hielten es für ein Privileg, die Beine breit zu machen für den angeblich religiösen Dienst, ja sogar für eine Gnade, wenn sich so ein ›Heiliger‹ in seiner unendlichen Güte herabließ, das ihm entgegengestreckte Hinterteil zu würdigen.«

»Tja, so sind die Weiber«, warf Amadeus Bata philosophisch

ein, während er das Hinterteil eines der Mädchen, die am Spieltisch bedienten, von oben bis unten betrachtete, »voller Geilheit. Unersättlich in der Fleischeslust. Schon seit die Welt besteht, so war es, und so wird es immer sein, *in saecula saeculorum …*«

»Ihr redet wie immer über die Weiber?« Scharley, den das Spiel offensichtlich langweilte, gesellte sich zu ihnen.

»Ich erteile deinem Kumpan eine kurze Geschichtslektion«, beschied ihn Berengar Tauler kurz und bündig, um ihn am Weiterreden zu hindern.

»Da höre ich doch gerne zu.«

»Žižka waren die Pikarden nach wie vor ein Dorn im Auge.« Tauler räusperte sich. »Gegen die Hussiten in Böhmen wurden Kreuzzüge organisiert, die katholische Propaganda bauschte die pikardische Sektiererei ordentlich auf, die Adamiten waren für sie geradezu ein Geschenk. Plötzlich glaubte man in ganz Europa, dass alle Böhmen, einer wie der andere, nackt umherliefen und im Namen der Lehre von Jan Hus ständig vögelten. Angesichts der Bedrohung durch die Kreuzzüge konnte jegliches Chaos in den eigenen Reihen zur Gefahr werden, und die Pikarden hatten, was soll man da lange darum herumreden, in Tábor immer noch Anhänger. Ende März 1421 überfiel Žižka die Kommune von Kániš. Die meisten Sektierer wurden umgebracht, andere, ein paar Dutzend Leute, darunter auch Kániš, gefangen genommen. Alle Gefangenen wurden bei lebendigem Leibe verbrannt. Das ist im Dorf Klokoty geschehen, am Dienstag vor dem Festtag des heiligen Georg. Der Ort war nicht zufällig gewählt. Klokoty liegt gleich neben Tábor, die Hinrichtung konnte man von den Mauern der Festung aus gut beobachten. Žižka hatte Tábor eine ernste Warnung erteilt …«

Er verstummte und blickte in die Ecke zu Samson Honig.

»Der schnitzt vielleicht an seinem Stock, dass die Späne nur so fliegen«, seufzte er. »Ist das nicht gefährlich, einem Idioten ein Messer zu geben? Am Ende schneidet der sich noch die Hand ab?«

»Keine Angst«, Reynevan war solche Fragen gewohnt, »er ist, anders als es scheint, außerordentlich vorsichtig. Fahre fort, Bruder Berengar. Was geschah weiter?«

»Nacheinander wurden alle Sektierer aufgerieben, bis nur noch eine Gruppe übrig war, Burians Kommune. Die versteckte sich in den Wäldern am Fluss Nežárka. Das war eine schreckliche Bande, die Radikalsten der Radikalen, absolut fanatisch und überzeugt von ihrer göttlichen Sendung. Sie hatten begonnen, die umliegenden Dörfer und Siedlungen zu überfallen, angeblich, um sie zu ›bekehren‹. In Wirklichkeit mordeten, raubten, brandschatzten und quälten sie und ließen sich zu unbeschreiblichen Bestialitäten hinreißen. Sie fürchteten nichts und niemanden. Burian, ihr Anführer, der, wie übrigens zuvor Kániš, offiziell ›Jesus‹ und ›Sohn Gottes‹ genannt wurde, hatte ihnen versichert, sie seien unangreifbar und unsterblich, keine Klinge könne sie verwunden, keine Waffe sie töten. Er hatte sich mit einem Harem von etwa zwei Dutzend Frauen und Mädchen umgeben. Schließlich ging er so weit, dass …«

»Na?«

»Er begann, die Kommunion … durch … Hmm … durch *fellatio* zu erteilen. Ein tolles Sakrament, nicht? Aber das Ende dieses pikardischen *intermezzos* war nahe, Žižka kreiste schon wie ein Falke über ihnen. Im Oktober hatte er sie erspäht und angegriffen. Alle wurden auf dem Scheiterhaufen verbrannt. Die Hälfte davon waren Frauen, die meisten von ihnen schwanger. Ihnen wurde eine Gunst zuteil: Die Adamiten wurden vor dem Verbrennen schrecklich gefoltert, die Adamitinnen ohne vorherige Folter verbrannt.«

»Alle?«

»Ach woher denn!«, warf Amadeus Bata mit lüsternem Lächeln ein.

»Einige verschonte man.« Berengar Tauler nickte. »Unter strengster Geheimhaltung, sorgfältig vor Žižka verborgen. Von der sexuellen Freizügigkeit der Adamiten wurde seinerzeit viel geredet. Die Adamitinnen, so das Gerücht, zögen sich gerne nackt aus, und was die Lust anbelange, würden sie Orgien geradezu lieben, besonders in Gruppen, nichts bereite ihnen größere Freude, als dieses Vergnügen in Gruppen zu genießen, mehrere Männer mit einer Frau. Ha, wenn die das so mögen ...«

»Du musst nicht«, Reynevan biss die Zähne zusammen, »du musst nicht weitererzählen.«

»Doch, das muss ich. Denn eine von denen, die übrig geblieben sind, die Letzte, die noch lebt, bringt gerade den Krug hierher.«

»Marketka«, bestätigte Amadeus Bata. »Die Lieblingsfrau des Adamiten Burian, seine Favoritin. Hunzleder hat sie den taboritischen Brüdern abgekauft, als die ihrer überdrüssig wurden. Jetzt ist sie seine Sklavin. Sein Eigentum. Mit Haut und Haaren. Bis zum Tod.«

»Als sie der Kommune beigetreten ist, hat sie alle Brücken hinter sich abgebrochen.« Tauler bemerkte Reynevans verwunderte Miene. »Es gibt kein Zurück mehr. Die Sektierer haben ihre Familien aufgegeben ...«

»Und die Jagd auf die Pikarden hält immer noch an«, warf Scharley scheinbar teilnahmslos hin. »Fast jeden Tag entlarven sie jemanden und verbrennen ihn, und vor dem Feuertod setzen sie ihn der Folter aus. Das Mädchen muss tun, was Hunzleder ihm befiehlt, es ist ihm auf Gedeih und Verderb ausgeliefert. Und nur dank seiner lebt sie noch.«

»Lebt?« Reynevan wandte sich ab. Niemand antwortete ihm.

Das Marketka genannte rothaarige Mädchen füllte die Becher. Diesmal betrachtete Reynevan sie aufmerksamer. Und diesmal hob sie beim Einschenken die Augen. In ihrem Blick lag nicht das, was er erwartet hatte – Schmerz, Scham, Erniedrigung und die ängstliche Unterwürfigkeit einer Sklavin. Die Augen des rothaarigen Mädchens waren leblos, erfüllt von ungeheurer Gleichgültigkeit.

Aus den Augenwinkeln betrachtete er etwas, was ihn noch viel mehr verwunderte.

Samson Honig hatte aufgehört, sein Stöckchen zu schneiden.

»Na, ihr lieben Herren und Brüder«, Hunzleder erhob sich vom Tisch. »Jetzt ist es wohl an der Zeit, dass wir uns von unseren Strapazen ein wenig erholen. Diener, schiebt die Bänke zurecht! Beweg dich, Jeřabek! Ihr Mädchen dort, los, Wein holen und herbringen! Euch aber, liebe Gäste, möchte ich daran erinnern, dass dies keine Gratisvorstellung ist. Wer einen Gulden oder einen ungarischen Dukaten entbehren kann, der möge seine Augen erfreuen. Oder wer den Gegenwert dazu erübrigen kann, nämlich dreißig gute Groschen. Wer hier nicht geizt, wird es nicht bereuen! Das Schauspiel ist sogar zehn Dukaten wert, dafür bürge ich!«

Kurz darauf saßen alle im improvisierten Zuschauerraum, vor sich den Eichentisch, an dem noch bis vor kurzem gespielt worden war.

Der Tisch wurde mit Kerzen erhellt. Einer der Knechte begann plötzlich, eine türkische Trommel rhythmisch zu schlagen. Das Gemurmel verstummte.

Aus dem Nebenzimmer trat Marketka hervor. Die Trommel schwieg.

Marketka schritt langsam einher, barfuß, eingehüllt in etwas, das man erst nach einer Weile als Chorhemd, als liturgisches Gewand, erkennen konnte. Mit der Hilfe eines Knechtes stieg sie auf den Tisch. Einen Moment stand sie reglos da und lauschte dem Rhythmus der Trommel. Dann hob sie das Chorhemd. Ein Stück über die Knie. Dann höher. Sie begann leicht wiegend zu tanzen, drehte sich, leichtfüßig wie eine leicht geschürzte Muse. Manfred von Salm schrie begeistert und klatschte in die Hände, dann verstummte er wieder, als er feststellte, dass die anderen allein durch ihren Anblick hingerissen waren.

Marketka schenkte alldem keinerlei Beachtung. Jede ihrer

Gesten, jede Bewegung, jeder Blick, jede Miene und das unechte Lächeln sagten nur eines: Ich bin allein. Ich bin allein, allein und einsam, fern von euch. Von euch und von all dem, was ihr seid. Ich bin in einer völlig anderen Welt.

Et in Arcadia ego, dachte Reynevan. *Et in Arcadia ego.*

Das Trommeln wurde schneller, aber das Mädchen passte sich dem Rhythmus nicht an. Im Gegenteil, es bewegte sich arhythmisch. Langsam, fast träge. Erregend und hypnotisierend. Der Saum des Messgewandes wanderte höher und höher, unaufhörlich, über die Oberschenkel, höher und höher, bis er am Ende das freigab, worauf alle gewartet hatten und auf dessen Anblick sie unwillkürlich mit Grimassen, Räuspern, Stöhnen, Schnaufen und lautem Schlucken reagierten.

Ein mächtiger Schlag der Trommel, dann schwieg sie, und Marketka hob das Messgewand langsam höher. Dann zog sie es sich rasch über den Kopf.

Die Sommersprossen bedeckten ihre Arme und ihre Schultern, weniger dicht auch den Hals und die Brüste. Weiter unten hatte sie keine mehr.

Die Trommel ertönte wieder in schnellerem Tempo, und das Mädchen begann sich zu drehen, zu drehen und zu wiegen, wie eine Bacchantin, wie Salome. Jetzt sah man, dass die Sommersprossen auch ihren Rücken und ihren Hals bedeckten. Ihre Mähne wogte wie das Rote Meer, bevor Moses ihm gebot, sich zu teilen.

Die Trommel wirbelte. Marketka verhielt in einer Pose, die ebenso zügellos wie unnatürlich war. Im Zuschauerraum klatschte Manfred erneut, auch Roháčs Hundertschaftsführer klatschte, und Amadeus Bata schlug sich mit den Händen auf die Knie. Hunzleder lachte auf. Berengar Tauler begann zu applaudieren.

Aber die Vorstellung war noch nicht zu Ende.

Das Mädchen kniete auf ihren untergeschlagenen Beinen, schob die Hände unter die Brüste, hob sie und streckte sie den Zuschauern entgegen. Es wiegte sich dabei wie eine Schlange.

Und lächelte. Aber das war kein Lächeln. Das war ein spastischer Krampf, ein *spasmus musculi faciei.*

Auf ein Signal der Trommel wechselte Marketka geschickt von ihrer knienden Pose in eine sitzende. Die Trommel begann klirrend und frenetisch zu schlagen, und das Mädchen begann wieder, sich wie eine Schlange zu winden. Schließlich hielt es inne, warf den Kopf nach hinten und spreizte seine Schenkel weit. So weit, dass den Zuschauern kein einziges Detail entging. Ja nicht einmal das Detail eines Details.

Das dauerte ein wenig.

Das Mädchen raffte das Messgewand, sprang vom Tisch herab und verschwand im Nebenraum. Applaus und Gebrüll der Zuschauer jagten ihr hinterher. Manfred von Salm und Roháčs Hundertschaftsführer klatschten und stampften. Berengar Tauler applaudierte stehend. Amadeus Bata krähte wie ein Hahn.

»Na, wie war's?« Fridusch Hunzleder stand auf, ging durch die Stube und setzte sich zu ihnen an den Tisch. »Wie war's? Habt ihr je so eine Rothaarige gesehen? War das Schauspiel nicht einen Dukaten wert? Wenn wir schon dabei sind, Herr Scharley, von dir habe ich nur zwei bekommen, aber ihr seid zu dritt hier drin. Hier zählt jedes Augenpaar, wer schaut, der zahlt. Schließlich haben wir Revolution, da sind alle gleich, Herr und Knecht ... Holla! Ich habe nicht zu dir gesprochen, sondern zu deinem Herrn! Du setz dich dahin, wo du gesessen hast, und schneide dein Stöckchen. Hast du etwa einen Dukaten? Hast du überhaupt schon mal einen Dukaten gesehen?«

Es dauerte einige Zeit, bis Reynevan begriff, mit wem Hunzleder sprach. Es dauerte einige Zeit, um aus dem Staunen herauszukommen.

»Bist du taub«, fragte Hunzleder, »oder nur blöd?«

»Das Mädchen, das getanzt hat.« Samson Honig schnippte einen Holzspan von seinem Ärmel. »Ich möchte sie von hier wegbringen.«

»Waaas?«

»Ich möchte, wenn ich das so sagen darf, dass das Eigentumsrecht an ihr auf mich übergeht.«

»Waaaaas?«

»Ist das zu hoch für Euch?« Samson wurde nicht einmal lauter. »Dann einfacher ausgedrückt: Sie ist dein, und sie soll mein werden. Erledigen wir das also.«

Hunzleder sah ihn lange an, so, als könnte er seinen Augen und Ohren nicht trauen. Dann brach er in schallendes Gelächter aus.

»Herr Scharley«, er wandte sich um, »was sind denn das für Späßchen? Ist das immer so bei Euch? Dass er so von sich aus ...? Oder habt Ihr ihm das aufgetragen?«

»Er«, Scharley bewies einmal mehr, dass ihn auch der unvermutetste Zwischenfall nicht aus dem Konzept bringen konnte, »er hat einen Namen. Er heißt Samson Honig. Und ich habe ihm nichts befohlen. Er ist ein freier Mann. Er hat ein Recht darauf, persönlich mit jemandem einen Handel abzuschließen.«

Hunzleder blickte in die Runde. Ihm gefielen weder Manfred von Salms dröhnendes Gelächter, noch das Prusten von Amadeus Bata, noch die amüsierten Mienen der Übrigen. Sie gefielen ihm ganz und gar nicht. Das konnte man auch mühelos in seinem Gesicht lesen.

»Aus diesem persönlichen Handel wird nichts«, spottete er dann. »Erstens steht das Mädchen nicht zum Verkauf. Zweitens treibe ich keinen Handel mit Idioten. Mach dich weg hier, du Klotz. Schieb ab. Striegle die Pferde, reinige den Abtritt oder sonst irgendwas. Das ist ein Lokal für Spieler. Du spielst nicht, also raus!«

»Aber ich dachte gerade an ein Spiel«, erwiderte Samson, reglos dastehend wie eine Statue. »Menschenhandel ist etwas für Häscher und ausgemachte Hundesöhne. Ein Glücksspiel hingegen ... Was soll's, trotz vieler Nachteile hat es auch einen Vorteil. Beim Schicksalsspiel ist man, wie der Name sagt, dem unergründlichen Schicksal ausgeliefert. Bist du nicht neugierig auf das unergründliche Schicksal, Hunzleder? Also dann. Nur einen Wurf.«

In der Stube war es still geworden. Die Gesichter einiger Anwesender hatten sich zu wilden, feixenden Grimassen verzogen, aber keiner wagte es mehr, laut zu lachen. Das pockennarbige Gesicht Hunzleders wurde lang und verzerrte sich gleich darauf aufs Hässlichste. Mit einer Kopfbewegung bedeutete er seinen Knechten, näher zu treten. Dann warf er Samson ein Paar Würfel zu, jene, mit denen sie vorher gespielt hatten. Er selbst nahm seine beiden gelben Würfel in die Hand.

»Dann spielen wir«, sagte er eisig. »Einen einzigen Wurf. Gewinnst du, gehört das Mädchen dir. Du musst nicht einmal was dazuzahlen, Herrenwort. Wenn ich aber mehr werfe als du …«

Er schnalzte mit den Fingern. Einer seiner Knechte reichte ihm ein kleines Beil. Ein zweiter hob eine Armbrust. Scharley packte Reynevan rasch an der Schulter.

»Wenn ich mehr werfe als du«, fuhr der Falschspieler fort und legte das kleine Beil vor sich auf den Tisch, »dann hacke ich dir so viele Finger ab, wie ich an Augen mehr geworfen habe als du. Und wenn nötig, dann hacke ich dir auch die Zehen ab. Ganz so, wie das Spiel ausfällt. Wie das unergründliche Schicksal es will.«

»Heda!«, rief Istvan Seczy zornig. »Was soll denn das werden? Lass bloß die Finger von den gelben Würfeln, du Kotzbrocken …«

»Willst du hier vielleicht ein Blutbad anrichten?«, fiel ihm Habart Mol von Modřelice, Roháčs Hundertschaftsführer, ins Wort.

»Der Tölpel hat das Spiel gewollt!« Der Falschspieler brüllte die beiden nieder. »Also kriegt er sein Spiel! Als freier Mann! Der angeblich ein Recht auf Persönlichkeit hat. Noch kann er zurück. Kann persönlich anerkennen, dass er Blödsinn gemacht hat, und kann freiwillig gehen. Niemand wird ihn aufhalten. Wenn er nicht zu lange damit wartet.«

Der Hundertschaftsführer hätte wohl gerne widersprochen, das war ihm anzusehen, auch die ergrimmten Gesichter des Ungarn und Batas drückten diesen Wunsch aus. Aber bevor noch jemand etwas sagen oder tun konnte, hatte Samson die Würfel geschüttelt und auf den Tisch rollen lassen. Der eine kam mit der Vier, der andere mit der Drei nach oben zum Liegen.

»Das sind«, sagte er mit erschreckender Ruhe, »sieben Punkte, wenn ich nicht irre.«

»Du irrst dich nicht.« Hunzleder klapperte mit den Würfeln in seinem Becher. »Vier und drei ergibt sieben. Und was deine Finger und Zehen angeht, zehn und zehn ist zwanzig. Vorläufig wenigstens.«

Die Würfel rollten. Ein Seufzen ging durch die Reihen. Jeřabek fluchte. Die beiden gelben Würfel zeigten je ein einziges Auge.

»Du hast verloren.« Samsons Bass beendete die Grabesstille. »Das Schicksal ist dir nicht gewogen. Das Mädchen ist mein. Ich nehme sie mit und gehe von hier fort.«

Hunzleder griff, immer noch hinter dem Tisch sitzend, mit der Schnelligkeit einer Wildkatze an. Das Beil sauste durch die Luft, traf aber nicht, wie beabsichtigt, Samsons Schläfe, denn der Riese war noch schneller. Er wich mit dem Kopf aus, mit der Linken packte er den Falschspieler am Ellenbogen, seine Rechte umfasste die Finger, die immer noch das Beil umklammerten. Alle hörten, wie Hunzleder aufheulte, wie die Knochen knackten. Samson presste das Beil unter den zermalmten Fingern hervor, nahm es, drückte den Falschspieler auf den Tisch und schlug ihm mit der Rückseite des Beiles gewaltig auf die Finger der anderen Hand, die sich auf die Tischplatte stützte. Hunzleder heulte noch lauter auf. Samson schlug noch einmal zu. Der Falschspieler fiel mit dem Gesicht auf die Tischplatte und verlor das Bewusstsein.

Er war ohnmächtig und sah nicht mehr, wie Reynevan den Knecht, der mit der Armbrust zielte, wie eine Wildkatze ansprang und von unten so gegen die Waffe schlug, dass der Schaft mit einem abscheulichen Knirschen gegen Lippe und Zähne des Knechtes schnellte. Wie Scharley einen anderen Knecht mit seinem Lieblingstritt gegen das Knie und einem Schlag auf die Nase erledigte. Wie Amadeus Bata einem der Falschspieler einen Schemel übers Kreuz zog. Wie Berengar Tauler mit zwei Stiletten, die Gott weiß woher gekommen waren, die Übrigen warnte, dass es zu riskant sei, sich einzumischen, und Reynevan dieser Drohung mit der dem Knecht entrissenen Armbrust noch größeren Nachdruck verlieh. Wie Samson gemessenen Schrittes ins Nebenzimmer trat und das rothaarige, sommersprossige Mädchen herausführte. Das Mädchen war bleich, es ging nicht gern mit, ja, es widersetzte sich sogar, aber Samson kümmerte sich nicht darum, sondern wandte ohne große Umstände sanfte Gewalt an.

»Lasst uns gehen«, sagte er zu Reynevan und Scharley, »lasst uns von hier fortgehen.«

»Gewiss«, bestätigte Berengar Tauler, der immer noch seine beiden Stilette in den Händen hielt, »lasst uns gehen, und zwar schnell. Amadeus und ich kommen mit euch.«

Sie waren etwa eine halbe Meile geritten, und der Weg führte sie jetzt aus dem dunklen Wald heraus auf ein Stoppelfeld, das sich hell glänzend unter den Sternen erstreckte. Berengar Tauler, der die Gruppe anführte, hielt an, wendete das Pferd und versperrte so den anderen den Weg.

»Anhalten!«, befahl er. »Jetzt hat der Spaß ein Ende! Ich will wissen, was hier gespielt wird! Worum zum Teufel es hier geht!«

Scharleys Pferd schlug mit dem Kopf, wieherte und legte die Ohren an. Der Demerit beruhigte es.

»Warum zum Teufel hat es diesen Streit gegeben?« Tauler gab nicht auf. »Für den wir alle mit unseren Köpfen hätten bezahlen können! Verdammt noch mal, wozu braucht ihr dieses Mädchen? Wohin reiten wir, verdammt und zugenäht? Und vor allem ...«

Plötzlich drängte er sein Pferd auf das von Samson zu, als wollte er ihn umreiten. Samson zuckte nicht mit der Wimper. Auch das Mädchen, das vor ihm im Sattel saß, verzog keine Miene, das Gesicht immer noch gleichgültig und starr, die Augen abwesend und leblos.

»Und vor allem, wer zum Teufel ist dieser Kerl? Wer ist er?«

Scharley ritt zu ihm hin, so entschlossen, dass Tauler die Zügel anzog.

»Ich reite mit euch keine Stadie weiter«, sagte er, nun schon wesentlich leiser, »bevor ich nicht erfahren habe, worum es geht.«

»Langsam, langsam«, spottete Scharley, »und gib den Weg frei.«

»He, in der Herberge haben wir euch geholfen, stimmt's? Wir haben uns eingemischt, stimmt's? Jetzt sind wir selbst in Schwierigkeiten, stimmt's? Und da sollen wir kein Recht auf eine Erklärung haben?«

»Ja, das heißt, nein. Habt ihr nicht.«

»Dann werde ich …«, Tauler verschluckte sich vor Aufregung, »ich werde …«

»Ich weiß nicht, was du willst«, Amadeus Bata blickte unverwandt Samson an und schob sich mit seinem Pferd von der anderen Seite heran, »aber ich weiß, was ich will. Ich würde zu gerne wissen, wie sich auf einem präparierten Würfel plötzlich die Eins statt der Sechs zeigen kann. Das würde ich gerne lernen, gegen Entgelt, versteht sich. Ich verstehe schon, dass das ein Zauber ist, aber ließe sich das machen? Oder braucht man dazu, um so etwas zu bewerkstelligen, eine besondere Macht? Wie ist das, da bin ich neugierig.«

»Eine große!« Reynevan, der bis dahin nur zugehört hatte, ließ jetzt seinen Gefühlen freien Lauf. »Eine gewaltige! Unvorstellbare! Solch eine, dass ich wirklich überlege, ob es Sinn macht …«

»Beherrsche dich!«, befahl Scharley ihm in harschem Ton, um ihn zum Schweigen zu bringen. »Du redest zu viel!«

»Ich rede, was und wann ich will!«

»Ich sehe schon«, Berengar Tauler lachte, »dass ihr euch, was diesen Vorfall anbelangt, uneinig seid. Dass es deswegen fast zu einem Familienstreit kommt. Und da Bata und ich nicht zur Familie gehören, gehen wir ein Stück beiseite. Wenn ihr euch alles gesagt habt, dann ruft uns. Und dann werden wir besprechen, wie es weitergeht.«

Als sie allein waren, schwiegen sie lange Zeit. Reynevan spürte, wie sein Zorn schwand. Aber er wusste nicht, wie und womit er beginnen sollte. Auf Scharley konnte er nicht zählen, in solchen Situationen ergriff dieser nie als Erster das Wort. Die Pferde schnaubten.

»In der Spielhölle«, ließ sich schließlich Samson Honig vernehmen, »geschah das, was geschehen musste. Das war unausweichlich. Das musste geschehen, weil ... es geschehen musste. Nichts anderes kam infrage, ein anderer Verlauf der Ereignisse war nicht möglich. Denn ein anderer, entgegengesetzter Verlauf hätte Gleichgültigkeit vorausgesetzt. Einverständnis. Zustimmung. Hinnehmen. Das, was wir in der Spielhölle gesehen haben, wovon wir Zeuge geworden sind, schließt Gleichgültigkeit und Untätigkeit aus, daher gab es wirklich keine andere Möglichkeit. Es geschah, was geschehen musste. Und die Würfel ... Nun, die Würfel, ganz allgemein gesagt, richten sich, wenn sie fallen, nach ähnlichen Gesetzen. Sie fallen so, wie sie fallen müssen.«

Reynevan hörte, wie das vor Samson im Sattel sitzende Mädchen leise aufseufzte.

»Und im Prinzip habe ich nichts mehr hinzuzufügen«, stellte Samson fest. »Wollt ihr etwas fragen ... Reinmar? Vor einer Weile schien es mir, als beschäftige dich etwas.«

»Ein Gedanke«, gab Reynevan zu und wunderte sich selbst über seine Gelassenheit. »Nur ein Gedanke. Ein ganzes Jahr haben die Prager Magier sich bemüht, dir zu helfen, dir die Rückkehr in deine eigentliche Gestalt, in deine Welt, dein Element, deine Dimension oder was auch immer zu ermöglichen. Es ist ihnen nicht gelungen. Jetzt haben wir eine ziemlich riskante Fahrt durch Böhmen vor uns, wir reisen in die Gegend von Jitschin und Turnau, fast bis an die Lausitzer Grenze. Weil wir dir helfen wollen. Aber das, was ich heute gesehen habe, drängt mich zu der Frage: Brauchst du überhaupt irgendwelche und wie auch immer geartete Hilfe, Samson? Brauchst du, der du in der Lage bist, das Schicksal durch Würfel zu beeinflussen, überhaupt die Hilfe von gewöhnlichen Leuten, die nicht sehr viel vermögen? Brauchst du unsere Hilfe? Liegt dir daran?«

»Ich brauche sie«, antwortete der Riese sogleich, ohne auch nur eine Sekunde zu zögern, »und mir liegt daran.«

»Aber«, setzte er nach einem Moment sehr leise und weich hinzu, »aber das wisst ihr beide doch selbst.«

Das Mädchen Marketka seufzte wieder.

»Na schön.« Nun griff Scharley wieder ein. »Was geschehen ist, ist geschehen. Wie du weißt, Samson, bin ich weit entfernt von deinem Fatalismus. Meiner Auffassung nach kann man dem Unausweichlichen leicht entgehen, es genügt ganz einfach, sich nicht der Gefahr auszusetzen, es tun zu müssen. Ähnlich verhält es sich mit dem, was man nicht gleichgültig mit ansehen kann ... es genügt, wenn man nicht hinsieht. Umso mehr, da Unausweichliches und Gleichgültigkeit in dieser Welt eher die Regel als die Ausnahme sind. Aber es ist nun mal geschehen und lässt sich, wie ich annehme, nicht ungeschehen machen. Wir haben ein gutes Werk getan, und dafür werden wir bezahlen, denn für seine Dummheiten muss man immer bezahlen. Bevor dies allerdings der Fall ist, schlage ich Folgendes vor: Das Mädchen muss irgendwohin in Sicherheit gebracht werden ...«

»Ich bringe sie nach Prag«, erklärte Samson, »zu Frau Pospichalova.«

Marketka zappelte demonstrativ auf dem Sattelknopf herum und fauchte wie eine Katze. Samson überging diese Willensbekundung, auch dass sie ihm heftig ins Handgelenk kniff, schien er nicht wahrzunehmen.

»Du kannst nicht mit ihr allein reiten«, entgegnete Scharley. »Was soll's, wir reiten zusammen. Was ist mit Tauler und Bata? Wenn unser Plan, nach Troský zu reiten, immer noch aktuell ist, könnte Tauler uns nützlich sein, er behauptet, er kenne eine Möglichkeit, wie wir ins Schloss gelangen könnten. Zu viel können wir den beiden nicht preisgeben, aber Tatsache ist, dass sie in der Spielhölle auf unserer Seite standen und unseretwegen Ärger bekommen können. Hunzleder will sich möglicherweise an ihnen rächen. Beide dienen im taboritischen Heer, und der Teufel weiß, wer von den wichtigen Hauptleuten bei Hunzleder spielt ... und verspielt ...«

»Wie wichtig auch ein solcher Hauptmann sein sollte«, meinte Reynevan, »der lässt sich beschwichtigen. Und der Falschspieler, sollte er Krach schlagen, auch. Denn über den Wichtigen stehen noch Wichtigere.«

»Filou?«

»Du hast es erraten. Daher reitet ihr alle nach Prag. Ich aber reite weiter. Zum Weißen Berg.«

Siebtes Kapitel

in dem Reynevan einen Nierenstein entfernt
und zum Dank dafür Vater wird.
Im Zuge dieses Dankes wird er auch noch Spion.
Mit vollständiger Ausrüstung.

Den Weißen Berg nannte man eine kahle Anhöhe westlich von Prag, nicht weit entfernt vom Prämonstratenserkloster von Strahov. Den Fuß der Anhöhe hatten die von Prag heranziehenden Heere mehrfach als Biwak genutzt. Als Folge davon hatten die durch Requirierungen und Raubzüge heimgesuchten Bewohner der umliegenden Dörfer die Gegend verlassen und sich, weiß der Teufel wo, angesiedelt, das Gebiet war verwaist. Die Truppen kamen und gingen, aber dennoch hatte der Weiße Berg auch ständige Bewohner. Bohuchval Neplach, genannt Filou, hatte auf dem Weißen Berg sein Hauptquartier und ein Schulungszentrum für hussitische Spione errichtet. Filou hätte in Prag residieren können, aber er wollte nicht. Er mochte die Hauptstadt nicht und fürchtete sich sogar vor ihr. Prag war für ihn, was sollte man da viel drum herumreden, selbst in Zeiten des Friedens und der Ordnung ein schlafendes, aber völlig unberechenbares und stets blutdürstiges Monstrum. Die Prager gerieten leicht in Wut und neigten zu Ausbrüchen, und diese Ausbrüche waren schrecklich. Für diejenigen, die sie nicht mochten.

In Prag mochte kaum jemand Filou.

Daher bevorzugte Filou den Weißen Berg. Hier residierte er. Weil er, Bohuchval Neplach, hier residiere, sagte er, werde der Name »Weißer Berg« in die böhmische Geschichte eingehen. Die Kinder würden diesen Namen in der Schule lernen.

Es begann zu tagen, als Reynevan an dem einst reichen, jetzt aber geplünderten und verlassen daliegenden Kloster von Strahov vorbeiritt. Es wurde hell und begann zu regnen. Als er den Weißen Berg erreichte, war es Mittag. Und es regnete in Strömen.

Die durchnässten Wachen an den Palisaden ignorierten ihn, der Wächter am Schlagbaum winkte ab und deutete auf den Vorplatz. Ohne von jemandem daran gehindert zu werden, brachte er sein Pferd in den Stall. Im Pferdestall waren Leute, sie musterten ihn, aber keiner fragte ihn irgendetwas.

Das Spionagezentrum war ausgebaut worden, und der Regen verstärkte noch den Geruch nach frisch gefälltem Holz und behauenen Balken, ringsherum lag alles voller Späne. Hinter den alten Hütten und Scheunen lugten neue Gebäude hervor, deren Holzteile vor frischer Zimmermannsarbeit glänzten und aus deren Kerben das Harz tropfte. Ohne das Interesse von irgendjemandem zu wecken, ging Reynevan zu einem der neu erbauten Häuser, das so niedrig und lang gestreckt war, dass es an einen Speicher erinnerte. Er betrat den Vorraum, dann eine Stube. Voller Rauch, Dampf und Feuchtigkeit. Und Leuten, die aßen, sich unterhielten und ihre Sachen trockneten. Sie sahen ihn an. Wortlos. Er ging wieder hinaus.

Er schaute in den großen Aufenthaltsraum. Auf den Bänken saßen an die vierzig Männer, die aufmerksam einem Vortrag lauschten. Reynevan kannte den Vortragenden, einen hochbetagten Mann, einen Spion, der, wie die Fama berichtete, bereits Kaiser Karl IV. gedient hatte. Der Alte war so verhutzelt, dass man geneigt war, der Fama Glauben zu schenken. Na, und dem Alter und dem Aussehen nach zu schließen, hätte der Alte gut und gern auch schon für die Přemysliden spionieren können.

»Und wenn irgendwas nicht glattgeht, khe-khe...«, dozierte er, »wenn sie euch, äh, euch erwischen, dann denkt dran: Am besten, man veranstaltet an einem bevölkerten Platz ein Geschrei und behauptet, dass das die Juden getan hätten, dass alles durch die Juden komme, dass das alles jüdische Ränke seien. Nehmt, und zwar ein jeder von euch, ein Stückchen Seife in den Mund, lasst es in der Nähe des Ortsbrunnens ordentlich aufschäumen, spuckt aus und schreit: Hilfe, zu Hilfe, ich sterbe, ich bin vergiftet, vergiftet, die Juden, die Juden. Dann fangen die Leute gleich an, die Juden zu strafen, das bedeutet, äh, khe-khe, ein wildes Durcheinander. Die Inquisition gibt es auf, eure Spur zu verfolgen, und stürzt sich auf die Juden, und inzwischen entkommt ihr in aller Ruhe. Dasselbe, wenn sie euch ergreifen und zur Folter schleppen. Dann, äh, den Dummen spielen, laut schreien, ich bin unschuldig, ein blindes Werkzeug, die Juden sind schuld, sie haben's befohlen, mit Gold bestochen. Das glauben sie, das ist sicher. An so was, khe-khe, glauben sie immer.«

»He, Reynevan!«

Angesprochen hatte ihn Slavik Candat, den Reynevan noch von seiner Studienzeit her kannte. Als Reynevan sein Studium begonnen hatte, studierte Candat schon seit mindestens acht Jahren und war älter als die meisten Doktoren, von den Magistern ganz zu schweigen. »Studierte« war ein Wort, das eigentlich nicht passte – Slavik Candat war zwar von Zeit und Zeit in der Universität, und man konnte ihn manchmal tatsächlich bei einer Vorlesung antreffen. Aber die Wahrscheinlichkeit, ihn zu treffen, war in einem der Freudenhäuser auf dem Perštýn oder in der Krakauer Gasse hundertmal größer. Oder im städtischen Arrest, wohin man ihn regelmäßig wegen Schlägereien unter Betrunkenen und nächtlicher Tumulte verbrachte. Obwohl er kein Jüngling mehr war, liebte Candat Krawalle und Schlägereien, es war also nicht weiter verwunderlich, dass er sich nach dem Fenstersturz enthusiastisch an die Revolutionsbewegung angeschlossen hatte. Reynevan hatte sich überhaupt nicht gewundert, als er ihn im Frühling 1426 bei seinem ersten Besuch auf dem Weißen Berg bei Filou wiedergesehen hatte.

»Grüß dich, Slavik! Was denn, bist du etwa Sekretär geworden?«

»He! Meinst du etwa dies hier?« Candat zeigte ihm die Papierbögen und die Gänsefeder, die er mit sich schleppte. »Das sind Himmelsbriefe.«

»Woher sind die?«

»Ich bin befördert worden«, prahlte der ewige Student und fuhr sich mit der Hand durch sein schütteres Haar. »Ich bin Schriftsteller, Künstler, fast ein Poet. Ich schreibe Briefe, die vom Himmel fallen. Verstehst du?«

»Nein.«

»Na, dann hör zu!« Candat nahm einen der Bögen und kniff seine kurzsichtigen Augen zusammen. »Ein Himmelsbrief der Gottesmutter. Mein gestriges Werk.«

»Ungetreues Volk, unwürdige, umstürzlerische Generation«, las er vor, sofort in predigerhaften Überschwang fallend. »Gottes Zorn wird über euch kommen und schwere Not über euer Tun und über die Herden, die ihr besitzt. Weil ihr euch nicht zum wahren Glauben bekennt, sondern auf den römischen Antichristen hört, wende ich mein Antlitz von euch, und mein Sohn wird euch für all das Übel richten, das ihr Seiner Heiligen Kirche angetan habt, und er wird euch heimsuchen, wie er Sodom und Gomorrha heimgesucht hat. Ihr aber werdet mit den Zähnen klappern und heulen. Amen.«

»Briefe, die vom Himmel gefallen sind, verstehst du?«, erklärte Candat, als er sah, dass Reynevan überhaupt nichts verstand. »Briefe von Jesus, von Maria, von Petrus. Wir in der Propagandaabteilung schreiben sie. Die Agitatoren und Emissäre lernen sie auswendig und begeben sich in die feindlichen Länder, um sie den Leuten dort zu verkünden. Um, wie unser Referatsleiter sagt, den Leuten dort die Köpfe so zu verkleistern, dass sie nicht mehr wissen, wer Freund, wer Feind und was vorne und hinten ist. Dazu dienen diese Himmelsbriefe, verstehst du? Ach, hier, hör mal, das ist ein Brief von Jesus. Hör mal, wie toll der geschrieben ist ...«

»Weißt du, Slavik, ich hab's ein wenig eilig ...«

»Hör doch mal, hör doch mal! ›Ihr Sünder und Unwürdigen, euer Ende ist nah. Ich bin geduldig, aber wenn ihr nicht mit

Rom, mit dieser babylonischen Bestie, brecht, verdamme ich euch mit meinem Vater und meinen Engeln …‹«

»Bruder Bielau?«, sagte, Reynevan erlösend, eine Stimme hinter ihm. »Bruder Neplach wünscht Euch dringend zu sehen, er wartet auf Euch. Gestattet. Ich führe Euch.«

Eines der neu errichteten Häuser war ansehnlich, es erinnerte an einen Landsitz. Im Erdgeschoss gab es mehrere Aufenthaltsräume, im Stockwerk darüber ein paar eher karg eingerichtete Zimmer. In einem der Zimmer stand eine riesige, keineswegs spartanisch anmutende Bettstatt. Auf dem Lager, zugedeckt mit einem Federbett, lag Filou und stöhnte.

»Wo treibst du dich denn bloß herum?«, schimpfte er, nachdem er bei Reynevans Anblick wild aufgeheult hatte. »Ich habe nach dir geschickt, nach Prag, nach Kolín! Aber du … Ooo … Ooooooo … Aaaaaaaaa!«

»Was hast du denn? Ach so, sag lieber nichts. Ich weiß schon.«

»Ach, das weißt du? Das kann nicht sein! Also, was habe ich, woran leide ich?«

»Im Prinzip an Nierensteinen. Und jetzt hast du gerade eine Kolik. Zieh das Hemd hoch und dreh dich um. Tut es hier weh? Hier, wo ich draufklopfe?«

»Aaaaauuuuaaaua!!! Scheiße!!!«

»Zweifellos eine Nierenkolik«, erwiderte Reynevan. »Außerdem weißt du das selbst am besten. Das ist sicher nicht das erste Mal, und das Krankheitsbild ist charakteristisch: wiederkehrende Schmerzattacken, die nach unten ausstrahlen, Übelkeit, Druck auf die Blase …«

»Hör auf zu salbadern. Fang lieber mit der Behandlung an, verdammter Quacksalber!«

»Du befindest dich unvermutet in ziemlich guter Gesellschaft. Als Jan Hus in Konstanz im Kerker saß, litt er an einer schweren Nierensteinerkrankung und unter äußerst schmerzhaften Attacken von Nierenkolik.«

»Hach«, Filou deckte sich wieder mit seinem Federbett zu und lächelte mit Leidensmiene, »dann ist das also ein gewisses Zeichen von Heiligkeit ... Andererseits wundere ich mich gar nicht mehr, dass Hus damals nicht widerrufen hat ... Er hat den Scheiterhaufen diesen Schmerzen vorgezogen ... Jesus, Reynevan, tu endlich was, ich flehe dich an ...«

»Ich bereite gleich etwas zu, das dir den Schmerz lindert. Aber die Steine müssen entfernt werden. Wir brauchen unbedingt den Bader. Am besten einen Lithotomisten, der sich darauf spezialisiert hat. Ich kenne da in Prag ...«

»Ich will nicht!«, brüllte der Spion, wobei nicht auszumachen war, ob er nun vor Schmerzen oder vor Wut so schrie. »So einer war schon hier! Weißt du, was der machen wollte? Den Arsch wollte der mir aufschneiden! Verstehst du? Den Arsch aufschneiden!«

»Nicht den Arsch, sondern den Schritt. Das muss aufgeschnitten werden, wie soll man denn sonst an die Steine herankommen? Durch den Schnitt wird eine lange Zange bis zur Blase eingeführt ...«

»Hör auf!«, heulte Filou und wurde blass. »Sprich nicht davon! Deshalb habe ich dich nicht holen lassen, dir nicht schnelle Pferde hinterhergeschickt ... Behandle du mich, Reynevan. Mit Magie. Ich weiß, dass du es kannst.«

»Mir scheint, du redest im Fieberwahn. Zauberei ist ein *peccatum mortale.* Der Vierte Prager Artikel besagt, dass Zauberei mit dem Tode bestraft wird. Ich werde dir gleich eine lindernde Medizin zubereiten. Und *nepenthes*, ein Mittel, das dich betäubt, für später. Das nimmst du ein, wenn der Lithotomist kommt. Dann spürst du fast nichts, wenn er schneidet. Und das Einführen der Zange hältst du schon irgendwie aus. Du musst nur daran denken, dir einen Holzpflock oder einen Ledergürtel zwischen die Zähne zu klemmen ...«

»Reynevan«, Filou war kreideweiß geworden, »bitte! Ich werde dich mit Gold überschütten ...«

»Aha! Na klar wirst du mich überschütten. Für kurze Zeit,

denn das Gold eines Zauberers, der zum Tod auf dem Scheiterhaufen verurteilt ist, wird konfisziert. Du hast wohl vergessen, Neplach, dass ich für dich gearbeitet habe. Ich habe viel gesehen. Und viel gelernt. Letztlich ist das Gerede sinnlos. Ich kann dir die Steine nicht durch Magie entfernen, weil so ein Eingriff erstens riskant ist. Und zweitens bin ich kein Magier und kenne keine Zaubersprüche ...«

»Du kennst sie«, unterbrach ihn Filou kaltblütig. »Ich weiß sehr wohl, dass du sie kennst. Mach mich gesund, und ich vergesse, was ich weiß.«

»Erpressung, ja?«

»Nein, nur eine kleine Gefälligkeit. Ich werde in deiner Schuld stehen. Und um diese Schuld abzutragen, bestimmte Dinge einfach vergessen. Und wenn du mal in Not gerätst, werde ich mich zu revanchieren wissen. Die Hölle soll mich verschlingen, wenn ich ...«

»Die Hölle wird dich sowieso verschlingen«, unterbrach diesmal Reynevan ihn. »Wir werden den Eingriff um Mitternacht vornehmen. Keine Zeugen, nur du und ich. Ich werde heißes Wasser brauchen, einen silbernen Krug oder Kelch, eine Schüssel mit glühenden Kohlen, einen Kupferkessel, Honig, Birken- oder Weidenrinde, frische Haselzweige, etwas, das aus Bernstein gefertigt ist ...«

»Das werden sie dir alles bringen«, versicherte Filou, der sich vor Schmerzen immer wieder auf die Lippen biss. »Alles, was du willst. Ruf die Leute, erteile deine Befehle, alles, was du brauchst, wird herbeigeschafft. Angeblich braucht man manchmal Menschenblut oder Organe für die Nigromantie .. Gehirn, Leber ... Zögere nicht zu fordern, was du brauchst Wenn es nötig ist, dann ... dann wird ... einer ausgenommen.«

»Ich möchte nur zu gern glauben, dass du verrückt geworden bist, Neplach.« Reynevan öffnete die Schatulle mit den Amuletten, ein Geschenk von Telesma. »Dass dir der Schmerz den Verstand verwirrt hat. Sag, dass das, was du da faselst, Irrsinn ist. Sag es, ich bitte dich sehr darum.«

»Reynevan?«

»Was ist?«

»Ich werde dir das wirklich nicht vergessen. Ich werde dein Schuldner sein. Ich schwöre es, ich werde jeden deiner Wünsche erfüllen.«

»Jeden? Fein!«

Reynevan hatte allen Grund, stolz zu sein. Stolz war er auf seine kluge Vorausschau. Darauf, dass er Doktor Fraundinst so lange Löcher in den Bauch gefragt hatte, bis dieser – obwohl zu Anfang nur unwillig – ihm seine medizinischen Geheimnisse anvertraut und ihn ein paar medizinische Zaubersprüche gelehrt hatte. Stolz war er auch darauf, dass er so lange über den Übersetzungen von Gābirs ›Kitāb Sirr al-Asar‹ und dem ›Kitāb al-hāwī‹ des Rhazes gesessen hatte, bis er Schwielen am Hintern bekommen hatte; dass er sich eifrig in das ›Regimen sanitatis‹ und in ›De morborum cognitione et curatione‹ vertieft und dass er den Nieren- und Blasenkrankheiten und dabei besonders den magischen Aspekten der Therapie so viel Aufmerksamkeit gewidmet hatte. Stolz war er im Grunde genommen auch darauf, dass er bei Telesma so viel Sympathie erweckt hatte, dass ihm dieser für seine Fahrt ein Dutzend äußerst praktische Amulette geschenkt hatte. Am stolzesten aber war Reynevan auf den Erfolg. Die Effektivität des magischen Eingriffes hatte seine Erwartungen übertroffen. Filous Nierenstein war durch die Behandlung mit dem Spruch und die Aktivierung des Amuletts zerbröselt, ein weiterer, einfacher Spruch, der für gewöhnlich bei Entbindungen zur Entspannung angewendet wurde, hatte die Harnwege geöffnet, und kräftige harntreibende Sprüche und Kräuter hatten das Werk vollendet. Der aus dem tiefen, durch den *nepenthes* hervorgerufenen Schlaf geweckte Neplach hatte die Reste des Steins mit Eimern voll Urin wieder ausgeschieden. Es hatte zwar einen kritischen Moment gegeben, nämlich als Filou plötzlich begonnen hatte, Blut zu pissen, und daraufhin gebrüllt, geflucht und den Medicus mit Schimpfwörtern bedacht hatte, darunter solche wie »verfluchter Hurensohn« und »verdammter meschuggener Magier«, bis es Reynevan gelang, ihm zu erklären, dass dies nach einem magischen Eingriff ein ganz normales Symptom war. Während er sein mit Blut bespritztes Glied betrachtete, hatte Neplach nach den Wachen gerufen und dem Medicus damit gedroht, ihn auf dem Scheiterhaufen zu verbrennen, zu pfählen und auszupeitschen, in dieser Reihenfolge. Dann war er schwächer geworden, und da die Erleichterung nach der Kolik ein Übriges tat, schließlich eingeschlafen. Und er verschlief, mit einem Umschlag versehen, noch einen halben Tag.

Es regnete immer noch. Reynevan langweilte sich. Hin und wieder ging er zu den Vorträgen des steinalten Großvaters, der einmal der Spion von Kaiser Karl IV. gewesen war. Er besuchte die Schreiber der Himmels- und Apokalypsenbriefe und war gezwungen, sich einige anzuhören. Er sah auch in die Scheune, in der die Stentoren übten, eine Spezialabteilung, die sich aus riesigen Kerlen mit weithin hallenden Stentorstimmen zusammensetzte. Die Stentoren wurden für die psychologische Kriegsführung geschult: Sie sollten die Moral der Verteidiger der belagerten Burgen und Städte untergraben. Sie trainierten weitab vom Hauptlager, denn während der Übungen brüllten sie so laut, dass einem davon die Ohren anschwollen.

»Ergebt euch! Die Waffen nieder! Sonst droht! Euch allen der Tod!«

»Lauter!«, schrie der Übungsleiter und dirigierte mit weiten Handbewegungen. »Gleichmäßig und lauter! Eins – zwei! Eins – zwei!«

»Eure! Töchter! Schänden! Wir! Eure! Kinder! Töten! Wir! Spießen! Sie! Auf!«

»Bruder Bielau!« Filous Adjutant, den er schon kannte, zupfte ihn am Ärmel. »Bruder Neplach bittet Euch zu sich.«

»Die Haut! Zieh'n wir! Euch ab! Die Eier! Schneiden wir! Euch ab!«, brüllten die Stentoren.

Bohuchval Neplach fühlte sich schon wieder recht gut, ihm tat nichts mehr weh, und er war so boshaft und arrogant wie früher. Er hörte sich an, was Reynevan ihm zu sagen hatte. Die Miene, mit der er es sich anhörte, verhieß nichts besonders Gutes.

»Ihr seid Idioten!«, kommentierte er den Bericht über die Ereignisse in der Spielhölle, der ihm kurz und ohne ins Detail zu gehen, dargelegt worden war. »Solch ein Risiko einzugehen, und für wen? Für eine dahergelaufene Hure! Sie hätten euch allen die Hälse durchschneiden können. Ich wundere mich nur, dass sie es nicht getan haben. Hunzleder hat wohl gerade an diesem Tag seinen besten Schutzleuten Ausgang gewährt. Aber beunruhige dich deshalb nicht, mein Medicus, der meinem Herzen und meinen Nieren lieb und teuer ist. Der Falschspieler wird weder dich noch deine wunderlichen Kumpane behelligen. Man wird ihn vor den Konsequenzen warnen.«

»Was die andere Sache anbelangt«, Filou flocht seine Finger ineinander, »so seid ihr noch größere Idioten. Das Vorland des Riesengebirges steht in Flammen, das Grenzland zur Lausitz brennt. Die Wartenbergs, die Bibersteins, die Dohnas und andere katholische Magnaten führen gegen uns einen Galgenkrieg, wie sie es nennen. Otto de Bergow, der Herr auf Troský, hat sich bereits den Beinamen ›Hussitenschlächter‹ errungen. Ich habe dir versprochen, deine Wünsche zu erfüllen? Das nehme ich zurück. *Primo,* du hast mich schändlich hintergangen, *secundo,* dein Wunsch ist idiotisch, *tertio,* du willst mir nicht sagen,was du dort suchst. Nach reiflicher Überlegung erlaube ich es dir nicht. Dein Tod an einem katholischen Galgen wäre ein Verlust für uns, und umso schmerzlicher, da er sinnlos wäre. Denn wir haben Pläne mit dir. Wir brauchen dich schließlich in Schlesien.«

»Als Kundschafter?«

»Du hast erklärt, die Sache des Kelches zu unterstützen. Du hast um Aufnahme in die Reihen der Gottesstreiter gebeten. Und das ist gut so! Jeder sollte dienen, so gut er es vermag.«

»*Ad maiorem Dei gloriam?*«

»Drücken wir's mal so aus.«

»Ich diene euch viel besser als Arzt denn als Spion.«

»Überlass mir die Beurteilung in dieser Angelegenheit.«

»Gerade auf dein Urteil zähle ich. Denn schließlich habe ich deine Nierensteine zertrümmert.«

Neplach schwieg lange und verzog das Gesicht.

»Na gut«, seufzte er dann und wandte den Blick ab, »du hast Recht. Du hast mich geheilt. Mich von den Qualen befreit. Und ich habe versprochen, deine Wünsche zu erfüllen. Wenn du es also so sehr wünschst, wenn das dein größter Traum ist, dann wirst du ins Vorland des Riesengebirges fahren. Ich meinerseits werde dich nicht fragen, worum es eigentlich dabei geht, sondern dir deine Eskapaden auch noch erleichtern. Ich gebe dir Leute mit, eine Eskorte, Geld, Kontakte. Ich wiederhole, ich werde nicht fragen, was für eine Angelegenheit du dort erledigen willst. Aber du musst dich beeilen. Noch vor Weihnachten musst du in Schlesien sein.«

»Auf einen Wink von dir stehen hunderte von Spionen parat. Für dieses Geschäft ausgebildet. Die für einen Groschen oder eine Idee spionieren, und das gern und ohne Zwang. Aber du bestehst darauf, dass ich, ein Dilettant, es tue, der kein Spion sein will und kann, sich also auch nicht dafür eignet und von dem du so viel Nutzen hast wie Milch von einem Ziegenbock. Ist das vielleicht logisch, Neplach?«

»Würde ich dich behelligen, wenn dem nicht so wäre? Wir brauchen dich in Schlesien, Reynevan. Dich. Nicht hunderte für diese Aufgabe geschulte ideelle oder ausgebildete Spione. Dich persönlich. Für eine Sache, die niemand außer dir erledigen kann. Und bei der dich keiner ersetzen kann.«

»Einzelheiten?«

»Später. Erstens, du begibst dich in eine gefährliche Gegend, von der du vielleicht nicht wiederkommst. Zweitens, du verweigerst mir Einzelheiten, da hast du die Revanche. Drittens und am wichtigsten: Ich habe jetzt keine Zeit. Ich reise nach

Kolín, zu Prokop. Wegen deiner Eskapade wende dich an Hašek Sykora. Er gibt dir Leute mit, eine spezielle Abteilung. Und denke daran, beeile dich. Vor Weihnachten …«

»Muss ich in Schlesien sein, ich weiß. Obwohl ich das überhaupt nicht will. Das ist ein schlechter Agent, der nicht will. Der nur aus Zwang handelt.«

Filou schwieg eine Zeit lang.

»Du hast mich geheilt«, sagte er schließlich. »Du hast mich den Klauen des Schmerzes entrissen. Ich werde mich revanchieren. Mit einer Nachricht, für die du freiwillig nach Schlesien gehen wirst. Ja, sehr gern sogar.«

»Hä?«

»Du bist Vater geworden, Reynevan.«

»Waaas?«

»Du hast einen Sohn. Katharina von Biberstein, die Tochter von Johann von Biberstein, dem Herrn auf Stolz, hat im Juni 1426 ein Kind geboren. Der Junge, der am St.-Veits-Tag geboren wurde, ist auf eben diesen Namen getauft worden. Jetzt ist er, wie sich leicht ausrechnen lässt, ein Jahr und vier Monate alt. Nach den Berichten meiner Agenten ein hübsches Kind, dem Vater wie aus dem Gesicht geschnitten. Jetzt sag mir nicht, dass du ihn nicht sehen willst.«

»Schön«, wiederholte Scharley. »Doppelt so schön.«

»An die zehn Briefe habe ich ihr geschrieben«, sagte Reynevan verbittert. »Mehr als zehn. Ich weiß, es ist Krieg, und wir haben unruhige Zeiten, aber einer dieser Briefe muss sie doch erreicht haben. Warum hat sie mir nicht geantwortet? Warum hat sie mir kein Zeichen gegeben? Warum musste ich die Nachricht, einen Sohn zu haben, gerade von Neplach erhalten?«

Der Demerit zügelte sein Pferd.

»Die Antwort auf diese Fragen drängt sich, fürchte ich, von selbst auf«, seufzte er. »Ihr ist nicht an dir gelegen. Vielleicht klingt das grausam, aber es ist doch eigentlich logisch. Vielleicht sogar …«

»Vielleicht was?«

»Vielleicht ist das gar nicht dein Sohn? Schon gut, schon gut, ganz ruhig, reg dich nicht auf! Ich habe nur laut gedacht. Denn andererseits ...«

»Was andererseits?«

»Es könnte ja sein, dass ... Ach, nein! Tut nichts zur Sache. Ich sag' was, und du machst daraufhin nur Blödsinn.«

»Rede, verdammt noch mal!«

»Du hast vergeblich auf Antwort auf deine Briefe gewartet, weil sich der alte Biberstein die Schande womöglich so zu Herzen genommen hat, dass er die Tochter mitsamt dem Bankert in den Turm hat sperren lassen ... Ach nein, das ist banal, pfui, wie in einem Bänkelsängerlied. Aucassin und Nicoletta ... Jesses, nun zieh doch nicht so ein Gesicht, Junge, sonst krieg ich es mit der Angst zu tun.«

»Rede du keinen Blödsinn, dann zieh ich auch kein Gesicht. Einverstanden?«

»Voll und ganz.«

Sie machten einen Bogen um Prag und wandten sich nach Norden. Der Regen fiel unaufhörlich, ja geradezu andauernd, denn wenn es nicht in Strömen regnete, herrschte ein Normalregen, und sobald der aufhörte, setzte Nieselregen ein. Der Reitertrupp blieb immer wieder im Schlamm stecken und kam nur im Schneckentempo vorwärts – innerhalb von zwei Tagen hatten sie erst die Elbe erreicht und die Brücke, die Altbunzlau und Brandeis miteinander verband, am Tag darauf zogen sie, nachdem sie die Stadt gemieden hatten, weiter, auf die Straße nach Nimburg zu.

Samson Honig, der hinter Scharley und Reynevan herritt, schwieg, aber von Zeit zu Zeit seufzte er tief auf. Berengar Tauler und Amadeus Bata ritten hinter Samson und waren in ein Gespräch vertieft. Dieses Gespräch, es mochte auch am Wetter liegen, artete ziemlich oft in einen Streit aus, der zum Glück genauso kurz wie heftig war. Ganz am Schluss, durchnässt und finster dreinblickend, ritten Krethi und Plethi. Leider.

Scharley, Samson, Tauler und Bata waren am Tag vor dem Fest der heiligen Ursula am Weißen Berg angekommen, einen Tag, nachdem Filou auf Befehl Prokops des Kahlen nach Kolín gereist war. Sie berichteten, dass die rothaarige Marketka in Prag im Haus an der Ecke St.-Stephans-Gasse und Fischteichgässchen bei Frau Blažena Pospichalova gut untergebracht war. Frau Blažena hatte das Mädchen aufgenommen, denn sie hatte ein gutes Herz, an dessen Güte Scharley zusätzlich mit rund hundertzwanzig Groschen und der Aussicht auf weitere finanzielle Zuwendungen appelliert hatte. Marketka, seinen richtigen Namen wollte das Mädchen auf keinen Fall preisgeben, befand sich also in relativer Sicherheit. Beide Frauen, versicherte Samson Honig, hätten Gefallen aneinander gefunden und würden sich innerhalb der nächsten Monate wohl nicht gegenseitig umbringen. Später, schloss er, werde man weitersehen.

Die Tatsache, dass Berengar Tauler und Amadeus Bata ihnen weiterhin Gesellschaft leisteten, verwunderte Reynevan etwas, er hatte, als sie sich trennten, ehrlich gesagt nicht erwartet, sie wiederzusehen. Tauler konferierte häufig mit Scharley, unter vier Augen und insgeheim. Reynevan vermutete daher, dass ihn der Demerit mit irgendeiner Flunkerei, der frei erfundenen Aussicht auf Beute, gelockt hatte. Darauf angesprochen, lächelte Berengar nur geheimnisvoll und erklärte, er ziehe ihre Gesellschaft der von Prokops Taboriten vor, die er verlassen habe, weil der Krieg eine aussichtslose Sache sei und das Soldatenleben keine Zukunft habe.

»Ja sicher«, fügte Amadeus Bata hinzu, »eine Sache mit wahrer Zukunft ist das Schusterhandwerk. Ein jeder braucht doch Schuhe, nicht wahr? Mein Schwiegervater ist Schuster. Ich muss nur ein paar Groschen beiseite legen, und sobald die Welt ein bisschen freundlicher wird, steige ich ins Geschäft ein und baue die Werkstatt meines Schwiegervaters zu einer Manufaktur aus. Ich werde Schuhe herstellen. In großem Umfang. Es wird gar nicht lange dauern, bis die Welt Schuhe der Marke Bata trägt, ihr werdet schon sehen.«

Der Normalregen hörte auf, und es begann zu nieseln. Krethi und Plethi, durchnässt und missgestimmt, ritten immer noch hinter ihnen her. Sie hatten sich weder durch das schlechte Wetter noch durch den Nebel erschüttern lassen. Leider.

Mit dieser leidigen Gesellschaft, diesem buntscheckigen, übel riechenden Gesindel hatte, wie sich zeigte, Filou sie beglückt. Mittelbar. Denn unmittelbar war ihnen dieses Glück durch Hašek Sykora zuteil geworden, den stellvertretenden Leiter der Propagandaabteilung.

»Ach, guten Tag, guten Tag«, hatte Hašek Sykora sie begrüßt, als Reynevan mit Scharley und Tauler bei ihm auftauchte. »Ach, ich weiß schon. Die Fahrt nach Podještědí. Ich habe schon entsprechende Instruktionen erhalten. Es ist alles bereit. Einen Moment, ich muss nur noch die Holzschnitte fertig machen ... Ach! Das muss ich, denn die Emissäre warten bereits ...«

»Darf man mal ein Auge darauf werfen?«, fragte Scharley.

»Ach?« Sykora schien diesen Ausruf besonders zu lieben. »Ach! Ein Auge darauf werfen? Natürlich, natürlich, bitte!«

Der Holzschnitt zu Propagandazwecken, einer von vielen, die auf dem Tisch herumlagen, stellte ein Gespenst mit einem Ziegenkopf, Ziegenbart und spöttischer Ziegenmiene dar. Über den Schultern trug das Untier eine Art Dalmatika, auf dem gehörnten Kopf eine flammende Tiara und an den Füßen Pantoffeln mit einem Kreuz. In einer Hand hielt es eine Mistgabel, die andere hatte es segnend erhoben. Über dem Untier befand sich ein Schriftzug mit den Worten: EGO SUM PAPA.

»Kaum einer kann lesen«, Scharley wies auf die Aufschrift, »und das Bild ist nicht besonders deutlich. Woher soll ein einfacher Mensch wissen, dass das den Papst vorstellt? Vielleicht ist das Hus?«

»Gott möge Euch diese Lästerung verzeihen«, Sykora verschluckte sich beinahe. »Ach ... Die Leute werden das schon wissen, habt keine Angst. Bilder mit Hus machen die anderen, die Papisten. Als Gans mit Zähnen stellen sie ihn dar, diese Lästerer. So hat es sich eingebürgert. Der einfache Mann weiß: Beelzebub, der gehörnte Teufel, ist ein Ziegenbock, das heißt der römische Papst. Die Gans mit Zähnen, das bedeutet Hus. Ach, und hier ist auch schon eure Eskorte, sie sind schon zur Stelle.«

Die Eskorte hatte sich auf dem Hof in einer schiefen Reihe aufgestellt. Es waren an die zehn Halunken. Ihre Gesichter waren abstoßend. Der Rest auch. Sie ähnelten einer Bande von Dieben und Straßenräubern, bewaffnet mit dem, was sie gerade gefunden, und bekleidet mit dem, was sie eben gestohlen hatten. Oder auf dem Müll aufgelesen.

»Das sind also, ach, eure Leute, die ab jetzt eurem Kommando unterstehen«, erklärte der Propagandachef. »Von rechts nach links: Šperk, Šmědliř, Voj, Hnuj, Brouk, Pštros, Červenka, Pytlik, Hrachojedek und Moritz Rvačka.«

»Darf ich um ein Wort unter vier Augen bitten?«, fragte Scharley in die nichts Gutes verheißende Stille hinein.

»Ach.«

»Ich frage nicht«, spottete der Demerit, als sie sich gegenüberstanden, »ob die Namen dieser Herren echt oder ob das ihre Spitznamen sind. Obwohl ich eigentlich danach fragen müsste, denn an ihren Spitznamen kann man Banditen recht gut erkennen. Ich frage nach etwas anderem: Ich weiß von dem hier anwesenden Herrn Reinmar von Bielau, dass Bruder Neplach ihm eine sichere und vertrauenswürdige Eskorte versprochen hat. Eine Eskorte! Und was für eine Bande steht dort in einer Reihe? Was für Krethi und Plethi? Speck, Schreck, Geschmeiß und Scheiße?«

Hašek Sykoras Kinnlade rutschte gefährlich weit nach vorn.

»Bruder Neplach hat befohlen, Leute bereitzustellen«, knurrte er. »Und was sind das? Vögel unter dem Himmel? Fischchen im Wasser? Fröschlein im Morast? Eben nicht. Das sind Leute. Die Leute, die ich gerade zur Verfügung habe. Andere habe ich nicht. Ach, die gefallen euch wohl nicht? Vielleicht wollt ihr lieber vollbusige Weiber? Oder St. Georg hoch zu Ross? Vielleicht Lohengrin mit dem Schwan? Tut mir leid, hab ich nicht. Die sind mir gerade ausgegangen.«

»Aber …«

»Nehmt ihr sie? Oder nicht? Entscheidet euch!«

Am nächsten Tag, welch ein Wunder, hörte es auf zu regnen. Die Pferde stapften etwas energischer und schneller durch den Schlamm. Amadeus Bata begann zu pfeifen. Selbst Krethi und Plethi, die von Moritz Rvačka angeführten zehn, von Scharley mit diesem biblischen Namen bedacht, wurden etwas lebhafter. Waren sie bisher düster und mit finsterem Gesicht einhergezogen und hatten den Eindruck erweckt, sie seien mit der ganzen Welt verfeindet, so begannen diese abgerissen daherkommenden Lumpen jetzt zu schwatzen, mit Zoten um sich zu werfen und zu lachen. Schließlich fingen sie zur allgemeinen Verwunderung sogar an zu singen.

Na volavský stráni
skřivánci zpívají,
že za mou milenkou
všiváci chodějí.
Dostal bych já milou
i s její peřinou
radši si ustelu
pod lipou zelenou.

Einen Sohn, dachte Reynevan. Ich habe einen Sohn. Er trägt den Namen Veit. Er ist vor einem Jahr und vier Monaten, am St.-Veits-Tag, geboren. Genau einen Tag vor der Schlacht bei Aussig. Meiner ersten großen Schlacht. Einer Schlacht, in der ich hätte fallen können, wenn die Dinge anders verlaufen wären. Wenn die Sachsen damals die Wagenburg gesprengt und uns zerstreut hätten, das wäre ein Gemetzel gewesen, in dem ich getötet hätte werden können. Dann hätte mein Sohn seinen

Vater schon am Tag nach seiner Geburt verloren ... Und Nicoletta ... die zarte Nicoletta, Nicoletta, schlank wie die Eva von Masaccio, wie eine Madonna von Parler, war mit einem dicken Bauch umhergegangen. Durch meine Schuld. Wie kann ich ihr je wieder in die Augen sehen? Werde ich überhaupt wieder in ihre Augen blicken können?

Ach was. Es muss einfach gelingen.

Am Donnerstag nach dem Festtag der heiligen Ursula gelangten sie nach Krchleby und zogen weiter in Richtung Rožd'alovice, das am Fluss Mrlina, einem rechten Nebenfluss der Elbe, lag. Sie mieden, dem Rat Filous und Sykoras folgend, die Verkehrswege, besonders den großen Handelsweg, der von Prag über Jitschin, Turnau und Zittau nach Leipzig führte. Von Jitschin, von wo aus sie Streifzüge in die Nähe von Troský führen sollten, trennten sie nur noch etwa drei Meilen.

Die Landschaft am Oberlauf der Mrlina zeigte ihnen aber sofort warnend, dass sie auf gefährliches Terrain, in eine konfliktreiche Gegend, in einen immer noch brennenden Grenzgürtel kamen, der die verfeindeten Religionen und Nationen voneinander trennte. »Brennend« war hier das absolut zutreffende Wort – plötzlich wurden nämlich Brandstätten zu einem ständigen Element der Landschaft. Spuren von niedergebrannten Hütten, Siedlungen, Weilern und Dörfern. Sie glichen wie Zwillinge den Überresten jenes Dorfes, in dem Hunzleders Spielhölle stand, der Schauplatz der jüngsten, folgenschweren Ereignisse: dieselben rußgeschwärzten Reste von Feuerstellen, dieselben Haufen aus halb verkohlten Balkenresten und Ascheklumpen. Derselbe beißende Gestank nach Verbranntem.

Krethi und Plethi hatten schon vor einiger Zeit das Singen eingestellt, jetzt konzentrierten sie sich darauf, ihre Armbrüste mit Bolzen zu versehen. Tauler und Bata, die den Reitertrupp anführten, hielten ihre Armbrüste schussbereit. Reynevan folgte ihrem Beispiel.

Am fünften Tag ihrer Reise, am Samstag, waren sie in ein

Dorf gekommen, in dem die Asche noch rauchte und von den Brandstätten immer noch Hitze aufstieg. Und nicht nur das, ein gutes Dutzend mehr oder minder stark verbrannter Leichen lag herum. Moritz Rvačka hingegen hatte in einer nahe gelegenen Lehmhütte zwei Überlebende gefunden, einen Alten und ein minderjähriges Mädchen.

Das Mädchen hatte einen hellen Zopf und trug ein graues, vom Funkenflug durchlöchertes Kleid. Der Alte hatte in seinem von einem weißen Bart umrahmten Mund nur zwei Zähne, einen oben und einen unten.

»Sie haben uns überfallen«, erklärte er stotternd auf die Frage, was hier vorgegangen sei.

»Wer?«

»Die.«

Die Befragung, wer denn »die« gewesen seien, brachte keine Ergebnisse. Der stotternde Greis konnte jene »die« nicht anders beschreiben und benennen denn als »Taugenichtse«, »beese Leut«, »Höllenbrut« oder »das Herrgöttl sull se strafen«. Ein- oder zweimal benutzte er auch den Ausdruck »Martausen«, dem Reynevan noch nie begegnet war und von dem er nicht wusste, was er bedeuten sollte.

»Das stammt aus dem Ungarischen.« Scharley runzelte die Stirn, in seiner Stimme schwang Verwunderung mit. »›Martahúz‹ nennt man einen Menschendieb, Entführer und Menschenhändler. Der Alte will uns damit wohl sagen, dass diese Menschendiebe Einwohner des Dorfes entführt haben. Gefangen genommen.«

»Wer könnte so etwas getan haben?«, seufzte Reynevan. »Die Papisten? Ich denke, wir kontrollieren diese Gebiete.«

Scharley fuhr bei diesem »wir« ein wenig auf. Aber Berengar Tauler lachte.

»Das Ziel unserer Reise, Burg Troský, ist keine zwei Meilen von hier«, erklärte er ruhig. »Und Herrn de Bergow nennen sie nicht umsonst ›Hussitenschlächter‹. In der Nähe liegen auch Burg Kost, Schloss Hrubý Rohozec, Burg Skála und Burg

Frýdštejn, alles Bastionen der Herren des katholischen Landfriedens. Stammsitze von Rittern, die König Sigismund die Treue halten.«

»Du kennst sowohl die Gegend als auch die Ritter«, stellte Reynevan fest, während er zuschaute, wie gierig der Alte und das Mädchen mit dem Zopf das Brot verschlangen, das Scharley ihnen gereicht hatte. »Du kennst dich ziemlich gut aus. Wäre es da nicht an der Zeit, uns zu verraten, woher dieses Wissen stammt?«

»Ja, vielleicht ist es wirklich Zeit«, stimmte Tauler zu. »Es verhält sich so: Meine Familie gehört seit Jahren zu de Bergows Leuten. Wir sind zusammen mit ihnen von Thüringen nach Böhmen gekommen, als die Familie de Bergow den Herrn von Linde im Streit gegen Heinrich von Kärnten, damals König von Böhmen, unterstützte. Dem älteren Ritter Otto de Bergow, dem Herrn auf Bilin, hat noch mein Vater gedient. Ich habe Otto dem Jüngeren auf Troský gedient. Eine Zeit lang. Ich diene ihm nicht mehr. Wegen einer persönlichen Angelegenheit.«

»Einer persönlichen, sagst du?«

»Ja, das sage ich.«

»Dann bitten wir dich an die Spitze unseres Zuges, Bruder Berengar. An die Spitze«, sagte Scharley eisig, »an die Stelle, die einem Kenner von Land und Leuten gebührt.«

Der folgende Tag war ein Sonntag. Weil alle mit anderen Dingen beschäftigt waren, wären sie von selbst nicht auf diesen Gedanken gekommen. Sogar das aus der Ferne herüberklingende Läuten von Glocken weckte keine sonntäglichen Vorstellungen und erinnerte sie an nichts – weder Reynevan noch Samson, weder Tauler noch Bata, erst recht nicht Scharley, der auf die Festtage der Heiligen ebenso pfiff wie auf das dritte Gebot. Anders Krethi und Plethi, also Moritz Rvačka *et consortes.* Als sie an einer Weggabelung ein Kreuz erblickten, ritten sie darauf zu, saßen ab, knieten in einem Kreis nieder und begannen zu beten. Sehr eifrig und sehr laut.

»Diese Glocke«, Scharley wies mit dem Kopf in die Richtung, ohne vom Pferd zu steigen, »das könnte wohl schon Jitschin sein. Tauler?«

»Das könnte sein. Wir müssen vorsichtig sein. Es wäre nicht gut, wenn man uns erkennen würde.«

»Besonders nicht, wenn sie dich erkennen würden«, der Demerit lachte laut auf, »und wenn ihnen dann deine persönlichen Gründe wieder einfallen würden. Ich bin neugierig, von welchem Kaliber diese Angelegenheiten waren.«

»Das ist unwichtig für euch.«

»Es ist wichtig«, widersprach Scharley. »Denn davon hängt es ab, in welcher Erinnerung Herr de Bergow dich behalten hat. Wenn in böser, wie ich vermute ...«

»Das ist nicht wichtig«, unterbrach ihn Tauler. »Für euch ist das wichtig, was ich euch versprochen habe. Ich weiß, wie man in die Burg gelangen kann.«

»Und wie?«

»Es gibt da einen Weg. Wenn sich nichts geändert hat ...«

Tauler sprach nicht weiter, weil er Amadeus Batas Gesicht erblickte. Und dessen Augen, die immer größer wurden.

Der nach Norden führende Weg verschwand zwischen zwei Hügeln. Von dort zogen, bislang von ihnen unbemerkt, Reiter im Schritt heran. Sehr viele Reiter, ein ganzer Zug. In einer Stärke von mindestens zweihundert Pferden; hinter den mit Tannen bestandenen Hügeln mochten sich womöglich noch einmal so viele befinden.

Der Zug bestand hauptsächlich aus einfachen Fußsoldaten, grau gekleideten Armbrustschützen und Lanzenträgern. An der Spitze zogen acht Ritter und Herren, zwei davon in voller Rüstung. Einer von ihnen trug auf der Brust ein großes rotes Kreuz. Scharley fluchte.

Tauler fluchte. Bata fluchte. Krethi und Plethi glotzten mit offenen Mündern, immer noch kniend und die Hände zum Gebet gefaltet.

Die Ritter in ihren Rüstungen waren zunächst genauso überrascht wie sie selbst. Aber es dauerte ein wenig länger, bis sie sich von ihrer Überraschung erholt hatten. Bevor der mit dem Kreuz, zweifellos der Anführer, die Hand gehoben und einen Befehl gebrüllt hatte, rasten Tauler, Bata und Scharley bereits im Galopp davon, spornten Reynevan und Samson ihre Pferde zum Galopp an, sprangen Krethi und Plethi in den Sattel. Der Befehl des Ritters war hauptsächlich an die Armbrustschützen gerichtet. Noch bevor es die Zehnergruppe unter Moritz Rvačka geschafft hatte, größeren Abstand zu gewinnen, prasselte ein Hagel von Pfeilen auf sie nieder. Einer stürzte vom Pferd, war es Voj, war es Hnuj, Reynevan konnte es nicht erkennen. Er war viel zu sehr damit beschäftigt, seine eigene Haut zu retten.

Er sprengte halsbrecherisch durch ein Gehölz, durch einen Birkenwald, die weißen Stämme zogen im Flug an ihm vorbei. Einer von Krethi und Plethi überholte ihn und jagte wie ein Verrückter Tauler, Scharley und Bata hinterher. Neben ihm schnaubte Samsons Pferd. Hinter ihnen erklangen Hufgetrappel und das Geschrei der Verfolger. Plötzlich hörten sie den schrecklich hohen Schrei eines Mannes, den sie eingeholt hatten. Kurz darauf hatten sie auch einen zweiten erwischt.

Sie stürmten in einen schmalen Hohlweg, der sich aber weitete und zum Fluss hinunterführte. Scharley, Tauler und Bata pflügten dicht vor ihnen im Galopp durch das Wasser, drängten zum Ufer hin und dann die Böschung des Hohlwegs hinauf. Die Böschung war lehmig, Taulers Pferd glitt aus und rutschte wild stöhnend auf der Hinterhand wieder hinunter. Tauler wurde aus dem Sattel geschleudert, sprang aber sofort wieder auf und schrie um Hilfe. Moritz Rvačka und einige aus seiner Schar galoppierten an ihm vorüber, ohne die Köpfe über den Mähnen ihrer Pferde zu heben. Reynevan beugte sich aus dem Sattel und streckte die Hand aus, Tauler ergriff sie und sprang auf den Rücken von Reynevans Pferd. Reynevan stieß einen Schrei aus und gab dem Pferd die Sporen. Es sah ganz so aus, als könnten sie den glitschigen Abhang überwinden. Aber sie schafften es nicht.

Das Pferd glitt auf dem Lehm aus, stürzte und stöhnte wie besessen auf. Beide Reiter fielen herunter. Reynevan hielt schützend beide Hände über den Kopf, er wollte rückwärts rollen, aber dies gelang ihm nicht. Ein Fuß hatte sich im Steigbügel verfangen, wurde durch die heftigen Bewegungen des verzweifelt um sich schlagenden Pferdes, das versuchte aufzustehen, schmerzhaft gedrückt und gequetscht. Tauler hingegen, den der Sturz kurze Zeit betäubt hatte, war bemüht sich zu erheben, allerdings sehr unglücklich, denn er erhielt einen Huftritt gegen den Kopf. Einen so mächtigen Schlag, dass es hallte.

Jemand ergriff Reynevan an den Schultern und zog. Er jaulte vor Schmerz auf, aber der Fuß glitt aus dem Steigbügel, der sich während des Sturzes verdreht und verheddert hatte. Das Pferd riss sich los und sprengte davon. Reynevan stand auf seinen Beinen, erblickte Samson, ebenfalls zu Fuß, und dann zu seinem Schrecken eine Gruppe von Berittenen, die den Fluss durchquerten, dass das Wasser aufspritzte. Sie waren schon dicht hinter ihnen. So nahe, dass Reynevan ihre zu Grimassen verzerrten Gesichter erkennen konnte. Und die blutbefleckten Spitzen ihrer Lanzen.

Vor dem Tod retteten sie Krethi und Plethi, Moritz Rvačka *et consortes.* Sie waren nicht geflohen, sondern hatten am Rand des Steilhanges angehalten und schickten jetzt von dort oben eine Salve aus ihren Armbrüsten. Sie verfehlten ihr Ziel nicht. Pferde und Reiter stürzten in das aufschäumende Wasser. Krethi und Plethi jagten unter Geschrei den Hang hinunter, schwangen ihre Schwerter und Streitkolben und hieben unter Gebrüll auf die Lanzenträger ein.

Weil sie durch das Überraschungsmoment und ihre Entschlossenheit im Vorteil waren, hielten sie die Angreifer auf. Für kurze Zeit wenigstens. Denn im Grunde war dies eine selbstmörderische Attacke. Die Verfolger waren in der Überzahl, den Lanzenträgern und Schützen kamen bereits die Schwerbewaffneten zu Hilfe. Krethi und Plethi fielen der Reihe nach aus ihren Sätteln. Von Lanzen durchbohrt, erschlagen oder erstochen, stürzte einer nach dem anderen ins Wasser oder in den blutdurchtränkten Schlamm, Červenka, Brouk und Pytlik – vielleicht waren es aber auch Červenka, Pštros und Hrachojedek? Als Letzter fiel der tapfere Moritz Rvačka, aus dem Sattel gefegt vom Hieb eines Kampfbeils, den der Ritter mit dem roten Kreuz und den Steinmetzklammern auf dem Schild ausgeführt hatte.

Reynevan und Samson hatten selbstverständlich das leicht vorhersehbare Ende des Kampfes nicht abgewartet. Sie rannten den Hang hinauf. Samson hatte den immer noch bewusstlosen Tauler über die Schulter geworfen. Reynevan trug die Armbrust, er versäumte nicht, sie anzulegen. Was nur vernünftig war, wie es schien.

Zwei Berittene hatten sie eingeholt, Herren, wie man aus der Bewaffnung, den Pferden und ihrer Haltung schließen konnte. Sie waren schon dicht hinter ihnen. Reynevan hob die Armbrust. Er wollte den Körper des Reiters treffen, wählte dann aber, sich an die Lehren Dzierżka de Wirsings erinnernd, ein anderes Ziel und jagte den Bolzen in die Brust des Pferdes. Das Pferd, ein hübscher Schimmel, sank wie vom Blitz getroffen nieder, der Reiter indessen schlug solch einen Purzelbaum, dass ihn ein Akrobat darum beneidet hätte. Der zweite Herr wendete sein Pferd, beugte sich über die Mähne und floh. Das war eine kluge Entscheidung. Vom Waldrand strömten Reiter herbei. Gut ein halbes Hundert Bewaffneter. Die Mehrzahl mit dem roten Kelch auf der Brust oder der Hostie auf dem Schild.

»Unsere!«, schrie Reynevan. »Das sind unsere, Samson!«

»Deine!«, verbesserte Samson Honig ihn seufzend. »Aber ich gebe zu, dass auch ich mich darüber freue.«

Die Berittenen mit dem Kelch kamen in geschlossener Formation den Steilhang herunter, über dem Fluss erklangen Lärm, Waffengetöse und Geschrei. Der junge Herr, dem Reynevan das Pferd unter dem Leib weggeschossen hatte, war wieder auf die Füße gekommen, hatte sich umgesehen und sich auf unsicheren Beinen zur Flucht gewendet. Er kam nicht weit. Einer der Reiter schnitt ihm in den Weg ab, schlug ihn mit der flachen Schwertklinge auf den Hinterkopf und streckte ihn damit nieder. Dann wendete er das Pferd und ritt im Schritt zu Reynevan, Samson und dem immer noch ohnmächtigen Tauler herüber. Auf der Brust trug er, halb von einem Kelch aus rotem Stoff bedeckt, zwei schwarze gekreuzte Sturmleitern.

»Sei gegrüßt, Reynevan«, sagte er, während er das Visier seines Helmes hochklappte. »Wie geht's dir?«

»Brázda von Klinštejn!«

»Aus dem Hause Ronovic. Ich freue mich auch, dich zu sehen, Samson.«

»Die Freude ist ganz auf meiner Seite.«

Im Hohlweg, im Fluss und an den Ufern lag ein Dutzend Leichen. Es war schwer zu erraten, wie viele das Wasser mit sich gerissen hatte.

»Was waren das für Leute?«, fragte der Anführer der Entsatztruppe, ein langhaariger, schnurrbärtiger, klapperdürrer junger Mann. »Sie sind so schnell geflohen, dass ich niemanden erkennen konnte. Ihr habt sie von nahem gesehen. Also? Bruder Bielau!«

Reynevan kannte den Fragenden. Er hatte ihn vor zwei Jahren in Hradec Králové kennen gelernt. Das war Hauptmann Jan Čapek von Sán, der bei den Waisen rasch Karriere gemacht hatte. Die mit den roten Kelchen gekennzeichneten Reiter der Entsatztruppe gehörten zu den Waisen. Zu den Gottesstreitern, die sich so nannten, weil ihr geliebter und verehrter Anführer, der große Jan Žižka von Trocnov, sie durch seinen Tod zu Waisen gemacht hatte.

»Reynevan, ich rede mit dir!«

»Außer den einfachen Fußsoldaten waren acht Wichtigere dabei«, zählte der soeben Angesprochene auf, »zwei Ritter, sechs Herren, einer davon ist der, den sie dort gerade binden. Der Anführer hatte ein Kreuz auf der Rüstung, auf dem Schild dagegen Klammern oder Spangen ... Schwarze, auf silbernem Feld ...«

»Das habe ich mir gedacht.« Jan Čapek von Sán verzog das Gesicht. »Bohuš von Kováně, der Herr auf Frýdštejn. Ein Räuber und Verräter! Ach, schade, dass der es geschafft hat, zu entkommen ... Die Haut hätte ich ihm ... Aber was macht ihr denn hier? Wo kommt ihr auf einmal her? He? Bruder Scharley?«

»Wir machen eine Reise.«

»Ihr macht eine Reise«, wiederholte Čapek spöttisch. »Na, da habt ihr ja Glück gehabt. Wenn wir nicht rechtzeitig gekommen wären, hätte die letzte Etappe eurer Reise am Strang geendet. An einem geraden Strick an einem Ast. Herr Bohuš liebt es, die Bäume mit Gehenkten zu schmücken. Wir haben so manche Rechnung mit ihm zu begleichen, so manche ...«

»Jener Herr Bohuš«, Reynevan fiel plötzlich etwas ein, »beschäftigt der sich etwa mit Menschenhandel? Mit Sklavenhandel? Ist der etwa, wie man so sagt, ein Martahúz?«

»Seltsame Bezeichnung.« Der Hauptmann der Waisen runzelte die Stirn. »Bohuš von Kováně ist scharf auf Leute unseres Glaubens, oh, reichlich scharf. Wenn er sie lebendig fängt, knüpft er sie am nächsten Baum auf. Wenn er einen von unseren Geistlichen erwischt, nimmt er ihn mit und verbrennt ihn auf dem Scheiterhaufen. Öffentlich. Zur Abschreckung. Aber von Sklaven habe ich noch nichts gehört. Ihr aber, wie gesagt, habt Glück gehabt. Ihr seid mit einem blauen Auge davongekommen.«

»Nicht alle.«

»So ist das Leben.« Čapek spuckte aus. »Gleich werden wir einen Grabhügel aufschütten. Den wievielten wohl? Ach, die böhmische Erde ist voll von Grabhügeln und Gräbern, es fehlt bald der Platz dafür ... Und der hier? Ist der auch tot?«

»Er lebt«, antwortete Amadeus Bata, der mit Samson neben Tauler kniete. »Aber sobald er die Augen aufmacht, fallen sie ihm wieder zu ...«

»Ein Pferd hat ihn getreten.«

»Was soll's«, seufzte Čapek, »mancher hat eben ausgesprochenes Pech. Aber wir haben keinen Quacksalber dabei.«

»Haben wir.« Reynevan nahm seine Tasche. »Lasst mich zu ihm.«

Obwohl ihm das für gewöhnlich nicht passierte, schlief Reynevan im Sattel ein. Er wäre heruntergefallen, hätte ihn der neben ihm reitende Samson nicht festgehalten.

»Wo sind wir?«

»Fast am Ziel. Man kann schon die Schlosstürme sehen.«

»Was für ein Schloss?«

»Eins, das uns wohlgesinnt ist, denke ich.«

»Was ist mit Tauler? Wo ist Scharley?«

»Scharley reitet vorn mit Čapek und Brázda. Tauler ist ohnmächtig. Sie transportieren ihn auf einer Trage zwischen zwei Pferden. Bleib wach, Reinmar. Jetzt ist nicht die Zeit zum Dösen.«

»Ich döse ja gar nicht. Ich wollte … Ich wollte dich etwas fragen, Freund Samson.«

»So frage, Freund Reinmar.«

»Warum bist du in der Spielhölle eigentlich dazwischengegangen? Warum hast du dich für dieses Mädchen eingesetzt? Bitte, fertige mich nicht mit hohlen Phrasen ab. Nenn mir den wahren Grund.«

»Befand ich mich in einem dunklen Wald …«, antwortete ihm der Riese, ein Zitat verwendend. »Was für ein prophetischer Satz. Als hätte Meister Alighieri gespürt, dass ich mich einst in einer Welt wiederfinden würde, in der man sich nur mit Lügen oder Halbwahrheiten behelfen kann, die Wahrheit wird als Phrase angesehen. Du möchtest den wahren Grund erfahren, sagst du. Warum gerade jetzt? Bisher hast du nie nach den Motiven meiner Handlungen gefragt.«

»Bisher waren sie für mich verständlich.«

»Wirklich? Dann beneide ich dich, denn einige sind auch für

mich selbst unverständlich. Und ich verstehe sie auch weiterhin nicht. Der Zwischenfall mit Marketka passt in dieses Schema. In gewissem Maße. Denn es gibt natürlich auch andere Gründe. Es tut mit leid, aber ich kann sie dir nicht nennen. Sie sind *primo* zu persönlich, *secundo* würdest du sie nicht verstehen.«

»Weil sie nicht zu verstehen sind, na klar. Aus einer anderen Welt sind. Könnte hier nicht Dante zu verstehen helfen?«

»Dante hilft bei allem.« Der Riese lächelte. »Also gut. Wenn du wissen willst ... In der Spielhölle, während dieses hässlichen Auftritts, hat meinen Geist ein Sehnen erfasst.«

»Hmm ... Vielleicht ein bisschen mehr?«

»Mit Vergnügen.«

E lo spirito mio, che già cotanto
tempo era stato ch'a la sua presenza
non era di stupor, tremando, affranto,
senza de li occhi aver più conoscenza,
per occulta virtù che da lei mosse,
d'antico amor sentì la gran potenza.

Lange Zeit sagten beide kein Wort.

»Amor?«, fragte Reynevan schließlich. »Bist du sicher, *amor?*«

»Ich bin sicher, dass es eine *gran potenza* ist.«

Sie ritten schweigend weiter.

»Reinmar?«

»Ja, Samson?«

»Es ist höchste Zeit, dass ich in mein eigenes Ich zurückkehre. Verstärken wir unsere Bemühungen, ja?«

»Gut, mein Freund. Wir werden unsere Bemühungen verstärken. Ich verspreche es dir. Ist da schon die Brücke? Ja, das ist wohl schon die Brücke.«

Hufe hämmerten über die Dielen und Bretter, die Reiter ritten über eine Brücke, die sich über eine tiefe Schlucht spannte.

Von hier aus sah man, dass die Burg, das Ziel ihrer Fahrt, auf einem steilen Felshang stand, der jäh in den Fluss, wohl die Iser, hinabfiel. Hinter der Brücke befand sich ein massives Tor, dahinter ein geräumiger Burghof, und darüber erhob sich, von einem behäbigen Bergfried gekrönt, die Burg.

»Wir sind zu Hause!«, rief Jan Čapek stimmgewaltig von der Spitze des Zuges her, als die Hufe über das Pflaster des Burghofs klapperten. »Auf Michalovice, also bei mir!«

Achtes Kapitel

in dem der Leser, außer dass er einige historische Persönlichkeiten kennen lernt und auch jene, die für den Fortgang der Geschichte wichtig sind, nicht viel mehr erfährt, als dass man einen jeden Vogel an seinem Gesang erkennt. Die wichtigste von den hier gelieferten Informationen ist wohl die, wer von den gekrönten Häuptern und prominenten Adeligen im Jahre 1353 ein damals junges Mädchen, heute ein altes Weib, gevögelt hat.

Reynevan und Scharley wurden zum Abendessen gebeten. Berengar Tauler lag trotz aller ärztlicher Bemühungen immer noch bewusstlos danieder, und Amadeus Bata hatte erklärt, bei ihm wachen zu wollen. Samson hatte sich wie gewöhnlich im Stall einquartiert. Wie immer würfelte er dort mit den Pferdeknechten, die dachten, einen Tölpel im Spiel leicht um sein Geld bringen zu können. Wer im Endeffekt wen spielend um sein Geld erleichterte, bedarf wohl keiner Erwähnung.

Das Abendessen wurde im großen Saal der oberen Burg gereicht, der mit einer hölzernen Figur des Erzengels Michael, einem Wandteppich mit einem Einhorn und einem von der Decke herabhängenden riesigen roten Wappenschild geschmückt war, auf dem ein aufrecht stehender silberner Löwe prangte. Hinten prasselte das Feuer im Kamin, und in der Ecke am Kamin saß eine Alte gebeugt auf einem Schemel, ganz in ihr Tun am Spinnrad, am Spinnrocken und mit der fröhlich auf und ab hüpfenden Spindel vertieft.

Die hussitischen Hauptleute aus Burg und Umgebung, die durch Zufall auf der Burg weilten, nahmen ebenfalls an diesem

Essen teil. Außer Jan Čapek von Sán und Brázda von Klinštejn saß ein hochgewachsener, hagerer Mann mit am Tisch, mit einer Adlernase und bösen, bohrenden Augen und mit einer massiven Goldkette um den Hals, ein Schmuckstück, das eher zu einem Ratsherrn denn zu einem Krieger passte. Reynevan kannte ihn, er hatte ihn schon bei den Waisen von Hradec Králové gesehen. Aber erst jetzt wurden sie einander vorgestellt – das war Jan Kolúch von Vésce. Links neben Kolúch saß Stephan Tlach, der Hauptmann der Feldwache im nahe gelegenen Český Dub, ein noch junger, aber schon recht stark ergrauter Mann mit rotem Plebejergesicht und schweren Tischlerhänden, der ein wattiertes, reich besticktes Ritterwams trug, in dem er sich sichtlich unwohl fühlte. Neben Tlach saß ein schmächtiger Blondschopf mit einer hässlichen Narbe auf der Wange. Die Narbe verlieh ihm ein kriegerisches Aussehen, war aber nur das Relikt eines gewöhnlichen, dilettantisch aufgeschnittenen Geschwürs. Der Träger der Narbe stellte sich als Vojta Jelínek vor.

Da dies bei den Waisen Brauch war, durfte am Tisch der Hauptleute auch ein Geistlicher nicht fehlen, zwischen Čapek und Brázda saß denn auch ein schwarz gekleideter, rundlicher, bärtiger, kleiner Mann, der als Bruder Buzek, Diener Gottes, vorgestellt wurde. Der Gottesdiener hatte sein Abendessen wohl schon etwas früher begonnen, denn er war bereits einigermaßen betrunken.

Delikatessen wurden nicht serviert. Große Schüsseln mit Hammel- und Ochsenfleisch mit Knochen wurden lediglich durch große Mengen von gebackenen Rübchen und einen Korb mit Brot ergänzt. Hingegen kamen sogleich einige Fässchen mit Ungarwein auf den Tisch. Ihnen allen war der Löwe, das Wappentier der Markvartice, eingebrannt. Dieser, wie auch schon zuvor der von der Decke herunterhängende Wappenschild, erinnerte Reynevan an Prag. An den sechsten September. Und an Hynek von Kolštejn, der aus dem Fenster des Hauses »Zum Elefanten« aufs Pflaster stürzte.

Bevor man sich aber uneingeschränkt dem Abendessen widmen konnte, mussten, wie sich herausstellte, erst noch einige dienstliche Angelegenheiten geregelt werden. Vier Hussiten stießen einen Gefangenen in den Saal, jenen Junker, den sie am Fluss ergriffen hatten. Derselbe, dem Reynevan das Pferd unter dem Leib weggeschossen hatte.

Der junge Mann war zerzaust und zerlumpt, auf seiner Wange breitete sich ein großer blauer Fleck aus, der in immer prächtigeren Farben schillerte. Jan Čapek von Sán maß die Häscher mit einem ziemlich verächtlichen Blick, sagte aber nichts. Er machte nur ein Zeichen, dass sie den Gefangenen loslassen sollten. Der junge Ritter schüttelte ihre Hände ab, richtete sich auf und blickte die Hussitenführer an. Nur scheinbar mutig, denn Reynevan bemerkte, dass seine Knie leicht zitterten.

Eine Weile herrschte Stille, begleitet vom leisen Surren des Spinnrades der Alten in der Ecke.

»Junker Nickel von Keuschburg«, sagte Jan Čapek. »Seid gegrüßt, wir freuen uns, Euch zu Gast zu haben. Unser Gast werdet Ihr so lange sein, bis ein Packpferd mit dem Lösegeld hier eintrifft. Ihr wisst das wohl, Junker. Ihr kennt die Kriegssitten.«

»Ich diene Herrn Friedrich von Dohna!« Der Junker nahm Haltung an. »Herr von Dohna wird Lösegeld für mich zahlen.«

»Seid Ihr da so sicher?« Jan Kolúch von Vésce deutete, einen abgenagten Knochen in der Hand, auf ihn. »Ja, siehst du, uns ist nämlich zu Ohren gekommen, dass du Barbara, Herrn Friedrichs Töchterlein, schöne Augen machst. Wer weiß, ob Herrn Friedrich dieses Liebeswerben gefällt? Vielleicht reibt er sich gerade die Hände und ist froh, dass wir ihn von dir befreit haben? Bete, Söhnchen, dass dem nicht so ist.«

Der junge Ritter war zuerst blass geworden, nun errötete er.

»Ich habe auch noch Verwandte!«, rief er. »Ich bin ein Keuschburg!«

»Dann bete für sie, dass der Geiz sie nicht anfallen möge.

Umsonst verköstigen werden wir dich hier nicht. Zumindest nicht lange.«

»Nicht lange«, bestätigte Jan Čapek. »Nur so lange, um zu sehen, ob du nicht doch klüger geworden bist. Vielleicht verachtest du dann diese römische Posse und wendest dich dem wahren Glauben zu? Schneid keine Grimassen! Das ist schon Besseren als dir geschehen. Herr Bohuslav von Švamberk, der Herr sei seiner Seele gnädig, hat von einem Tag auf den anderen sein Schicksal gewendet und ist vom Gefangenen zum obersten Hetman von Tábor befördert worden. Als Bruder Žižka ihn gefangen nahm und im Turm von Příběnice festsetzte, wurde Herr Bohuslav erleuchtet und hat den Kelch angenommen. Wir haben hier, wie du siehst, einen Priester. Wie ist es? Soll ich einen Kelch bringen lassen?«

Der Junker spuckte auf den Boden.

»Steck dir deinen Kelch sonst wohin, du Häretiker!«, bellte er tapfer. »Du weißt schon, wohin!«

»Lästerer!«, schrie Priester Buzek, sprang auf und spritzte dabei sich selbst und seine Nachbarn mit Wein voll. »Auf den Scheiterhaufen mit ihm! Lass ihn verbrennen, Bruder Čapek!«

»Ich soll Geld verbrennen lassen?« Jan Čapek von Sán lächelte sardonisch. »Du bist wohl betrunken, Bruder Buzek? Er ist mindestens siebzig Schock Groschen wert. Solange auch nur der Schatten einer Chance besteht, dass sie für ihn Lösegeld zahlen, wird ihm kein Haar gekrümmt. Selbst wenn er Meister Hus besessen nennt und als Sodomiten beschimpft. Habe ich Recht, Brüder?«

Die am Tisch versammelten Hussiten bestätigten dies nur zu gern, sie schrien und klopften mit ihren Humpen auf die Tischplatte. Čapek gab der Wache ein Zeichen, den Gefangenen abzuführen. Pfarrer Buzek warf ihm einen schiefen Blick zu, dann goss er schnell ein halbes Quart Ungarwein in sich hinein.

»Gierig seid ihr!«, rief er dann, und seine Zunge verhedderte sich immer mehr. »Auf den widerlichen Groschen, wie die ...

rülps … die Pharisäer! Aber Pau… Paulus schreibt an Timotheus: Habsucht ist die Wurzel aller Übel. Dem rennt ihr nach, einige haben sich schon verirrt, weit weg vom … rülps … vom Glauben … Aber der Gierige wird das Reich Christi und … rülps … Gottes nicht erben … Ihr könnt nicht Gott und dem Mammon dienen!«

»Wir wollen es auch nicht«, lachte Jan Kolúch von Vésce, »aber wir müssen! Wahrlich, ich sage Euch, ohne Mammon kann man nicht leben.«

»Aber so kommt's!« Der Prediger schenkte sich erneut Wein ein und leerte den Humpen in einem Zug. »So kommt's! Wenn wir gesiegt haben! Dann wird alles Gemeingut, Eigentum und Vermögen verschwinden. Dann gibt es keine Armen und keine Reichen mehr, keine Armut und Unterdrückung. Dann ist Glück und Gottesfrieden auf Erden!«

»Ja, schwatz du nur«, ließ sich aus der Ecke die über das Spinnrad gebeugte Alte vernehmen, »du heiliger Saufbold, du!«

»Den Gottesfrieden werden wir erkämpfen«, sagte Jan Čapek ernst. »Mit unseren Schwertern. Mit unserem Blut. Und dafür gebührt uns gerechter Lohn, den Mammon mit eingerechnet. Nicht deshalb haben wir die Revolution gemacht, Bruder, dass ich wieder nach Sán zurückkehre, an den Arsch der Welt. Und auf meine Feste, die, Gott sei's geklagt, ein Schwein umschmeißen könnte, wenn es sich an der Mauer scheuert. Die Revolution ist dazu da, dass sich etwas ändert. Den Verlierern geht's schlechter, den Siegern besser. Seht ihr, ihr lieben Gäste Reinmar und Scharley, dort oben das Wappen? Das ist das Wappen von Herrn Jan von Michalovice, den sie Michalec nennen. Die Burg, in der wir hier feiern, gehörte ihm, sie war sein Stammsitz. Na und? Wir haben sie ihm geraubt! Der Sieg ist unser! Wenn ich mal ein bisschen Zeit finde, hole ich eine Leiter, reiß das Wappen runter, schmeiß es auf die Erde und piss drauf! Und dann hänge ich mein Hirschwappen auf, zweimal so groß! Und ich herrsche hier! Herr Jan Čapek von Sán! Auf dem Stammsitz Michalovice!«

»Jawohl, wohl!«, stimmte Stephan Tlach, hinter einem Haufen abgenagter Rippchen sitzend, zu. »Die Revolution siegt, der Kelch triumphiert. Und wir sind große Herren! Lasst uns darauf trinken!«

»Herren!«, sagte mit vor Gift triefender Verachtung die Alte am Spinnrad, während sie die Spindel zurechtrückte. »Da lachen ja die Hühner. Räuber seid ihr und Habenichtse. Ritter ohne Land, denen, sobald es regnet, die Farbe von ihren Wappen heruntertropft.«

Stephan Tlach warf einen Knochen nach ihr, traf aber nicht. Die anderen Hussiten nahmen keinerlei Notiz von der Alten.

»Aber der Mammon ...«, der Prediger gab nicht auf, während er sich immer wieder nachschenkte und immer mehr lallte. »Man darf ... dem Mamm ... Mammon nicht dienen. Ja, ja, der Kelch wird siegen, die ... die ge... gerechte Sa... Sache triumphieren ... A... aber nicht die Gie... Gierigen werden das Reich Go... Gottes erben. Hör... hört, was ich euch sage ... rülps ...«

»Lass uns in Frieden!« Čapek winkte ab. »Du bist besoffen.«

»Ich bin nicht ... bin nicht be... besoffen! Nü... nüchtern bi... bin ich ... rülps ... Wa... wahrlich, ich sa... sage euch: Lasst uns ... fe... feiern! *Pax Dei* ... Ver... verdammt ... Der Kelch ... trium... triumphiert ... rülps ... rülps ...«

»Hab ich's nicht gesagt? Besoffen wie ein Schwein!«

»Bi ... bin nich besoff...«

»Bist du wohl!«

»Wenn du beweisen willst, dass du nicht besoffen bist, dann mach, was ich mache. Steck zwei Finger in den Hals und sag: Hhrrr! Hhrrr! Hhrrr!«

Das erste »Hhrrr« hielt Pfarrer Buzek noch aus, beim zweiten verschluckte er sich, röchelte, riss die Augen weit auf und übergab sich.

»Kotz nur, kotz!«, lobte die über das Spinnrad gebeugte Alte. »Kotz dir von mir aus die Seele aus dem Leib!«

Wieder nahm keiner Notiz von ihr, alle schienen daran gewöhnt. Der voll gespiene Prediger wurde hinaus auf den Gang geschleppt. Man hörte, wie es rumpelte, als er die Treppe hinunterfiel.

»Um die Wahrheit zu sagen, liebe Gäste«, sagte Kolúch, der mit dem Hut, den Pfarrer Buzek zurückgelassen hatte, den Tisch abwischte, »fehlt uns noch etwas zum vollständigen Triumph. Wir sitzen hier auf Michalovice, das wir, wie Bruder Čapek richtig sagte, Herrn Jan Michalec entrissen haben, und feiern. Wir haben Michalovice eingenommen, Jungbunzlau, Beneschau, Mimoň und Jablonné v Podještědí angezündet und feiern. Aber Herr Michalec ist nicht weit geflohen, nur bis auf die Burg Bezděz. Und wo ist Bezděz? Wenn ihr ans Fenster tretet und nach Norden blickt, da ist Bezděz, hinter dem Fluss, kaum zwei Meilen von hier. Kaum zwei Meilen! Wenn einer von uns niest, ruft Herr Michalec auf Bezděz ›Gesundheit‹!«

»Leider wünscht uns Herr Michalec keineswegs Gesundheit, sondern einen recht üblen Tod«, meinte Stephan Tlach finster. »Und wir können ihm auf Bezděz nichts anhaben und es nicht einnehmen. An diesen Mauern beißt du dir die Zähne aus.«

»Leider«, warf ihnen Vojta Jelínek, der gerade ins Kaminfeuer pisste, über die Schulter zu, »aber so ist es. Und es fehlt auch in unmittelbarer Nähe nicht an Burgen und an Herren, die uns einen üblen Tod wünschen. Ein paar Schritte von hier, auf Děvín, sitzt Peter von Wartenberg und droht uns tagtäglich. Sechs Meilen von hier befindet sich Ralsko, und auf Ralsko sitzt Herr Johann von Wartenberg, den sie Chudoba nennen …«

»Mit Bohuš von Kováně, dem Herrn auf Frýdštejn, habt ihr schon Bekanntschaft gemacht«, setzte Čapek hinzu. »Ihr wisst, wozu er imstande ist. Und es gibt noch andere …«

»Die gibt es«, brummte Kolúch. »Wir halten zwar die wichtigsten Burgen: Wartenberg, Lipý, Český Dub, Běla bei Bezděz, na, und Michalovice. Aber den Handelsweg kontrollieren immer noch zum größten Teil die Papisten und die Deutschen. Die Herren von Dohna sitzen auf den Schlössern

Falkenberg und Grafenstein. Auf Hammerstein ist Nikolaus Dachs der Burggraf, ein Gefolgsmann der Lausitzer Bibersteins. Auf Burg Rojmund lauert der alte Räuber Hans Foltsch, ein Dienstmann der Görlitzer. Auf Dohlenstein die Brüder Jan und Henryk Berka von Dubá ...«

»Das sind Verwandte«, brüstete sich Brázda von Klinštejn, »Ronovics, wie auch ich einer bin.«

»Verwandte wie dich führen die Berkas an der Hundeleine«, mischte sich die Alte am Spinnrad ein.

»Verwandt mit den Dubás!« Jan Kolúch lachte laut auf. »Henryk ist besonders schlecht auf uns zu sprechen, weil wir ihm Lipý weggenommen haben. Angeblich hat er in Zittau in der Kirche gelobt, dass er so lange kein Fleisch essen wird, bis uns die Burg von Lipý wieder ausspuckt. Da wird er lange Vegetarier bleiben müssen, scheint mir.«

»So ist es!« Stephan Tlach schlug mit der Faust auf den Tisch. »Wer uns von hier wegbringen will, muss den Teufel fressen. Soll er es doch versuchen! Wir Waisen sitzen hier fest!«

»Jawohl! Ganz fest sitzen wir hier!«

»Es geht nicht darum, nur hier herumzusitzen«, Čapek runzelte die Stirn, »und wie die Kettenhunde zu bellen. Das hat uns Bruder Žižka nicht gelehrt! Angriff ist die beste Verteidigung! Den Feind schlagen, schlagen und nochmals schlagen! Ihm keine Zeit geben, Luft zu holen! Nicht warten, bis der Feind mit seinen Truppen naht, sondern den Krieg zu ihm hintragen, in sein Gebiet, mit Fackel und Schwert. Ihm gegenübertreten, wie es der Herr den Israeliten befohlen hat. Und es wird Zeit, Zeit, ihnen gegenüberzutreten! Zeit, sich zu sammeln und loszuziehen, gegen Frýdštejn, gegen Děvín, gegen Ralsko, Rojmund und Dohlenstein!«

»Und noch weiter«, warf Kolúch mit einem Wolfslächeln ein. »In die Lausitz, nach Grafenstein, Friedland, Zittau und Görlitz! Aber was hilft's, das schaffen wir alleine nicht! Dazu fehlen uns die Kräfte. Aber woher sollen wir auf Unterstützung warten? Aus Prag? Wenn Prag keinen Verrat plant, dann beschäftigt es sich mit Umstürzen und Unruhen. Von Tábor? Tábor belagert Kolín. Eine böhmische Stadt. Als ob es nicht genug ungarische, österreichische und deutsche Städte gäbe!«

»Es heißt«, meinte Scharley, »dass Prokop etwas in dieser Art plant. Dass er nach Ungarn und Österreich Ausschau hält.«

»Geb's Gott! Aber indes, ihr seht ja selbst und habt es am eigenen Leibe erfahren, was wir hier für Nachbarn haben.«

»Von einem dieser Nachbarn war überhaupt noch nicht die Rede«, sagte Scharley scheinbar ganz nebenbei. »Hat der euch etwa nicht zugesetzt? Ich meine Otto de Bergow auf Burg Troský. Etwa vier Meilen von Michalovice entfernt. Wie behagt euch denn diese Nachbarschaft, wenn man fragen darf?«

»Wie ein Stachel im Hintern«, antwortete statt der Hussiten die alte Frau und nestelte an ihrem Rocken. »So empfindet ihr den Herrn de Bergow doch, nicht wahr, meine Herren Krieger? Wie einen Stachel im Hintern!«

Lange Zeit herrschte Stille, die davon zeugte, dass die Alte wohl so ziemlich ins Schwarze getroffen hatte. Die Stille unterbrach Jan Kolúch von Vésce.

»Wir sind Gottesstreiter«, sagte er, während er mit seinem Messer spielte. »Wir sind der Worte des Herrn eingedenk, wenn er aus dem Munde des Propheten Jeremias spricht: Der Übermütige stolpert und fällt, und es wird keiner sein, der ihn aufhebt. Ich lege Feuer vor seine Stadt, dass alles ringsumher verbrennt.«

»Ihr werdet es ihm heimzahlen«, fügte der, was Bibelstellen anbelangte, ebenso bewanderte Čapek hinzu, »mit gleicher Münze: Alles, was er euch angetan hat, das tut auch ihm an.«

»Amen.«

»Bergow hat in seinem Wappen einen geflügelten Fisch«, fügte Stephan Tlach finster und sachlich hinzu. »Das ist weder Fisch noch Vogel. Es kommt der Tag, da werden wir diesen Fisch schuppen. Und dem Vogel die Federn ausreißen.«

»Auch darauf amen.« Vojta Jelínek stand auf. »Mich überkommt der Schlaf, Brüder.«

»Mich auch.« Jan Kolúch erhob sich ebenfalls. Brázda von Klinštejn und Stephan Tlach folgten ihrem Beispiel.

»Ach ja, es war ein harter Tag ... Kommst du auch, Bruder Čapek?«

»Ich bleibe noch ein bisschen bei unseren Gästen.«

Das Feuer knisterte. Im Turm schrien die Käuzchen. Das Spinnrad der Alten surrte leise.

»Jetzt sind wir allein«, beendete Jan Čapek von Sán das lange Schweigen. »Sprecht.«

Sie berichteten ihm.

»Einen Zauberer«, wiederholte der Hauptmann der Waisen ungläubig. »Ihr sucht einen Zauberer? Ihr? Ernsthafte Leute?«

»Von Rupilius dem Schlesier habe ich noch nie etwas gehört«, erklärte er, als die ernsthaften Leute ihre Absicht bestätigten. »Auf fast jeder Burg hier haben sie aber einen Wahrsager, Alchemisten oder Magier. Es ist also recht wahrscheinlich, dass auch Herr de Bergow so einen auf Trosky beherbergt oder gefangen hält. Das Problem liegt woanders ...«

»Das Problem liegt bei euch«, die Alte am Spinnrad hatte, wie sich zeigte, noch ein ziemlich gutes Gehör. »Wenn du nicht so ein Stock wärst, gäb's kein Problem!«

»Beachtet sie einfach nicht.« Čapek schnitt eine Grimasse. »Das ist ein Ding, ein Möbelstück. Herr Michalec hat, als er sich vor uns aus dem Staub machte, viele Dinge hier zurückgelassen. Möbel, Inventar, Schinken in der Räucherkammer, Wein im Keller, sein Wappen an der Wand. Und die Alte. In der Ecke da. Ich wollte sie schon mit ihrem Spinnrad in die Gesindestube sperren, aber es ging nicht, sie hat ein schreckliches Gezeter veranstaltet. Ich kann sie ja schließlich nicht aus der Burg jagen, draußen kommt sie vor Hunger um. Soll sie da sitzen und ihre Spindel drehen ...«

»Ich bleibe hier sitzen, ich bleibe«, kicherte die Alte. »Ich bleibe so lange, bis Herr Michalec zurückkehrt. Und euch, ihr Habenichtse, in alle vier Winde verjagt.«

»Wo war ich stehen geblieben?«

»Dabei, dass das Problem darin besteht...«, sagte Scharley.

»Ja, richtig. Es besteht darin, dass Burg Troský, der mögliche Aufenthaltsort eures Rupilius, nicht einzunehmen ist. Und dass man nicht hineingelangen kann. Es ist unmöglich, in die Burg Troský zu kommen.«

»Wir haben jemanden in unserer Begleitung«, Scharley senkte die Stimme, »der weiß, wie man das zustande bringt.«

»Aha«, erriet Čapek. »Diese beiden, der dusslige Tauler und der andere. Also, ich rate euch, übertreibt es nicht mit eurer Vertrauensseligkeit denen gegenüber. Seid vorsichtig, besonders dann, wenn von einem unterirdischen Gang die Rede ist. Ihr müsst wissen, dass alle Geheimgänge und unterirdischen Höhlen, die Troský angeblich mit verschiedenen Orten in der Umgebung, sogar bis zu vier Meilen Entfernung, verbinden sollen, Legenden und Hirngespinste sind. Lügen. Wenn dieser Tauler verspricht, dass er euch durch einen geheimen unterirdischen Gang in die Festung bringt, dann ist er entweder selbst ein Lügner und Betrüger, oder er ist auf einen anderen Lügner hereingefallen. Jede dieser Möglichkeiten ist für euch bedrohlich. Während ihr hier auf der Suche nach einem Geheimgang herumirrt, fallt ihr am Ende noch den Deutschen oder den Papisten in die Hände.«

»Wir Waisen sitzen hier in Podještědí schon seit Frühjahr 1426. Wenn es irgendwelche geheimen Gänge gäbe, hätten wir sie gefunden. Wenn es eine Möglichkeit gegeben hätte, nach Troský hineinzugelangen, dann hätten wir sie genutzt. Denn die Alte hat die Wahrheit gesagt: Troský und dieser verdammte Deutsche de Bergow sind wie ein Stachel im Hintern. Tag und Nacht überlegen wir, wie wir diesen Stachel loswerden können.«

»Das kann auch ein magischer Geheimgang sein«, meinte Reynevan. »Glaubt Ihr nicht an Magie?«

»Glauben oder nicht glauben«, Jan Čapek schürzte die Lippen, »es gibt keine Magie. Und wenn es sie zufällig doch gäbe, dann wäre sie für gewöhnliche Sterbliche vollkommen unverständlich und nicht durchführbar. Ein einfacher Mann wie ich hätte keinen Nutzen von der Magie. Das heißt, selbst wenn irgendetwas magisch sein sollte, dann ist das so, als wäre es gar nicht vorhanden. Klingt doch logisch, oder?«

»Mehr als logisch.« Scharley lächelte. »Gegen solch eine Logik kann man kaum ankommen. Ihr würdet uns also raten, Hauptmann, die Idee zu verwerfen? Nach Hause zurückzukehren?«

»Genau das würde ich euch raten. Nach Hause zurückzukehren. Und geduldig zu warten. Es heißt, de Bergow sei an dieser Verschwörung beteiligt gewesen, er habe am sechsten September in Prag Hynek von Kolštejn unterstützt. Denen, die an der Veschwörung beteiligt waren, verzeiht Prokop der Kahle nie. Jetzt belagert er Bořek von Miletínek, dann kommen die anderen an die Reihe. Wir müssen nur warten, bis de Bergow dran ist, dann gehört Troský uns. Mit allem, was sich auf Troský befindet. Euren Zauberer eingeschlossen.«

»Ein kluger Rat«, meinte der Demerit, ohne den Blick von Reynevan zu wenden, »nicht wahr, Reinmar?«

»Ihr habt de Bergow einen verfluchten Deutschen genannt«, sagte Reynevan plötzlich. »Andere deutschstämmige Geschlechter gibt es in der Umgebung nicht, stimmt's? Außer den Herren von Dohna auf Falkenberg und Grafenstein?«

»Nein, es gibt nur die beiden Geschlechter. Warum?«

»Ach nichts, wenigstens vorerst.«

»Vorerst gehe ich schlafen.« Čapek stand auf. »Gute Nacht, Brüder.«

»Auch dir eine gute Nacht, Bruder.«

Das Feuer im Kamin knisterte nicht mehr, es züngelte nur noch leise, blitzte manchmal auf, dann verlosch es wieder. Das Spinnrad surrte nicht mehr. Die Alte spann nicht mehr. Sie saß reglos da.

»Was ist nur mit dieser Burg geschehen«, sagte sie plötzlich. »Dem Erzengel Michael zu Ehren steht sie schon hundertfünfzig Jahre, seit hundertfünfzig Jahren nennen sich die heutigen Markvartice Herren auf Michalovice. Und jetzt … Eine solche Bande … Gott, o Gott … Hier waren Könige zu Gast, ich erinnere mich gut … Und heute? Solch eine Schande!«

»Lüg nicht, Großmutter«, antwortete ihr Scharley, zur Verwunderung des schon ein wenig schläfrigen Reynevan. »Das schickt sich nicht, wenn man schon mit einem Bein im Grab steht. Du hast doch noch nie im Leben einen König gesehen, Alte. Vielleicht den König Herodes im Krippenspiel.«

»Selber alt, möge dir die Zunge verdorren. Und ich habe mehr Könige gesehen als du Dukaten.«

»Wo denn? Da bin ich aber neugierig!«

»In Wien.«

»Wo?«

»In Wien, Dummkopf!« Die Alte richtete sich auf ihrem Schemel auf. »An Ostern im Jahre des Herrn 1353 haben sich die Monarchen dieser Welt in Wien versammelt. Kaiser Karl, dem gerade die Frau gestorben war, Anna von der Pfalz, freite um das kleine Ännchen, Brudertochter des Schweidnitzer Herzogs Bolko. Oho, damals sind viele Könige und Herren nach Wien gekommen …«

»Und du warst auch dort, Weib, was? Hast du Met oder Wein getrunken?«

»Was weißt du denn, du Einfaltspinsel! Dummkopf! Ich, ja … Hübsch war ich damals … Und jung … Als Erster hat mich Kaiser Karl selbst erwischt, im Kreuzgang, zur Abendzeit, ans Geländer hat er mich gedrückt, mir mein Kleid zerrissen … Mit seinem Bart hat er mich am Hals gekitzelt, da hab ich so gelacht, dass er fast aus mir rausgeflutscht ist … Da ist er bös geworden, also hab ich ihn in die Hand genommen und dorthin zurückgepackt, wo er hingehörte. Oh, sagt er zu mir, du kommst mir gerade recht, du hübsches mährisches Mädel, wenn du willst, geb ich dich einem Ritter zur Ehe … Aber wie um alles in der Welt sollt ich denn da schon ans Heiraten denken, wo ringsherum so schöne Mannsbilder waren …«

»Der zweite«, die Alte geriet ins Träumen, »war Ludwig, der König von Ungarn. Ein feuriger Jüngling war das, oh, ein feuriger... Dann hat der polnische König ein Auge auf mich geworfen, Kasimir der Große ... Zu Recht haben sie ihn so genannt, hihihi, zu Recht ...«

»Du lügst, Weib.«

»Ruprecht, der rheinische Pfalzgraf ... Schon älter und dazu ein Deutscher; von dem waren kein Liebesgeflüster und keine Komplimente zu erwarten, da hieß es gleich: Mach die Beine breit! Hingegen Arnošt von Pardubice, der Prager Erzbischof, he, der konnte so schön reden, und der Sache selbst war er auch sehr kundig ... Oh, der kannte Kunststückchen und ausgeklügelte Späße ... Gut war auch Przecław z Pogorzeli, der Bischof von Breslau, im Bett wacker, das kann ich nicht leugnen, ein Pole eben, aber seine Fußlappen stanken so, dass der Teufel ausgerissen wäre ... Albrecht, der Herzog von Österreich ...«

Die Alte verschluckte sich und musste husten. Es dauerte ein bisschen, bis sie den Faden wiedergefunden hatte.

»Aber der, der mir die größten Wohltaten erwiesen hat damals, war kein König und Bischof, sondern ein Poet, einer aus der Toskana. Ein Traum von einem Mann. Nicht nur, dass er sich wacker hielt, dazu konnte er auch von allen am schönsten reden. Ja, einen Vogel erkennst du nicht an seinen Federn, sondern an seinem Gesang. Ja, der konnte reden ... In Versen sogar... Sie nannten ihn ... Hmm ... Den Vornamen hatte er wie der Heilige von Assisi ... Aber sein Name ... Da muss ich überlegen ... Wie war der doch gleich ... Rurka? Petrurka?«

»Vielleicht ...«, Reynevan stotterte, »vielleicht Petrarca? Francesco Petrarca?«

»Vielleicht, Jungchen, vielleicht.« Die Alte lächelte versonnen. »Wer kann das nach so vielen Jahren noch wissen?«

Neuntes Kapitel

in dem Reynevan eine geniale Idee hat.
Infolge dieser Idee erfährt er, wie viel er für jemanden wert ist.
Die Tatsache, dass sich sein Wert gegen Ende des Kapitels blitzartig erhöht, sollte ihn eigentlich freuen.
Aber sie freut ihn nicht.

Scharley überraschte Reynevan voll und ganz. Nachdem er sich die Grundzüge dieses genialen Plans angehört hatte, spottete er keineswegs, verhöhnte ihn auch nicht, nannte ihn weder einen Narren noch einen Idioten, ja, er tippte sich nicht einmal mit dem Finger an die Stirn, wie er es bei Diskussionen zu tun pflegte. Nachdem er sich die Grundzüge des genialen Plans angehört hatte, stellte Scharley ruhig den Krug ab, aus dem er zum Frühstück Bier getrunken hatte, stand auf und verließ den Raum. Er trat nicht einmal nach dem Hund, der ihm zwischen die Füße geriet, sondern stieg mit erschreckender Ruhe über ihn hinweg. Er knallte auch beim Hinausgehen nicht die Tür zu. Er ging ganz einfach hinaus.

»Ich verstehe ihn schon ein wenig.« Jan Čapek von Sán, der gerade rechtzeitig in der Burgküche aufgetaucht war, um die großen Linien des genialen Plans mitzukriegen, nickte. »Du bist ein gefährlicher Mensch, Bruder Bielau. Ich hatte mal einen Kameraden, der hatte auch solche Einfälle. Ständig. Er war eine regelrechte Bedrohung. Bis vor kurzem.«

»Bis vor kurzem?«

»Bis vor kurzem. Infolge seines letzten Einfalls haben sie ihn auf dem Marktplatz von Elbogen aufs Rad geflochten, am Festtag der heiligen Ludmilla. Mit ihm wurden noch zwei andere hingerichtet. Es gibt Einfälle, die schaden nicht nur dem, der sie hat. Sondern auch seiner Umgebung. Leider.«

»Mein Plan schadet gewiss niemandem«, Reynevan plusterte sich ein bisschen auf, »schon allein deswegen, weil ich ihn selbst durchführen werde. Nur ich gehe ein Risiko ein.«

»Aber dafür ein sehr großes.«

»Gibt es denn einen anderen Weg? Wir haben keinen! Tauler liegt immer noch ohnmächtig da, und selbst wenn er schon auf den Beinen wäre, du hast doch selbst gesagt, Bruder Čapek, dass der Geheimgang, der nach Troský führt, ein Hirngespinst ist, das uns nicht weiterbringt. Die Zeit drängt. Wir müssen etwas tun. Mein Plan, auf die Burg zu gelangen, ist, denke ich, realistisch und verspricht einigen Erfolg.«

»Oho!«

Reynevan plusterte sich noch mehr auf.

»Herr de Bergow ist ein Deutscher«, sagte er und begann, dies im Einzelnen zu begründen, wobei er die Finger zu Hilfe nahm, »Herr von Dohna ist auch ein Deutscher. Die Hussiten, die den jungen Keuschburg, übrigens auch ein Deutscher, gefangen genommen haben, haben es nach Troský nicht so weit wie nach Falkenberg. Es scheint doch ganz normal und logisch zu sein, dass sie einen Boten mit der Lösegeldforderung zu de Bergow schicken. Man kann getrost annehmen, dass Herr de Bergow Herrn von Dohna, seinem Landsmann, Mitteilung davon macht ...«

»Herr von Bergow wird diesen Boten am Schlafittchen packen und ihn ins Loch werfen. So macht er es immer.« Čapek schüttelte den Kopf.

»Die Hussiten wissen, dass er so handelt.« Reynevan lächelte triumphierend. »Sie haben gelernt, dass im Umgang mit ihnen Schwüre keinen Wert haben und man ihnen gegenüber das Ehrenwort brechen kann. Deswegen schicken sie einen zufällig Dahergekommenen als Boten. Einen Ausländer. Einen Wanderpoeten aus der Champagne, der zufällig hier in der Gegend herumirrt.«

Čapek erwiderte nichts. Er hob lediglich die Augen viel sagend zum Himmel. Besser gesagt, zur Decke der Burgküche.

»Ein Wanderpoet aus der Champagne.« Samson schüttelte den Kopf. »O Reinmar, Reinmar … Kannst du wenigstens drei Worte Französisch?«

»Ich kann sogar mehr als drei. Glaubst du mir nicht?«

Par montaignes et par valees
Et par forés longues et lees,
Par lieus estranges et sauvages
Si passa maint felons passages
Et maint perilz et maint destroit …

»Einigermaßen fließend«, gab Samson seufzend zu. »Auch der Akzent ist annehmbar, das muss ich zugeben. Auch die Wahl der Stelle dieses Romans … Na ja, ganz zutreffend und den Umständen entsprechend.«

»Und wie!«, warf Scharley ein, der eben wieder geräuschlos die Küche betreten hatte. »Besser könnte man gar nicht wählen! Man muss dir als Wanderpoeten nur noch einen entsprechenden Champagnernamen verpassen. Einen wirklich passenden und dich trefflich charakterisierenden *nom de guerre.* Ich schlage vor, Yvain le Crétin. Wann ziehen wir los?«

»Ich ziehe los. Allein.«

»Nein!« Samson schüttelte den Kopf. »Ich ziehe los. Das betrifft mich und nur mich. Ich will nicht, dass sich einer von euch um meinetwillen in Gefahr begibt. Es ist höchste Zeit, dass ich die Sache selbst in die Hand nehme. Mal angenommen, Reinmars Idee wäre gut, dann könnte man sie auch etwas abändern: Die Hussiten benutzen einen wandernden Idioten dazu, die Lösegeldforderung für den jungen Keuschburg zu überbringen. Das scheint mir ein recht guter Plan zu sein, und mein äußeres Erscheinungsbild …«

»Deine äußere Erscheinung kann einem schon die Sprache verschlagen«, unterbrach ihn Scharley, »das ist wahr. Aber das ist zu wenig. Diese Aufgabe muss jemand übernehmen, der schon einige Erfahrung im Betrügen, Schwindeln, An-der-

Nase-Herumführen und Aufs-Glatteis-Führen hat. Ohne irgendjemandem nahetreten zu wollen, aber von uns dreien gibt es nur einen, der sich auf diesem Gebiet als Spezialisten bezeichnen kann.«

»Es war meine Idee«, erwiderte Reynevan ruhig. »Und ich gebe sie nicht auf. Ich gehe allein, das steht mir zu als Vater des Gedankens. Und ich bin sicher, dass ich für dieses Unternehmen am besten geeignet bin.«

»Das stimmt nicht«, widersprach Scharley. »Du bist am wenigsten dafür geeignet. Dir und nicht uns hat man gesagt, du solltest dich vor der ›Großmutter‹ und der ›Jungfrau‹ hüten. Aber du glaubst natürlich nicht an Prophezeiungen. Oder nur dann, wenn es dir in den Kram passt.«

»Ich nehme mir nur ein Beispiel an dir«, fiel ihm Reynevan ins Wort. »Schluss mit dem Gerede. Ich ziehe los. Allein. Ihr bleibt hier. Denn wenn ...«

»Wir hören. Wenn?«

»Wenn etwas nicht so glattgeht ... Wenn ich Pech habe ... Ich würde mich gerne darauf verlassen können, dass ihr beide in der Nähe seid. Dass ihr mir zu Hilfe kommt und mich aus der Bedrängnis befreit.«

Scharley schwieg lange.

»Mich quält ein Gedanke«, sagte er dann. »Wenn ich dir, Reinmar de Champagne, jetzt mit einem harten Gegenstand eins über den Schädel zöge, dich zusammenschnürte und für einige Zeit in den Keller verfrachtete, würdest du mir irgendwann dafür dankbar sein. Und ich weiß eigentlich nicht, warum ich es nicht tue.«

»Weil du genau weißt, dass ich es dir nicht danken würde.«

Die Umsetzung des Plans ging zügig voran. Der immer noch auf Michalovice weilende Hauptmann Vojta Jelínek, den sie, ohne Einzelheiten zu nennen, von dem Unternehmen in Kenntnis gesetzt hatten, bot von sich aus, und zwar recht eifrig, seine Hilfe an. Da er sich mit einem kleinen Aufklärungstrupp nach

Rojmund begeben wollte, erklärte er sich bereit, einen kleinen Umweg zu machen und Reynevan bis zur Jitschiner Straße zu begleiten, wo sich dieser dann ohne Schwierigkeiten Kaufleuten anschließen konnte.

Sie zogen noch am selben Tag los. Um die Mittagsstunde.

Gegen Abend erwachte Berengar Tauler, das Bewusstsein wiedererlangend. Er musste sich nicht mehr übergeben, konnte einigermaßen gerade stehen und sogar ein bisschen gehen. Er schaffte es allein bis zum Abtritt und kehrte auch ohne Hilfe von dort zurück, es sah also ganz so aus, als würde er wieder gesund werden. Zumindest konnten ihn Scharley und Jan Čapek wegen des nach Troský führenden Geheimganges ins Gebet nehmen. Die Inquisitoren setzten strenge Mienen auf und überschütteten den Kranken mit Fragen, die ihn entlarven und als Betrüger zu erkennen geben sollten.

»Was denn für ein Geheimgang?« Der ohnehin blasse Tauler wurde noch blasser, blinzelte, zeigte aber keine Furcht. »Was für ein unterirdischer Gang? Wovon redet ihr überhaupt?«

»Wie wolltest du uns denn nach Troský bringen? Durch einen Geheimgang, nicht?«

»Nein, verdammt noch mal! Ich weiß nichts von einem Geheimgang! Auf Troský habe ich, besser hatte ich einen Bekannten, einen Pferdeknecht … Ich habe damit gerechnet, dass er uns hilft … Er ist mir noch etwas schuldig … Er hätte uns den Zugang zur Burg erleichtert oder ausspioniert, was wir dazu brauchen … Worum geht es hier eigentlich, zum Teufel noch mal?«

Scharley und Čapek antworteten nicht. Sie stürzten hinaus, rannten die Treppen hinunter und erteilten noch im Laufen ihre Befehle.

Sie hatten die Pferde fast müde geritten, um noch vor Sonnenuntergang anzukommen. Sie waren fast der ganzen Jitschiner Straße gefolgt und waren nun nicht weit von Burg Kost entfernt. Sie hatten zwei Kaufmannszüge getroffen, einen Kesselschmied mit einem Wagen voller Kupfergefäße und eine Truppe von Wanderakrobaten. Einen Bettler. Und ein Weib mit einem Korb voller Gänschen.

Keiner von ihnen hatte einen Poeten aus der Champagne gesehen. Auch niemanden, der der Beschreibung entsprach. Weder heute noch sonst irgendwann.

Reynevan war verschwunden, als hätte die Erde ihn verschluckt.

Scharley drängte, sie sollten Vojta Jelínek und seinem Trupp nachjagen und ihn fragen, um zu erfahren, was geschehen war, wo sie Reynevan gelassen hatten. Jan Čapek war damit nicht einverstanden, er widersetzte sich ganz entschieden. Jelíneks Trupp habe mehrere Stunden Vorsprung, sie würden ihn nicht einholen, erwiderte er. Die Nacht komme heran. Und die Gegend sei gefährlich. Viel zu viele katholische Burgen befänden sich in der Nähe. Viel zu nahe für einen Trupp, der nur zwanzig Reiter zähle.

Sie ritten denselben Weg zurück und sahen sich aufmerksam um. Um einen einsamen Reiter zu entdecken. Und dann, als es schon ganz dunkel war, um den Schein eines Biwakfeuers zu entdecken.

Sie sahen nichts.

Von Reynevan fehlte jede Spur.

Das Erste, was er spürte, als er wieder zu sich kam, war beißende Kälte, die umso schlimmer war, weil er sich nicht bewegen konnte, er konnte sich weder zusammenrollen noch sich krümmen, um wenigstens ein Restchen Wärme im Körper zu behalten. Er war wie gelähmt.

Dann erwachten allmählich seine anderen Sinne und halfen ihm, die Lage zu erkennen. Seine Augen ließen ihn oben am dunklen Oktoberhimmel die Sterne sehen – den Polarstern, den Kleinen und den Großen Bären, Arktur im Sternbild Bootes, die Wega, die Zwillinge, den Steinbock. Den Geruchssinn attackierte ein Gestank, schrecklich und unerträglich trotz der Kälte und der Tatsache, dass er unter freiem Himmel und auf der nackten gefrorenen Erde lag. Das Gehör registrierte verzweifelte Schreie, die aus der Nähe zu kommen schienen. Und Gelächter.

Hals und Nacken schmerzten fürchterlich, dennoch warf er sich hin und her – er hatte begriffen, dass die Unmöglichkeit, sich zu bewegen, daher rührte, dass mehrere Körper auf ihm lagen und dass eben diese Körper den für seine Nase unerträglichen Geruch verströmten. Die Körper reagierten auf seine Bewegungen dadurch, dass sie noch schwerer und fester auf ihm lasteten. Jemand wimmerte, jemand stöhnte, jemand rief nach Gott. Jemand fluchte.

Von der linken Seite her – das heißt von der Wega und dem Sternbild Leier her – erhellte ein flackerndes Feuer das Dunkel der Nacht. Der Geruch nach Rauch durchdrang endlich die Ausdünstungen menschlicher Körper. Von eben dort, vom Feuer her, drangen jene verzweifelten Schreie, die jetzt in Wimmern und krampfhaftes Schluchzen übergingen.

Er warf sich erneut hin und her, bekam mit größter Anstrengung eine Hand frei und stieß damit heftig einen Körper von sich, einen weiblichen Körper und keineswegs mager. Er fluchte und zog die Knie an.

»Hört auf, Herr«, flüsterte jemand dicht neben ihm. »Tut nichts. Es geschieht ein Unglück, wenn sie's hören ...«

»Wo bin ich?«

»Leise. Wenn sie uns hören, schlagen sie ...«

»Wer?«

»Sie. Die Martahúz ... Bei Gott, seid still ...«

Schritte. Holz knarrte. Der Schein einer Fackel. Gelächter.

Er drehte den Kopf ein wenig und schaute.

Der Fackelträger hatte ein stark mit Akne überzogenes Gesicht. Fast keine Stirn. Die schwarzen struppigen Haare schienen ihm fast aus den Augenbrauen und der Nasenwurzel zu wachsen. Reynevan hatte ihn schon früher gesehen.

Da waren noch drei andere. Einer trug eine Laterne, und in der anderen Hand hielt er noch etwas. Zwei schleppten einen minderjährigen Jungen, den sie unter den Achseln gepackt hatten. Der Junge schluchzte.

Sie warfen ihn brutal auf die Erde, bückten sich und leuchteten auf die am Boden Liegenden. Reynevan konnte jetzt sehen, dass sie sich im Innern eines mit Pfahlwerk umgebenen Pferches befanden. Sie suchten sich einen aus. Einer schrie schrill und verzweifelt auf, einer wimmerte, einer rief immer wieder Gott und die Heiligen an. Ein Stock pfiff durch die Luft, abgerissene Schreie übertönten die anderen Stimmen. Sie schleppten einen Jungen aus dem Pferch, noch jünger als der vorige, er weinte und flehte um Erbarmen. Kurz darauf ertönte von jenseits des Pfahlwerks sein gellender Schrei. Und das Gelächter der Martahúz.

Reynevan fluchte, hilflos ballte er seine Hände zu Fäusten zusammen. Mich hat's erwischt, dachte er. Und wie es mich erwischt hat.

Ihm war alles wieder eingefallen.

Er hatte bereits eine böse Ahnung gehabt, als an einer Weggabelung jener Aknegesichtige mit den Haaren, die aus den Brauen herauszuwachsen schienen, auf einem struppigen Schecken aus dem Wald geritten kam. Als dieser lächelte und dabei seine schwarzen Zahnstummel zeigte. Die böse Ahnung war zur Sicherheit geworden, als der Aknegesichtige den Hauptmann Vojta Jelínek begrüßte und ihn, Reynevan, mit einem heuchlerischen, abschätzenden Blick taxierte. Hauptmann Vojta Jelínek sah ihn ebenfalls an, eine Grimasse der Verachtung ziehend, die mehr als deutlich sagte: »Du bist uns so leicht wie ein Kind ins Netz gegangen, du vertrauensseliger Dummkopf, du.«

Reynevan tat, als ordne er seine Zügel, gab seinem Pferd plötzlich die Sporen und preschte mit einem Satz in den Wald. Sie hatten dies vorausgesehen. Sie versperrten ihm mit ihren Pferden den Weg, stießen ihn aus dem Sattel, sprangen auf ihn zu und drückten ihn zu Boden. Jelínek – die Pest sollte ihn holen – blickte lächelnd von seinem Pferd auf ihn herab.

»Das ist irgendein Wichtiger«, sagte er zu dem Aknegesichtigen, »irgend so ein Wichtiger, kein Geschmeiß. Zehn Schock Groschen gibst du mir für den, Hurkoveč.«

»Aber sicher«, antwortete der Aknegesichtige. Seine Akne blühte überall, sogar auf den Lidern und den Lippen, ja, er hatte selbst auf den Eiterpusteln noch Pusteln. »Ein Wichtiger, das glaubst du doch selbst nicht! Der Kleidung nach zu schließen, ist das ein beschissener Künstler. Wie viel ich für den kriege? Das weiß nur 's Herrgöttel. Ich geb zwei Schock. Was? Zu wenig? Dann fick dich doch selbst, Jelínek. Lass ihn umbringen und in den Büschen mit Laub zudecken …«

»Gib mir acht! Das ist ein wichtiger Kerl, sag ich dir!«

»Drei.«

»Du verdienst eh schon genug an mir. Wie viele habe ich dir schon geliefert? Ganze Dörfer habe ich dir verkauft, du alter Geizkragen!«

»Fünf.«

»Ha! Von mir aus, mein Verlust! He, was windet der sich da so? Würgt ihn ein bisschen! Aber vorsichtig, mit Gefühl!«

Reynevan versuchte, sich loszureißen. Vergeblich. Sie schlangen ihm einen Riemen um den Hals. Sie würgten ihn, mit Gefühl, ein paar Mal traten sie ihm auch gefühlvoll in den Bauch. Er erhielt einen Schlag auf den Kopf. Verlor das Bewusstsein. Für lange Zeit.

Hinter dem Pfahlwerk, am Feuer, schrie und schluchzte der vergewaltigte Junge. Der, den sie zuvor vergewaltigt hatten, wimmerte und weinte.

»Was werden sie mit uns machen?«

»Sie werden uns verkaufen«, antwortete sein Nachbar, der ihn vorhin gewarnt und ermahnt hatte, leise zu sein, ebenfalls flüsternd. »Sie verkaufen uns, zu unserem Verderben. Das sind Martahúzen, Herr. Menschenräuber.«

Gegen Morgen presste und drückte sich Reynevan mit aller Kraft an die anderen, die sich in dem keuchenden, stöhnenden und zitternden Menschenhaufen aneinanderschmiegten. Er empfand keinen Abscheu. Wichtiger war ein wenig Wärme. Sogar stinkende. Außerdem war er nicht mehr wert als diejenigen, die stanken. Er war kaum fünf Schock Prager Groschen wert. Also ungefähr zehn ungarische Dukaten. Genauso viel wie etwa zwei Kühe plus ein Fellmantel und ein Viertel Bier als Draufgabe.

Der Tagesanbruch brachte Lärm, Geschrei, Flüche, wüste Beschimpfungen, Tritte, Peitschenschläge. Die im Pferch Zusammengetriebenen wurden einzeln durch eine Öffnung im Pfahlwerk hinausgetrieben, und man legte ihnen Fesseln an, Bretter mit Öffnungen für Hals und Hände. Sie wurden zu einer Marschkolonne zusammengestellt, wobei man nicht mit Schlägen sparte.

Reynevans Brett stank nach Erbrochenem. Das war nicht verwunderlich, denn es trug noch eingetrocknete Reste davon.

Der Aknegesichtige im Sattel seines struppigen Schecken pfiff auf den Fingern. Die Peitschen knallten. Die Kolonne setzte sich in Bewegung. Menschen beteten laut. Pfeifend und knallend sausten Peitschenhiebe herab.

Der Albtraum hatte aber auch seine guten Seiten. Der von den Peitschen erzwungene Laufschritt erwärmte sie.

Dem Stand der Sonne nach zu urteilen, marschierten sie nach Osten. Sie wurden jetzt nicht mehr ganz so hart angetrieben wie bei Tagesanbruch, nicht mehr zum Laufen gezwungen. Aber keineswegs aus Mitleid. Zwei Personen, ein alter Mann und eine ältere Frau, waren gestürzt und konnten sich nicht mehr erheben, obwohl die Menschenhändler nicht mit Schlägen und Fußtritten sparten. Die Kolonne wurde weitergetrieben, Reynevan konnte nicht sehen, was mit dem Paar geschah, aber er hatte die bösesten Vermutungen. Er hörte die erboste Stimme des Aknegesichtigen, der Hauptmann Jelínek bezichtigte, ihm auf ehrlose Weise nur »alte Leichen« geliefert zu haben, und seine Untergebenen beschimpfte, ihm »die Ware zu verderben«. Infolgedessen wurde ihnen gestattet, langsamer zu gehen. Und es wurde auch weniger geschlagen.

Reynevan hinkte, er hatte Blasen an den Füßen, schon lange hatte er keine so große Strecke mehr zu Fuß zurückgelegt. Zu seiner Rechten keuchte ein junger Mann, in etwa so alt wie er, in seinem Brett. Er war entschieden weniger abgestumpft als die anderen und hatte sich schon in der Nacht in abgerissenen Sätzen als Tischlergeselle aus Jaroměř vorgestellt, auf Wanderschaft befindlich, was bedeutete, dass er sein Handwerk zu vervollkommnen gedachte. Auf dem Weg von Jitschin nach Zittau hatten ihn die Martahúzen überfallen und gefangen genommen. Seine Tränen hinunterschluckend, bat der Geselle Reynevan, falls es diesem durch ein Wunder gelänge, freizukommen, möge er Elsbeth, die Tochter von Meister Ružižka, dem Schneider von Jaroměř, von seinem Schicksal benachrichtigen. Er versprach, dass er, falls er davonkäme, seinerseits eine ihm genannte Person über das Schicksal Reynevans unterrichten wolle. Reynevan nannte niemanden. Er hatte kein Vertrauen. Und er glaubte nicht an Wunder.

Sie zogen durch Schluchten, Wälder, auf Wegen unter schattigen Buchen und grünen Fichten, durch Ahornwäldchen, Wälder aus Eschen und Ulmen. Sie zogen an herbstlich schimmernden Birken am Wege vorbei, deren Blätter wie der Goldschmuck von Königinnen glänzten. Ein Anblick, der wahrhaft das Auge beglücken und die Seele mit Freude erfüllen konnte.

Aber er beglückte und erfüllte niemanden.

Die Sonne hatte schon ein großes Stück ihres Weges am Zenit zurückgelegt, als von der Spitze der Kolonne Rufe und Gewieher zu hören waren. Reynevans Herz machte einen Sprung, als er die Bewaffneten mit Helmen, spitzen Kapuzen und in kirschfarbenen Tuniken erblickte. Umso schmerzlicher und unangenehmer berührte ihn der Anblick des Aknegesichtigen, der mit überschwänglicher Geste dem Anführer der bewaffneten zehn Männer die rechte Hand drückte.

Die Begegnung dieser offensichtlich miteinander Bekannten fand an einer Wegkreuzung statt. Von hier ab trieb die verstärkte Eskorte die Kolonne nach Süden. Bald endete der Wald, die Bäume blieben hinter ihnen zurück, ein sandiger Weg wand sich zwischen Felsen von bizarren Formen dahin. Die hoch stehende Sonne schien zwischen hoch im Blau dahinziehenden Haufenwolken herab.

Plötzlich kam das Ziel ihres Marsches in Sicht. So klar und deutlich, als wäre es zum Greifen nah. So selbstverständlich.

»Ist das etwa ...«, stöhnte Reynevan, während er versuchte, die Kante des Bretts von seinem wund gescheuerten Hals wegzuhalten, »ist das ...?«

»Ja«, bestätigte der Tischlergeselle düster. »Da bin ich ganz sicher ...«

»Troský«, jammerte einer hinter ihnen. »Das ist die Burg Troský ... Gott schütze uns ...«

Aus der mit dünnem Wald bestandenen Anhöhe ragte ein einsamer, seltsam geformter Felsen hervor, mit zwei Hörnern, wie ein Teufelskopf, wie die aufgestellten Lauscher eines geheimnisvollen Wolfes. Der Fels – Reynevan wusste es nicht und konnte es auch nicht wissen – bestand aus erstarrter Lava, einem vulkanischen Erguss von Basaltgestein. Die Extravaganz, mit welcher der Felsen die Landschaft beherrschte, musste jemandem als geeignet dafür erschienen sein, als natürliches Fundament für eine Burg zu dienen. Dieser Jemand war, wie Reynevan wusste, denn er hatte sich vor Beginn seiner Fahrt ein wenig kundig gemacht, kein Geringerer als Čeněk von Wartenberg, der zu König Wenzels Zeit Burggraf von Prag gewesen war. Der von Čeněk verpflichtete Baumeister hatte jenes vulkanische Monument geschickt genutzt: Er verschmolz die eigentliche Burg mit dem Sattel zwischen den beiden Basalthörnern, auf die Hörner selbst setzte er Türme. Der höhere von den beiden, an der Ostecke, schlanker und viereckig, wurde »Jungfrau« genannt. Den niedrigeren, westlichen Turm, ein abgerundetes, behäbiges Fünfeck, nannte man »Großmutter«.

Im Jahre 1424 – Burgherr war zu dieser Zeit schon Otto de Bergow, ein erklärter Feind und grausamer Verfolger jener, welche die Kommunion aus dem Kelch empfingen – hatten wütende Taboriten die Burg belagert. Aber da halfen weder der lange währende Beschuss durch Katapulte und Bombarden noch der in einem Fiasko endende Versuch, die Burg zu stürmen; die Gottesstreiter mussten unverrichteter Dinge abziehen. Seither galt Troský als uneinnehmbar. De Bergow prahlte damit und quälte die Hussiten in seiner Umgebung weiterhin mit Feuer, Schwert und Strick.

»He dahinten!«, brüllte der Aknegesichtige von der Spitze her. »Die Burg liegt vor uns! Treibt die Schweine hinauf, die sollen ihre Haxen schneller bewegen!«

Die Peitschen knallten. Es hagelte Schimpfwörter und Flüche.

Sie wurden durch ein enges Tor auf den im Schatten der oberen Burg liegenden Hof getrieben, der sich nach Westen hin verjüngte. Den in den Zwinger Getriebenen wurden die Bretter abgenommen. Mit seiner taub gewordenen Hand betastete Reynevan seinen Hals und stellte fest, dass dieser bis aufs Fleisch aufgescheuert war. Der Tischlergeselle versuchte, ihm etwas zu sagen, verstummte aber mit einem lauten Schrei, als die Riemen der Peitsche auf seinen Rücken klatschten.

»Stellt euch auf, ihr Hunde!«, schrie das Aknegesicht. »Steht! Und keinen Mucks!« Unter Geschiebe und Gestoße stellten sie sich an der Mauer auf. Es waren, wie Reynevan jetzt erst feststellte, mit ihm dreiunddreißig Menschen, darunter sieben Frauen, vier Greise und drei Halbwüchsige. Weder die Greise noch die Halbwüchsigen sahen so aus, als wären sie zur Sklavenarbeit zu gebrauchen. Reynevan wunderte sich darüber, dass man sie aufgegriffen hatte.

Dann aber fehlte die Zeit, sich weiter zu wundern.

Vom Vorhof gelangte man über eine teilweise überdachte hölzerne Treppe zur oberen Burg. Eben diese Treppe kam eine

Gruppe prächtig gekleideter Herren herab. Unten angelangt, wurden sie vom Hauptmann der Wache und einigen Burgmannen begrüßt und kamen dann näher.

»Na, was haben wir denn da, Hurkovec?«, fragte der an der Spitze gehende, stattliche Mann mit dem hellen Schnurrbart. Es bestand kein Zweifel daran, wer das war, seinen losen *haqueton* schmückte ein geflügelter Fisch, das Wappentier des Geschlechtes derer de Bergow. Dieser Mann war der Herr auf Burg Troský, Otto de Bergow höchstpersönlich.

»Was haben wir denn da?«, wiederholte er. »Ein paar Bauern, ein paar Bettler, ein paar Weiber und ein paar Kinder. Mir scheint, Hurkovec, wir hätten schon früher einiges zwischen uns klargestellt. Du Hundsfott sollst mir Hussiten liefern. Hussiten, und nicht ein paar zufällig aufgegriffene Dorfbewohner. Glaubst du, ich bezahle dich für ein paar Bauern? Die vermutlich großteils auch noch meine eigenen sind?«

»Das Herrgöttl sull mich strafen!« Das Aknegesicht schlug sich an die Brust und machte eine tiefe Verbeugung. »Ich will den morgigen Tag nit erleben, allergnädigster Herr! Das sind Hussiten, wahrhaftige Hussiten. Einer wie der andere Hussitenaas, wahrhaftige Hussitenhunde!«

»Die sehen nicht danach aus!«, meinte ein zweiter Ritter, ein junger, gut aussehender Mann mit einem Hut in Form einer Glocke auf den gekräuselten Locken. Fast jeder Saum seiner Kleidung war, wie die Mode es gebot, mit abgerundeten Zacken versehen.

»Sie sehen nicht danach aus«, wiederholte er, trat näher und führte seine gezackte Manschette an die Nase. »Aber fragen wir sie doch mal, der Ordnung halber: He, Weib! Was bist du für eine? Verehrst du Hus als deinen Gott?«

»Ich bin unschuldig! Guter Herr! Ich bin eine arme Witwe!«

»Und du, Bauer? Nimmst du die Kommunion in beiderlei Gestalt?«

»Ich bin unschuldig! Erbarmen!«

»Die lügen, edler Herr!«, versicherte das Aknegesicht unter

Verbeugungen. »Die lügen, diese ketzerischen Schweinerüssel, die wollen bloß ihre Haut retten. Würdet Ihr an ihrer Stelle nicht lügen?«

Der Schönling blickte mit Todesverachtung auf ihn herab, es sah ganz so aus, als wollte er ein solches Ansinnen mit einem Faustschlag strafen. Aber er begnügte sich damit auszuspucken.

Dann wandte er sich an de Bergow. Und an den neben ihm stehenden älteren Ritter in einem pikierten Wams, mit würdevollem Antlitz und stolz aufgeworfenen Lippen. Den hatte Reynevan schon irgendwo gesehen, darauf hätte er schwören können. Nach kurzem Nachdenken kam er zu dem Schluss, dass er auch den mit dem Glockenhut schon einmal gesehen hatte.

»Ich weiß es nicht, ich weiß es wirklich nicht, werter Herr Otto.« Der Würdevolle wandte sich mit einer Geste der Ratlosigkeit an de Bergow. »Wir haben den Auftrag vom Patriziat des Sechsstädtebundes. Bei mir hat Bautzen seine Bestellung abgegeben. Der hier anwesende Hartung von Klüx vertritt die Interessen von Görlitz, Herr Luitpold von Köckeritz, der jeden Moment eintreffen muss, die von Löbau. Aber unsere Bestellungen beziehen sich auf Hussiten. Nicht auf dahergelaufenes, erbärmliches Lumpengesindel.«

Otto de Bergow zuckte mit den Achseln.

»Was soll ich Euch sagen, werter Herr Lothar von Gersdorf?«, fragte er. »Vielleicht nur eines: Das dahergelaufene Lumpengesindel wird, bevor es auf den Scheiterhaufen in Bautzen oder Görlitz verbrennt, auf Böhmisch um Erbarmen rufen. Ganz wie echte Hussiten. Nicht zu unterscheiden von ihnen.«

Lothar von Gersdorf nickte, um zu zeigen, dass er diese Logik verstehe und achte. Reynevan war jetzt auch wieder eingefallen, wann und wo er ihn gesehen hatte, ihn und den gezackten Schönling Hartung von Klüx mit seinem Glockenhut. Er hatte sie vor zwei Jahren gesehen. In Münsterberg. An Mariä Geburt.

Gersdorf, Klüx und einige andere Ritter traten beiseite, um sich zu beraten. Die Nächsten, die bisher geschwiegen hatten, kamen heran, um die Gefangenen zu betrachten. Zwei von ihnen hatten kein Wappen, der von ihnen am vornehmsten gekleidete Dritte trug eines auf seinem Wams, sechs Felder, unterteilt in eine Säule aus silbernen und roten Streifen. Dies war das leicht erkennbare Wappen derer von Schaff. Götz, genannt Gottsche, Schaff, den Herrn auf Greifenstein, hatte Reynevan ebenfalls noch vom Münsterberger Turnier her in Erinnerung. Der hier auf Troský Anwesende musste wohl sein Bruder Janko sein, der Erbe und Herr von Burg Kynast.

Vom Tor und vom Wachturm erschollen Lärm und Hufschlag, ein Zug Bewaffneter erreichte den Burghof. An seiner Spitze ritten zwei Herolde. Ein Weißgekleideter, der eine blaue Standarte mit drei silbernen Lilien hielt. Auf der gelben Standarte des zweiten Herolds sah man ein rotes Hirschgeweih auf goldenem Grund. Reynevan schluckte. Er kannte dieses Wappen. Bekannte waren eingetroffen.

Die gerade Angekommenen hielten an, stiegen ab, warfen die Zügel lässig ihren keuchenden Knechten zu, traten auf den Burgherrn zu und verbeugten sich respektvoll, aber stolz. Außer den Knechten und Schützen verblieb nur ein junger Page mit einem riesigen, mit drei Pfauenfedern geschmückten Barett im Sattel. Ohne darauf zu achten, ob man ihn für einen Eulenspiegel, Spitzbuben oder Dummkopf hielt, ließ er sein Pferd tänzeln und Kunstfiguren vollführen. Die Hufe klapperten auf dem Pflaster.

»Herr de Bergow! Seid uns gegrüßt!«

»Herr von Biberstein, Herr von Köckeritz! Ein Gast im Haus heißt Gott im Haus!«

»Ihr erlaubt?«, fragte Köckeritz. »Meine Ritter und Gefolgsleute: Herr Nikolaus Dachs, Herr Heinrich Seeband, Herr Willrich von Liebenthal, Peter Nimptsch, Johann Waldau, Reinhold Temritz. Sind wir rechtzeitig zum Bankett gekommen?«

»Zum Bankett und zu den Geschäften!«

»Ich sehe schon, ich sehe.« Ulrich von Biberstein, der Herr auf Friedland, warf einen Blick auf die vor der Mauer aufgestellten Gefangenen. »Obwohl der Anblick überaus ärmlich ist. Es sei denn, dies sind die Reste, und der Sechsstädtebund ist uns bereits bei der besseren Ware zuvorgekommen. Seid gegrüßt, Herr von Gersdorf, Herr von Klüx und Herr Schaff. Wie sieht's aus? Ist der Handel schon abgeschlossen?«

»Noch nicht.«

»Dann lasst uns dazu übergehen.« Biberstein rieb sich die Hände. »Und dann zum Bankett, zum Bankett! Beim heiligen Dionysius! Ich habe vielleicht einen verteufelten Durst!«

»Dem lässt sich leicht abhelfen.« Otto de Bergow winkte den Knappen.

Nikolaus Dachs, der mit dem Herrn auf Friedland gekommen war und von dem Reynevan von den Berichten der hussitischen Hauptleute wusste, dass er ein Gefolgsmann der Bibersteins war, kam zurück und musterte die an der Mauer stehenden Gefangenen. Seine Miene war vieldeutig. Und was sie nicht ausdrückte, gab sein Kopfschütteln zu verstehen.

»Ich sehe, die Qualität wird immer schlechter«, kommentierte Biberstein, der aus der Hand eines Knappen einen großen Pokal entgegennahm. »Ihr bietet uns immer schlechtere Ware an, Herr Otto, immer minderere Qualität! Man sieht, dies ist ein Zeichen der Zeit, ein *signum temporis*, wie mein Kaplan zu sagen pflegt. Was soll's, wie die Arbeit, so der Lohn, lasst uns also über den Preis sprechen. Im Jahre des Herrn 1419 zahlte man für einen gefangenen und für den Scheiterhaufen bestimmten Hussiten in Kuttenberg einen Schock Groschen, für einen häretischen Prediger fünf Schock …«

»Aber damals war das Angebot größer«, unterbrach ihn de Bergow. »Im Jahre neunzehn war es nicht schwer, einen Hussiten zu erwischen, da hatten die Katholiken gesiegt. Heute sind die Hussiten überlegen, und die Katholiken müssen Niederlagen einstecken, da ist ein hussitischer Gefangener eine Seltenheit, ja fast schon eine Rarität. Also auch teuer. Die Herren vom Landfrieden treiben selber die Preise in die Höhe und schaffen so Präzedenzfälle. Oldřich von Rožmberk zahlte hundertfünfzig Schock Groschen Lösegeld. Nach der Schlacht von Tachau haben die Bayern und die Sachsen sogar noch mehr für ihre Leute gezahlt. Zweihundert Schock pro Kopf.«

»Ich höre mir das an und weiß nicht, ob ich dumm geworden bin oder Ihr.« Lothar von Gersdorf trat näher und warf stolz den Kopf in den Nacken. »Herr von Rožmberk und die Deutschen haben für Herren gezahlt, für Adelige, für Ritter. Und wen habt Ihr uns hier auf den Markt gestellt? Jammergestalten vom Kalvarienberg! Vorwärts, bietet mir Roháč z Dubé an, gebt mir Ambros, Královec, die Brüder Zmrzlík, Jan Černín, Kolúch oder Čapek von Sán. Für die ist's mir ums Silber nicht leid. Aber ich denke nicht daran, es für solche Hosenscheißer rauszuschmeißen. Was soll ich mit solchen Hosenscheißern?«

»Diese Hosenscheißer werden auf den Scheiterhaufen auf Böhmisch schreien und um Gnade winseln.« De Bergow senkte den Blick nicht. »Darum geht es doch, oder?«

»Darum geht's!«, antwortete Biberstein kühl. »Bei uns in den Städten zittern die Leute aus Angst vor den Böhmen und geraten in Panik. Sie erinnern sich wohl, was im Mai gewesen ist.«

»Als wäre es gestern gewesen«, bestätigte Luitpold von Köckeritz mit finsterer Miene. »Die Einwohner von Friedland, Zittau, Görlitz und Löwenberg haben sich die Hussiten von den Mauern herunter gut angesehen. Und obwohl sich die Städte verteidigen konnten und den Sturm erfolgreich abgewehrt haben, schweigen die Leute erschrocken, sobald jemand das schreckliche Schicksal von Ostritz, Bernstadt, Lauban und Goldberg auch nur mit einem Wort erwähnt. Man muss den Leuten etwas bieten, das sie aufmuntert. Am besten, wie man mit einem hussitischen Böhmen auf dem Richtplatz verfährt. Also, Otto, nennt einen Preis. Wenn er vernünftig ist, werde ich darüber nachdenken … Holla! Holla! Nimm die Stute fester am Zügel, Douce!«

Der kleine Page, der Junge mit dem Barett mit den Pfauenfedern, der sich mit seinem Pferd so hervorgetan hatte, sprengte so schnell an die Gruppe heran, dass er die Herren fast umgeritten hätte. Ein ähnliches Kunststückchen hätte sich kein Page, kein Knappe und kein Junker erlaubt, weil er sich der Konsequenzen mit dem Ochsenziemer bewusst gewesen wäre. Dieser Page schien derlei Konsequenzen nicht zu befürchten. Wahrscheinlich deshalb, weil er gar kein Page war.

Unter dem lässig aufgestülpten Barett blickten zwei bis zur Unverschämtheit kühne Augen auf die Ritter herab. Sie hatten die Farbe eines Bergsees und waren umrahmt von Wimpern, die etwa einen halben Zoll lang waren. Die frech aufwärts gebogene Nase bildete einen leichten Gegensatz zu den blonden Locken, den rosigen Wangen und dem Engelsmund, aber die gesamte Erscheinung rief ohnehin merkwürdige Gefühle in der Gegend hervor, die die Poeten euphemistisch *circa pectora* nennen.

Das höchstens fünfzehn Jahre alte Mädchen trug ein weißes Untergewand mit Hohlsaumstickerei und darüber eine Weste aus scharlachrotem Atlas. Sein Männerwams mit dem Zobelkragen trug es nach der neuesten Mode – die Arme waren durch den Schlitz an der Seite geschoben, so dass die Ärmel lose auf dem Rücken hingen und im Galopp malerisch hinterherwehten.

»Erlaubt, werte Herren«, stellte Luitpold von Köckeritz sie leicht spöttisch den anderen vor, »dieser kleine Spaßmacher, der hier mit seinem Pferd Kobolz schießt, ist meine Nichte, das wohlgeborene Fräulein Douce von Pack.«

Die Ritter schwiegen, auch die älteren und würdigeren, und rissen die Augen auf. Douce von Pack wendete ihr Pferd, eine prächtige, hellbraune Stute.

»Du hast es versprochen, Onkelchen«, sagte sie laut. Sie hatte keine sehr angenehme Stimme, die – aber nicht bei allen – das durch ihre engelsgleiche Schönheit und den ersten Eindruck hervorgerufene Staunen wieder etwas minderte.

»Ich habe es versprochen, und ich halte mein Wort.« Köckeritz runzelte die Stirn. »Hab doch ein bisschen Geduld. Das schickt sich nicht ...«

»Du hast es versprochen, du hast es versprochen! Ich will es jetzt, gleich! Ich langweile mich!«

»Hölle und Teufel! Also gut. Du kriegst einen. Such dir einen aus. Herr Otto, ich nehme einen davon. Ohne zu feilschen. Den Preis, den Ihr nennt, zahle ich. Wir rechnen nachher ab. Ich habe ihr einen als Geschenk versprochen, und Ihr seht ja selbst, wie launenhaft sie ist ... Soll's also kosten, was es mag ...«

De Bergow riss seine Augen von den Schenkeln des Mädchens und räusperte sich, als er endlich begriff, worum es ging.

»Es kostet nichts«, er verneigte sich, »nehmt es als Geschenk von mir an. Als Huldigung an Eure Schönheit und Anmut. Bitte, wählt einen aus, edles Fräulein.«

Douce von Pack verbeugte sich im Sattel und lächelte. Mit wahrhaft überwältigender Anmut. Dann defilierte sie an den sprachlosen Rittern vorüber, wobei sie die Stute zu kleinen, zierlichen Schritten zwang. Sie ritt an die Gefangenen heran.

»Den da!«

Sie hat ein Gelübde getan, dachte Reynevan, als er sah, dass die Knechte den Gesellen aus Jaroměř aus der Reihe zerrten. Sie hat gelobt, ein gutes Werk zu tun, versprochen, jemanden zu befreien. Ein wahres Wunder ... Vielleicht hätte ich durch ihn Scharley eine Nachricht zukommen lassen können. Schade ...

»Lauf weg!«, zischte das Mädchen, beugte sich aus dem Sattel und wies auf das Tor. »Lauf!«

»Nein!«, schrie Reynevan, der plötzlich begriffen hatte. »Lauf nicht ...«

Einer der Martahúz versetzte ihm einen Hieb. Und der Tischlergeselle rannte los, über den Burghof. Er lief schnell. Aber er kam nicht weit. Douce von Pack hatte einem der Pferdeknechte im Galopp den Speer entrissen, erreichte den Gesellen kurz vor dem Tor und schleuderte die Waffe in vollem Ritt mit der ganzen Kraft ihrer Schulter. Der Speer traf ihn in den Rücken, genau zwischen die Schulterblätter, die Speerspitze trat mit einem Springquell von Blut vorn aus der Brust hervor. Der Geselle stürzte zu Boden, zuckte mit den Beinen, krümmte sich und lag leblos da. Das Mädchen wendete gleichgültig das Pferd und paradierte über den Burghof. Die Hufe klapperten im Takt über die Steinplatten.

»Ist sie immer so?«, fragte Ulrich von Biberstein neugierig, aber kühl.

»Ist das angeboren oder erworben?«, fragte Lothar von Gersdorf, keineswegs mehr mit Wärme in der Stimme.

»Die sollte man ins Holz schicken, auf Wildschweinjagd«, schnaubte Janko Schaff. »Wenn sie da was erwischt, gibt's immerhin Fleisch ...«

»Von Wildschweinen hat sie schon lange genug«, antwortete Köckeritz bekümmert. »So ist die heutige Jugend ... Aber was soll ich machen, sie ist schließlich meine Verwandte ...«

Douce von Pack kam wieder herangaloppiert. So nahe, dass man den Ausdruck in ihren Augen erkennen konnte.

»Ich will noch einen, Onkelchen«, sagte sie und drückte dabei ihren Schritt gegen den Sattelknopf. »Noch einen!«

Köckeritz' Miene verfinsterte sich noch mehr, aber bevor er etwas sagen konnte, war Hartung von Klüx ihm zuvorgekommen. Der Herr auf Burg Tzschocha blickte immer noch wie gebannt auf Douce. Jetzt trat er hervor, nahm seinen Glockenhut ab und verbeugte sich tief.

»Es wird mir eine Ehre sein, wenn ich dem gnädigen Fräulein das anbieten kann, worum es bittet. In Huldigung seiner Schönheit. Herr Otto?«

»Natürlich, natürlich!« De Bergow erteilte mit einer Handbewegung die Erlaubnis. »Wählt bitte aus. Wir rechnen später ab.«

Die hinter Reynevan stehenden Frauen begannen zu weinen. Und er wusste es. Noch bevor ihn Nüstern streiften. Noch bevor er über sich ein Paar Augen von der Farbe eines Bergsees erblickte. Schöne Augen. Bezaubernde Augen. Und vollkommen unmenschlich.

»Den.«

»Der ist teuer«, wagte der Aknegesichtige mit einer Verbeugung zu sagen. »Der ist am teuersten … Das heißt, der ist ein Hussit, und deshalb ist der Preis hoch …«

»Ich verhandle nicht mit dir, du Laus, nicht du bestimmst den Preis. Und ich bezahle jeden, für dieses Fräulein. Nehmt ihn!«

Die Knechte zerrten Reynevan hervor und schoben ihn direkt vor die Brust der Stute mit dem kostbaren, goldverzierten Brustharnisch.

»Lauf!«

»Nein!«

»Hat sich da etwa ein Mutiger gefunden?« Douce von Pack beugte sich aus dem Sattel und durchbohrte ihn mit ihrem Blick. »Du willst nicht weglaufen? Dann bleib stehen. Denkst du, das macht für mich einen Unterschied? Ich reite heran und stoße zu. Aber ich gehe jede Wette ein, dass du nicht stehen bleibst. Du wirst in großen Sätzen davonrennen. Und dann zahlst du für dein freches Mundwerk. Ich stech dich ab wie ein Schwein!«

»Vierzig Schock Groschen?«, brüllte de Bergow plötzlich. »Vierzig Schock? Dir hat wohl einer ins Hirn geschissen, Hurkovač! Die Läuse haben dir wohl dein letztes Restchen Verstand aus deinem dummen Schädel gesogen! Du bist entweder vollständig verblödet, oder du hältst mich für einen Blödian! Trifft das eine zu, dann lasse ich dich nur auspeitschen, trifft das andere zu, dann hänge ich dich auf wie einen Hund!«

»Ein wichtiger Hussit …«, stöhnte das Aknegesicht. »So sind die Preise … Aber wir können feilschen …«

»Ich gebe vierzig Schock für ihn, ohne zu feilschen«, ließ sich plötzlich Janko Schaff vernehmen. »Aber nicht etwa als Geschenk. Ich verneige mich vor Fräulein von Packs Schönheit, aber sie soll einen anderen aufspießen. Den hier will ich gesund und lebendig.«

»Daraus folgt, dass du weißt, Herr Schaff, wer das ist.« Köckeritz stemmte die Hände in die Hüften. »Wie viel er wert ist. Und dieses Wissen willst du nicht mit uns teilen, he?«

»Das muss er nicht«, sagte Lothar von Gersdorf. »Ich weiß auch, wer das ist. Ich kenne ihn. Das ist ein Schlesier, Reinmar von Bielau. Angeblich ein Magier, ein Alchemist. Dazu noch ein Häretiker und hussitischer Spion. In Münsterberg hat er einen Anschlag auf das Leben von Herzog Johann verübt, ich war dabei. Angeblich haben ihn die Hussiten zu diesem Verbrechen angestiftet, aber ich bin eher geneigt, das zu glauben, was man erzählt, nämlich dass er es aus rasender Eifersucht getan hat, es ist um eine Frau gegangen. Wie es wirklich war, weiß der Teufel, aber Tatsache ist, dass sie diesen Bielau in ganz Schlesien suchen. Und gewiss werden sie für seine Ergreifung viel bezahlen, wenn Herr Janko, ohne zu feilschen, mit leichter Hand vierzig Schock für ihn gibt. Aber daraus wird nichts. Dieser hussitische Spion wird den Richtplatz auf dem Bautzener Markt ganz trefflich zieren, das wird eine wunderschöne Hinrichtung. Die Leute werden von weit her kommen, um sie sich anzusehen. Ich überbiete dein Angebot, Schaff! Bautzen, meine Herren, zahlt fünfzig Schock!«

»Was hat ein Magier, ein hussitischer Spion und gedungener Mörder auf meinem Schloss zu suchen?«, sagte de Bergow laut und bedeutsam. »Auf wessen Veranlassung ist er hierhergelangt? He?«

»Ich habe diesen Schlesier Fräulein Douce schon vorher als Geschenk versprochen!« Hartung Klüx tat so, als hätte er nicht zugehört. »Und ich zahle …«

»Ich bezweifle, dass du so viele Groschen hast«, unterbrach ihn Gersdorf.

»Hier geht es um meine und um die Ehre der Ritter!«, rief Klüx. »Leib und Leben bin ich bereit, dafür zu geben, was sind da fünfzig Schock! So viel kann ich mit Leichtigkeit auftreiben!«

»Kannst du auch hundert auftreiben?«, fragte Ulrich von Biberstein, der bislang geschwiegen hatte. »Denn ich überbiete, ich gebe für ihn hundert Schock Groschen. Und es soll mir keiner von wegen Ehre dazwischenfahren, denn hier geht es ausschließlich um die Ehre. Bittet mich nicht um eine Erklärung. Aber wenn das wirklich Reinmar von Bielau ist, dann muss ich ihn haben. Ich gebe für ihn hundert Schock Groschen. Herr Otto de Bergow? Was sagt Ihr dazu?«

De Bergow blickte ihn lange unverwandt an. Dann einen nach dem anderen.

»Ich sage, dass nichts daraus wird.« Er schüttelte den Kopf. »Der Handel ist ungültig. Ich ziehe Bielau vom Angebot zurück.«

»Warum?«

»Weil es mir so beliebt!« Otto de Bergow senkte den Blick nicht.

»Ah ja.« Biberstein räusperte sich lange, dann spuckte er aus. »Eure Burg, Euer Wille, Euer Recht. Nur so viel, wenn Ihr mir so kommt, vergeht mir die Lust, weiter Euer Gast zu sein. Beenden wir dieses Geschäft, und machen wir uns auf den Weg.«

»Richtig, auch ich hab's plötzlich eilig«, stimmte ihm Janko Schaff zu. »Beenden wir dieses Geschäft, und verabschieden wir uns.«

»Damit ihr mich in guter Erinnerung behaltet«, erklärte de Bergow nun sichtlich gelassener, »gewähre ich euch einen Preisnachlass. Einen Extrapreis, wie für den eigenen Bruder. Wie in Kuttenberg vor acht Jahren. Ein Schock Groschen pro Stück. Die Weiber und die Halbwüchsigen gebe ich euch gratis dazu.«

»Wir werden uns nicht gegenseitig überbieten«, schlug Gersdorf vor, »sondern teilen. Bautzen, Görlitz, Löbau, Friedland und Hirschberg. Lasst uns zuerst die Weiber und die Halbwüchsigen aufteilen, und den Rest ...«

»Der Rest kann nicht zu gleichen Teilen gehen, das geht nicht auf«, rechnete Köckeritz schnell. »Das ist nicht gerecht.«

»Es wird gerecht, bei meiner Seele«, sagte de Bergow und winkte seine Waffenknechte heran. »Es wird, verdammt noch mal, gerecht zugehen, keiner macht ein Verlustgeschäft. He, ergreift sie! Diese vier! Ergreift sie und bindet sie!«

Bevor noch die Martahúz des Aknegesichts begriffen hatten, was los war, waren sie schon gefesselt. Zwischen ihre ehemaligen Gefangenen gestoßen, begannen sie, sich zu winden, zu schreien und zu fluchen, wurden aber blitzschnell und erbarmungslos mit Stockschlägen, Keulenhieben und Stößen mit Lanzenschäften zum Schweigen gebracht.

»Herr«, jammerte das Aknegesicht, das bisher noch keiner angerührt hatte, »was soll das ... Wie ... Das sind doch meine Leute ...«

»Willst du dich vielleicht zu ihnen gesellen? Ist das dein Wunsch?«

»Nein, nein, woher denn ...« Der Mund des Aknegesichtigen verzog sich zu einer breiten, grässlichen Grimasse. »Überhaupt nicht! Was gehen mich die an, das sind doch keine Verwandten! Ich finde schon neue!«

»Stimmt. Man findet immer jemanden. Also geh! Ach, fast hätte ich es vergessen ...«

»Hä?«

Otto de Bergow antwortete mit einem Lächeln, dann verbeugte er sich vor Douce von Pack, die ihren Speer quer über den Sattel gelegt hatte. Douces Zähne schimmerten, ihre blaugrünen Augen flammten auf.

»Du hast mir einen Spion und Mörder auf die Burg gebracht. Lauf zum Tor! Renne! Geschwind!«

Der Aknegesichtige wurde bleich wie der Bauch eines Fisches. Er fasste sich schnell, machte kehrt und rannte wie ein Windhund auf das Tor zu. Er lief schnell. Sehr schnell. Es sah so aus, als könnte er es schaffen.

Er schaffte es nicht.

Zehntes Kapitel

in dem sich erweist, dass nichts so sehr das Denkvermögen schärft wie Hunger und Durst. Wenn's aber darum geht, ein Rätsel zu lösen, erzielt man mit dem Anpissen menschlicher Überreste die besten Ergebnisse. Dies muss aber unbedingt an Allerseelen sein.

»Reinmar von Bielau aus Schlesien.« Otto de Bergow, der Herr auf Burg Troský, taxierte Reynevan mit einem Blick, von Kopf bis Fuß und wieder retour. »Ein Schwarzkünstler. Ein Alchemist. Ein hussitischer Spion. Und dazu auch noch ein gedungener Mörder. Ein weites Interessengebiet, das muss ich schon sagen. In welcher von diesen Eigenschaften bist du auf meine Burg gekommen? Du antwortest nicht? Auch gut. Ich weiß es auch so.«

Reynevan schwieg. Sein Hals war völlig ausgetrocknet, er konnte nicht schlucken. Das Loch im Kerker war fürchterlich kalt und stank erbärmlich. Der Gestank schien aus einer mit einem Eisengitter bedeckten Öffnung im Boden zu kommen. Obwohl das Hinabsteigen über die Wendeltreppe in den unteren Teil des Turmes viel Zeit gekostet hatte, lag dieses Loch nicht am Grund des Turmes. Unter ihm befand sich noch etwas. Das Kerkerloch unter der »Jungfrau« schien bis zu den Eingeweiden der Erde hinabzureichen.

Die Knechte steckten die Fackeln in die Eisenhalterungen. Das Gitter am Boden wurde mit lautem Knirschen geöffnet. In die dunkle, nach Fäulnis stinkende Öffnung wurde eine Leiter hinabgelassen.

»Steig hinunter«, de Bergows Befehl bestätigte Reynevans Vermutung, »rasch!«

Sie ließen ihn nicht bis ganz nach unten gelangen. Sie rissen vorher heftig an der Leiter, Reynevan fiel hinunter und knallte aus ziemlicher Höhe auf den steinharten Boden. Der Sturz raubte ihm für einige Zeit den Atem.

»Ich hatte hier auf Troský mal einen klugen, belesenen Magier«, tönte de Bergow von oben herab, wobei er mit seiner Gestalt die Öffnung, durch die das spärliche Licht in das Loch drang, verdeckte, »der sagte, solch ein Kerkerloch wie das hier nennt man *oubliette*. Ich habe nie wieder gehört, dass jemand anderer dieses Wort verwendet hätte. Das stammt wohl aus dem Gallischen und bedeutet, hehe, ›Vergiss mich!‹. Ich werde dir zeigen, was der Name bedeutet. Also, das Gitter hier wird gleich geschlossen werden, und dann wird man dich vergessen. Vollkommen, auch was Brot und Wasser anbelangt. Deswegen bevorzuge ich statt des gallischen Ausdrucks den allgemein gebräuchlichen: Hungerloch. Ich werde dich verhungern lassen, Herr von Bielau. Es sei denn, du wirst klüger und gestehst, wer dich gedungen hat und auf wessen Befehl du mich ermorden wolltest. Ich warne dich, Lügen und Schwindeleien helfen dir nicht. Ich weiß, wer hinter dem Anschlag steckt, du lieferst mir lediglich Einzelheiten. Und Beweise.«

Reynevan stöhnte und drehte sich ein wenig auf die Seite. Er hatte sich die Beine gehörig verstaucht, aber anscheinend nichts gebrochen. Von oben her drang ein Knirschen und Kreischen, als das Gitter geschlossen wurde.

»Ach, das hätte ich doch beinahe vergessen«, fügte de Bergow von oben her noch hinzu. »Hexerei wird dich nicht retten, selbst wenn du wirklich ein Magier wärst. Jener kluge Magier, den ich erwähnte, hat das Hungerloch mit einem speziellen Zauber versehen. Er hat behauptet, sogar Merlin könne den nicht brechen. Er hat nicht gelogen, wie sein Beispiel beweist. Er sitzt noch immer dort unten und wird dir jetzt Gesellschaft leisten. Wenn es Rupilius dem Schlesier nicht gelungen ist, von dort zu entkommen, dann hast auch du keine Chance. Leb wohl. Es wird nicht lange dauern, und du wirst da unten deine eigene Pisse saufen. Solange du noch lebst, wünsche ich dir Gesundheit und guten Appetit.«

Das Geräusch von Schritten und das Klirren von Metall wurde immer schwächer. Das Echo verhallte. Und Stille setzte ein, tief und dumpf.

Es dauerte etwas, bis sich Reynevans Augen an die Dunkelheit gewöhnt hatten. Bis er in einer Ecke des Lochs den weißen, die Zähne bleckenden Schädel eines an die Mauer gefesselten Skeletts erkennen konnte.

Das Gerücht hatte sich bewahrheitet. Der Magier Rupilius der Schlesier befand sich tatsächlich auf Burg Trosky. Er weilte dort und sollte für immer dort weilen. Bis in alle Ewigkeit.

Das Hauptproblem bei Zauberamuletten, hatte Telesma, der Prager Magier aus der Apotheke »Zum Erzengel«, Reynevan erklärt, sei ihre Größe. Die Frage der Größe sei noch wichtiger als die der Qualität des Materials. »Es ist allgemein bekannt, je wertvoller das Material ist, aus dem der Talisman gefertigt wird, desto wirkungsvoller ist seine Magie, aber was soll's, darauf, dass Gutes auch teuer ist, sind schon die alten Phönizier gekommen. Wenn du billig kaufst, kaufst du Scheiß, dieses Axiom ist vermutlich auch in den Handelskontoren von Tyros und Sidon entstanden.«

Die Behauptung, je größer die Masse des Amuletts sei, desto größer sei seine Macht, war eine Binsenweisheit, dazu noch eine reichlich heikle. Aber allein der Gebrauch von Zaubergegenständen erforderte, dass sie handlich waren. Ein Talisman machte nur dann Sinn, wenn man ihn bei sich tragen konnte, in der Tasche, um den Hals oder an der Hand.

»Was nützt es«, pflegte Telesma zu sagen, »dass man mit einem getrockneten und gepressten Storch als Hilfsmittel ohne weiteres fremde Gedanken lesen kann? Dass das mumifizierte Bein eines Toten äußerst wirksam vor Zauber schützt? Wo soll man denn so etwas bei sich tragen? An einer Schnur um den Hals? Das sieht doch blöd aus.«

»Daher bleibt nur eins«, hatte der Magier gesagt, seine theoretischen Ausführungen mit einer praktischen Schlussfolgerung beendend, »man muss sich mit der Tatsache abfinden, dass Amulette, Talismane und Ähnliches nur für die geringere Magie geeignet sind, für die Zauberei auf niederer Ebene. Wenn man sich damit abgefunden hat, muss man das Seine tun – nämlich sie in Miniaturform bringen. Wenn das Amulett schon keine allzu große Wirkung hervorrufen kann, dann soll es wenigstens bequem zu tragen sein.«

Also hatte Telesma viel und mit unterschiedlichen Ergebnissen experimentiert. Als sich Reynevan aufmachte, hatte er ihm eine kupferne Schatulle, nur wenig größer als zwei Fäuste, geschenkt. Die mit Atlas ausgeschlagenen Fächer enthielten nicht mehr und nicht weniger als zwölf Miniaturen. Kleine Amulette von unterschiedlichster Form und Bedeutung.

Klar, dass Reynevan die kleine Schatulle sorgsam hütete und sich damit keinem Risiko aussetzte. Seine einsame Fahrt nach Burg Troský war ein gewaltiges Risiko, daher war die Schatulle bei Scharley verblieben. Mit einer Ausnahme. Er hatte zwei Amulette mitgenommen, einen Ring, der Wunden heilte, und ein Periapt zum Erkennen von Magie. Außer dass sie sehr nützlich waren, hatten beide Talismane auch den Vorteil, von schlichtem Äußeren zu sein. Der Wunden heilende Ring war aus Zinn gegossen, in seinem Inneren befand sich ein ziemlich großer Diamant. Das Periapt zum Aufspüren von Magie bestand aus Golddraht, der unter einem Geflecht aus Pferdehaar verborgen war. Sein bescheidenes Äußeres hatte das Heilamulett nicht vor Diebstahl geschützt, für den Martahúz Hurkovec hatte alles einen Wert, sogar Zinn. Reynevan hatte nicht nur seinen Pelzmantel, seine Mütze, die Geldbörse, den Gürtel und das venezianische Stilett eingebüßt, sondern auch den Ring, und er konnte dabei noch von Glück reden, dass er den Finger nicht gleich mit eingebüßt hatte. Hingegen war das am Oberarm festgebundene Periapt zur Entdeckung von Magie den Räubern entgangen. Jetzt war es der einzige Gegenstand, auf den er zählen konnte.

Auf irgendetwas musste ein Gefangener zählen können, und das bald. Reynevan war sich bewusst, dass er seine letzte Mahlzeit vor zwei Tagen eingenommen hatte. Seit achtundvierzig Stunden hatte er nichts mehr gegessen. Und nur sehr wenig getrunken.

Visum repertum, visum repertum, visum repertum. Cabustira, bustira, tira ra.

Die Wiederholung des Zauberspruches erbrachte auch nicht mehr. Die Wände der *oubliette,* oder des Hungerlochs, wie de Bergow es genannt hatte, leuchteten wie Phosphor, glühten wie faulendes Holz im Wald. Das bestätigte nur die unliebsame Wahrheit, dass das Kerkerloch mit einem starken Zauberschutz belegt war. Das an der Mauer angekettete Skelett hingegen, in dem Reynevan Rupilius den Schlesier, einen hervorragenden Theoretiker wie Praktiker der Zauberei, erblickte, leuchtete nicht. Gut oder nicht, Rupilius mit seinem fröhlich grinsenden Totenschädel strahlte im Gegensatz zu den Wänden keinerlei Magie aus, woraus sich folgern ließ, dass die Taten der Magier dauerhafter waren als sie selbst.

Reynevan sank ein wenig der Mut, hatte er doch im Stillen die Hoffnung gehegt, das Periapt möge ihm helfen, etwas zu entdecken, das ihm in seiner Lage förderlich sein könnte. Als Magier hätte Rupilius wohl irgendwelche magischen Gegenstände in den Kerker schmuggeln können, wenn auch vielleicht im After, wie seinerzeit im Narrenturm der Magier Circulos. Rupilius der Schlesier hatte aber nichts bei sich. Und er war hier, flüsterte Reynevan sein Verstand zu, er saß hier in seiner Ecke inmitten anderer vermoderter, zerbröselnder Knochen und bleckte die Zähne. Wenn er eine andere Möglichkeit gehabt hätte, flüsterte der Verstand, wäre er nicht so geendet.

Reynevan befahl dem Verstand streng, zu schweigen, und führte das Amulett zuerst an den Mund, dann an die Stirn.

Visum repertum, visum repertum, visum repertum …

Die Hände zitterten ihm ein wenig, nur schwer rang sich das

Geflüster durch die Kehle und über seine Lippen. Der Hunger quälte ihn. Der Durst noch mehr. Ein seltsames, sehr ungutes Gefühl breitete sich in ihm aus.

Das Gefühl der Verzweiflung.

Er wusste nicht, wie viel Zeit vergangen war, wie lange er sich schon in seinem Gefängnis befand. Er hatte schnell sein Zeitgefühl verloren, immer wieder schlief er ein, manchmal war es nur ein nervöser Sekundenschlaf, dann wieder ein Tiefschlaf, der Ohnmacht ähnlich. Seine Sinne verwirrten sich, er hörte Stimmen, Gestöhn, Wehklagen, das Schaben von Steinen, den Klang von Metall auf Metall. Irgendwo in weiter Ferne lachte ein Mädchen, er hätte schwören können, dass es so war. Jemand sang, auch das hätte er beschwören können.

Grůnet der walt allenthalben.
wa ist min geselle also lange?
der ist geriten hinnen.
owi! wer sol mich minnen?

Typische Anzeichen, dachte er. Hunger und Wassermangel zeigen Wirkung. Ich verliere den Verstand. Ich werde verrückt.

Und plötzlich ereignete sich etwas, das ihn darin bestärkte, dass er schon verrückt geworden war.

Die gegenüberliegende Wand des Hungerlochs bewegte sich.

Die Mauerfugen verwandelten sich ganz deutlich, sie bewegten sich wie ein gemustertes Gewebe im Wind. Die Wand blähte sich plötzlich auf wie ein Segel und wurde zu einer riesigen, sich rasch vergrößernden Blase. Die Blase zerplatzte, Schleim absondernd. Und etwas trat daraus hervor.

Dieses Etwas war unsichtbar, offensichtlich durch einen Zauber verborgen. Reynevan, der wie versteinert leblos in seiner Ecke kauerte, sah aber die Umrisse einer Gestalt, einer durchsichtigen, sich wandelnden Gestalt mit fließenden Bewegungen, wie Wasser. Er erriet, warum er überhaupt in der Lage war, etwas zu sehen. Im Loch hingen immer noch die Reste des Zaubers, der von dem Magie ortenden Periapt ausging.

Die durchsichtige Gestalt hatte ihn nicht bemerkt, sie bewegte sich fließend auf das Skelett des Rupilius zu. Reynevan begriff plötzlich mit einer Sicherheit, die ihn fast blendete, dass dies seine einzige Chance sein könnte.

»*Video videndum!*«, rief er, das Amulett in der Hand haltend. »Alef taw!«

Die Gestalt materialisierte sich so unverhofft, dass es sie schüttelte. Das erleichterte Reynevan die Aufgabe gewaltig. Er sprang auf den Ankömmling zu wie ein Luchs, packte ihn und riss ihn zu Boden. Mit ganzer Kraft schlug er ihm in die Rippen. Dem Ankömmling entfuhr der Atem, zusammen mit einem hässlichen Wort, Reynevan fasste ihn am Hals. Das heißt, er wollte ihn fassen, erhielt aber plötzlich einen Stoß mit dem Kopf gegen sein Gesicht. Obwohl ihm schwarz vor Augen wurde, revanchierte er sich mit dem gleichen Stoß, bei dem er sich die Stirn an den Zähnen des anderen verletzte. Der Gestoßene fluchte erneut, dann schrie er etwas Unverständliches. Das Magie aufspürende Amulett wirkte von selbst, im Loch wurde es hell. Na klar, dachte Reynevan, als er spürte, wie ihn eine schreckliche Kraft vom Boden in die Luft hob. Das ist tatsächlich ein Zauberer. Einer, der sich mit Magie auskennt, dachte er, während er flog. Ich habe mich mit einem Magier angelegt, dachte er noch eine Sekunde, bevor er mit schrecklicher Wucht gegen die Mauer geschleudert wurde. Er rutschte zu Boden und krümmte sich zusammen, völlig unfähig, auch nur irgendetwas zu tun.

Der Ankömmling stieß ihn mit der Fußspitze an.

»Lebst du noch?«, fragte er leise.

Er antwortete nicht.

»Wer zum Teufel bist du?«

Er antwortete auch diesmal nicht und krümmte sich nur noch mehr zusammen. Der Ankömmling bückte sich und hob das Amulett vom Boden auf.

»Ein Periapt Visumrepertum«, sagte er mit leichter Verwunderung in der Stimme. »Recht gut gemacht. Und mein Fe-Fiada hast du mit Hilfe des Spruches vom wahren Sehen durchschaut ... Toledo?«

»Alma ... Mater ... Nostra«, stöhnte Reynevan und betastete Kopf und Nacken. »›Clavis ... Salomonis‹?«

»Schon gut, schon gut, das reicht, es geht auch ohne Erklärung. Wer hat dieses Visumrepertum angefertigt? Du?«

»Teles ... Jost Dun. Aus Opatovice.«

»Und Heidelberg«, fügte der Ankömmling lässig hinzu. »Wie geht es ihm?«

»Es geht ihm gut.«

Der Ankömmling trat von einem Bein aufs andere. Er war ein Mann in den Vierzigern, nicht groß, dick, breitschultrig und so gebeugt, als drückte ihn die Last dieser Schultern nieder. Das Gewand, das er trug, war das einfache, graue und nicht sehr saubere Kleid eines Knechtes oder eines Dieners. Reynevan hätte aber um jede Summe gewettet, dass dies weder ein Knecht noch ein Diener war.

»Gibst du mir dein Ehrenwort, dass du mich nicht wieder zu Boden wirfst?«, fragte der Ankömmling und rieb sich die Nase.

»Das gebe ich dir nicht!«

»Hä?«

»Ich muss hier raus!«

Der Mann schwieg eine Weile.

»Ich verstehe«, sagte er dann rauh. »Du sitzt in der *oubliette*, ich weiß, wozu die *oubliette* dient. Ich werde dir etwas zu essen und zu trinken bringen. Aber zieh daraus keine voreiligen Schlüsse.«

Reynevan schlang Brot, Wurst und Käse so hastig hinunter, dass ihm kaum Zeit zum Atmen blieb. An dem dünnen Bier hätte er sich fast verschluckt. Als der erste Hunger gestillt war, aß er langsamer und kaute gründlicher. Der Mann im grauen

Gewand blickte ihn neugierig an. Reynevan, endlich satt und nicht mehr durstig, erwiderte diese Neugier.

»Otto de Bergow, der dich festgesetzt hat«, fragte der Mann, »weiß er, dass du magische Fähigkeiten hast?«

»Nur so in etwa.«

»Wie lange sitzt du schon hier?«

»Welchen Tag haben wir heute?«

»Samh ...«, der Mann geriet ins Stottern. »Das heißt, Allerseelen. *Commemoratio animarum.*«

Reynevan schlürfte den Rest Bier aus dem Krug und schob einen Brotkanten unter sein Hemd.

»Du kannst damit aufhören, mich an der Nase herumzuführen«, erklärte er dann. »Während du mir etwas zu essen holen gegangen bist, habe ich mir die Gegenstände angesehen, die du mitgebracht hast, die, die dort liegen. Mistel, Birkenrinde, einen Eibenzweig, eine Kerze, einen eisernen Ring, einen schwarzen Stein. Gegenstände für die Totenzeremonie. Und heute haben wir, wie mir dein Versprecher sagt, das Fest Samhain. Du bist durch die Wand gekommen, um diesen Knochen da die Ehre zu erweisen. Und dies nach dem Ritual der Alten Stämme.«

»Du hast es richtig erkannt.«

»Das war also dein Verwandter. Oder dein Freund.«

»Diesmal hast du es nicht richtig erkannt. Aber lass uns zu wichtigeren Dingen übergehen. Ich sage dir, wie du dem Hungertod entgehen kannst. Du wärst nicht der Erste. Sehr viele wurden in die *oubliette* gebracht, aber du siehst ja selbst, es gibt nur ein Skelett, wenn man die Knochen, die seit Jahrhunderten hier liegen, nicht mitzählt. Sperr die Ohren gut auf. Hast du?«

»Ich habe sie aufgesperrt.«

»Der Sohn von Otto de Bergow, Johann, ist ein Utraquist und Hauptmann in Tábor. Otto bildet sich ein, dass ihm sein Sohn nach dem Leben trachtet und ihm den Besitz wegnehmen will. Obwohl das meiner Ansicht nach völliger Blödsinn ist, ist das bei Otto mit der Zeit zu einer Art Verfolgungswahn geworden. Hinter jeder Ecke vermutet er einen gedungenen Mörder, in jeder Speise Gift. In jedem Hussiten wähnt er einen vom Sohn geschickten Vatermörder, daher ist er auf die Kelchleute auch nicht gut zu sprechen. Die Sache ist ganz einfach: Du musst nur zugeben, dass du ein Mörder bist, den Johann de Bergow gedungen hat und der nach Troský gekommen ist, um Otto zu ermorden.«

»Und hocherfreut über dieses Bekenntnis, wird mich Otto de Bergow sogleich aufs Rad flechten lassen«, lachte Reynevan. »Nehmen wir mal an, er glaubt mir. Dann genügt es, wenn er mich fragt, wie sein Sohn aussieht, und schon kommt die Lüge zum Vorschein.«

»Du bist ein Magier. Kennst du keine Überzeugungsformeln oder empathischen Formeln?«

»Nein.«

»Dann hast du Pech.«

»Zum Teufel!«, brauste Reynevan auf. »Hör auf, mich an der Nase herumzuführen! Ich will, zum Kuckuck noch mal, keine voreiligen Schlüsse ziehen, aber du bist hier schließlich durch die Wand gekommen, verdammt und zugenäht! Mach sie auf, und lass mich hinaus!«

Der Ankömmling schwieg lange, dabei jedoch nicht Reynevan anblickend, sondern das Skelett.

»Es tut mit leid«, erwiderte er schließlich, »aber diese Möglichkeit kommt nicht in Frage.«

»Warum?«

»Ich kann es nicht zulassen ... Bleib ruhig sitzen, sonst werfe ich ein *Constringo* über dich. Und du hast es am eigenen Leibe erfahren, dass sich deine Magie nicht mit meiner messen kann.«

In der Stimme des Ankömmlings schwang deutlich Eitelkeit mit – und eben diese Eitelkeit war es, die Reynevan half, das Rätsel zu lösen, sie wurde zum Katalysator, mit dessen Hilfe sich der dichte Nebel hob. Es war auch nicht ausgeschlossen, dass der Hunger seine Sinne geschärft hatte.

»Wenn man bedenkt«, sagte er bedächtig, »wenn man bedenkt, dass ich eigens nach Troský gekommen bin, um dich zu treffen. Eben dich.«

»Was du nicht sagst!«

»Ich kann mich mit dir nicht messen, weil du ein wahrhaft großer Magier bist. Dazu noch sprachbewandert, denn in der ganzen Gegend gebraucht niemand sonst das Wort *oubliette*. Wenn ich durch einen magischen Durchgang fliehen würde, wenn ich auf geheimnisvolle Weise verschwände, schlüge man sofort Alarm: Auf Troský verbirgt sich ein Magier. Ein Zauberer, der in der Lage ist, ein magisch gesichertes Hungerloch zu überwinden. Denn er selbst hat es abgesichert. Ich bin nach Troský gekommen, weil ich dich treffen wollte, Meister Rupilius. Um deinen Rat zu erbitten.«

»Ich gratuliere dir zu deiner Phantasie«, knurrte der Mann. »Du solltest Romane schreiben ... Was zum Teufel machst du da?«

»Ich muss pissen ...« Reynevan stand breitbeinig vor dem Skelett. »Was ist?«

»Geh da weg, dich soll doch gleich ...!«, schrie der Ankömmling. »Weg da, hörst du nicht? Wag es ja nicht, du Miststü ...« Er brach ab, weil er sich an seinem letzten Wort verschluckt hatte.

Reynevan drehte sich mit einem triumphierenden Lächeln um.

»Das habe ich mir gedacht«, sagte er. »Dies ist kein Verwandter und auch kein Freund, aber am Allerseelentag kommt man mit einer Kerze und einer Mistel zu ihm. Und man wird wütend, wenn jemand auf diese sterblichen Überreste pissen will. Denn ich hätte auf deine Knochen gepisst, stimmt's? Das sind deine eigenen Knochen, die hier liegen, Meister Rupilius der Schlesier, Spezialist für Astralkörper und Astralwesen. Dein Körper ist in diesem Loch gestorben, aber nicht du selbst. Du hast dich astral in eine fremde physische Form begeben. In die Form desjenigen, dessen Geist du in deinen eigenen Körper verpflanzt hast. Und den der Hunger hier an deiner Stelle getötet hat.«

»Man glaubt es nicht«, antwortete Rupilius der Schlesier nach einer Weile, »man mag es einfach nicht glauben, was für verdammte Titanen des Intellekts heutzutage in Kerkern schmachten!«

Reynevan blieb lange Zeit allein. Lange genug, um zu dem Schluss zu kommen, dies sei eine dunkle Stunde, und es sei daher besser, den Brotkanten zu mümmeln, den er für diesen Zweck aufbewahrt hatte. In der Wand verschwindend, hatte ihn Rupilius der Schlesier in schrecklicher Einsamkeit, schrecklicher Angst und schrecklicher Hoffnungslosigkeit zurückgelassen. Er kommt zurück, hämmerte ein trügerischer Gedanke in seinem Kopf. Er kommt nicht zurück, er lässt mich hier verfaulen, meldete sich die Logik in seinem Schädel, warum sollte er zurückkommen, was bringt es ihm, wenn er mir hilft. Jemanden in der *oubliette* vergisst man, streicht ihn schnellstens aus dem Gedächtnis …

Von oben her flackerte ein Licht, er hörte das Klirren von Metall. Sie holen mich hier raus, dachte Reynevan. Es gibt doch noch Hoffnung … Vielleicht ist de Bergow ungeduldig geworden, erstickte die Angst die Hoffnung. Und hat beschlossen, mir auf andere Art ein Geständnis abzupressen. Sie holen mich hier heraus, aber nur, um mich dem Henker zu übergeben …

Von oben hallte es laut, es klirrte und quietschte, kreischend öffnete sich das Gitter, dann klopfte und rasselte etwas. Jemand verstellte mit seiner Gestalt die Öffnung, und aus dem Dunkel materialisierten sich die Umrisse einer heruntergelassenen Leiter.

»Klettere herauf, Reynevan!«, erklang von oben die Stimme Rupilius' des Schlesiers. »Rasch, rasch!«

Ich habe ihm nicht verraten, wie ich heiße, dachte Reynevan, während er die schlüpfrigen Sprossen emporstieg. Ich habe ihm meinen Vornamen nicht genannt, geschweige denn ihm gesagt, wie sie mich zu Hause nennen. Entweder ist er ein Telepath, ein Hellseher oder …

Oben zeigte sich dann, dass eher das »oder« zutraf. Und Reynevan stöhnte unter der wohlbekannten, bärenartigen Umarmung.

»Samson!«

»Ja, Samson«, bestätigte mit leichtem Spott der daneben stehende Rupilius. »Um solche Freunde kann man dich nur beneiden, mein Junge! Bessere gibt es wahrhaftig nicht. Und jetzt weiter, macht euch auf den Weg.«

»Aber wie ...«

»Keine Zeit«, unterbrach ihn der Magier. »Brecht auf! Denn es liegt noch ein langer Weg vor euch!«

Sie kletterten über die Treppe hinauf, von dort aus führte die Tür in die Folterkammer, voll mit Instrumenten und Utensilien, die einem das Blut in den Adern gefrieren ließen. In einer Ecke, kaum sichtbar, befand sich eine kleine Tür, die in einen engen Korridor führte. Sie gingen an zahlreichen weiteren Türen vorüber, Rupilius hielt erst bei der fünften oder sechsten an.

»El Ab! *Elevamini ianuae!*«

Die Tür gehorchte der Handbewegung und dem biblischen Spruch, öffnete sich, sie traten ein. Der Raum war voll von Truhen und Kästen. Rupilius stellte die Laterne auf einen der Kästen und setzte sich auf einen anderen.

»Lasst uns ein wenig ausruhen und reden«, befahl er.

Die Truhe, neben der Reynevan saß, war voller Bücher. Er wischte den Staub ab. Der ›Kitāb al-kullīyāt‹ von Averroes, die ›Ars magna‹ des Raimundus Lullus, ›De gradibus humilitatis et superbiae‹ von Bernhard de Clairvaux.

»Das ist mein Hab und Gut«, Rupilius wies mit großer Geste auf die Truhen. »Bücher und andere Dinge, die ich für die Arbeit brauche. Einige davon sind sehr wertvoll. Die meisten nicht. Die sind unschätzbar. Wenn ihr versteht, was ich meine.«

»Du, Reynevan, bist ein Toledo. Wer du bist, Samson, weiß ich noch nicht ganz, aber du kannst dir wohl das Wichtigste denken, was uns Zeit und Mühe erspart. Daher keine Einzelheiten, sie gehen euch außerdem, ohne euch beleidigen zu wollen, einen feuchten Kehricht an: Otto de Bergow, der zehn Jahre lang mein Gönner und ein guter Herr war, hörte plötzlich auf, gut zu sein, und begann Forderungen zu stellen, die ich nicht erfüllen konnte. Oder nicht wollte. Bei meinem Herrn in Ungnade gefallen, sollte ich also in der *oubliette* den Hungertod sterben. Es ist mir gelungen, meinem guten, alten Körper im Loch ein Ende zu setzen. Und dem Geist einer anderen Person ebenfalls, der Person, deren Körper ich jetzt benutze. Die Übertragung hat in einer gewissen Eile stattgefunden, und in eben dieser Eile habe ich auch das Objekt ausgesucht. Mit dem Resultat, dass ich auf Troský nicht mehr als ein Diener bin. Als ein solcher kann ich meine Besitztümer nicht von hier wegbringen. Dinge, an denen ich sehr hänge, versteht ihr? Also schlage ich folgendes Abkommen vor: Ich ermögliche euch die Flucht aus der Burg. Ihr hingegen kommt im Verlauf der nächsten zwei Jahre hierher zurück und helft mir beim Umzug. Abgemacht? Ich warte.«

»Eines vornweg, Meister Rupilius«, sagte Reynevan, während er über den Beschlag des Einbandes des ›Enchiridions‹ von Papst Leo strich. »Ich bin nach Troský gekommen, weil ich …«

»Ich weiß, warum du hergekommen bist«, unterbrach ihn der Magier. »Ich habe mit Samson schon darüber gesprochen. Und wir wissen schon einiges.«

»Das stimmt«, antwortete der Riese auf Reynevans fragenden Blick hin mit einem Lächeln. »Wir wissen schon einiges. Noch nicht alles. Aber es gibt einen gewissen Fortschritt.«

»Es geht nicht um einen gewissen Fortschritt«, Reynevan biss sich auf die Lippen, »sondern darum, eine Möglichkeit zur endgültigen Lösung des Problems zu finden. Du hast gesagt, Samson, es ist höchste Zeit, dass du zu dir zurückkehrst. Du hast mich gebeten, alle Anstrengungen dafür zu unternehmen. Und jetzt, wo vielleicht die Möglichkeit besteht …«

»Hast du nicht gehört?«, unterbrach ihn Rupilius erneut. »Ich habe gesagt, wir haben miteinander geredet. Etwas wissen wir schon. Aber wir haben immer noch nichts Greifbares, leider. Wenigstens im Moment.«

»Wir wissen schon einiges. In Prag hat sich Vinzenz Axleben mit Samson beschäftigt. Und er ist ein Meister seines Faches. Er hat festgestellt, dass es um einen Astralleib geht. Und einen Perisprit. Einen Perisprit. Hmm … der positiv kreist.«

»Ein kreisender Perisprit.« Rupilius verzog das Gesicht. »Na, na, einen Meister erkennt man an seiner Hypothese. Hat euch dieser Meister seines Faches wenigstens erklärt, worum es sich dabei eigentlich handelt?«

Was ein Perisprit war, wusste jeder, der sich mit Magie und geheimem Wissen beschäftigte, wenn auch nur oberflächlich. Jeder Adept der esoterischen Wissenschaften wurde gleich zu Beginn seiner Ausbildung mit verwickelten und besonders unübersichtlich dargebotenen Ausführungen über den Aufbau des menschlichen Seins beglückt.

Der Mensch, das ging aus diesen Ausführungen hervor, bestehe aus dem physischen Aspekt, also dem materiellen Körper, mit dem er auf die ihn umgebende äußere materielle Welt reagiere. Er besitze aber auch einen Geist, der aus immerwährendem Äther bestehe. Außerdem existiere etwas, was Geist und Körper verbinde und vereine, zwischen Geist und Körper vermittle, und dieses Etwas sei der fluidale Körper, Perisprit genannt, bla, bla, bla …

Obwohl die Sache, wie es schien, einfach war, war es dennoch schwer, zwei Magier zu finden, die hinsichtlich des Perisprits übereinstimmten. Man stritt sich darüber, ob der Perisprit eher einfach gebildet oder eher ätherischer Natur sei, ob er also, der ›Smaragdtafel‹ folgend, entweder subtiler oder dichter sei. Es herrschte keine Einigkeit darüber, ob der Perisprit beständig oder veränderlich sei. Auch nicht darüber, worauf der Perisprit Einfluss habe und worauf nicht.

Es gebe eine Theorie, derzufolge der Perisprit eine überaus wichtige Rolle spiele und deshalb über alle erdenklichen Möglichkeiten verfüge. Der Perisprit, der die Verbindung zwischen dem materiellen Körper und der ätherischen Seele darstelle, entscheide sowohl über die Stärke wie auch über die Qualität dieser Verbindung. Mit anderen Worten, er verleihe dem Körper mehr oder weniger an Seele. Und kein Perisprit gleiche dem anderen. Den einen verleihe er den sprichwörtlichen »überragenden Geist« und mache aus ihnen Künstler. Andere statte er mit großen analytischen Fähigkeiten aus und mache aus ihnen Wissenschaftler und Erfinder. Aus wieder anderen, denen er Seelen verleihe, mache er Führer und Staatsmänner. Auserwählte befähige er, unsichtbare Dinge zu sehen, das Unergründliche von Astralwesen zu erforschen, und forme aus ihnen bedeutende Magier, Spiritisten, Propheten und Hellseher.

Anderen wiederum, die zwar Geist hätten, gebe der Perisprit aber so wenig davon mit, dass sie nur in der Wirtschaft herumsitzen und ein Bier nach dem anderen trinken könnten.

All dies wusste Reynevan seit langem, das war, wie es hieß, Elementarwissen. Nachdem Axleben in Prag Samson untersucht hatte, hatte er die Begriffe »positiver Perisprit« und »kreisender Perisprit« gebraucht – diese allerdings gehörten zum Studienwissen, und die Magier vom »Erzengel« hatten sie Reynevan erst später erklärt. Jene Verbindung des Perisprits mit dem Geist war, darin stimmte die Mehrzahl der Theorien überein, unauflöslich, die Verbindung mit dem Körper aber nicht. Der Perisprit, behauptete man, könne jederzeit zu der Ansicht gelangen, dass ihm die Bindung an einen bestimmten Körper nicht gefalle, und diese dann lösen. Meist, wurde behauptet, entscheide dies der Perisprit in dem Moment, in dem die Bindung entstehe, also gleich nach der Geburt oder in den ersten Lebenswochen eines Kindes – daher auch die große Kindersterblichkeit. Löse der Perisprit die Bindung, so befreie er den Geist, gelange mit ihm in die ätherische Astralsphäre, wo er mit ihm für ewig bleibe, sich der materiellen Welt gegenüber ablehnend und verneinend verhaltend, wie im Übrigen auch der Geist seinerseits. Es komme aber vor, wurde behauptet, dass es dem Perisprit gelinge, sich nicht nur vom Körper, sondern auch vom Geist zu trennen. Das geschehe immer dann, wenn der Perisprit gegenüber der materiellen Welt bejahend eingestellt sei. Ein solcher Perisprit bewege sich dann in einer eigenständigen »Dämmerzone« zwischen der materiellen und der astralen Welt und halte Ausschau danach, eine Verbindung mit einem nicht besetzten Körper und einem momentan freischwebenden Geist einzugehen. Samson sei mit seiner jetzigen Erscheinungsform ein typisches Beispiel für eine derartige Verbindung.

Das Problem bestehe darin, dass man nicht wisse, ob der Perisprit eine zufällige Verbindung eingehe oder ob er sich dabei von einer Logik leiten lasse – wer verstehe schließlich die Logik eines solchen Perisprits. Und solange man sie nicht verstehe, könne man auch nichts tun. Das, was der Perisprit verbinde, könne ein gewöhnlicher Sterblicher jedenfalls nicht trennen.

»Es scheint so«, sagte Reynevan niedergeschlagen, »als seien wir zum Ausgangspunkt zurückgekehrt. Als hätten wir den ganzen Weg vergeblich zurückgelegt und unseren Hals umsonst riskiert …«

»Ein weiterer Spezialist für die Probleme, die euch interessieren, und von ähnlicher Bedeutung wie ich, lebt in Grenada«, unterbrach ihn der Magier erneut. »Das ist ein Stückchen weiter als bis nach Troský. Und die Emire, die dort herrschen, mögen Christen nicht besonders. Meist pfählen sie sie oder ziehen ihnen bei lebendigem Leibe die Haut ab. Im Gegensatz zu Axleben nenne ich mich nicht Meister aller Meister, aber was ich weiß, das weiß ich. Ich kann auch Hypothesen aufstellen, die sich allerdings von jener, die der Meister aller Meister aufgestellt hat, unterscheiden. Vor allem im Hinblick darauf, was im Bereich des Möglichen liegt und was nicht, und was machbar ist und was nicht. Machbar ist alles, man muss nur wissen, wie man es durchführen kann.«

»Ohne dich beleidigen zu wollen, aber Hypothesen haben wir mehr als genug. Was wird mit Samson?«, unterbrach diesmal Reynevan ihn.

»Samson«, Rupilius blickte ihn nicht einmal an, »Samson kennt meine Hypothese, die sich von der Axlebens etwas unterscheidet. Es ist eine radikale und riskante Hypothese, das gebe ich zu, es würde mich auch nicht wundern, wenn er sie ablehnt und sich nicht darauf einlässt. Aber falls doch, dann muss er warten. Ich werde zum Kern der Sache vordringen und eine sicherere Methode für einen neuerlichen Austausch finden, ich benötige dazu höchstens zwei Jahre. Warum wohl, glaubt ihr, setze ich euch gerade diesen Termin? Wegen meiner Vorliebe für gerade Zahlen? Das bringt uns wieder zu unserer Abmachung zurück. Ich frage also: Gilt sie?«

»Sie gilt.«

»In zwei Jahren?«

»In zwei Jahren.«

»Dann lasst uns gehen.«

Auf der langweiligen Wanderung durch enge Gänge und über schmale Treppen erzählte Samson Reynevan, was sich in der Zwischenzeit ereignet hatte. Einiges hatte Reynevan sich bereits selbst zusammengereimt, aber er hörte gerne zu.

Dass Reynevan auf Troský den Katholiken in die Hände gefallen war, hatten sie ganz zufällig erfahren. Die Hussiten hatten einen Spion auf Burg Dohlenstein, die den Brüdern Jan und Henryk Berka von Dubá gehörte. Herr Lothar von Gersdorf war zu Besuch auf die Burg gekommen und hatte sieben Gefangene mitgebracht. Während Gersdorf mit den Brüdern feierte, hatte der Spion die Gefangenen ausgefragt. Besonders einer, angeblich ein früherer Martahúz, war ziemlich gesprächig und plauderte wichtige Dinge aus. Aus seinem Bericht ging hervor, dass man Hauptmann Vojta Jelínek unter dem

Vorwurf des Verrats, der Spionage und der verbrecherischen Vorteilsnahme gefangen genommen und ins Loch gesteckt hatte. Dort hatte Jelínek bei einem scharfen Verhör vieles gestanden. Darunter auch das mit Reynevan.

Nachdem sie vernommen hatten, dass sich Reynevan auf Troský in den Händen de Bergows befand, erklärten Jan Čapek und die Hussiten des Hauptmanns, er sei verloren, und wollten nichts von einer Rettungsaktion wissen. Also hatten Scharley, Samson, Tauler und Bata die Sache selbst in die Hand genommen. Tauler hatte ja immer noch seinen früheren Bekannten, den Pferdeknecht, in der Nähe. Man beschloss jedoch, dass sich nicht Tauler, sondern Samson in die Burg begeben würde. Sie hatten beobachtet, dass oft Bauern Vorräte in die Burg brachten, nicht nur mit Wagen, sondern auch zu Fuß. Die Wachen ließen sie in Ruhe, vorausgesetzt, dass die Ankömmlinge wie Bauern aussahen, dass sie schmuddelig waren, stanken und wie Tölpel oder Dummköpfe wirkten. Samson Honig war hierfür hervorragend geeignet. Mit einer Gans, einem Butterfässchen und einem Korb mit Pilzen ausgerüstet, begab er sich in den unteren Teil der Burg, wo er sich in der Menge verlor und begann, den Pferdeknecht zu suchen. Aber bevor er ihn finden konnte, wurde er selbst gefunden.

Rupilius der Schlesier hatte sehr schnell von den ein paar Tage zurückliegenden Ereignissen erfahren. Vom Besuch der schlesischen und Lausitzer Ritter und Herren, vom Handel mit den Gefangenen und von einem Wahrsager oder Magier, den man ins Hungerloch gesperrt hatte. Da er sicher war, dass sich jemand nach dem Eingekerkerten erkundigen würde, hatte Rupilius alle Ankömmlinge auf der Burg sorgfältig beobachtet, wobei er Magie verwendet hatte. Und mit Hilfe der Magie hatte er Samson entdeckt.

»Mir ist fast das Herz stehen geblieben, als er mich im Stall erwischt hat«, bekannte Samson.

»Mir wäre es fast stehen geblieben, als er mir an die Gurgel gefahren ist«, gab auch Rupilius ehrlich zu. »Ein Glück, dass wir uns gegenseitig gleich erkannt haben.«

Weder der eine noch der andere erzählte, woran, Reynevan drang auch nicht in sie, er beschloss, Samson später nach den Einzelheiten des gegenseitigen Erkennens zu fragen. Jetzt hörte er sich weiter an, wie Rupilius und Samson, nachdem sie sich erkannt hatten, übereingekommen waren, Reynevan aus der *oubliette* zu befreien, und zwar so, dass bei niemandem der Verdacht auf Zauberei aufkam – indem sie nämlich das Kerkerschloss mit einem Schmiedehammer zertrümmerten. Und jetzt gingen sie zu dem Geheimgang, beendete Samson flüsternd seinen Bericht, der Burg Troský mit dem Umland verbinde.

Denn einen solchen Gang gebe es. Und obwohl die Legende davon erzähle, sei er nicht legendär.

»Schneller, schneller!«, trieb Rupilius sie an. »Wir müssen uns beeilen. Ich spüre, dass etwas Böses über der Burg kreist.«

Die Wendeltreppe war steil und ihre Stufen ungleich. Sie gingen lange Zeit hinab. Bis an eine Stelle, an der ein massiver, rauher Felsen den Weg versperrte. Weder ein Durchgang noch eine Tür waren zu sehen. Selbstverständlich war das für Rupilius kein Problem.

»Yashiel, Vehiel, Baxasoxa! Effetha! *Ecce cecidit paries!*«

Die Wand stürzte nicht ein, wie die Bibelstelle im Zauberspruch nahelegte, sondern sie öffnete sich wie ein Vorhang. Dahinter lag ein schwarzer Schlund, aus dem ein unangenehmer Geruch herauswehte.

»Von hier aus geht ihr allein weiter«, erklärte Rupilius und gab Samson die Laterne. »Eine Stunde Weg, nicht mehr, vor der Morgendämmerung solltet ihr schon am Ausgang sein. Die Lampe ist magisch, sie wird euch lange genug Licht spenden, aber ich rate euch zur Eile. Dies hier ist so etwas wie ein kleines Labyrinth, aber es ist einfach, an den Weggabelungen muss man sich nur immer rechts halten. Das schafft ihr schon. Sucht nicht in den Nebengängen herum, haltet euch nicht zu lange auf, und berührt nichts, was ihr nicht berühren solltet. Seid aufmerksam und vorsichtig. Ich habe es schon einmal gesagt: Etwas Böses hängt über dieser Burg. Lebt wohl!«

»Aber wo kommen wir heraus?«

»Ach!«, der Magier schlug sich an die Stirn, »das hätte ich fast vergessen. Der Ausgang ist nordöstlich von der Burg. Nicht weit davon ist ein Bächlein, wenn ihr seinem Lauf folgt, gelangt ihr zu einem Weiler namens Ktová. Das ist fast am Weg nach Zittau ... Und wo warten eure Leute?«

»In den Wäldern nördlich des Schlosses. Wir werden sie schon finden.«

»Dann mit Gott. Leb wohl, Samson. Leb wohl, Reinmar, mein Landsmann. Vergesst unsere Abmachung nicht!«

»Wir werden sie nicht vergessen. Danke für alles, Meister und Landsmann ... Erlaube noch eine Frage: Aus welcher Gegend von Schlesien stammst du?«

»Aus Posen. Nun geht schon! Die Laterne ist zwar magisch, leuchtet aber nicht ewig.«

Der Gang, den sie betraten, war zweifellos natürlichen Ursprungs und durch das Wasser ausgehöhlt. Nur ganz am Anfang, direkt unter der Burg, hatte er Spuren menschlicher Tätigkeit aufgewiesen. Die Wände waren aber derart unbeholfen behauen und die hier und dort herumliegenden Reste von Spitzhacken und anderen Werkzeugen derart mit Rost überzogen, dass sich deutlich zeigte, dass die hier durchgeführten Arbeiten bereits Jahrhunderte zurückliegen mussten. Burg Troský, deren Errichtung etwa auf das Jahr 1370 datiert wurde, war nicht auf einem jungfräulichen Felsen erbaut worden. Es konnte kein Zweifel daran bestehen: Sowohl die »Großmutter« wie auch die »Jungfrau« waren auf einer uralten, in die Tiefe hinabreichenden Anlage errichtet worden.

Je tiefer hinab sie gelangten, desto weniger Spuren von Menschenhand fanden sich, bis diese schließlich ganz aufhörten und natürlichen, majestätischen Stalaktiten Platz machten, deren

Wasser in reichem Maße die Stalagmiten benetzte. Der Boden wurde abschüssig, sie mussten langsam und vorsichtig gehen. Als wieder etwas unter Samsons Fuß knirschte, hielt der Riese an, beugte sich vor und leuchtete mit der Laterne. Er seufzte.

Die Spuren menschlicher Arbeit waren verschwunden. Aber nicht die Spuren von Menschen selbst. Besser gesagt, ihrer Überreste. Sie traten auf menschliche Knochen.

Reynevan hatte schon seit geraumer Zeit das Periapt Visumrepertum bereitgehalten, jetzt aktivierte er es mit zitternder Hand und mit einer ebensolchen Stimme.

Er hatte sich nicht geirrt, das unterirdische Gewölbe erhellte ein funkensprühendes Licht. Das Licht der Laterne erweckte bösartige Schatten, die wie riesige Fledermäuse an den Wänden entlanghuschten, zum Leben. Bei diesem Licht schienen die Bilder, die die Wände bedeckten, lebendig zu werden. Mäandernde Spiralen drehten sich auf sinnverwirrende Weise, Pferde und Hirsche schienen nach oben zu steigen, und Schlangen verflochten sich zu Knäueln und entwirrten sich darauf wieder. Gehörnte Menschen schienen zu tanzen.

»Kelten«, sagte Samson. Er hatte wohl Recht.

»Lass uns hier nicht stehen bleiben!«

Menschenschädel kollerten ihnen klappernd vor die Füße, zertretene Schienbeine knirschten.

Vor ihnen öffnete sich das nächste Gewölbe, so hoch, dass sich die Deckenwölbung im Dunkel verlor. Die Lichter der Laterne und des Periapts trieben aus dem Dunkel ein weiteres Felsrelief hervor. Sie seufzten *unisono*.

Über einem aus Schädeln aufgeschichteten Knochenberg fletschte sie aus einem schrecklichen Antlitz eine dämonische Maske an und glotzte mit weit aufgerissenen Augen, das Gesicht war das eines gehörnten Teufels. Hinter einer Schicht von fahlem Moos kam die ausgeblichene rote Farbe hervor, mit der das makabre Götzenbild einst versehen war. Menschenknochen lagen überall verstreut und türmten sich zu Haufen.

»Das waren keine Kelten.« Reynevan musste schlucken.

»Nein«, stimmte ihm Samson zu. Das Sprechen fiel ihm schwer, es schien, als sei er der Erschöpfung nahe. »Lass uns hier nicht verweilen. Komm endlich fort von hier. Etwas Böses hängt über diesem Ort. Und über der ganzen Gegend.«

Sie gingen weiter und achteten sorgfältig darauf, nach rechts abzubiegen, immer nach rechts; die Anzahl der Weggabelungen nahm zu, je enger der Gang wurde.

Schließlich wurde es so eng, dass sie nur noch hintereinander gehen konnten. Irgendwo hinter der Wand vernahm Reynevan ganz deutlich das Geräusch fließenden Wassers.

Das konnte das Bächlein sein, von dem Rupilius gesprochen hatte. Sie mussten nun schon eine gute Stunde unter der Erde gegangen sein und sich von Burg Troský beträchtlich entfernt haben, wenigstens eine Viertelmeile, wenn nicht noch mehr.

»Ich glaube, ich spüre einen Luftzug im Gesicht … Verdeck die Laterne. Vielleicht sehen wir Licht?«

»Das sehen wir nicht. Draußen ist immer noch Nacht.«

Der Durchgang wurde immer enger. Sie konnten nun nicht mehr vorwärts laufen, sondern mussten sich seitwärts bewegen, Schritt für Schritt, Fuß an Fuß. Reynevan scheuerte mit dem Bauch an der Felswand entlang und ritzte diese mit den Knöpfen seines Wamses. Für den beträchtlich größeren und breiteren Samson Honig musste die Enge des Ganges eine wahre Hölle sein, Reynevan hörte, wie der Riese stöhnte und fluchte.

»Samson?«

»Geh nur, geh … Ich bin hinter dir …«

»Schaffst du es?«

»Ich schaffe es schon … Irgendwie … Geh du … Finde den Ausgang … Und gib ein Zeichen … Wenn du nah dran bist …«

Der kalte Luftzug in Reynevans Gesicht war immer deutlicher zu spüren, ihm schien auch, er nehme die Gerüche des Waldes wahr, Tannen, Tannenzapfen. Er zwängte sich schneller voran und machte immer heftigere Bewegungen. Plötzlich erweiterte sich der Gang, und er konnte die Sterne sehen. Es schien, als trennte ihn nur noch ein Schritt vom Ausgang.

»Hier ist der Ausgang!«, schrie er. »Samson! Ich hab's geschafft! Ich hab ... Aaaaaaaaah!«

Er verlor den Boden unter den Füßen und fiel mit einem Schrei nach unten. Er stürzte, aber zum Glück nicht tief, sondern auf einen Schutthang, das vom Wasser ausgehöhlte Geröll gab unter ihm nach, als wäre es lebendig, und löste sich, er rutschte zusammen mit der Steinlawine den steilen Hang hinunter, überschlug sich im Rutschen, stieß beim Fallen gegen einen Felsen und landete schließlich auf Moos, wobei seine Hände in das schäumende, eiskalte Wasser des Baches fuhren.

Und er spürte sogleich, dass er nicht allein war.

Er begriff es, noch bevor er das Schnauben des Pferdes und den Hufschlag auf dem Stein hörte. Und die Stimme.

»Reinmar von Bielau. Sei gegrüßt, sei gegrüßt. Wie ich mich freue!«

Er kannte diese Stimme. Der aus einer Lücke zwischen den Wolken hervorkommende Mond spendete genügend Licht, dass Reynevan den Rappen mit dem glänzenden Fell und den Mann erkennen konnte, der die Zügel hielt, sein bleiches, in der Dämmerung leuchtendes Vogelgesicht und die schwarzen Haare, die ihm bis auf die Schultern fielen. Reynevan hatte diesen Mann schon gesehen, hatte seine Stimme schon gehört. Und Jan Smiřický von Smiřice hatte ihm seinen Namen verraten. Dies war Birkhart von Grellenort, der Vertraute des Bischofs und sein Häscher. Der Mann, der Peterlin getötet hatte. Reynevan erstarrte.

»Du wunderst dich darüber, dass ich hier warte?« Die Zähne des Mauerläufers blitzten. »Ich kenne diesen Gang seit vielen Jahren, du erbärmlicher Schwachkopf. Ich wusste, dass du die Flucht auf diesem Wege wagen würdest. Dass du auf Troský bist, hat man mir zugetragen. Ich habe meine Augen und Ohren überall. Und jetzt habe ich dich erwischt, Bielau! Endlich habe ich dich erwischt ...«

Geröll polterte. Von oben herab kam Samson Honig über die Steine gedonnert. Wie ein Unwetter. Wie ein Racheengel. Plötzlich grollte Donner, und ein Blitz fuhr hernieder – im November! Das Pferd des Mauerläufers bäumte sich unter wildem Wiehern auf, dieser riss sein Schwert aus der Scheide. Und er warf es Reynevan vor die Füße und wich zurück.

»Reayahyah!«, heulte er. »Barzabel! Ha-Shartatan!«

Es blitzte ein zweites Mal. Noch bevor ihn der Blitz blendete, sah Reynevan, wie der Mauerläufer in panischer Angst das Gesicht verzerrte, die Augen zusammenkniff und mit den Armen unkoordiniert zu rudern begann. Und plötzlich begann er zu schrumpfen, sich aufzulösen, um schließlich in Gestalt eines aufgeregt krächzenden Vogels davonzufliegen.

»Adsuuumus!«, erklang es ganz aus der Nähe, auf den Ruf antworteten weitere Stimmen, in der Nähe und weiter entfernt. Wiehern und Pferdegetrappel erklangen.

»Adsuuumus! Adsuuumuuus!«

»Nimm das Pferd!«, keuchte Samson und drückte Reynevan die Zügel des Rappen in die Hand. »Hau ab! Los!«

Er sprang in den Sattel, Samson hieb dem Pferd kräftig auf die Kruppe, der Rappe wieherte und verschwand im Galopp zwischen den Tannen. Obwohl der Galopp durch den dunklen Wald mit einer Katastrophe zu enden versprach, hielt der durch die Ereignisse in Staunen versetzte Reynevan das Tier nicht auf, es schien sich und seine Geschwindigkeit den Bedingungen anzupassen und in der Lage zu sein, Hindernissen ausweichen zu können. Hinter sich und von der Seite her vernahm er flüchtig das Klappern von Hufen und wilde Schreie. Reynevan beugte sich über den Hals des Pferdes.

»Adsuumuus! Adsumuus!«

Der Mond verbarg sich hinter den Wolken und tauchte die Welt in undurchdringliches Dunkel. Erst jetzt begann Reynevan das Pferd allmählich zu zügeln, auch das ging ohne Schwierigkeiten, denn der schnelle Galopp hatte den Rappen erschöpft, das Tier atmete schwer, schnaubte, und der Schaum tropfte ihm vom Maul. Reynevan hielt es an und lauschte. Durch den Wald erklangen immer noch Schreie und Pfiffe. Der Rappe schnaubte.

Wieder ein greller Pfiff, diesmal näher. Das Pferd schüttelte den Kopf und wieherte. Reynevan fasste es an den Nüstern, das half nicht, der Rappe schlug nur noch heftiger mit dem Kopf und wieherte noch lauter. Reynevan erkannte, dass das Pferd auf einen Ruf reagierte, glitt, ohne lange zu überlegen, aus dem Sattel und versetzte dem Rappen mit einer von einem Strauch herabgerissenen Rute einen Schlag auf die Kruppe. Wiehernd jagte das Pferd im Galopp los, und Reynevan rannte in der entgegengesetzten Richtung durch den Wald davon. Einfach weiter. Er rannte blindlings, ohne anzuhalten, die Angst verlieh ihm Kraft und Gewandtheit.

Ein reißender Gebirgsbach versperrte ihm den Weg, dahinter lagen eine Anhöhe und Felsschluchten von seltsamer Gestalt. Ohne nachzudenken, watete er durch den Bach, wobei ihm das Wasser bis an die Oberschenkel reichte, und lief dann auf die Schluchten zu. Unvermittelt änderte er seinen Plan. Die Schluchten waren als Fluchtweg allzu offensichtlich, zudem konnte er dort in eine Falle geraten, in eine Sackgasse ohne Ausweg. Mit aller Kraft begann er die steile Wand emporzuklettern; kurz darauf erreichte er den kahlen Gipfel, wo er sich zitternd zwischen zwei Felsen setzte.

Noch bevor die Zeit von drei Vaterunsern verstrichen war, wirbelten schnaubende Pferde und ein gutes Dutzend Reiter in schwarzen Mänteln das Wasser des Baches auf. Sie durchquerten ihn, verschwanden dann in den Schluchten.

Im Osten begann der Himmel etwas heller zu werden. Reynevan zitterte und klapperte mit den Zähnen. Seine nassen Kleider wurden steif am Körper, die Kälte biss ihn wie ein wütender Hund.

Alles war vollkommen still.

Elftes Kapitel

in dem Reynevan nacheinander überfallen, gerettet, gefangen genommen, verpflegt und entführt wird. Die Mandragora hingegen wird, eines bestimmten Priesters wegen, an einem Südhang des Riesengebirges gesät.

Das Einzige, was sich weit und breit bewegte, war eine Schar Krähen, die über dem Wald kreiste. Das Einzige, was zu hören war, war das schrille Krächzen eben dieser Krähen.

Von den schwarzen Reitern fehlte jede Spur, auch der Wind trug keine *Adsumus*-Schreie herüber. Es sah so aus, als hätte er seine Verfolger abgeschüttelt. Dennoch verließ Reynevan sein Versteck auf dem Gipfel lange nicht. Er wollte sich dessen erst vollkommen sicher sein. Die Erhebung bot überdies die Chance, sich die Gegend einzuprägen, also den Wald und diese felsige Einöde.

Sein Berg, besser gesagt, die Erhebung, auf der er sich befand, war allerdings nicht hoch genug, um von ihrem Gipfel aus einen weiten Horizont mit dem Blick zu umfassen, andere, höhere Erhebungen verstellten ihn. Auch die »Großmutter« und die »Jungfrau« waren nicht zu sehen, die beiden Türme, deren Anblick ihm erlaubt hätte, die Himmelsrichtungen zu bestimmen.

Von Troský aus waren sie länger als eine Stunde unter der Erde gegangen, was einer Entfernung von etwa einer Viertelmeile entsprach. Darauf war die Flucht zu Pferd und anschließend der lange Marsch erfolgt. Angenommen, er hätte eine gerade Strecke im Galopp und zu Fuß zurückgelegt, dann wären dies insgesamt vielleicht an die zehn Stadien gewesen. Demzufolge musste er nicht sehr weit von der Stelle entfernt sein, an welcher er aus dem unterirdischen Gang herausgekommen war und an der ihn Grellenort überrascht hatte. An der Samson …

Grellenort ist vor Samson zurückgeschreckt, dachte er. Birkhart Grellenort, Peterlins Mörder. Der Magier, der sich in einen Vogel verwandeln konnte, der *timor nocturnus*, der Dämon, der am Mittag zerstört, der Häscher des Bischofs, den, wie Jan Smiřický in Prag behauptet hatte, selbst der Bischof fürchtete. Und einen solchen Kerl ergreift beim Anblick Samson Honigs, des Riesen mit dem Idiotengesicht, ein panischer Schrecken?

Also stimmte es doch. Samson Honig war nicht von dieser Welt. Huon von Sagar hatte dies sofort erkannt, die Magier aus dem »Erzengel« hatten es erkannt, Axleben hatte dies erkannt und auch Rupilius. Nur ich habe Samson immer noch wie einen netten, zuverlässigen Freund behandelt, einen Kameraden. Ich muss wie mit Blindheit geschlagen gewesen sein, die es mir verwehrt hat, klar zu sehen.

Er seufzte, zugleich aber verspürte er auch eine gewisse Erleichterung. Noch kurz zuvor hatte er Gewissensbisse empfunden, und der Gedanke hatte ihn gequält, dass er auf Samson gehört hatte, dass er davongelaufen war und den Freund in Not zurückgelassen hatte. Jetzt begriff er, dass Samson auch ohne seine Hilfe gut zurechtkam. Gewiss war er den Verfolgern ohne große Anstrengung entwischt, dachte er, gewiss hatte er sich längst zu Scharley und den anderen Kumpanen durchgeschlagen. Und gewiss suchen sie mich schon.

Trotzdem muss ich jetzt gehen. Die Kleider sind über Nacht nicht getrocknet, Wolken ziehen auf, und es wird kalt. Wenn ich hier sitzen bleibe, schlafe ich ein und erfriere. Der Fußmarsch wird mich wärmen. Wenn nicht Samson und Scharley, dann treffe ich gewiss auf jemand anderen, begegne irgendeiner guten Seele, und dann frage ich mich durch. Ich werde einen Pfad oder einen Weg finden, um zur Straße zu gelangen, Burg

Trosky liegt an einer viel befahrenen Straße, die von Prag über Jitschin und Turnau nach Zittau führt. Südlich von Trosky hingegen gibt es aber auch noch einen anderen Weg, eine Seitenstraße, die über Mimoň und Jablonné v Podještědí nach Zittau führt. Diese kenne ich, denn ich bin sie von Michalovice aus geritten, dort hat mich Jelínek dem Martahúz Hurkoveč verkauft. Jelínek ... Wenn ich dich erwische, du Lump ...

Rupilius hat gesagt, der Ausgang aus dem unterirdischen Gang befinde sich nordöstlich von der Burg. In der Nähe des Dorfes Ktová oder so ähnlich. Wir sollten, wenn wir aus der Höhle kämen, nur dem Lauf des Baches folgen. Da ist der Bach. Ist dies aber auch der richtige?

Der Bach, durch den er in der Nacht gewatet war und der ihm fast den Tod durch Unterkühlung beschert hatte, mäanderte kräftig vor sich hin und verschwand abrupt in einer steilen Schlucht. Wohin er floss, wusste Gott allein. Trotzdem ist das der einzige Weg, der einen Sinn macht, dachte er. Der Bach muss ja irgendwo münden. Selbst bei völliger Orientierungslosigkeit verhindert der Weg am Bach entlang, dass man sich im Kreis bewegt. An Bächen liegen Dörfer, in der Nähe von Bächen haben Köhler, Teersieder und Holzfäller ihre Hütten.

Diese letzten Überlegungen über den Vorteil, den Bäche boten, stellte er an, nachdem er losgelaufen war.

Er ging sehr schnell, so schnell, wie das unwegsame Gelände es ihm erlaubte. Er wurde müde und keuchte, aber ihm war so warm geworden, dass die feuchte Kleidung an seinem Körper dampfte und ihn die Kälte nicht mehr so empfindlich wie zuvor fühlen ließ. Obwohl er schon ein gutes Stück Wegs hinter sich gebracht hatte, hatte er am Bach bisher keinerlei Spuren gefunden, von den schmalen Pfaden, welche die Rehe getreten, und den brackigen Pfützen, in denen sich Wildschweine gesuhlt hatten, einmal abgesehen.

Es bewölkte sich immer mehr, wie er es vorausgesehen hatte, und leichter Schneefall setzte ein.

Plötzlich hellte sich das Dunkel des Waldes auf, und hinter den Ahornbäumen am Rande einer Lichtung erblickte Reynevan die Umrisse hölzerner Häuser. Unter Herzklopfen beschleunigte er seine Schritte, die Lichtung durchquerte er fast im Laufschritt. Die Holzhäuser erwiesen sich als rindengedeckte Hütten, der überwiegende Teil davon war zerfallen. Es hatte keinen Zweck, dort hineinzusehen. Einstige Spuren menschlichen Lebens waren längst von Gras und Unkraut überwuchert. Das Sägemehl und die Hobelspäne, die überall herumlagen, waren schwarz geworden und rochen nicht einmal mehr nach Harz. Eine in einem Hackklotz steckende Axt war rot vom Rost. Die Holzfäller, denen die Hütten sicherlich gehört hatten, mussten die Lichtung bereits vor Jahren verlassen haben.

»Ist hier jemand?« Reynevan wollte sichergehen. »Hee! Heeeee!«

Hinter ihm raschelte es. Er drehte sich rasch um, dennoch konnte er nur noch aus den Augenwinkeln heraus sehen, dass etwas hinter einer zerfallenen Hütte verschwand. Dieses Etwas war klein. Etwa so groß wie ein Kind.

»He!« Er machte einen Satz in diese Richtung. »Bleib stehen! Warte doch! Hab keine Angst!«

Das kleine Wesen war jedoch kein Kind. Kinder sind nicht mit Fell bedeckt und haben keine Hundeköpfe. Auch keine Arme, die bis zum Boden reichen. Sie laufen auch nicht in seltsamen Sprüngen davon, dabei von einem kurzen Beinchen zum anderen dahinwackelnd und lauthals quakend. Reynevan rannte hinterher. Hielt auf eine Lücke in der Wand des Waldes zu, die einen Pfad ankündigte. Und einen Weg. Als er auf den Weg gelangte, blieb das haarige Wesen stehen. Drehte sich um. Riss die Augen auf. Und fletschte seine Hundezähne.

»Hab keine Angst«, Reynevan keuchte, »ich tu dir nichts …«

Das Geschöpf – ein Kobold, ein Waldschrat – übertönte ihn mit einem lauten Quaken, das irgendwie spöttisch klang. Ein ganzer Chor antwortete ihm mit ähnlichem Quaken. Es kam von allen Seiten. Bevor Reynevan sich klar darüber werden konnte, in was er da hineingeraten war, hatten sich schon an die zwanzig dieser Geschöpfe auf ihn gestürzt.

Einem versetzte er einen Tritt, einem anderen einen Fausthieb, dann fand er sich selbst am Boden wieder. Die Kobolde saßen auf ihm wie Läuse. Reynevan schrie, trat um sich, wand sich hin und her, teilte blindlings Hiebe aus, biss sogar zu, leider vergebens. Sobald er es geschafft hatte, einen abzuschütteln, fielen ihn die nächsten beiden an. Die Situation begann langsam bedrohlich zu werden. Plötzlich schlug ihm ein Kobold seine Krallen in die Haare und in die Ohren, ein anderer setzte sich auf sein Gesicht und drückte ihm mit seinem haarigen Hintern Mund und Nase zu. Er bekam keine Luft mehr, Angst stieg in ihm hoch. Er spürte, wie Zähne in seine Waden und Schenkel schlugen. Er strampelte hilflos, die Kobolde hingen an seinen Beinen und ließen sich nicht abschütteln. Reynevan riss seinen Kopf unter dem behaarten Gesäß hervor und schrie auf. Bestialisch und unmenschlich.

Und wie im Märchen kam sofort Hilfe herbei. Auf dem Weg erschollen plötzlich Rufe, Wiehern und Hufschlag. Der Kobold, der auf ihm gehockt hatte, war wie weggewischt, auch das Gewicht an seinen Beinen war verschwunden. Reynevan sah den Bauch eines Pferdes über sich und einen Sabaton im Steigbügel, er sah kurz ein blinkendes Schwert und dann, wie aus einem abgeschlagenen Hundekopf das Blut troff. Daneben wand sich ein zweiter Waldschrat, mit einem Wurfspieß an den Boden geheftet. Jemand fluchte, jemand lachte und lachte.

Als ob es da etwas zu lachen gäbe.

»Steh auf!«, hörte er eine Stimme von oben sagen. »Wir haben die Teufel verjagt.«

Er erhob sich. Bewaffnete Berittene umringten ihn, darunter ein Ritter in Rüstung, der das Blut von seiner Klinge wischte.

Dieser war es, der ihm befohlen hatte aufzustehen. Reynevan erblickte unter dem geöffneten Visier der Hundsgugel ein bärtiges Gesicht. Ein seltsam bekanntes Gesicht.

»Ist alles heil? Haben sie dir nichts abgebissen?«

Die Bewaffneten lachten, als er unwillkürlich mit der Hand über die vorne aufgerissene Hose fuhr. Der Ritter nahm den Helm ab. Reynevan erkannte ihn sofort.

»Es hat sich also doch gelohnt«, sagte, die Hand auf den Sattelknopf gestützt, Janko Schaff, der Herr auf Burg Kynast. »Es hat sich gelohnt, ein paar Tage hier durch die Gegend zu streifen. Ich hab gespürt, dass du es schaffst, aus Troský zu verschwinden, Reynevan von Bielau.«

Nahe beim Wege, unter einer Gruppe von riesigen Eichen, machten sie Rast. Einige Bewaffnete waren verschwunden, um die Kobolde zu verfolgen, was kaum Erfolg versprach. Der Rest hatte sich eine Weile an den Leichen ausgetobt, sie betrachtet und über sie gesprochen. Schließlich wurden die vier erschlagenen Waldschrate mit den Beinen nach oben an einem Ast aufgehängt, und die Knechte machten sich daran, ihnen das Fell abzuziehen, das als Siegesbeweis und Trophäe dienen sollte. Reynevan sah mit finsterer Miene zu. Er war sich nicht sicher, ob sie nicht anschließend damit beginnen würden, auch ihm das Fell abzuziehen. Der vorgeblich freundliche, gleichzeitig aber boshaft-listige Gesichtsausdruck Janko Schaffs verhieß nichts Gutes. Reynevan ließ sich von der gekünstelten Herzlichkeit nicht täuschen.

»Ein Glück, dass du geschrien hast und wir dich gehört haben«, meinte der Herr auf Kynast. »Sonst wäre es dir wahrscheinlich schlecht ergangen. Wir kennen diese haarigen Kerle, es gibt viele davon in den Wäldern des Riesengebirges. Im Winter treibt sie der Hunger näher an die menschlichen Behausungen heran. Sie greifen in Rudeln an und fressen einen bei lebendigem Leibe auf, bis auf die Knochen. Die einen sagen, dass die Weiber des Bergvolkes sie in die Welt setzen, nachdem sie sich mit Hunden gepaart haben, pfui, wie abscheulich! Andere sagen, das seien *simiae*, Tiere von jenseits des Ozeans, die die Templer früher gezüchtet haben. Wieder andere meinen, das seien Teufel, die aus Löchern in der Hölle herauskriechen. Stimmt's, Zwicker?«

»Was böse ist, kommt vom Teufel«, antwortete der Priester, der gerade vorbeikam und unter seiner Kapuze hervor Reynevan mit einem ungewöhnlich giftigen Blick bedachte. »Und jede Sünde ruft nach Strafe.«

»Blödmann!«, kommentierte Schaff halblaut. »Holla, Junker Bielau! Die Gefahr ist gebannt, und du läufst immer noch mit düsterem Blick herum. Du hast gegessen, du bist mit Kleidung versehen worden, und dennoch bist du immer noch nicht du selbst. Warum denn?«

»Auf Troský wolltet Ihr mich kaufen!« Reynevan hatte sich entschlossen, die Karten auf den Tisch zu legen. »Vierzig Schock Groschen hättet Ihr für mich gegeben, ohne zu zögern, ohne darüber nachzudenken, ob sich das beim Weiterverkauf für Euch auch lohnen würde. Wen hattet Ihr denn als Käufer für mich vorgesehen, wenn man fragen darf? Die Inquisition? Den Bischof von Breslau?«

»Auf den Bischof hat der Hund geschissen!«, Schaff spuckte aus. »Auf die Inquisition auch. Ich wollte dich aus reiner Herzensgüte freikaufen. Aus Wohlwollen.«

»Wohlwollen für wen? Wir kennen uns doch kaum.«

»Wir kennen uns besser, als du glaubst. Dein Bruder Peter, Gott sei seiner Seele gnädig, war ein ordentlicher Mensch. Als ich sie brauchte, hat er mir seine Hilfe nicht verweigert. Auch nicht das Darlehen. Wenn wir, die Schaffs, Hilfe brauchten, wer hat sie uns gewährt? Peter von Bielau!«

»Aha.«

»Und wer ist jetzt hinter Reinmar, Peters Bruder, her? Wer verfolgt ihn? Der Bischof? Auf den scheißt der Hund, hab ich gesagt! Die Sterz'? Die Sterz' sind gewöhnliche Räuber. Herzog Johann von Münsterberg, der wütend darüber ist, dass

Reinmar sein Liebchen besessen hat, weil sie einen Jüngeren und Tatkräftigeren bevorzugte? Und schließlich Johann von Biberstein auf Stolz? Angeblich ein edler Herr, und was tut er? Für die Ergreifung eines Edelmannes setzt er einen Preis aus wie für einen gemeinen Dieb. Und weswegen? Weil dieser seine Tochter verführt hat? Jesus Christus! Dafür sind die Mädel doch da, dafür hat sie doch 's Herrgöttl erschaffen, dass man sie verführt und dass sie sich verführen lassen, dafür hat er ihnen eine Hurennatur gegeben. Ist das etwa nicht die Wahrheit?«

»Als ich dich auf Troský erkannt habe«, fuhr Schaff fort, ohne Reynevans Zustimmung abzuwarten, »hab ich mir gedacht, ich nehm den Jungen mit und rette ihn, ich überlass ihn nicht dem Sechsstädtebund, ich erlaub's nicht, dass Peter von Bielaus Bruder auf dem Richtplatz zum Vergnügen des Pöbels von den Henkern gequält wird. Ich kauf ihn los, hab ich gedacht, den Pechvogel ...«

»Ich danke Euch von Herzen. Ich stehe in Eurer Schuld ...«

»Vierzig Schock Groschen.« Janko Schaff tat, als hörte er nicht, »keine außerordentlich hohe Summe, hab ich mir gedacht, der verstorbene Herr Peter hat uns damals viel mehr geliehen. Und Junker Reinmar, den ich aus den Händen der Lausitzer Schergen errette, wird sich schon zu revanchieren wissen. Junker Reinmar hat gewiss noch die fünfhundert Schock Groschen, die er vor zwei Jahren dem Steuereinnehmer abgenommen hat. Er wird sich dankbar erweisen. Und teilen.«

»Aber, Herr Schaff«, Reynevan seufzte, scheinbar unbesorgt, »glaubt Ihr denn den Gerüchten? Ihr selbst habt doch gerade eben gesagt, dass sie mir in Schlesien auflauern und sich gemeiner Methoden bedienen. Dass sie vor falschen Anschuldigungen nicht zurückschrecken, böswillige Gerüchte in Umlauf setzen, um mich anzuschwärzen. Denn dies ist ein Gerücht und eine Lüge, dass ich den Steuereinnehmer überfallen haben soll. Ein Gerücht und eine Lüge, versteht Ihr? Für die Rettung bin ich Euch dankbar, das vergess ich Euch nie. Aber jetzt, wenn Ihr erlaubt, verabschiede ich mich von Euch. Ich muss meine Freunde finden, die ...«

»Langsam.« Schaff gab mit einem Blick und einer Handbewegung den Bewaffneten, die sich sogleich um sie scharten, ein Zeichen. »Langsam, Herr Bielau! Du willst dich verabschieden? So bald schon? Wo bleibt denn deine Dankbarkeit? Auf Troský habe ich dich nicht freikaufen können, aber es zählt auch der gute Wille. Und von den Waldmonstern habe ich dich befreit, das leugnest du wohl nicht. Wenn ich nicht gewesen wäre, hätte dein letztes Stündlein längst geschlagen. Wenn wir uns daher das Geld des Steuereinnehmers teilen, nehme ich dreihundert und du den Rest. So ist es gerecht.«

»Ich habe den Steuereinnehmer nicht überfallen, und ich habe dieses Geld nicht!«

»Darüber, ob du es hast, was du hast und wo du es hast, werden wir noch sprechen.« Schaff kniff die Augen leicht zusammen. »Auf Burg Kynast. Dorthin ziehen wir jetzt. Wenn du mir dein Ehrenwort als Ritter gibst, dass du nicht zu fliehen versuchst, dann lasse ich dich nicht fesseln. Außerdem, wohin solltest du auch fliehen? In den Wäldern wimmelt es von Höllenwesen. De Bergow lässt dich zweifelsohne verfolgen. Auf Troský wartet gewiss noch Ulrich von Biberstein, der ziemlich wütend ist auf dich. Bei mir wird dir keiner was antun. Ich lasse dir sogar noch einen Teil des Geldes vom Steuereinnehmer und nehme mir selber nur ... Nur vierhundert. Deshalb ...«

Bevor der Erbe von Kynast noch weitersprechen konnte, hatte sich das Periapt Visumrepertum in Reynevans Hand aktiviert. Eigenmächtig. Die Magie, die das Amulett ausstrahlte, war so stark, dass Reynevan keine Schwierigkeiten hatte, die Richtung zu bestimmen. Er überraschte sowohl Schaff wie auch dessen Bewaffnete, als er über den Weg hinwegsprang, hinter einen Wacholderbusch, über einen umgestürzten Baum setzte und sich auf den Mann mit der Kapuze warf, der dahinter kauerte. Er holte weit aus und riss diesem ein kleines Kästchen, das an einen Reliquienschrein erinnerte, aus den Händen, trat nach dem Mann, versetzte ihm einen Schlag in den Nacken und einen weiteren hinter das Ohr. Die Kapuze glitt herunter, eine Tonsur leuchtete auf. Reynevan hätte dem Priester noch einen weiteren Schlag versetzt, aber Schaffs Bewaffnete waren schon bei ihm und hielten ihn mit eisernem Griff fest.

»Was zum Teufel tust du da?«, donnerte Schaff. »Bist du verrückt? Oder besessen?«

»Seht doch, was er da hat!«, schrie Reynevan, noch lauter. »Fragt ihn, was er getan hat!«

»Wovon redest du denn? Das ist Pater Zwicker, mein Kaplan!«

»Das ist ein Verräter! Dieses Kästchen ist ein magischer Kommunikator! Er hat ein Signal gesandt, er wollte sich mit jemandem durch Magie verständigen! Ihn mit Hilfe der Magie herbeirufen! Und ich weiß auch, wen!«

Schaff näherte sich dem auf dem Waldboden liegenden Kästchen, sprang aber, als er ein vibrierendes Surren vernahm, unvermittelt nach hinten. Ohne lange zu überlegen, zertrümmerte er dann das Kästchen ungestüm mit dem Fuß und bohrte es mit dem Absatz in den Sand. Der Kaplan stieß bei diesem Anblick einen unterdrückten Schrei aus.

»Willst du mir das wohl erklären, Zwicker? Was?« Schaff trat auf ihn zu.

»Ich kann es erklären!«, rief Reynevan, den die Waffenknechte immer noch festhielten. »Dieser Pfaffe hat mich verraten! Er hat mir Verfolger auf den Hals gehetzt, seinetwegen hätten sie mich gestern beinahe erwischt! Fragt ihn nach Birkhart Grellenort, dem Magier! Fragt ihn, wie lange er ihm schon dient, wie lange er ihm schon Informationen zukommen lässt! Wie lange er auch Euch schon verrät!«

»Birkhart Grellenort?«, wiederholte Janko Schaff mit einer Stimme, die nichts Gutes verhieß, und packte den Kaplan am Kragen. »Der Vertraute des Bischofs? So ist das also! Ja? Du bist sein Zuträger? Und mit Hilfe der Magie informierst du auch den Bischof, sagst ihm alles, was ich sage, was ich tue und was ich plane? Du verkaufst mich?«

Der Kaplan presste die Lippen zusammen und wandte den Kopf ab.

»Antworte auf die Vorwürfe, Pfaffe! Verteidige dich! Schwöre, dass du unschuldig bist. Dass du mein treuer Diener bist. Dass du mir das Brot, das du bei mir isst, mit deiner Treue lohnst. Und auch den Groschen, den ich dir gnädig gestatte zu stehlen!«

Der Priester schwieg. Schaff zog ihn ganz nah zu sich heran. Dann stieß er ihn unvermittelt von sich weg und warf ihn zu Boden.

»Bindet diesen Schweinehund!«, befahl er. »Der Henker wird mit ihm reden!«

»Du Apostat!«, heulte Zwicker, auf dem Boden liegend, auf. »Du Gottloser! Du bist nicht mein Herr, nicht dir diene ich! Ich diene Gott und jenen, die auf göttlichen Befehl handeln! Ihre Hand wird dich erreichen, du Teufelsbrut! Und mein Martyrium wird gerächt! Du wirst den Zorn meiner Herren kennen lernen, wie ein Hund wirst du vor Angst winseln, wenn sie des Nachts auf ihren schwarzen Pferden kommen! Und du, Bielau, du verbrecherischer Lump, wirst dich selbst hinter dem Meer nicht verbergen können! Für dich ist in der Hölle schon ein Platz bereitet! Und hier auf Erden wirst du Qualen erleiden! Die Haut werden sie dir...«

Einer der Waffenknechte brachte ihn mit einem mächtigen Tritt zum Schweigen.

Der Kaplan krümmte sich und röchelte.

»Aufsitzen«, befahl Janko Schaff, ohne ihn noch eines Blickes zu würdigen, »wir reiten weiter!«

Schaffs Tross zählte neun Berittene – zwei Burgmannen, zwei Lanzenknechte, drei Armbrustschützen und zwei Waffenknechte. Auf Troský mussten es noch mehr gewesen sein, denn die sieben »Sklaven«, die Schaff zugefallen waren, waren nicht dabei, gewiss trieb ein Teil seines Zuges diese mittlerweile auf die schlesische Grenze zu. Jetzt waren der Kaplan und Reynevan die einzigen Gefangenen. Reynevan hatte man im Gegensatz zu dem Priester weder an den Händen gefesselt noch ihm die Füße unter dem Bauch des Pferdes zusammengebunden. Dazu gedrängt, hatte er sein Ehrenwort gegeben, nicht zu fliehen, und dies bei seiner Ehre und beim Kreuz bekräftigt. Natürlich trug er sich mit der Absicht, bei der erstbesten Gelegenheit zu fliehen, und Scharley wäre stolz auf ihn gewesen. Bei diesem Meineid hatte er weder eine Miene verzogen, noch hatte seine Stimme gezittert, er glaubte beinahe selbst an seinen Schwur. Schaff war allerdings nicht leichtgläubig, er hatte wohl so seine Erfahrungen mit Schwüren. Und mit Leuten von Scharleys Kaliber. Reynevan wurde daher zwar nicht gefesselt, aber man führte sein Pferd am Zügel, und die hinter ihm reitenden Schützen hatten immer ein Auge auf ihn. Und ihn im Visier.

Sie ritten ziemlich schnell, ohne Zeit zu vergeuden, in Richtung Norden auf die Berge zu. Der Weg führte durch eine unwegsame, unbewohnte Gegend, es war klar, dass Schaff die befahrenen Straßen und Wege absichtlich mied. Reynevan kannte das Riesengebirge nicht und kam sich völlig verloren vor. Aber das Ziel der Reise war klar – Burg Kynast bei Hirschberg. Sie lag auf der schlesischen Seite des Riesengebirges, es stand also zu vermuten, dass der Trupp auf einen der Pässe zuhielt. Reynevan kannte aber die Gegend zu wenig, um ausmachen zu können, um welchen es sich handelte.

Wie bereits erwähnt, kannte er zwar das Riesengebirge und die Umgebung kaum, aber Berichte über die Burg Kynast waren ihm doch schon zu Ohren gekommen. Er wusste genug über Kynast, um sich Sorgen zu machen. Jene uralte, legendenumwobene Wehrburg stand auf dem Gipfel eines hohen und steilen Berges, der sich über einem schier bodenlosen und mit menschlichen Knochen angefüllten Abgrund erhob, den man bezeichnenderweise das Höllental nannte. Die neue, steinerne

Burg, welche die Piasten von Schweidnitz und Jauer errichtet hatten, hatte vor über fünfzig Jahren der berühmte Gottsche Schaff, der Burggraf von Hirschberg, übernommen und seinem ohnehin schon reichen Grundbesitz eingegliedert. Von ihm hatte sein Sohn Janko die Burg geerbt. Sein zweiter Sohn, Gottsche junior, saß auf der nahe gelegenen Burg Greifenstein. Die Brüder herrschten einträchtig über dieses Gebiet, zu dem auch ein Teil des wichtigen Handelsweges gehörte, der am Ufer des Bober entlangführte.

Für die Genealogie und die Besitztümer der Schaffs brachte Reynevan kein großes Interesse auf. Anders sah es mit Burg Kynast aus. Die Horrorgeschichten über die Wehrburg konnte man wohl getrost ins Reich der Märchen verweisen, dennoch war eines nur zu wahr: Kynast war eine Wehrburg, in die man nur sehr schwer hinein-, aus der man aber noch viel schwerer wieder herauskam. Wenn die Flucht glücken sollte, dann musste es jetzt sein, unterwegs, sofort.

Dafür sprach auch noch etwas anderes, etwas Wichtiges.

Der gefrorene Boden auf dem Weg war zerstampft, das Moos am Rande der Lichtung von vielen Hufen zertreten. Schaffs Bewaffnete bildeten einen Kreis und blickten, die Hand am Schwertknauf, suchend umher. Die Schützen spannten ihre Armbrüste und beobachteten aufmerksam den Weg und den Waldrand.

»Hier hat es einen Kampf gegeben«, urteilte Guido Buschbach, ein kleiner, gedrungener, schon älterer Lanzenknecht, die Vorhut und der Kundschafter des Zuges. »An die dreißig Pferde. Sie haben miteinander gekämpft, dann sind sie weggeritten. Gestern, den Pferdeäpfeln nach zu schließen.«

»Wer hat mit wem gekämpft?«, fragte Schaff. »Gibt es Spuren?«

»Nur dies hier.« Buschbach zuckte mit den Achseln. »Es hing an einem Baumstamm. Das hat wohl nicht viel zu sagen.«

»Hat es sehr wohl«, sagte Reynevan, der beim Anblick des

schwarzen Stofffetzens blass geworden war, entschlossen. »Es hat uns bereits etwas gesagt. Ich weiß, wer solche Mäntel trägt.«

»Also, worauf wartest du dann? Los, rede!«

»Es wird Euch Schwierigkeiten bereiten, mir dies zu glauben.«

»Überlass das mir.«

Janko Schaff hörte sich die Erzählung vom Mauerläufer und den schwarzen Reitern aufmerksam und mit gerunzelter Stirn an. Obwohl Reynevan seinen Bericht in gekürzter und auf ihn zugeschnittener Form darbot, hatte der Herr auf Kynast kein Problem damit. Reynevan bemerkte, wie seine Augen mehrmals aufblitzten, was bedeuten konnte, dass der Ritter über die schwarzen Reiter und die ermordeten Kaufleute sowie über den nächtlichen Schrecken, den Dämon, der am Mittag tötet, und von anderen wundersamen Dingen, die sich im neunzigsten Psalm finden, schon das eine oder andere gehört hatte.

»Die Todesrotte«, brummte er, »Reiter auf schwarzen Pferden. Das heißt dieselben, mit denen der Pfaffe gedroht hat. Sie haben hier jemanden überfallen. Ich möchte gerne wissen, wen.«

»Angeblich hat Herr de Bergow Verfolger ausgesandt«, sagte Reynevan unwillkürlich, »Herr Biberstein auch ...«

»Ich weiß«, unterbrach ihn Schaff. »Die Jäger sind hinter dir her. Und Grellenort und seine schwarzen Reiter sind hinter den Jägern her. Um ihnen die Beute abzunehmen. Du bist ihr Ziel. Um dich geht es ihnen.«

»Zweifellos. Daher denke ich ...«

»Dass ich dich freilassen sollte?« Der Erbe von Kynast lachte wie ein Wolf. »Aus Sorge um meine Sicherheit? Ein netter kleiner Versuch, Bielau, ein netter kleiner Versuch. Aber so eine Nummer zieht bei mir nicht.«

»Dann gebt wenigstens gut auf Euch Acht ...«

»Fang nicht an, mich zu belehren.«

Diese Angelegenheit hatte schlimme Folgen für Pater Zwicker. Als man ihn Schaff vorführte und dieser ihn mit Fragen überschüttete, biss der Geistliche die Zähne zusammen und sagte keinen Ton. Auch dann nicht, als er ein paar Schläge ins Gesicht bekam.

»Bielau!« Schaff winkte ihn zu sich. »Du hast bewiesen, dass du dich mit Magie auskennst. Also rede: Ist es möglich, dass es der Pfaffe, obwohl er gefesselt ist, schafft, uns mit ein paar Zaubersprüchen Grellenort auf den Hals zu hetzen?«

Reynevan breitete die Arme aus und zuckte mit den Achseln. Aber Schaff genügte dies. Ein Strick wurde über einen waagerechten Ast geworfen, und bevor man noch ein Ave-Maria hätte beten können, hing Kaplan Zwicker schon am Strick und zuckte krampfhaft mit den Füßen, was der ganze Zug gleichmütig mit ansah.

»Man wird nach einiger Zeit noch einmal hier vorbeikommen müssen«, meinte Guido Buschbach. »Der Pfaffe hat sich bepisst, habt ihr gesehen? Da dauert es nicht lange, und an dieser Stelle hier wächst eine Mandragora.«

Man musste Schaff wahrlich nicht darüber belehren, wie er sich in einer bedrohlichen Situation zu verhalten hatte. Sie bewegten sich immer noch auf Waldpfaden vorwärts, sichtlich bemüht, befahrenere Wege zu meiden. Sie ritten langsam, ihnen die ganze Zeit voraus eine Vorhut, bestehend aus Guido Buschbach und einem Armbrustschützen. Und schließlich befahl der Herr auf Kynast strikt, Ruhe und Wachsamkeit zu üben. Der Trupp gab sich derart martialisch, dass Reynevan beinahe seine Angst vor dem Mauerläufer vergaß und sich nicht mehr im Sattel duckte, sobald ein Vogel ihnen über den Weg flog oder schrie.

Aber jede Münze hat zwei Seiten. Angesichts dieser Wachsamkeit war an eine Flucht nicht einmal zu denken.

Dennoch dachte Reynevan unablässig daran.

Ihr erstes Nachtlager errichteten sie nahe bei einer verlassenen Erzbergbausiedlung, in der den Sommer über Erz gefördert und geschmolzen wurde. Als zweiten nächtlichen Ruheplatz wählte Guido Buschbach, kurz nachdem sie ein Flüsschen durchquert hatten, das er Mummel nannte, ein kleines Goralendörfchen, von der Welt vollkommen abgeschnitten und geborgen in einer tiefen Schlucht, die Mummeltal hieß. Reynevan entnahm diesen Namen einem Gespräch Schaffs mit dem Dorfältesten, einem Graukopf, der behaart war wie ein Vielfraß. Der Vielfraß war sehr erschrocken, ja, er geriet beinahe in Panik, so sehr, dass sich Schaff erbarmte. Statt nach Ritterart herumzuschreien und um sich zu treten, entschied er sich, die Rolle des gütigen und großzügigen Herrn zu spielen. Nachdem der Vielfraß eine Hand voll kleiner Münzen in Empfang genommen hatte, ging in seinem Gesicht die Sonne auf, und er strahlte so über beide Backen, dass man Angst bekommen konnte. Augenblicklich bat er den Ritter in sein Bauernhaus, auf dem Weg dorthin gestand er stotternd, warum er derart ängstlich und das ganze Dörfchen so sehr erschrocken war.

»Hier sind«, erklärte er, »erscht vur kurzem sehr gefääährliche Herren durchgeritten, sehr gefäährlich«, sehr beritten und sehr bewaffnet. Mehrmals seien sie durchgeritten, »un die worn suu ... u-hu-hu, 's Herrgöttl mög uns schitzen!« Um zu klären, wann genau diese schrecklichen Reiter aufgetaucht waren, brauchte es einige Zeit, schließlich aber kam heraus, dass es vorgestern Nacht und gestern im Morgengrauen gewesen war. Zu beschreiben, wie denn die Reiter ausgesehen und welche Farbe ihre Kleider gehabt hätten, überstieg allerdings die Möglichkeiten des Bergbauern.

Schaffs Stirn umwölkte sich, er kaute auf seinem Schnurrbart – aber plötzlich besserte sich seine Laune. Bei allen besserte sie sich. Denn vom Haus des Vielfraßes her verbreitete sich ein so lieblicher, ein so göttlicher und köstlicher Geruch, etwas so heimatlich Berührendes, rührend Mütterliches, es war ein wunderbarer, unvergessener Duft, der sich tief ins Gedächtnis eingegraben hatte und sich mit allem verband, was lieb, gut und fröhlich war, einer, der so war, dass man sich nur noch hinsetzen und vor Glück weinen konnte. Mit anderen Worten und kurz und bündig: Aus der Hütte kroch der Wohlgeruch von ausgelassenem Schmalz und gebratenen Zwiebeln und Fleisch. Schaff, seinem Trupp und Reynevan lief das Wasser sowohl aus den Augen als auch – mit der Kraft einer Sturzflut – im Munde zusammen.

»Mir hom een Schwein geschlacht«, erklärte der Vielfraß. »'s ist die Johreszeit dafier, Herr …«

Der Herr auf Kynast ließ ihn nicht ausreden. Er griff in seine Geldtasche. Beim Anblick der Münzen in seiner Hand wäre das Bäuerlein beinahe in Ohnmacht gefallen, es öffnete den Mund, und einen Moment sah es so aus, als würde es in Tränen ausbrechen. Aber es beherrschte sich schnell.

»Bitte scheen«, keuchte es, während es das Geld unter seinen Kittel schob, »kummt zu Tisch …«

»Die, die hier angeblich durchgeritten sind, könnten die schwarzen Reiter sein, die Todesrotte.« Janko Schaff scheuchte ein Huhn vom Tisch. »Es könnten aber auch Bibersteins Leute gewesen sein. Oder welche von Troský, Leute von de Bergow … Die hat der Teufel geschickt. Ich hatte nicht damit gerechnet, dass sie so hartnäckig sind. Dass ihnen so viel an dir liegt, Bielau …«

»Wenn sie uns … wenn sie uns in die Quere kommen, was Gott verhüten möge …«, Werner Dorfinger, einer von Schaffs Burgmannen, warf Reynevan einen finsteren Blick zu, »werden wir uns dann um ihn schlagen, oder wie?«

Sie hatten sich so mit in Schmalz herausgebratenen Schweineschnitzeln voll gestopft, dass sie sich kaum rühren konnten, eine Zeit lang schien es, als bekämen sie keinen Bissen mehr herunter. Bis zu dem Augenblick, als die Bäuerin die gekochten *jitrnice*, also Leberwürste, Blutwürste und Grützwürste aus dem Kessel herauszunehmen begann. Kaum waren diese ein wenig abgekühlt, als sich auch schon alle wie die Wölfe darauf stürzten.

»Lieber Gott ...«, Dorfinger schnallte seinen Gürtel abermals um zwei Löcher weiter. »Solche *jitrnice* habe ich schon lange nicht mehr gegessen ... Ha, ich ess noch was, aber erst muss ich mal hinter die Scheune.«

»Wirf deinen Pelz über«, riet ihm Ralf Moser, der zweite der Burgmannen von Kynast, der gerade eben aus dem Schatten heraustrat und den Schnee von Kappe und Kragen schüttelte. »Es schneit draußen. Und es bläst, als hätte sich einer erhängt.«

»Stimmt doch auch«, lachte Schaff. »Zwicker hat sich erhängt. Dass er es nicht freiwillig getan hat, kann der Wind nicht wissen.«

»Der Pfaffe ...«, Moser verschluckte sich an dem Qualm und dem Rauch und musste husten, »der Pfaffe schadet uns noch aus dem Grab heraus ...«

»Er hilft uns eher«, widersprach ihm Guido Buschbach und versetzte einem aufdringlichen Ziegenbock, der versuchte, seinen Stiefelschaft anzuknabbern, einen Tritt. »Denn wenn uns jemand Paroli bieten will, kommt er schnell darauf, welchen Weg wir nehmen. Sie können uns bei der Alm am Reifträger auflauern. Sie können bei Bräuerhausens Steinen auf uns warten. Sie können versuchen, uns an der oberen Kochel zu erwischen, bevor wir ins Tal des Heidewassers hinunterreiten ... Aber bei dem Schneegestöber und bei diesem Wind könnten wir, geb's Gott, vielleicht durchschlüpfen ... Gebt mir mal noch so eine Wurst her ...«

»Gebt mir auch noch eine! Beim heiligen Mauritius, dem Patron der Ritter ... Himmel, schmeckt das gut! Mehr sind nicht da?«

»'s hot schu noch welche, Junker!«

»Hier hast du noch Geld, guter Mann ... He! Du, Bielau, wohin willst du?«

»Ich muss hinter die Scheune.«

»Geh mit ihm, Moser. Damit ihm ja keine Dummheiten in den Kopf kommen.«

»Ich bin gerade erst aus der Kälte wieder hereingekommen«, protestierte der Burgmann. »Wohin sollte er denn fliehen? Im Winter, im Schneesturm? Inmitten von Wölfen und Monstern? Ins eigene Verderben rennen? Der ist doch kein Dummkopf!«

»Beweg dich, habe ich gesagt!«

Schneesturm hin, Schneesturm her, Wölfe hin, Wölfe her, Reynevan achtete nicht darauf. Er musste fliehen, und dies war seine einzige Chance. Jetzt, in der Nacht, wo Schaff und seine Leute voll gefressen, faul und schläfrig waren. Während Moser in dem dunklen Gang noch einige Worte und grobe Scherze mit dem zurückkehrenden Dorfinger austauschte, schnappte sich Reynevan seinen Pelz. Und ein schweres Gewicht von der Waage, die dort stand.

Der Hof empfing sie mit Kälte und Schneegestöber. Und mit Dunkelheit. Sie mussten sich den Weg fast bis hinter die Scheune entlangtasten.

»Gib Acht«, sagte Moser, der vorausging. »Hier liegt irgendwo ein Pflug herum ...«

Er stolperte und schlug mit Getöse hin. Als er, die ganze Welt verfluchend, wieder auf allen vieren war, hatte Reynevan die Hand mit dem schweren Gewicht erhoben, willens, es dem armen Kerl auf den Hinterkopf zu hauen. In diesem Augenblick aber huschten an dem schneebedeckten Misthaufen flinke Schatten vorüber, war ein dumpfer Schlag zu hören, Moser stöhnte und fiel auf den Rücken. Im nächsten Moment stiegen vor Reynevans Augen hundert Blitze auf, und in seinem Kopf grollten hunderte von Donnerschlägen. Der Hof, die Hütte, die Scheune und der Misthaufen wirbelten durcheinander, prallten aufeinander, und Himmel und Erde wechselten mehrmals ihren Standort.

Er stürzte nicht, ein paar kräftige Arme hielten ihn. Man stülpte ihm einen dicken Sack über den Kopf, band seine Hände und schleppte ihn fort. Er wurde in den Sattel eines schnaubenden, stampfenden Pferdes gehievt. Das Pferd fiel sofort in Galopp und sprengte mit ihm über Stock und Stein. Reynevans Zähne klapperten, er hatte Angst, sich die Zunge abzubeißen.

»Los!«, befahl einer mit rauher, feindseliger Stimme. »Los, weiter! Im Galopp!«

Der Wind heulte und pfiff.

Zwölftes Kapitel

in dem Reynevan nach Schlesien zurückkehrt. Mit der Lebenserwartung einer Eintagsfliege der Gattung Ephemera, aber dafür versehen mit einem weiteren Grund, Rache zu üben.

Als ihm der Sack mit einem jähen Ruck vom Kopf gerissen wurde, krümmte Reynevan sich und kniff die Augen zusammen. Gleißender Schnee blendete ihn schmerzhaft. Er roch Rauch und Pferdeschweiß, hörte das Stampfen, Schnauben und Wiehern von Pferden, das Klirren von Rüstzeug, Stimmengemurmel und begriff, dass eine große Gruppe von Leuten um ihn herumstand.

»Ich gratuliere«, hörte er jemanden sagen, noch bevor er wieder sehen konnte, »ich gratuliere zum gelungenen Fang, Herr Dachs. War es schwierig?«

»Keine große Sache«, entgegnete hinter ihm die rauhe feindselige Stimme, die er bereits kannte und die jetzt ein wenig untertänig klang. »Da haben wir schon ganz andere Dinge geschafft, werter Herr Ulrich.«

»Hat einer von Schaffs Leuten etwas abbekommen? Hat irgendeiner Schaden erlitten?«

»Nichts, was sich nicht heilen ließe.«

Reynevan öffnete vorsichtig die Augen.

Er befand sich in einem größeren Dorf; die Dächer der Hütten, Scheunen und Speicher überragte ein Kirchturm. Die Straße war angefüllt mit Reitern, es waren zum mindesten an die vierzig Pferde. Unter den Reitern befanden sich Ritter in voller Rüstung. Wappen waren zu sehen, darunter eines mit einem roten Hirschgeweih auf goldenem Grund. Bevor er das

Wappen erblickte, hatte Reynevan längst geahnt, wessen Gefangener er diesmal war.

»Heb den Kopf!«

Ulrich von Biberstein, der Herr auf Friedland und Sorau, Nicolettas Onkel, baute sich vor ihm auf, auf seinem Streitross wirkte er wie ein Berg.

Statt Angst verspürte Reynevan Erleichterung, dass es nicht Birkhart Grellenort war.

»Weißt du, wer ich bin?«

Er nickte formell, brachte aber zunächst keinen Ton hervor, was ihm als Unhöflichkeit ausgelegt wurde. Der mit der feindseligen Stimme schlug ihm mit der Faust in die Nieren. Reynevan hatte auch ihn auf Troský gesehen. Das war Nikolaus Dachs, fiel ihm ein. Ein Gefolgsmann der Bibersteins. Burggraf auf irgendeiner Burg. Ich habe vergessen, auf welcher.

»Ich weiß ... ich weiß, wer Ihr seid, Herr von Biberstein.«

Ulrich von Biberstein richtete sich im Sattel auf, wodurch er noch größer wirkte. Die Faust im Eisenhandschuh stützte er auf den gefütterten Plattenschurz seiner Nürnberger Rüstung.

»Für das, was du getan hast, wirst du bestraft.«

Er gab keine Antwort und riskierte damit einen weiteren Hieb. Aber Nikolaus Dachs blieb diesmal ruhig.

»Macht ihn für den Marsch fertig«, befahl Biberstein. »Gebt ihm wärmere Kleidung, damit er nicht erfriert. Er soll heil, gesund und kräftig nach Stolz gelangen.«

Aus der Gruppe, die bei den Hütten gestanden war, näherten sich drei Ritter. Zwei von ihnen waren in voller Rüstung, sie trugen moderne Plattenharnische mit einem Brechrand am linken Arm- und Schulterschutz, was ihnen ermöglichte, auf einen Schild zu verzichten. Der dritte und jüngste war nicht in Eisen, unter seinem Wolfspelz ragte nur ein wattiertes, einigermaßen schmutziges Wams heraus. Reynevan erkannte ihn sofort.

»So dreht sich das Glücksrad!«, lachte Nickel von Keuschburg, der ehemalige Gefangene auf Burg Michalovice, verächtlich. »Heute hast du mich, morgen hab ich dich! Na, wie gefällt dir das, Ketzer? Heute bin ich ein freier Mann, aus der Gefangenschaft freigekauft! Und du in Fesseln! Mit einem Strick um den Hals! Und bald wird der Henker sich deiner annehmen.« Der Jüngling ritt näher heran, sein Pferd zu kurzen Schritten anhaltend. Er hatte eindeutig die Absicht, sich mit seinem Pferd zwischen den Herrn auf Friedland und Reynevan zu drängen. Nikolaus Dachs versperrte ihm den Weg und vereitelte dieses Vorhaben.

»Mit welchem Recht nehmt Ihr Euch diesen Gefangenen, Herr von Biberstein?«, rief Keuschburg.

Ulrich von Biberstein schürzte nur verächtlich die Lippen, er dachte gar nicht daran, ihm zu antworten. Der Junker lief vor Wut rot an.

»Ihr seid ein schlechtes Beispiel!«, schrie er. »Ein Beispiel für Eigennutz! Nur wegen irgendwelcher mysteriösen Familienfehden, nur um Euch zu rächen und mit jemandem abzurechnen, bringt Ihr das Land in Gefahr! Das ist ein schändliches Betragen! Schändlich!«

»Herr Foltsch«, versetzte Biberstein mit ruhiger Stimme, »Ihr seid ein ernsthafter Mann, bekannt für Eure Besonnenheit und Eure guten Ratschläge. Ratet doch bitte diesem Hosenscheißer, er möge gefälligst sein Maul halten.«

Keuschburg langte schnell an seine rechte Seite, aber einer von den Berittenen packte mit seinem Eisenhandschuh dessen Hand und drückte so fest zu, dass sich der Jüngling im Sattel krümmte. Reynevan ahnte, wer das war, das, was er auf Michalovice gehört hatte, fiel ihm wieder ein. Dies war Hans Foltsch von Burg Rojmund. Ein Dienstmann der Stadt Görlitz.

»Welchen Rat könnte ich ihm erteilen, da er Recht hat?«, fragte Foltsch langsam. »Euer Gefangener, Herr Ulrich, ist ein Hussit von hohem Rang, ein Gefährte der hiesigen Hauptleute, ihr Vertrauter gleichermaßen. Er muss wohl über ihre geheimen Absichten und Pläne Bescheid wissen. Uns steht ein Krieg bevor, und im Krieg behält derjenige die Oberhand, der die Absichten des Feindes kennt. Diesen Gefangenen sollte man nach Görlitz oder nach Zittau bringen und ihn befragen, so ganz allmählich und recht bedächtig aus ihm all das herauspressen, was er weiß. Daher sage auch ich Euch: Übergebt ihn uns. Verzichtet zum Wohle des Landes auf die Fehde, und übergebt ihn uns.«

Ulrich von Biberstein blickte zuerst nach links, dann nach rechts, auf diesen Wink hin bewegten sich die ihm untergebenen Ritter, Junker und Knechte und kamen mit ihren Pferden näher und näher heran. Ein Waffenknecht mit einem gewaltigen Beidhänder stellte sich neben Nikolaus Dachs, der an der Seite Reynevans stand, und hielt die Waffe so, dass Dachs den zwölf Zoll starken Schwertgriff bequem erreichen konnte. Hans Foltsch sah dies alles.

»Und wenn ich nun nicht darauf verzichten möchte?«, spottete Ulrich von Biberstein und stemmte seine Hand in die Hüfte. »Was dann? Schlagt Ihr dann auf mich ein? Zum Wohle des Landes?«

»Nein, Herr von Biberstein«, erwiderte der Görlitzer Dienstmann kühl. »Wir schlagen nicht auf Euch ein. Denn das würde unsere Feinde nur zu sehr freuen. Je mehr wir uns streiten, uns uneinig sind, desto kräftiger reiben sich die Hussiten die Hände. Ich habe Euch gesagt, was ich zu sagen hatte.«

»Ich hab's gehört.« Der Herr auf Friedland hob stolz den Kopf. »Und jetzt Schluss damit. Gehabt Euch wohl. Herr Foltsch. Herr Warnsdorf.«

Der bei der Verabschiedung so geringschätzig übergangene Keuschburg erbleichte vor Wut.

»Damit ist noch nicht Schluss!«, brüllte er. »Damit ist noch nicht Schluss, o nein! Das wird nicht einfach so beiseite geschoben! Ihr werdet Euch rechtfertigen, Herr von Biberstein! Wenn nicht vor Gericht, dann auf festem Grund und Boden!«

»Wer mir mit Gericht droht, den pflege ich wie einen Knecht mit dem Stock zu traktieren«, drohte Ulrich von Biberstein mit erhobener Stimme. »Wenn dir die Haut auf deinem Rücken lieb ist, dann beherrsch dich gefälligst, du Grünschnabel. Nicht auf festem Grund und Boden, sondern hier im Schlamm lasse ich dich auspeitschen. Du Rotzlöffel! Was heißt das schon, dass du bei den Dohnas einheiraten willst! Auch wenn man dir eine Dohna zur Frau geben sollte, bist du deshalb nicht erwachsener! Was willst du vom alteingesessenen Adel, du Söhnchen von Ministerialen der Bischöfe von Merseburg? Mach dich nicht lächerlich!«

Der blasse Keuschburg färbte sich so rot wie eine angeschnittene Rote Bete, es schien, als wollte er Biberstein mit bloßen Händen angreifen. Foltsch packte ihn an der Schulter, der mit dem Namen Warnsdorf angeredete Ritter ergriff den Zügel des Pferdes dicht hinter der Trense. Aber die anderen Görlitzer Reiter machten sich dennoch zum Kampf bereit. Einer von ihnen rief etwas, ein anderer wiederholte diesen Ruf, Schwerter und Streitäxte blitzten. Die Pferde, denen man die Sporen gegeben hatte, wieherten laut, auch in den Händen von Bibersteins Leuten blitzten die Klingen auf. Nikolaus Dachs ergriff den Beidhänder und schwang ihn.

»Haltet ein!«, rief Hans Foltsch. »Haltet ein, verdammt noch mal! Die Schwerter in die Scheiden!«

Die Rojmunder und die Görlitzer gehorchten ihm. Ungern. Die Pferde schnaubten und stampften unruhig im Schnee und Schlamm herum.

»Reitet fort von hier«, sagte Ulrich von Biberstein böse. »Reitet Eures Weges, Herr Foltsch. Sofort. Bevor es hier ungemütlich wird!«

Der Schnee taute plötzlich, das bisschen Sonne, das durch die Wolken hervorlugte, genügte dazu. Der Wind schlief ein. Es wurde wärmer.

Der Herbst kehrte noch einmal zurück.

Schellerhau – Reynevan hatte den Namen des Dorfes mit der kleinen Kirche den Gesprächen der anderen entnommen – wirkte verwaist, als die Abteilung von Foltsch und Warnsdorf in dem Hohlweg verschwand, der zum Pass bei Jakobsthal führte, welcher, wie er ebenfalls der einen oder anderen Unterhaltung entnommen hatte, das Riesengebirge vom Isergebirge trennte. Nikolaus Dachs betrachtete eine Zeit lang mit finsterer Miene die Spuren, sagte dann etwas zu Biberstein und deutete dabei zuerst auf die Davonziehenden und dann auf Reynevan. Biberstein biss sich auf die Lippen, bedachte seinen Gefangenen mit einem nicht eben freundlichen Blick und nickte. Dann erteilte er einen Befehl. Dachs veneigte sich.

»Herr Liebenthal!«, rief er, näher kommend. »Herr Strotschil, Herr Priedlanz und Herr Kuhn! Bitte zu mir!«

Die vier Ritter verließen den Tross, ritten heran, blickten neugierig drein, bekundeten aber zugleich sehr deutlich ihren Unwillen. Dachs kümmerte sich nicht weiter darum.

»Der edle Herr Ulrich von Biberstein befiehlt, diesen Übeltäter«, er deutete auf Reynevan, »nach Schlesien, nach Schloss Stolz zu bringen und ihn dort seinem Bruder, Herrn Johann von Biberstein, zu übergeben. Der Gefangene soll spätestens in fünf Tagen, also am Montag, überstellt werden, heute haben wir Donnerstag. Er soll lebend, gesund und heil übergeben werden. Zum Anführer der Eskorte hat Herr von Biberstein Herrn Liebenthal bestimmt. Aber für den Gefangenen und die Ausführung des Befehls haften alle mit ihrem Kopf. Haben die Herren verstanden? Herr Liebenthal?«

»Warum ausgerechnet wir?«, fragte Liebenthal brüsk und rieb sein vorspringendes, mit schwarzen Bartstoppeln bedecktes Kinn. »Und warum zu viert?«

»Weil Herr Ulrich es so befohlen hat. Und weil ich ihm dies geraten habe.«

»Da danken wir aber herzlichst«, bemerkte ein anderer aus der Eskorte, der eine Biberfellkappe schräg auf dem Kopf trug, spöttisch. »Das heißt, wir müssen ihn unversehrt nach Stolz bringen. Und wenn uns das nicht gelingt, verlieren wir den Kopf. Na toll!«

»Und wenn er versucht zu entkommen?« Ein Dritter, ein

langer Kerl mit einem hellen Bart, maß Reynevan mit den Augen. »Können wir ihm dann wenigstens die Beine brechen?«

»Nur mit dem Risiko, dass der Herr auf Stolz dann Euch die Beine brechen lässt«, antwortete Dachs kühl.

»Was dann?« Der Schnurrbärtige gab nicht auf. »Sollen wir ihn binden und in einen Sack stecken? Oder ihn in ein eisernes Fass stecken, so eins, in das Herzog Konrad von Glogau Heinrich V. den Dicken von Breslau gesteckt hat? Vielleicht . . .«

»Es reicht!«, warnte ihn Dachs, ihm ins Wort fallend. »In fünf Tagen muss der Gefangene auf Stolz sein, gesund und heil. Ihr haftet mit Eurem Kopf, und jetzt Schluss mit dem Gerede! Von mir dazu nur noch so viel, er müsste verrückt sein, wenn er fliehen würde. Viele Häscher sind ihm auf der Spur, und wem er auch in die Hände fällt, es droht ihm der Tod. Und zwar kein rascher und kein leichter.«

»Und was erwartet ihn auf Stolz? Werden sie ihn da etwa mit Blumen überschütten?«

»Womit sie ihn dort überschütten, ist nicht mein Problem«, Dachs zuckte mit den Achseln, »aber was ihn in Görlitz, Zittau oder Bautzen erwartet, das weiß ich: die Folterbank und der Scheiterhaufen. Wenn ihn de Bergow oder Schaff noch einmal erwischen sollten, kostet ihn das ebenfalls das Leben. Daher denke ich nicht, dass er fliehen wird . . .«

»Ich werde nicht fliehen«, erklärte Reynevan, des Schweigens überdrüssig. »Ich gebe Euch mein Wort. Ich kann auf das Kreuz und alles, was heilig ist, schwören.«

Die Ritter brachen in dröhnendes, herzhaftes Gelächter aus. Dachs lachte Tränen.

»Ach, Herr von Bielau, du kannst einen aber auch zum Lachen bringen!« Er wischte sich die Tränen aus den Augen. »Du schwörst, sagst du? Ach, schwör, so viel du willst! Wir aber werden dich mit einem dicken Strick binden und dich auf einen plumpen Ackergaul setzen, damit dir nicht einfällt davonzugaloppieren. All dies nur zu deiner Sicherheit. Nimm's nicht persönlich.«

Es dauerte nicht lange, und sie machten sich auf den Weg. Reynevan wurden, wie Dachs es versprochen hatte, die Hände gefesselt, ohne unnötige Grausamkeit, aber sicher und fest. Wie versprochen, wurde er auch auf ein Pferd gesetzt, besser gesagt, auf einen hässlichen, schwerfälligen Klepper mit schiefer Hinterhand, der nicht in der Lage war zu galoppieren, ja nicht einmal traben konnte. Auf so einem Tier konnte er nicht im Traum fliehen, hätte er nicht einmal ein Paar Ochsen im Joch überholen können.

Sie ritten nach Osten, Richtung Hirschberg. Zu der Straße, die Görlitz mit Schweidnitz, Neisse und Ratibor verband.

Ich reite nach Schlesien, dachte Reynevan und rieb seine juckende Nase am Kragen seines Pelzmantels. Ich kehre nach Schlesien zurück, wie ich es mir selbst und anderen versprochen habe.

Wenn Filou das wüsste, würde er sich bestimmt darüber freuen. Wir haben Anfang November, kaum vier Tage nach Allerseelen. Bis Weihnachten ist noch viel Zeit, und ich bin schon in Schlesien.

Sie ritten nach Osten, Richtung Hirschberg. Zu der Straße, die man Sudentenstraße nannte und die Görlitz mit Schweidnitz, Neisse und Ratibor verband. An der Frankenstein lag. Und die Gegend von Schloss Stolz.

Das Schloss, dachte Reynevan, während er seine Nase an dem Kragen rieb, auf dem meine Nicoletta weilt. Und mein Sohn.

Gegen Mittag erreichten sie die Ortschaft Hermsdorf. Hier wurden sie schneller, sie trieben die Pferde an und blickten immer wieder unruhig zu dem Granitfelsen und dem Turm der Burg Kynast empor, die sich über der Ortschaft erhob. Nikolaus Dachs, der sie vor den Listen etwaiger Verfolger gewarnt hatte, hatte ihnen befohlen, in der Nähe von Kynast besondere Vorsicht walten zu lassen. Zwar sagte ihnen ihr Verstand, dass Janko Schaff nicht in seiner Burg sein konnte, denn der Weg, der ihn über die Berge und durch die Täler des Riesengebirges führte, musste wesentlich mehr Zeit in Anspruch nehmen als der Weg, den sie gewählt hatten. Aber die Unruhe quälte sie so lange, bis die Burg aus ihrem Blickfeld verschwand.

Im Tal ritten sie an Warmbrunn vorüber, einem Dorf, das für seine warmen Quellen und Heilwässer berühmt war. Bald sahen sie auch Hirschberg, zunächst den Turm der Pfarrkirche und die sich über der Stadt erhebende Burgbastei. Die Burg hatte vor etwa dreihundert Jahren Bolesław III. Krzywousty, Boleslaw Schiefmund, Fürst von Polen, errichtet, und sein direkter Nachkomme, Bolko I. von Schweidnitz und Jauer, hatte sie ausgebaut.

Liebenthal, der die Eskorte anführte, wendete sein Pferd, ritt heran und packte die Zügel von Reynevans Pferd. Dann holte er ein Messer hervor und schnitt Reynevans Fesseln an der Hand durch.

»Wir reiten jetzt durch die Stadt«, erklärte er ungerührt. »Ich will nicht, dass die Leute glotzen. Und sich die Mäuler zerreißen. Verstehst du?«

»Das verstehe ich. Danke.«

»Danke mir nicht zu früh. Denn du musst wissen: Wenn du irgendwelche Kunststückchen versuchst, dann schneide ich dir mit diesem Messer die Ohren ab. Ich schwöre bei der Heiligen Dreifaltigkeit, dass ich dies tun werde. Ich schneide dir die Ohren ab, selbst wenn ich bei Biberstein dafür büßen sollte. Sieh dich also vor!«

»Denke auch daran«, fügte Priedlanz, der mit dem hellen Schnurrbart, hinzu, »dass dir, auch wenn du unser Gefangener bist, von anderen womöglich weit schlimmere Dinge drohen. Deine Verfoger haben Übles mit dir vor, Folter und Tod, du weißt doch noch, was Dachs gesagt hat. Wer weiß, wer uns folgt. Vielleicht Foltsch und dieser andere, Warnsdorf von Rohsetz? Vielleicht de Bergow? Klüx? Janko Schaff? Und die Gegend hier, musst du wissen, das ist Schaffs Gebiet und das seiner Verwandten und Vettern: der Nimptschs, der Zedlitz' und der Redern. Solltest du uns entkommen, kommst du nicht weit. Die Bauern fangen dich und liefern dich ihren Herren aus.«

»Das wird nicht ausbleiben«, der dritte Mann der Eskorte nickte. »Da lass dich lieber nach Stolz bringen und hoffe auf Herrn Johann von Bibersteins Milde.«

»Ich werde keinen Fluchtversuch unternehmen«, versicherte Reynevan, der sich die Handgelenke rieb. »Ich fürchte Herrn von Biberstein nicht, denn ich bin mir keiner Schuld bewusst. Ich werde meine Unschuld beweisen.«

»Amen«, schloss Liebenthal. »Also dann auf!«

Unweit von Hirschberg hielten sie im Dorf Maiwaldau an, um zu rasten und ihr Nachtlager zu errichten. Sie aßen irgendetwas und nächtigten in einem Schuppen, in dem der Sturm, der wieder von den Bergen herabkam, durch zahllose Löcher und Ritzen im Dach und in den Wänden hereinblies.

Reynevan, von den Ereignissen des Tages ermüdet, schlief schnell ein. So schnell, dass aus dem Tagtraum leicht und unvermittelt ein echter Traum wurde und das Irreale mühelos den Platz des Realen einnahm. Ach, ach, ihr Herren, ich hab solche Sehnsucht nach einem Frauenzimmer. Soll dich doch der Henker holen, Priedlanz, warum musst du ausgerechnet jetzt davon anfangen, nun kann ich nicht einschlafen. Nichts da, wir sind bald in Schweidnitz, da weiß ich ein hübsches Hurenhaus ... Und in Reichenbach in der Vorstadt kenn ich zwei fröhliche Mädchen, zwei Näherinnen ...

Das Pferd hat er mir unter dem Leib weggeschossen, meinen Sturmi, schäumt Nickel von Keuschburg und fuchtelt mit einem abgenagten Knochen herum, mit der Armbrust, dieser Hundesohn, vierzig Mark hab ich dafür gegeben, aber ich hab es nicht bereut, denn das war ein flinkes Tier ... Nein, nein, du Hussit! Das Pferd war flink! Mein Sturmi ... Und dieser Hussit, Reinmar von Bielau, soll eines üblen Todes sterben ...

Lauf, zischt Douce von Pack und verschlingt einen mit ihren blaugrünen Augen. In der Hand wiegt sie den Speer. Lauf weg, ergänzt der neben ihr stehende Birkhart von Grellenort. Ich krieg dich auch so. Ich habe meine Augen und Ohren überall. In jedem Kloster.

Er windet sich da wieder heraus, sagt Gregor Hejncze, der *inquisitor a Sede Apostolica specialiter deputatus* der Diözese Breslau. Und dann haben wir die Chance, dass er uns zu ihnen führt ...

Mich interessiert Vogelsang, sagt Konrad von Oels, der Bischof von Breslau. Reinmar von Bielau wird mich auf die Spur von Vogelsang bringen.

Ein Reiter fliegt durch die Nacht, durch Wälder und felsige Schluchten, er hämmert an die eisenbeschlagene Pforte des wie eine Festung ausgestatteten Klosters. Ein Mönch öffnet ihm, in weißer Tunika und schwarzem Skapulier, welches ein Kreuz schmückt, dessen Stamm von dem Buchstaben »S« umschlungen wird.

Hans Foltsch, der Görlitzer Dienstmann auf Rojmund, erfüllte seine Pflicht voll und ganz – persönlich lieferte er den von den Hussiten freigekauften Nickel von Keuschburg auf Burg Falkenberg ab, die den gleichnamigen Berggipfel zierte und einer der Sitze des Geschlechtes derer von Dohna war. Der befreite Jüngling wurde auf der Burg mit unbändiger Freude empfangen, und die vierzehnjährige Barbara von Dohna vergoss sogar Freudentränen. Auch ihre Schwester, die dreizehnjährige Eneda, weinte, denn schließlich konnte ein gleiches Schicksal, wenn nicht heute, dann morgen, ihren eigenen Verehrer, Kaspar von Gersdorf, treffen. Um ihren Töchtern Gesellschaft zu leisten, weinte Barbaras und Enedas Mutter, Margarethe von Jenkwitz, gleich mit. Auch der Großvater, der alte Herr Bernhard von Dohna, weinte, aber der war bereits im Greisenalter und lachte und weinte so oft, dass er nur selten wusste, warum und weshalb.

Friedrich von Dohna, der Herr auf Falkenberg, Bernhards Sohn, Margarethes Gemahl und der Vater der beiden Mädchen, zeigte sich nicht so sehr erfreut. Er lächelte lediglich ein wenig schief, und sein Glücksgefühl war nur ein vorgetäuschtes. Er war nun nicht nur um achtzig Schock Groschen Lösegeld ärmer, als er die Hussiten für Keuschburg bezahlte, sondern er hatte sich damit zugleich auch öffentlich erklärt und diesen zum offiziellen Heiratskandidaten für seine Tochter erhoben. Dabei wusste er ganz genau, dass es seine Tochter viel besser haben könnte. Er kaute auf seinem Schnurrbart herum, lächelte geziert und wartete ungeduldig auf den Beginn des Festmahls, denn er hatte die Absicht, sich bis zur Bewusstlosigkeit zu besaufen, um all dies zu vergessen.

Zu den wenigen, die sich wirklich von Herzen freuten, zählte Hans Foltsch. Friedrich von Dohna hatte er zunächst eine Summe von hundert Schock Groschen als Lösegeld für Keuschburg genannt. Den hussitischen Hauptmann Jan Čapek hatte er auf sechzig heruntergehandelt. Und von Herrn Friedrich hatte er dann achtzig verlangt.

Nachdem die Erzählung von den Abenteuern des Nickel von Keuschburg sowohl auf der oberen als auch auf der unteren Burg die Runde gemacht hatte, verließ ein Reiter heimlich Falkenberg.

Er schonte sein Pferd nicht. Nach nicht ganz einer Stunde Ritt hämmerte er, kurz vor Mitternacht, an die Pforte des wie eine Festung ausgestatteten Klosters der Cölestiner in Oybin. Im Kloster schlief niemand mehr – die strenge Cölestinerregel hieß alle, um Mitternacht aufzustehen und sich zu Gebet und Arbeit zu begeben.

»Von woher haben wir diese Nachricht erhalten?«

»Aus Oybin, Euer Hochwürden. Von den Cölestinern. Von Prior Burchard.«

»Mit welcher Verzögerung?«

»Die Nachricht kam gestern Nacht aus Oybin, also *post sextam diem mensis Novembris*, um drei Uhr nachts. Und jetzt haben wir die Nacht nach dem siebten November, und eben verstreicht die erste Morgenstunde. Der Bote, wenn ich mir die Bemerkung erlauben darf, ist Tag und Nacht geritten und hat das Pferd nicht geschont. Die Nachricht, die er bringt, muss als sehr neu angesehen werden.«

Gregor Hejncze, der *inquisitor a Sede Apostolica specialiter deputatus* der Diözese Breslau, setzte sich bequem hin und streckte seine Schuhsohlen der aus dem Kamin quellenden Wärme entgegen.

»Das war ja zu erwarten«, brummte er. »Das war zu erwarten, dass Reinmar von Bielau nicht ruhig sitzen bleibt, besonders nicht, wenn er erfährt, dass er... Wenn er von gewissen Dingen erfährt. Es war auch vorherzusehen, dass die Bibersteins ihn erwischen. Sie bringen ihn natürlich nach Stolz?«

»Natürlich«, bestätigte Łukas Bożyczko, ein Pole, der begeistert und interessiert für das Heilige Officium arbeitende Diakon von St. Lazarus. »Sie reiten selbstverständlich auf der Sudetenstraße, sie müssten jetzt etwa in der Nähe von Bolkenhain sein. Nachts sind sie gewiss nicht unterwegs, und die Tage werden immer kürzer. Euer Hochwürden? In Schweidnitz könnten wir sie abfangen. Dort haben wir Leute ...«

»Ich weiß, dass wir dort welche haben.«

»Wenn er...«, der Diakon hüstelte in seine Faust, »wenn Reinmar von Bielau einmal auf Stolz ist, kommt er lebend dort nicht wieder heraus. Wenn er Herrn Johann von Biberstein in die Hände fällt, wird dieser ihn zu Tode quälen. Er hat Herrn Johanns Tochter geschändet, Herr Johann wird sich grausam an ihm rächen ...«

»Wenn er schuldig geworden ist«, unterbrach ihn Hejncze, »hat er die Strafe verdient. Hast du etwa Erbarmen mit ihm? Das ist doch ein Ketzer, ein Hussit, sein Tod bedeutet für uns als gute Katholiken eine Freude, ein Glück. Je grausamer sein Tod ist, umso größer ist unsere Freude. Du hast doch geschworen, ganz Schlesien hat geschworen. Muss ich dich erst an die Rota erinnern? ›Die Ketzer und in dem Glauben irresame Leute zu tilgen und zu verderben ...‹ So hieß es doch, nicht wahr?«

»Ich wollte nur...«, stotterte der durch den Sarkasmus des Inquisitors völlig aus der Fassung gebrachte Diakon, »ich wollte nur zu bedenken geben, dass jener Reinmar wissen kann... Wenn Biberstein ihn zu Tode foltert, dann werden wir...«

»Dann wird uns die Möglichkeit genommen, ihn selbst zu Tode zu foltern«, beendete Hejncze den Satz. »Ja nun, ein solches Risiko besteht.«

»Das ist ziemlich sicher.«

»Sicher ist nur die Steuer. Und dass die römische Kirche ewig ist.«

Dem Diakon gingen die Argumente aus.

»Du sendest einen Boten nach Schweidnitz«, sagte der Inquisitor nach einer Weile. »Zu den Dominikanern. Sie sollen ihre besten Agenten losschicken. Die sollen ihnen folgen und sie diskret observieren. Denn ich denke...«

Hejncze bemerkte, dass er dabei war, ein Selbstgespräch zu führen. Er riss seine Augen von dem Wasserfleck an der Decke und sah den ein wenig blass gewordenen Diakon an.

»Ich denke«, beendete er den Satz, »dass sich Reinmar von Bielau aus der Affäre ziehen wird. Ich denke, es besteht durchaus eine Chance, dass er uns hinführen wird zu...«

»... dass er mich zu Vogelsang führen wird«, beendete Konrad von Oels, der Bischof von Breslau, seinen Satz. »Die Sache mit den geraubten Steuergeldern ist ein Klacks, das erledigen wir schon, ohnehin ist aufgeschoben nicht aufgehoben. Aber Vogelsang... Wenn ich Vogelsang erwischen könnte, ha, das wäre doch was! Und dieser verdammte Reynevan von Bielau, dieses Subjekt, wird immer interessanter, das muss ich zugeben... Er könnte mich zu Vogelsang führen.«

Der Bischof leerte seinen Becher mit Rheinwein. Seit dem Gottesdienst am Morgen hatte er heute bereits drei Krüge mit verschiedenen Weinen geleert, grob geschätzt. Wein verlieh Gesundheit, vertrieb die Melancholie, stärkte die Potenz und schützte vor Seuchen.

»Den Nachrichten von Prior Burchard aus Oybin ist zu entnehmen, dass Bielau jetzt etwa in der Nähe von Bolkenhain sein muss«, fuhr er fort und goss sich erneut Wein ein, »man kann also damit rechnen, dass er am Sonntag, *nona die Novembris*, also in zwei Tagen, Schweidnitz erreicht. Ha! Ich habe Agenten bei den Schweidnitzer Dominikanern, aber ich befürchte, dass viele davon für beide Seiten arbeiten, also auch für Hejncze ... Ich werde jemanden von meinen eigenen Vertrauensleuten schicken müssen ... Ha! Ich trenne mich nur ungern von meiner Leibwache, man hat mir von geplanten Attentaten auf mich berichtet. Hussiten, selbstverständlich. Ach, denen würde ich es nur zu gern zeigen, wenn ich bloß die vom Vogelsang erwischen könnte ... Wenn ich sie auf meine Seite ziehen und sie umdrehen könnte, damit sie sofort damit beginnen, für mich zu arbeiten ... Ha! Verstehst du meinen Plan, Birkhart, mein Sohn?«

Der Mauerläufer antwortete nicht. Er hüllte sich fester in seinen Pelz, im Zimmer war es kalt, der vom Reichensteiner Gebirge wehende kalte Wind drang durch alle Ritzen ins Innere des Neissener Schlosses.

»Du verstehst ihn«, Konrad beantwortete seine Frage selbst, »und du verstehst daher auch den Befehl, den ich dir hiermit gebe: Lass Reynevan in Ruhe. Mal unter uns: Durch welches Wunder ist er dir eigentlich im Riesengebirge entkommen?«

»Wunder«, entweder zuckte das Gesicht des Mauerläufers, oder die Kerzen flackerten, »Wunder gibt es immer wieder, bezweifeln Euer Exzellenz dies etwa?«

»Ja, doch, ich bezweifle es. Denn ich habe gesehen, wie man sie macht. Aber jetzt ist nicht die Zeit für einen Disput. Wie es scheint, hat die Vorsehung beschlossen, dass dir Reynevan entkommen sollte. Pfeif also deine Bluthunde zurück, deine berühmte Todesrotte, deine schwarzen Reiter. Sie sollen still auf Burg Sensenberg sitzen bleiben und die Befehle abwarten. Wir werden sie brauchen, wenn wir, den Spuren Reinmar von Bielaus folgend, auf Vogelsang stoßen. Du aber, Birkhart von

Grellenort, wirst ständig in meiner Nähe sein, an meiner Seite. Hier in Neisse. Auf dem Schloss in Ottmachau. In Breslau. Mit einem Wort, du wirst immer da sein, wo auch ich bin. Ich will dich bei mir haben. Immer und überall. Ich habe dir gesagt, die Hussiten planen ein Attentat auf mich, sie trachten mir nach dem Leben ...«

Der Mauerläufer nickte. Er wusste nur zu gut, dass dieses »geplante Attentat« reinster Unsinn war, den sich der Bischof selbst ausgedacht hatte, um einen Vorwand für Terror und Verfolgung zu haben. Äußerst fragwürdig war auch die Verbindung Reynevan von Bielaus zu der hussitischen Geheimorganisation mit dem Decknamen »Vogelsang«. Bischof Konrad verfügte zwar über zahlreiche Informationsquellen, aber die waren nicht immer glaubwürdig. Nur zu häufig berichteten die Zuträger dem Bischof das, was er wollte, dass man ihm zutragen sollte.

»Für den Fall eines solchen Attentats«, sagte er dann, »wäre es vielleicht besser, wenn meine Reiter ...«

»Deine Reiter sollen auf Burg Sensenberg still sitzen!« Der Bischof schlug mit der Faust auf den Tisch. »Ich habe es dir gesagt! Es wird schon zu viel über diese Reiter geredet! Hejncze sieht mir auf die Finger, der würde sich freuen, wenn er mich mit den Reitern, mit dir, mit schwarzer Magie und mit Hexerei in Verbindung bringen könnte! Es wird schon viel zu viel über euch geredet, zu viele Gerüchte sind bereits im Umlauf!«

»Wir haben uns ja auch große Mühe gegeben, sie in Umlauf zu bringen«, erinnerte ihn der Mauerläufer gelassen. »Sie sollten Schrecken hervorrufen. Das war schließlich unser gemeinsames Handeln, Bischof. Ich habe nur durchgeführt, was wir gemeinsam beschlossen haben. Und das, was du mir befohlen hast. Für unsere Sache. *Ad maiorem Dei gloriam.*«

»Für unsere Sache?« Der Bischof nahm einen Schluck aus dem Becher und verzog das Gesicht, als hätte er nicht Rheinwein, sondern Galle getrunken. »Hussitische Spione und Sympathisanten, aus denen man Informationen hätte herauspressen können, hast du kaltblütig ermordet. Aus purer Lust. Aus reiner Freude am Töten. Sag mir also nicht, dies sei zum Ruhme Gottes geschehen. Denn das könnte Gott erzürnen.«

»Überlassen wir das dem Urteil Gottes.« Das Gesicht des Mauerläufers zeigte keinerlei Regung. »Ich gehorche dir, Bischof. Meine Leute bleiben auf dem Sensenberg.«

»Das verstehe ich. Das verstehe ich, mein Sohn. Sie bleiben auf dem Sensenberg. Wenn du aber Leute brauchen solltest, dann wähle dir welche von meinen Söldnern aus. Wenn du willst, dann nimm sie dir.«

»Dafür bin ich Euch dankbar.«

»Das denke ich wohl. Und nun geh. Es sei denn, du hast noch etwas für mich.«

»Es hat sich so ergeben, dass ich noch etwas habe.«

»Was denn?«

»Zwei Dinge. Erstens eine Warnung. Zweitens eine Bitte. Eine untertänige Bitte.«

»Ich bin ganz Ohr.«

»Unterschätze Reinmar von Bielau nicht, Bischof. Du glaubst nicht an Wunder, belächelst die Arkana und tust die Magie mit einem verächtlichen Lachen ab. Aber die *Magna Magia* existiert, und Wunder geschehen. Ein solches Wunder ist mir letztens erst begegnet. Eben in Reynevans Nähe.«

»Tatsächlich? Was hast du denn gesehen?«

»Ein Wesen, das es nicht geben sollte. Das nicht existieren sollte.«

»Ha! Vielleicht hast du zufällig in den Spiegel gesehen, mein Sohn?«

Der Mauerläufer wandte den Kopf. Obwohl sich der Bischof über seine gelungene Bosheit freute, lächelte er nicht. Er drehte die Sanduhr um. *Media nox* war vorüber, bis zum *officium matutinum* blieben noch etwa acht Stunden. Höchste Zeit, endlich schlafen zu gehen, dachte er. Ich arbeite zu viel. Und was hab ich davon? Wer schätzt das überhaupt? Papst Martin, dieser Hurensohn, zum Teufel mit ihm, will von einem Erzbistum für mich nichts wissen. Meine Diözese untersteht formell weiterhin Gnesen!

Er wandte sich zum Mauerläufer. Sein Gesicht war ernst.

»Ich habe die Warnung verstanden. Ich werde sie beherzigen. Und die Bitte? Du hast eine Bitte erwähnt.«

»Ich weiß nicht, was du für Pläne hast, Priester. Aber ich möchte mich, wenn die Zeit gekommen ist, selbst mit diesem Reynevan befassen ... Mit ihm und seinen Gefährten. Und ich möchte, dass Euer Exzellenz mir dies versprechen.«

»Ich verspreche es dir.« Der Bischof nickte. »Du bekommst sie.« Sollte dies in meinem eigenen Interesse und dem der Kirche sein, fügte er in Gedanken hinzu.

Der Mauerläufer sah ihm in die Augen und lächelte.

Sie ritten am Bober entlang, der mit reißenden Strudeln dahinströmte, auf einer Allee von Erlen und Ulmen. Das Wetter war besser geworden, gelegentlich spitzte sogar die Sonne hervor. Leider nur selten und kurz, aber was soll's, schließlich war November. Genauer gesagt, der siebte November. *Septima Novembris.* Ein Freitag.

Willrich von Liebenthal, den Biberstein mit der Führung der Eskorte betraut hatte, entstammte einem Geschlecht aus dem Meißener Land. Er war ein entfernter Verwandter der mächtigen Liebenthals von Liebenthal bei Löwenberg. Dies betonte er gern. Aber im Grunde genommen war das nur eine seiner wenigen Schwächen.

Auch den anderen Mitgliedern der Eskorte konnte man nur wenige Schwächen vorwerfen. Reynevan dankte der Vorsehung aus tiefster Seele, da er wusste, dass er es bedeutend schlechter hätte treffen können.

Bartosch Strotschil war Schlesier. Reynevan konnte sich dunkel daran erinnern, dass ein Strotschil tatsächlich eine Apotheke in Breslau führte, aber er wollte diese Verbindung nicht näher beleuchten.

»Ich kenne da«, wiederholte der sich im Sattel wiegende

Strotschil zum wer weiß wievielten Male, »in Schweidnitz ein hübsches Hurenhaus. Und in Reichenbach, in der Vorstadt, habe ich zwei hübsche Mädchen gekannt, zwei Näherinnen. Das war aber schon vor zwei Jahren, inzwischen könnten sie sich verheiratet haben, Teufel noch eins ...«

»Das könnte man ja mal überprüfen«, seufzte Stosch von Priedlanz, »wenn wir dort Halt machen ...«

»Das müssten wir wohl.«

»Jo, jo«, stimmte Otto Kuhn zu, »dös müss'n mer wohl.«

Stosch von Priedlanz, ein Lausitzer mit böhmischen Wurzeln, war ein Gefolgsmann der Biberstein, wie es auch sein Vater, Großvater und vermutlich auch der Urgroßvater gewesen waren. Otto Kuhn stammte aus Bayern. Er rühmte sich dessen nicht, war eher ein Schweiger, aber wenn er einmal den Mund aufmachte, dann ließen seine urtümlichen Kehllaute keinen Zweifel daran: So konnte nur ein Bayer die schöne deutsche Sprache verschandeln.

»Ha!« Liebenthal trieb sein Pferd an. »Mir scheint, wir halten bei diesem Schweidnitzer Hurenhaus. Ich muss in letzter Zeit auch oft an einen Weiberschoß denken. Und wenn ich an einen Weiberschoß denke, erwacht der Poet in mir. Kurz und gut: ein echter Tannhäuser.«

»Mir geht es genauso, wenn auch ohne Tannhäuser.«

»He!« Priedlanz richtete sich plötzlich auf und drehte sich im Sattel um. »Habt ihr das gesehen? Dort?«

»Was?«

»Ein Reiter! Von diesem Hügel da hat er uns beobachtet! Von dort oben, hinter den Tannen. Jetzt ist er verschwunden. Er hat sich versteckt ...«

»Verdammt! Das hat uns gerade noch gefehlt! Hast du seine Farben erkannt?«

»Er war schwarz gekleidet. Und hatte ein schwarzes Pferd.«

»Ein schwarzer Reiter!«, lachte Strotschil. »Wieder mal! In letzter Zeit scheint es nichts anderes zu geben als andauernd schwarze Reiter, schwarze Erscheinungen und die Todesrotte. Die Todesrotte war hier, die Todesrotte war da, die Todesrotte hat sich gezeigt, die Rotte hat de Bergow hinter der Iser überfallen ... Dass du dich davon anstecken lässt, Priedlanz?«

»Ich hab ihn gesehen, da soll mich doch gleich der Blitz treffen! Er war da!«

»Treibt die Pferde an«, befahl Willrich Liebenthal kurz, ohne dabei den Waldrand aus den Augen zu lassen. »Und seid wachsam!«

Sie gehorchten, ritten schneller, die Hände an den Schwertgriffen. Die Pferde schnaubten.

Reynevan spürte, wie ihn die Angst in Wellen überrollte.

Die Unruhe teilte sich allen mit. Während sie ritten, beobachteten sie aufmerksam ihre Umgebung. Keiner scherzte mehr, im Gegenteil, sie nahmen diesen Zwischenfall sehr ernst. So ernst, dass sie sich in einen Hinterhalt legten. Klug und geschickt. In einer der Senken, durch die sie kamen, sprangen Strotschil und Kuhn aus den Sätteln und verbargen sich in den Büschen, die Armbrüste schussbereit. Die Übrigen ritten weiter, laut lärmend und herumschwadronierend.

Der Schlesier und der Bayer warteten fast eine Stunde in ihrem Versteck. Vergebens. Niemand kam, der ihrer Spur folgte. Aber auch dann fiel die Spannung nicht von ihnen ab. Sie ritten vorsichtig weiter und sahen immer wieder nach hinten.

»Wir haben ihn wohl verloren ...«, seufzte Strotschil.

»Oder Priedlanz hot sich verschaut«, brachte Kuhn heraus.

»Weder das eine noch das andere«, knurrte Liebenthal. »Der Lump verfolgt uns, ich hab ihn gerade erst gesehen. Auf der Anhöhe, da links. Nicht umdrehen, zum Teufel noch mal!«

»Das ist ein verdammt gewitzter Kerl.«

»Er reitet uns nach ... Was will der?«

»Weiß der Teufel ...«

»Was machen wir?«

»Nichts. Haltet die Waffen bereit.«

Sie ritten mit besorgter, finsterer Miene weiter auf der immer wieder durch steile Schluchten führenden Straße am Ufer des Wirbel bildenden und rauschenden Bober dahin, unter herbstfarbenen Erlen, Ulmen, Ebereschen und alten, riesigen Eichen. Der Anblick war schön und hätte sie eigentlich beruhigen sollen. Er beruhigte sie nicht. Reynevan beobachtete die Ritter aus den Augenwinkeln, er sah, wie die Wut in ihnen wuchs. Kuhn, der seine Armbrust musterte, stieß zwischen den Zähnen einen tiefkehligen bayerischen Fluch hervor. Priedlanz spuckte aus. Der für gewöhnlich redselige Strotschil schwieg wie ein Grab. Liebenthal blieb lange Zeit scheinbar ruhig, aber schließlich hielt auch er es nicht länger aus.

»Und der hier«, bellte er, Reynevan einen bitterbösen Blick zuwerfend, »der hier, den uns die Hölle geschickt hat, der sitzt auf dieser halb toten Schindmähre, dass man nicht einmal etwas schneller vorankommen kann! Seinetwegen kriechen wir wie ein paar beschissene Schnecken vor uns hin!«

Reynevan wandte sich ab, er wollte sich ganz bestimmt nicht provozieren lassen.

»Du Häretiker!«, stichelte Liebenthal erneut. »Was hast du dir bloß dabei gedacht, vom wahren Glauben abzufallen! Die Gottesmutter zu verleugnen! Dich vor dem Teufel Hus zu verneigen! Die Sakramente zu schmähen!«

»Hör auf, Willrich«, riet ihm Stosch von Priedlanz ruhig, »hör schon auf!«

Liebenthal schnaufte, aber er gehorchte.

Reynevan aber, bisher unentschlossen, fasste nun einen Entschluss. Er musste fliehen. Es sah ganz so aus, als hätte Birkhart von Grellenort nicht gelogen, er hatte wirklich seine Augen und Ohren überall. Kaplan Zwicker, den sie am Fuße des Riesengebirges aufgehängt hatten, war nicht sein einziger Spion gewesen, es gab, wie es schien, auch einen Zuträger in Ulrich von Bibersteins Gefolge. Die Eskorte, die ihn nach Schlesien brachte, war nicht schwer zu finden gewesen, und sie hätten bei einem Kampf mit den schwarzen Reitern nicht die geringste Chance. Wenn ich allein bin, überlegte Reynevan, wird es leichter sein, sich zu verstecken und die Verfolger irrezuführen.

Aber es war seiner Aufmerksamkeit auch nicht entgangen, wie erfahren die Ritter waren. Er wusste, dass es nicht einfach werden würde, diesen Leuten zu entkommen. Dazu bedurfte es eines Mittels. Einer Methode.

Nach etwa einer Meile, als die Glocken des Kirchleins eben die Mittagsstunde einläuteten, kamen sie nach Jannowitz, einem großen Dorf am Bober. Eine Stunde später gelangten sie an eine Kreuzung; ihre Straße kreuzte sich hier mit der, die von Schönau nach Landeshut führte. Auf der bislang wenig befahrenen Straße wimmelte es plötzlich von Reisenden, und die Laune der Eskortierenden besserte sich merklich. Die Ritter hörten auf, sich umzublicken, sie wussten, dass sie hier inmitten der Leute bedeutend sicherer waren als in der Waldwildnis des Riesengebirgsvorlandes. Priedlanz begann wieder, ständig zu betonen, dass er Sehnsucht nach Weibern habe, Strotschil fing wieder damit an, die Vorzüge der bereits erwähnten Freudenhäuser zu preisen. Otto Kuhn brummte ein bayerisches Liedlein vor sich hin. Nur Liebenthal war immer noch nervös, aufgewühlt und böse. Fast jeden Reisenden, dem sie begegneten, bedachte er mit einem vor sich hin gemurmelten Schimpfwort. Ein jüdischer Hausierer wurde zum »Christusmörder« und »Blutsäufer« und natürlich zum »Krätzejuden«. Alle Kaufleute waren selbstverständlich »Diebe«, alle Hauer der nahen Erzgrube »wallonische Narren«. Eine kleine Gruppe von Minderbrüdern erwarb sich den Beinamen »verdammte Nichtsnutze«, und die bewaffneten Johanniter entfernten sich als »Bande von Sodomiten«.

»Wisst ihr was?«, fragte plötzlich Strotschil, der ahnte, was der Grund für diese Verdrossenheit war. »Ich denke, das war kein Mensch, dieser Schwarze, der uns da beobachtet hat.«

»Was denn sonst?«

»Ein Geist. Ein Dämon. Dies hier ist schließlich das Riesengebirge, habt ihr das etwa vergessen?«

»Rübezahl …«, erriet Kuhn, »jo, jo!«

»Rübezahl hat ein Hirschgeweih und einen riesigen Bart«, sagte Priedlanz im Brustton der Überzeugung. »Der da hatte keinen.«

»Rübezahl kann jede Gestalt annehmen.«

»Verdammt … Man bräuchte ein Kruzifix. Oder ein anderes Kreuz. Hat jemand eines dabei? Und du, Bielau? Hast du nicht zufällig ein Kreuz mit?«

»Nein.«

»Verdammt, da hilft nichts, als zu den Heiligen zu beten … Bloß, zu welchen?«

»Zu den Vierzehn Nothelfern«, schlug Strotschil vor. »Am besten gleich zu allen zusammen. Unter denen gibt's ein paar tüchtige Kerle. Zum Beispiel Georg, na klar. Von den anderen hat Cyriacus den Teufel in Ketten gelegt, Margareta einen Drachen besiegt und Eustachius den Löwen. Veit … Was Veit gemacht hat, weiß ich nicht mehr. Aber bestimmt was Großes.«

»Veit hot lustige Hüpfer g'mocht«, warf Kuhn ein.

»Na, hab ich's nicht gesagt?«

»Halt endlich dein Maul, du Hundsfott!«, schrie Willrich von Liebenthal. »Da trifft einen ja der Schlag, wenn man sich so etwas anhören muss!«

»Seht mal da, was für ein prächtiger Tross.«

Und wirklich, der Tross, der aus Richtung Bolkenhain kommend an ihnen vorüberzog, zeigte sich wahrhaft vermögend. Vornweg ritt ein Knecht, hellblau und silbern gekleidet, der eine Standarte mit Schachbrettmuster in ebendiesen Farben hielt. Hinter ihm sprengten Bewaffnete drein und prächtig gekleidete Höflinge, die den von vier Apfelschimmeln gezogenen, mit gemustertem Stoff ausgeschlagenen und mit hellblauen Bändern verzierten Wagen begleiteten. In dem Wagen saß, umgeben von ihren Damen, eine korpulente Matrone mit Haube und Schleier, die sich außerordentlich würdig gab.

»Rosamunde von Borschnitz.« Priedlanz erkannte sie und verbeugte sich.

»Aus dem Hause Bolz«, bestätigte Strotschil halblaut. »Ha, sie soll früher ein wunderschönes Mädchen gewesen sein. Mein Vater, Gott hab ihn selig, hat erzählt, dass damals, als er jung war, halb Schlesien in sie verliebt war, die Kavaliere waren hinter ihr her wie die Hunde hinter der Hündin, denn sie war nicht nur schön, sie war auch noch vermögend. Schließlich hat sie Kuno Borschnitz geheiratet, der dann ...«

»An die Zeiten, als dein Vater jung war, erinnern sich heute die ältesten Leute nicht mehr«, wies ihn Liebenthal giftig zurecht. »Damals gehorchten die Bischöfe von Breslau noch dem Erzbischof von Gnesen, im Herzogtum Schweidnitz regierten die Piasten, und der böhmische König Wenzel IV. war noch ein kleiner Hosenscheißer. So lange ist das schon her. Die Borschnitz, das alte Weib, muss demnach schon mehr als sechzig Lenze zählen, ein Wunder, dass sie nicht längst zu Staub zerfallen ist. Treibt die Pferde an, verdammt noch mal, was schleicht ihr denn so! Häretiker, treib deine Stute an! He! Zieh doch mal einer der Mähre eins mit der Knute über den Hintern!«

»Beruhige dich lieber, Willrich!«

Sie übernachteten in Bolkenhain, einem kleinen Städtchen am Fuße des Berges, auf dessen Gipfel sich die berühmte Burg drohend erhob.

Diesmal verbrachten sie die Nacht im Gasthof, Liebenthal hatte sich endlich entschlossen, etwas tiefer in die Börse zu langen, die er zur Begleichung der Reisekosten von Dachs bekommen hatte. Sie gönnten sich auch ein Abendessen aus reichlich mit Speckgrieben bestreuten Piroggen, die mit Sauerkraut und Pilzen gefüllt waren.

Reynevan schlief satt und traumlos.

Am anderen Morgen jagten wieder tief hängende Wolken über den Himmel, und Nieselregen setzte ein. Sie zogen dahin, nur selten ihr Schweigen unterbrechend. Sie blickten sich um, aber von dem sie verfolgenden Reiter fehlte jede Spur. Er war verschwunden. Wie ein Geist. Vielleicht war es wirklich ein Geist gewesen? Vielleicht tatsächlich Rübezahl, der Berggeist des Riesengebirges? Vielleicht war er verschwunden, weil sie sich vom Riesengebirge entfernten?

Es nieselte.

Erst am späten Nachmittag klarte es auf. Als sie nach Freiburg kamen.

Sie hielten vor der Wirtschaft »Zum bärtigen Geißbock«. Es sei schon spät, meinte Willrich Liebenthal, und außerdem bestehe das Risiko, dass sie es nicht schaffen würden, vor dem Einbruch der Dämmerung und bevor die Stadttore geschlossen würden, nach Schweidnitz zu gelangen. Da Schweidnitz das Meilenrecht in Anspruch nehme, sei im Umkreis von einer Meile vor der Stadt kein Gasthof zu finden. Und aus dem »Geißbock« drängen so köstliche Gerüche.

Es roch, wie sich herausstellte, nach Sauerkraut, Zwiebeln, Grütze und Sauermehlsuppe mit Räucherwurst, vor allem aber nach gebratener Gans. St. Martin war nicht mehr fern und ließ grüßen. Vor dem unmittelbar am Bolkenhainer Tor gelegenen Gasthof standen eine Menge Kutschen und im Stall etliche Pferde. Entweder hatten die Gerüche aus dem »Geißbock« die Gäste angelockt, oder das Freiburger Wegerecht hatte sie gezwungen, hier entlangzufahren.

»Voll ist es heute bei euch«, stellte Reynevan fest, einen Stallburschen ansprechend. »Da habt ihr Arbeit über Arbeit, was? Wessen Pferde sind denn das?«

Der Bursche erzählte ihm, wem sie gehörten. Er erzählte und seufzte. Er nahm es sich sehr zu Herzen. Und er war äußerst gesprächig. Sie hätten sich noch länger miteinander unterhalten, wäre nicht Liebenthal gekommen.

»Holla! Du! Bielau! Was schwatzt du da herum? Halt den Schnabel und komm her! Wird's bald!«

Die von Rauch, Gerüchen und anheimelnder Wärme erfüllte Gaststube war voller Leute. Die meisten von ihnen waren Dörfler, denen die uralte bäuerliche Tradition gebot, sich am Samstagabend bis zum Umfallen zu besaufen. Aber auch Kaufleute waren da und Pilger mit Umhängen, auf die Muscheln aus Santiago de Compostela genäht waren. Auch Zisterziensermönche waren da, die mit atemberaubender Geschwindigkeit sowohl Schüsseln als auch Krüge leerten. Auf der Bank am Kamin saßen etwa sechs Knechte im Lederwams, am Tisch daneben vier schwarz gekleidete, traurig wirkende Gestalten.

Laut und unverschämt, wie es sich für Ritter geziemt, bestellten sie ihre Speisen und Getränke. Liebenthal hatte erneut beschlossen, das für die Reise erhaltene Geld auszugeben, daher standen auf ihrem Tisch alsbald Fleischschüsseln, irdene Töpfe mit Grütze, Krüge mit Wein und kleine bauchige Flaschen mit Apfelschnaps.

»Uuaach!«, stöhnte Priedlanz nach einiger Zeit. »Es geht doch nichts übers Essen ... Aber auch die Getränke sind nicht schlecht.«

»Jojo«, bestätigte Kuhn rülpsend, »guat is', wia sich's g'hört!«

»Dann lasst uns trinken!«

»Wohlsein! Schenk ein, Bartosch!«

»Euer Wohl!«

»Schade nur«, seufzte Bartosch Strotschil, »dass es nichts zum Vögeln gibt, wo wir jetzt so gut gegessen und getrunken haben. Aber morgen, verdammt, da geht es anders her, ihr werdet schon sehen. Wenn wir in Schweidnitz Rast machen. Bei der Gnade des heiligen Georg, des Wundertäters. Ich weiß da in Schweidnitz ein Hurenhaus, da sind die Hürchen schmuck wie die Rehlein ...«

»Ich hoffe, deine Informationen stammen aus neuerer Zeit«, Liebenthal wischte sich den Schnurrbart ab, »nicht, Strotschil?

Wie lange ist es denn her, dass du diese Rehlein kennen gelernt hast? Nur mal so, damit sich nachher nicht herausstellt, dass sie Altersgenossinnen der alten Borschnitz sind! Und genauso vermodert!«

»Ihr übertreibt, Herr«, warf Reynevan ein. »Darüber hinaus, scheint mir, verunglimpft Ihr einen Teil der Frauen.«

»Hat dich vielleicht jemand gefragt?«, schrie Liebenthal. »Was reißt du hier dein Maul auf?«

»Leiser, ihr Herren«, zischte Priedlanz und blickte sich beunruhigt um. »Seid leiser. Sie sehen schon zu uns her. Und dir, Bielau, worum geht es dir?«

»Die edle Frau von Borschnitz ist keineswegs alt. Mein Vater zählt genauso viele Jahre und ist keineswegs alt.«

»Wie? Was?«

»Sechzig Jahre sind kein Alter.« Reynevan wurde lauter. »Mein Vater...«

»Dein Vater geht mir am Arsch vorbei!«, brüllte Liebenthal. »Soll der Teufel deinen Vater holen! Sechzig Jahre sind kein Alter? Du Schafskopf! Wer die Sechzig erreicht hat, der ist modrig, ein Leichnam und ein alter Furzer! Das sag ich! Und du schweig und muck nicht auf, sonst hau ich dir auf die Schnauze!«

»Lauter, ihr müsst lauter reden«, knurrte Priedlanz, »euch haben immer noch nicht alle gehört. Etwa der Schmutzfink da, neben der Tür. Der hat euch sicher noch nicht gehört.«

»Darüber hinaus«, fügte Reynevan leise hinzu, »gefällt es mir nicht, wie die Herren über die Frauen reden. Wie unwürdig Ihr sie behandelt. Da könnte einer denken, dass Ihr an alle Frauen das gleiche Maß anlegt. Dass für Euch die eine wie die andere ist.«

»Mich trifft gleich der Schlag!« Liebenthal schlug mit der Faust auf den Tisch, dass die Schüsseln hüpften. »Bei Gott! Das ertrag ich nicht!«

»Wollt ihr wohl den Schnabel halten? Zum Teufel...«

»Herr von Bielau«, Strotschil beugte sich über den Tisch,

»was ist denn nur in Euch gefahren? Bist du betrunken, oder was? Vielleicht bist du ja krank? Erst der Vater, jetzt irgendwelche Frauenzimmer... Was ist los mit dir?«

»Dass alle Frauen gleich sind, dagegen verwahre ich mich!«

»Sie sind alle gleich!«, plärrte Liebenthal. »Alle gleich, alle über einen Leisten zu schlagen! Und nur zu einer einzigen Sache gut!«

»Also so was!« Reynevan sprang auf und fuchtelte mit den Händen. »Nein, meine Herren! Das kann ich mir nicht mehr länger mit anhören!«

»Ich habe es schon nicht ertragen können«, er hob jetzt die Stimme wieder und jammerte in den höchsten Tönen, »dass Ihr den Heiligen Vater verspottet, dass Ihr Papst Martin V. einen Arsch nennt, einen Leichnam und alten Furzer! Aber der Gottesmutter die Ehre zu verweigern? Zu sagen, dass ihr keine Ehre gebühre? Dass sie genau wie alle anderen Weiber sei, dass sie *sicut ceterae mulieres* empfangen und geboren habe? Nein, ich denke nicht daran, mir so etwas weiterhin anzuhören! Ich sehe mich gezwungen, Eure Gesellschaft zu verlassen!«

Liebenthal und Priedlanz fiel die Kinnlade herunter. Aber nicht ganz. Bevor ihnen die Kinnlade ganz heruntergefallen war, hatten sich bereits die vier traurigen Gestalten in der Ecke von ihrem Tisch erhoben. Auch die Knechte im Lederwams waren wie auf Kommando aufgestanden.

»Im Namen des Heiligen Officiums! Ihr seid verhaftet!«

Liebenthal schob den Tisch vor und riss sein Schwert heraus, Strotschil warf mit einem Fußtritt die Bank um, Priedlanz und Kuhn ließen jetzt ihre schon zur Hälfte gezogenen Klingen aufblitzen. Aber die vier traurigen Gestalten fanden überraschende Verbündete. Auf Kuhns Stirn zerbrach ein irdener Topf, den einer der muschelbenähten Pilger mit unglaublicher Zielsicherheit und Kraft geworfen hatte. Der Bayer prallte mit dem Rücken gegen die Wand, und noch bevor er begriffen hatte, was vorging, hielten ihn auch schon zwei Zisterzienser mit starken Händen fest.

Der dritte Zisterzienser, nicht groß, aber gedrungen und kräftig, versetzte Liebenthal einen Stoß mit der Schulter, platzierte dann einen kurzen, aber präzisen linken Haken und setzte mit einem rechten nach. Liebenthal konterte, der Mönch wich so unmerklich, aber wirksam aus, dass die Faust nicht einmal seine Tonsur streifte, und versetzte Liebenthal seinerseits einen Schlag von unten, und darauf folgte noch eine hübsche Gerade. Genau auf die Nase. Liebenthal lief das Blut übers Gesicht, und er verschwand unter den sich auf ihn werfenden Knechten. Die anderen hatten inzwischen Strotschil und Priedlanz entwaffnet.

»Ihr seid verhaftet!«, wiederholte jetzt einer der Traurigen, von denen sich keiner am Kampf beteiligt hatte. »Ihr seid verhaftet im Namen des Heiligen Officiums! Wegen Lästerung, Heiligenschändung und Verletzung religiöser Gefühle.«

»Euch hat doch der Hund gefickt!«, schrie der zu Boden gedrückte Priedlanz.

»Das wird ins Protokoll aufgenommen!«

»Verfickte Hurensöhne!«

»Auch das wird aufgenommen!«

Man muss wohl nicht hinzufügen, dass sich Reynevan längst nicht mehr in der Schankstube befand. Sobald der Tumult begonnen hatte, hatte er sich aus dem Staub gemacht.

Der Stallbursche hatte seine Bitte erfüllt und ein Pferd nicht abgezäumt. Bis zum Sonnenuntergang war gerade noch so viel Zeit, dass das Stadttor noch offen, aber so wenig Zeit, dass auf der Straße keine Menschenseele mehr zu sehen war, nicht ein Einziger, der den Verfolgern einen Hinweis hätte geben können. Reynevan zweifelte jedoch nicht daran, dass ihm die Verfolger nachsetzen würden, unverzüglich, sobald sich alles aufgeklärt hatte. Er wusste, verfolgen würden ihn dann nicht nur seine frühere Begleitmannschaft, sondern auch die Traurigen, in denen er ganz eindeutig Diener der Inquisition erkannt hatte. Er musste also den Abstand so schnell wie möglich vergrößern, sich bis zum Einbruch der Dämmerung möglichst weit entfernt haben, um seine Verfolger daran zu hindern, ihn zu jagen. Wenn die Dämmerung einsetzte, musste er schon weit weg sein. Um jeden Preis. Selbst wenn er dafür das Pferd zuschanden reiten musste.

Das Glück schien ihm weiterhin gewogen zu sein, sein Pferd zeigte trotz des scharfen Galopps noch keine Anzeichen von Ermüdung. Es begann erst dann, kräftig zu schwitzen und mit den Flanken zu zittern, als sie in den Wald gelangten. Hier musste Reynevan ohnehin langsamer reiten. Im Wald war es schon fast finster.

Das Glück verließ ihn, sobald es vollkommen dunkel war. Als er über eine kleine Brücke ritt, die ein Bächlein überspannte, erwiderte ein Echo das Stampfen der Hufe. Es legte sich über das Getrappel von anderen Hufen. Der schwarze und in der Dunkelheit unsichtbare Reiter tauchte wie ein Nachtfalter, wie ein Geist aus dem Dämmer auf. Bevor Reynevan wusste, wie ihm geschah, wurde er auch schon aus dem Sattel gezogen. Er wehrte sich, aber der schwarze Reiter hatte fast übermenschliche Kräfte. Er hob ihn hoch und warf ihn auf den steinigen Grund.

Da war ein Blitz, ein Schmerz und lähmende Kraftlosigkeit. Dann schien der harte Boden unter ihm zu schwinden, und flaumige Stille sog ihn auf. In die bodenlose Öffnung eines weichen Nichts.

In halb liegender Stellung kam er wieder zu Bewusstsein. Er war gefesselt. Die Hände lagen gebunden in seinem Schoß, die Füße waren an den Knöcheln zusammengebunden. Im Verlauf der letzten zehn Tage hat mich jetzt zum fünften Mal jemand erwischt, dachte er, zum fünften Mal bin ich ein Gefangener. Wahrscheinlich habe ich einen Rekord aufgestellt.

Dies war sein erster Gedanke. Der ihm noch vor einem anderen gekommen war, welcher in seiner Situation sehr viel sinnvoller war, nämlich dem, wer ihn denn wohl diesmal gefangen genommen hatte.

Er lehnte wahrscheinlich an einer Mauer, denn etwas drückte hart gegen seinen Rücken und verströmte den Geruch von altem Mörtel. Mauerreste erkannte er auch neben sich, denn sie schützten ein Feuerchen vor dem Wind. Ein heftiger Wind wehte, er heulte und kam in Stößen. Die Tannen rauschten und ächzten. Reynevan schien es, als befände er sich irgendwo oben, auf dem Gipfel eines Berges oder einer Anhöhe.

»Bist du wach?«

Der Mensch, der ihn gefangen genommen und gebunden hatte, ein kräftiger Kerl, trug einen schwarzen Mantel aus dicker Wolle. Darunter eine Rüstung und den Schwertgürtel. Birkhart Grellenort oder einem der schwarzen Reiter sah er überhaupt nicht ähnlich. Reynevan nahm dies mit einer Verwunderung zur Kenntnis, die noch größer war als seine Erleichterung, denn er hatte gedacht, Grellenort hätte ihn erwischt. Warum hatte dieser Mann ihn gefangen genommen, und wer war dieser kräftige Kerl in der Rüstung? Wohl doch nicht Rübezahl, der Geist des Riesengebirges?

Reynevan schluckte. Er glaubte nicht an die Existenz von Rübezahl. Andererseits war ihm in diesen zwei Jahren vieles begegnet, und er hatte so vieles gesehen, an dessen Existenz er bis dahin nicht geglaubt hatte.

»Du bist Reinmar von Bielau? Kannst du mir das bestätigen? Ich möchte keinem Irrtum unterliegen.«

»Ich bin Reinmar von Bielau. Und wer bist du?«

»Wer ich bin?« Die Stimme des Ritters mit dem schwarzen Mantel hob sich etwas, und das verhieß nichts Gutes. »Sagen wir mal, ich bin eine Konsequenz.«

»Eine Konsequenz wessen?«

»Deiner früheren Taten. Und Untaten.«

»Ach! Ein Racheengel? Ein Abgesandter des Schicksals? Der unerbittliche Arm der Gerechtigkeit?«

Reynevan wunderte sich über sich selbst, wunderte sich, wie gut ihm dieser leichte Ton gelang. Das macht die Routine, dachte er. Wahrscheinlich bekomme ich allmählich Übung darin.

»Du hast eine Bestätigung verlangt, dass ich wirklich ich bin«, setzte er hinzu, immer noch scheinbar leichthin, »folglich kennst du mich nicht. Ich habe dich auch noch nie gesehen. Also handelst du in jemandes Auftrag und auf Empfehlung hin. In wessen Auftrag? Im Auftrag von jemandem, der einen Grund dafür hat, wegen meiner früheren Taten mit mir abzurechnen? Ich will mal raten. Denn ich kenne diejenigen, die hinter mir her sind.«

»Du redest fürchterlich viel.«

»Johann von Biberstein und die Inquisition sind es auf keinen Fall. Bergow und die Lausitzer sind eher unwahrscheinlich. Wer bleibt? Konrad, der Bischof von Breslau? Die Sterz'? Herzog Johann von Münsterberg? Buko von Krossig? Vielleicht Adele von Sterz?«

Der schwarze Ritter setzte sich ihm gegenüber. Das Feuer erhellte sein Gesicht. Der Schein der Flammen spiegelte sich auf seiner Rüstung.

»Das sind interessante Namen. Und interessante Personen. Besonders die letzte. Adele von Sterz. Würde es dich wundern, wenn ich in ihrem Namen handelte? In ihrem Auftrag?«

»Tust du das?«

»Rate mal.«

Sie schwiegen beide. Der Wind heulte und pfiff, mal drückte er das Feuer zu Boden, dann entfachte er es erneut.

»In Schlesien gibt es verdammt viele schöne Mädchen«, sagte der Ritter schließlich. »Es mangelt auch nicht an reizenden, unvoreingenommenen Ehefrauen, und in letzter Zeit nimmt die Zahl schöner, williger und wenig beanspruchter junger Witwen zu. Und wen wählst du, Bielau, aus diesem Füllhorn? Die schlimmste Blume, Adele von Sterz! Was hat dich zu ihr getrieben? Was hast du in ihr gesehen, was andere nicht hatten?«

»Du redest fürchterlich viel.«

»Hat dich gereizt, dass sie verheiratet war? Dass ihr Mann weit weg war, in der Fremde? Dass er es seiner Frau nicht so besorgen konnte, wie es sich gehört? Dass sie erst mit dir wahre Wonnen erlebte? Hat sie dir das gesagt? Ins Ohr geflüstert? Habt ihr euch beide im Bett in den Pausen zwischen den Liebesspielen über den gehörnten Ehemann lustig gemacht? Ich denke …«

»Mich interessiert nicht, was du denkst«, unterbrach ihn Reynevan hitzig. »Du redest von Dingen, von denen du keine Ahnung hast, nicht hattest und nicht haben wirst. Du kannst dir das schenken!«

»Aha! Die Wunde schmerzt also noch, wenn man draufdrückt, was? Über einen Gehörnten spotten ist lustig, aber die Fröhlichkeit endet, sobald man selbst zum Gehörnten wird. Übel, verdammt übel, hat das Weibsbild dir mitgespielt … Halb Schlesien hat sich vor Lachen die Seiten gehalten, als herum war, dass du nach Münsterberg zum Turnier geritten bist und diesem Flittchen vor Herzog Johann deine Liebe gestanden hast. Oh, die schöne Adele hat deine Ehre befleckt, und wie … Zu einer lächerlichen Figur hat sie dich gemacht! Ich denke mir, du musst sie schrecklich hassen. Aber du kannst dich freuen … Deine Seele trösten …«

»Du musst wissen, dass ich mich in keinster Weise entehrt fühle«, unterbrach ihn Reynevan erneut. »Und nenn sie nicht in meiner Gegenwart Flittchen. Du fühlst dich sicher, weil mir die Hände gebunden sind. Dann kümmere dich gefälligst auch nicht um meine Ehre, achte lieber auf deine, das ist angemessener. Und es geht auch ohne Trost. Nur mal so aus Neugier: Wie und womit willst du mich trösten?«

Der schwarze Ritter schwieg lange und blickte ihn mit seltsamer Miene an. Dann begann er zu sprechen.

»Adele von Sterz ist tot.«

Wieder herrschte langes Schweigen. Und wiederum entschied sich der Ritter, das Schweigen zu beenden.

»Herzog Johann, der Herr von Münsterberg«, sagte er, jedes

Wort genau wägend, »hatte beschlossen, das Bündnis seines Herzogtums mit Glatz und Puta von Czastolovice zu festigen. Beide kamen überein, die beste Art, dies zu tun, sei eine Heirat Johanns mit Anka, der jüngsten Tochter des Herrn Puta. Aber es gab da ein Problem, und das hieß Adele. Adele von Sterz, die sich in Münsterberg breitgemacht hatte, als wäre sie die Herzogin. Die, als sie von den Heiratsplänen Herzog Johanns erfuhr, solch ein Höllenspektakel veranstaltete, dass die Wände wackelten. Nun zeigte sich, dass sie keine gewöhnliche Favoritin war, keine von den obligaten Buhlen, die man wegjagen, bestechen oder einem Vasallen zur Frau geben konnte. Es war klar, dass eine vom Herzog verlassene Adele ein gewaltiges Getöse machen und einen ungeheuren Skandal verursachen würde. Puta von Czastolovice rümpfte die Nase, er wünsche kein Aufsehen, und er wolle nicht, dass seine Anka Unannehmlichkeiten ausgesetzt sei, sagte er. Ein Verlöbnis werde es nicht eher geben, schwor er bei allen Heiligen, bis der Bräutigam ohne Fehl und Tadel sei und am Münsterberger Hofe Ordnung und Frömmigkeit herrsche. Er werde seine Tochter so lange nicht nach Münsterberg entsenden, bis er sicher sei, dass ihr dort nicht Gespött, Gelächter oder andere Schmähungen drohten.«

»Ziemlich rasch, wohl unter den Einflüsterungen seines Beichtvaters, fand Johann von Münsterberg eine Lösung für sein Problem. Es wird dich wundern, aber zum Teil warst du es, der zu dieser Lösung beigetragen hat, junger Herr. Die Burgunderin, fiel dem Herzog nun ein, hatte doch seinerzeit in enger Verbindung mit Reinmar von Bielau, dem berühmten Schwarzkünstler, gestanden. Du machst so ein merkwürdiges Gesicht! Ich habe gedacht, die Rache würde dir Vergnügen bereiten, und die Nachricht, dass diese Jesabel auch dir ihren Fall verdankt, wäre dir angenehm ... Ich habe gedacht ...«

»Da hast du etwas Falsches gedacht. Fahr fort.«

»Außerdem fand man heraus, dass Adele tatsächlich versucht

hatte, dem Herzog Liebstöckel zu verabreichen, und sich mit Liebeszauber abgab. Sie wurde der Hexerei und des Paktes mit dem Teufel angeklagt. Diese Anklage untersuchte der größte Spezialist für Hexerei in dieser Gegend, Nikolaus Kappitz, der Abt des Zisterzienserklosters von Kamenz. Er befand Adele für schuldig, entdeckte in ihr und um sie herum teuflisches Fluidum und Teufelsgerüche. Es heißt, er habe dies alles für hundert ungarische Dukaten herausgefunden, die er vom Herzog bekommen hatte. Auch ein Kräuterweib wurde aufgegriffen, dem man die Füße ansengte ... Sie gestand, Adele habe von ihr nicht nur Liebestränke gekauft. Aus Furcht, der Herzog würde sie verstoßen, habe sie schon frühzeitig Rachepläne geschmiedet. Sie habe ein Teufelselixier bestellt, welches dem Herzog für immer die Kraft seines Gliedes rauben sollte. Für alle Fälle habe sie auch Stechapfel bestellt. Für Anka von Czastolovice.«

»Die Aussagen des Kräuterweibleins wurden Adele gezeigt. Man schlug ihr ein Abkommen vor. Aber die Burgunderin zeigte keine Angst. Ein Prozess wegen Hexerei? Aber bitte schön! Sie werde schon im Gerichtssaal aussagen, da bekämen die Richter, die Kanoniker und die Äbte ordentlich was zu hören! Sie, Adele, wisse vieles und werde dies gerne aussagen. Man werde dann schon sehen, ob Herzog Johann über solche Berühmtheit erfreut sei.«

»Johann, der die Angelegenheit schon als erledigt betrachtet hatte, wurde wütend. Er erteilte einen Befehl. Ehe sie sich's versah, landete die schöne Burgunderin im Kerker des Rathauses. Von Daunen und Atlas aufs faulige Stroh ...«

»Hat man ...«, Reynevan räusperte sich, weil seine Kehle wie zugeschnürt war, »hat man sie gefoltert?«

»Aber woher denn! Schließlich war sie eine Adelige! Solche Gemeinheiten einer Angehörigen des Adels gegenüber wagte Johann von Münsterberg nicht. Er wollte sie mit der Festnahme lediglich erschrecken. Sie zum Einlenken zwingen, sie dazu bringen, sobald man sie freiließ, Münsterberg zu verlassen, artig und ohne Aufsehen zu erregen. Er wusste nicht ...«

»Was wusste er nicht?« Reynevan spürte, wie sich seine Wangen röteten. »Was …?«

»Im Rathauskerker«, die Stimme des Ritters veränderte sich, Reynevan glaubte, ein Zähneknirschen zu hören, »trieb eine Bande ihr Unwesen, wie sich zeigte. Wächter, Henkersknechte, Kerle von der Stadtwache, ein paar Spießbürger, ein paar Handwerksgesellen … Kurzum, die hatten sich im Rathauskerker ein kostenloses Freudenhaus eingerichtet. Sobald eine Frau dorthin gebracht wurde, besonders, wenn man sie der Hexerei verdächtigte, kamen sie des Nachts …«

Er verstummte.

»Einmal hat einer dieser Lumpen in der Eile und im Gedränge seinen Hosengürtel in der Zelle vergessen. Am Morgen fand man Adele. Sie hatte sich mit dem Gürtel erhängt.«

»Natürlich gab es keine Untersuchung. Niemand wurde bestraft. Johann von Münsterberg fürchtete das Aufsehen. Die Burgunderin, erzählte man sich, habe der Teufel eigenhändig in der Zelle ermordet, weil sie ihn verraten habe, weil sie beabsichtigt habe, ihm abzuschwören, und um die Sakramente gebeten habe. All das bestätigte und verkündigte Nikolaus Kappitz, der Abt der Zisterzienser von Kamenz, von der Kanzel herab. Dabei erwähnte er auch dich. Um davor zu warnen, wohin Kontakte zu Hexern führten.«

»Und niemand …«, Reynevan hatte einen Kloß im Hals, »niemand …«

»Niemand!«, vollendete der Ritter den Satz. »Wen ging das schon etwas an? Heute haben das alle längst vergessen. Außer Herrn Puta von Czastolovice. Herr Puta ist weiterhin um ein gutes Verhältnis zu Herzog Johann und ein Bündnis bemüht, aber die Hochzeit Johanns mit Anka wird immer wieder verschoben.«

»Und sie wird auch nicht stattfinden«, sagte Reynevan mit rauher Stimme. »Ich werde Johann töten. Ich reite nach Münsterberg und werde ihn töten. Und wenn es in der Kirche wäre, ich werde ihn töten. Ich werde Adele rächen.«

»Du wirst sie rächen?«

»Ich werde sie rächen. So wahr mir Gott und das heilige Kreuz helfen!«

»Lästere Gott nicht«, wies ihn der Ritter trocken zurecht, ebenfalls mit rauher Stimme. »Für die Rache sucht man nicht die Hilfe Gottes. Wirkliche, aufrichtige Rache muss grausam sein. Wer sich rächt, muss Gott verwerfen, und er ist verdammt. Für immer.«

Mit einer blitzschnellen Bewegung riss er sein Schwert aus der Scheide, beugte sich vor, packte Reynevan am Kragen, riss ihn hoch, würgte ihn, hielt ihm dann die Klinge an die Kehle und kam mit dem Gesicht ganz nah an das von Reynevan heran, sie standen sich Auge in Auge gegenüber.

»Ich bin Gelfrad von Sterz.«

Reynevan schloss die Augen, er zitterte, als er spürte, wie die Klinge ihm den Halse ritzte und warmes Blut auf sein Hemd tropfte. Aber das dauerte nur einen Moment, nur den Bruchteil einer Sekunde, dann wurde die Klinge weggezogen. Er spürte, wie die durchgeschnittenen Fesseln zu Boden fielen.

Gelfrad von Sterz, Adeles Gemahl, richtete sich auf.

»Ich war fest entschlossen, dich zu töten, Bielau«, sagte er mit rauher Stimme. »Als ich in Schellerhau erfuhr, wer du bist, bin ich dir gefolgt und habe auf eine Gelegenheit gewartet. Ich weiß, dass du an Niklas' Tod nicht schuld bist. Vor zwei Jahren hast du Wolfher das Leben geschenkt; wäre dein Edelmut nicht gewesen, hätte ich statt des einen zwei Brüder verloren. Dennoch war ich entschlossen, dir das Leben zu nehmen. Ja, ja, du hast Recht … Ich wollte dich töten, weil du meinen Stolz als Mann verletzt hast. Ich wollte mit deinem Blut den Schmutz und die Schande von meinem Wappen waschen. In deinem Blut die Schande des traurigen *cocu*, des Größten aller Gehörnten, ertränken.«

»Aber was soll's …«, schloss er und schob das Schwert wieder in die Scheide zurück. »Es hat sich vieles geändert.«

»Dass ich lebe, dass ich in Schlesien bin, weiß niemand, nicht einmal Apeczko, das Oberhaupt unserer Familie. Auch Wolfher und Morold, meine eigenen Brüder, wissen es nicht. Ich werde nicht lange hier bleiben. Ich erledige, was zu erledigen ist, dann kehre ich nie mehr hierher zurück. Ich bin jetzt ein Lausitzer, stehe im Dienst des Sechsstädtebundes ... Ich werde mich auch mit einer Lausitzerin verheiraten. Bald. Ich gehe auf Freiersfüßen, weißt du? Wenn du sie sehen würdest ... Blaue Augen, nicht sehr klug, eine Stupsnase voller Sommersprossen, kurze Beine, einen dicken Hintern, nichts, aber auch gar nichts erinnert an Frankreich, nichts an Burgund ... Vielleicht wendet sich mein Leben dann zum Besseren. Wenn alles gut geht.«

»Was du gesagt hast, nehme ich als das Wort eines Edelmannes.« Er drehte sich um. »Wisse, dass ich nach Münsterberg reite. Du errätst wahrscheinlich, mit welcher Absicht. Ich reite nach Münsterberg, um meine Pflicht zu tun. Ich werde sie tun, so wahr mir der Teufel helfe. Aber wenn es mir durch einen Zufall nicht gelingen sollte ... Dann nehme ich dich beim Wort, Bielau. Beim *verbum nobile.*«

»Ich schwöre es.« Reynevan rieb seine tauben Handgelenke. »Hier, beim Anblick dieser ewigen Berge, schwöre ich, dass Adeles Peiniger und Mörder nicht mehr ruhig schlafen und sich nicht mehr der Straffreiheit erfreuen sollen. Ich schwöre, dass Johann von Münsterberg, bevor er stirbt, erfahren soll, wofür er stirbt. Ich leiste den Schwur und erfülle ihn, selbst wenn ich dafür dem Teufel meine Seele verkaufen sollte.«

»Amen. Leb wohl, Reinmar von Bielau!«

»Leb wohl, Gelfrad von Sterz!«

Dreizehntes Kapitel

in dem die Grüne Dame – nicht weniger rätselhaft als der aus der Legende bekannte Grüne Ritter – von Reynevan dies und jenes verlangt, darunter auch, er möge ihr Vergnügen bereiten.

Er wartete in Kunzendorf auf sie, einer Ortschaft, die, etwa eine halbe Meile von Freiburg entfernt, am Weg nach Schweidnitz lag. Er musste nicht lange warten. Die Ritter, die ihn gestern noch eskortiert hatten, mussten Freiburg bereits am frühen Morgen verlassen haben, denn als er sie auf der Freiburger Straße herannahen sah, dauerte in der Kunzendorfer Kirche die Messe immer noch an, der Priester war, wie es schien, bei der *postcommunio*.

Als sie ihn erblickten, erstarrten sie vor Staunen und hielten die Pferde an. Reynevan hatte genug Zeit, um sie zu betrachten. Der mutwillig heraufbeschworene Zusammenstoß mit der Inquisition, gewiss rasch aufgeklärt, hatte dennoch seine Spuren hinterlassen. Priedlanz hatte ein blaues Auge. Kuhn trug einen Verband um die Stirn. Liebenthals Nase, vermutlich gebrochen, war rot und blau angelaufen und derart geschwollen, dass einen das Erbarmen überkam.

Liebenthal löste sich als Erster aus seiner Starre. Und er handelte. Und zwar genau so, wie Reynevan es erwartet hatte: Er sprang aus dem Sattel und stürzte sich mit Gebrüll auf ihn.

»Lass das, Willrich!«

»Ich schlag ihn tot, diesen Hurenbock!«

Reynevan duckte sich nur, um den Faustschlägen zu entgehen, wich zurück und schützte seinen Kopf. Er unternahm keinen Gegenangriff. Trotzdem kam – rein zufällig – seine Handwurzel mit der geschwollenen Nase des Ritters in Berührung. Liebenthal heulte auf und ließ sich auf die Knie fallen, das Gesicht in beiden Händen bergend. Strotschil und Priedlanz sprangen auf Reynevan zu und fassten ihn an der Schulter. Kuhn, überzeugt, dass Reynevan auf den am Boden knienden Liebenthal einschlagen würde, deckte diesen mit seinem eigenen Körper.

»Meine Herren«, stieß Reynevan hervor, »was soll denn diese Heftigkeit! ... Schließlich bin ich doch zurückgekommen. Ich werde nicht mehr versuchen zu fliehen. Ich gestatte Euch, mich rechtzeitig auf Stolz abzuliefern ...«

Liebenthal erhob sich von den Knien, wischte sich die Tränen aus den Augen und das Blut von seinem Schnurrbart und zog ein Messer heraus.

»Haltet ihn fest!«, brüllte oder, besser gesagt, heulte er. »Haltet diesen Scheißkerl fest! Ich schneid ihm die Ohren ab! Ich hab's geschworen, ich schneid sie ihm ab! Also tu ich's auch!«

»Lass gut sein, Willrich!«, wiederholte Priedlanz und sah sich nach den Leuten um, die eben aus der Kirche kamen, »spiel hier nicht den Wilden!«

»Du siehst doch, dass er zurückgekommen ist«, fügte Strotschil hinzu. »Er hat versprochen, dass er nicht mehr fliehen wird. Um sicherzugehen, werde ich ihn wie ein Schaf festbinden.«

»Wenigstens ein Ohr!« Liebenthal versuchte, sich von Kuhn loszureißen, der ihn dazu bringen wollte, sich hinzusetzen. »Wenigstens eines! Zur Strafe!«

»Nein. Er soll unversehrt abgeliefert werden.«

»Dann wenigstens ein Stückchen Ohr!«

»Nein.«

»Dann lasst mich ihm wenigstens ein paar auf die Schnauze hauen!«

»Das kannst du.«

»Holla! Meine Herren! Was treibt Ihr denn hier?«

Die Frau, die diese Worte gesprochen hatte, war hochgewachsen, und die herrische Pose, die sie einnahm, bewirkte, dass sie noch größer erschien. Sie trug eine Reise-*houppelande*, einfach geschnitten und graufarben, aber aus kostbarem, feinem Tuch gefertigt und mit einem Bilchpelzkragen. Aus Bilchpelz waren auch der Besatz an den Ärmeln und die Haube der Frau, die auf einem *couvrechef* aus Musselin saß, der Haare, Wangen und Hals bedeckte. Unter der Haube sahen ein Paar Augen hervor – blau und kalt wie die Sonne an einem Vormittag im Januar.

»Haben die Herren schon Scherze im Kopf?«, setzte die Frau spöttisch hinzu, »obwohl der Advent noch nicht einmal begonnen hat?«

Liebenthal stampfte mit dem Fuß auf, runzelte zornig die Stirn, hob stolz den Kopf, beherrschte sich dann aber rasch. Unter anderem beeindruckt durch die Bewaffneten, die hinter der Frau aus der Vorhalle der Kirche kamen. Unter anderem. Aber nicht allein deswegen.

»Herr Liebenthal, wenn ich nicht irre?« Die Frau maß ihn mit einem Blick. »Letzten Sommer war ich zu Gast in Sorau, da gehörtet Ihr zu dem Geleitzug, der mir gewährt wurde. Ich erkenne Euch wieder, obwohl Eure Nase damals eine etwas andere Form und Farbe hatte. Erinnert Ihr Euch noch an mich? Wisst Ihr noch, wer ich bin?«

Liebenthal verneigte sich tief. Priedlanz, Strotschil und Kuhn folgten seinem Beispiel. Reynevan verneigte sich ebenfalls.

»Ich erwarte eine Antwort! Was tut Ihr hier?«

»Diesen hier, gnädige Herrin, müssen wir schleunigst nach Stolz bringen.« Liebenthal wies auf Reynevan. »Auf Befehl von Herrn Ulrich von Biberstein. Wir müssen ihn ins Schloss bringen …«

»Und ihn zuvor durchprügeln?«

»Ich habe einen Befehl«, der Ritter räusperte sich und wurde rot, »ich hafte mit meinem Kopf dafür …«

»Euer Kopf wird weniger als ein Bund Stroh wert sein«, unterbrach ihn die Dame, »wenn dieser junge Mann auch nur einen Kratzer abbekommt, bevor er nach Stolz gelangt. Kennt Ihr den Herrn auf Stolz, den edlen Herrn Johann von Biberstein? Ich kenne ihn. Und ich warne Euch: Er braust leicht auf!«

»Was soll ich denn tun«, brummte Liebenthal widerwillig, »wenn er mir gegenüber aufsässig ist und zu fliehen versucht?«

Die Dame machte eine Handbewegung. Sie hatte an ihren Fingern zahlreiche Ringe; den Gesamtwert der in Gold gefassten Edelsteine zu schätzen, war auf die Schnelle unmöglich. Die Diener und die bewaffneten Knechte kamen näher, hinter ihnen die Schützen, angeführt von einem beleibten Anführer in einer messingbeschlagenen Brigantine, der ein Breitschwert an seiner Seite trug.

»Ich befinde mich gerade auf dem Weg nach Stolz«, sagte die Dame. Sie richtete ihre Worte mehr an Reynevan als an Liebenthal. »Mein Geleitzug garantiert Euch Sicherheit unterwegs«, fügte sie leicht und wie unabsichtlich hinzu, »und die präzise Ausführung von Herrn Ulrichs Befehl. Ich hingegen verspreche Euch reichen Lohn, mit dem Herr Johann von Biberstein nicht geizen wird, wenn ich Euch lobend erwähne. Was meint Ihr dazu, Herr Liebenthal?«

Liebenthal blieb nichts anderes übrig, als sich erneut zu verneigen.

»Darum, dass der Gefangene gut behandelt wird, werde ich mich selber kümmern«, sagte sie, Reynevan nicht aus den Augen lassend. »Ihr, Reinmar von Bielau, revanchiert Euch dafür unterwegs mit netter Konversation. Ich warte auf Antwort!«

Reynevan richtete sich auf. Und verbeugte sich dann abermals.

»Ich fühle mich geehrt!«

»Selbstverständlich seid Ihr das!« Die Frau lächelte ein einstudiertes Lächeln. »Also dann, brechen wir auf. Reicht mir Euren Arm, junger Mann.«

Sie streckte die Hand aus. Durch diese Geste war unter dem Bilchpelzbesatz der schmale Ärmel eines Samtkleides von herrlichem, lebhaftem, frischem Grün zu erkennen. Er ergriff ihre Hand. Die Berührung bewirkte, dass er erbebte.

»Ihr kennt mich, edle Dame«, sagte er. »Ihr wisst, wer ich bin. Dadurch seid Ihr mir gegenüber im Vorteil.«

»Ihr wisst nicht einmal, wie sehr.« Sie lächelte herausfordernd. »Nennt mich also ...«

Sie zögerte, dann blickte sie auf den Ärmel ihres Kleides.

»Nennt mich die ›Grüne Dame‹. Was schaut Ihr so? Ist es etwa nur Euch als fahrendem Ritter gestattet, mit fremdem Namen und unter romantischen Pseudonymen aufzutreten? Ich bin für Euch die Grüne Dame. Punktum! Dabei kommt es nicht allein auf die Farbe der Kleidung an. Mich mit jenem Grünen Ritter zu vergleichen, das könnte ich wohl wagen. Es hat welche gegeben, die auf Geheiß von mir dazu bereit waren, ihren Kopf unters Beil zu legen. Zweifelt Ihr etwa daran?«

»Ich würde es nicht wagen. Falls sich eine Gelegenheit dazu ergeben sollte, edle Dame, werde auch ich nicht zögern, dies zu tun.«

»Eine Gelegenheit, sagt Ihr? Wer weiß? Wir werden sehen. Vorläufig zögert nicht, mir beim Aufsteigen behilflich zu sein!«

Sie ritten dahin. Zu ihrer Rechten waren die vor dem Hintergrund der Wolken blaugrau hervortretenden Gipfel der Sudeten zu sehen. Vor der Grünen Dame und Reynevan ritt nur die Vorhut – der beleibte Anführer und zwei Schützen. Hinter ihnen zogen die übrigen Bewaffneten einher, die Knechte und die Dienerschaft, welche Handpferde und Packpferde mit sich führten. Die Nachhut des Trosses bildeten Liebenthal *et consortes.*

Sie waren nicht allein unterwegs, auf der Straße herrschte ziemlich reger Verkehr. Das konnte niemanden verwundern, befanden sie sich doch auf einer bekannten und seit der Antike genutzten Handelsstraße, die Ost und West miteinander verband. Bis Görlitz war sie als *via regia*, als Königsstraße, bekannt, die über Frankfurt am Main, Erfurt, Leipzig und Dresden nach Breslau führte, in Görlitz zweigte davon die Sudetenstraße ab, die am Fuße des Gebirges entlanglief, über Hirschberg, Schweidnitz, Neisse und Ratibor führte, um sich bei Krakau wieder mit der von Breslau kommenden *via regia* zu verbinden, die weiter nach Osten zum Schwarzen Meer führte. Es war also kein Wunder, dass auf der Sudetenstraße Wagen an Wagen, Tross an Tross dahinzogen. Von Ost nach West, in die deutschen Länder, gelangten, dem Herkommen entsprechend, Ochsen, Schafe, Schweine, Häute, Felle, Wachs, Pottasche, Honig und Fett. Von West nach Ost kam traditionell Wein. Und Gegenstände, die von der fortschrittlicheren Industrie im Westen gefertigt wurden, die sich im Osten, auch dies der Tradition gemäß, nicht so recht entwickeln wollte.

Die Grüne Dame zügelte ihre schmucke weiße Stute und ritt so nahe an Reynevan heran, dass ihr Knie das seine leicht streifte.

»Du hast getrocknetes Blut am Kragen«, bemerkte sie. »Ist das deren Werk? Das von Liebenthal und seinen Kumpanen?«

»Nein.«

»Eine kurze Antwort.« Sie spitzte die Lippen. »So lapidar, dass es fast wehtut. Jedenfalls wenn ich daran denke, dass ich mir im Stillen gewünscht habe, du würdest das Thema aufgreifen und mich mit einer unterhaltsamen Geschichte erfreuen. Wenn ich dich daran erinnern darf: Du sollst mich unterhalten. Aber wenn dir das missfällt, werde ich mich nicht aufdrängen.«

Er antwortete nicht, es hatte ihm ganz einfach die Sprache verschlagen. Eine Zeit lang ritten sie schweigend dahin. Die Grüne Dame schien vollkommen in die Bewunderung der Landschaft vertieft zu sein. Reynevan warf hin und wieder einen Blick auf sie. Heimlich. Schließlich ertappte sie ihn dabei und zog seinen Blick an wie die Spinne eine Fliege. Er wich ihrem Blick, der ihn erschaudern ließ, aus.

»Wenn ich es recht verstanden habe«, sie nahm das Gespräch einigermaßen ungezwungen wieder auf und beendete damit die zwischen ihnen währende Stille, »wenn ich es recht verstanden habe, ist es dir gelungen, deinen Bewachern zu entkommen. Um tags darauf zurückzukehren. Freiwillig. Du hast dich also nur eine Nacht deiner Freiheit erfreut. Und nun reitest du nach Schloss Stolz und begibst dich in die Hände und in die Macht von Johann von Biberstein. Um so zu handeln, musstest du einen Grund haben. Hattest du einen?«

Er antwortete nicht, sondern nickte nur. Die Augen der Grünen Dame verengten sich gefährlich.

»Einen wichtigen Grund?«

Wieder wollte er nicken, hielt sich aber noch rechtzeitig zurück.

»Einen wichtigen, Herrin. Aber ich würde es vorziehen, nicht darüber zu sprechen. Seid mir nicht gram. Aber wenn ich Euch verletzt haben sollte, tut es mir leid, und ich bitte Euch um Vergebung.«

»Es sei dir vergeben.«

Er blickte wieder verstohlen zu ihr hinüber, und wieder fing sie seinen Blick ein. Mit einem Gesichtsausdruck, den er nicht deuten konnte.

»Ich hatte und habe weiterhin Lust auf Konversation. Mit meinen Fragen wollte ich dich nur zu etwas größerer Gesprächsbereitschaft bewegen. Denn auf die meisten meiner Fragen kenne ich die Antwort ohnehin.«

»Wirklich?«

»Du begibst dich in die Macht von Herrn Johann, weil du etwas beweisen willst. Weil du versuchen willst, ihn davon zu überzeugen, dass du ein reines Gewissen hast. Was Katharina anbelangt, versteht sich.«

»Ihr versetzt mich in Erstaunen, Herrin.«

»Ich weiß. Ich tue dies auch absichtlich. Kommen wir aber, wie mein Beichtvater zu sagen pflegt, auf das *meritum* der Sache zurück. Auf Herrn Johann wird dein Handeln nicht den geringsten Eindruck machen, das kannst du mir glauben. Ich denke, auf Schloss Stolz erwartet dich eine ziemlich unangenehme Prozedur. Mit einem eher bedauerlichen Ende. Du hättest fliehen sollen, solange es noch eine Möglichkeit dazu gab.«

»Eine Flucht hätte die Richtigkeit der Anklage nur bestätigt. Sie wäre einem Schuldgeständnis gleichgekommen.«

»Ach! Du bist also unschuldig. Dein Gewissen ist rein?«

»Ihr habt sicher Gerüchte über mich gehört.«

»Sicher«, bestätigte sie. »Viele waren in Umlauf. Über dich. Über deine Taten und Eroberungen. Ich habe sie gehört, ohne es zu wollen.«

»Ihr wisst, Herrin, wie das mit Gerüchten so ist.« Er räusperte sich. »Aus einer Mücke macht man einen Elefanten ...«

»Ich weiß aber auch, dass es keinen Rauch ohne Feuer gibt. Und nun bitte ich dich, keine weiteren Sprichwörter mehr zu verwenden.«

»Die Verbrechen, derer man mich beschuldigt, habe ich nicht begangen. Ich habe den Steuereinnehmer weder überfallen noch ausgeraubt. Und ich habe kein geraubtes Geld. Falls Euch das interessiert.«

»Tut es nicht.«

»Was dann?«

»Ich habe es schon gesagt: Katharina von Biberstein. Was sie anbelangt, bist du auch da ohne Schuld? Lastet da keinerlei Schuld auf deinem Gewissen? Nicht einmal eine kleine?«

»Über dieses Thema möchte ich nicht sprechen.« Er presste die Lippen zusammen.

»Ich weiß sehr wohl, dass du das nicht möchtest. Vor uns liegt Schweidnitz.«

Sie ritten durch das Striegauer Tor in die Stadt hinein und durch das Untere Tor wieder heraus. Während des Rittes durch die Stadt hatte Reynevan, als er die ihm vertrauten Orte erblickte, einige Male geseufzt, bei der Apotheke »Zum goldenen Lindwurm« etwa, in der er sein Praktikum absolviert hatte, bei der Schenke »Zum Kreuzfahrer«, in der er einst Schweidnitzer Märzenbier gekostet und sein Glück bei den Schweidnitzerinnen versucht hatte, bei den Gemüseständen, wo er sein Glück bei den Dorfschönheiten versucht hatte, die in Schweidnitz ihre Waren verkauften. Sehnsüchtig hatte er zur Krasswitzer Gasse hinübergesehen, wo Justus Schottel, Scharleys Bekannter, Spielkarten und unflätige Bildchen druckte.

Obwohl ihn seine Erinnerungen gefangen hielten, warf er doch immer wieder heimlich einen Blick auf die zu seiner Rechten reitende Grüne Dame. Und sooft er hinübersah, so oft quälten ihn Gewissensbisse. Ich liebe Nicoletta, wiederholte er bei sich. Ich liebe Katharina von Biberstein, die mir einen Sohn geboren hat. Ich denke nicht an andere Frauen. Ich denke nicht daran. Ich sollte nicht daran denken.

Aber er dachte daran.

Auch die Grüne Dame schien vollkommen in ihre Gedanken vertieft zu sein. Sie schwieg die ganze Zeit über. Sie begann erst wieder zu sprechen, als sie ein Dorf namens Pilzen hinter sich gelassen hatten und der Hufschlag der Pferde des Trosses, der über eine Brücke über der Pilow gedonnert war, wieder leiser wurde.

»Nach etwa einer Meile kommt Faulbrück«, sagte sie. »Dann Reichenbach. Dann Frankenstein. Und hinter Frankenstein liegt Schloss Stolz.«

»Ich kenne die Gegend ein wenig.« Er erlaubte es sich, einen leicht spöttischen Ton anzuschlagen. »Zwischen Reichenbach und Frankenstein liegen auch noch Haunold und Löwenstein. Hat das eine tiefere Bedeutung?«

»Für mich überhaupt nicht.« Sie zuckte mit den Achseln. »An deiner Stelle allerdings würde ich der Straße ein wenig mehr Aufmerksamkeit schenken. Jede Meile und jeder Ort, den wir hinter uns lassen, bringt dich Johann von Biberstein und seinem gerechten Zorn näher. Wenn ich du wäre, würde ich in jeder dieser Ortschaften nach einer Möglichkeit zur Flucht Ausschau halten.«

»Ich habe schon einmal gesagt, dass ich nicht die Absicht habe zu fliehen. Ich bin kein Verbrecher. Ich habe keine Angst, vor Herrn von Biberstein zu stehen. Oder vor seiner Tochter.«

»Na sieh mal einer an, was für eine ehrliche Entrüstung!« Sie durchbohrte ihn mit ihrem Blick. »Was willst du mir damit sagen, mein Junge? Dass du unschuldig bist wie ein Kind? Dass dich nichts mit Katharina von Biberstein verbunden hat? Selbst wenn sie dir das Fell über die Ohren ziehen und dir die Knochen brechen sollten, würdest du dich nicht zu dem knuddeligen Kerlchen bekennen, das auf Stolz an Katharinas Rockzipfel hängt?«

»Ich fühle mich dafür verantwortlich.« Reynevan spürte, wie er rot wurde, und das machte ihn ein bisschen wütend. »Ja und noch einmal ja, ich fühle mich verantwortlich dafür. Aber nicht schuldig. Aber wie ich bereits gesagt habe, ich möchte nicht darüber sprechen. Wir können über etwas anderes sprechen. Zum Beispiel über die Landschaft. Dieses Flüsschen hier ist die Pilow, und dort ist das Eulengebirge.«

Sie lachte laut auf. Er seufzte insgeheim vor Erleichterung, hatte er doch eine andere Reaktion befürchtet.

»Ich versuche nur, die Motive deines Handelns zu begreifen«, sagte sie. »Ich bin neugierig, das ist so eine Schwäche der weiblichen Natur. Ich erfahre gern etwas, verbinde gern Ursache und Wirkung und versuche zu verstehen. Das bereitet mir Vergnügen. Bereite mir also das Vergnügen, Reinmar. Wenn nicht aus Sympathie, dann wenigstens aus Höflichkeit.«

»Herrin … Ich bitte Euch sehr …«

»Da ist nur noch eine Sache, ein Problem. Beantworte mir also nur eine Frage. Wie kommt es, dass du keine Angst vor dem Kerker auf Stolz hast? Vor Bibersteins Zorn? Wo du doch seine einzige Tochter vergewaltigt hast!«

»Wie bitte?«

»Wieder die heilige Entrüstung? Du hast Katharina von Biberstein mit Gewalt genommen. Gegen ihren Willen. Das wissen alle.«

»Alle?« Er drehte sich ruckartig im Sattel um. »Das heißt, wer?«

»Sag du es mir.«

»Ich habe nicht damit angefangen.« Er spürte, wie ihm das Blut wieder zu Kopf stieg. »Bei aller Hochachtung, aber ich habe dieses Gespräch nicht angefangen.«

Sie schwieg lange.

»Die Tatsachen, die allen bekannt sind, sehen so aus«, begann sie unverhofft zu erzählen, »vor zwei Jahren, am vierzehnten September in den frühen Nachmittagsstunden, haben du und deine Kumpane in den Gallenauer Wäldern einen Tross überfallen, in dem die hochwohlgeborene Katharina von Biberstein, die Tochter von Johann von Biberstein auf Stolz, und Jutta de Apolda, die Tochter des Mundschenks Bertold de Apolda auf Schönau, reisten. Ihr habt den Wagen geraubt, in dem die Fräulein gereist sind. Die Verfolger, die euch wenige Stunden später nachsetzten, haben das Gefährt gefunden. Von den Fräulein fehlte jede Spur.«

»Wie bitte?«

»Beide Fräulein waren verschwunden, sage ich.« Die Grüne Dame sah ihn durchdringend an. »Hast du etwas hinzuzufügen? Einen Kommentar?«

»Nein. Nichts.«

»Die Verfolger sind eurer Spur gefolgt, haben sie aber an der Neiße verloren, und es ging schon auf den Abend zu. Sie entschlossen sich daher, zu Pferd nach Stolz zurückzukehren. Die Nachricht traf noch vor der Nacht ein, Herr Johann von Biberstein bot alle seine Leute auf, aber vor der Morgendämmerung konnte er nichts Sinnvolles unternehmen. Bevor sich seine Leute endlich bewaffnet und versammelt hatten, läuteten in Kamenz die Zisterzienser schon zur Sexta. Und als sie zur None läuteten, erschienen plötzlich im Tross eines armenischen Händlers beide Fräulein, Katharina und Jutta, auf

Stolz. Beide unversehrt, gesund und auf den ersten Blick unbefleckt.«

»Im Endeffekt«, fuhr sie fort, als Reynevan schwieg, »war dies eine der kürzesten Entführungen in der Geschichte Schlesiens. Die so gewöhnliche Affäre langweilte alle schnell, und man vergaß sie. Etwa bis Mariä Lichtmess. Das heißt bis zu dem Zeitpunkt, als sich der gesegnete Leibeszustand Katharina von Bibersteins nicht länger verbergen ließ.«

Reynevan bewahrte seine steinerne Miene. Die Grüne Dame beobachtete ihn unter ihren langen Wimpern hervor.

»Erst jetzt wurde Johann von Biberstein richtig wütend«, erzählte sie weiter. »Er setzte eine Belohnung aus. Hundert Silbermark für denjenigen, der den Entführer aufspürt und ausliefert; sollte dieser selbst in die Entführung verwickelt sein, wurde ihm zusätzlich noch Straffreiheit zugesichert. Herr Johann nahm sich auch sein Töchterchen vor, aber Katharina schwieg beharrlich: Sie wisse von nichts, könne sich an nichts erinnern, sie sei ohnmächtig gewesen und ähnliches Blabla. Beharrlich schwieg auch Jutta de Apolda, die ebenfalls im Verdacht stand, ihr Jungfernkränzlein eingebüßt zu haben.«

»Die Zeit verging, Katharinas Bauch wuchs schnell und wurde ansehnlich, und der Verursacher dieses Wunders blieb weiterhin unbekannt. Johann von Biberstein schäumte vor Wut, und ganz Schlesien erging sich in Gerüchten. Aber hundert Silbermark sind keine geringe Summe. So fand sich denn einer, der Licht in die Angelegenheit brachte. Einer, der am Überfall und am Raub beteiligt gewesen war, ein gewisser Notker von Weyrach. Er war nicht so töricht, an die Straffreiheit zu glauben, und wollte die Sache lieber aus sicherer Entfernung erledigen. Mit Hilfe seiner Verwandten, der Bolz' auf Zeiskenberg, vor denen er, in Anwesenheit eines Priesters und auf das Kreuz, seine Aussage beschworen hatte. Da kam dann die Sache ans Licht. Nämlich du, mein Ephebe!«

»Der verehrten Tochter des hochgeschätzten Herrn Johann,

schwor Weyrach, hätten die Entführer Achtung gezollt, keiner habe sie auch nur mit einem Finger angerührt, ja nicht einmal mit einem verwegenen Blick bedacht. Leider habe sich in der geachteten Gesellschaft der Raubritter durch puren Zufall ein ausgemachter Bandit, Schurke und Sittenstrolch, dazu auch noch ein Magier, befunden. Jener nun, der gegen Herrn Johann wohl einen Groll gehegt habe, habe den Entführern das Mädchen durch Magie geraubt. Und es dann vergewaltigt. Wohl auch durch schwarze Magie, da sich das Mädchen nun an nichts mehr erinnern könne. Jener Schurke und Vergewaltiger sei unter dem Decknamen Reinmar von Hagenau aufgetreten, aber Nachrichten würden sich rasch verbreiten, zwei und zwei sei schließlich vier, und Öl schwimme immer an der Oberfläche. Daher sei dieser kein anderer als Reinmar von Bielau gewesen, den sie Reynevan nennen.«

»Und das hat er beim Kreuz geschworen? Wahrhaftig, der Himmel ist geduldig!«

»Auch ohne Kreuz hätte man Weyrachs Enthüllungen Glauben geschenkt«, entgegnete sie lachend. »Die Meinung über Reinmar von Bielau stand in Schlesien ohnehin schon fest, denn er hatte zuvor bereits Magie benutzt, um sich Frauen gefügig zu machen ... Es genügte, sich an die Affäre mit Adele von Sterz zu erinnern ... Du bist ein wenig blass geworden, scheint mir. Aus Angst?«

»Nein, nicht aus Angst.«

»Dacht ich's mir! Aber zur Sache: Die Aussagen des Raubritters stellte keiner in Frage, niemand zweifelte daran. Außer mir.«

»Aha?«

»Weyrach schwor, sie hätten nur ein Mädchen entführt, die Tochter von Biberstein nämlich. Nur sie allein. Das andere Fräulein habe man beim Wagen zurückgelassen und ihm befohlen, die Lösegeldforderung zu überbringen ... Möchtest du etwas sagen?«

»Nein.«

»Und dich wundert an der ganzen Geschichte nichts?«

»Nichts.«

»Nicht einmal, dass die Verfolger jenes zweite Fräulein, Jutta de Apolda, nicht fanden? Dass tags darauf beide Mädchen nach Stolz zurückkehrten? Zusammen, obwohl, schenkte man Weyrach Glauben, die eine im Verlauf eines Tages zweimal entführt wurde und die andere kein einziges Mal? Selbst das wundert dich nicht?«

»Selbst das nicht.«

»So wenig verwundert kannst du gar nicht sein!« Sie verzog plötzlich den Mund, und in ihren blauen Augen blitzte Zorn auf. »Also verspottest du mich!«

»Ihr tut mir Unrecht, Herrin, wenn Ihr mich verdächtigt, Euch zu verspotten. Oder, was wahrscheinlicher ist, Ihr treibt Euren Spott mit mir!«

»Wie das mit den Mädchen gewesen ist, weißt du selbst am besten, aus erster Hand sozusagen. Du bist dort gewesen, das leugnest du nicht, du warst an dem Überfall beteiligt. Weyrachs Aussage deutet auf dich als den Vater des Kindes von Katharina von Biberstein, du selbst streitest das auch nicht ab, sondern scheinst vorschlagen zu wollen, dass es zu dieser Begegnung im besten Einvernehmen gekommen ist. Was seltsam erscheint, ja geradezu unwahrscheinlich ... Aber auch das ist nicht ausgeschlossen ... Du wirst abwechselnd rot und blass, mein Junge. Das lässt tief blicken!«

»Natürlich!«, brauste er auf. »Das muss es wohl auch! Ich werde von vornherein als schuldig angesehen. Ich bin ein Vergewaltiger, dies hat eine derart glaubwürdige Person wie Notker von Weyrach, ein Räuber und Bandit, bezeugt. Als Peiniger und Schänder der Tochter von Biberstein will er mich umbringen lassen. Selbstverständlich, ohne mir eine Möglichkeit zu geben, mich zu rechtfertigen. Und dass einer, der zu seiner Hinrichtung geführt wird, abwechselnd rot und blass wird? Und schreit, dass er unschuldig sei? Jeder Vergewaltiger würde das schreien. Und wer würde ihm glauben?«

»Du bist so wahrhaft und so aus tiefster Seele aufgebracht, dass ich dir beinahe glaube!«

»Beinahe?«

»Beinahe.«

Sie trieb ihre Stute an und ritt nach vorn. Dann wartete sie auf ihn. Sie sah ihn mit einem Lächeln an, das er nicht deuten konnte.

»Vor uns liegt Faulbrück.« Sie deutete auf einen Kirchturm, der hinter dem Wald hervorlugte. »Hier halten wir. Ich bin hungrig. Und durstig. Auch dir, Reinmar, wird ein Glas guttun, *carpe diem*, mein Junge, *carpe diem*, wer weiß, was der morgige Tag bringt. Wir fahren zur Ops, wie mein Verwandter Zawisza z Kurozwęk, der Bischof von Krakau, zu sagen pflegte. Du wunderst dich? Ich stamme von den großpolnischen Toporczyks ab, musst du wissen, und die Toporczyks sind mit den Różycs verwandt. Gib deinem Pferd die Sporen, mein kleiner Ritter. Wir fahren zur Ops!«

In den Entschiedenheit zum Ausdruck bringenden Gesten der Grünen Dame, in der Art, wie sie den Kopf hielt, verwegen und natürlich zugleich, und besonders in ihrer Art zu trinken, anmutig und rückhaltlos ihren Becher zu leeren, in all dem lag tatsächlich etwas, das an Zawisza z Kurozwęk erinnerte. Was die Verwandtschaft mit ihm anbelangte, da hatte die Grüne Dame wohl ein bisschen geflunkert, Reynevan hegte leise Zweifel. Den Topor, die Streitaxt, führten in Polen gut und gerne fünfhundert Familien in Petschaft und Wappen, und sie alle konnten, wie das in Polen nun mal so geht, die unterschiedlichsten Verwandtschaftsverhältnisse vorweisen. Die Verwandtschaft mit dem Bischof von Krakau verblasste ein wenig neben den verwandtschaftlichen Beziehungen zu den Königen Artus, Salomon und Priamos. Sah man sich aber die Grüne Dame so an, konnte man eine Verbindung zu Zawisza, dem legendären bischöflichen Schwelger, nicht ausschließen. Aber auch andere Erinnerungen waren mit ihm verbunden.

Der Bischof hatte infolge sündhafter Begierde den Tod gefunden – ein Vater, dessen Tochter er sich gefügig zu machen versucht hatte, hatte ihn erschlagen. Und die Seele des Lüstlings hatten die Teufel geradewegs in die Hölle getragen, während sie dabei, was nicht wenige gehört haben wollten, mit wilder Stimme riefen: »Wir fahren zur Ops!«

»Ich trinke auf dein Wohl, Reinmar!«

»Auf Eure Gesundheit, Herrin!«

Sie hatte sich zum Abendessen umgezogen. Die Haube mit dem Bilchpelz hatte einem samtenen *chaperon* mit einer Einfassung und einer Art *liripipe* aus Musselin Platz gemacht. Man sah jetzt das dunkle Blond ihrer Haare, die sie im Nacken mit einem Netz zusammengefasst hatte. An ihrem Hals glänzte in einem tiefen Dekolleté eine einfache Perlenkette. Die *cottehardie*, die sie über dem grünen Kleid trug, war an den Seiten eng zugeschnitten, was dazu diente, ihre Taille zu bewundern und sich an der Rundung ihrer Hüften zu erfreuen. Solche körpernahen Stellen, die absolut modern waren, nannten böswillige Menschen *les fenêtres d'enfer*, man behauptete nämlich, dass sie höllisch zur Sünde verführten. Da war schon was dran, aber was soll's!

Liebenthal und seine Kameraden hatten die Bank in der Ecke hinter dem Kamin besetzt und betranken sich dort mit finsterer Miene.

Der Wirt tummelte sich ordentlich, die Schankmädchen rannten mit den Schüsseln wie besessen hin und her, sie bedienten auch die Knechte der Grünen Dame, die auf Speisen und Getränke daher auch nicht lange warten mussten. Das Essen war einfach, aber schmackhaft, der Wein ganz passabel und für diese Art von Gasthaus überraschend gut.

Eine Zeit lang schwiegen sie, sich gegenseitig nur angespanntes Interesse durch Augenkontakt gestattend, und widmeten ihre ganze Aufmerksamkeit der Biersuppe mit Eigelb, der Forelle aus der Pilow, der Wildschweinwurst, dem Hasen in Sahnesoße und den Piroggen.

Danach gab es Kolatschen mit Kümmel und zyprischen Malvasier, Honigkuchen und noch mehr Malvasier, das Feuer im Kamin prasselte, die Schankmädchen störten nicht mehr, Liebenthal und seine Kameraden gingen in den Stall schlafen, es wurde sehr still und sehr warm, ja, geradezu heiß, das Blut pochte in den Schläfen und brannte auf den Wangen. Das Feuer spiegelte sich in feurigen Blicken.

»Deine Gesundheit, Ephebe!«

»Die Eure, Herrin!«

»Trink. Willst du noch etwas sagen?«

»Nie ... Niemals würde ich eine Frau mit Gewalt nehmen. Nicht durch Gewalt und nicht durch Magie. Nie, niemals! Glaubt mir, Herrin!«

»Ich glaube dir. Obwohl es mir schwerfällt ... Du hast die Augen eines Tarquinius, mein schöner Jüngling.«

»Ihr verspottet mich.«

»Keineswegs. Manchmal braucht man, wenn man sich jemanden zu Willen machen möchte, weder Gewalt noch Magie.«

»Was wollt Ihr damit sagen?«

»Ich bin ein Rätsel. Löse mich.«

»Herrin ...«

»Sag nichts. Trink! *In vino veritas.*«

Das Feuer im Kamin war fast erloschen, nur noch ein wenig rote Glut zeugte von seinem Leben. Die Grüne Dame stützte den Ellenbogen auf den Tisch und legte das Kinn auf ihren Handrücken.

»Morgen kommen wir nach Stolz«, sagte sie, mit tiefer und verführerischer Stimme. »Wie man es auch dreht und wendet, der morgige Tag, und das weißt du nur zu gut, wird für dich ... Wird ein wichtiger Tag sein. Was geschehen wird, wissen wir nicht und können wir auch nicht voraussehen, denn das Schicksal ist unergründlich. Aber ... Es kann doch sein, dass die heutige Nacht ...«

»Ich weiß«, antwortete er, als sie zu reden aufgehört hatte. Dann stand er auf und verneigte sich tief. »Ich bin mir über die Bedeutung dieser Nacht im Klaren, schöne Herrin. Ich weiß wohl, dass dies meine letzte sein kann. Deshalb möchte ich sie ... im Gebet verbringen!«

Sie schwieg eine Zeit lang und trommelte mit den Fingern auf den Tisch. Sie blickte ihm direkt in die Augen. So lange, bis er die seinen niederschlug.

»Im Gebet!«, wiederholte sie mit einem Lachen, und es war ein Lachen, das einer Lilith würdig gewesen wäre. »Ha! Das ist auch ein Mittel gegen sündige Gedanken ... Was soll's, dann werde auch ich die Nacht im Gebet zubringen. Und mit Nachdenken. Über die Veränderungen. Darüber, wie rasch *transit gloria.*«

Sie erhob sich, und er warf sich auf die Knie. Unvermittelt. Sie strich über sein Haar, dann zog sie sogleich die Hand zurück. Ihm schien, als höre er einen Seufzer. Aber das hätte auch gut sein eigener sein können.

»Schöne Herrin«, er senkte den Kopf noch tiefer, »meine Grüne Dame. Deine Glorie wird nie vergehen. Weder deine Glorie noch deine Schönheit, die ihresgleichen sucht. Ach ... Wenn uns das Schicksal unter anderen Umständen zusammengeführt ...«

»Sag nichts«, gurrte sie. »Sag nichts mehr und geh. Ich gehe auch. Ich muss rasch anfangen zu beten.«

Am nächsten Tag erreichten sie Stolz.

Vierzehntes Kapitel

in dem auf Schloss Stolz Verschiedenes ans Tageslicht kommt. Darunter auch, dass die Falschheit der Frauen und Wolfram von Pannewitz an allem schuld sind.

Johann von Biberstein, der Herr auf Schloss Stolz, ähnelte seinem Bruder Ulrich wie ein Zwilling dem anderen. Man wusste zwar, dass der Herr auf Stolz wesentlich jünger war als der Herr auf Friedland, aber das fiel nicht weiter auf. Das lag an seiner ritterlichen Erscheinung: Er war von Gestalt ein Titan, von der Erscheinung her ein Heros, und er hatte Schultern, die eines Ajax würdig gewesen wären. Und um den Vergleich mit Homers Gestalten vollständig zu ziehen: Beide Herren von Biberstein beschworen mit ihrem Antlitz und mit ihren griechischen Nasen das Bild Agamemnons, des Atriden und Herrschers von Mykene, herauf. Würdevoll, stolz, edel, jeder Zoll ein Herr – noch dazu einer, der an diesem Tag nicht bester Laune war.

Johann von Biberstein hatte in der Rüstkammer des Schlosses auf sie gewartet, einem hoch gewölbten, sehr kalten und nach Eisen schmeckenden Raum.

Er war ganz entschieden nicht bester Laune.

»Alle hinaus!«, kommandierte er sofort mit einer Stimme, dass die Wurfspieße und Schwerter in ihren Halterungen an der Wand klirrten. »Hier werden Familienangelegenheiten besprochen! Alle hinaus, habe ich gesagt! Euch, edle Gattin des Mundschenken, betrifft das selbstverständlich nicht. Ihr seid uns teuer, und Eure Anwesenheit ist erforderlich.«

Die Grüne Dame neigte leicht den Kopf und zupfte an ihrer Manschette, mit dieser Geste bekundend, dass sie nicht sonderlich interessiert sei. Reynevan glaubte ihr nicht. Sie war interessiert. Sehr sogar.

Der Herr auf Stolz kreuzte die Arme vor der Brust. Vielleicht war es Zufall, aber er stand so, dass sich der Schild mit dem roten Hirschgeweih direkt über seinem Kopf befand.

»Mich muss wohl der Teufel geritten haben«, sagte er und blickte auf Reynevan herab, wie weiland Polyphem auf Odysseus und seine Gefährten herabgeblickt haben musste. »Mich muss wohl der Teufel geritten haben, an jenem Tag, an Mariä Geburt, nach Münsterberg zum Turnier zu reiten. Da hatte der Teufel seine Hand im Spiel, zweifellos. Wären die höllischen Mächte nicht gewesen, es wäre wohl nie zu all dem Unglück gekommen. Ich hätte nie von dir gehört. Ich hätte nicht gewusst, dass es dich überhaupt gibt. Und ich müsste mir nicht so viel Mühe geben, damit du endlich aufhörst zu sein.«

Er schwieg eine Weile. Reynevan verhielt sich still. Er atmete ganz leise.

»Die einen sagen«, fuhr Biberstein fort, »dass du meine Tochter aus Rache ins Unglück gestürzt hast, wegen irgendeiner Feindschaft, die du gegen mich hegst. Der Bischof von Breslau, der dieser Angelegenheit seine Aufmerksamkeit zu schenken geruht hat, meint, dies sei aus deiner hussitischen und ketzerischen Haltung heraus geschehen, um mich als Katholiken zu treffen. Herzog Johann von Münsterberg allerdings behauptet, du seiest ein degenerierter Mensch, und dies sei der Ausdruck deiner verbrecherischen Natur. Es geht auch das Gerücht, du seist mit dem Teufel im Bunde, und der suche dir deine Opfer aus. Mir ist das, ehrlich gesagt, einerlei, aber aus purer Neugier: Was davon ist wahr? Antworte, wenn ich dich frage!«

Reynevan merkte plötzlich, dass er den Wortlaut seiner einstudierten Verteidigungsrede, die er sich eigens für diesen Anlass zuvor zurechtgelegt hatte und welche die berühmte Rede des Sokrates noch übertreffen sollte, völlig vergessen hatte. Er bemerkte es mit Schrecken.

»Ich denke nicht daran ...«, er legte alle Kraft in seine Worte, um seiner Stimme wenigstens Klang zu verleihen, »ich denke nicht daran, zu lügen oder mich reinwaschen zu wollen. Ich übernehme die Verantwortung für ... Für alles, was geschehen ist. Und für die Folgen ... Fräulein Katharina und ich ... Herr Johann, es ist wahr, ich habe gefehlt. Aber ich bin kein Verbrecher, man hat mich übel beleumundet vor Euch. In dem, was zwischen Fräulein Katharina und mir gewesen ist ... Darin lag keine böse Absicht, ich schwöre es beim Grab meiner Mutter, keine böse Absicht und kein Vorbedacht. Der Zufall wollte es ...«

»Der Zufall«, wiederholte Biberstein langsam. »Lass mich raten: Du kommst so ohne böse Absicht daher, gehst, sagen wir mal, von der Schenke nach Hause. Die Nacht ist finster, man sieht die Hand vor Augen nicht. In der Dunkelheit trifft völlig zufällig meine Tochter auf dich, und rein zufällig bleibt sie an dem Schwänzchen hängen, das dir, rein zufällig, aus dem Hosenlatz ragt. War's so? Denn wenn es so war, dann bist du in meinen Augen schuldlos.«

»Ich bin bereit ...«, Reynevan atmete tief durch, »Euch Genugtuung zu geben ...«

»Das ehrt dich, dass du dazu bereit bist. Denn du wirst mir Genugtuung leisten. Und zwar noch heute.«

»Ich bin bereit, Fräulein Katharina zur Frau zu nehmen.«

»Ha!« Biberstein wandte sich zur Grünen Dame, die anscheinend ganz in die Betrachtung ihrer Fingernägel vertieft war. »Habt Ihr das gehört, Frau Mundschenk? Er ist bereit, sie zur Frau zu nehmen! Und ich soll wohl auf dieses *dictum* hin in Jubel ausbrechen? Darüber, dass der Bankert einen Vater bekommt und das Käthchen einen Ehemann? Hat ihm denn keiner die Situation erklärt? Dass ich nur mit dem Finger zu schnippen brauche, und schon stellen sich vierzig Kandidaten dafür in einer Reihe auf? Dass ich, Biberstein, Ehemänner für meine Tochter wie reife Birnen auswählen kann? Hör gut zu, du Schlingel. Als Ehemann für mein Käthchen erfüllst du die

Bedingungen nicht. Du hast einen üblen Ruf. Du bist ein Häretiker. Und wenn das noch nicht genügt – du bist ein kompletter Habenichts! Ein Bettler. Ja, ja, Johann von Münsterberg hat euch Bielauern das gesamte väterliche Erbe konfisziert. Wegen Verrats und Ketzerei.«

»Aber vor allem ist hier ein Exempel vonnöten!« Der Herr auf Stolz hob die Stimme. »Ein deutliches! Eines, von dem überall in Schlesien die Rede sein wird. Eines, an das man sich gut erinnert. Wenn es an Exempeln für Schrecken fehlt und Verbrechen ungesühnt bleiben, demoralisiert das die Leute. Habe ich Recht?«

Niemand widersprach. Johann von Biberstein trat näher und sah Reynevan direkt in die Augen.

»Ich habe mir lange überlegt, was ich mit dir mache, wenn ich dich in die Hände bekomme«, sagte er sehr ruhig. »Ich habe das auch ein bisschen studiert. Ohne die alten, bewährten Methoden außer Acht zu lassen, scheinen mir doch die Beispiele aus der neuesten Geschichte die vortrefflichsten. Im Jahre neunzehn, also gerade mal vor acht Jahren, haben die böhmischen Katholiken, wenn sie der Anhänger des Kelches habhaft wurden, diese auf höchst unterschiedliche Weise umgebracht, einander an verschiedenen Verfahren übertreffend. Meiner Meinung nach gebührt dabei die Siegespalme Herrn Jan Švihovský z Rýzmberka. Einem Hussiten, den er erwischt hatte, ließ Herr Švihovský Schießpulver in Hals und Mund stopfen und es dann anzünden. Augenzeugen behaupten, bei der Explosion seien dem Ketzer Rauch und Flammen auch aus dem Hintern gefahren.«

»Als ich das hörte«, fuhr Biberstein mit sichtlicher Freude über Reynevans Gesichtsausdruck fort, »überkam mich Erleichterung. Nun wusste ich, was ich mit dir machen würde. Aber ich gehe noch etwas weiter als Herr Švihovský. Wenn du mit Pulver voll gestopft bist, lasse ich dir eine Bleikugel in den Arsch schieben und später messen, wie weit sie geflogen ist. Solch ein Schuss aus dem Arsch wird sowohl meinen väterlichen Gefühlen als auch meiner Neugier als Forscher wohltun. Meinst du nicht auch?«

»Ich muss dir des Weiteren, nicht ohne große Genugtuung, verkünden«, setzte er, ohne eine Antwort abzuwarten, hinzu, »dass ich auch nach deinem Tod Schreckliches mit dir vorhabe. Ich selbst halte dies freilich für idiotisch und nicht der Mühe wert, aber mein Kaplan besteht darauf. Du bist ein Häretiker, also werde ich deine Überreste nicht in geweihter Erde bestatten lassen, sondern sie irgendwo auf dem Felde verstreuen, den Raben zum Fraß. Denn, wenn ich es noch recht in Erinnerung habe: *Quibus viventibus non communicavimus, mortuis communicare non possumus.*«

»Ich bin in Eurer Hand, Herr von Biberstein«, sagte Reynevan mit dem Mut der Verzweiflung, »bin Euch auf Gedeih und Verderb ausgeliefert. Ihr könnt mit mir verfahren, wie Ihr wollt. Wenn Ihr es wie ein Schinder halten wollt, wer sollte Euch daran hindern? Vielleicht wollt Ihr mich auch nur mit der Strafe schrecken, damit ich um Gnade flehe? Das werde ich nicht tun, Herr Johann. Ich bin ein Edelmann. Und ich werde mich nicht vor den Augen des Vaters der Frau, die ich liebe, herabwürdigen!«

»Hübsch gesagt«, entgegnete der Herr auf Stolz kühl, »hübsch und tapfer. Du erweckst erneut meine Neugierde als Forscher: Wie lange wird deine Tapferkeit wohl andauern? Ha, lasst uns keine Zeit verlieren, Pulver und Kugel warten schon! Hast du noch einen letzten Wunsch?«

»Ich möchte Fräulein Katharina sehen.«

»Ach, und was noch? Willst du sie zum Abschied vielleicht noch mal vögeln?«

»Und meinen Sohn. Das könnt Ihr mir nicht verbieten, Herr Johann!«

»Ich kann es. Und ich verbiete es!«

»Ich liebe sie!«

»Dagegen weiß ich sofort einen Rat.«

»Herr Johann«, mischte sich die Grüne Dame ein, und das

Timbre ihrer Stimme ließ einen an so mancherlei denken, unter anderem auch an Honig, »beweist Eure Großmut. Beweist Eure Ritterlichkeit, an Beispielen dafür fehlt es in der jüngsten Geschichte nicht. Sogar die böhmischen katholischen Herrn haben den letzten Wunsch der Hussiten erfüllt, bevor sie Pulver in sie gestopft haben. Erfüllt Ihr den letzten Wunsch des Junkers von Bielau, Herr Johann. Ich möchte anmerken, dass der Mangel an Beispielen für Großmut die Bevölkerung ebenso demoralisiert wie unangebrachte Milde. Darüber hinaus bitte ich für ihn.«

»Das zählt!« Biberstein nickte. »Das zählt, Herrin! Soll es also geschehen. Holla, Dienerschaft!«

Der Herr auf Stolz erteilte seine Befehle, die Diener eilten, sie auszuführen. Nach einer unerträglich langen Zeit des Wartens knarrte endlich die Tür. Zwei Frauen betraten die Rüstkammer. Und ein Kind. Ein Junge. Reynevan spürte, wie eine heiße Woge ihn überrollte und ihm das Blut in den Kopf stieg. Er spürte auch, wie er, ohne es zu wollen, den Mund aufmachte. Er machte ihn wieder zu, weil er nicht wie ein zur Salzsäule erstarrter Idiot aussehen wollte. Er war sich nicht sicher, wie dies wirkte. Er musste wie ein angewurzelt dastehender Idiot aussehen. Denn genau so fühlte er sich.

Von den beiden Frauen war die eine eine Matrone, die andere ein junges Fräulein. Sowohl der Altersunterschied wie auch die verblüffende Ähnlichkeit ließen keinen Zweifel zu – es handelte sich um Mutter und Tochter. Auch die Herkunft der beiden war unschwer festzustellen, besonders für jemanden, der wie Reynevan einst die Lektion über die typischen Merkmale der Mädchen und Frauen der wichtigsten schlesischen Adelsgeschlechter verfolgt hatte, eine Lektion, die Frau Formosa von Krossig einst auf der Raubritterburg Bodak gehalten hatte. Sowohl die Matrone wie auch das Fräulein waren eher klein und rundlich, mit breiten Hüften wie die Frauen der Pogorzeli, die vor langer Zeit in die Familie derer von Biberstein eingeheiratet hatten. Auch die kleinen, sommersprossenübersäten Stupsnasen legten beredtes Zeugnis von dem in ihren Adern kreisenden Blut der Pogorzeli ab.

Die Matrone kannte Reynevan nicht, er hatte sie nie zuvor gesehen. Das Mädchen hatte er gesehen. Früher. Ein einziges Mal. Der kleine Junge, der an ihrem Rockzipfel hing, hatte helle Augen, dicke Händchen, den Kopf voller goldfarbener Löckchen und sah überhaupt wie ein kleines Dummerchen aus, oder, anders gesagt, wie ein kleiner, hübscher, pausbäckiger, sommersprossiger Cherub. Reynevan hatte keine Ahnung, wem er dieses Aussehen verdankte. Und eigentlich ging ihn das auch nichts an.

Für die obigen Beobachtungen und Gedanken, deren Darstellung doch einige Sätze erforderlich gemacht habt, benötigte Reynevan nicht mehr als einen Augenblick. Da den klügsten Astronomen zufolge die Tagesstunde, die *hora*, in *puncta, momenta, uncie* und *atomi* unterteilt war, kann man annehmen, dass diese Überlegungen Reynevans nicht mehr als eine *uncia* und dreißig *atomi* dauerten.

Genauso viel Uncien und Atome brauchte Herr Johann von Biberstein, um die Situation zu erfassen. Seine Miene verdunkelte sich bedrohlich, die homerische Braue hob sich beängstigend, die griechische Nase wurde elegisch, und der Schnurrbart sträubte sich gefährlich. Es schien, als hätte das engelsgleiche Enkelchen einen bösen alten Teufel zum Großvater. Denn an einen solchen erinnerte der Herr auf Stolz in diesem Moment.

»Nicht dieses Fräulein«, stellte er fest, und während er dies sagte, grollte es in seiner Kehle wie in der eines Löwen. »Es sieht so aus, als sei dies überhaupt nicht das Fräulein. Es sieht so aus, als versuche jemand, einen Dummkopf aus mir zu machen!«

»Meine Gemahlin«, seine Stimme donnerte durch die Rüstkammer wie ein Wagen, der leere Särge geladen hat, »sei so gut und nimm die Tochter mit dir in die Kemenate. Und rede ihr ins Gewissen. In einer Art, die du für angemessen hältst, ich rate zu Schlägen mit der Birkenrute auf den nackten Hintern. Bis ein Ergebnis erzielt ist, das heißt so lange, bis wir etwas in Erfahrung gebracht haben. Wenn du dieses Wissen besitzt, meine liebe Gemahlin, und es mit mir teilen kannst, dann erscheine hier vor meinem Angesicht. Wage nicht, dich vorher oder mit einer anderen Absicht hier blicken zu lassen!«

Die Matrone erbleichte, aber sie knickste nur und gab keinen Laut von sich. Reynevan erhaschte ihren Blick, als sie die Tochter an dem weißen Ärmel zupfte, der unter der grünen *cottehardie* hervorsah. Dies war kein besonders freundlicher Blick. Die Tochter, Katharina von Biberstein, schaute auch herüber. Unter Tränen. In ihrem Blick lag ein Vorwurf. Und Bedauern. Was sie bedauerte und was sie ihm vorwarf, konnte er nur vermuten. Aber er wollte nicht. Es interessierte ihn nicht mehr. Die Person der Katharina von Biberstein hatte aufgehört, ihn zu interessieren. All seine Gedanken flogen zu einer anderen Person. Von der er, das wurde ihm plötzlich klar, überhaupt nichts wusste. Außer dem Namen, den er bereits erraten hatte.

Als die Frauen mit dem kleinen Knaben hinausgingen, begann Johann von Biberstein zu fluchen. Dann fluchte er gleich noch einmal.

»Nec cras, nec heri, numquam credas mulieri«, knurrte er. »Woher kommt bei euch Frauenzimmern nur so viel List? Frau Mundschenk?«

»Wir sind listig.« Die Grüne Dame lächelte ihr umwerfend verführerisches Dämoninnenlächeln. »Wir sind verdreht, weil wir Evastöchter sind. Wir sind aus einer gekrümmten Rippe gemacht.«

»Das habt Ihr gesagt.«

»Trotzdem ist es, anders, als es scheint, gar nicht so leicht, uns zu verführen. Oder uns verführen zu lassen. Seit der Zeit im Garten Eden kommt es tatsächlich vor, dass wir der Schlange erliegen. Aber niemals einer Blindschleiche.«

»Was soll das heißen?«

»Ich bin ein Rätsel. Löst mich, Herr Johann.«

Das Aufblitzen in den Augen Johann von Bibersteins verschwand ebenso schnell, wie es erschienen war.

»Die ehrenwerte Frau Mundschenk beliebt zu scherzen!« Deutlicher als bisher betonte er den Titel ihres Mannes. »Aber uns ist hier nicht nach Scherzen zumute! Nicht wahr, Herr von Bielau? Aber vielleicht irre ich mich? Vielleicht bist du recht fröhlich? Vielleicht denkst du, dass du schon davongekommen seist? Dass du dich wie ein Aal herausgewunden hast? Weit gefehlt, oh, weit gefehlt! Dass du es nicht warst, der meinem Käthchen einen dicken Bauch gemacht hat, halte ich dir zugute. Aber dass du sie in Räubermanier überfallen hast, dafür allein sollte man dich vierteilen. Oder dafür, dass du ein Ketzer bist, dich dem Bischof ausliefern, damit er dich in Breslau auf dem Scheiterhaufen brät … Wolltet Ihr etwas sagen, Herrin? Oder schien mir das nur so?«

»Das schien Euch nur so.«

Die Tür knarrte, die Matrone betrat die Rüstkammer. Ohne Haube. Ziemlich rot im Gesicht. Mit wogendem Busen.

»Oh«, Herr Johann freute sich, »so schnell ist das gegangen!«

Frau von Biberstein blickte mit nachsichtiger Überlegenheit ihren Mann an, trat näher und flüsterte ihm etwas ins Ohr. Je länger sie flüsterte, desto mehr erhellte sich Herrn Johanns Gesicht.

»Ha!«, schrie er schließlich, über das ganze Gesicht strahlend. »Der junge Wolfram von Pannewitz! Ha, bei meiner Seele! Jetzt sehe ich klar! Der ist hier durch die Gallenauer Wälder gestreift und hat den fahrenden Ritter gespielt. Sie hat ihm begegnen müssen, als sie vom Wagen fort in den Wald gelaufen ist … Ha, bei hundert gehörnten Teufeln! Jetzt fällt's mir wieder ein! Wie er anschließend dauernd hierhergeritten kam, weißt du noch, Frau, wie er mit den Augen gefunkelt, schöngetan hat und wie ihm der Speichel aus dem Maul tropfte … Wie er Geschenke anschleppte! Ha! Aber zum Heiraten hatte er keine Lust! Aber das kommt jetzt. Denn das ist keine schlechte Partie, liebes Weib, gar keine schlechte. Ich reite gleich nach Homole zum alten Herrn von Pannewitz, da werden wir zwei Väter über die Streiche unserer Nachkommen reden. Über die Ehre werden wir ebenfalls reden …«

Er verstummte und blickte die Grüne Dame und Reynevan an, als wundere er sich, dass beide immer noch da seien. Seine Miene verdüsterte sich.

»Ich sollte …«

»Ihr solltet gar nichts«, unterbrach ihn die Grüne Dame schroff. »Ich werde mich der Sache annehmen. Ich reise sofort ab und nehme ihn mit.«

»Übernachtet Ihr nicht hier, Herrin? Bis Schönau ist es ein gutes Stück Weg …«

»Ich breche sofort auf. Lebt wohl, Herr Johann.«

Die Grüne Dame hatte es eilig, und sie trieb auch ihr Gefolge zur Eile an. Sie wandten sich nach Norden, den Felsen und Anhöhen zu. Sie ritten eilig dahin, vor sich das nebelverhangene Massiv des Zobten, im Rücken das Reichensteiner und das Altvatergebirge. Reynevan ritt am Ende des Zuges, ohne eigentlich zu wissen, weshalb und wozu. Er war noch immer nicht er selbst.

Der Ritt dauerte allerdings nicht lange. Die Grüne Dame gab plötzlich den Befehl anzuhalten. Sie nickte Reynevan zu, zum Zeichen, dass er ihr folgen sollte.

Am Fuße einer Anhöhe stand ein steinernes Sühnekreuz. Meist rief der Anblick eines solchen Kreuzes in Reynevan Erinnerungen wach und gab ihm Anlass zu einigem Nachdenken. Jetzt war ihm das Kreuz völlig gleichgültig.

»Steig ab!«

Er gehorchte. Sie stand vor ihm, der Wind zerrte an ihrem Mantel und presste ihn dicht an ihren Körper.

»Hier trennen wir uns«, sagte sie. »Ich reite nach Strehlen und von dort weiter nach Hause, nach Schönau. Dort ist deine

Gesellschaft nicht angebracht. Verstehst du? Du musst dir selbst weiterhelfen.«

Er nickte. Sie trat näher und sah ihm direkt in die Augen. Lange. Dann wandte sie den Blick ab.

»Du hast meine Tochter verführt, du Nichtsnutz«, sagte sie leise. »Und ich … Statt dir ins Gesicht zu schlagen und dir meine Verachtung zu zeigen, werde ich rot. Und muss dir im Stillen auch noch dankbar sein … Du weißt wohl, wofür. Ha, du wirst also auch rot? Na gut! Das ist wenigstens ein Trost. Zwar nur ein schwacher, aber immerhin.«

Sie biss sich auf die Lippen.

»Ich bin Agnes de Apolda. Die Gemahlin des Mundschenks Bertold de Apolda. Die Mutter von Jutta de Apolda.«

»Ich habe es mir gedacht.«

»Besser spät als nie.«

»Ich würde gern wissen, wann Ihr darauf gekommen seid.«

»Ziemlich früh. Aber jetzt genug davon.«

»Das Glück ist dir hold«, fuhr sie fort. »Du bist ein geradezu klassisches Beispiel eines Auserwählten des Schicksals. Aber fordere dein Glück nicht heraus. Flieh. Meide Schlesien, am besten für immer. Hier bist du nicht sicher. Biberstein war nicht dein einziger Feind, du hast hier viele. Früher oder später erwischt dich doch einer von ihnen und macht dir den Garaus.«

»Ich muss bleiben«, er biss sich auf die Lippen, »ich reite nicht eher weg, bevor ich sie nicht gesehen habe …«

»Meine Tochter, ja?« Sie kniff die Augen zusammen und sah ihn drohend an. »Ich verbiete es dir. Es tut mir leid, aber ich kann diese Verbindung nicht gutheißen. Du bist keine gute Partie für Jutta. Johann von Münsterberg hat dir tatsächlich alles genommen und all deine Habe konfisziert. Ich bin nicht so habgierig wie Biberstein, ich könnte auch einen armen Schlucker als Schwiegersohn akzeptieren, der nichts als ein reiches Herz sein Eigen nennt, die Liebe triumphiert auch in der kleinsten Hütte. Aber ich kann nicht zulassen, dass sich meine

Tochter mit einem Geächteten einlässt, mit einem, den sie suchen. Du selbst, wenn du auch nur ein bisschen Ehre im Leib hast, und ich weiß wohl, dass du sie hast, wirst nicht zulassen, dass deine Feinde, die dir auf der Spur sind, zu ihr gelangen. Du wirst sie keiner Gefahr und keinem Schaden aussetzen. Versprich es mir.«

»Ich verspreche es. Aber ich möchte …«

»Du darfst das nicht wollen. Das hat keinen Sinn. Vergiss sie. Und lass sie auch dich vergessen. Das liegt schon zwei Jahre zurück, mein Junge. Ich weiß, dass es dich schmerzt, aber ich sage dir: Die Zeit heilt alle Wunden. Amors Pfeil trifft manchmal sehr tief. Aber auch solche Wunden heilt die Zeit, wenn man sie nicht wieder aufreißt. Sie wird vergessen. Vielleicht hat sie auch schon vergessen. Ich sage das nicht, um dir wehzutun. Im Gegenteil, damit es dir leichter wird. Dich quält der Gedanke an Verantwortung und Pflicht. An Schuld. Du hast keine Schuld, Reinmar. Du bist frei von jeglicher Verantwortung. Vielleicht bin ich so prosaisch, dass es wehtut, aber was hilft hier alle Poesie? Dass ihr miteinander geschlafen habt, war eine Episode ohne Bedeutung.«

Er antwortete nicht. Sie trat ganz dicht an ihn heran.

»Die Begegnung mit dir …«, flüsterte sie und berührte vorsichtig seine Wange, »die Begegnung mit dir war mir eine Freude. Ich werde mich gern daran erinnern. Aber ich möchte dir nie wieder begegnen. Dich nie wiedersehen. Nie und nimmer. Ist das klar? Antworte mir!«

»Das ist klar.«

»Für den Fall, dass du auf dumme Gedanken kommen solltest – Jutta ist nicht in Schönau. Sie ist verreist. Sich nach ihr in der näheren oder weiteren Umgebung zu erkundigen, ist zwecklos, denn niemand kennt ihren Aufenthaltsort. Hast du verstanden?«

»Ich habe verstanden.«

»Dann leb wohl.«

Fünfzehntes Kapitel

in dem Reynevan dank eines Anarchisten endlich seine Liebste trifft.

Das Schankmädchen deutete im Vorübergehen mit dem Blick auf seinen leeren Humpen. Reynevan verneinte kopfschüttelnd. Er hatte genug, außerdem war das Bier nicht eben hervorragend. Ehrlich gesagt, es war schlecht. Ähnlich wie das Essen, das sie hier auftischten. Dass sich dennoch zahlreiche Gäste eingefunden hatten, konnte man wohl allein damit erklären, dass es weit und breit keine Konkurrenz gab. Auch Reynevan hatte hier in Lauenbrunn Halt gemacht, nachdem er erfahren hatte, dass sich die nächste Wirtschaft in Dirsdorf an der Straße nach Breslau befand. Bis Dirsdorf war es aber noch gut über eine Meile, und die Dämmerung hatte schon eingesetzt.

Ich brauche Hilfe, dachte er.

Seit fast einer Stunde hatte er seine Lage wieder und wieder überdacht und versucht, einen einigermaßen sinnvollen Plan zu entwerfen. Jedes Mal war er zu dem Schluss gelangt, dass er ohne Hilfe nicht viel ausrichten konnte.

Nach dem Abschied von Agnes de Apolda, der Grünen Dame, war er, nachdem er den Trübsinn, in den ihre Worte ihn gestürzt hatten, überwunden hatte, nach Powojowitz geritten. Was er dort vorfand, hatte ihn jedoch in noch größeren Trübsinn versetzt. Der Dorfschulze, dem Johann von Münsterberg Peterlins konfiszierten Besitz anvertraut hatte, hatte nicht ganz zwei Jahre dazu gebraucht, um die einst berühmte und blühende Walkmühle in den Ruin zu treiben. Nicodemus Verbrüggen, der flämische Färbermeister, war, wie sich herausstellte, irgendwohin nach Großpolen ausgewandert, weil er die Schikanen nicht mehr ertragen hatte. Die Einträge auf dem Schuldkonto Johanns von Münsterberg mehrten sich. Die Zeit für die Abrechnung wird kommen, Herr Herzog, stieß Reynevan zwischen den Zähnen hervor. Die Zeit, dass du mir Rechenschaft gibst. Und deine Schuld begleichst.

Aber erst einmal brauche ich Hilfe. Ohne Hilfe kann ich nicht viel ausrichten.

In der Ecke, über ihren Humpen gebeugt, saßen zwei unauffällige Männer. Einfach und eher ärmlich gekleidet, aber zu sauber für einfache Vagabunden, auch hatte der ständige Kampf gegen den Hunger in ihren Gesichtern keine Spuren hinterlassen. Der eine hatte eckige Brauen, der andere ein rotbäckiges, glänzendes Gesicht. Beide trugen Kapuzen. Beide blickten häufig, zu häufig, wie Reynevan auffiel, zu ihm herüber.

Ich brauche Hilfe. An wen kann ich mich wenden? An Kanonikus Otto Beess? Dazu müsste ich nach Breslau, und das ist zu riskant.

Nach Brieg zu den Mönchen? Dass sich da noch einer an ihn erinnerte, stand zu bezweifeln, schließlich war es mehr als fünf Jahre her, dass er dort im Spital gearbeitet hatte. Und dann konnte Birkhart von Grellenort seine Augen und Ohren auch dort haben. Vielleicht doch besser nach Schweidnitz? Justus Schottel und Simon Unger, Scharleys Bekannte aus der Druckerei in der Krasswitzer Gasse, würden sich gewiss noch an ihn erinnern, hatte er ihnen doch vier Tage lang geholfen, obszöne Zeichnungen und Holzschnitte anzufertigen.

Das scheint mir das Beste zu sein, dachte er. Scharley und Samson, die ihn mit Sicherheit in Schlesien suchten, kämen bestimmt auch auf die Druckerei. So lange verstecke ich mich dort, arbeite andere Pläne aus, darunter auch …

Darunter auch den, wie er sich Nicoletta insgeheim nähern könnte.

Die beiden Männer in der Ecke sprachen leise miteinander,

beugten sich über den Tisch und steckten die kapuzenbedeckten Köpfe noch enger zusammen. Seit längerer Zeit hatten sie nicht mehr zu Reynevan hinübergesehen. Vielleicht kam es mir nur so vor, vielleicht nimmt mein Argwohn schon krankhafte Ausmaße an? So dass ich überall Spitzel sehe und wittere? Da, jetzt schaut mich dieser hochgewachsene Kerl am Schanktisch an, der mit dem dunklen Gesicht und den braunen Haaren, der wie ein wandernder Handwerksgeselle aussieht. Oder kommt es mir nur so vor, als sähe er mich an?

Auf nach Schweidnitz, entschied er und warf ein paar Geldstücke auf den Tisch. Die Grüne Dame hatte sie ihm zum Abschied geschenkt. Nach Schweidnitz, über Reichenbach. Auf dem Pferd, das ihm die Grüne Dame überlassen hatte.

Er trat aus dem verrauchten Schankraum und sog die Luft des Novemberabends ein, in der schon ein Hauch von Winter und die Ankündigung von Frost und Schneestürmen zu spüren war. Heute ist der zwölfte November, dachte er, der Tag nach Martini. Noch drei Sonntage, dann beginnt der Advent. Und in vier Sonntagen darauf ist Weihnachten. Er blieb eine Weile stehen und betrachtete den Himmel, den im Westen feurige Purpurstreifen durchzogen.

Im Morgengrauen reite ich los, beschloss er, während er den Durchschlupf betrat, der zum Stall führte, in dem sein Pferd stand und wo er zu nächtigen gedachte. Wenn ich nicht herumtrödele, schaffe ich es morgen nach Schweidnitz, bevor sie die Stadttore schließen …

Er stolperte. Über einen Körper. Auf der Erde, dicht neben der Türschwelle zur Hütte, lag ein Mensch. Er erkannte ihn sofort, das war einer der beiden aus der Ecke, der mit den eckigen Brauen. Jetzt, als Kapuze und Kappe heruntergerutscht waren, erkannte man die tief rasierte Tonsur, die nur ein Haarkränzchen über den Ohren übrig ließ. Er lag in einer Blutlache, den Hals von einem Ohr zum anderen durchgeschnitten.

Der Bolzen aus einer Armbrust bohrte sich mit solcher Wucht in den Balken über seinem Kopf, dass Stroh vom Dach herabzurieseln begann. Reynevan machte einen Satz nach hinten und duckte sich, ein zweiter Bolzen schlug so dicht neben ihm in die weiß getünchte Wand ein, dass sein Gesicht mit Farbsprengseln überzogen war. Er wandte sich in panischer Angst zur Flucht; links vor sich sah er die schwarze Öffnung des Durchschlupfs, ohne zu zögern, sprang er hinein. An seinem Ohr pfiff der nächste Bolzen vorbei.

Er setzte über ein Fass, über einen Misthaufen, stürzte in einen Bogengang. Und stieß mit jemandem zusammen. So heftig, dass beide hinfielen.

Der andere rappelte sich als Erster auf. Er hatte ebenfalls eine Tonsur. Reynevan griff sich ein dickes Scheit aus dem Holzstoß an der Wand und holte aus.

»Nein!«, schrie das Menschlein mit der Tonsur und drückte sich an die Wand. »Nein! Ich nicht ...«

Er röchelte und spuckte Blut. Er kippte nicht nach vorne, sondern behielt seine aufrechte Haltung bei. Unter seinem Kinn ragte der Bolzen heraus, der ihn an den Balken gespießt hatte. Reynevan hatte nicht einmal das Surren gehört. Er duckte sich wieder und rannte zurück in den Durchschlupf.

»He! Bleib stehen!«

Er hielt so ruckartig in vollem Lauf inne, dass er auf dem rutschigen Gras entlangschlitterte, direkt bis vor die Hufe eines Pferdes. Seines eigenen Pferdes, des Braunen der Grünen Dame, dessen Zügel jetzt der dunkelgesichtige Kerl, der wie ein Handwerksgeselle aussah, hielt.

»Aufsteigen«, befahl dieser schroff und warf ihm die Zügel zu. »Aufsteigen, Reynevan von Bielau. Auf die Straße! Und halt nicht an!«

»Wer bist du?«

»Niemand. Reite! Schnell!«

Er gehorchte.

Er ritt nicht weit, die Nacht war unangenehm dunkel und ziemlich frostig. Als er unterwegs auf einen Heuschober stieß, vergrub er sich tief im Heu. Er klapperte mit den Zähnen. Vor Kälte und vor Angst.

In Lauenbrunn hatte ihm jemand nach dem Leben getrachtet. Hatte versucht, ihn umzubringen. Wer? Biberstein, nachdem er die Angelegenheit noch einmal durchdacht hatte? Die Schergen Herzog Johanns, zu dem die Nachricht vielleicht schon vorgedrungen war? Die Leute des Bischofs? Die Inquisition? Wer waren die Männer mit den Tonsuren gewesen, die ihn in der Wirtschaft beobachtet hatten? Wer war der vorgebliche Handwerksgeselle, der ihn gerettet hatte?

Er verlor sich im Gewirr seiner Gedanken. Verwirrt schlief er ein.

Im Morgengrauen weckte Reynevan die Kälte, und seine Müdigkeit vertrieb endgültig ein Glockengeläut, das ganz aus der Nähe erklang. Als er sich aus dem Heuschober herausgearbeitet hatte und sich umblickte, bemerkte er Mauern und einen Turm. Der Anblick kam ihm bekannt vor. Das Städtchen, das er da in der nebligen und mystischen Helle des Morgens vor sich sah, war Nimptsch – hier war Reynevan zur Schule gegangen, hatte Wissen empfangen und die Rute zu spüren bekommen.

Er ritt inmitten einer Schar von Wanderern in die Stadt hinein. Er war hungrig und ließ sich daher eher von den Gerüchen leiten, allein die Volksmenge auf den Straßen zog ihn mit sich Richtung Markt. Der Marktplatz war voller Menschen, dicht an dicht standen sie.

»Sie werden jemanden hinrichten«, versicherte ihm ein kräftiger Kerl mit einer Lederschürze, den er nach dem Grund für diese Ansammlung von Menschen fragte, im Brustton der Überzeugung. »Sicher werden sie ihn aufs Rad flechten.«

»Oder sie werden ihn pfählen.« Eine magere Frau mit einer Schürze, wahrscheinlich eine Bäuerin, leckte sich die Lippen.

»Es heißt, sie werden Almosen austeilen.«

»Und es gibt Ablass, zwar nicht ganz umsonst, aber billig. Angeblich sind Priester des Bischofs gekommen. Direkt aus Breslau!«

Auf dem Gerüst, das sich über der Menge erhob, standen vier Leute: zwei Mönche im Habit der Dominikaner, ein schwarz gekleideter Herr, der wie ein Beamter aussah, und ein Soldat von wuchtiger Statur, mit einem Helm und einer rotgelben Tunika, die er über den Brustpanzer seiner Rüstung gestreift hatte. Einer der Dominikaner hatte das Wort ergriffen und streckte immer wieder mit übertriebener Geste die Arme gen Himmel. Reynevan lauschte.

»Jene ekelerregende böhmische Häresie zerstört die ganze Ordnung! Böse und umstürzlerische Lehren verbreitet sie von den Sakramenten! Sie verdammt die Ehe. Weil sie den Blick auf körperliches Verlangen und tierische Lust richtet, zerstört sie alle rechtlichen Bindungen und jegliche öffentliche Ordnung, durch die derartige Verbrechen geahndet werden können. Aber vor allem befiehlt sie, weil sie nach katholischem Blut dürstet, jeden, der sich mit ihren Irrlehren nicht einverstanden erklärt, mit bestialischer Grausamkeit zu ermorden oder zu verbrennen; den einen schneiden sie die Lippen und die Nase ab, den anderen die Hände und die Glieder, andere vierteilen oder quälen sie auf vielfältige Weise. Bilder von Jesus Christus, seiner heiligen Mutter und von anderen Heiligen zerstören und schänden sie ...«

»Wann verteilt ihr denn endlich die Almosen, he?«, rief jemand aus der Menge. Der Soldat auf dem Gerüst richtete sich auf und stemmte zornig die Arme in die Hüften. Der Schreihals wurde zum Schweigen gebracht.

»Um euch den Ernst der Sache zu verdeutlichen«, sagte währenddessen der schwarz gekleidete Beamte, »um euch die Augen für die Gemeinheit der Häresie zu öffnen, wird ein Brief verlesen, der vom Himmel gefallen ist. Er ist in Breslau genau vor dem Dom vom Himmel gefallen und wurde von

Jesus Christus, unserem Herrn, eigenhändig geschrieben. Amen.«

Gebetsgeflüster durchlief die Menge, die Menschen bekreuzigten sich und stießen den Nachbarn mit dem Ellenbogen an. Unruhe entstand. Reynevan begann sich zurückzuziehen, er drängte sich durch die Menge. Er hatte genug.

Auf dem Gerüst entrollte der zweite Dominikaner ein Pergament.

»O ihr Sünder und Unwürdigen«, verlas er ergriffen, »euer Ende ist nahe. Ich bin geduldig, aber wenn ihr nicht mit der böhmischen Häresie brecht, wenn ihr Mutter Kirche weiterhin beleidigt, verdamme ich euch in alle Ewigkeit. Ich werde Hagel, Feuer, Blitz und Donner auf euch niederfahren lassen, damit eure Arbeit verdirbt, eure Weinberge werde ich vernichten und all eure Schafe hinwegraffen. Mit verderbter Luft werde ich euch strafen und eine große Not über euch kommen lassen. Ich ermahne euch also und verbiete euch, den Hussiten, den Häresiarchen, den Ketzermeistern und anderen Hurensöhnen und Satansdienern euer Ohr zu leihen. Wer sich widersetzt, wird das ewige Leben nicht erlangen, und in seinem Hause werden die Kinder blind und taub geboren ...«

»Betrügerei!«, rief einer mit tiefster Bassstimme aus der Menge. »Falscher Pfaffenschwindel! Glaubt nicht daran, Brüder, ihr guten Leute! Glaubt den Schwindeleien des Bischofs nicht!«

Der Soldat auf dem Gerüst lief zum Geländer hin, brüllte Befehle und deutete auf die Stelle, von der aus gerufen worden war. Die Menge wogte, als Hellebardenträger in sie hineinstürmten und die Leute mit den Schäften der Waffe auseinanderdrängten. Reynevan blieb stehen. Die Sache begann interessant zu werden.

»Eine Mutter«, schrie jemand vom gegenüberliegenden Ende des Platzes mit einer Stimme, die Reynevan bekannt vorkam, »eine Mutter nennt sich diese römische Kirche! Dabei ist sie die schrecklichste Schlange, die ihr Gift über die Christenheit ausgegossen hat, als sie grausam und mit blutigen Händen das Kreuz gegen die Böhmen erhob und mit käuflichem Mund zum Kreuzzug gegen die wahren Christen aufrief! Voll gestopft mit Lügen, will die Unwahrheit der Pfaffen in Böhmen Gottes unsterbliche Wahrheit auslöschen, deren Verbreiter und Verteidiger Gott selber ist! Aber wer gegen die Wahrheit Gottes die Hand erhebt, dem drohen der Tod und die Qual der Verdammnis!«

Der Beamte auf dem Gerüst erteilte seine Befehle, er deutete hinunter, Gestalten in schwarzen Wämsern begannen sich durch die Menge auf den Rufer zuzudrängen.

»Rom ist eine Hure!«, brüllte eine Bassstimme von einer ganz anderen Seite aus. »Der Papst ist der Antichrist!«

»Die römische Kurie«, war eine ähnliche Bassstimme von wieder einer anderen Seite zu vernehmen, »ist eine Bande von Dieben! Das sind keine Kapläne, sondern sündhafte Lotterbuben!«

Eine Laute erklang, und eine Reynevan durchaus bekannte Stimme begann laut und wohltönend zu singen:

Christus allein die Wahrheit ist,
Die Lüge ist der Antichrist.
Die Pfaffen wollen's verschweigen,
Das Volk lull'n sie mit Lügen ein,
Tun nicht die Wahrheit zeigen.

Die Leute begannen zu lachen und die Melodie des Liedes aufzunehmen. Die Hellebardenträger und die Gestalten in den schwarzen Wämsern schwärmten in verschiedene Richtungen aus, fluchten, teilten Stöße und Hiebe mit den Schäften aus und suchten den Platz nach den Rufern ab. Vergeblich.

Reynevan hatte mehr Glück. Er wusste, wen er suchen musste.

»Tybald Raabe, so wahr mir Gott helfe!«

Beim Klang dieser Worte machte der Goliarde einen Satz, stieß mit dem Rücken gegen die Stalltür und erschreckte das Pferd, das dahinter stand. Das Pferd schlug mit den Hinterhufen gegen die Stallwand und schnaubte, andere Pferde reagierten ebenso.

»Junker Reinmar...«, Tybald Raabe war wieder zu Atem gekommen, aber die Blässe wollte nicht aus seinem Gesicht weichen. »Junker Reinmar! Hier in Schlesien? Ich traue meinen Augen nicht!«

»Ich kenne ihn«, sagte der Begleiter des Goliarden, ein Zwerg, der eine Kapuze trug. »Ich habe ihn schon mal gesehen. Vor zwei Jahren auf dem Erbsberg, bei der Zusammenkunft an Mabon. Oder, wie ihr sagt, an *aequinoctium*. Er war mit einem hübschen Fräulein da. Nun stellt sich heraus, dass das einer von uns ist.«

Er zog seine Kapuze herunter. Reynevan seufzte unwillkürlich.

Den eiförmigen, länglichen Kopf des Wesens – denn es bestand kein Zweifel daran, dass dies kein Mensch war – zierte ein Büschel roter Haare, steif wie die Stacheln eines Igels. Dieses Bild wurde vervollständigt durch die Nase, krumm wie die des Papstes auf den hussitischen Flugblättern, und die hervorquellenden, rot geäderten Augen. Und die Ohren. Große Ohren. So große, dass sich einem das Wort »kolossal« wie von selbst auf die Zunge schob.

Das Wesen begann zu kichern, anscheinend belustigt über den Eindruck, den es hervorrief.

»Ich bin ein Mamun«, rühmte es sich. »Sag nur nicht, du hättest noch nichts davon gehört.«

»Ich habe es gehört, vor einer Weile, hier auf dem Markt. Also stimmt das, was man über euch sagt...«

»Dass wir den Klang in alle Richtungen lenken können?« Der Mamun öffnete den Mund, aber seine Bassstimme ertönte hinter Reynevan, so dass dieser einen Satz machte.

»Sicher können wir das!« Der Mamun lächelte fröhlich, aber seine Stimme kam jetzt von der Seite her, von irgendwo hinter den Pferdeställen. »Das fällt uns so leicht wie Kindern!«

»Früher haben wir damit die Reisenden im Moor in die Irre geführt«, fuhr das Wesen fort, und seine Stimme erscholl von immer anderen Orten her: von den Wänden herab, hinter einem Strohhaufen hervor, vom Boden herauf. »Nur so zum Spaß! Jetzt tun wir dies auch noch, aber seltener, weil wir der Späße überdrüssig sind, wie lange kann man das denn tun, verflixt noch mal! Aber manchmal ist dieses Kunststückchen recht nützlich …«

»Ich hab's gesehen und hab's gehört.«

»Kommt, wir gehen etwas trinken«, schlug Tybald Raabe vor.

Reynevan musste schlucken. Der Mamun kicherte und zog seine enge Kapuze über den Kopf.

»Keine Angst«, erklärte der Goliarde lächelnd. »Wir haben Übung darin. Wenn sich jemand wundert, sagen wir, er ist Ausländer. Von weit her gekommen.«

»Aus Żmudź«, der Zwerg nieste und wischte sich die Nase am Ärmel ab. »Tybald hat sich sogar einen litauischen Namen für mich ausgedacht. Eigentlich heiße ich Malevolt, Jon Malevolt. Aber vor Leuten nenne mich Brasauskas.«

Der Wirt stellte einen weiteren Krug auf den Tisch und sah den Mamun neugierig an, wie zuvor schon.

»Wie ist es denn da, bei euch in Żmudź?« Er konnte seine Neugier nicht zügeln. »Herrscht da auch eine solche Teuerung?«

»Noch schlimmer«, antwortete Jon Malevolt ernsthaft. »Für jeden Bären fordern sie schon fünfzehn Groschen. Ich würde mich ja gerne für immer in eurer Gegend niederlassen, aber hier verpanschen sie mir die Getränke ein bisschen zu sehr.«

Der Wirt machte sich davon, aber nichts deutete darauf hin, dass er die Anspielung verstanden hätte. Tybald Raabe kratzte sich am Kopf. Er hatte sich gerade Reynevans Erzählung angehört. Schweigend, ohne ihn auch nur einmal zu unterbrechen. Es schien, als sei er ganz in Erinnerungen versunken.

»Lieber Reinmar«, sagte er schließlich, wobei er auf die lästige Angewohnheit, ihn »Junker« zu nennen, verzichtete, »wenn du von mir einen Rat erwartest, so wird dieser banal und schlicht sein. Flieh aus Schlesien. Ich könnte dir noch sagen, dass du hier viele Feinde hast, aber das weißt du wohl selbst am besten. Ihretwegen bist du hier, stimmt's? Also hör auf meinen gut gemeinten Rat: Flieh nach Böhmen! Deine Feinde hier sind etwas zu mächtig, als dass du ihnen schaden könntest.«

»Wirklich?«

»So ist es, leider!« Der Goliarde sah ihn durchdringend an, er durchbohrte ihn fast mit seinem Blick. »Besonders Johann, der Herzog von Münsterberg, ist eine Nummer zu groß für dich. Ich weiß, dass er dir dein Erbe weggenommen hat, ich weiß, wie sehr er Herrn Peters Walkmühle hat verkommen lassen. Und ich weiß auch genug über die Umstände des Todes der Adele von Sterz, um deine Absichten erraten zu können. Und ich rate dir: Lass ab davon. Für Herzog Johann hat deine Rache so viel Bedeutung, wie wenn ein Hund die Sonne anbellt!«

»Du ziehst voreilige Schlüsse«, Reynevan hob seinen Becher mit Wein, der tatsächlich ein bisschen sehr verwässert war, »das sind voreilige Schlüsse, Tybald. Vielleicht habe ich in Schlesien eine andere Aufgabe, andere Dinge, einen anderen Auftrag zu erledigen? Würdest du mich auch davon abbringen wollen? Du? Nach all dem, was ich heute auf dem Marktplatz von Nimptsch gesehen habe?«

Der Mamun kicherte.

»Das war gut, was?« Er zeigte seine ungleichen Zähne. »Wie Jagdhunde sind sie durch die Menge gerannt, haben sich umeinander gedreht wie Scheiße im Eisloch ...«

»So ist die Arbeit nun mal.« Tybald Raabe blieb ernst. »Agitation ist eine wichtige Sache. Und Malevolt arbeitet mit mir, er hilft mir, wie du gesehen hast. Er unterstützt unsere Sache. Teilt unsere Überzeugungen.«

»Oh«, wunderte sich Reynevan, »die von den Lehren von Wyclif und Hus? Die von der Abschaffung des Primats des Papstes? Die Kommunion *sub utraque specie* und die Modifikation der Liturgie? Die Notwendigkeit einer Reform der Kirche?«

»Nein«, entgegnete ihm der Mamun, »nichts dergleichen. Ich bin kein Idiot, und nur ein Idiot kann daran glauben, dass eure Kirche reformierbar ist. Aber ich unterstütze alle revolutionären Umtriebe und Bewegungen. Denn das Ziel ist nichts, der Weg ist alles. Man muss diesen Klumpen Welt endlich in seinen Grundfesten erschüttern. Chaos und Verwirrung stiften! Anarchie ist die Mutter der Ordnung, verdammt noch mal! Soll doch die alte Ordnung stürzen und bis auf ihre Grundmauern verbrennen! Und auf dem Grund der Asche liegt der Sterndiamant der ewigen siegreichen Erneuerung.«

»Ich verstehe.«

»Das fehlte gerade noch! Wirt! Wein!«

Der Wirt hatte sich Malevolts Bosheit offensichtlich zu Herzen genommen, denn er brachte jetzt einen Wein, der weniger verdünnt war. Der Erfolg ließ denn auch nicht lange auf sich warten – der Mamun, der sich als Litauer ausgab, lehnte an der Wand und schnarchte. Und weil sich die Wirtsstube mehr und mehr leerte, wusste Reynevan, dass die Zeit gekommen war, etwas offener zu reden.

»Ich brauche einen Ort, wo ich mich verstecken kann, Tybald. Und das für längere Zeit. Bis Weihnachten. Vielleicht auch noch länger.«

Tybald Raabe hob fragend die Augenbrauen. Reynevan zögerte nicht länger und berichtete ihm von den Ereignissen in Lauenbrunn. Ohne etwas auszulassen.

»Du hast viele Feinde in Schlesien.« Der Goliarde fasste die

Lage noch einmal zusammen, ohne damit etwas Neues auszudrücken. »An deiner Stelle würde ich mich nicht verstecken, sondern von hier abhauen, dorthin, wo der Pfeffer wächst. Wenigstens nach Böhmen ... Hast du einen solchen gedanklichen Ansatz schon einmal erwogen?«

»Ich muss bleiben ... hmm.« Reynevan wich dem Blick aus, weil er nicht sicher war, wie viel er verraten durfte. Aber Tybald war ein schlauer Fuchs.

»Ich verstehe.« Er zwinkerte viel sagend. »Wir haben unsere Befehle, was? Ich wusste, dass Neplach es versteht, dich zu benutzen. Das habe ich mir gedacht. Auch Urban Horn hat es sich gedacht. Horn war es auch, der herausgefunden hat, worum es bei dem Ganzen geht.«

»Und worum geht es, wenn man fragen darf?«

»Um Vogelsang.«

»Was ist das, Vogelsang?«

»Hmm ... Khmm ...« Tybald hustete ganz plötzlich, dann kratzte er sich besorgt an der Nase. »Ich weiß nicht, ob ich dir das sagen soll. Wenn du danach fragst, heißt das, dass Filou dir nichts gesagt hat. Und auch ich glaube, dass es besser für dich ist, wenn du nichts weißt.«

»Was ist das, Vogelsang?«

»Im Jahre 1423«, erklärte Gregor Hejncze dem aufmerksam lauschenden Łukas Bożyczko, »befahl Jan Žižka, Gruppen für Spezialaufgaben zu bilden, die über Böhmens Grenzen hinaus ins Feindgebiet geschickt wurden, dorthin, wo Žižka damals bereits den Kampf um den Kelch hinzutragen plante. Die Gruppen sollten ganz geheim arbeiten und von den üblichen Spionagenetzen vollkommen unabhängig sein. Ihre einzige Aufgabe war es, den Boden für die aggressiven Überfälle auf die Nachbarländer vorzubereiten. Sie sollten den Taboriten helfen, die sich aufmachten, Diversion, Sabotage, Terror und Panik zu verbreiten.

Die Gruppen entstanden und wurden losgeschickt. Nach

Österreich, nach Bayern, nach Ungarn, in die Lausitz, nach Sachsen. Und nach Schlesien selbstverständlich. Die schlesische Gruppe erhielt das Kryptonym …«

»Vogelsang …«, flüsterte Bożyczko.

»Vogelsang«, bestätigte Tybald Raabe. »Wie gesagt, erhielt die Gruppe ihre Befehle ausschließlich vom obersten Anführer. Der Kontakt wurde durch spezielle Kuriere gehalten. Es kam vor, dass ein Kontaktmann von Vogelsang den Tod fand. Ermordet wurde. Dann brach der Kontakt ab. Vogelsang verschwand ganz einfach.«

»Die Erklärung dafür liegt auf der Hand: Die Gruppe fürchtete Verrat. Jeder neue Verbindungsmann konnte ein eingeschleuster Aufwiegler sein; diesen Verdacht erhärtete die Verhaftungswelle, welche die von Vogelsang gebildeten Netzwerke und Untergruppen schwächte. Neplach hat lange darüber nachgedacht, wen er schicken sollte. Wem Vogelsang glauben und vertrauen würde.«

»Und er hat jemanden gefunden«, Reynevan nickte, »Peterlin war ein Verbindungsmann zu Vogelsang, stimmt's?«

»Es stimmt.«

»Denkt Neplach etwa, dieser zutiefst konspirative Vogelsang würde sich mir zu erkennen geben? Nur, weil Peterlin mein Bruder war?«

»Die Wahrscheinlichkeit dafür ist zwar gering, aber sie besteht«, antwortete der Goliarde ernst. »Filou ist verzweifelt. Es ist bekannt, dass Prokop der Kahle seit langem plant, in Schlesien einzufallen. Prokop rechnet sehr mit Vogelsang, er hat die Gruppe in seiner Strategie berücksichtigt. Er muss also wissen, ob Vogelsang …«

»Ob Vogelsang ihn verraten hat oder nicht«, beendete Reynevan, plötzlich hellsichtig geworden, den Satz. »Die Gruppe hätte entdeckt, ihre Mitglieder aufgegriffen und umgedreht werden können. Wenn der Verbindungsmann, der die Gruppe sucht, darauf hereinfällt … Das heißt, wenn ich darauf hereinfalle, wenn ich verhaftet und umgebracht werde, dann ist das ein Beweis für den Verrat. Habe ich Recht?«

»Das hast du. Was antwortest du jetzt auf meinen Rat? Nimmst du ihn ernst und die Beine in die Hand, solange du noch heil und ganz bist?«

»Nein.«

»Sie geben dich zum Abschuss frei. Und du lässt das zu, wie der letzte Naivling.«

»Die Sache ist es, die zählt«, erwiderte Reynevan nach längerem Schweigen, seine Stimme klang so feierlich wie die eines Bischofs an Fronleichnam.

»Was?«

»Das Allerwichtigste ist unsere Sache«, wiederholte er mit einer Stimme, hart wie ein Grabstein aus Granit. »Wenn es um das Wohl der Sache geht, zählt der Einzelne nicht. Wenn dank dessen die große Sache des Kelches befördert werden kann, wenn dies ein Stein für den Altar unseres endgültigen Triumphes sein soll ... Dann bin ich bereit, mich zu opfern.«

»Lange schon«, meinte der Mamun, der, wie es schien, mitnichten geschlafen hatte, »sehr lange schon habe ich so etwas Dämliches nicht mehr gehört.«

Mein Vater war Fuhrknecht, er fuhr einen Wagen.
Sein Geld hat er stets zu den Huren getragen.
Sein Sohn ich bin, ähnlich ich ihm bin,
Denn auch ich trag mein Geld zu den Huren hin.

Die Bewohner des Dörfchens Metschnik blickten finster zu den drei sich in ihren Sätteln wiegenden Reitern hin. Der Sänger des Liedchens, der dazu die Laute spielte, trug eine rote Kappe mit Zacken, graues, unordentliches Haar lugte darunter hervor. Der eine von seinen Gefährten war ein liebenswürdiger junger Mann, der andere ein widerwärtiger Zwerg mit einer engen Kapuze. Der Zwerg war, wie es schien, der Betrunkenste von allen dreien. Er fiel fast vom Pferd, sein

Bass dröhnte, er pfiff auf den Fingern und pöbelte die Mädchen an. Die Bauern machten grimmige Mienen, aber sie kamen nicht näher und fingen keine Händel an. Der mit der roten Kappe trug ein Schwert an seiner Seite und blickte ernst drein. Der widerwärtige Zwerg klopfte auf einen am Sattelknopf hängenden widerwärtigen Streitkolben, oben fest mit Eisen beschlagen und mit eisernen Dornen versehen. Die Bauern konnten nicht wissen, dass dieser Streitkolben ein berühmter flämischer *goedendag* war, eine Waffe, mit der französische Ritter einst bei Courtrai, bei Roosebeke, bei Cassel und in anderen Schlachten und Scharmützeln sehr unangenehme Bekanntschaft gemacht hatten. Aber ihnen genügte schon der Anblick.

»Nicht so laut, meine Herren«, sagte der liebenswürdige junge Mann, »nicht so laut. Wir müssen das Prinzip der Konspiration wahren.«

»Der Kons-pi-pi-ratz-ratzion«, kommentierte der betrunkene Zwerg mit der Kapuze. »Lasst uns reiten! Holla, Raabe! Wo is' denn nun deine berühmte Her-herberge? Wir reiten und reiten, und der Hals wird trocken!«

»Noch eine Stadie«, der Grauhaarige mit der roten Kappe schwankte im Sattel, »noch eine Stadie … Oder zwei Stadien … Vorwärts! Treib dein Pferd an, Reinmar von Bielau!«

»Tybald … *Nomina sunt odiosa* … Die Konspiration …«

»Ach Quatsch!«

Meine Mutter war eine Wäscherin,
Doch nach Waschen stand ihr nicht der Sinn.
Sie raubte fremde Wäsche von der Leine
Und sagte fröhlich, die ist jetzt meine!

Der Zwerg rülpste mehrmals hintereinander.

»Vorwärts!«, donnerte er mit seiner Bassstimme und klopfte auf den am Sattel hängenden *goedendag*. »Vorwärts, ihr Edelleute! Und ihr, was glotzt ihr so, ihr Dorfhammel? Ihr Rüpel! Ihr Ochsentreiber!«

Die Bewohner der Ortschaft Grauweide blickten ihnen grimmig hinterher.

Als die *nox intempesta*, also die tiefe Nacht, hereingebrochen war und das Klosterdorf Wolmessen im tiefsten, undurchdringlichen Dunkel versank, pirschten sich zwei Gestalten an das spärlich beleuchtete Gasthaus »Zum silbernen Glöckchen« heran. Beide trugen enge, schwarze Wämser, die ihre Beweglichkeit nicht beeinträchtigten. Köpfe und Gesichter der beiden waren mit schwarzen Tüchern verhüllt.

Sie schlichen um das Gasthaus, fanden auf der Rückseite die Küchentür und gelangten durch sie lautlos ins Innere. Im Dunkeln unter der Treppe verborgen, lauschten sie auf das Gebrabbel von Stimmen, das trotz der späten Stunde aus der Gaststube im ersten Stock herausdrang.

Stockbesoffen, gab der eine der Schwarzgekleideten dem anderen durch Gesten zu verstehen.

Umso besser, antwortete der zweite, sich gleichermaßen eines Zeichenalphabets bedienend. Ich höre nur zwei Stimmen.

Der erste lauschte eine Weile. Der Troubadour und der Zwerg, signalisierte er. Gut so! Der besoffene Aufwiegler schläft in der Kammer nebenan. Ans Werk!

Vorsichtig schlichen sie die Treppe hinauf. Jetzt konnten sie die Stimmen besser hören, hauptsächlich eine, einen undeutlich vor sich hin monologisierenden Bass. Aus dem Kämmerchen nebenan ertönte gleichmäßiges, lautes Schnarchen. In den Händen der schwarz gekleideten Männer wurden nun Waffen sichtbar. Der erste hatte ein Ritterschwert gezogen, der zweite öffnete mit einer raschen Bewegung die *navaja*, ein Klappmesser mit einer schmalen, rasiermesserscharfen Klinge, die bevorzugte Waffe andalusischer Zigeuner.

Auf ein Zeichen hin drangen sie in die kleine Kammer ein, sprangen wie zwei Tiger auf die Bettstatt und drückten dem auf ihr schlafenden Mann das Federbett aufs Gesicht. Gleichzeitig stießen beide ihre Klingen in seinen Körper. Und sie bemerkten im selben Moment auch, dass man sie genarrt hatte.

Aber da war es bereits zu spät.

Der erste, der mit dem Goedendag eins auf den Hinterkopf erhielt, stürzte nieder wie ein von der Axt gefällter Baum. Den zweiten streckte der aus dem Nichts kommende Schlag mit einem gedrechselten Tischbein zu Boden. Beide lagen da, waren aber immer noch bei Bewusstsein, sie wanden sich wie Würmer auf dem Boden und scheuerten über die Dielen. Bis ein Hieb mit dem Goedendag ihnen dies austrieb.

»Gib Acht, Malevolt«, hörten sie noch, bevor sie im Nichts versanken. »Erschlag sie nicht!«

»Keine Angst! Ich hau nur noch einmal zu, und fertig!«

Der eine der beiden Gefesselten hatte strohblondes Haar, ebensolche Brauen und Wimpern, und auf seinem breiten, vorstehenden Kinn wuchs auch ein strohblonder Bart. Der andere, ältere, war schon ziemlich kahlköpfig. Keiner von beiden hatte bisher einen Laut von sich gegeben, sie schwiegen. Sie saßen, gut verschnürt, mit dem Rücken zur Wand da und blickten finster vor sich hin. Ihre Gesichter waren stumpf und ausdruckslos, sie zeigten nicht die Spur einer Bewegung. Sie hätten eigentlich erstaunt dreinsehen müssen, erstaunt darüber, dass ihre Bezwinger trotz der zuvor vernommenen, bierseligen Stimmen stocknüchtern waren. Oder darüber, dass die Stimmen von Stellen gekommen waren, an denen sich niemand befand. Darüber, dass man sie erwartet hatte, dass sie in eine präzis gestellte Falle gelaufen waren. Sie hätten überrascht sein müssen. Vielleicht waren sie es ja auch. Aber sie zeigten es nicht. Manchmal bewirkte das Flackern einer Kerze, dass sich ihre toten Augen belebten. Aber das war nur Schein.

Reynevan saß auf der Bettstatt, blickte vor sich hin und schwieg. Der Mamun hatte sich, auf seinen Goedendag gestützt, in die Ecke zurückgezogen. Tybald Raabe spielte mit der Navaja, die er bald öffnete, bald schloss.

»Ich kenne dich«, beendete der Goliarde als Erster das lange Schweigen und deutete mit dem Messer auf den Kahlköpfigen. »Du heißt Jakob Olbram. Du hast von den Heinrichauer Zisterziensern die Mühle am Lägelbach gepachtet. Komisch, bisher hat man dich überall für einen Zuträger des Abtes gehalten, sollte das etwa nur Tarnung gewesen sein? Denn wie ich sehe, kannst du nicht nur zutragen, du schreckst auch vor Meuchelmord nicht zurück.«

Der Kahlköpfige reagierte nicht. Er sah nicht einmal den Sprecher an, es schien, als hörte er dessen Worte nicht. Tybald Raabe klappte mit einem hellen Geräusch das Messer auf.

»Hier ganz in der Nähe ist im Wald ein kleiner See«, sagte er zu Reynevan, »auf dem Grund dort ist der Schlamm klaftertief. Keiner wird sie je dort finden.«

»Deine Mission kannst du als beendet ansehen«, fügte er ernst hinzu. »Du hast Vogelsang gefunden. Nur dass das kein Vogelsang mehr ist. Das ist eine Diebesbande, die bereit ist, einen Mord zu begehen, um an ihr Diebesgut zu gelangen. Verstehst du nicht? Die Gruppe ist mit enormen Geldmitteln ausgestattet worden. Sehr viel Geld, um Netzwerke und Diversantengruppen aufzubauen, um Spezialeinsätze zu finanzieren. Sie haben sich dieses Geld angeeignet, es gestohlen. Sie wissen, was sie erwartet, wenn das herauskommt und Filou sie findet, deshalb haben sie jeglichen Kontakt gemieden. Jetzt sind sie in Panik geraten, jetzt sind sie gefährlich. Sie und niemand anderer haben in Lauenbrunn den Anschlag auf dich verübt. Deswegen rate ich: keine Gnade. Einen Stein um den Hals, und in den See.«

Auf den Gesichtern der beiden zeichnete sich nicht einmal der Schatten einer Bewegung ab, in den erloschenen Augen war kein Funke Leben. Reynevan stand auf und nahm dem Goliarden das Messer aus der Hand.

»Wer hat in Lauenbrunn mit der Armbrust auf mich geschossen? Wer hat die Mönche getötet? Ihr?«

Keine Reaktion. Reynevan beugte sich vor und schnitt die Fesseln durch. Erst dem einen, dann dem anderen.

»Ihr seid frei«, erklärte er ruhig. »Ihr könnt gehen.«

»Du machst einen Fehler«, mahnte ihn Tybald Raabe.

»Das ist sehr dumm«, bemerkte der Mamun in seiner Ecke.

»Ich bin Reinmar von Bielau«, Reynevan tat, als hörte er nichts, »der Bruder von Peter von Bielau, den ihr einst so gut gekannt habt. Ich diene derselben Sache, der auch Peter gedient hat. Ich wohne jetzt hier, im ›Silbernen Glöckchen‹. Ich werde die ganze Woche hier bleiben. Wenn die Inquisition oder die Leute des Bischofs hier auftauchen, ergeht Nachricht nach Böhmen. Sollte ich eines Nachts von der Hand eines Meuchelmörders sterben, ergeht Nachricht nach Böhmen. Prokop wird dann wissen, dass er auf Vogelsang nicht mehr zählen kann, weil es Vogelsang nicht mehr gibt.«

»Wenn es aber so ist, wie Tybald sagt«, fügte er nach einer Weile hinzu, »dann nutzt diese sieben Tage gut. Vor Ablauf einer Woche sende ich keine Nachricht nach Böhmen. Das sollte euch genügen, in dieser Zeit kann man ziemlich weit kommen. Neplach findet euch auch so, früher oder später, aber das ist dann seine und eure Sache. Das interessiert mich nicht. Und jetzt macht, dass ihr wegkommt!«

Die Freigelassenen blickten ihn an, aber so, als sähen sie nur einen Gegenstand, einen, der ihnen noch dazu völlig gleichgültig war. Ihre Augen waren tot und leer. Sie sagten kein einziges Wort, brachten nicht einen Ton heraus. Sie gingen ganz einfach.

Lange Zeit herrschte Schweigen.

»Sieh ihn dir nur mal an, Raabe«, beendete Jon Malevolt die Stille. »Er hat sich für die Sache geopfert. Komisch, dabei sieht er gar nicht aus wie ein Idiot. Da sieht man's mal wieder, der Schein trügt!«

»Wenn die Hussiten einst ihren eigenen Papst haben«, stellte Tybald Raabe fest, »müsste der dich heilig sprechen, Reinmar. Tut er das nicht, ist er ein undankbarer Sack.«

Reynevan blieb eine Woche im »Silbernen Glöckchen«, tagsüber saß er mit der Armbrust auf den Knien da, nachts schlief er mit dem Messer unter dem Kopfkissen. Er war allein – Tybald Raabe und der Mamun Malevolt waren weggeritten und hatten sich versteckt. Es sei ein zu großes Risiko, hatten sie erklärt. Sollte etwas passieren, sei es besser für sie, weit weg vom Ort des Geschehens zu sein. Aber nichts geschah. Niemand kam, um Reynevan zu verhaften oder zu ermorden. Seine Chancen, ein Märtyrer zu werden, schwanden von Tag zu Tag mehr.

Am zwanzigsten November tauchte Tybald Raabe wieder auf. Mit Neuigkeiten und Gerüchten. Jakob Olbram vom Lägelbach war verschwunden. Wie ein Stein im Wasser. Er hatte die ihm von Reynevan zugestandene Woche gut genutzt. In sieben Tagen, meinte der Goliarde, könne man getrost bis Lübeck gelangen und von dort aus bis ans Ende der Welt. Kurz gesagt: Vogelsang gebe es nicht mehr, Vogelsang könne man vergessen, Vogelsang könne man abhaken. Prokop müsse davon erfahren. Sofort. Man brauche nicht mehr länger auszuharren.

Lasst uns zur Sicherheit noch etwas warten, schlug Reynevan vor. Noch eine Woche. Oder besser anderthalb …

Reynevan hatte bereits die Hoffnung so weit aufgegeben, dass er nun nicht mehr im »Silbernen Glöckchen« herumsaß und sich die Langeweile mit der Lektüre des ›Horologium Sapientiae‹ von Heinrich Seuse vertrieb, welches ein Baccalaureus im Gasthaus gelassen hatte, als er sein Essen nicht bezahlen konnte. Morgens sattelte Reynevan sein Pferd und ritt aus. Oft in die Gegend von Brieg. Und in die Gegend von Schönau, dem Besitz von Mundschenk Bertold de Apolda. Die Grüne Dame hatte zwar behauptet, Nicoletta sei nicht in Schönau, aber warum sollte man das nicht selbst überprüfen?

Tybald, der immer häufiger nach Wolmessen kam, fand dies bald heraus und hatte ihn rasch durchschaut. Er ließ sich nicht mit Ausreden abfertigen und zwang Reynevan zu einem Geständnis. Nachdem er es gehört hatte, verfiel er in eine düstere Stimmung. Solche Dinge würden meist ein böses Ende nehmen, erklärte er.

»Kaum hast du dich aus einem Liebesabenteuer herausgewunden, kaum bist du wie durch ein Wunder Biberstein entkommen, steckst du schon mitten in der nächsten Romanze! Das kann dich teuer zu stehen kommen, Junker. Mundschenk Apolda ist kein Mann, der sich in die Suppe spucken lässt, und der Bischof und Grellenort können ebenfalls zwei und zwei zusammenzählen, vielleicht lauern sie dir sogar schon in Schönau auf. Auch Johann von Münsterberg kann dich dort abpassen. In Schlesien gehen schon himmelschreiende Gerüchte über dich um.«

»Himmelschreiende Gerüchte? Wie das?«

Gerüchte breiteten sich aus, berichtete der Goliarde, und es sei nicht ausgeschlossen, dass jemand sie absichtlich in Umlauf bringe. Herzog Johann habe in Münsterberg seine Wachen verstärken lassen, angeblich habe ihn sein Hofastrologe vor einem Attentat gewarnt. In der Stadt sei ganz offen von einem Rächer die Rede, der Adeles Tod sühnen wolle. Überall spreche man auch über den Meuchelmord in Lauenbrunn. Das Echo des Überfalls auf den Steuereinnehmer kehre wieder. Seltsame Leute tauchten auf und stellten seltsame Fragen. Mit einem Wort, fasste Tybald Raabe abschließend zusammen, Eskapaden solle man jetzt in Schlesien tunlichst vermeiden. Besonders solche in und um Schönau.

»Vogelsang gibt es nicht mehr, aber du, Reinmar, hast in Schlesien immer noch eine Mission zu erfüllen. Noch vor Weihnachten kannst du mit Filous Boten rechnen. Es wird wichtige Dinge zu erledigen geben, da ist es gut, wenn du dich bewährst. Wenn du dich nicht bewährst, und es kommt heraus, dass Liebäugeln und Tändeln die Ursachen dafür sind, dann haftest du mit deinem Kopf. Und um diesen Kopf ist es schade.«

Tybald ritt wieder weg. Und Reynevan, der bis dahin noch unentschlossen gewesen war, dachte nun unaufhörlich an Nicoletta.

Am achtundzwanzigsten November erschien Jon Malevolt, der anarchistische Mamun, in Wolmessen. Mit einem ziemlich überraschenden Vorschlag. In den umliegenden Wäldern, erklärte er, wobei er vielsagend zwinkerte und sich die Lippen leckte, gebe es zwei Waldhexen, jung, rundlich und sympathisch, die großen Bedarf hätten und der Monogamie abgeneigt seien. Zudem verstünden sie sich darauf, ein ganz vorzügliches Bigos zu kochen. Er, Malevolt, sei im Begriff, den Hexen einen freundschaftlichen Besuch abzustatten, aber zu zweit sei es doch noch viel angenehmer, wie man so sage. Als er sah, dass Reynevan seufzte, zögerte und Ausflüchte machte, ließ der Mamun einen Krug Branntwein kommen und begann ihn auszufragen.

»Du liebst also«, fasste er das Gehörte zusammen, mit dem Finger in den Zähnen bohrend, »du liebst, seufzt sehnsüchtig und verkommst dabei und bist, zu deinem Leidwesen, auch noch völlig unproduktiv. Das ist eine alte Geschichte, besonders bei euch Menschen, ihr mögt das anscheinend, eure Dichter können scheint's ohne dies keine zwei Verse aufeinander reimen. Aber du bist schließlich Toledo, Bruder. Wozu, frag ich dich, gibt es schließlich Liebesmagie? Wozu gibt es die *philia*?«

»Wenn ich versuchte, sie mit Hilfe der *philia* zu gewinnen, würde das sie und mich abhängig machen.«

»Wichtig ist die Wirkung, junger Mann, die Wirkung! Schließlich ist das eine Frage der sexuellen Anziehungskraft, die man für gewöhnlich dadurch befriedigt, dass man, entschuldige den banalen Ausdruck, etwas dort hineinsteckt, wo es hingehört. Mach kein solches Gesicht! Es gibt nichts anderes, das hat die Natur nicht vorgesehen. Aber wenn du so keusch bist, so ein *preux chevalier*, will ich nicht weiter in dich dringen. Dann beeindrucke sie auf klassische Weise. Zaubere ihr im Winter Blumen herbei, ein Dutzend Rosen, kauf im Städtchen zwanzig Kuchenstückchen mit Zuckerguss, und auf ins Vergnügen!«

»Das Problem ist nur… Ich weiß nicht, wo ich sie suchen soll.«

»Ha!« Der Mamun schlug sich auf den Oberschenkel. »Dieses Problem werden wir in drei Minuten gelöst haben! Einen geliebten Menschen finden? Das ist eine Kleinigkeit. Dazu benötigt man nur ein wenig Magie. Steh auf. Wir reiten.«

»Ich reite nicht zu den Hexen.«

»Das ist dein eigener Schaden, dich soll doch gleich der Kuckuck! Ich für mein Teil reite, esse Bigos… Hmmm… Und das Wichtigste, ich bringe die Zutaten für einen Zauber mit… Sobald ich zurückkomme, gehen wir die Sache an. Damit wir keine Zeit verlieren, zeichne schon mal eine Sheva hier auf den Fußboden.«

»Also das Vierte Pentagramm der Venus?«

»Ich sehe, du kennst dich aus. Die Inschriften kennst du auch?«

»Elohim und El Gebil in hebräischer Schrift, Schii, Eli und Ayib nach dem Alphabet der Malachier.«

»Bravo! Gut, ich reite. Erwarte mich… Was für einen Tag haben wir heute?«

»Den achtundzwanzigsten November. Der Freitag vor dem ersten Advent.«

»Erwarte mich also am Sonntag.«

Der Mamun hielt Wort und auch den Termin. Am dreißigsten November, dem ersten Adventssonntag, erschien er am frühen Morgen. Und machte sich unverzüglich ans Werk. Mit kritischem Auge betrachtete er das Pentagramm, das Reynevan gezeichnet hatte, überprüfte die Inschriften und nickte, zum Zeichen, dass alles richtig war. Er stellte in den Ecken rote Wachskerzen auf und entzündete sie und schüttelte die Elemente aus seiner Tasche, überwiegend Kräuterbüschel. Auf einem Dreifuß befestigte er eine kleine eiserne Schale.

»Ich habe gedacht, du würdest die Magie des alten Volkes verwenden«, Reynevan konnte sich nicht mehr zurückhalten, »eure eigene.«

»Ich nutze sie.«

»Das Vierte Pentagramm der Venus entstammt aber doch dem Kanon der menschlichen Magie.«

»Was glaubst du wohl, woher die Menschen ihre magischen Kanones genommen haben?«, entgegnete ihm Malevolt. »Glaubst du vielleicht, die haben sie erfunden?«

»Aber immerhin ...«

»Aber immerhin«, unterbrach ihn der Mamun und schüttete Salz, Kräuter und Pulver in die Schüssel, »verbinden wir jetzt das, was nötig ist, mit dem, was notwendig ist. Die menschlichen Arkana kenne ich auch. Die hab ich studiert.«

»Was? Wo?«

»In Bologna und in Padua. Und wie? Ganz normal. Was hast du denn gedacht? Ach, ich verstehe. Mein Äußeres. Das wundert dich, was? Dann lass dir gesagt sein: Wenn man etwas will, ist nichts unmöglich! Hauptsache, du denkst positiv.«

»Vielleicht erleben wir es noch«, seufzte Reynevan, »dass sie auch Mädchen an der Universität aufnehmen ...«

»Jetzt übertreibst du wohl ein bisschen«, meinte der Mamun verdrießlich. »Mädchen werden an der Universität nicht zugelassen, und wenn wir noch ein ganzes Jahrhundert lang darauf warten. Schade, ehrlich gesagt. Aber jetzt basta, genug mit dem Phantasieren, lass uns etwas tun ... Zum Teufel ... Wo ist denn bloß der Flakon mit dem Blut hingeraten ... Ach, da ist er ja!«

»Blut? Malevolt? Schwarze Magie? Wozu?«

»Zum Schutz. Bevor wir mit der Sheva beginnen, müssen wir uns schützen.«

»Wovor?«

»Na, was meinst du wohl? Vor der Gefahr!«

»Vor welcher?«

»Wenn wir in den Astral eindringen und den Äther berühren«, erklärte der Mamun geduldig, wie man einem Kind etwas erklärt, »setzen wir uns der Gefahr aus. Wir sind dann schutzlos. Wir werden zu einem leichten Ziel für den *malocchio*, den bösen Blick. Man darf nicht ohne Absicherung in den Astral eindringen. Das habe ich in der Lombardei gelernt, bei den Frauen von der Stregheria. Lass uns beginnen, schade um die Zeit. Sprich mir nach:«

Im Osten Samael, Gabriel, Vionairaba,
Im Westen Anael, Burchat, Suceratos,
Im Norden Aiel, Aniel, Masgabriel,
Im Süden Charsiel, Uriel, Naromiel …

Die Flammen der Kerzen flackerten. Das rote Wachs spritzte.

Was die Katakomben unter der St.-Matthias-Kirche bargen, wusste niemand, nicht einmal die ältesten und weisesten Einwohner von Breslau. Was sich nur ein paar Klafter unter dem Boden des Kirchenschiffes befand, wussten nicht einmal die Ordensherren mit Kreuz und rotem Stern, deren Kirche dies war und die tagtäglich über jenen Boden schritten. Um genauer zu sein: Nur zwei kannten das Geheimnis. Zwei von den insgesamt sieben Hospitalbrüdern, die dem Mauerläufer dienten und seine Informanten waren. Nur diese beiden Eingeweihten kannten den geheimen Zugang und die ihn öffnende magische Losung. Diese beiden, Adepten der geheimen Wissenschaften, kannten auch die Arkana. Ihre Aufgabe war es, das *occultum* in Ordnung zu halten und dem Mauerläufer als Akolythen bei Vivisektionen, nekromantischen Experimenten und Dämonenbeschwörungen zu dienen.

Heute assistierte dem Mauerläufer nur einer. Der andere war erkrankt. Oder er täuschte eine Erkrankung vor, um nicht assistieren zu müssen.

Über die Krypta ergoss sich das geisterhafte Licht von einem

Dutzend Kerzen und der flackernde infernalische Schein der Kohlen, die auf einem riesigen Dreifuß brannten. Der Mauerläufer stand in seinem schwarzen Kapuzengewand an einem mit Büchern bedeckten Pult und blätterte im ›Necronomicon‹ des Abdul Al'hazred. Daneben lagen andere, nicht weniger bekannte und mächtige magische Grimuarien: die ›Ars Notoria‹, das ›Lemegeton‹, der ›Arbatel‹, der ›Liber Picatrix‹ wie auch der ›Liber Juratus‹ des Honorius von Theben, ein derart berühmtes und gefährliches Buch, dass kaum jemand es wagte, die darin enthaltenen Beschwörungen und Formeln zu benutzen.

Auf einem Granitblock in der Mitte des Raumes, groß und flach wie ein Katafalk, lag ein Skelett. Eigentlich war es kein Skelett, sondern nur lose zusammengefügte Knochen: Schädel, Schulterblätter, Rippen, Becken, Schulterknochen, Elle und Speiche, Schenkelknochen, Wadenbeine. Das Skelett war nicht vollständig, zahlreiche kleinere Knochen der Füße, Handwurzeln und Finger, einige Hals- und Lendenwirbel fehlten, auch das rechte Schlüsselbein war nicht vorhanden. All diese Knochen waren schwarz, einige davon stark verkohlt. Der assistierende Akolyth wusste, dass sie von einem Franziskaner stammten, der vor fünf Jahren wegen Häresie und Zauberei verbrannt worden war. Der Spitalbruder hatte sie selbst aus der Asche zusammengeklaubt, gesammelt, geordnet und, um auch die kleinsten wiederzufinden, die erkaltete Asche des Scheiterhaufens gesiebt.

Der Mauerläufer trat von seinem Pult zurück und stellte sich an den Marmortisch, über ein entrolltes, sauberes Pergament gebeugt. Er zog die Ärmel seines schwarzen Gewandes zurück und hob die Arme. In der rechten Hand hielt er eine kleine Rute aus Eibenholz.

»Veritas, lux, via«, begann er ruhig, fast demütig, während er sich über das Pergament beugte, *»et vita omnium creaturarum, vivifica me.* Yecologos, Matharihon, Secromagnol, Secromehal. *Veritas, lux, via, vivifica me.«*

Man hätte schwören können, dass ein Windstoß durch die Krypta fuhr. Die Flammen der Kerzen flackerten, das Feuer auf dem Dreifuß flammte gewaltig empor. Die Schatten an den Wänden und im Gewölbe nahmen phantastische Formen an. Der Mauerläufer richtete sich auf und breitete mit einer mächtigen Bewegung die Arme aus.

»*Coniuro et confirmo super vos, Belethol et Corphandonos, et vos Heortahonos et Hacaphagon, in nomine Adonaj, Adonaj, Adonaj, Eie, Eie, Eie, Ya, Ya, qui apparuisti in monte Sinai, cum glorificatione regis Adonaj, Shadaj, Zebaoth, Anathay, Ya, Ya, Ya, Marinata, Abim, Jeia, per nomen stellae, quae est Mars, et per quae est Saturnus, et per quae est Lucifer, et per nomina omnia praedicta super vos coniuro, Rubiphaton, Simulaton, Usor, Dilapidator, Dentor, Divorator, Seductor, Seminator, ut pro me labores!*«

Das Feuer flackerte wild auf, die Schatten tanzten. Auf dem bis dahin weißen und reinen Pergament erschienen auf einmal Hieroglyphen, Symbole, Siglen und Zeichen, erst sehr schwach, dann immer deutlicher.

»Helos, Resiphaga, Iozihon«, rezitierte der Mauerläufer, mit der Rute die genannten Figuren nachzeichnend, »Ythethendyn, Thahonos, Micemya. Nelos, Behebos, Belhores. *Et diabolus stet a dextris.*«

Der Hospitalbruder erschauderte. Er erkannte die Gesten und Formeln. Er konnte sie so weit deuten, um zu erahnen, dass Meister Grellenort einen schrecklichen Fluch über jemanden warf, einen Zauber, der fähig war, jene Person aus der Ferne mit Schwäche, Krankheit, Lähmung und sogar mit dem Tod zu belegen. Aber er hatte weder die Zeit, Angst zu haben, noch die Zeit herauszufinden, wen sich der Meister zu seinem Opfer auserkoren hatte. Der Akolyth nahm aus einem hölzernen Käfig rasch ein weißes Täubchen und reichte es ihm.

Der Mauerläufer beruhigte mit einer sanften Berührung den flatternden Vogel. Und riss ihm dann mit einem heftigen Ruck den Kopf ab. Er hielt den Körper in der Faust und drückte ihn wie eine Zitrone über dem *occultum* aus, das herabtropfende Blut bildete auf dem Pergament in sich verschlungene Muster.

»Alon, Pion, Dhon, Mibizimi! *Et diabolus stet a dextris!*«

Die nächste Taube riss der Mauerläufer, sie an den Flügeln und Füßen haltend, mitten durch. Den drei nächsten riss er mit seinen Zähnen die Köpfe ab.

»Shadaj, El Chai! *Et diabolus stet a dextris!*«

Es wird dauern, dachte der Akolyth, bis der Zauber dorthin gelangt, wo er wirken soll. Aber wenn er einmal dort ist, wird der Mensch, für den er bestimmt ist, verloren sein.

Federn und Daunen wirbelten durch die Krypta, verbrannten im Feuer und schwebten auf der warmen Luft hoch oben im Gewölbe. Der Mauerläufer spuckte die an seinen blutigen Lippen haftenden Federn aus und legte die Rute auf das blutgetränkte Pergament.

»Rtsa-brgyud-blama-gsum-gyaaaal!«, schrie er. »Baibkaa-sngags-ting-adsin-rgyaaai! Zeige ihn mir! Finde ihn! Töte ihn!«

Vor den Augen des erschrockenen Akolythen, der schon vieles gesehen hatte, begann sich das verkohlte Skelett auf dem Katafalk mit einer rötlichen Aura zu umgeben. Deren Schimmer verdichtete sich schnell, nahm Form an, wurde immer fester und materialisierte sich immer stärker, bis er das Skelett rasch mit einem leuchtenden Körper umgab. Karmesinrote Adern und Venen begannen sich zu winden und die verkohlten Knochen spiralenförmig zu umgeben.

»N'ghaa, n'n'ghai-ghaaai! Iä! Iä! Finde ihn und töte ihn!«

Das Skelett erzitterte. Es bewegte sich. Die Knochen schurrten über den Granit des Katafalks. Der schwarze Schädel klapperte mit den rußigen Kiefern.

»Shoggog, phthaghn! Iä! Iä! Y-hah, y-nyah! Y-nyah!«

»Sheva! Aradia!« Malevolt streute eine Hand voll Pulver auf die Kohlen, dem Geruch nach eine Mischung aus getrocknetem Beifuß und Kiefernnadeln. In die emporsteigende Flamme goss er aus einem kleinen Flakon Blut.

»Aradia! *Regina delle streghe!* Der Blick dessen, der mich belauert, soll sich trüben. Furcht soll ihn ergreifen. *Fiat, fiat, fiat!*«

»Eia!« Der Mamun goss drei Tropfen Olivenöl auf die Kohlen und schnippte mit den Fingern. »Sheva! Eia!«

Con tre gocciole d'olio,
mit drei Tropfen Öl,
beschwöre ich dich, stirb, verbrenne, malocchio.
Vergehe durch Aradias Macht.
Se la Pellegrina adorerai
Tutto tu otterai!

Die Kerzenflammen schossen jäh und mit Macht empor.

Die Kerzen erloschen plötzlich und erfüllten die Krypta mit stinkendem Qualm. Das Feuer im Dreifuß zog sich in die Glut zurück und glomm nur noch verstohlen in der Tiefe. Das Skelett auf dem Granitkatafalk zerfiel mit Geklapper wieder in hundert schwarze, verkohlte Knochen und Knöchelchen.

Das mit nekromantischen Hieroglyphen bedeckte, blutgetränkte und gefederte Pergament auf dem Pult brannte unversehens mit hellem Feuerschein, kräuselte sich, wurde schwarz. Und zerfiel. Die Magie, welche die Krypta bis vor kurzem noch wie mit warmem Leim durchzogen hatte, war verschwunden. Vollständig und unumkehrbar.

Der Mauerläufer fluchte lästerlich.

Der Hospitalbruder seufzte. Ein wenig erleichtert, wie es schien.

So war das eben mit der Magie. Es gab Tage, an denen

schlichtweg nichts gelang. An denen alles misslang. Da blieb nichts anderes übrig, als die Magie an diesem Tag ruhen zu lassen.

Bevor er den eigentlichen Liebeszauber übte, hatte sich Malevolt nach der Sitte des alten Volkes mit einem Kranz aus Reisig geschmückt. Er sah damit so komisch aus, dass Reynevan alle Mühe hatte, ernst zu bleiben.

Der eigentliche Liebeszauber war denn auch verblüffend einfach: Der Mamun beschränkte sich darauf, das Pentagramm mit einem Extrakt aus Enzian und Heliotrop zu besprengen. Auf die glühenden Kohlen warf er ein paar Kiefernnadeln und streute ein Quentchen zerriebener Heidelbeerblätter darüber. Mehrmals schnippte er mit den Fingern und pfiff, das eine wie das andere typisch für die ältere Magie. Als er jedoch mit der Anrufung begann, bediente er sich eines Verses aus dem ›Hohelied Salomos‹.

»*Pone me ut signaculum super cor tuum, ut signaculum super brachium tuum, quia fortis est ut mors.* Ismai! Ismai! Mutter Sonne, deren Leib weiß ist von der Milch der Sterne! *Elementorum omnium domina*, Herrin der Schöpfung, Nährerin der Welt! *Regina delle streghe!*«

Una cosa voglio vedere,
Una cosa di amore,
O vento, o acqua, o fiore!
Serpe strisciare, rana cantare.
Ti prego di non mi abbandonare!

»Sieh nur!«, flüsterte Malevolt. »Sieh nur, Reynevan!«

In dem dünnen Nebel, der sich über dem Pentagramm erhob, bewegte sich etwas, zitterte und tanzte in einem Mosaik des flackernden Widerscheins. Reynevan beugte sich vor und sah genau hin. Einen flüchtigen Moment lang schien ihm, er sähe eine Frau, hochgewachsen, dunkelhaarig, mit Sternenaugen und dem Zeichen des Halbmondes auf der Stirn, in ein mit vielen Mustern versehenes Gewand gekleidet, dessen Farben sich ständig veränderten, mal Weiß, mal Kupfer, dann Purpur. Bevor er begriffen hatte, wen er da erblickte, war die Erscheinung verschwunden, aber die Anwesenheit der Magna Mater war immer noch deutlich spürbar. Der Nebel über dem Pentagramm verdichtete sich. Dann erhellte er sich wieder, und er sah das, was er zu sehen begehrte.

»Nicoletta!«

Sie schien ihn hören zu können, denn sie wandte unverhofft den Kopf zu ihm hin. Sie trug eine pelzverbrämte Kappe, ein besticktes Wams und einen Wollschal um den Hals. Hinter ihr erblickte er hundert weißstämmige kahle Birken. Und hinter den Birken eine Mauer. Ein Gebäude. Eine Burg? Ein Haus? Eine Kirche?

Dann verschwand alles. Vollständig und unwiderruflich.

»Ich weiß, wo das ist«, sagte der Mamun, bevor sich Reynevan noch beklagen konnte. »Ich habe den Ort wiedererkannt.«

»Sag schon!«

Der Mamun sagte es ihm. Er war noch nicht zu Ende damit, da war Reynevan schon in den Stall gesprungen, um sein Pferd zu satteln.

Die Vision hatte ihn nicht getäuscht. Er sah sie vor dem Hintergrund der weißstämmigen Birken, die umso weißer wirkten, als sie einen alten dunklen Eichenhain säumten. Ihre graue Stute ging langsam, sie setzte ihre Hufe vorsichtig in den tiefen Schnee. Er gab seinem Pferd die Sporen und ritt näher heran. Die Stute wieherte, sein brauner Hengst antwortete.

»Nicoletta!«

»Reinmar!«

Sie trug Männerkleidung: ein wattiertes, mit Blumenornamenten besticktes Wams mit einem Biberkragen, Reithandschuhe, dicke, aus farbiger Wolle gefertigte Beinkleider, so genannte *braccae*, und hohe Stiefel. Die pelzverbrämte Kappe hatte ein Hals und Wangen schützendes seidenes Gebende, den Hals umhüllte zudem ein mehrmals herumgeschlungener Schal, dessen Ende nach dem Beispiel der *liripipe*, wie sie die Männer trugen, frei über die Schulter geworfen war.

»Du hast einen Zauber über mich geworfen, du Magier!«, sagte sie kühl. »Ich habe es gespürt. Eine Macht hat mich gezwungen, hierherzureiten. Ihr konnte ich nicht widerstehen. Du hast gezaubert, gib es zu.«

»Ich habe gezaubert, Nicoletta.«

»Ich heiße Jutta. Jutta de Apolda.«

Er hatte sie anders in Erinnerung. Zwar schien sie unverändert zu sein, ihr Gesicht glich immer noch dem einer Madonna von Robert Campin, auch die hohe Stirn, die ebenmäßigen Augenbrauen, die leichte Stupsnase und die Form des Mundes wirkten wie früher. Ebenso der Gesichtsausdruck, der täuschend kindlich war. Verändert hatten sich die Augen. Vielleicht hatten sie sich aber auch gar nicht verändert, vielleicht war das, was er jetzt darin las, schon immer dort gewesen? Verborgen in der türkisblauen Tiefe kühler Besonnenheit, Besonnenheit und ein Rätsel, das es zu lösen, ein Geheimnis, das es zu ergründen galt. Dinge, die er bereits gesehen hatte. In den Augen von fast demselben Blau und der gleichen Kühle. In den Augen ihrer Mutter. Der Grünen Dame.

Er ritt noch näher heran. Die Pferde schnaubten. Der Dampf, der aus ihren Nüstern kam, vermischte sich.

»Ich freue mich, dass du gesund bist, Reinmar.«

»Ich freue mich, dass du gesund bist, Jutta. Das ist ein schöner Name. Nur schade, dass du ihn so lange vor mir verborgen hast.«

»Und du?« Sie hob die Augenbrauen. »Hast du mich je nach meinem Namen gefragt?«

»Wie sollte ich? Ich habe dich für eine andere gehalten. Du hast mich getäuscht.«

»Du hast dich selbst getäuscht.« Sie blickte ihm in die Augen. »Dein Traum hat dich getrogen. Vielleicht wolltest du ja in deinem tiefsten Inneren, dass ich eine andere wäre? Bei der Entführung hast du, du selbst, mit dem Finger auf mich gezeigt und mich deinen Spießgesellen als Tochter von Biberstein vorgestellt.«

»Ich wollte …«, er zügelte sein Pferd, »ich musste euch schützen vor denen …«

»Eben!«, fiel sie ihm ins Wort. »Was hätte ich also tun sollen? Es leugnen? Deinen Räuberkumpanen sagen, wer ich in Wirklichkeit war? Du hast ja gesehen, dass Käthchen vor Angst fast gestorben ist. Da habe ich es vorgezogen, mich lieber selbst entführen zu lassen …«

»Aber mich hast du auch weiterhin an der Nase herumgeführt. Auf dem Erbsberg hast du nicht mit der Wimper gezuckt, als ich dich ›Katharina‹ nannte. Da hat es dir gepasst, einen falschen Namen zu tragen. Da hast du es vorgezogen, nicht mit mir zusammen gesehen zu werden. Du hast mich angeführt, du hast Biberstein angeführt, du hast uns alle getäuscht …«

»Ich habe euch getäuscht, weil ich dies tun musste.« Sie biss sich auf die Lippen und senkte den Blick. »Verstehst du das denn nicht? Als ich am Morgen vom Erbsberg herunterkam, ist mir ein Kaufmann begegnet, ein Armenier. Der hat versprochen, mich nach Stolz zu bringen. Und gleich hinter der Stadt, ich habe meinen eigenen Augen nicht getraut, bin ich den beiden begegnet, Käthchen Biberstein und Wolfram von Pannewitz dem Jüngeren. Sie haben nichts sagen müssen, es genügte, sie anzusehen, um zu wissen, dass ich in dieser Nacht nicht die Einzige war, die erfahren hat … Hmm … Dass nicht ich allein ein … hmmm … ein interessantes Abenteuer erlebt hatte. Käthchen hatte panische Angst vor ihrem Vater, Wolfram vor dem seinen noch mehr … Was hätte ich denn tun sollen? Von der Zauberei erzählen? Vom Flug am nächtlichen Himmel zum Hexensabbat? Nein, da war es für uns beide besser, die Dummen zu spielen und zu behaupten, wir seien den Entführern entkommen. Ich habe damit gerechnet, dass die Raubritter aus Furcht vor Herrn Johann über alle Berge flüchten würden und die Wahrheit gar nicht erst ans Licht käme. Auch nicht damit, dass jemand sie einfordern könnte. Ich konnte ja nicht vorhersehen, dass Käthchen Biberstein schwanger war ...«

»Und dass sie mich beschuldigte, sie vergewaltigt zu haben«, beendete er gedemütigt den Satz. »Dass dies für mich das Todesurteil bedeutete, hat dir überhaupt nichts ausgemacht. Und schlimmer noch als der Tod war die Schande. Die befleckte Ehre. Du bist wahrhaft eine Judith, Jutta. Weil du wegen der Vergewaltigung geschwiegen hast, hast du mich erledigt wie deine biblische Namensvetterin ihren Holofernes. Du hast ihnen meinen Kopf ausgeliefert.«

»Hast du nicht gehört, was ich gesagt habe?« Sie zerrte an den Zügeln. »Dich vom Vorwurf der Vergewaltigung zu befreien, hätte Anklage wegen Zauberei bedeutet, glaubst du, dass dein Kopf dabei besser weggekommen wäre? Außerdem hätte sowieso keiner auf mich gehört, welchen Wert hat denn das Wort eines Mädchens verglichen mit dem eines Ritters, einem Wort, das noch dazu auf dem Kreuz beeidet wurde? Man hätte mich ausgelacht, gemeint, ich litte an Hitzewallungen und Gebärmutterklopfen. Und du warst in Böhmen, warst in Sicherheit, niemand hätte dich dort finden können. Wenigstens bis zu dem Augenblick, in dem, wie ich erhofft hatte, Wolfram von Pannewitz seine Furcht überwindet, Biberstein zu Füßen fällt und ihn um Käthchens Hand bittet.«

»Was er bis heute nicht getan hat.«

»Weil er ein Dummkopf ist. Die Welt wimmelt leider nur so von Dummköpfen. Mit einem Mädchen zu schlafen, da ist jeder gleich dabei. Aber was dann? Den Kopf in den Sand, die Beine in die Hand genommen, und ab, in andere Länder ...«

»War das auf mich gemünzt?«

»Du begreifst aber schnell!«

»Ich habe dir Briefe geschrieben.«

»Die an Katharina von Biberstein adressiert waren. Ich habe

nicht einen einzigen erhalten. Die Zeiten sind nicht günstig für eine Korrespondenz. Schade. Ich hätte mich sehr gefreut, zu lesen, dass du noch am Leben bist. Ich hätte so gern gelesen, was du mir geschrieben hast ... Mein Reinmar ...«

»Meine Nicolet... Jutta ... Ich liebe dich, Jutta!«

»Ich liebe dich, Reinmar«, antwortete sie und wandte den Kopf ab. »Aber das ändert nichts.«

»Das ändert nichts?«

»Bist du nur meinetwegen nach Schlesien gekommen?«, fragte sie wieder. »Liebst du mich unsterblich, und wünschst du, dich mit mir zu verbinden, bis ans Ende unserer Tage? Wenn ich einverstanden bin, wirfst du dann alles hin, und wir beide fliehen bis ans Ende der Welt? Gleich, sofort, so, wie wir hier stehen? Vor zwei Jahren, als ich mich dir hingegeben habe, war ich dazu bereit. Aber du hattest Angst. Jetzt steht wohl gerade eine wichtige Mission zwischen uns, die du erfüllen musst. Gib es zu! Hast du eine Mission zu erfüllen?«

»Das habe ich«, bekannte er und errötete, ohne eigentlich zu wissen, warum. »Diese Mission ist wirklich wichtig, und die Pflicht, die es zu erfüllen gilt, ist eine heilige Pflicht. Was ich tue, tue ich auch für dich. Für uns. Meine Mission wird das Aussehen der Welt verändern, sie besser und schöner machen. In solch einer Welt, im wahren Königreich Gottes, wenn es hereinbricht, werden wir leben, du und ich, leben und uns lieben, bis ans Ende unserer Tage. Das wünsche ich mir, Jutta. Davon träume ich.«

»Ich bin fast zwanzig Jahre alt«, sagte sie nach längerem Schweigen. »Meine Schwester ist fünfzehn und heiratet an Heiligdreikönig. Sie blickt voller Überlegenheit auf mich herab und hielte mich wohl für verrückt, wenn sie erführe, dass ich ihr den Ehestand keineswegs neide, umso mehr, als ihr Bräutigam fast dreimal so alt ist wie sie und ein Säufer und Einfaltspinsel obendrein. Aber vielleicht bin ich wirklich nicht normal? Vielleicht hatte mein Vater Recht, als er mir die Bücher der Hildegard von Bingen und der Christine de Pisan wegnahm und sie verbrannte? Ja nun, mein geliebter Reinmar, erfülle du also deine Mission, kämpfe um deine Ideale, suche den Gral, verändere und verbessere die Welt. Ich kehre in mein Kloster zurück.«

»Jutta!«

»Mach kein so entsetztes Gesicht. Ja, ich bin gegenwärtig im Klarissenkloster in Weißkirchen. Auf eigenen Wunsch. Wenn ich mich entscheiden muss, was weiter geschieht, werde ich auch dies aus freiem Willen tun. Vorläufig bin ich nur eine *conversa* ... Und auch das nicht ganz ... Ich denke nach. Darüber, wie es weitergeht ...«

»Jutta ...«

»Ich bin noch nicht fertig. Ich habe dir meine Liebe gestanden, Reinmar, weil ich dich wirklich und wahrhaftig liebe. Du geh deine Welt verändern, und ich werde warten. Weil ich, ehrlich gesagt, keine andere Möglichkeit habe ...«

Er brachte sie zum Schweigen, beugte sich vor und fasste sie um die Hüfte. Er hob sie auf seine Arme, zog sie aus dem Sattel, streifte die Steigbügel von ihren Füßen, und zusammen ließen sie sich in eine tiefe Schneewehe fallen. Sie blinzelten, strichen sich gegenseitig den trockenen Schnee von Wangen und Wimpern und blickten sich in die Augen. Ins verlorene und wiedergefundene Paradies.

Mit zitternden Fingern liebkoste er ihr Wams, streichelte den feinen Samt und die zarte Struktur des Stoffes, entzückte sich an der Rauheit der floralen Stickereien, spürte den Geheimnissen der Plisseefalten und der gröberen Nähte nach, berührte diese mit den Fingerkuppen, griff, drückte und streichelte die aufreizend harten Knöpfe und Knöpfchen, die geheimnisvollen Schließen, Haken, Ösen und Schnüre. Unter Seufzern bedachte er das dicke Wollgeflecht des Schals, das seine Finger so angenehm reizte, mit zartem Streicheln und liebkoste eifrig die göttliche Zartheit des teuren türkischen Koftyrs. Er vergrub sein Gesicht in ihrem Pelzkragen, der von allen Wohlgerüchen Arabiens lieblich duftete. Jutta atmete und stöhnte heftig, sie wand sich in seinen Armen, drückte ihre Fingernägel in die Ärmel seines Wamses und ihre Wange an das Pikee des Stoffes.

Mit einer heftigen Bewegung riss er ihre Kappe herunter, knüpfte zitternd den Schal auf, der sich wie die Schlange Jörmungander um ihren Hals wand, schob ungeduldig das seidene Tuch beiseite und gelangte, wie Marco Polo nach China, an ihre nackte Haut, an die nackte Wange, die köstliche Nacktheit ihres Ohres, das unter dem Seidengewebe herausschaute. Er berührte das Ohr mit seinen ungeduldigen Lippen. Jutta stöhnte, wand sich, fasste ihn um den wattierten Kragen, während sie mit gieriger Hand die glatte Messingklammer seines Gürtels ergriff, sie drückte und streichelte.

Eng umschlungen fanden sich ihre Lippen zu einem langen, leidenschaftlichen Kuss. Zu einem sehr langen und sehr leidenschaftlichen.

Jutta stöhnte.

»Mir ist hinten kalt«, hauchte sie ihm ins Ohr. »Ich bin vom Schnee völlig durchnässt.«

Beide erhoben sich zitternd. Vor Kälte und vor Erregung.

»Die Sonne geht unter.«

»Ja, sie geht unter.«

»Ich muss zurück.«

»Nicoletta … Könnten wir nicht doch …«

»Nein«, flüsterte sie, »wir können nicht. Ich wohne im Kloster, ich habe es dir doch gesagt. Und der Advent hat begonnen. Man darf nicht im Advent …«

»Aber … Aber ich … Jutta …«

»Reite, Reinmar.«

Als er sich ein letztes Mal umdrehte, stand sie am Waldrand, umschienen vom Licht der untergehenden Sonne. In diesem Schein und im Schimmer des Wintertages war sie nicht mehr Jutta de Apolda, die Tochter des Mundschenks von Schönau, die *conversa* der Klarissen. Am Waldrand, auf der grauen Stute saß eine Göttin. Eine Lichtgestalt von wahrhaftiger Schönheit, eine überirdische Erscheinung, *divina facies, miranda species.* Die göttliche Venus, die Herrin der Elemente. *Elementorum omnium domina.*

Er liebte sie und betete sie an.

Sechzehntes Kapitel

in dem es zu zahlreichen Begegnungen kommt, Freunde, die getrennt waren, sich wiederfinden und das Jahr des Herrn 1428 heraufzieht. Ein Jahr, das ereignisreich zu werden verspricht.

Er ritt langsam und nachdenklich zurück, den Blick auf die Mähne gesenkt, gestattete er seinem Pferd, schläfrig dahinzuzockeln und fast wie von selbst seinen Weg zu suchen. Die Straße nach Breslau überquerend, nahm er Abkürzungen, ritt auf demselben Weg zurück, auf dem er gekommen war. Er beeilte sich nicht, obwohl es zu dämmern begann und die rote Sonnenkugel bereits hinter den Wipfeln der Bäume versank.

Das Pferd schnaubte, seine Hufe hämmerten über Balken und Bretter, Reynevan hob plötzlich den Kopf und zog die Zügel an. Früher als erwartet war er zu dem Steg gelangt, der die Ränder einer bewaldeten Schlucht miteinander verband, in deren Abgrund ein flinker Gebirgsbach toste und schäumte. Der Steg war nicht sehr breit, aber er wankte und war schon ziemlich morsch. Als er zu Jutta eilte, hatte er ihn zu Pferd überquert. Jetzt zog er es vor, abzusitzen und das immer wieder schnaubende Pferd am Zügel hinüberzuführen.

Er hatte etwa die Hälfte der Strecke zurückgelegt, als er sah, dass zwischen den Buchen hinter dem Steg ein Reiter im schwarzen Mantel auftauchte.

Reynevan erstarrte. Instinktiv blickte er sich um, aber das Pferd auf dem Steg zu wenden und umzukehren, davon konnte er nicht einmal träumen. Sein Instinkt hatte ihn nicht getrogen. Auch auf der anderen Seite, hinter ihm, war ein Reiter aufgetaucht. Reynevan knirschte mit den Zähnen und verfluchte im Stillen seine Sorglosigkeit und seine Träumerei.

Zu dem am Ende des Steges wartenden Reiter gesellte sich noch ein zweiter. Reynevan fasste Zügel und Trense des Pferdes fester. Er tastete nach dem Griff seines Stiletts. Und wartete darauf, wie sich alles weiterentwickeln würde.

Die beiden, die ihm den Weg abgeschnitten hatten, warteten ebenfalls darauf, keiner von ihnen sagte ein Wort oder machte auch nur eine Bewegung. Reynevan blickte vom Steg aus nach unten. Was er dort sah, gefiel ihm keineswegs. Die Schlucht war tief, und die Felsen hatten, vom schäumenden Wasser umtost, schrecklich spitze Ecken und Kanten.

»Wer seid Ihr?«, fragte er, obwohl er wusste, wer sie waren. »Was wollt Ihr von mir?«

»Du bist derjenige, der etwas von uns will!«, antwortete der hinter ihm und schob seine Kapuze aus dem Gesicht. »Es wird Zeit, dass du sagst, was. Und auf wessen Befehl!«

Reynevan erkannte ihn sofort, es war jener Hochgewachsene, Dunkelgesichtige mit dem Aussehen eines Handwerksgesellen auf Wanderschaft. Der ihn in der Schenke in Lauenbrunn zuerst beobachtet und dann gerettet hatte, indem er ihm ein Pferd brachte.

Auch die anderen zeigten ihm jetzt ihr Gesicht. Einen von den beiden Männern kannte er ebenfalls. Das war der rosige Blonde mit dem vorstehenden Kinn, derselbe, der zwei Wochen zuvor mit einer andalusischen Navaja in der Hand in seine Kammer gestürmt war. Den dritten, dessen dürres, knochiges Gesicht an einen Totenkopf erinnerte, kannte er nicht, und er hatte ihn auch noch nie gesehen. Aber er ahnte, wer das war.

»Wo ist denn der vierte?«, fragte er mutig. »Jener Herr Olbram oder wie er heißt? Dem es im ›Silbernen Glöckchen‹ nicht gelungen ist, mich im Schlaf zu erstechen?«

Der Totenkopf warf seinen über die Flanken des Pferdes herabhängenden Mantel zurück und zog eine gespannte Armbrust heraus. Ihre geringe Größe und ihre exquisite Ausführung machten sie als Jagd-, nicht als Kampfwaffe kenntlich. Diese Armbrüste waren den zum Kampfe bestimmten an Reichweite und Durchschlagskraft unterlegen, aber sie übertrafen sie entschieden an Zielsicherheit. Ein geübter Schütze konnte mit dieser Waffe sein Ziel nicht verfehlen, und aus einer Distanz von zwanzig Schritten traf er einen Apfel ebenso sicher wie weiland Wilhelm Tell aus dem Kanton Uri.

»Ich werde dein Pferd nur streifen«, der Totenkopf hatte offensichtlich Reynevans Gedanken erraten, »ich werde es mit dem Bolzen nur streifen. Dann weicht dein Pferd verängstigt zur Seite aus und drängt dich vom Steg. Wenn sie dich dann als Leiche im Bach finden, werden deine Auftraggeber von der Inquisition dies für einen Unfall halten. Dann schreiben sie dich ganz einfach ab und vergessen dich.«

»Ich diene der Inquisition nicht.«

»Mir doch egal, wem du dienst. Einen Aufwiegler erkenne ich am Geruch. Dein Gestank weht bis hierher!«

»Ich habe eine nicht weniger empfindliche Nase!« Reynevan spielte den Mutigen, obwohl er vor Angst fast zur Salzsäule erstarrte. »Und mir stinkt es hier nach Verrätern, Diebsgesindel und Betrügern, und dazu auch noch nach gemeinen Schergen. Ich habe genug davon, mit dir zu sprechen. Schieß doch, töte mich, du käuflicher Lump. Ach, es freut mich jetzt schon, daran zu denken, was Neplach mit dir alles anstellt, wenn er dich in die Finger kriegt!«

»Du zitterst doch vor Angst, du Spitzel!«, entgegnete ihm der Blonde. »Jeder Spitzel ist ein Feigling.«

Reynevan ließ Zügel und Trense los und zog sein Stilett.

»Dann komm doch hierher auf den Steg, du Herrchen, der du dich nur bei deinen Kumpanen stark fühlst!«, knurrte er. »Hier ist gerade Platz für zwei! Also, komm her! Aber vielleicht benutzt du dein spanisches Klappmesser nur bei Schlafenden?«

Der Totenkopf ließ seine Armbrust sinken und brach in ein

Höllengelächter aus. Der dunkelgesichtige Geselle fiel ein, und kurz darauf kicherte auch der Blonde.

»Wie er leibt und lebt!«, lachte er. »Ganz der Bruder!«

»Ganz der Bruder!«, wiederholte der Totenkopf. »Komm her zu uns, Reinmar von Bielau, Bruder des Peter von Bielau. Wir wollen dir die Hand drücken, Reynevan, Bruder unseres Freundes, unseres unvergessenen Peterlin!«

Reynevan zog das schnaubende Pferd hinter sich her, vom Steg herab. Er hatte eine entschlossene Miene aufgesetzt und zwang das zitternde Pferd dazu, ihm zu folgen. Der Totenkopf drückte ihm die Hand und klopfte ihm auf die Schulter. In der Nähe fiel die außergewöhnliche Dürre seines Körpers, die an einen Kadaver erinnerte, noch mehr auf.

»Verzeih uns unsere übertriebene Vorsicht«, meinte er, »aber das Leben hat sie uns gelehrt. Und nur dank ihr leben wir noch.«

»Deine Vermutung ist richtig«, fuhr er fort, »wir sind Vogelsang. Wir haben niemanden verraten, wir haben uns nicht abwerben lassen und auch nicht die Seiten gewechselt. Wir haben die uns anvertrauten Gelder nicht veruntreut. Wir sind bereit zu handeln. Wir glauben dir, dass du von Prokop und Neplach kommst. Wir glauben dir, dass du sie vertrittst und eine Vollmacht von ihnen hast. Also führe uns, Reynevan. Wir vertrauen dir. Ich heiße Drosselbart.«

»Bisclavret«, stellte sich der Blonde vor und reichte ihm die Hand.

»Řehors.« Die Hand des dunkelgesichtigen Gesellen war hart und rauh wie ein Brett.

»Danke für das Pferd in Lauenbrunn.«

»Keine Ursache.« Řehors' Augen waren noch härter als seine Hand. »Uns hat lediglich interessiert, wohin du auf diesem Pferd reitest.«

»Ihr seid mir gefolgt?«

»Wir wollten wissen, wohin du reitest«, wiederholte der blonde Bisclavret wie ein Echo. »Bei wem du Hilfe suchst.«

»Diese Mönche …«

»Die Schweidnitzer Dominikaner sind Spione der Inquisition. Sie haben Řehors gesehen, da wollten wir kein Risiko eingehen … Umso mehr, da in der Schenke noch zwei andere waren, die wir im Verdacht hatten. Also …«

»Also haben wir getan, was zu tun war«, beendete Řehors gleichmütig den Satz. »Dann sind wir dir gefolgt. Einige von uns dachten, du würdest auf direktem Wege nach Schweidnitz galoppieren, um dich unter den Fittichen der Inquisition zu bergen … Olbram …«

»Eben«, warf Reynevan ein, als der Blonde verstummt war, »wo ist dieser Herr Olbram? Mein Möchtegernmörder?«

Bisclavret schwieg lange. Řehors räusperte sich leise. Auf Drosselbarts schmalen Wangen erschien eine seltsame Starre.

»Wir waren unterschiedlicher Meinung«, antwortete der Dürre schließlich, »über dich. Darüber, was wir tun sollten. Wir haben uns mit ihm nicht einigen können, daher …«

»Daher ist er fortgeritten«, warf Řehors rasch ein. »Jetzt sind wir zu dritt. Lasst uns hier nicht weiter herumstehen, die Nacht bricht herein. Reiten wir nach Wolmessen.«

»Nach Wolmessen?«

»Wir haben Wolmessen und das Gasthaus ›Zum silbernen Glöckchen‹ überprüft«, sagte Drosselbart. »Das ist ein guter und sicherer Standort. Wir wollen ebenfalls dort bleiben. Hast du etwas dagegen?«

»Nein.«

»Dann auf die Pferde, und los!«

Es wurde Nacht, zum Glück war es hell, der Mond schien, und der Schnee blitzte und blinkte.

»Ihr habt mir lange Zeit nicht vertraut«, meinte Reynevan, als sie den Wald verließen und auf die Straße gelangten. »Fast hättet ihr mich getötet. Ich bin Peterlins Bruder, und doch …«

»Ein Zeitalter ist heraufgezogen«, unterbrach ihn Drosselbart, »in dem ein Bruder den anderen verrät und sich verhält wie Kain. Ein Zeitalter ist heraufgezogen, in dem der Sohn den

Vater verrät, die Mutter den Sohn, die Frau den Mann. Der Dienstmann verrät den König, der Soldat seinen Anführer und der Priester Gott. Wir hatten dich im Verdacht, Reinmar. Es gab Gründe dafür.«

»Wie das?«

»In Frankenstein hast du im Gefängnis der Inquisition gesessen«, erklärte Řehors, der an der anderen Seite Reynevans ritt. »Der Inquisitor Hejncze hätte dich anwerben können. Dich zur Zusammenarbeit zwingen können, durch Erpressung oder Drohung. Oder dich ganz einfach kaufen können.«

»Eben«, bekräftigte Drosselbart und rückte seine Kapuze zurecht. »Darum ging es. Und nicht nur darum.«

»Worum denn noch?«

»Neplach hat dich als Köder nach Schlesien geschickt«, lachte Bisclavret, der hinter ihm ritt. »Er war der Fischer, wir die Fische, und du der Regenwurm am Haken. Wir wollten einfach nicht glauben, dass du so naiv bist, auf einen solchen Handel einzugehen. Ohne ein eigenes, verborgenes Ziel, ohne ein doppeltes Spiel zu spielen. Wir waren nicht sicher, was für ein Ziel das war und was für ein Spiel. Aber wir hatten allen Grund, das Schlimmste zu befürchten. Gib es zu.«

»Das hattet ihr.« Er gab es allerdings nur ungern zu.

Sie ritten weiter. Der Mond schien. Die Hufe stampften über den gefrorenen Boden.

»Drosselbart?«

»Ja, Reinmar?«

»Ihr wart vier. Jetzt seid ihr drei. Und am Anfang? Wart ihr da nicht mehr?«

»Das waren wir. Aber die anderen haben sich verfranzt.«

Drosselbart, Bisclavret und Řehors richteten sich im »Glöckchen« mit der Sorglosigkeit erfahrener Weltbürger ein, wie Reynevan sie bis dahin nur bei Scharley gesehen und erfahren hatte. Der Gastwirt setzte zunächst eine mehr als zweideutige

Miene auf und hatte seine flinken Augen überall, aber dann beruhigte ihn die ansehnliche und bis an den Rand mit Hartgeld gefüllte Börse, die Drosselbart ihm aushändigte. Und Reynevans Zusicherung, dass alles bestens und in schönster Ordnung sei.

Verhalten und Miene des Gastwirts waren aber gar nichts verglichen mit der Reaktion von Tybald Raabe, der am Tag darauf in Wolmessen erschien. Der Goliarde stand wie vom Donner gerührt da. Natürlich hatte er Bisclavret sofort erkannt und wusste, mit wem er es zu tun hatte. Er konnte sich lange Zeit nicht beruhigen und sein Misstrauen nicht ablegen, dazu bedurfte es eines langen Gesprächs unter Männern. An dessen Ende atmete Tybald Raabe erleichtert auf. Und überbrachte die Nachrichten, die er eingeholt hatte.

In allernächster Zeit, so erklärte er, würde ein Emissär nach Wolmessen kommen, ein Bote von Prokop und Neplach.

Die »allernächste Zeit« war, wie sich zeigte, erst der fünfte Dezember, der Freitag nach dem Festtag der heiligen Barbara. Der lang erwartete Abgesandte von Prokop und Filou hingegen war zur allgemeinen Verwunderung und zur großen Freude Reynevans ein alter Bekannter: Urban Horn. Die Freunde begrüßten sich überschwänglich, kurz darauf war aber Horn an der Reihe, sich zu wundern, als nämlich Drosselbart, Řehors und Bisclavret vor ihm aufmarschierten.

»Da hätte ich ja eher noch den Tod erwartet«, gestand er Reynevan, als sie nach der Vorstellungsrunde wieder allein waren. »Neplach hat mich geschickt, damit ich dir helfe, Vogelsang zu suchen. Und du, sieh einer an, hast sie nicht nur gefunden, sondern sie auch auf erstaunliche Weise gezähmt. Gratuliere, mein Freund, ich gratuliere dir von Herzen. Da wird Prokop sich freuen. Er zählt auf Vogelsang.«

»Wer wird ihm die Nachricht überbringen? Tybald?«

»Selbstverständlich Tybald. Reynevan?«

»Ja?«

»Dieser Vogelsang ... Das sind nur drei ... Ein bisschen wenig ... Waren das nicht mehr?«

»Schon. Aber die haben sich verfranzt.«

Bevor noch die Wahrheit die Stiefel anzieht, hat die Lüge bereits die halbe Welt durchquert – ein längeres Beisammensein mit Vogelsang bewies unleugbar die Richtigkeit dieses Sprichwortes. Alle drei logen ununterbrochen, ständig, bei jeder sich bietenden Gelegenheit, Tag und Nacht, unter der Woche und sonntags. Sie waren geradezu notorische Lügner, Leute, für die der Begriff Wahrheit überhaupt nicht existierte. Zweifellos war dies die Folge ihres jahrelangen Daseins als Agenten – also des So-tun-als-ob, der Lügen und Vorwände.

Infolgedessen hatte man keine Sicherheit, nicht einmal was ihre Person, ihren Lebenslauf und ihre Nationalität betraf. Bisclavret zum Beispiel gab sich als Franzose aus, als französischer Ritter, er stellte sich gern als gallischer Krieger vor, als *miles gallicus*. Die beiden anderen änderten diesen Ausdruck gern ab in *morbus gallicus*, was Bisclavret freilich nicht das Geringste ausmachte, es schien, als sei er daran gewöhnt. Er habe einst, behauptete er, einer der Banden der berühmten Écorcheurs angehört, jener grausamen Räuber, die ihre Opfer nicht nur ausraubten, sondern ihnen bei lebendigem Leibe die Haut abzogen. Dieser Angabe widersprach allerdings ein wenig sein Akzent, der ihn eher in der Gegend von Krakau als in Paris ansiedelte. Aber auch dieser Akzent konnte vorgetäuscht sein.

Der kadaverhafte Drosselbart machte erst gar kein Geheimnis daraus, dass er einen angenommenen Namen trug. *Verum nomen ignotum est*, pflegte er zu sagen. Auf seine Nationalität hin angesprochen, erklärte er, ziemlich allgemein, er sei *de gente Alemanna.* Das konnte wahr sein, wenn es denn keine Lüge war.

Řehors gab, was seine Herkunft anbelangte, weder ein Land noch eine Gegend an, er sprach nicht davon. Sprach er aber von anderen Dingen, bildeten sein Akzent und seine Wortwahl ein derart unglaubliches, irreführendes und unwahrscheinliches Durcheinander, dass man schon nach den ersten Sätzen nicht mehr wusste, was man denken sollte. Und darum ging es Řehors vermutlich auch.

Alle drei sendeten aber ganz bestimmte, charakteristische Signale – Reynevan hatte lediglich zu wenig Erfahrung, um sie zu erkennen und zu entschlüsseln. Alle drei Mitglieder von Vogelsang litten an chronischer Bindehautentzündung, rieben sich oft unwillkürlich das Handgelenk, und wenn sie aßen, schirmten sie mit dem Unterarm Teller oder Schüssel ab. Als Scharley sie sich später ansah, hatte er diese Signale schnell gedeutet. Drosselbart, Řehors und Bisclavret hatten den größten Teil ihres Lebens in Gefängnissen verbracht. In Kerkern, in Ketten.

Wenn es um dienstliche Angelegenheiten ging, hörten die Vogelsang-Leute auf zu lügen und wurden bis zum Überdruss konkret und sachlich. In einigen bis tief in die Nacht hinein andauernden Gesprächen lieferten sie Horn und Reynevan Berichte darüber, was sie in Schlesien vorbereitet hatten. Drosselbart, Řehors und Bisclavret gaben nacheinander Meldung über angeworbene und »schlafende« Agenten, die sie in den meisten Städten Schlesiens hatten, besonders in jenen, die an den als wahrscheinlich anzunehmenden Einmarschstraßen der Hussitenarmee lagen. Ohne zu widerstreben – ja sogar mit einem gewissen Stolz auf ihre Ehrlichkeit –, legten die Vogelsang-Leute ihre Finanzen dar, die trotz beträchtlicher Ausgaben immer noch mehr als zufriedenstellend waren.

Die Gespräche über Pläne und Strategien machten Reynevan deutlich, dass nur noch Wochen sie von Angriff und Krieg trennten. Das Vogelsang-Trio nahm als absolut sicher an, dass die Hussiten mit Beginn des Frühjahrs in Schlesien einfallen würden. Urban Horn wollte dies weder bestätigen noch abstreiten, er tat eher geheimnisvoll. Von Reynevan bedrängt, lüftete er schließlich einen Zipfel des Geheimnisses. Dass Prokop in Schlesien einfallen würde, behauptete er, sei mehr als gewiss.

»Die Schlesier und die Glatzer sind dreimal mit Waffen in die Gegend von Braunau und Nachod eingefallen, im Jahre einundzwanzig, im Jahre fünfundzwanzig und in diesem Jahr im August, nach dem Sieg von Tachau. Die Grausamkeiten, die sie dort begangen haben, erfordern eine ebenso grausame Rache. Dem Bischof von Breslau und Puta von Czastolovice gebührt eine gründliche Lektion, und zwar eine, die sie in hundert Jahren nicht vergessen werden. Das ist notwendig, um die Moral der Armee und der Bevölkerung zu heben.«

»Aha.«

»Das ist aber noch nicht alles. Die Schlesier haben die Wirtschaftsblockade so vervollkommnet, dass sie praktisch den gesamten Handel lahm gelegt haben. Sie riegeln die Wege für Waren aus Polen äußerst wirksam ab. Diese Blockade kommt die Böhmen teuer zu stehen, und wenn sie noch länger andauert, kann sie ihnen sogar das Leben kosten. Die Papisten und die Anhänger des Luxemburgers können die Hussiten im Kampf nicht bezwingen, auf den Schlachtfeldern erleiden sie eine Niederlage nach der anderen. Im Wirtschaftskrieg hingegen fangen sie an, zu Gewinnern zu werden, und versetzen den Hussiten dadurch empfindliche Schläge. Das darf nicht länger sein. Die Blockade muss gebrochen werden. Und Prokop wird sie brechen. Und bei der Gelegenheit wird er, wenn es ihm gelingt, Schlesien das Rückgrat brechen. Mit lautem Knirschen. So, dass es hundert Jahre lang gelähmt bleibt.«

»Nur darum soll es gehen?«, fragte Reynevan, die Enttäuschung, die in seiner Stimme mitschwang, kaum verbergend. »Nur darum? Und was ist mit der Mission? Mit der Sendung? Damit, das wahre Wort Gottes hinüberzutragen? Was ist mit dem Kampf um den wahren apostolischen Glauben? Um die Ideale? Um Gerechtigkeit im Volke? Um eine neue, bessere Welt?«

»Aber natürlich!« Horn hob den Kopf und lächelte mit starren Mundwinkeln. »Darum geht es auch. Um die neue, bessere Welt und den wahren Glauben. Das ist so selbstverständlich, dass man es gar nicht mehr zu erwähnen braucht. Deshalb habe ich es auch nicht erwähnt.«

»Der Angriff auf Schlesien«, sagte er, die lange, auf ihnen lastende Stille beendend, »ist also sicher, er wird, das ist mehr als wahrscheinlich, im Frühjahr erfolgen. Was ich aber immer noch nicht weiß, ist, aus welcher Richtung Prokop zuschlägt. Wo wird er einfallen: Kommt er über Lewin? Durch die Mittelwalder Pforte? Von Landeshut her? Vielleicht kommt er auch von der Lausitz her und erteilt zuerst dem Sechsstädtebund eine Lehre? Das weiß ich nicht. Aber ich möchte es gerne wissen. Wo zum Teufel steckt schon wieder dieser Tybald Raabe?«

Tybald Raabe kehrte am zwölften Dezember, dem Freitag vor dem dritten Advent, zurück. Die von Horn erhofften Informationen brachte er nicht mit, dafür aber jede Menge Klatsch. In Krakau hatte Königin Sonka am St.-Andreas-Tag dem polnischen König Jagiełło einen dritten Sohn mit Namen Kasimir geboren. Die Freude der Polen wurde durch das Horoskop des berühmten Magiers und Astrologen Heinrich von Brieg etwas getrübt, wonach der dritte Sohn Jagiełłos unter einer ungünstigen Konjunktion empfangen und geboren worden sei; unter seiner Regentschaft, sagte der Astrologe voraus, werde das Königreich Polen von Unglück heimgesucht werden und viele Niederlagen erleiden. Reynevan rieb sich die Stirn und dachte nach. Heinrich von Brieg kannte er, und er wusste auch, dass dieser seine Horoskope bei Telesma im »Erzengel« kaufte. Und Telesmas Horoskope erfüllten sich immer. Voll und ganz.

Urban Horn interessierte das Schicksal der Jagiellonen-Dynastie nur mäßig, das war deutlich zu sehen. Er wartete auf andere Nachrichten. Noch bevor Tybald Raabe sich richtig ausruhen konnte, wurde er schon wieder entsandt.

Nach dem dritten Adventssonntag setzten die ersten Schneestürme ein. Trotzdem ritt Reynevan mehrere Male nach Weißkirchen, um Jutta de Apolda zu sehen. Der Kälte wegen konnten sie sich nicht mehr im Wald treffen, die »Begegnungen« fanden also mit Erlaubnis der lächelnden Äbtissin ganz offen im Klostergarten statt, vor den neugierigen Augen der grau gewandeten Klarissen. Und mussten unweigerlich zum Händchenhalten führen. Die Äbtissin gab zwar ostentativ vor, nichts zu sehen, aber die Verliebten wagten nicht mehr.

Der Mamun Malevolt, der am siebzehnten Dezember im »Glöckchen« eintraf, hatte, was das Kloster anbelangte, einiges anzumerken. Einiges, denn das eine oder andere hatte Reynevan auch ohne ihn schon in Erfahrung gebracht. So zum Beispiel, dass die Kirche mit den weiß getünchten Mauern, deren Name *Alba Ecclesia* sich auch auf das Nachbardorf bezog, seit mindestens hundertfünfzig Jahren bestand und das Dorf früher den Herren von Baitzen gehört hatte. Als dieses Geschlecht ausstarb, hatte Herzog Bolko I. von Jauer und Schweidnitz, der Ururgroßvater des Johann von Münsterberg, das Dorf den Strehlener Klarissen geschenkt und in Weißkirchen ein Klösterchen gegründet. Eine Propstei.

»Das ist aber weder ein gewöhnliches Kloster noch eine einfache Propstei«, unterrichtete ihn Malevolt, wobei er ein merkwürdiges Gesicht machte. »Weißkirchen, heißt es, ist ein Ort der Strafe, ein Ort der Verbannung. Für ungehorsame Nonnen. Nämlich für solche, die selbstständig denken. Zu viel, zu oft, zu selbstständig und zu frei. Angeblich hat sich dort schon eine echte Elite von Freidenkerinnen versammelt.«

»Was denn? Und Jutta?«

»Deine Jutta muss ziemlich gute Beziehungen haben«, der Mamun zwinkerte, »denn nach Weißkirchen zu kommen ist der Traum der meisten schlesischen Nonnen und Novizinnen.«

»An einen Ort der Verbannung und der Isolation zu kommen?«

»Bist du schwer von Begriff oder was? Erst neulich haben wir von Universitäten und Mädchen gesprochen, darüber, dass keine Universität der Welt jemals Mädchen über ihre Schwelle lassen wird, um keinen Preis. Aber es gibt bereits Frauenuniversitäten. Geheime, in Klöstern verborgen, in solchen wie Weißkirchen. Mehr sage ich nicht. Das sollte dir genügen.«

Mehr dazu trug Urban Horn einige Tage später bei.

»Eine Universität?« Er verzog das Gesicht. »Na ja, so kann man's auch nennen. Mir ist aber irgendwie zu Ohren gekommen, dass der Lehrstoff dort Lehren enthält, wie du sie an anderen Universitäten nicht findest.«

»Hildegard von Bingen? Christine de Pisan? Hmm ... Joachim von Fiore?«

»Zu wenig. Gib noch Mechthild von Magdeburg, Beatrijs von Nazareth, Juliane von Lüttich, Baudonivia und Hadewijch von Brabant hinzu. Dazu noch Elsbeth Stangl, Marguerite Porette und Heylwighe Bloemardinne von Brüssel. Und zur Abrundung Mayfreda da Pirovano, die Päpstin der Guglielmiten. Mit den letzten Namen würde ich etwas vorsichtig sein, wenn du deine Liebste nicht in Schwierigkeiten bringen willst.«

Es schneite und schneite unaufhörlich, die Welt versank in weißem Pulverschnee, bis zur Hälfte auch das Gasthaus »Zum silbernen Glöckchen«. Die Wege waren vollkommen zugeweht. Reynevan musste daher, ob er wollte oder nicht, auf seine Ritte nach Weißkirchen und die Begegnungen mit Jutta de Apolda verzichten. Die Schneewehen waren so hoch, dass auch die heißeste Liebe darin stecken bleiben und abkühlen musste.

Am letzten Sonntag vor Weihnachten hörte der Schneefall auf, die Schneewehen nahmen ab, und die Wege wurden wieder begehbarer. Da brachte Tybald Raabe zu Reynevans großer

Freude Scharley und Samson Honig mit nach Wolmessen. Als die Freunde sich begrüßten und umarmten, war ihre Rührung so groß, dass ihnen Tränen in den Augen standen, ja sogar Scharley schniefte ein- oder zweimal.

Sofort fanden sich denn auch ein, zwei Krüglein ein, und zu erzählen hatten sich alle so viel, dass es beileibe nicht bei diesen beiden Krüglein blieb.

Nach der Flucht aus der Umgebung von Troský hatte Samson Scharley, Berengar Tauler und Amadeus Bata gesucht, und alle drei hatten sofort beschlossen, sich auf die Suche nach Reynevan zu begeben. Da sie wussten, dass sie zu viert nicht viel gegen die schwarzen Reiter Grellenorts würden ausrichten können, waren sie, so schnell die Pferde vermochten, nach Michalovice galoppiert, um Jan Čapek um Hilfe zu bitten. Čapek hatte sich einverstanden erklärt, mehr als Reynevan schien ihn aber jener unterirdische Geheimgang, durch den Reynevan und Samson aus Troský entflohen waren, zu interessieren. Man kann sich also leicht den Ärger des Hauptmanns vorstellen, als sich herausstellte, dass Samson vergessen hatte, sich zu merken, wo genau die Höhle lag, und auch nicht in der Lage war, sie wiederzufinden. Man hatte einen ganzen Tag danach gesucht, vergeblich. Čapeks Wut wuchs. Als Scharley dann gemeint hatte, statt am Ober- und Unterlauf des Gebirgsbaches herumzutrödeln, sei es vielleicht besser, Reynevans Spur zu folgen, befahl der wütende Hauptmann seinen Leuten, nach Michalovice zurückzukehren, und erklärte den Freunden, sie sollten gefälligst allein weitersuchen.

»Also haben wir allein weitergesucht«, Scharley seufzte, »ziemlich lange sogar. Wir sind hinter Jablonné v Podještědí bis nach Rojmund und Hammerstein gelangt. Dort hat uns dann Čapek eingeholt, diesmal in Gesellschaft von Stephan Tlach aus Český Dub und von einem vom Weißen Berg herübergekommenen Boten von Filou …«

Wie sich zeigte, hatte Hauptmann Tlach eine Nachricht von

seinem Informanten aus dem Cölestinerkloster in Oybin erhalten. Was es mit dem geheimnisvollen Verschwinden Reynevans auf sich hatte, war damit geklärt. Leider wurde es den Freunden nicht gestattet, Bibersteins Leuten zu folgen. Der Bote vom Weißen Berg brachte den Befehl, sofort zurückzukehren. Dieser Befehl war eindeutig, und da seine Erfüllung zu den Pflichten der Hauptleute gehörte, machten sich die Freunde mit ihrer Eskorte auf den Weg. Besser gesagt, im Konvoi.

Am Weißen Berg behielt Neplach nur Scharley bei sich. Samson riss sich förmlich darum, allein nach Schlesien zu reiten, aber der Demerit brachte ihn schließlich von seinem Vorhaben einer einsamen Reise ab.

»Ich brauchte nicht sehr lange, um ihn davon zu überzeugen«, er lächelte boshaft, »denn unser Freund Samson hatte in Prag wichtige Dinge zu erledigen. Tagelang hat er die erledigt, wenn er mit der rothaarigen Marketka durch Zderaz oder Slovany spaziert ist. Oder mit ihr in Podskalí saß, wo beide stundenlang zusahen, wie die Moldau dahinfloss und die Sonne unterging. Händchen haltend.«

»Scharley!«

»Na was denn, lüge ich vielleicht?«

»D'antico amor sentì la gran potenza …«, erinnerte sich Reynevan und konnte ein Lachen auch nicht unterdrücken.

»Wie geht es ihr, Samson?«

»Viel besser. Kommt, lasst uns trinken!«

»Es geht das Gerücht um«, sagte Scharley und blinzelte in die Sonne, »dass ein Feldzug vorbereitet wird. Ein großer Feldzug. Man könnte sagen, ein Überfall. Man könnte auch sagen, ein Krieg.«

»Wenn du bei Filou auf dem Weißen Berg gewesen bist«, spottete Reynevan, »dann weißt du doch ganz genau, was im Busch ist. Filou hat gewiss nicht versäumt, dich zu instruieren.«

»Es geht das Gerücht um«, Scharley ließ sich nicht aus der Ruhe bringen, »dass man dir in diesem Krieg eine wichtige Rolle zugedacht hat. Du sollst dich, wie der Dichter sagt, direkt im Zentrum der Ereignisse befinden. Woraus folgt, dass wir uns alle im Zentrum dieser Ereignisse befinden werden.«

Sie saßen auf der Terrasse des Gasthauses »Zum silbernen Glöckchen« und freuten sich an der Sonne, die trotz des leichten Frostes angenehm wärmte. Schnee glitzerte auf dem bewaldeten Hang. Von den vom Dach herabhängenden Eiszapfen tropfte träge das Wasser. Samson schien zu dösen. Vielleicht schlief er wirklich? Letzte Nacht hatten sie bis in die späten Stunden hinein geredet und ganz unnötigerweise einen letzten Krug geleert.

»Im Zentrum von Kriegsereignissen, noch dazu, wenn man eine wichtige Rolle spielen soll, kann man leicht eins auf die Finger kriegen. Oder auf einen anderen Körperteil. Unvorstellbar einfach ist es auch, wenn Krieg herrscht, so einen Körperteil einzubüßen. Da kommt es manchmal vor, dass der Kopf dieser Körperteil ist. Und dann wird es wirklich heikel.«

»Ich weiß, was du willst. Hör auf.«

»Dem entnehme ich, dass du meine Gedanken lesen kannst, ich muss also nichts mehr sagen. Denn die Schlussfolgerung hast du auch gelesen, nehme ich an.«

»Ich habe sie gelesen. Und ich erkläre hiermit: Ich werde für die Sache kämpfen, für die Sache ziehe ich in den Krieg, und für die Sache werde ich die Rolle spielen, die mir zugedacht ist. Die Sache des Kelches muss siegen, all unsere Anstrengungen richten sich auf dieses Ziel. Dank unserer Anstrengungen und Opfer werden der Utraquismus und die wahre Lehre triumphieren, die Zeit des Unrechts wird vorüber sein und die Welt eine bessere werden. Dafür gebe ich mein Blut hin. Und wenn es sein muss, auch mein Leben.«

Scharley seufzte.

»Wir sind doch allesamt keine Drückeberger«, ermahnte er

ihn dann gelassen. »Wir kämpfen. Du machst Karriere in der Medizin und in der Spionage. Ich steige in Tábor in der militärischen Hierarchie auf und mache im Geheimen Beute. Ich hab schon eine ganze Menge angesammelt. Wir sind schon etliche Male im Dienste des Kelches dem Tod von der Schippe gesprungen. Und das geht immer weiter, wir fordern das Schicksal heraus, lassen uns blind von einer Gefahr zur anderen drängen, eine schlimmer als die andere. Höchste Zeit, dass wir ernsthaft mit Prokop und Filou reden. Sollen doch Jüngere im Feld und in vorderster Front ihren Hals riskieren, wir haben uns unsere Ruhe wohl verdient, wir haben genug getan, um für den Rest des Krieges faul *sub tegmine fagi* zu liegen. Eventuell könnten wir für unsere Verdienste ein ruhiges Plätzchen beim Stab erhalten. Ein Plätzchen beim Stab, Reinmar, hat, außer dass es bequem und einträglich ist, auch noch einen anderen unschätzbaren Vorteil. Wenn alles anfängt, zu schwanken, zu wackeln und auseinanderzufallen, dann ist es ganz leicht, von einem solchen Plätzchen aus zu fliehen. Und man kann dabei viel mitgehen lassen ...«

»Was bitte soll da schwanken und auseinanderfallen?« Reynevans Gesicht verdüsterte sich. »Vor uns liegt der Sieg! Der Kelch triumphiert, das wahre *regnum Dei* wird erstehen! Dafür kämpfen wir!«

»Halleluja!«, höhnte Scharley. »Es ist schwierig, vernünftig mit dir zu reden, mein Junge. Ich verzichte also auf Argumente und schließe mit einem kurzen, sachlichen Vorschlag. Hörst du mir zu?«

»Ich höre zu.«

»Lass uns abhauen!«, sagte Scharley ganz ruhig. »Nach Konstantinopel.«

»Wohin?«

»Nach Konstantinopel!«, wiederholte der Demerit, vollkommen ernst. »Das ist eine große Stadt am Bosporus. Hauptstadt und Perle des Byzantinischen Reiches.«

»Ich weiß, was Konstantinopel ist und wo es liegt«, entgegnete ihm Reynevan ungeduldig. »Ich frage dich nur, warum wir dorthin fahren sollen?«

»Um dort zu leben.«

»Und warum sollten wir dort leben?«

»Reinmar, Reinmar«, Scharley sah ihn nachsichtig an, »Konstantinopel! Begreifst du nicht? Die große Welt, eine große Kultur! Ein großartiges Leben, ein großartiger Ort zu leben. Du bist Arzt. Wir würden dir ein *iatreion* in der Nähe des Hippodroms kaufen, du würdest bald ein berühmter Spezialist für Frauenleiden werden. Samson würden wir bei der Leibgarde des Basileus unterbringen. Ich hingegen, im Hinblick auf meine empfindliche, keinerlei Anstrengung verkraftende Natur, würde mich einfach mit Nichtstun beschäftigen ... nur ein wenig Meditation, Glücksspiel und gegebenenfalls kleinere Betrügereien. Nachmittags würden wir in die Hagia Sophia gehen und um die Vermehrung unserer Einkünfte bitten, über die Mesa spazierend, könnten wir uns am Anblick der Segelschiffe auf dem Marmarameer erfreuen. In einer Taverne am Goldenen Horn würden wir Pilaw mit Lammfleisch und gebackenen Tintenfisch essen, den wir kräftig mit gewürztem Wein begössen. Leben, nicht sterben! Nur in Konstantinopel, Jungs, nur in Byzanz! Ich sage euch, kehren wir Europa den Rücken, dieser Dunkelheit und Unzivilisiertheit, schütteln wir diesen ekligen Staub von unseren Sandalen. Lasst uns dorthin gehen, wo es warm, nährend und wohlig ist, wo es Kultur und Zivilisation gibt. Nach Byzanz! Nach Konstantinopel, der Stadt aller Städte!«

»In die Fremde gehen?« Reynevan begriff zwar, dass der Demerit scherzte, aber er nahm die Herausforderung an. »Dem Land der Väter und Vorväter den Rücken kehren? Scharley! Wo bleibt dein Patriotismus?«

»Da!« Scharley gab mit einer obszönen Geste zu verstehen, wo dieser saß. »Ich bin ein Weltbürger. *Patria mea totus hic mundus est.*«

»Mit anderen Worten, *ubi bene, ibi patria.*« Reynevan ließ

nicht locker. »Diese Philosophie taugt für Vagabunden und Zigeuner. Du hast ein Vaterland, denn du hattest einen Vater. Hast du von deinem Elternhaus nichts mitbekommen? Keinerlei Lehren?«

»Aber durchaus«, antwortete Scharley mit gespielter Entrüstung, »Lehren für das Leben und für anderes. Viele Weisheiten mit vielen Maximen, die zu vergessen es mir heute möglich macht, angenehm zu leben.«

»Bis heute«, er wischte sich theatralisch die nicht vorhandenen Tränen aus den Augen, »klingt die würdige Stimme meines Vaters in meinen Ohren. Nie vergesse ich seine würdigen Lehren, die ich bewahrt habe und von denen ich mich unaufhörlich leiten lasse. Zum Beispiel: Nach St. Scholastica zieh ein warmes Beinkleid an. Oder: Aus leeren Schüsseln kann auch Salomo nichts ausgießen. Oder: Wer schon am Morgen einen zwitschert, dem ist der Tag niemals verbiestert. Oder...«

Samson lachte. Reynevan seufzte. Von den Eiszapfen tropfte es.

Weihnachten, *natalis Domini*, die Geburt des Herrn, Jule, wurde im »Glöckchen« wahrhaft recht gefeiert, wenn auch nur im kleinsten Kreise. Nach kurzer Erwärmung waren wieder Schneestürme hereingebrochen und die Wege zugeweht, so dass das Gasthaus erneut von der Welt abgeschnitten war, zudem war es eine Zeit, in der kaum jemand reiste. Mit Reynevan, Scharley und Samson, mit Vogelsang, Urban Horn und Tybald Raabe feierte auch der Gastwirt Martin Prahl, der aus diesem Anlass, ohne zu murren, seinen Weinkeller um einige Flaschen Rhein-, Mosel- und Siebenbürgener Wein erleichterte. Berta, die Wirtsfrau, sorgte für mehr als ausreichende und leckere Speisen. Der einzige Gast »von außerhalb« war der Mamun Jon Malevolt, der zur Überraschung aller nicht allein erschien, sondern den zwei Waldhexen begleiteten. Die Überraschung war groß, aber durchaus nicht unangenehm. Die Hexen waren attraktive Frauen, von einnehmender Erscheinung und ebensolchem Auftreten, die, als erst das Eis gebrochen war, von allen geachtet wurden, auch von der anfangs erschrockenen Berta Prahl.

Die Hexen trugen ihren Teil zum Fest dadurch bei, dass sie zwei große Bütten Bigos mitbrachten. Vortreffliches Bigos. Die Bezeichnung »vortrefflich« reichte dafür allerdings bei weitem nicht aus, ja selbst die Bezeichnung »Bigos« schien zu gering und unangemessen. Dieses Gericht, das die Waldhexen zubereitet hatten, war geradezu eine Hymne auf das Sauerkraut, eine Hymne, die im Chor nach einem Loblied auf die Räucherwurst und den Speck, einem Preislied auf das Wild, einer Dithryambe auf die fetten Fleischsorten und einer melodiösen und liebevollen Kanzone auf die getrockneten Pilze, den Kümmel und den Pfeffer feierlich angestimmt wurde.

Zu dieser Poesie passte denn auch hervorragend der Wermut, den Malevolt mitgebracht hatte. Prosaisch, aber wirksam.

Der Winter, der sich schon im Dezember hart angelassen hatte, zeigte erst nach *circumcisio Domini*, dem Fest der Beschneidung des Herrn, was er vermochte. Die Schneestürme nahmen an Stärke zu, einige Tage hintereinander tobten sie Tag und Nacht. Dann klarte der Himmel auf, und eine bleiche Sonne kroch hinter den Wolken hervor. Dann kam der Frost. Er kam mit solcher Macht, dass die Welt darunter zu stöhnen schien. Und erstarb, erfror.

Der Frost war so stark, dass man selbst vom Abtritt oder vom Holzholen steif gefroren zurückkehrte und jeder längere Aufenthalt im Freien bedroht war durch gefährliche Erfrierungen. Horn und Tybald, die beschlossen hatten, am Dreikönigstag abzureisen, wurden für verrückt erklärt. Aber Horn und Tybald reisten trotzdem ab. Sie mussten.

Es war das Jahr 1428.

Urban Horn kehrte am achtzehnten Januar zurück. Die erschütternde Neuigkeit, die er brachte, rüttelte die Freunde aus ihrer winterlichen Apathie.

Auf Herzog Johann von Münsterberg war ein Anschlag verübt worden. Am Dreikönigstag, am Tag des Festes der Erscheinung des Herrn. Als der Herzog nach der Messe aus der Kirche trat, hatte sich der Attentäter durch die Wachen hindurchgedrängt und sich mit einem Stilett auf ihn gestürzt. Johann verdankte sein Überleben der Opferbereitschaft zweier Ritter, Timotheus von Risin und Ulrich von Seiffersdorf, die ihn mit ihren Körpern schützten. Risin hatte einen dem Herzog zugedachten Stich abbekommen – andere Umstehende nutzten die Gelegenheit und überwältigten den Angreifer. Es war niemand anderer als Gelfrad von Sterz, der Ritter, der seit einigen Jahren im Ausland verschollen war und den alle, selbst seine eigene Familie, für tot gehalten hatten.

Der Klatsch über dieses Ereignis machte blitzschnell in ganz Schlesien die Runde. Kaum einer hegte Zweifel an den Motiven des Gelfrad von Sterz, denn alle wussten von der Romanze, die Herzog Johann mit der Frau des Ritters, der schönen Burgunderin Adele, verbunden hatte. Alle wussten, auf welch rücksichtslose Weise Herzog Johann seine ehemalige Geliebte nach Beendigung dieser Romanze behandelt hatte, alle wussten, welchen Tod Adele als Folge jener Rücksichtslosigkeit erlitten hatte.

Und obwohl es niemanden gab, der Gelfrads Tat lobte oder sie zu rechtfertigen suchte, wurde diese in den Ritterburgen und auf den Stammsitzen doch noch lange und ernsthaft diskutiert. Und man war eifrig bemüht, die Quintessenz dieser Diskussionen nach Münsterberg zu übermitteln. Obwohl der wütende Herzog eine grausame Strafe und die schrecklichsten Folterqualen für den Attentäter forderte, musste er doch unter dem Einfluss der öffentlichen Meinung seinen Ton etwas mäßigen. Für Gelfrad traten nicht nur seine nächsten Verwandten, die Haugwitz', Baruths und Rachenaus, ein, sondern auch alle anderen angesehenen Rittergeschlechter Schlesiens. Gelfrad Sterz, wurde erklärt, sei ein Ritter, und zwar ein Ritter aus altem Geschlecht, der aus blinder Wut gehandelt habe, hervorgerufen durch die Befleckung seiner Ehre, und wer diese befleckt habe, wisse man ja. Herzog Johann tobte, aber seine Ratgeber redeten ihm die sadistischen Strafen gründlich aus. Tage, an denen man jeden Moment einen hussitischen Überfall gewärtigen könne, seien kein guter Zeitpunkt dafür, die Ritterschaft gegen sich aufzubringen. Dem wütenden Herzog gab allein der noch aufgebrachtere Bischof von Breslau, Konrad, Recht. Der Bischof widersprach der Theorie von der Verteidigung der Ehre, er machte aus der Liebesgeschichte eine politische Affäre, verkündete, Gelfrad von Sterz habe so gehandelt, weil er von den Hussiten aufgehetzt worden sei, und verlangte das Todesurteil wegen Staatsverrats, Zauberei und Häresie. Sterz habe, brüllte der Bischof, aus ebenso niedrigen Beweggründen wie der Räuber Chrzan gehandelt, der Mörder von Herzog Premislaw von Auschwitz, und wie Chrzan müsse er im Feuer verbrannt und mit Zangen gezwickt werden. Die schlesische Ritterschaft wollte davon jedoch nichts hören, sie blieb hart und gewann die Oberhand. So sehr, dass nicht viel gefehlt hätte, und Gelfrad wäre mit heiler Haut davongekommen: Er sollte lediglich mit dem Bann belegt werden, einer härteren Strafe verweigerte sich die Ritterschaft. Der wilden Wut Herzog Johanns und des Bischofs zum Trotz.

Vor Gericht zeigte der Ritter denn auch keine Reue, er erklärte sogar, auch die Verbannung werde ihn nicht daran hindern, dem Herzog weiterhin nach dem Leben zu trachten, und er werde nicht ruhen, bis dessen frevlerisches Blut vergossen sei. Er weigerte sich auch, diese Worte zu widerrufen. Nach diesem *dictum* gingen selbst den schlesischen Magnaten die Argumente aus. Sie wuschen ihre Hände in Unschuld, und Johann von Münsterberg war's zufrieden und verurteilte den Ritter zum Tode. Der Kopf sollte ihm mit dem Schwert abgeschlagen werden.

Das Urteil wurde rasch vollstreckt, am fünfzehnten Januar, dem Donnerstag vor dem zweiten Sonntag nach Epiphanias. Gelfrad Sterz ging ruhig und gefasst in den Tod, aber ohne Schuhe. Er äußerte weiter nichts an der Richtstätte, er blickte nur Herzog Johann an und sagte einen einzigen lateinischen Satz.

»Was«, fragte Reynevan mit dumpfer Stimme, »was hat er gesagt?«

»Hodie mihi, cras tibi.«

Reynevan gelang es nicht, seine Niedergeschlagenheit zu verbergen, sie war allzu deutlich und stand ihm ins Gesicht geschrieben. Er hatte das Bedürfnis, sich jemandem anzuvertrauen, die Last der Schuld von sich zu werfen, und so erzählte er seinen Freunden alles. Von Adele, von Herzog Johann, von Gelfrad von Sterz. Von der Rache. Keiner gab einen Kommentar dazu ab. Außer Drosselbart.

»Es heißt, die Rache sei eine Lust«, erklärte der Dürre. »Aber meist ist sie nur die der Gedankenlosigkeit entspringende Lust eines Idioten, der lange von ihr geträumt hat. Nur ein Idiot legt den Kopf auf den Block, obwohl er es vermeiden könnte. *Hodie mihi, cras tibi* … Heute mir, morgen dir. Deine Augen haben geblitzt bei diesen Worten, Reinmar von Bielau, das ist mir nicht entgangen. Und ich bitte dich nur um eins: Sei kein Idiot! Kannst du das versprechen? Uns allen?«

Reynevan nickte.

Genauso überraschend und unvermittelt wie zuvor der Frost kam jetzt die Erwärmung. Der von Sehnsucht ergriffene Reynevan sattelte sein Pferd und galoppierte nach Weißkirchen. Von Galopp kann man allerdings kaum sprechen, es handelte sich eher um ein mühsames Durchkämpfen durch tauende Schneewehen, und so nahm denn der Ritt auch mehrere Stunden in Anspruch. Und am Ende musste Reynevan von der Schwester Pförtnerin erfahren, dass Jutta zur Hochzeit ihrer Schwester nach Schönau gereist war.

Nach Schönau zu reiten, konnte Reynevan nicht riskieren. In der Dämmerung kehrte er daher nach Wolmessen zurück. Am nächsten Tag musste er sich von Malevolt, dem anarchistischen Mamun, verabschieden.

»Möchtest du nicht bei uns bleiben?«, fragte er den Mamun, als dieser sein struppiges Pferdchen aus dem Stall führte. »Willst du nicht mit uns ein Bündnis eingehen? Du hast Tybald geholfen, und das hat natürlich Folgen. Möchtest du nicht weiter mittun?«

»Nein, Reinmar. Das möchte ich nicht.«

»Du hast aber doch behauptet, du würdest für die Revolution eintreten und den Umschwung unterstützen. Dass es Zeit sei, die alte Ordnung zu verändern, den Weltklumpen in seinen Grundfesten zu erschüttern. Bleib bei uns. Wir werden die Ordnung verändern und den Weltklumpen, glaube es mir, tüchtig durchschütteln. Jeden Moment …«

»Ich weiß, was jeden Moment beginnt«, unterbrach ihn Malevolt. »Ich habe mir eure Gespräche angehört und in eure Augen geblickt, als ihr vom Krieg gesprochen habt. Ich bin mit ganzem Herzen für Revolution und Anarchie, aus tiefster Seele unterstütze ich Bewegung und Veränderung. Aber ich wage es nicht, an diesem Prozess selbst teilzunehmen, denn im revolutionären Kampf um Veränderung verändert man sich selbst. Man verwandelt sich. Es bedarf schon enormer Kraft, um dies zu kontrollieren, um sich nicht in etwas zu verwandeln, das … In etwas zu verwandeln, das nicht gut wäre. Ich traue da meiner Kraft und meiner Selbstkontrolle nicht recht. Daher ziehe ich es vor, in den Hintergrund zu treten. *Basta!* Aber euch … dir … wünsche ich gutes Gelingen. Leb wohl, Reinmar!«

Der Mamun hatte sie zwar verlassen, aber er hatte etwas zurückgelassen. Einige Tage später sah Reynevan Samson Honig, der in der Scheune Stöße und Schläge mit dem Goedendag übte, dem eisenbeschlagenen flämischen Streitkolben. Samson und Malevolt hatten aneinander Gefallen gefunden, stundenlang miteinander Karten gespielt und gewürfelt, der

Goedendag konnte ein Spielgewinn sein, er konnte aber auch ein Geschenk sein, das zum Abschied überreicht worden war.

Reynevan fragte nicht danach.

Am Festtag des heiligen Vinzenz, der in Schlesien als der Tag eines der Patrone des Doms von Breslau feierlich begangen wurde, erschien Tybald Raabe wieder in Wolmessen. Er hatte vermutlich all seine Informanten abgeklappert, denn er brachte endlich Nachrichten aus Böhmen. Kolín, berichtete er, hatte schließlich kapituliert. Nach vierundachtzig Tagen Belagerung, am Dienstag vor St. Thomas, hatte Herr Diviš Bořek von Miletínek die Stadt übergeben, unter der Bedingung des freien Abzugs seiner Soldaten. Prokop war auf diese Bedingung eingegangen. Er hatte genug von der Belagerung. Und andere Pläne.

»Prokop mobilisiert bereits Tábor, die Waisen und die Prager«, berichtete der Goliarde. »Sicher zu einem Zug nach Ungarn.«

Tybald ritt abermals weg. Er kam sehr lange nicht wieder, erst am Sonntag *Invocabit* kehrte er zurück. Mit neuen Nachrichten. Wie erwartet war das von Prokop und Jaroslav von Bukowina angeführte Heer nach Ungarisch-Brod marschiert und von dort aus auf ungarisches Gebiet vorgedrungen. Erobert und verbrannt wurden nacheinander Senitz, Skalitz, Unternussdorf, Modern, Bösing und St. Georgen, am Aschermittwoch hingegen waren die Böhmen bis nach Pressburg gezogen, wo sie die Vorstadt und alle umliegenden Dörfer angezündet hatten. Mit Wagen voller Beute hatten sie sich auf den Rückweg gemacht. Sie zogen, zum Schrecken der Bevölkerung, über Tyrnau und Neustadt an der Waag. Keiner wagte es, sich ihnen in den Weg zu stellen oder den Kampf mit ihnen aufzunehmen.

»Nach Mähren wurde währenddessen aus Böhmen mächtig Verstärkung geschickt. Kampfabteilungen aus Nimburg, Schlan, Mährisch-Neustadt und Lundenburg.«

»Demnach ist jetzt Schlesien an der Reihe.« Bisclavrets Zähne blitzten.

»Es wird Zeit für uns«, erklärte Drosselbart knapp. »Wir müssen uns fertig machen.«

»Wir müssen uns fertig machen«, wiederholte Urban Horn wie ein Echo.

Sie bereiteten sich vor. Tage und Nächte saßen sie über den Landkarten und planten. Bisclavret und Řehors ritten weg und führten Packpferde mit sich ... Zwei Tage später waren sie mit ihrer Last zurück, die schwer zu sein schien und klirrte. Das waren, grob geschätzt, ein paar hundert Mark.

Reynevan ritt nach Weißkirchen, traf aber auch diesmal Jutta nicht an. Der Winter hatte die beiden Liebenden, die sich gerade erst wiedergefunden hatten, erneut getrennt.

Die Fastenzeit dauerte an. Dann kam St. Matthias, der den Winter verjagt. Das Sprichwort hatte nicht gelogen. Der Winter verzog sich, er hatte nicht mehr die Kraft, sich länger zu behaupten. Die von einem warmen Südwind beleckte Schneedecke schmolz dahin, die ersten Schneeglöckchen schauten schon mit ihren weißen Blütenköpfen hervor. Die Luft roch intensiv nach Frühling.

Mit dem Wind und dem Duft kam auch Tybald Raabe wieder. Als sie sahen, wie er heranritt, wussten sie: Es hat begonnen.

»Es hat begonnen«, bestätigte der Goliarde mit glühendem Blick. »Es hat begonnen, meine Herren. Prokop hat angegriffen. An Fastnacht hat er die Grenze des Herzogtums Troppau überschritten.«

»Also herrscht Krieg.«

»Krieg«, wiederholte Urban Horn wie ein Echo. »*Deus pro nobis!*«

»Wenn Gott mit uns ist«, fügte Drosselbart mit dumpfer Stimme hinzu, »wer ist dann gegen uns?«

Der Wind wehte von Süden her.

Siebzehntes Kapitel

in dem Tábor in Schlesien einfällt, Reynevan eine Diplomatentätigkeit beginnt und Bolko Wołoszek in das Buch der Geschichte eingeht.

Reynevan, Urban Horn und ehors machten sich auf den Weg zum Treffen mit Tábor, Bisclavret und Drosselbart ritten nach Ziegenhals und Neisse, um dort propagandistisch tätig zu werden und Panik zu erzeugen. Scharley und Samson blieben in Wolmessen und sollten erst später zu ihnen stoßen.

Zunächst folgten sie der Straße nach Ratibor, die dann weiter nach Krakau führte. Bald aber, gleich hinter Neustadt, begannen die Probleme – der Weg war durch die Flüchtlinge versperrt, die meisten kamen aus Hotzenplotz und Leobschütz, von wo aus man die Hussiten schon sehen konnte, wie die Flüchtlinge behaupteten, die Augen furchterfüllt. Verworren, mit zitternder Stimme berichteten sie von der Plünderung von Ostrau und der Zerstörung von Hochwald. Von der Belagerung von Troppau. Die Hussiten, erzählten sie mit zitternder Stimme, ziehen mit großer Streitmacht heran, mit einer nie gesehenen Schar. Als Řehors das hörte, lachte er wie ein wilder Wolf. Seine Zeit war gekommen. Die Zeit für propagandistische Solonummern.

»Die Hussiten kommen!«, schrie er den Flüchtlingen, denen sie als Nächstes begegneten, zu, seine Stimme so formend, dass sie von Angst erfüllt schien. »Mit einer riesigen Streitmacht! Zwanzigtausend Bewaffnete! Sie ziehen heran, brennen und morden! Lauft, Leute! Der Tod zieht heran!«

»Sie sind schon ganz nah! Man kann sie schon sehen! Vierzigtausend Hussiten! Keine Macht der Welt hält sie auf!«

Hinter den Flüchtlingen und den mit ihrer Habe beladenen Wagen erschienen Soldaten. Die natürlich auch flohen. Die Ritter, Hellebardenträger und Schützen lauschten mit ziemlich finsterer Miene den Nachrichten von den fünfzigtausend anrückenden Hussiten, Nachrichten, die mit falscher Panik in der Stimme und mittels verdrehter oder ganz einfach erfundener Zitate aus der Apokalypse oder aus den Büchern der Propheten verbreitet wurden.

»Die Hussiten kommen! Hunderttausend! O weh, o weh!«

»Das reicht!«, knurrte Horn. »Halt dich mal ein bisschen zurück. Allzu viel ist ungesund.«

Řehors hielt sich zurück. Denn es war niemand mehr da, dem er etwas hätte verkünden können. Der Weg war wie leer gefegt. Etwas später bemerkten sie zwei nebeneinander aufsteigende schwarze Rauchsäulen, die hoch über dem Wald in den Himmel strebten.

»Altstett und Katscher«, einer der letzten Flüchtlinge, der mit seiner Frau und einem Minderbruder einen Wagen voller Kinder und Habseligkeiten zog, deutete mit dem Kopf in die Richtung, »die brennen schon den zweiten Tag ... Haufenweise sollen die erschlagenen Leute dort herumliegen.«

»Das ist eine Fügung Gottes!«, sagte Řehors. »Lauft, ihr Leute, rasch! Weit fort! Denn wahrlich, ich sage euch, es kommt so wie vor zweihundert Jahren: Die Angreifer werden bis nach Liegnitz gelangen. So straft uns Gott. Für die Sünden der Geistlichkeit!«

»Was schwatzt Ihr da?«, ereiferte sich der Mönch. »Was denn für Sünden? Euch ist wohl der Verstand durcheinandergeraten! Hört nicht auf ihn, Brüder! Das ist ein falscher Prophet! Oder ein Verräter!«

»Lauft weg, ihr guten Leute, lauft weg!« Řehors trieb sein Pferd an, wandte sich aber noch einmal im Sattel um. »Glaubt den Mönchen und den Pfaffen nicht! Und trinkt kein Wasser in den Vorstädten! Der Bischof von Breslau hat befohlen, die Brunnen zu vergiften!«

Sie ließen das vor Angst verstummte Leobschütz hinter sich und ritten weiter, zu ihrer Rechten das Troppauer Bergland und das Massiv des Altvatergebirges. Rauchwolken, die immer zahlreicher wurden, wiesen die Richtung. Nicht nur Altstett und Katscher brannten, sondern mindestens noch fünf andere Ortschaften.

Sie ritten bergan. Und sahen das herannahende Tábor. Eine lange Reihe von Reitern, Fußvolk und Wagen. Und sie hörten den Gesang.

Slyšte rytieři boží, připravte se již k boji,
chválu boží ku pokoji statečne zpievajte.
Antikristus již chodí, zapálenú péčí vodí,
kněžstvo hrdé již plodí, pro Buoh znamenajte!

An der Spitze reiten die Fahnenträger, über ihnen wehen die Feldzeichen. Die Standarte von Tábor – weiß, mit dem roten Kelch und der Losung *veritas vincit.* Und eine zweite, die Feldstandarte, ebenfalls weiß, darauf ein roter Kelch und eine goldene Hostie, umgeben von einer Dornenkrone.

Hinter den Fahnenträgern reiten die Anführer. Staub- und ruhmbedeckte Kämpen, berühmte Heerführer. Prokop der Kahle, den man an seiner Statur und dem riesigen Schnurrbart leicht erkennt. Neben ihm Markolt von Zbraslavice, der berühmte taboritische Prediger und Ideologe. Wie Prokop mit einer Pelzkappe auf dem Kopf und in einen Pelz gehüllt, singt er, wie Prokop auch. Auch Jaroslav von Bukowina singt, der Anführer der Feldtruppen von Tábor. Laut und falsch singt Jan Bleh z Těšnice, der Hauptmann der Stammtruppen. Neben Bleh reitet Blażej z Kralup in einer Tunika mit einem riesigen roten Kelch auf der Brust, er singt nicht. Daneben Fedor von Ostrogski, ein an der Seite der Hussiten kämpfender russischer Fürst, ein Raufbold und Kosakenführer. Hinter ihnen reiten die Anführer der Truppen der Städte: Sigmund von Vranov, der Hauptmann von Schlan, und Otíka z Lozy, der Hauptmann von Nimburg. Dahinter ein Bundesgenosse der Taboriten, Jan Zmrzlík von Svojšin, in voller Rüstung, auf dem Schild sein Wappen: drei rote Streifen auf silbernem Grund. Die beiden Seite an Seite mit Zmrzlík reitenden Ritter präsentieren gleichfalls ihre Wappen. Das polnische Wieniawa-Wappen, ein schwarzer Büffelkopf, glänzt auf dem goldfarbenen Schild von Dobiesław Puchała, dem Veteranen der Schlacht von Grunwald, der das vereinigte Fähnlein der Polen anführt. Silberne und rote Zinnen trägt Jan Tovačovský z Cimburka auf seinem Wappen, der Anführer der starken mährischen Schar.

Tráva, kvietie i povietřie, plač hlúposti človie čie,
zlato, kamenie drahé, poželejte s námi.
Anjelé, archanjelé, vy Kristovi manželé,
tróny, apoštolové, poželejte s námi.

Der Wind weht vom Altvatergebirge her. Es ist der elfte März Anno Domini 1428. Der Donnerstag vor dem Sonntag *Laetare*.

Eine berittene Wache. Reiter mit Helm und Harnisch, bewaffnet mit Wurfspießen.

»Urban Horn und Reinmar von Bielau. Vogelsang.«

»Ich weiß, wer ihr seid.« Der Anführer der Streife lässt sie nicht aus den Augen. »Ihr werdet erwartet. Bruder Prokop fragt, ob der Weg frei ist. Wo sind die gegnerischen Truppen? Bei Leobschütz?«

»Bei Leobschütz ist keiner.« Urban Horn lächelt spöttisch. »Der Weg ist frei, niemand wird ihn euch verstellen. In der ganzen Umgebung gibt es keinen, der das wagen würde.«

Die Leobschützer Vorstadt brannte, das Feuer fraß sich rasch durch die Strohdächer. Der Rauch verdeckte Stadt und Burg, die Gegenstände, denen die Raubtierblicke der Anführer galten. Prokop hatte diese Blicke bemerkt.

»Nicht antasten!«, wiederholte er und richtete sich hinter dem Tisch auf, den man mitten in der Schmiede aufgestellt hatte. »Ihr rührt mir weder Leobschütz an noch die umliegenden Dörfer. Herzog Wenzel hat die Ablöse gezahlt, die Abmachung steht. Wir halten unser Wort.«

»Sie werden sich uns gegenüber nicht daran halten«, brummte der Prediger Markolt.

»Aber wir halten unser Wort«, entgegnete ihm Prokop, »weil wir Gottesstreiter und wahre Christen sind. Wir halten dem Herzog von Leobschütz gegenüber, dem Erben von Troppau, unser Wort. Zumindest so lange, wie er auch seines hält. Aber wenn er Verrat übt, wenn er gegen uns zieht, ich schwöre es beim Namen des Herrn, dann erntet er nur noch Rauch und Asche.«

Einige der Anführer, die sich in der zum Stabssitz umfunktionierten Schmiede versammelt hatten, lächelten bei dem Gedanken an eine Schlacht. Jaroslav von Bukowina lachte sogar, und Dobko Puchała rieb sich freudig die Hände. Jan Bleh grinste, mit den Augen seiner Seele schien er bereits Brand und Mord zu erblicken. Prokop hatte all dies bemerkt.

»Wir ziehen in das Gebiet des Bischofs«, erklärte er, die Fäuste auf die auf dem Tisch ausgebreiteten Landkarten gestützt. »Dort gibt es was zu brennen und zu plündern ...«

»Bischof Konrad zieht mit Puta von Czastolovice seine Truppen bei Neisse zusammen. Johann von Münsterberg eilt herbei, um ihn zu unterstützen. Auch Ruprecht kommt, der Herzog von Lüben und Haynau. Und sein Bruder, Ludwig von Ohlau.«

»Wie viele sind das zusammen?«

Horn blickte Řehors an. Řehors nickte. Er wusste nur zu gut, dass alle darauf warteten, welche Informationen der bekannte Vogelsang beibrachte.

»Der Bischof, Puta und die Herzöge.« Řehors hob nach einer ziemlich langen Berechnung den Kopf. »Die Johanniter von Striegau und Klein Oels. Die Söldner. Die Stadtkontingente ...

Dazu das aus Bauern bestehende Fußvolk ... Alle zusammen sieben- bis achttausend Mann. Davon etwa dreihundert Lanzenreiter.«

»Von Krappitz und Glogau zieht der junge Herzog Bolko, der Erbe von Oppeln, heran«, warf Jan Zmrzlík von Svojšin, eben von einem Erkundungsritt zurückgekehrt, ein. »Seine Truppen sind bis Kasimir vorgestoßen und haben die Brücke über die Straduhne besetzt, einen strategisch wichtigen Punkt an der Straße von Neisse nach Ratibor. Wie viele Leute kann Bolko bei sich haben?«

»Etwa sechzig Lanzenreiter und an die tausend Mann Fußvolk«, schätzte Řehors.

»Den soll doch gleich die babylonische Seuche treffen, diesen Oppelner!«, knurrte Jaroslav von Bukowina. »Der hält uns auf und bedroht unsere Flanke. Wir können nicht nach Neisse ziehen, wenn der in unserem Rücken lauert.«

»Dann lasst ihn uns direkt angreifen«, schlug Jan Bleh z Těšnice vor, »mit ganzer Kraft. Wir zerquetschen ihn ...«

»Er hat an einem Ort Posten bezogen, wo es schwer ist, gegen ihn zu ziehen«, Řehors schüttelte den Kopf, »die Straduhne führt Hochwasser, die Ufer sind morastig ...«

»Und wir haben auch keine Zeit dafür.« Prokop hob den Kopf. »Wenn wir uns in Kämpfe mit Bolko verwickeln, versammelt der Bischof weitere Kräfte um sich und nimmt eine noch günstigere Position ein. Wenn sie bemerkt, dass wir in Schwierigkeiten geraten, wacht in Ratibor womöglich auch noch die Regentin Helena auf, diese Wölfin, samt ihrem missratenen Sohn Nikolaus. Dann ist vielleicht auch Przemko von Troppau bereit, sich für etwas durch und durch Dummes zu entscheiden, und auch für Wenzel kann das zu einer großen Verlockung werden. Und dann bestünde am Ende die Möglichkeit, dass wir eingekreist wären und an mehreren Fronten gleichzeitig kämpfen müssten. Nein, Brüder. Der Bischof ist unser ärgster Feind, ziehen wir also so rasch wie möglich nach Neisse. Die Hauptschlagkraft auf der Straße in Richtung Hotzenplotz ... Für die Brüder Puchała und Zmrzlík habe ich eine andere Aufgabe. Aber davon später. Zuerst ... Reynevan!«

»Bruder Prokop?«

»Der junge Oppelner ... Den kennst du, wie mir scheint?«

»Bolko Wołoszek? Ich habe mit ihm zusammen in Prag studiert ...«

»Das trifft sich ausgezeichnet. Du reitest zu ihm. Mit Horn. Als Abgesandte. In meinem Namen werdet ihr ihm eine Abmachung anbieten ...«

»Er wird uns nicht anhören wollen«, meinte Urban Horn kühl.

»Vertraut auf Gott!« Prokop blickte Dobko Puchała und Jan Zmrzlík an, die auf seine Befehle warteten, und verzog den Mund. »Auf Gott und auf mich! Ich werde schon veranlassen, dass er will!«

Die Straduhne erwies sich im Frühjahr tatsächlich als ein sehr ernst zu nehmendes Hindernis, die morastigen Wiesen standen unter Wasser, die Strömung unterwusch das Ufer, das von Weiden gesäumt wurde, an denen schon dicke, silbrige Weidenkätzchen glänzten. Im Schwemmland wimmelte es von Fröschen.

Urban Horns Pferd tänzelte auf dem Weg und wühlte mit seinen Hufen den Schlamm auf. Horn zügelte es.

»Zu Herzog Bolko!«, rief er den Wachen auf der Brücke zu. »Eine Abordnung!« Horn rief bereits zum dritten Mal. Aber die Wachen gaben keine Antwort. Sie hörten auch nicht auf, mit Armbrüsten und den auf das Brückengeländer gestützten Hakenbüchsen auf sie zu zielen. Reynevan wurde unruhig. Immer wieder blickte er sich zum Wald hin um und überlegte, ob er es, falls er flüchten müsste, schaffen würde, dorthin zu galoppieren.

Am gegenüberliegenden Ufer kamen vier Reiter aus dem Wald. Drei von ihnen hielten vor der Brücke, der vierte, in voller Rüstung, ritt unter lautem Hufschlag auf die Brücke. Das Wappen auf seinem Schild war nicht etwa der böhmische

Odřivous, wie Reynevan anfangs gedacht hatte, sondern der polnische Ogończyk.

»Der Herzog empfängt die Abordnung!«, rief der Reiter. »Kommt beide herüber, auf unsere Uferseite!«

»Haben wir Euer Ehrenwort als Ritter?«

Der Ogończyk klappte sein heruntergefallenes Visier wieder auf und stellte sich in die Steigbügel.

»He! Euch kenne ich doch!« In seiner Stimme schwang Verwunderung. »Ihr seid Bielau!«

»Und Ihr seid Ritter Chris ... von Kirchhain, stimmt's?«

»Gewährt uns Herzog Bolko gesandtschaftliche Immunität?«, unterbrach Horn trocken den Austausch von Höflichkeiten.

»Der Herr Herzog gibt sein Ehrenwort.« Chris von Kirchhain hob seinen Eisenhandschuh. »Junker Bielau würde er auch so nichts zuleide tun. Kommt herüber!«

»Na sieh mal einer an, na bitte!«, stellte Bolko Wołoszek, Herzog von Oberglogau und Erbe von Oppeln, fest. »Prokop muss Respekt vor mir haben, dass er so bedeutende Persönlichkeiten zu mir schickt. So bedeutende und so berühmte. Um nicht zu sagen, berüchtigte.«

Das Gefolge des Fürsten, das seinen Stab bildete, begann zu flüstern und zu murmeln. Der Stab hatte sich in einer Hütte am Rande des Dorfes Kasimir versammelt, er setzte sich zusammen aus einem Herold in blauer Heroldskleidung mit dem goldenen Adler von Oppeln, fünf Rittern in Rüstung und einem Priester, der ebenfalls Harnisch und Halsbrünne trug. Drei von den Rittern waren Polen, außer Chris von Kirchhain begleiteten den Herzog ein schlesischer Nieczuja, den Reynevan kannte, und ein ihm unbekannter Prawdzic. Der vierte Ritter hatte auf seinem Schild das silberne Jagdhorn der Falkenhayns. Der fünfte war ein Johanniter.

»Herr Urban Horn ist in ganz Schlesien bekannt«, fuhr der Herzog fort, während er den Genannten mit einem verächtlichen Blick maß. »Vor allem durch die vom Bischof und der Inquisition ausgestellten Steckbriefe zu seiner Ergreifung. Und jetzt seht her, meine Herren, Urban Horn, der gottlose Begarde, Ketzer und Spion, kommt als Abgesandter in Diensten Prokops des Kahlen, dieses Erzketzers und Häresiarchen.«

Der Johanniter knurrte drohend. Der Priester spuckte aus.

»Du hingegen«, Wołoszek heftete seinen Blick auf Reynevan, »hast dich also ganz und gar auf die Seite der Häretiker geschlagen. Du hast wohl deine Seele dem Teufel verkaufen und ihm getreulich dienen müssen, damit man dich nun als Gesandten zu mir schickt. Vielleicht hat der Ketzermeister Prokop sich aber auch gedacht, wenn er dich schickt, dann erreicht er mehr, wegen unserer früheren Freundschaft? Ha, wenn er darauf zählt, dann hat er sich verrechnet! Denn das sage ich dir, Reynevan, als dich alle Hunde in Schlesien angebellt, dich einen Dieb und Verbrecher genannt und dir die schlimmsten Verbrechen, auch die Vergewaltigung von Jungfrauen, angehängt haben, da habe ich dich verteidigt und nicht zugelassen, dass man dich beschuldigte. Weißt du, wozu das geführt hat? Dass ich ein Dummkopf geworden bin.«

»Aber ich bin klüger geworden!«, setzte er hinzu, nachdem er lange geschwiegen hatte. »Ich bin klüger geworden! Steckt euch die Gesandtschaft des Antichristen sonst wohin, ich habe nicht die Absicht, mit euch zu reden. Heda, Wachen! Ergreift sie! Und bindet dieses Vögelchen!«

Reynevan wand sich und knickte zusammen, Chris von Kirchhain zwang ihn mit seinen mächtigen Fäusten, die er ihm auf die Schultern drückte, in die Knie. Zwei Knechte hatten Horn an den Schultern gepackt, ein dritter legte ihm geschickt eine Schlinge um Hals und Ellenbogen, zog an und band den Knoten.

»Gott sieht es!« Der Priester hob theatralisch die Arme. »Gott sieht es, Herzog, dass Ihr recht tut! *Firmetur manus tua*, deine Hand möge gestärkt werden, weil sie die Häresie erstickt!«

»Wir sind Gesandte …«, Reynevan stöhnte unter dem Griff des Polen, »du hast dein Wort gegeben …«

»Ihr seid Abgesandte, aber die des Teufels. Und das Wort, das man einem Häretiker gibt, gilt nicht. Horn ist ein Verräter und Häretiker. Und du bist auch ein Häretiker. Du warst einst mein Freund, Reynevan, damals habe ich dich nicht binden lassen. Aber jetzt halt besser die Fresse!«

Er hielt sie.

»Den dort liefere ich dem Bischof aus.« Er deutete mit dem Kopf auf Horn. »Das ist meine Pflicht als guter Christ und als Sohn der Kirche. Was dich betrifft … Ich habe dir schon einmal verziehen, um unserer alten Freundschaft willen. Auch jetzt lasse ich dich frei …«

»Wie?«, schrie der Priester empört, während Falkenhayn und der Johanniter murrten, »einen Ketzer lasst Ihr frei?«

»Halt die Schnauze, Pater!« Wołoszeks Zähne blitzten unter dem Schnauzbart auf. »Und mach sie nie mehr ungefragt auf. Ich lasse dich frei, Reinmar von Bielau, unserer früheren Freundschaft eingedenk. Aber das ist das letzte Mal, beim Leiden Christi! Das letzte Mal! Wage es nicht, mir je wieder unter die Augen zu kommen! Ich stehe an der Spitze eines Kreuzfahrerheeres, bald werden wir uns mit der Armee des Bischofs vereinigen und gemeinsam nach Troppau ziehen, um euch Ketzer von der Erde zu fegen. Geb's Gott, dass der Bischof von Breslau mich für einen guten Katholiken erachtet! Wer weiß, vielleicht erlässt er mir dann sogar die Schulden. Wer weiß, vielleicht gibt er mir dann sogar das zurück, was er einst dem Herzogtum Oppeln geraubt hat. Also hoch das Kreuz, Gott will es, und marsch, marsch nach Troppau!«

»Dort, wo einst die Vorstadt von Troppau war«, warf der gefesselte Horn ein, »zerstreut der Wind die Aschereste. Gestern war Prokop bereits vor Leobschütz. Heute ist er noch näher herangekommen.«

Bolko Wołoszek sprang auf ihn zu und schlug ihm mit der Faust hinters Ohr.

»Ich habe gesagt, ich würde nicht mit dir reden, du Seelenverkäufer. Umso weniger werde ich mir dein Gerede anhören.«

»Reynevan!« Er wandte sich unvermittelt diesem zu. »Was sagt der da von Troppau? Es soll eingenommen sein? Das glaube ich nicht! Lasst ihn los, Herr Chris!«

»Troppau hat sich verteidigt.« Reynevan, befreit, rieb sich die schmerzenden Schultern. »Aber die Vorstadt ist in Flammen aufgegangen. Auch Katscher und Altstett und vorher noch Hochwald und Ostrau sind in Flammen aufgegangen. Grätz und Leobschütz sind davongekommen, aber das verdanken sie einzig und allein der Klugheit Herzog Wenzels. Er hat mit Prokop ein Abkommen getroffen, ihm eine Ablöse gezahlt und so sein Herzogtum gerettet. Wenigstens einen Teil davon.«

»Und das soll ich glauben? Dass sich Przemko von Troppau nicht zum Kampf gestellt hat? Dass er seinem Sohn erlaubt hat, mit den Hussiten zu paktieren?«

»Herzog Przemko sitzt so still hinter den Mauern der Troppauer Burg wie ein Mäuslein unterm Reisigbesen. Er sieht sich die Feuersbrünste an, denn wohin man auch blickt, überall brennt es. Und der junge Herzog Wenzel hat, wie es aussieht, seinen ureigenen Verstand. Um diesen kann man ihn nur beneiden, das ist nachahmenswert.«

»Gott wird die strafen, die sich mit den Ketzern gemeinmachen und mit ihnen paktieren«, empörte sich der Priester. »Ein Pakt mit den Ketzern ist ein Pakt mit dem Satan! Wer ihn eingeht, ist in alle Ewigkeit verdammt. Und hier auf Erden, zu Lebzeiten, wird die Strafe …«

»Herzog!«, rief ein Bewaffneter, der einen Helm trug und in die Hütte stürmte. »Ein Bote!«

»Her mit ihm!«

Der Bote hatte, das sah und das roch man, weder sich noch sein Pferd geschont. Eine Schicht verkrusteten Schlamms bedeckte ihn bis zum Gürtel, und den Gestank nach Pferdeschweiß konnte man noch ein paar Schritte weiter weg wahrnehmen.

»Rede!«

»Die Böhmen kommen …«, keuchte der Bote, nach Luft schnappend. »Sie ziehen mit großer Macht heran … Verbrennen alles … Hotzenplotz ist verbrannt … Neustadt eingenommen …«

»Waaas?«

»Neustadt ist eingenommen … In der Stadt tobt ein furchtbares Schlachten … Zeiselwitz brennt … Bielau brennt … ist eingenommen … die Hussiten …«

»Hast du den Verstand verloren?«

»Die Hussiten … vor Oberglogau …«

»Aber wo ist das Heer des Bischofs? Wo ist Johann von Münsterberg? Wo sind die Herzöge Ruprecht und Ludwig? Wo ist Herr Puta?«

»In Neisse. Sie befehlen … Sie befehlen, der gnädige Herr Herzog möge so rasch als möglich zu ihnen stoßen.«

»Zu ihnen?«, brach es aus Wołoszek hervor, der mit beiden Händen den Streitkolben in seinem Gürtel umklammerte. »Sie ziehen sich zurück, überantworten meine Stadt und meine Güter dem Verderben, und ich soll zu ihnen ziehen? Mein Oberglogau ist bedroht, und ich soll nach Neisse ziehen? Der Bischof befiehlt es? Konrad von Oels, dieser Dieb, Säufer und Hurenbock, wagt es, mir zu befehlen? Und ihr, was glotzt ihr so? Raten sollt ihr, verdammt noch mal! Raten! Was ist zu tun?«

»Zum Angriff!«, brüllte der Johanniter. »Gott mit uns!«

»Vielleicht stimmen diese Nachrichten ja nicht?« Der Schlesier mit dem Nieczuja-Wappen blinzelte.

»Wir ziehen nach Neisse«, sagte Falkenhayn bestimmt, »und schließen uns dem Bischof an. Wir werden eine Kampfmacht sein und die Häretiker in einer Schlacht bezwingen. Wir werden die verbrannten Städte rächen …«

Der Herzog sah ihn an und knirschte mit den Zähnen.

»Du sollst nicht raten, wie wir sie rächen, sondern wie wir sie retten können!«

»Paktieren«, stieß der Ogończyk hervor. »Ablöse zahlen.«

»Ich habe nichts, womit ich zahlen könnte!« Wołoszek biss sich auf die Lippen. »Mein Neustadt… Süßer Jesus! Mein Oberglogau!«

»Wir müssen auf Gott vertrauen«, meinte der Priester, »es kommt so, wie Gott es will… Hier ist die Bibel… Ich öffne sie, aufs Geratewohl, und was ich dann verlese, wird eintreffen…«

»Und durch den Fluch«, zitierte Urban Horn, der dem Priester zuvorkam, »bestimmten sie alles, was in der Stadt war, zum Tode durch das Schwert; Männer und Frauen, Jünglinge und Greise…«

Bolko Wołoszek durchbohrte ihn mit seinem Blick, Horn verstummte. Aber nun sprach sofort Reynevan weiter.

»Und Josua verbrannte Ai«, fuhr er fort, »und machte es auf ewig zu einer Brandstätte, zu einer Wüstenei bis auf den heutigen Tag. Denk gründlich nach, Bolko. Fasse einen Entschluss, bevor es zu spät ist.«

»Dies ist eine Revolution, Bolko«, fügte er hinzu, als er merkte, dass es der Piastenspross nicht eilig hatte, ihn zu unterbrechen. »Die Welt nimmt eine neue Gestalt an, dreht sich in mächtigen Bahnen. Das Rad der Geschichte rollt weiter, keine Kraft mehr ist imstande, dies aufzuhalten. Du kannst aufspringen oder davon zermalmt werden. Wähle!«

»Herzog, Ihr könnt bei den Siegern oder unter den Besiegten sein. Den Besiegten droht, wie uns die Klassiker lehren, immer das Elend. Den Siegern aber… Den Siegern gehören Stärke und Macht. Denn die Welt wird auch auf der Landkarte eine neue Gestalt annehmen.«

»He?«

»*Sapienti sat.* Die Grenzpfähle werden zum Nutzen der Sieger verschoben, Herzog. Und derer, die sich mit ihnen verbünden.«

»Sollte das ein Vorschlag gewesen sein?« In den Augen des jungen Herzogs blitzte es auf. »Ein Angebot?«

»Sapienti sat.«

»Ha!« Das Blitzen hielt an. »Und es ist zu meinem Nutzen, sagst du. Heißt genau?«

Horn lächelte herablassend und deutete mit den Augen auf seine Fesseln. Auf eine Handbewegung Wołoszeks hin wurden diese sofort durchschnitten. Bei diesem Anblick murrte Falkenhayn erneut, und der Johanniter schlug mit der Hand auf seinen Schwertknauf. Der Priester sprang geradezu in die Höhe.

»Herr«, schrie er, »hör nicht auf diese teuflischen Einflüsterungen! Das Gift der hussitischen Schlange träufeln sie in dein Ohr! Gedenke des Glaubens deiner Ahnen! Gedenke …«

»Halt's Maul, Pfaffe!«

Der Priester machte einen Satz.

»So einer bist du also? So einer bist du?«, schrie er noch lauter und fuchtelte mit den Händen dem Herzog unter der Nase herum. »Nun kennen sie dich! Du Apostat! Du Abtrünniger! Mit Ketzern gibst du dich ab! Ihr Ritter! Schlag ihn, wer an Gott glaubt! Ich verfluche dich! Verflucht sei Haus und Hof, verflucht sei schlafend, stehend oder gehend …«

Bolko Wołoszek fuhr ihm zur Erwiderung mit dem Streitkolben an die Schläfe. Der sechskerbige Kopf zerschmetterte mit einem Knirschen den Knochen. Der Priester fiel um wie ein Klotz, streckte sich noch einmal, dann durchlief ihn ein Zittern. Der Herzog wandte sich um, einen Befehl auf den verächtlich verzogenen Lippen. Aber er musste ihn nicht einmal aussprechen, die Polen hatten die Absicht ihres Herrn erraten. Chris von Kirchhain spaltete mit einem mächtigen Schlag der Streitaxt dem Johanniter, der sein Schwert gezogen hatte, den Schädel. Prawdzic stieß Falkenhayn das Schwert in die Kehle, der Schlesier Nieczuja besserte mit einem Stich in den Rücken nach. Die Toten sanken zu Boden, Blut breitete sich in Lachen aus. Knechte und Pagen sahen mit offenen Mündern zu.

»Ja«, lachte der Ogończyk breit, »dies ist ein guter Tag! Ich habe schon lange keinen Ordensritter mehr erschlagen!«

»Zu den Truppen!«, schrie der Herzog. »Zu den Männern! Beruhigt sie! Vor allem die Deutschen! Wenn einer die Gefolgschaft verweigert, dann eins mit der Axt über den Schädel! Und fertig machen zum Abmarsch!«

»Nach Neisse?«

»Nein, nach Krappitz und Oppeln! Befehl ausführen!«

»Jawohl!«

Bolko Wołoszek drehte sich um und heftete seine glühenden Augen auf Reynevan und Horn. Sein Atem ging rasch, laut und unregelmäßig. Seine Hände zitterten.

»Sapienti sat«, krächzte er. »Ihr habt gehört, was ich befohlen habe. Ich ziehe meine Truppen zurück, und zwar so, dass ich euren Angriffen nicht in die Quere komme. Ich ziehe nicht nach Neisse, ich werde den Bischof nicht unterstützen. Prokop sollte das als einen Bündnisakt ansehen. Ihr hingegen werdet meine Gebiete verschonen. Oberglogau … Aber das ist noch nicht alles. Noch nicht alles, beim Leiden des Erlösers!«

»Sagt Prokop …«, der junge Herzog hob stolz den Kopf, »sagt ihm, dass eine Allianz mit mir wesentliche Veränderungen auf der Landkarte nach sich ziehen muss. Und zwar …«

»Und zwar hat Wołoszek Hochwald, Przybor, Ostrau und Frankstadt als Erblehen gefordert. So, wie wir es ausgemacht hatten, habe ich sie ihm zugesagt. Aber das reichte ihm nicht, er forderte Namslau, Kreuzburg, Greisau, Riebnig, Pless und Beuthen. Ich habe sie ihm ebenfalls versprochen, Bruder Prokop, mit deinem Namen dafür einstehend. War ich zu voreilig?«

Prokop der Kahle antwortete nicht sofort. Er aß im Stehen, mit dem Rücken gegen einen Kampfwagen gelehnt. Mit einem Lindenholzlöffel fischte er die Mehlklößchen aus der Suppe. In seinem Schnauzbart trocknete Milch.

Hinter dem Wagen und in Prokops Rücken tobte ein Brand,

in einem großen Feuer versank die Stadt Ziegenhals. Die Pfarrkirche brannte wie eine Fackel. Das Feuer verzehrte die Dächer, der Rauch stieg in schwarzen Ballen zum Himmel auf. Die gellenden Schreie der Bewohner wollten nicht verstummen.

»Nein, Bruder, du warst nicht zu voreilig.« Prokop der Kahle leckte seinen Löffel ab. »Du hast richtig gehandelt. Wir geben ihm alles, was ihm versprochen wurde. Bolko braucht eine Entschädigung. Für das erlittene Unrecht. Denn es hat sich irgendwie so ergeben, dass Zmrzlík und Puchała, als sie Bielau und Neustadt in Flammen aufgehen ließen, in ihrem Eifer sein geliebtes Oberglogau gleich mitverbrannt haben. Wir werden ihn für dieses Unrecht entschädigen. Die Mehrzahl der Städte, die er verlangt, werden wir allerdings erst noch erobern müssen. Danach werden wir sehen, was für ein Verbündeter Herzog Bolko ist. Und dann werden wir ihn für seine Verdienste um unsere Sache belohnen.«

»Und für seine Verdienste vor Gott«, warf der Prediger Markolt mit vollem Mund ein. »Der Erbe von Oppeln muss das Sakrament aus dem Kelch empfangen und auf die Vier Artikel schwören.«

»Auch dafür wird die Zeit kommen.« Prokop stellte seine Schüssel ab. »Esst auf.«

Auf Prokops Schnauzbart trockneten Milch und Mehlkrümel. Hinter ihm zerfiel Ziegenhals in Schutt und Asche. Die im Feuer umkommenden Einwohner schrien.

»Fertig machen zum Abmarsch! Nach Neisse, Gottesstreiter! Nach Neisse!«

Achtzehntes Kapitel

in dem sich am Donnerstag, dem achtzehnten März des Jahres 1428, oder wie man in den Chroniken zu schreiben pflegt: in crastino Sancte Gertrudis Anno Domini MCCCCXXVIII *in der Schlacht bei Neisse etwa* XIV*tausend Mann gegenseitig an die Gurgel gesprungen sind. Der Verlust an Leben betrug* circa M *auf Seiten der Unterlegenen. Die Verluste der Sieger übergeht man wie die Chronisten mit Schweigen.*

Hus ist ein Ketzer!«, skandierten die Männer in den ersten Reihen des bischöflichen Heeres, das auf der Mönchswiese Aufstellung genommen hatte. »Hus ist ein Ketzer! Hu! Hu! Hu!«

Die Nachricht, dass die Taboriten auf Neisse zumarschierten, musste den Bischof von Breslau schon frühzeitig erreichen – was nicht verwunderlich war, denn es ist doch ein ziemlich schwieriges Unterfangen, mit einer etwa siebentausend Mann und an die zweihundert Wagen zählenden Armee im Geheimen ein Manöver durchzuführen, besonders dann, wenn eben diese Armee auf ihrem Marsch alle in der Umgebung befindlichen Dörfer verbrennt und den Weg, den sie nimmt, mit Feuersbrünsten und Rauch deutlich kennzeichnet. Bischof Konrad hatte also genügend Zeit gehabt, sein Heer in Stellung zu bringen. Genügend Zeit hatte auch der Starost von Glatz gehabt, Herr Puta von Czastolovice, um ihm zu Hilfe zu eilen. Unter seinem Kommando hatten sich tausendeinhundert bewaffnete Reiter und ein Fußvolk von fast sechstausend Bauern vereint, die in ihrem Rücken eine starke Deckung durch die bewaffneten Bürger von Neisse und die Mauern der Stadt hatten.

Der Bischof und Puta hatten daher beschlossen, eine offene Feldschlacht zu wagen. Als Prokop der Kahle vor Neisse erschien, fand er auf der Mönchswiese die Schlesier vor; sie trugen Waffen und Standarten, hatten Aufstellung genommen und waren bereit zum Kampf. Er nahm die Herausforderung an.

Nachdem seine Hauptleute das Heer formiert hatten – und das geschah schnell –, schickte sich Prokop zum Gebet an. Er betete ruhig und still. Die Beleidigungen, die die Schlesier herüberschrien, ignorierte er vollständig.

»Hus ist ein Ketzer! Hus ist ein Ketzer! Hu! Hu! Hu!«

»Herr«, sagte er und faltete die Hände, »Herr Zebaoth, zu dir flüchten wir uns im Gebet. Sei uns Schild und Schirm, Fels und Festung in den Gefahren des Krieges und des Blutvergießens. Lass deine Gnade mit uns sündigen Menschen sein.«

»Teufelssöhne! Teufelssöhne! Hu! Hu! Hu!«

»Vergib uns unsere Schuld und unsere Sünden. Stärke die Kraft des Heeres, sei mit ihnen im Kampf, verleihe ihnen Mut und Tapferkeit. Sei uns Trost und Zuflucht, verleihe uns Kraft, auf dass wir den Antichristen, deine und unsere Feinde bezwingen können.«

Prokop bekreuzigte sich und schlug dann das Kreuz über den anderen: über Jaroslav von Bukowina, Jan Bleh, Otíka z Lozy und Jan Tovačovský. Mit ausladenden Bewegungen, auf orthodoxe Art, bekreuzigte sich Fedor von Ostrogski, der eben erst von der Zerstörung Steinaus durch das Feuer zurückgekehrt war. Dobko Puchała und Jan Zmrzlík, die gerade Klein Strehlitz und Krappitz niedergebrannt hatten, bekreuzigten sich ebenfalls. Der neben der Bombarde kniende Markolt bekeuzigte sich, schlug sich an die Brust und wiederholte sein *mea culpa.*

»Gott im Himmel«, Prokop hob seinen Blick, »du zähmst das stolze Meer. Du glättest seine aufgebrachten Wogen. Du hast Rahab wie Aas zerstampft, mit deinem starken Arm hast du die Feinde zerstreut. Gib, dass auch heute die Macht des

Feindes bezwungen dieses Schlachtfeld verlässt. Zum Kampf, Brüder! Beginnt in Gottes Namen!«

»Vorwärts!«, schrie Jan Bleh z Těšnice, sein tänzelndes Pferd zur Front des Heeres lenkend. »Vorwärts, Brüder!«

»Vorwärts, Gottesstreiter!« Sigmund von Vranov schwang seinen Streitkolben und gab damit das Zeichen, vor den Truppen die Monstranz emporzuheben. »Fangt an!«

»Fangt aaan!«, gaben die Hundertschaftsführer durch die Reihen weiter. »Faaangt aaan!« … »Aaanfaaangeen! … Aaanfaaangeen!«

Das taboritische Fußvolk regte sich und rasselte mit Waffen und Schilden wie ein Drache mit seinen Schuppen. Und wie ein riesiger Drache bewegte es sich vorwärts. Die viertausend Mann zählende, anderthalbtausend Schritt breite und zweieinhalb Schritt tiefe Formation marschierte geradewegs auf die vor Neisse versammelte schlesische Armee zu. Die in der Formation mitgeführten Wagen polterten.

Reynevan, der, Scharleys Beispiel folgend, der besseren Sicht wegen auf einen Birnbaum am Feldrain geklettert war, hielt Ausschau, konnte jedoch Bischof Konrad unter den Schlesiern nicht ausmachen. Er erkannte die Standarte von Puta von Czastolovice und Puta selbst, der vor der Linie der Ritter hin- und hersprengte und sie an einem ungeordneten Angriff hinderte. Er sah die große Abteilung der Johanniter, unter denen sich Ruprecht, der Herzog von Lüben, in seiner Eigenschaft als Großmeister dieses Ritterordens befinden musste. Er bemerkte die Zeichen und Farben Ludwigs, des Herzogs von Ohlau und Nimptsch. Er erblickte die Standarte von Johann, dem Herzog von Münsterberg, mit dem zur Hälfte schwarzen, zur anderen Hälfte roten Adler – und knirschte mit den Zähnen.

Die Taboriten marschierten im gleichmäßigen, gemessenen Schritt. Wagenachsen quietschten. Die Linie des schlesischen Fußvolkes, von Pavesen geschirmt und nur durch die aufgerichteten Waffenspitzen kenntlich, bewegte sich nicht, sein

Anführer, ein Ritter in voller Rüstung, galoppierte die Reihe entlang und schrie etwas.

»Sie halten stand …«, sagte Blażej z Kralup. »Sie warten ab und lassen es auf das Schießen ankommen … Eher rührt sich die Reiterei nicht …«

»Gottvertrauen«, erwiderte Prokop, ohne den Blick vom Feld zu wenden, »Gottvertrauen, Bruder.«

Die Taboriten marschierten. Alle sahen, wie Jan Bleh an die Spitze des Heeres ritt. Ein Zeichen gab. Alle sahen, was für einen Befehl er gab. Über der marschierenden Rotte stieg Gesang empor. Der Kampfchoral.

Ktož jsú Boží bojovníci
a zákona jeho,
prostež od Boha pomoci
a úfajte v něho,
že konečně vždycky s ním svítězítě.

Die schlesische Linie erzitterte, die Pavesen wankten, Spieße und Hellebarden wogten. Der Anführer, Reynevan hatte ihn am Schafskopf auf seinem Schild erkannt und wusste, dass es Haugwitz war, brüllte seine Kommandos. Das Lied dröhnte, mit Donnerhall breitete es sich über das ganze Feld aus.

Kristust' vám za škody stojí,
stokrát víec slibuje,
pakli kto proň život složí,
věčný mieti bude;
blaze každému, ktož na pravdě sende.

Tent' pán velít' se nebáti
záhubcí tělesných,
velít' i život složiti
pro lásku svých bližních.

Hinter den schlesischen Pavesen lugten Armbrüste und Handkanonen hervor. Haugwitz schrie sich fast heiser, verbot zu schießen und befahl abzuwarten. Das war ein Fehler.

Von den Wagen der Hussiten, die auf dreihundert Schritte herangekommen waren, feuerten die Tarrasbüchsen, ein Kugelregen ging auf die Pavesen nieder. Gleich darauf sauste eine dichte Wolke von Pfeilen zischend auf die Schlesier zu. Die zu Tode Getroffenen stürzten, Verwundete wimmerten, die Linie der Pavesen wankte, das schlesische Fußvolk erwiderte das Feuer, aber ungeordnet und ziellos. Den Schützen zitterten die Hände. Denn auf Blehs Kommando hin erhöhte der Taboritentrupp das Tempo seiner Schritte. Dann begannen sie zu rennen. Mit wildem Kriegsgeschrei auf den Lippen.

»Sie halten nicht stand…« In Blażej z Kralups Stimme schwang zuerst Unglauben, dann Hoffnung. Schließlich Sicherheit.

»Sie halten nicht stand! Gott ist mit uns!«

Obwohl dies nahezu unmöglich schien, zerfiel die schlesische Linie plötzlich, als hätte ein Windstoß sie umgeblasen. Pavesen und Spieße von sich werfend, wandte sich das Fußvolk einträchtig zur Flucht. Haugwitz, der sie aufzuhalten versuchte, wurde mitsamt seinem Pferd umgeworfen. In wilder Flucht und Panik, die Waffen von sich schleudernd und die Köpfe im Laufen mit den Händen schützend, stoben die schlesischen Bauern in Richtung Vorstadt und ins Gestrüpp am Fluss davon.

»Auf sie!«, schrie Jan Bleh. »Los, auf sie! Schlagt sie!«

Auf der Mönchswiese tuteten die Hörner. Als er sah, dass es höchste Zeit war, rief Puta von Czastolovice die Ritterschaft zum Kampf. Mit eingelegten Lanzen stürmten tausendeinhundert Berittene zum Angriff. Die Erde begann zu beben.

Bleh und Sigmund von Vranov hatten sofort den Ernst der Lage erkannt. Auf ihren Befehl hin verwandelte sich das Fußvolk von Tábor in einen pavesengeschützten Igel. Die Wagen wurden den Seiten nach aufgestellt, hinter den herabgelassenen

Verschlägen bleckten die Schlunde der Haubitzen. Die eiserne Schar der schlesischen Ritter formierte sich geschickt um und teilte sich in drei Gruppen. Die mittlere, unter der bischöflichen Fahne und mit Puta selbst an der Spitze, sollte wie ein Keil die taboritische Heeresordnung zerteilen und aufbrechen, die beiden anderen sollten sie dann in die Zange nehmen, die Johanniter mit Ruprecht von der rechten, die Leute des Münsterberger und des Ohlauer Herzogs von der linken Seite her. Die Soldaten des Bischofs und die eisenbewehrten Herren des Puta von Czastolovice ließen sich nicht aufhalten, ungestüm und mit Getöse warfen sie sich auf das böhmische Fußvolk. Eisen klirrte auf Eisen. Pferde wieherten wild. Menschen schrien und heulten.

»Jetzt! Vorwärts!«, befahl Prokop der Kahle und gab mit seinem Streitkolben die Richtung vor. »Greif ein, Bruder Jaroslav!«

Ein Gebrüll aus hunderten Mündern antwortete ihm. Vom linken Flügel her stürmte die berittene Schar von Jaroslav von Bukowina und Otíka z Lozy ins Feld, von rechts die Mähren unter Tovačovský, Puchałas polnische Reiter und die Mannen von Fedor von Ostrogski. Hinter ihnen stürmte die Reserve des Fußvolkes ins Feld, die schrecklichen Schlaner Dreschflegelkämpfer.

»Looos! Auf siiiieee!«

Sie erreichten ihr Ziel. In das Wiehern der Pferde und das Geschrei der Menschen mischte sich laut und vernehmlich der Klang ihrer Waffen, die auf die Rüstungen einhieben.

Die Johanniter versuchten, den Ansturm von Otíka z Lozy aufzuhalten, aber die Nimburger bezwangen sie schon beim ersten Angriff, Tuniken mit den weißen Kreuzen bedeckten überraschend schnell die blutgetränkte Erde. Die Münsterberger hielten tapfer stand, nicht nur, dass sie vor dem Ansturm nicht zurückwichen, sie warfen die Lanzenträger von Jaroslav von Bukowina sogar zurück. Auch die Ritter und Waffenknechte aus Ohlau hielten dem Ansturm durch Dobko Puchała und Tovačovský stand, aber den auf sie niederprasselnden Schwerthieben der Polen und der Mähren waren sie nicht gewachsen, sie schwankten. Als sie dann sahen, wie Puchała mit einem schrecklichen Hieb seiner Streitaxt den Schädel von Tiprando de Reno, dem Anführer dieser Krieger, spaltete, gaben sie auf. Die gesamte linke Flanke schwankte und zersplitterte wie Glas. Puta von Czastolovice bemerkte es. Obwohl er in den Kampf mit dem Fußvolk verwickelt und bis zum Helm hinauf blutbespritzt war, erfasste er sofort die Gefahr. Als er, in den Steigbügeln stehend, die ihn von rechts her einkesselnde Reiterei von Jaroslav von Bukowina und die auf ihn eindringenden Panzerreiter von Otíka z Lozy sowie die diesem zu Hilfe eilende Horde der Dreschflegelkämpfer sah, begriff er, dass er verloren war. Mit heiserer Stimme schrie er seine Befehle heraus und drehte sich um, er musste sehen, wie die bischöflichen Krieger Reißaus nahmen, wie Lorenz von Rohrau das Schlachtfeld verließ, wie Hintsche von Borschnitz davonlief und wie sich Nikolaus Zedlitz, der Burggraf von Ottmachau, verdrückte. Wie die Münsterberger Reiterei aufgerieben wurde. Wie die versprengten Ohlauer unter dem Ansturm der Mähren und der Polen das Weite suchten. Wie der Komtur Dietmar von Alzey starb und wie sich bei diesem Anblick die Johanniter zur Flucht wandten, wie ihnen die Reiterei von Otíka z Lozy im Nacken saß und unerbittlich auf sie einhieb. Wie, aufgespießt vom Haken einer Hellebarde, der junge Knappe Johann Zetterwang vom Pferd fiel, Sohn eines Glatzer Patriziers, dem er, Puta von Czastolovice, Starost von Glatz, gelobt hatte, auf seinen Jüngsten im Kampf Acht zu geben.

»Her zu mir!«, donnerte er. »Her zu mir, Glatz!«

Aber er konnte schreien, so viel er wollte, Schlacht und Krieg hatten ihre eigenen Gesetze. Als auf seinen Ruf hin die Glatzer Ritterschaft und die Reste der Söldner den Hussiten erbitterten, ja verzweifelten Widerstand boten, wendete Puta von Czastolovice sein Pferd und nahm Reißaus. Das musste er tun, das war notwendig. Jetzt galt es, Neisse zu retten, die immer noch gut bewaffnete und verteidigungsfähige Bischofsstadt. Jetzt galt es, Schlesien zu retten. Das Glatzer Land.

Und die eigene Haut.

Dicht vor dem Stadtgraben, der Stadtmauer und dem Zolltor zerstampfte Putas zum Galopp gezwungenes Pferd die achtlos weggeworfene bischöfliche Standarte im Schlamm. Die schwarzen Adler und die roten Lilien.

Auf diese Weise, mit einem alles zerschmetternden Sieg und einem weiteren Triumph Prokops des Großen, endete die Schlacht bei Neisse, die auf der Mönchswiese und deren Umgebung am Tag nach dem Fest der heiligen Gertrud im Jahre des Herrn 1428 geschlagen wurde.

Danach war alles wie immer. Die siegestrunkenen Scharen der Hussiten gingen daran, den Verwundeten den Garaus zu machen und die Erschlagenen zu berauben. Die Zahl der Toten betrug etwa tausend, aber schon zur Zeit des Abendgebets hörte Reynevan ein Liedchen, in dem von dreitausend die Rede war. Bis zum Morgengrauen war das Lied um zwei neue Strophen angewachsen und die Zahl der Getöteten um weitere zweitausend gestiegen.

Jetzt waren die triumphierenden Böhmen an der Reihe, vor den Stadtmauern von Neisse Flüche und Drohungen, Beschimpfungen und verschiedene Schmähungen gegen den Papst auszustoßen, und die Verteidiger sahen sich gezwungen, still wie die Mäuslein unterm Reisigbesen dazusitzen. Die Vorstadt ging in Flammen auf, wobei auch nicht eine einzige Hütte verschont wurde, aber die Stadt selbst wurde nicht angegriffen. Prokop begnügte sich mit einem Beschuss durch Bombarden, der nicht sehr intensiv war, und der Prediger Markolt organisierte vor der Stadtmauer eine abendliche Demonstration mit Fackeln und den auf Spieße gesteckten Köpfen der Gefallenen.

Am anderen Tag, noch bevor man mit dem Verladen der

Beute auf die Wagen fertig war, meldete sich Vogelsang bei Horn und Reynevan, und zwar in Gestalt des aus der Stadt geflohenen Drosselbart. Sofort begaben sie sich zu Prokop. Neisse, meldete Drosselbart, sei für die Verteidigung gut gerüstet, Herr Puta habe die Situation im Griff, halte auf eiserne Disziplin und ersticke jedes Anzeichen von Panik oder Defätismus bereits im Keim. Er habe genügend Kräfte und Mittel, um die Stadt im Falle einer Belagerung lange und wirksam zu verteidigen, auch jetzt, da Bischof und Herzöge geflohen seien.

»Während ihr hier mit den Köpfen der Toten auf den Lanzen herumgezogen seid«, erklärte der dürre Kerl ziemlich frech, »ist der Bischof durchs Breslauer Tor geflohen. Auch die Herzöge haben Fersengeld gegeben, Ruprecht, Ludwig von Ohlau und Johann von Münsterberg.«

Prokop der Kahle gab keinen Kommentar ab, er sah ihn nur fragend an. Drosselbart verstand ihn auch ohne Worte.

»Ruprecht könnt ihr vorläufig vergessen«, erklärte er. »Der flieht bis nach Haynau und wird sich unterwegs nicht aufhalten lassen. Wenn ihr meine Meinung hören wollt, dann wird auch jeden Moment sein Onkel Ludwig von Brieg Reißaus nehmen. Ludwig hat, wie euch sicher nicht entgangen ist, an der Schlacht nicht teilgenommen, ja, er hat sich nicht einmal aus Brieg wegbewegt, obwohl der Bischof wütend darüber war. Ludwig besitzt eine ziemlich große Streitmacht, an die hundert Lanzenreiter. Und geht dem Kampf aus dem Weg. Entweder hat er Schiss oder … Es gehen da diverse Gerüchte um … Soll ich reden?«

»Ich höre«, Prokop zwirbelte nachdenklich ein Endchen seines Schnurrbarts, »ich höre aufmerksam zu.«

»Ludwigs Gemahlin ist, wie ihr wisst, Elisabeth, die Tochter Friedrichs, des Kurfürsten von Brandenburg. Der Kurfürst verbündet sich mit dem polnischen König Jagiełło, er will seinen Sohn mit Jagiełłos Tochter vermählen. Er weiß, dass der polnische König insgeheim den Böhmen zuneigt, um ihn also nicht zu ärgern und die Chance auf ein Heiratsbündnis mit

Polen nicht zu verpassen, wirkt er über die Tochter auf Herzog Ludwig ein, damit sich dieser neutral verhält …«

»Genug!« Prokop ließ seinen Schnurrbart los. »Das ist Blödsinn, schade um die Zeit. Aber stärkt dieses Gerücht, verstärkt es. Soll es sich nur verbreiten! Was hörst du von Johann von Münsterberg? Und vom jungen Herzog von Ohlau?«

»Bevor sie aus Neisse geflüchtet sind, hat es einen Streit gegeben. Zwischen den beiden und Puta von Czastolovice. Es ist kein Geheimnis, worum es dabei ging. Beide wollen ihre Herzogtümer retten. Kurz gesagt: Sie wollen verhandeln. Sich freikaufen.«

»Denjenigen, die mit uns paktieren«, sagte Prokop langsam, »droht der Luxemburger mit dem Verlust ihres Lebens, ihrer Ehre und ihres Besitzes. Die Kirche gibt ihrerseits noch den Bannfluch dazu. Haben die das vergessen? Oder halten sie das alles für eine leere Drohung?«

»Der Luxemburger ist weit weg«, Drosselbart zuckte mit den Achseln, »sehr weit sogar. Viel zu weit weg für einen König. Ein König sollte seine Untertanen verteidigen. Was aber tut Sigismund? Sitzt in Buda. Im Streit mit Puta haben die Herzöge mehr als einmal darauf hingewiesen.«

»Was meint ihr dazu?« Prokop hob den Kopf. »Horn? Bielau?«

»Johann von Münsterberg ist ein Verräter!«, stieß Reynevan hervor. »Ein verlogener Lump! Er ist aus Neisse geflohen und hat Herrn Puta, seinen zukünftigen Schwiegervater, verraten und im Stich gelassen. Er verrät den Luxemburger und will mit uns paktieren, weil ihm das heute in den Kram passt. Morgen, wenn es ihm in den Kram passt, verrät er uns!«

Prokop blickte ihn lange an.

»Ich nehme an«, sagte er dann, »dass Johann von Münsterberg und Ludwig von Ohlau unentschlossen sind, dass sie zögern und nicht wissen, wie sie an uns herantreten sollen. Wir werden ihnen das erleichtern, indem wir selbst den ersten Schritt tun. Wenn sie tatsächlich verhandeln wollen, werden sie die Gelegenheit mit beiden Händen ergreifen. Ihr geht nach Münsterberg und Ohlau und unterbreitet ihnen den Vorschlag. Wenn sie die Ablöse zahlen und sich von bewaffneten Aktionen fernhalten, werde ich ihre Herzogtümer verschonen. Wenn sie nicht zahlen oder die Übereinkunft brechen, werden sie sich auch in hundert Jahren nicht aus Trümmern und Brandstätten erheben. Ihr geht sofort. Ihr zwei. Horn und Bruder Drosselbart.«

»Und ich?«, fragte Reynevan. »Ich nicht?«

»Du nicht«, erwiderte Prokop ruhig. »Du regst dich viel zu schnell auf. Dahinter steckt eine private Angelegenheit, eine persönliche Rache. Wir verfolgen auf diesem Feldzug hehre Ziele und Ideen. Wir verbreiten das wahrhaftige Wort Gottes. Wir brennen die Kirchen nieder, in denen man statt Gott den römischen Antichristen verehrt. Wir strafen die Prälaten, die sich an Rom verkauft haben, diese Unterdrücker des Volkes. Wir strafen die Deutschen, die nach slawischem Blut dürsten. Aber neben den hehren Ideen haben wir auch Interessen zu verfolgen. Die Ernte war schlecht, wir beginnen auch die Auswirkungen der Blockade zu spüren. Der Strich Roggen kostet in Prag vier Groschen, Reinmar. Vier Groschen! Den Böhmen droht eine Hungersnot. Wir sind nach Schlesien gezogen, um Beute zu machen. Des Geldes wegen. Wenn ich Geld kampflos und ohne Leute zu opfern, bekommen kann, umso besser, umso größer ist der Vorteil. Pakte und Übereinkommen sind ebenso gute Mittel, einen Krieg zu führen, wie der Beschuss aus der Bombarde, merk dir das! Verstehst du das?«

»Ich verstehe.«

»Großartig. Aber ich warte trotzdem so lange, bis sich das in deiner Seele festgesetzt hat. Inzwischen reiten Horn und Drosselbart nach Münsterberg und Ohlau. Ohne dich. Für dich habe ich andere Aufgaben.«

Am nächsten Tag, am Samstag vor dem Sonntag *Judica*, der in Schlesien Weißer Sonntag genannt wird, begann Prokop, mit Puta von Czastolovice über das Lösegeld für die Gefangenen, die in der Schlacht gemacht worden waren, zu verhandeln. Währenddessen brannten Jaroslav von Bukowina und Sigmund von Vranov Ottmachau und Patschkau nieder, den Himmel mit zwei mächtigen, weithin sichtbaren Rauchsäulen zierend. Otíka z Lozy, Zmrzlík und Tovačovský waren auch nicht faul, sie brannten Weidenau nieder und nahmen die Burg Jauernig ein. Auch Puchała stand ihnen in nichts nach, eifrig und systematisch setzte er die bischöflichen Dörfer und Vorwerke in Brand.

Prokop fand aber auch einen Moment Zeit für Reynevan. Er legte eine Verhandlungspause ein, um sich von ihm zu verabschieden. Und um ihm letzte Ratschläge zu erteilen.

»Deine Aufgabe«, belehrte er ihn, »ist für den Feldzug von erstrangiger Bedeutung. Jetzt, unter vier Augen, kann ich es dir sagen: Sie ist sehr viel wichtiger als die Verhandlungen, die Horn und Drosselbart führen. Ich sage dir das deshalb, weil ich sehe, dass du immer noch schmollst, weil ich dich nicht mit ihnen zusammen losgeschickt habe. Ich sage es noch einmal: Du hast eine Aufgabe erhalten, die hundertmal wichtiger ist. Und hundertmal schwieriger, das möchte ich nicht verhehlen.«

»Ich werde sie ausführen, Bruder Prokop«, versprach Reynevan, »zum Ruhme des Kelches.«

»Zum Ruhme des Kelches«, wiederholte Prokop der Kahle nachdrücklich. »Gut, dass du es so auffasst. Und dass du begreifst, wie eng diese Sache mit dem Kelch zusammenhängt. Und dass du nur mit uns deinen Bruder und dich für das durch die Papisten erlittene Unrecht rächen kannst. Nur so und nicht anders wirst du dies tun können. Denke daran.«

»Ich werde daran denken.«

»Dann geh mit Gott.«

Sie machten sich mittags zu Pferd auf den Weg: Reynevan, Scharley, Samson, Bisclavret und Řehors. Samson hatte am Sattelknopf seinen flämischen Goedendag hängen, Scharley hatte sich mit einem gefährlich aussehenden Krummschwert, einem so genannten *falcion*, bewaffnet, das eine gekrümmte und sich zum Ende hin verbreiternde Klinge besaß. Diese Waffen wurden, trotz ihres sarazenisch anmutenden Aussehens, in ganz Europa geschmiedet, besonders in Italien waren sie sehr beliebt. Sie waren leichter als Schwerter und bedeutend einfacher im Kampf zu führen, besonders im Getümmel.

In der Nähe des niedergebrannten Ottmachau setzten sie ans linke Ufer der Glatzer Neiße über und zogen auf die Kette des Reichensteiner Gebirges zu. Sie hatten einen Weg gewählt, den vor ein paar Tagen erst die hussitischen Truppen entlanggezogen waren; überall, so weit das Auge reichte, waren die Spuren dieses Zuges und die Zeichen der Verwirklichung der hehren Ziele und Ideen von Tábor zu sehen. Von den Kirchen, in denen der römische Antichrist verehrt wurde, waren nur Brandstätten geblieben. Hie und da hing an einem kahlen Ast ein Prälat, der sich an Rom verkauft hatte. Krähen, Raben, Wölfe und verwilderte Hunde taten sich an den Toten gütlich. Eigentlich hätte man annehmen müssen, dies wären ausschließlich die Leichen von nach slawischem Blut dürstenden Deutschen und von Feinden des Kelches. Man hätte annehmen müssen, dass sich unter den Toten keine Unschuldigen und keine Zufallsopfer befänden. Man hätte es annehmen müssen. Aber niemand tat es.

Sie ließen das Bischofsdorf Jauernig hinter sich und strebten den Bergen zu, dem Krautenwalder Pass. Und hier wurden sie mitten im Frühling vom Winter überfallen.

Es begann ganz harmlos, indem sich der Himmel bewölkte, ein etwas schärferer und kälterer Wind blies und ein paar vereinzelte Schneeflocken herabschwebten. Ohne Vorwarnung verwandelten sich dann aber die paar Schneeflocken in ein weißes Schneegestöber. Der Schnee fiel in dichten großen Flocken und bedeckte sofort den Weg, überzog die Fichten und füllte die Bodenrinnen an. Den Reisenden schmiegte er sich ins Gesicht, taute an den Wimpern und füllte die Augen mit Wasser. Je weiter hinauf sie zum Pass gelangten, umso schlimmer wurde es – der wütend fauchende Wind rief ein solches Schneegestöber hervor, dass sie außer den mit Schnee bedeckten Mähnen ihrer Pferde nichts mehr erkennen konnten. Das Schneegestöber machte sie blind und trieb ein Spiel mit all ihren anderen Sinnen – in diesem Schneetreiben, das hätten sie beschwören können, erklangen wildes Gelächter, Kichern, Geschrei und Gejohle. Keiner der Freunde war übertrieben abergläubisch, aber alle krümmten sich plötzlich seltsam in ihren Sätteln zusammen, und die Pferde begannen, ohne dass jemand sie angetrieben hätte, energischer vorwärts zu drängen und von Zeit zu Zeit unruhig zu schnauben.

Zum Glück führte der Weg sie in einen Talkessel, der zusätzlich durch einen Buchenwald geschützt war. Dann spürten sie den Rauch und sahen ein Lichtlein.

Es herrschte vollkommene Stille. Bei solch einem Wetter hatten nicht einmal die Hunde Lust zu bellen.

In der Schenke wurden außer Bier nur Heringe, Kraut und Erbsen ohne Fett serviert – schließlich war Fastenzeit. Es hielten sich jedoch so viele Gäste in der Gaststube auf, dass Reynevan und seine Gefährten nur mit Mühe einen Platz fanden. Die meisten Gäste waren Bergleute aus Reichenstein und Zuckmantel, aber auch solche, die vor dem Krieg geflohen waren, fehlten nicht, sie kamen aus Patschkau, Weidenau und sogar aus Ziegenhals. Der Überfall der Hussiten beherrschte natürlich das Gespräch und verdrängte sogar die Themen Wirtschaft und körperliche Liebe. Alle sprachen von den Hussiten. Řehors wäre nicht er selbst gewesen, hätte er eine solche Gelegenheit verstreichen lassen.

»Ich sage euch, wie es in der Welt so zugeht«, verkündete er, als man ihn endlich zu Wort kommen ließ. »Der eine geht ehrlicher Arbeit nach und verzehrt sein ehrlich verdientes täglich Brot. Andere aber, die dieses Brot verzehren, sind Räuber und Diebe, weil sie nicht dafür gearbeitet, sondern es den Arbeitenden gestohlen und geraubt haben. Und zu denen gehören die Herren, die Prälaten, die Priester, die Mönche und die Nonnen, die das Volk wie Blutegel aussaugen und die nicht das tun, was das Evangelium lehrt, sondern genau das Gegenteil. Daher sind sie alle Feinde des Gesetzes Gottes und haben Strafe verdient. Wisst ihr, Brüder, wie die Bauern in Katscher und Leobschütz ihr Hab und Gut bewahrt haben? Sie haben die Sache in die eigene Hand genommen und erledigt. Als die Böhmen herangezogen sind, haben sie Kirche und Herrenschloss nur noch als Brandstätte vorgefunden und den Herrn und den Pfarrer an Stricken baumelnd. Denkt mal darüber nach, ihr Christenbrüder. Denkt gut darüber nach!«

Die Zuhörer, ja, ja, wohl, wohl, er redet wohl, die Herren und die Mächtigen drücken uns, dass es sich nicht leben lässt, noch ein Bier, Wirt, und die Pfaffen und die Mönche sind die Schlimmsten, Blutsauger allesamt, der Teufel soll sie holen, Bier her, Bier her, mehr Bier, und dann die Steuern, verfluchte Scheiße, die erdrücken uns noch ganz, schwere Zeiten sind das, die Weiber haben nur Hurerei im Kopf, die Jungen feiern nur noch und hören nicht auf die Alten, früher war das anders, mehr Bier, zapf noch ein Fässchen an, Wirt, dein Hering ist so salzig, der soll doch gleich die Krätze kriegen.

Scharley fluchte, über seine Schüssel gebeugt, leise, Samson schnitt Stöckchen und seufzte. Reynevan kaute auf den Erbsen herum, die ohne Schmalz wie Hühnerfutter schmeckten. Unter der niedrigen, verrußten Balkendecke des Schankraums waberte der Rauch, tanzten Spinnweben und trügerische Schatten.

Sie schliefen im Stall, am frühen Morgen zogen sie weiter auf ihrem Weg in Richtung Landeck. Reynevan und Scharley hatten Řehors' gestrigen Auftritt nicht vergessen. Er wurde beiseite genommen und musste sich einige Bemerkungen anhören, die hauptsächlich die Prinzipien der Konspiration betrafen. Vogelsang sei, ermahnte ihn Reynevan, in einer wichtigen und geheimen Mission nach Glatz unterwegs. Das verlange Diskretion und Tarnung. Es könne der Mission schaden, zöge man zu viel Aufmerksamkeit auf sich.

Zunächst plusterte sich Řehors noch ein wenig auf und berief sich auf seine ihm unmittelbar von Prokop erteilten Befehle. Die unter den Bauern verbreitete Propaganda, rühmte er sich, habe bei Neisse die Moral des bischöflichen Fußvolkes untergraben, und so weiter und so fort. Schließlich erklärte er sich einverstanden damit, etwas mehr Zurückhaltung zu wahren. Das hielt er auch eine halbe Meile aus, bis sie zu der eben eine halbe Meile hinter Landeck gelegenen Ortschaft Reyersdorf kamen.

»Ich sage euch, wie es in der Welt so zugeht«, rief er, nachdem er auf ein Fass gestiegen war, den Bauern und Flüchtlingen zu. »Die Pfaffen und die Wohlgeborenen behaupten, dass die Böhmen uns den Krieg bringen. Sie lügen! Dies ist kein Krieg, sondern brüderlicher Beistand, eine Friedensmission! In einer Friedensmission kommen die Gottesstreiter nach Schlesien, denn der Frieden, *pax Dei*, ist für die guten Böhmen das höchste Gut. Aber damit Frieden herrschen kann, muss man die Feinde des Friedens bezwingen, wenn es sein muss, mit Waffen und mit Gewalt! Nicht das schlesische Brudervolk ist für die Böhmen der Feind, sondern der Bischof von Breslau, dieser Lump, Unterdrücker und Tyrann. Der Bischof von Breslau ist mit dem Teufel im Bunde, er vergiftet die Brunnen, damit sich in Schlesien Seuchen ausbreiten, die das Volk verderben. Daher sind die Böhmen gegen den Bischof, gegen die Pfaffen, gegen die Deutschen! Das einfache Volk braucht die Böhmen nicht zu fürchten!«

Als die Menschenmenge noch stärker anwuchs, fand auch Bisclavret sein Betätigungsfeld. Er las den Leuten einen Brief von Jesus Christus vor, einen Brief, der in der Nähe von Troppau vom Himmel herab auf ein Feld niedergefallen war.

»O ihr Sünder und Unwürdigen«, las er ergriffen. »Euer letztes Stündlein ist nahe. Ich bin geduldig, aber wenn ihr nicht mit Rom, dieser babylonischen Bestie, brecht, dann verfluche ich euch, gemeinsam mit meinem Vater und meinen Engeln, bis in alle Ewigkeit. Dann schicke ich Hagel, Feuer, Blitze und Unwetter, um eure Arbeit und eure Weinberge zu verderben, und nehme euch all eure Schafe weg. Ich werde euch mit böser Luft strafen und euch großes Elend auferlegen. Ich ermahne euch also und verbiete euch, jenen unwürdigen Papisten, Presbytern und Bischöfen, jenen Dienern des Antichristen, den Zehnten zu geben; ich verbiete euch, ihnen zuzuhören. Denn wer sich entgegenstellt, wird das ewige Leben nicht erlangen, und in seinem Hause werden die Kinder blind, taub und räudig geboren ...«

Die Zuhörer bekreuzigten sich mit schreckverzerrten Gesichtern. Scharley fluchte leise. Samson schwieg und mimte den Idioten. Reynevan seufzte, unternahm aber nichts mehr und sagte auch nichts mehr.

Das Tal der Biele führte sie geradewegs in den Glatzer Kessel, um einzukehren, hielten sie im Weiler Eisersdorf bei einer Schenke. Dass die Gegend reich war an Gasthäusern und Schenken, verwunderte sie nicht, reisten sie doch auf einer Handelsstraße, die besonders von Kaufleuten genutzt wurde, die auf dem Weg nach Böhmen die Glatzer Maut- und Zollstationen umgehen wollten. Durch den beträchtlichen Anstieg hinauf zum Krautenwalder Pass war der Weg zwar zu mühsam für schwer beladene Wagen, aber Kaufleute, die mit leichterem Gepäck reisten, wählten oft diese Straße. Die Gefährten hatten sich aus anderen Gründen für sie entschieden.

In der Schenke in Eisersdorf nahm neben den Kaufleuten, Reisenden und den in letzter Zeit immer häufiger anzutreffenden Flüchtlingen eine Gruppe von Vaganten, Spielleuten und fröhlichen Scholaren, die viel Lärm und Durcheinander veranstalteten, ihre Mahlzeit ein. Řehors und Bisclavret würden es nicht lange aushalten, das war vollkommen klar. Die Versuchung war zu groß. Nachdem sie ein paar obszöne Anekdoten über den Papst, den Bischof von Breslau und die Geistlichkeit im Allgemeinen erzählt hatten, fingen sie mit politischen Rätseln an.

»Warum hütet die römische Kurie ihre Schäfchen?«, fragte Řehors.

»Weil sie sie scheren kann!«, schrien die Vaganten im Chor und klopften mit ihren Humpen auf den Tisch.

»Aber jetzt passt auf!«, rief Bisclavret. »Jetzt geht's um die kirchliche Hierarchie! Wer errät das? *Virtus, ecclesia, clerus, diabolus! Cessat, calcatur, errat, regnat!*«

»Die Tugend wird mit Füßen getreten«, die Scholaren verbanden die Wörter geschickt miteinander zu Wortpaaren, »die Kirche irrt, der Klerus ist untätig, der Teufel herrscht!«

Der Wirt schüttelte den Kopf, einige Kaufleute wandten sich demonstrativ ab. Auch den fünf grau gewandeten Reisenden am Nachbartisch missfiel diese vagantische Fröhlichkeit entschieden. Besonders einem von ihnen, der eine dunkle Haut hatte und wie ein Zigeuner aussah.

»Seid still!«, forderte der Dunkelgesichtige nach einiger Zeit von ihnen. »Seid still, ihr seid nicht allein in der Wirtschaft! Man kann sich bei dem Lärm, den ihr macht, ja nicht einmal in Ruhe unterhalten!«

»Oho!«, schrien die Vaganten zurück. »Seht doch mal! Da hat sich ein Bauernstreithammel gefunden! Wer hätte das gedacht!«

»Ich habe gesagt, ihr sollt die Schnauze halten!« Der Dunkelgesichtige gab nicht auf. »Schluss mit dem Unfug!«

Die Vaganten übertönten ihn mit Pfiffen und imitierten Furzgeräuschen. Anschließend scherzten sie aber doch etwas gemäßigter, zumindest etwas gedämpfter. Vielleicht passierte deshalb auch, was dann passierte. Reynevans Ohren hatten sich bei dem lauten Gelächter über die dümmlichen Witze über Päpste, Antipäpste, Bischöfe und Prioren geschlossen und waren taub geworden, jetzt aber begann er plötzlich, auf andere Stimmen und Töne zu lauschen. Er wusste selbst nicht, ab wann er aus dem Durcheinander und dem Chaos etwas anderes herauszuhören begonnen hatte, Fetzen eines Gesprächs, das die fünf grau gewandeten Reisenden führten. Es war etwas darin, das an seine Ohren gedrungen war, ein Wort oder eine Reihe von Wörtern, vielleicht ein Satz. Vielleicht ein Name? Ohne zu wissen warum, tauchte Reynevan den Finger in sein Bier und zeichnete damit auf der Tischplatte das Zeichen Supirre, das zum Abhören benutzt wurde. Als er Samsons erstaunten Blick auf sich ruhen fühlte, zog Reynevan mit dem nun trockenen Finger das Zeichen noch einmal nach, absichtlich über die Linie hinaus, und vergrößerte es. Sofort begann er deutlicher zu hören.

»Darf man wissen, was du beabsichtigst?«, fragte Samson, der mit dem Stöckchenschnitzen aufgehört hatte, mit sanfter Stimme.

»Stör mich bitte nicht.« Reynevan konzentrierte sich. »Supirre *spe, vero. Aures quia audiunt.* Supirre *spe, vero.*«

Noch bevor die Beschwörung beendet war, begann er jedes Wort zu verstehen.

»Ich will auf der Stelle tot umfallen, wenn ich lüge«, prahlte der Dunkelgesichtige. »Solch einen wohlgeformten Körper habe ich noch bei keinem Weib gesehen, niemals. Kleine Brüste wie die heilige Cäcilia auf dem Bild in der Kirche, aber fest, als wenn sie aus Marmor wären; sogar wenn sie auf dem Rücken lag, ragten sie in die Höhe. Ist ja kein Wunder, dass Herzog Johann wegen dieses Franzosenweibes den Kopf derart verloren hat.«

»Aber schließlich ist er klüger geworden.« Der Zweite kicherte. »Hat sich ihrer entledigt, sie ins Loch gesteckt.«

»Dafür soll Gott ihn belohnen!« Der Dunkelgesichtige wieherte. »Anders hätten wir uns ihrer nicht bedienen können. Und ich sage euch, wir haben uns bedient, hoho ... Jede Nacht haben wir uns im Münsterberger Loch eingefunden ... Und jede Nacht haben wir sie alle zusammen ... Gewehrt hat sie sich, sag ich euch, wie eine Wilde, wie eine Katze hat sie uns manchmal das Gesicht zerkratzt ... Aber dadurch war die Freude nur noch größer.«

»Habt ihr eich denn nit geforcht'? Dass se eich behext? Se sog'n, de Burgundrin is' e Hex, mit'm Teifel im Bunde. Der Abt vun Kamenz hot's a gesogt ...«

»Na ja«, gab der Dunkle zu, »ich will nicht lügen, anfangs hatte ich schon Angst. Aber die Lust war stärker, hehehe. Was denn, das hat man doch nicht oft, dass man eine Schönheit ficken kann, die der edle Herzog Johann von Münsterberg zuvor selbst noch in seinem Daunenbett gevögelt hat. Außerdem haben uns die Kerkerknechte beruhigt, sie vögeln seit drei Jahren alle jungen Weiber, die ins Loch kommen, und die meisten davon sind wegen Hexerei angeklagt. Die vögeln sie so, wie sie wollen, und keinem ist je etwas geschehen. Diese ganze Hexerei wird überbewertet.«

»Und der Pfarrer bei der Beichte?«

»Ich pfeif auf den Pfarrer. Aber ich sage euch, schade, dass ihr die nicht gesehen habt, diese Adele nämlich. Wenn ihr die gesehen hättet, nackt, da wäre eure Angst gleich verflogen. Einmal, in der Nacht, da haben wir sie ...«

Das, was einmal in der Nacht geschehen war, sollten die Spießgesellen des Dunklen nie erfahren. Reynevan handelte wie in Trance, fast ohne es selbst wahrzunehmen. Er sprang auf wie eine Sprungfeder, machte einen Satz und schlug dem Schwätzer mit Schwung die Faust ins Gesicht. Die Nase brach, Blut spritzte. Reynevan wiegte sich in den Hüften und schlug noch einmal zu. Der Geschlagene heulte auf, er heulte so herzzerreißend und so fürchterlich, dass alles in der Schenke verstummte. Die Leute begannen zur Tür zu flüchten. Die Gefährten des Reisenden sprangen auf, standen aber dann wie versteinert da. Als der Dunkle einen dritten Schlag erhielt und von der Bank auf den Fußboden fiel, rannten sie davon. Bisclavret und Řehors drängten die Scholaren und Vaganten zur

Tür. Scharley hielt den herbeieilenden Wirt auf. Das Schankmädchen fing an, mit dünner Stimme zu plärren.

Der am Boden liegende Dunkle plärrte auch. Ebenfalls dünn, verzweifelt, flehend. Er verschluckte sich, als ihm Reynevan aus Leibeskräften in den Mund trat. Vom Boden hochgerissen, gurgelte er, spuckte Blut und Zähne aus, schüttelte den Kopf, rollte die Augen, erschlaffte und knickte zusammen. Reynevan wollte wieder auf ihn losgehen, aber die Faust genügte ihm nun nicht mehr, sie erschien ihm völlig unpassend. Die Welt rings um ihn herum wurde hell, blendend weiß und durchsichtig. Er drückte den Kerl gegen einen Pfeiler und griff sich einen Krug vom Tisch. Der Krug zersprang nach dem ersten Schlag. Er langte nach einem dicken Knüppel, der auf dem Tisch lag, und zog ihn dem Kerl am Pfeiler über Ellenbogen und Arm. Es knirschte. Der Dunkle jaulte wie ein Hund. Reynevan hieb ein zweites Mal mit voller Wucht auf den anderen Arm. Dann auf das Bein. Dem zu Boden Fallenden schlug er auf den Kopf, als er dalag, trat er ihm in den Bauch, ein zweiter Tritt traf den Unterleib. Der Dunkle schrie nicht mehr, er zitterte nur noch, wie im Fieber. Auch Reynevan zitterte. Er warf den Knüppel weg, kniete über dem am Boden Liegenden und begann mit voller Wucht, dessen Hinterkopf auf die Dielen zu knallen. Er spürte, wie der Schädelknochen nachgab und zerplatzte. Wie eine Eierschale. Jemand griff nach ihm und zog ihn gewaltsam hoch. Samson.

»Genug«, wiederholte der Riese, der ihn fest umklammerte. »Genug, es reicht, es reicht. Komm zu dir!«

»Wenn Konspiration und Deckung eurer Auffassung nach so aussehen, dann gratuliere ich euch herzlich!« Řehors räusperte sich.

»Wir haben eine Mission«, setzte Bisclavret hinzu, »und jetzt werden sie uns wegen Mordes verfolgen. Reynevan! Was ist denn über dich gekommen? Warum hast du ihn so ...«

»Offensichtlich hatte er einen Grund«, unterbrach ihn Scharley.

»Aha«, meinte Řehors, »lasst mich raten. Adele von Sterz. Reynevan! Aber du hast doch versprochen ...«

»Halt den Mund!«

Um den Kopf des am Boden Liegenden breitete sich eine große, im Licht der Fackeln schwarz glänzende Lache aus. Scharley kniete neben ihm nieder, fasste seine Schläfen, drückte sie fest und drehte sie dann rasch und kräftig. Es knirschte, der Kerl streckte sich und sank zusammen. Reynevan sah all das wie in einem hellen, weißen Licht. Er hörte alles wie durch einen Wasserfall hindurch. Seine Beine waren wie aus Watte, hätte Samson ihn nicht festgehalten, wäre er zu Boden gesunken.

Scharley stand auf.

»Tja, Reinmar,« sagte er kühl, »damit hast du einen Einschnitt in deinem Leben hinter dir. Aber du musst noch viel lernen. Damit meine ich die Technik.«

»Lasst uns abhauen«, sagte Bisclavret. »Schnell!«

»Er hat Recht«, meinte Samson.

Sie sprachen nicht. Sie ritten schweigend weg, im Galopp, dem Lauf der Biele folgend, in den Glatzer Kessel. Irgendwann standen sie an einer Wegkreuzung, auf einem Weg, der am rechten Ufer der Glatzer Neiße entlangführte. Von Süden her kamen Massen von Flüchtlingen den Weg heraufgezogen. In wilder Flucht und Panik.

Sie mischten sich unter die Menge. Keiner achtete auf sie. Keiner interessierte sich für sie. Keinen interessierte ein gewöhnliches Verbrechen, ein unwichtiger Mord, ein unwichtiges Opfer, ein unwichtiger Täter. Es gab Wichtigeres. Viel Wichtigeres. Viel Bedrohlicheres. In den Stimmen der Flüchtlinge aus dem Süden war dies zu hören.

Bobischau war niedergebrannt worden. Lewin war niedergebrannt worden. Die Burgen Homole und Schnallenstein wurden belagert. Mittelwalde stand in Flammen. Das Tal der Glatzer Neiße hinab ziehen brennend und mordend die Angreifer. Die mächtige, vieltausendfache Armee der hussitischen Ketzer. Die berühmten Waisen unter der Führung des berühmten Jan Královec.

Fast ein halbes Jahrhundert danach rutschte der alte Chronist im Augustinerkloster von Sagan auf seinem harten Schemel hin und her, rückte ein Pergament auf seinem Pult zurecht, glättete es, tauchte seine Feder in die Tinte und begann zu schreiben.

»*In medio Quadragesimae anno Domini MCCCCXXVIII traxerunt capitanei de secta Orphanorum Johannes dictus Královec, Procopius Parvus dictus Prokoupko et Johannes dictus Colda de Zampach in Silesiam cum CC equitibus et IV milibus peditum et cum CL curribus et versus civitatem Glatz processerunt. Civitatem dictam Mittelwalde et civitatem dictam Landeck concremaverunt et plures villas et oppida in eodem districtu destruxerunt et per voraginem ignis magnum nocumentum fecerunt …*«

Der Mönch hob plötzlich angstvoll den Kopf, er hatte Rauch gerochen. Aber das war nur das Unkraut, das im Klostergarten verbrannt wurde.

Neunzehntes Kapitel

in dem sich Reynevan bemüht – intensiv, verbissen und auf vielerlei Art, oder wie der Chronist ein halbes Jahrhundert später schreiben wird, diversis modis –, *bei der Eroberung von Glatz zu helfen.*

Glatz, dessen Silhouette sie am Morgen erblickten, zeigte sich als eine an den Hang geschmiegte Masse roter Dachziegel und goldfarbener Strohdächer, die sich bis hinunter zum Ufer des den Hang netzenden Mühlgrabens zogen. Den Hang krönte die mit Türmen verzierte Burg, die sich in der hier schon breit dahinfließenden Neiße spiegelte.

Immer noch versperrten die Karren der Flüchtlinge samt ihrem stinkenden Inhalt und den ebenso stinkenden Kindern die Straße. Je näher man der Stadt kam, umso mehr Wagen wurden es, der Lärm wuchs, die Kinder schienen sich von selbst zu vermehren, und auch der Gestank nahm mächtig zu.

»Vor uns liegen der Alte Rossmarkt und die Vorstadt.« Řehors gab mit der Hand die Richtung an. »Gleich kommt die Brücke über den Königshainer Bach.«

Dieser erwies sich als munter dahineilendes Bächlein, und die Brücke war völlig verstopft. Reynevan und seine Gefährten folgten daher dem Beispiel anderer Reiter und lenkten ihre Tiere ins Wasser, das diese auch mühelos durchquerten. Hier standen jetzt zu beiden Seiten der Straße Hütten, Katen und Schuppen, die Menschen gingen ihren alltäglichen Beschäftigungen nach und hatten für die Vorüberziehenden kaum mehr als einen flüchtigen Blick übrig. Eine Zeit lang kamen sie ziemlich rasch voran, aber dann war der Weg erneut versperrt. Diesmal gab es keine Möglichkeit zum Ausweichen.

»Die Brücke über die Neiße«, sagte Bisclavret, der in den Steigbügeln stand. »Da vorn ist alles dicht. Da können wir gar nichts tun. Wir müssen warten.«

Sie warteten. Die Schlange bewegte sich nur langsam vorwärts, und so hatten sie Gelegenheit, die Landschaft zu bewundern.

»Oho«, brummte Řehors, »es hat sich vieles verändert. Sie haben die Mauern ausgebessert, am Ufer des Mühlgrabens sehe ich neue Schanzen, Gräben und Palisaden ... Herr Puta war nicht untätig. Man sieht, er hat vorgesorgt.«

»Er hat aus Ambros' Zug vor drei Jahren gelernt«, brummte Scharley zurück. »Seht ihr das dort?«

Das Gedränge auf der Straße wurde durch Wagen vergrößert, die mit Lebensmitteln, Steinen und Bündeln mit Bolzen beladen waren.

»Sie bereiten sich auf die Verteidigung vor ... Was ist denn dort los? Reißen die etwa jetzt Gebäude ab?«

»Das Franziskanerkloster«, erklärte Bisclavret. »Sie handeln klug, wenn sie es abreißen. Im Falle einer Belagerung wäre dies ein vollendeter Belagerungsturm, noch dazu ein gemauerter. Die günstigste Schussdistanz für Büchsen beträgt vierhundert Schritte, Kugeln, die von der Klostermauer abgeschossen werden würden, würden mitten in der Stadt einschlagen, genau ins Rathaus. Sie beweisen Verstand, wenn sie es niederreißen.«

»Beim Abbruch packen die Franziskaner selbst am eifrigsten mit an«, bemerkte Scharley, »die tummeln sich, wie ich sehe, mit erstaunlichem Eifer, geradezu fröhlich. Dies ist wirklich ein Symbol dafür, wie das Schicksal regiert. Eigenhändig reißen sie ihr eigenes Kloster nieder, und dazu noch mit Freuden.«

»Ich habe ja gesagt, sie handeln klug. Gott, ist das ein Gedränge auf dieser Brücke ... Zum Teufel noch mal ... Kontrollieren die oder was?«

»Wenn die Nachricht schon bis hierhergelangt ist ...« Řehors blickte verwirrt den noch immer schweigenden Reynevan an.

»Ist sie nicht«, unterbrach ihn Scharley, »kann sie gar nicht. Gerate jetzt bloß nicht in Panik.«

»Das werde ich nicht, das tue ich nie«, verwahrte sich Řehors. »Und jetzt lebt wohl. Ich komme nicht mit in die Stadt, ihr werdet außerhalb der Stadtmauer einen Verbindungsmann brauchen. Bisclavret, dieselben Signale wie immer?«

»Klar doch. Auf Wiedersehen.«

Řehors trieb sein Pferd an, verschmolz mit der Menge und verschwand in ihr. Die Übrigen rückten im Schildkrötentempo zur steinernen Brücke vor. Reynevan schwieg. Scharley ritt näher und stieß ihn leicht an.

»Was du getan hast, hast du getan«, sagte er in beruhigendem Tonfall. »Du machst es nicht ungeschehen. Ein paar Nächte lang wirst du, statt zu schlafen, die Decke anstarren und Gewissensbisse haben. Aber jetzt musst du dich zusammenreißen!«

Reynevan räusperte sich und sah Samson an. Samson sah nicht weg. Er nickte, um zu zeigen, dass er mit Scharley übereinstimmte.

Aber er lächelte dabei nicht.

Am Brückenkopf standen eine Abteilung Hellebardenträger und eine Gruppe von Mönchen in schwarzen Habiten, mit ledernen Riemen gegürtet, ein Zeichen dafür, dass es Augustiner waren.

»Achtung!«, riefen die Zehnerschaftsführer. »Achtung, Leute! Die Stadt bereitet sich auf die Verteidigung vor, Zutritt zur Brücke haben daher nur diejenigen, die mit Waffen umgehen und kämpfen können! Nur diejenigen, die mit Waffen umgehen können!«

»Wer nicht bewaffnet, aber arbeitsfähig ist, hilft, das Kloster zu schleifen und Palisaden zu errichten. Nur solche Familien können in Glatz bleiben. Der Rest zieht weiter zur Vorstadt Fischerberg, dort kochen und verteilen die Franziskanerbrüder Mahlzeiten, auch Kranke werden dort behandelt. Von dort aus, wenn ihr euch ausgeruht habt, zieht nach Norden, nach

Wartha. Ich sag's noch einmal, Glatz bereitet sich auf die Belagerung vor, Zutritt nur für diejenigen, die mit Waffen umgehen können! Diese begeben sich unverzüglich auf den Marktplatz und stellen sich dort den Zunftmeistern zur Verfügung ...«

Die Menge wogte und lärmte, aber die Hellebardenträger blieben standhaft. Daraufhin begann die Menge sich zu teilen, die einen gingen auf die Brücke zu, die anderen machten sich laut schimpfend und fluchend weiter auf den nach Breslau führenden Weg, der sich zwischen dem Ufer der Neiße und den Hütten der Vorstädte dahinschlängelte.

Das Gedränge ließ etwas nach.

»Achtung! Die Stadt bereitet sich auf die Verteidigung vor! Zugang nur für diejenigen, die mit Waffen umgehen können!«

Am Brückenkopf entstand ein Tumult. Dort wurde ein Streit ausgetragen, aufgeregte Stimmen waren zu hören. Reynevan stellte sich in die Steigbügel, um besser zu sehen. Drei Geistliche in Reisegewändern stritten sich mit einem Hundertschaftsführer, der ein weiß-blaues Wappenfeld auf seiner Tunika trug. Zu den Streitenden gesellte sich ein hochgewachsener Augustinermönch mit einer Adlernase und eckigen Brauen.

»Hochwürden Propst Feßler von der Pfarrei in Waltersdorf?«, fragte der Augustiner, einen der Geistlichen erkennend. »Was führt Euch nach Glatz?«

»Das kann doch wohl nur ein dämlicher Scherz sein!«, antwortete der Priester und runzelte übertrieben die Stirn. »Als ob Ihr nicht wüsstet, was mich hierherführt! Aber wir werden hier nicht vor den Augen des Pöbels disputieren. Schafft die Soldaten aus dem Weg, ehrwürdiger Vater! Landstreichern könnt Ihr den Zutritt verwehren, aber nicht mir. Ich bin schon die ganze Nacht unterwegs, da muss ich mich vor der Weiterreise ausruhen.«

»Wohin führt Euch denn Euer Weg, wenn mir erlaubt ist, zu fragen?«, erkundigte sich der Augustiner gedehnt.

»Spielt hier nicht den Dummen!« Der Propst gab sich immer

noch übertrieben aufgebracht. »Diese teuflischen Hussiten ziehen gegen uns heran, eine große Streitmacht, sie brennen, rauben und morden. Da mir mein Leben lieb ist, fliehe ich nach Breslau, vielleicht kommen sie nicht bis dorthin. Euch rate ich, dasselbe zu tun.«

»Danke für den Rat«, der Augustiner schüttelte den Kopf, »aber mich hält die Pflicht hier in Glatz. Wir werden zusammen mit Herrn Puta die Stadt verteidigen. Und mit Gottes Hilfe wird es uns gelingen.«

»Vielleicht gelingt es Euch, vielleicht aber auch nicht«, antwortete der Propst ungeduldig. »Aber das ist Eure Angelegenheit. Gebt den Weg frei!«

»Wir verteidigen Glatz!« Der Mönch dachte nicht daran, den Weg freizugeben. »Mit Gottes Hilfe und der der guten Leute. Jede Hilfe ist willkommen. Auch deine weisen wir nicht zurück, Feßler. Du hast deine Pfarrkinder in Not zurückgelassen. Jetzt hast du eine Möglichkeit, deine Schuld zu sühnen.«

»Was schwatzt du mir da von Schuld«, brüllte der Priester, »und von Sühne? Aus dem Weg, sag ich! Und pass auf, was du sagst! Wenn du mich beleidigst, beleidigst du auch die Kirche! Was gefällt dir eigentlich nicht, du barfüßiger Bettler? Dass ich fliehe? Jawohl, ich fliehe, weil es meine Pflicht ist, mich selbst und die Kirche zu retten! Die heranziehenden Häretiker morden Priester, und rette ich mich selbst, dann rette ich damit auch die Kirche! Denn ich bin die Kirche!«

»Nein«, sagte der Augustiner gelassen, »du ganz gewiss nicht. Die Kirche, das sind die Gläubigen und Getreuen. Deine Pfarrkinder, die du in Waltersdorf zurückgelassen hast, obwohl du ihnen Hilfe und Unterstützung schuldest. Hier, diese Leute bereiten sich auf die Verteidigung vor, nicht auf die Flucht. Wirf also dein Bündel weg, Hochwürden, greif dir eine Spitzhacke, und mach dich an die Arbeit. Und kein Wort mehr, Feßler, kein Wort mehr! Ich bin demütig, aber der Hundertschaftsführer hier, Gott möge es ihm verzeihen, der kennt keine Demut und auch keine übertriebene Geduld. Der bringt es fertig und lässt dich mit Stockschlägen zur Arbeit antreiben. Vielleicht lässt er dich ja auch aufhängen. Herr Puta hat ihn reich mit Vollmachten ausgestattet.«

Feßler öffnete den Mund, um zu protestieren, aber angesichts der Miene des Hundertschaftsführers schloss er ihn rasch wieder. Gottergeben nahm er die Spitzhacke, die man ihm reichte. Seine Gefährten bekamen Schaufeln. Alle drei zogen mit Märtyrermiene ab.

»In der Arbeit liegt Gottes Segen!«, rief ihnen der Mönch hinterher. »Ich rate euch, nicht zu faulenzen oder nur so zu tun, als ob! Der Hundertschaftsführer behält euch im Auge!«

»Oh, oh!«, murmelte Bisclavret. »Hier werden wir es gar nicht leicht haben. He, Leute! Dieser Mönch da, wer ist das? Kennt den jemand?«

»Das ist Heinrich Vogtsdorf«, belehrte einer der Fuhrleute sie, der einen Wagen, voll beladen mit Steinkugeln für die Bombarden, lenkte, »der Prior der Augustiner. Der genießt hier großes Ansehen.«

»Das sieht man.«

Von Fischerberg her näherte sich im Galopp eine Abteilung von Reitern, die auf das Brücktor zuhielten. Die Hellebardenträger brachten sogleich den Strom der Flüchtlinge zum Halten. Die Abteilung kam näher, man sah, dass sie aus lauter Edelleuten bestand. Der die Bombardenkugeln transportierende Fuhrmann, der ihnen, seit sie die Brücke über die Neiße erreicht hatten, Gesellschaft leistete, erwies sich als gut informiert und gesprächig.

»Der an der Spitze, das ist unser Starost, der edle Herr Puta von Czastolovice«, teilte er ihnen, auch wenn dies überflüssig war, mit. Herrn Puta kannten alle, allgemein bekannt war auch sein Wappen, schräge blaue Balken auf silbernem Feld. Reynevan und Bisclavret wechselten einen Blick – Putas Anwesenheit in Glatz bedeutete, dass Prokop aus Neisse abgezogen war.

»Neben dem Starosten reitet der Herr Unterstarost Hanusch Czenebis. Die hinter ihnen sind Herr Nikolaus Moschen, der Anführer der Söldner, und der edle Herr Wolfram von Pannewitz. Dann Johann von Maltwitz, der Herr auf Eckersdorf. Die Herren vom Stadtrat: Zetterwang, Gremmel, Lischke ...«

Herrn Putas Zug ritt unter lautem Hufgeklapper zum Unteren Tor in die Stadt hinein, im Gewölbe des Tores hallte der Hufschlag wider. Als die Reiter die Brücke über dem Mühlgraben hinter sich gelassen hatten und im Oberen Tor verschwunden waren, gaben die Hellebardenträger den Weg wieder frei, und der Flüchtlingszug bewegte sich voran. Bisclavret räusperte sich plötzlich, mit dem Fuß berührte er Reynevans Zügel. Was überflüssig war. Reynevan hatte es schon längst bemerkt. Alle hatten es bemerkt. Hinter ihnen schrie eine Frau verhalten auf. An den Ecken des Turmes, an Haken aufgespießt, hingen über dem Oberen Tor vier Leichen. Die Körper von vier Menschen, genauer gesagt, das, was davon noch übrig war. Sie waren all jener Teile beraubt, die für gewöhnlich von ihnen abstehen, darunter auch die Ohren. An den oberen und unteren Gliedmaßen hatte man lange und fleißig gearbeitet, mit dem Erfolg, dass sie als solche nur noch bedingt zu erkennen waren.

»Das waren hussitische Spione!« Der Fuhrmann zog die Zügel an. »Einen haben sie gefasst, da hat er unter der Folter seine Spießgesellen preisgegeben. Wenn die Hussiten nach Glatz gekommen wären, hätten sie ihnen heimlich die Tore geöffnet und die Stadt in Brand gesteckt. Vorgestern haben sie sie auf dem Marktplatz gefoltert. Grausam haben sie sie behandelt, den anderen zur Abschreckung. Mit glühenden Zangen und Haken haben sie sie gerissen und ihnen die Knochen gebrochen. Die Tore werden jetzt Tag und Nacht verstärkt bewacht. Ihr werdet schon sehen.«

Das taten sie tatsächlich. Das Obere Tor bewachte eine Abteilung von mindestens dreißig bis an die Zähne bewaffneten

Soldaten. Ein über einem kleinen Feuer hängender Kessel spie unter einem auf- und abhüpfenden Deckel Dampf hervor. Der Anführer der Rotte, ein Kerl mit dem Gesicht eines Banditen, spielte mit einem Hund, dem er Stöckchen zuwarf.

Bisclavret schaute sich mit düsterer Miene um und schwieg.

»Hattest du Bekannte unter denen, die am Tor hingen?«, fragte ihn Scharley scheinbar gleichgültig.

Der Écorcheur wandte sich nicht um. Sein Gesicht war reglos.

»Wohl schon«, erwiderte er schließlich. »Aber eher entferntere als nähere.«

Das Wassertor wurde von einer ebenso starken Mannschaft bewacht; Bisclavret fluchte leise vor sich hin.

»Das wird hier nicht einfach werden«, brummte er schließlich. »Ich wette, bei allen anderen Stadttoren sieht es ähnlich aus. Nicht gut, nicht gut, nicht gut. Von der Idee, eines der Tore zu besetzen und zu öffnen, können wir uns getrost verabschieden. Wir müssen unsere Pläne ändern.«

»Was schlägst du vor?« Scharley blinzelte. »Kehrt marsch und fort aus der Stadt? Solange es noch geht?«

»Nein«, meinte Reynevan, »wir bleiben hier.«

»Bist du noch im Besitz all deiner geistigen Kräfte?« Der Demerit maß ihn mit einem abschätzenden Blick. »So, dass du Entscheidungen treffen kannst?«

»Ich bin im Vollbesitz all meiner Kräfte. Wir bleiben in Glatz.«

»Ich hoffe, nicht als Sühnemaßnahme? Ich frage deshalb, weil du bis vor einem Moment noch den Eindruck eines Büßers erweckt hast.«

»Genug an Eindrücken!« Reynevan runzelte die Stirn. »Ich habe deinen Rat befolgt und meine Selbstbeherrschung wiedererlangt. Deshalb sage ich: Wir haben Befehle. Die Waisen zählen auf uns, wir müssen ihnen helfen, die Stadt einzunehmen. Wir überprüfen alle Tore.«

Sie überprüften. Reynevan, Scharley und Samson nahmen sich den Abschnitt vom Brücktor bis zur Oberen Burg vor. Das, was sie sahen, erfüllte sie nicht gerade mit Optimismus. Die Wäscherpforte war mit Steinen und Balken vollständig verbarrikadiert, noch dazu hatten vor der nahe gelegenen Pfarrkirche Soldaten ihr Lager aufgeschlagen. An den anderen Toren, dem Grünen Tor und dem Böhmischen Tor, hielten bewaffnete Söldner Wache.

Mit Bisclavret trafen sie am vereinbarten Ort hinter einer Bäckerei in der Burgstraße zusammen. Außer der Nachricht, dass Wassertor und Angertor ebenfalls von starken Wachmannschaften geschützt waren, brachte der Écorcheur auch Gerüchte von der Front. Es hatte sich bestätigt, dass Prokop aus Neisse abgezogen war und die Taboriten nach Norden, ins Odergebiet, geführt hatte. Horns und Drosselbarts Mission war wohl von Erfolg gekrönt, denn die Taboriten hatten weder Münsterberg noch Strehlen oder Ohlau angegriffen. Dies hatte man hinlänglich kommentiert, aber die Meinungen darüber waren auseinandergegangen. Die einen waren der Ansicht, Johann von Münsterberg und Ludwig von Ohlau seien, wenn sie mit den Häretikern paktierten, keinen Deut besser als der Verräter Bolko Wołoszek oder die am Oberen Tor aufgespießten Spione. Es gab aber auch andere, die meinten, die Herzöge hätten mit Vernunft gehandelt und durch diese Übereinkommen Leben und Habe von vielen gerettet. Wenn doch auch andere, setzten sie so bedeutsam wie leise hinzu, ebensolchen Weitblick beweisen würden. Diese Stimmen konnten sich eindeutig durchsetzen, als die Nachricht von der Plünderung und Verwüstung Falkenbergs nach Glatz gelangte, nachdem der Herzog von Falkenberg, Bernhard, der Onkel von Bolko Wołoszek, den Vorschlag, ein Abkommen mit Prokop dem Kahlen zu treffen, vorschnell abgelehnt hatte.

Stärker und lebhafter noch als Prokops Taboriten beschäftigten jedoch die von Süden heranziehenden Waisen die Gemüter. Die Nachricht, dass die Waisen heranzogen, war eben erst in die Stadt gelangt und hatte dort große Verwirrung hervorgerufen, denn man schloss daraus, das ganze Land südlich von Glatz stehe in Flammen und versinke im Blut, und die Hussiten drängten ungehindert nach Norden. Mit zitternden Stimmen verkündeten Flüchtlinge und Augenzeugen, Lewin sei gefallen und auch die als uneinnehmbar geltende Burg Homole. Eingenommen und in Schutt und Asche gelegt seien auch zwei andere Burgen, nämlich Schnallenstein und Karpenstein, welche die Angreifer hätten aufhalten sollen. Lewin, Mittelwalde, Schnellenstein, Landeck und zahlreiche Dörfer seien in Flammen aufgegangen. Wem die Flucht nicht gelang, der sei unters Messer geraten, berichteten die Flüchtlinge und Augenzeugen, immer noch bleich vor Schreck, und die Einwohner von Glatz standen kurz davor, in vollkommene Panik zu verfallen.

Bisclavret rieb sich die Hände, aber seine Freude dauerte nicht lange. Sie kamen just in dem Moment zum Marktplatz, als Herr Puta von Czastolovice zu den dort versammelten Bürgern sprach. Bei ihm war Prior Vogtsdorf.

»*Necessitas in loco, spes in virtute, salus ex victoria!*«, schrie Herr Puta. »Ich schwöre hier vor euch bei der heiligen Jungfrau Maria von Glatz und beim heiligen Kreuz, ich werde keinen Schritt weichen, die Stadt entweder verteidigen oder in ihren Trümmern sterben!«

»Keiner von euch, auch nicht der Geringste, ist ohne Schutz«, setzte Prior Vogtsdorf ohne Emphase hinzu. »Keiner. Das schwöre ich beim heiligen Kreuz.«

»Wir haben vielleicht ein Pech!«, stellte Bisclavret fest. »Schlimmer hätte es gar nicht kommen können. Dieser verdammte Puta *sans peur et sans reproche* im Verein mit dem beherztesten, tapfersten und ehrlichsten Pfaffen. So ein Pech aber auch!«

»So ein Pech!«, stimmte ihm Scharley zu. »Wir haben offenbar kein Glück, verdammt noch mal. Lasst uns also alles noch einmal zusammenfassen. Eines der Tore zu öffnen, kommt nicht in Frage. Unter den Verteidigern Panik zu schüren, wird schwierig. Was bleibt uns noch?«

»Ein Mord.« Der Franzose verzog das Gesicht. »Ein Anschlag. Ein Terrorakt. Man könnte versuchen, Puta und den Prior zu eliminieren. Verlassen wir uns dabei auf Reynevan, der gestern Abend in Eisersdorf sein Talent dazu bewiesen hat …«

»Es reicht!«, unterbrach ihn Reynevan. »Ich will kein Wort mehr davon hören. Ich warte auf einen ernsthaften Vorschlag. Was bleibt uns noch?«

»Feuer.« Bisclavret zuckte mit den Achseln. »Feuer legen oder, besser noch, mehrere Brände. An mehreren Punkten gleichzeitig. Aber das kommt auch nicht in Frage. Ich mache das nicht.«

»Und warum nicht?«

»Reynevan«, die Stimme des Franzosen war kalt und sein Blick eisig, »du kannst von mir aus den Jünger der Lehre spielen, wenn du das möchtest. Oder wenn du meinst, dass das gut zu dir passt. Du kannst, von mir aus gern, für Wyclif, Hus, Gott und das Sakrament *sub utraque specie*, das Wohl des Volkes und Gerechtigkeit für alle kämpfen. Aber ich bin ein Profi. Ich will nur meine Arbeit machen und mit dem Leben davonkommen. Hast du das denn nicht kapiert? Störbrände muss man, sollen sie wirksam sein, genau in dem Moment legen, wenn der Sturm auf die Stadt beginnt. Verstehst du das?«

»Ich verstehe es«, antwortete Scharley. »Genau dann, wenn der Sturmangriff beginnt. Das heißt, es bleibt keine Zeit mehr zur Flucht. Diejenigen, die mit unserer Hilfe die Stadt erobern, werden uns im Siegestaumel die Kehle durchschneiden.«

»Vielleicht könnte man ein Signal vereinbaren …«

»Wie Rahab in Jericho ein rotes Seil in das Fenster hängen? Du hast entschieden zu viele Predigten gehört, Junge. Verwechsle hier bitte nicht Literatur und Realität. Ich halte es mit Bisclavret und sage: Ich lasse mich auch nicht auf so ein Glücksspiel ein. Ich möchte euch daran erinnern, dass auch ich ein Profi bin. Sogar in mehreren Sparten. Jede davon ist mir lieb. Zumindest so lieb, wie mir das Leben wert ist.«

»Es gäbe schon eine Möglichkeit, die Stadt anzuzünden, ohne das wertvolle Fell der Herren Professionellen zu gerben«, sagte Reynevan nach langem Nachdenken.

»Ha! Hast du etwa eine gefunden?«

»Habe ich. Denn auch ich bin ein Profi, meine Herren.«

Man hätte meinen können, dass die Prager Apotheke »Zum Erzengel«, Asyl für Gelehrte und Philosophen und Zufluchtsort für Ideen und den Fortschritt, so ziemlich der letzte Ort gewesen wäre, an dem man die Herstellung magischer Brandbomben erlernen konnte. Aber wer so dachte, irrte gewaltig. Im »Erzengel« konnte man sich in allen erdenklichen Arkana und Methoden ausbilden lassen. Der Zufall hatte es gewollt, dass Reynevan in der Kunst, wie man Brandbomben mit großer Wirkungskraft herstellt, unterwiesen worden war. Teggendorf und Radim Tvrdik hatten seinerzeit beschlossen, eine solche Bombe, die im Sprachgebrauch der Magier *Ignis inextinguibilis* genannt wurde, zu bauen, weil sie auf einen unehrlichen Konkurrenten, einen Dilettanten, der außerhalb der Magierzunft herumexperimentierte, nämlich den früheren Propst von Sankt Stephan, ziemlich wütend waren. Zu Beginn hatten sie geplant, ihn anonym anzuschwärzen und der Gerichtsbarkeit der Stadt zu überantworten, aber dann war ihnen eine derartige Rache als zu wenig ehrenhaft erschienen. Nun war es so, dass dieser zaubernde Priester in Bubna ein hübsches Landhaus sein Eigen nannte, in das er Mädchen und verheiratete Frauen zu allseits bekannten Zwecken einlud. Da hatten Teggendorf und Tvrdik jenes Haus als Ziel ins Auge gefasst. Hei, freuten sie sich diebisch, da wird der Pfaffe aber Stielaugen machen, wenn er das nächste Mal mit einem Weibsbild aus Prag zurückkommt und anstelle seines Hauses nur noch ein schwarzes Loch in der Erde vorfindet!

Die Wut der beiden Magier war jedoch rasch verraucht, und

zu einem Anschlag kam es nicht. Aber der *Ignis inextinguibilis* war gebaut worden. Nach alten arabischen Rezepten, die man in Konstantinopel erschienenen Büchern entnommen hatte. Und mit Reynevans Hilfe, der bei dem Experiment assistiert hatte und nun, über ein Jahr später, in Glatz genau wusste, was er dazu benötigte.

»Ich brauche«, erklärte er seinen Gefährten, die ihn recht kritisch musterten, selbstsicher, »zwei Bottiche Olivenöl oder anderes Öl, einen oder zwei Kübel Holzteer, ein kleines Fässchen Honig, vier Pfund Salpeter, zwei Pfund Schwefel und ebenso viel Löschkalk. Dazu brauche ich noch zwei Lägel Harz, am besten Kiefernharz. Und zwei Pfund Antimonpulver. Das gibt es in den Apotheken.«

»Ist das alles?«

»Ich denke, wir bauen fünf Bomben. Also brauchen wir fünf Tonkrüge mit engen Hälsen, dazu Stroh, mit dem wir sie umwickeln können. Und viel Pech, um alles zu übergießen ...«

»Und eine Seeschlange?«, erkundigte sich Bisclavret spöttisch. »Die Lanze des heiligen Mauritius? Einen Schwarm Papageien? Affen? Brauchst du die nicht? Du bist wohl nicht ganz bei Trost, Reynevan. Die Stadt steht kurz vor der Belagerung, das Brot ist bereits rationiert, Salz zu kaufen ist ein Kunststück, und du schickst uns nach Schwefel und Antimon.«

»Ich brauche auch noch einen Ort, an dem ich arbeiten kann. Also maul nicht herum, sondern mach dich an die Arbeit. Mit Sicherheit hat Vogelsang in Glatz einen Residenten. Möglicherweise nicht nur einen.«

»Du hast doch die gesehen, die am Tor hingen?«, entgegnete ihm Bisclavret. »Das waren die Leute von Vogelsang. Ja, du hast vollkommen Recht, das waren nicht alle, einen haben wir noch. Aber sich jetzt mit ihm in Verbindung zu setzen, bedeutet mit Sicherheit, dass man selbst baumeln wird. Unter der Folter redet man, Reynevan. Und verrät.«

»Meine Herren«, mischte sich Scharley ein, »so geht das

nicht, man soll das Fiasko nicht voraussetzen, bevor man nicht wenigstens einen Versuch unternommen hat. Gib uns deine Liste, Reinmar. Wir ziehen durch die Stadt und sehen zu, was wir davon besorgen können. Wir haben Geld, wir haben Zeit …«

»Mit der Zeit sieht es nicht gerade gut aus«, meinte Bisclavret. »Heute ist der zweiundzwanzigste März, der Montag nach dem Weißen Sonntag. Královecs Waisen werden am Mittwoch hier sein. Spätestens am Donnerstag.«

»Das schaffen wir«, sagte Reynevan überzeugt. »Ans Werk, meine Herren!«

Als Resident und »Schläfer« von Vogelsang in Glatz entpuppte sich der Altardiener der Marienkirche namens Johann Trutwein. Als er Bisclavret sah, wäre er fast in Ohnmacht gefallen. Rasch aber, das muss zu seiner Ehre gesagt werden, beruhigten sich seine Nerven wieder so weit, dass er ihre Fragen vernünftig beantworten konnte. Er klapperte noch ein wenig mit den Zähnen, als er vom Schicksal der anderen Agenten berichtete, die man zuerst im Rathaus und dann auf dem Markt vor den Augen der gaffenden Menge gefoltert hatte. Er selbst war davongekommen, weil jene Unglücklichen nichts von ihm wussten. Vogelsang war viel zu gewitzt, um alle Eier in einem Körbchen versteckt zu halten. Aber was Johann Trutwein an Panikattacken durchgestanden hatte, wusste er selbst nur zu gut.

Bisclavret kannte jedoch ein unfehlbares Mittel gegen diese Angst. Die Miene des Altardieners erhellte sich beim Anblick der prall gefüllten Geldbörse zusehends, und nachdem er gehört hatte, welches Anliegen sie an ihn hatten, handelte er mit erstaunlichem Geschick. In Kürze hatte er für die Verschwörer eine Bleibe gefunden, die in der Milchgasse gelegene Wohnung eines Kaufmanns, der aus der Stadt geflohen war, nachdem er dem Altardiener den Wohnungsschlüssel anvertraut hatte. Auch bot Trutwein ihnen sofort seine Hilfe für die Beschaffung der Rohstoffe an. Er fragte nicht, wozu sie diese benötigten. Das war auch besser so, denn es hätte ihm ohnehin keiner gesagt.

Noch am selben Tag begann Reynevan in der Wohnung des Kaufmanns mit Hilfe von Beschwörungen und Amuletten magische Zünder herzustellen, die man *Ignis suspensus* nannte. Der Rest der Mannschaft machte sich auf den Weg in die Stadt, um einzukaufen, was er brauchte. Und da gab es ein Problem.

Als Problem, o Wunder, erwiesen sich nicht etwa Schwefel oder Salpeter, die sie ohne größere Schwierigkeiten bei den Apothekern der Stadt erwerben konnten, auch nicht das Harz, das bei den in den Schutz der Stadtmauern geflüchteten Pechbrennern reichlich vorhanden war, auch nicht das Antimonpulver, das ihnen, zwar für einen horrenden Preis, aber immerhin, ein aus Habelschwerdt geflohener Alchemist verkaufte. Als Problem erwies sich ein Bestandteil, der, wie man jedenfalls annehmen durfte, keinerlei Schwierigkeiten hätte bereiten sollen: das Öl. Es gab kein Öl in Glatz. Es war ausverkauft.

In der Stadt selbst gab es nur sehr wenige Ölmüller, den Bedarf an Öl hatten bisher die Ölpressen aus dem Umland gedeckt. Die Ölproduktion *intra muros* hatte in den Mühlen als Nebenerwerb stattgefunden, welchem sich die Müllergesellen widmeten. Jetzt, angesichts der drohenden Belagerung, hatte ein Teil der Gesellen zu den Waffen gegriffen, die übrigen mahlten Tag und Nacht Getreide.

Der verdienstvolle Altardiener der Marienkirche fand auch hierfür eine Lösung. In der Pfarrei war ihm zugeflüstert worden, einer der hiesigen Ölmüller habe noch Vorräte, halte sie aber versteckt, um sich im geeigneten Moment durch Spekulation zu bereichern. Vielleicht würde er einen oder zwei Bottiche voll verkaufen. Nachdem der Altardiener seine Bereitschaft erklärt hatte, bei dem Handel zu vermitteln, ging er los, denn die Abenddämmerung brach herein.

Am nächsten Tag herrschten Verwirrung und Aufregung in der Stadt, die Leute strömten zum Grünen Tor. Auch die Gefährten begaben sich dorthin. Die Menschen drängten sich dicht an der Mauer und wiesen mit dem Finger auf die im Süden aufsteigenden Rauchsäulen. Es hieß, dass Rengersdorf, Märzdorf, Niederhannsdorf und Eisersdorf brannten. Der schwarze Rauch, den der Wind in zerrissenen Wolken auseinandertrieb, stieg kurz darauf auch im Westen, über Schwedeldorf und Roschwitz, auf. Die Aufregung der Städter erreichte ihren Höhepunkt. Angesichts der zuvor eingetroffenen Nachrichten vom Brand Kunzendorfs konnten die Rauchfahnen im Westen nur eines bedeuten – die Hussiten hatten Glatz in die Zange genommen.

»Morgen.« Als sie zurückgekehrt waren, sah Bisclavret Reynevan bedeutsam an. »Morgen steht Královec vor der Stadt.«

»Ich schaffe es.« Reynevan wies auf die fünf bereits mit Stroh umwickelten Krüge. »Wir brauchen nur noch Öl hineinzugießen, alles zu vermischen, zuzuspunden und mit Pech zu bestreichen. Fertig. Dann bleibt uns nur noch, sie dort aufzustellen, wo es sein soll. Hast du dir überlegt, wo?«

Bisclavret lachte sein Wolfslachen.

»Was denkst du denn?«, fragte er spöttisch. »Das ist alles geplant. Trutwein kann jeden Moment kommen. Er müsste gleich hier sein. Geb's Gott mit guten Nachrichten.«

Johann Trutwein erschien allerdings erst zur Mittagszeit, eine Stunde nachdem die Augustiner zur None geläutet hatten. Aber er brachte tatsächlich gute Kunde mit. Der Ölmüller, erklärte er, werde das Öl verkaufen. Er fordere allerdings …

Bei dem Preis, den er Bisclavret ins Ohr flüsterte, verzog dieser wütend das Gesicht. Er nahm den Altardiener beiseite, dann verhandelten sie lange.

»Erledigt«, erklärte er, als er wieder zurückkam. »Die Ware holen wir uns in der Nacht. Der Ölmüller verlangt, dass das Geschäft im Stillen abgewickelt wird.«

Gegen Abend war das Feuer schon mit bloßem Auge zu sehen. Kirchenhäuser, Hasengraben, Querstraße, Rauschwitz und das Klosterdorf Neudeck brannten. Die Zivilisten hatte man von der Stadtmauer heruntergejagt, ihren Platz nahmen Bewaffnete ein. Ausgestattet mit Bombarden, Katapulten und anderen bedrohlich aussehenden Geräten.

Die Glocken der Stadt läuteten zum Angelusgebet. Bisclavret enthielt sich jeglichen Kommentars, aber Reynevan sah und wusste, was alle sahen und wussten.

»He, Franzose!«

»Was ist?«

»Ich vermute, du hast die Möglichkeit, mit Řehors in Kontakt zu treten.«

»Da vermutest du richtig.«

»Und unser Fluchtweg? Hast du darüber nachgedacht?«

»Kümmere du dich um deine Bomben, Reynevan. Dass sie hochgehen. Dass die Beschwörung aus der Ferne wirkt.«

»Darum kümmere ich mich. Und wie! Du hast gar keine Ahnung, wie sehr!«

Die Glocken der Marienkirche verkündeten mit drei rasch aufeinander folgenden Schlägen das *Ignitegium*, den Befehl, Feuer und Licht zu löschen. Ordentliche Bürger sollten sich auf dieses Signal hin zu Bett begeben.

Reynevan, Bisclavret, Scharley und Samson waren keine ordentlichen Bürger. Auch Johann Trutwein, der in der Dämmerung in der Milchgasse aufgetaucht war, gehörte nicht dazu. Als die Dunkelheit hereingebrochen war, schlichen sie in der Nähe des Wassertores in die Fleischergasse.

Obwohl das *Ignitegium* verkündet worden war, schlief die Stadt nicht, sie war beherrscht von Unruhe. Das war auch nicht verwunderlich, denn im Süden und Westen erhellte Feuerschein die Nacht, der Feind stand schon fast vor den Toren der Stadt. An den Befestigungswällen brannten die Biwakfeuer, die Wachen riefen von den Mauern her einander zu, und in den Gassen dröhnten die Schritte der Patrouillen. Unter solchen Bedingungen kostete sie der Weg viel mehr Zeit, als sie vorgesehen hatten. Trutwein begann zu befürchten, dass der Ölmüller nicht warten würde, dass er meinte, sie kämen nicht mehr.

Seine Befürchtungen schienen sich zu bestätigen. In der Fleischergasse herrschte Dunkelheit, in keinem Fenster war der Schein einer Kerze oder einer Fackel zu sehen. Die Pforte, die in den Hof führte, stand allerdings offen.

»Scharley, Samson«, flüsterte Bisclavret. »Ihr bleibt hier. Haltet die Augen offen.«

Scharley legte die Hand auf seinen Säbel, Samson hob seinen Goedendag. Reynevan tastete nach dem Griff seines Stiletts und glitt hinter Bisclavret und Trutwein in das Dunkel des Tores, in dem es nach Katzen stank.

In einem Fenster ganz am Ende des Hofes flackerte der Schein einer Kerze.

»Da ist es«, flüsterte Trutwein. »Kommt ...«

»Wartet«, zischte der Écorcheur. »Bleibt stehen. Hier stimmt etwas nicht. Irgendwas ist hier ...«

Aus dem Dunkel sprang ihnen ein gutes Dutzend Strolche entgegen.

Reynevan hielt schon seit einiger Zeit eines von Telesmas Amuletten, das aus einem Donnerkeilsplitter gefertigt war, in seiner Hand. Nun musste er nur noch die Beschwörung sprechen.

»Fulgur fragro!«

Ein ohrenbetäubender Knall ertönte, ein Blitz blendete, und die Luft explodierte mit einem in den Ohren gellenden Pfiff. Reynevan wandte sich zur Flucht, er folgte Trutwein. Hinter ihnen her jagte Bisclavret, der zuvor noch einige taub oder blind herumtappenden Strolche mit seiner andalusischen Navaja erwischt hatte.

Aber die Falle war mit Präzision gestellt worden, der Rückweg war ihnen abgeschnitten. Als sie auf die Gasse stürmten, gerieten sie geradewegs in ein Kampfgetümmel. Scharley und Samson leisteten einer heranstürmenden Gruppe von Knechten Widerstand.

»Lebendig fangen! Lebendig!« Reynevan erkannte die Stimme, die diesen Befehl ausgesprochen hatte.

Er spürte, wie jemand ihn am Hals packte. Er zog sein Stilett, stach kräftig zu, drehte dann den Griff in der Hand, stach von oben zu, drehte sich, führte wieder einen Hieb, und gleich darauf, seinen Schwung und seine Stellung nutzend, einen Streich von links nach rechts. Er hörte einen Schrei, Blut spritzte ihm ins Gesicht, und zwei Körper fielen ihm vor die Füße. Wieder spritzte Blut, aber diesmal war es Scharleys Werk und das seines Krummsäbels. Erneut packte ihn jemand und griff zugleich nach seiner Hand mit dem Stilett. Etwas polterte dumpf, der Griff lockerte sich. Samson stand plötzlich dicht neben ihm und schleuderte mit den zerschmetternden Schlägen seines Goedendags die nächsten Angreifer zu Boden. Aber es kamen immer neue.

»Haut ab!«, schrie Bisclavret, der mit seiner Navaja heftig um sich schlug. »Los, weg! Mir nach!«

Hinter dem Franzosen rannte Scharley, unterm Laufen mit seinem Krummsäbel ausholend. Die Angreifer wichen vor ihm zurück. Wieder packte jemand Reynevan, aber nach einem Stich ins Auge heulte der Angreifer auf und taumelte davon. Als Reynevan den Hieb eines anderen parierte, traf Stahl auf Stahl, dass die Funken stoben. Zum Glück stürzte der Angreifer mit dem Messer unter einem Schlag mit dem Goedendag nieder wie ein Ochse im Schlachthof.

Reynevan riss unter seinem Hemd ein mit Stroh umwickeltes Töpfchen hervor. Fünf Bomben waren im Hause des Kaufmannes in der Milchgasse geblieben. Diese hier war die sechste.

»*Ignis! Atrox!* Yah, Dah, Horah!«

Es zischte und knallte schrecklich, eine gewaltige Explosion erhellte die Umgebung, flüssiges Feuer sprühte auf und ergoss sich in die Gegend, wobei es alles erfasste, was in seiner Reichweite war. Alles ringsherum brannte, der Klafter Holz, die weiß getünchte Wand des Hauses, das Straßenpflaster und die Abwässer im Rinnstein. Und einige der Angreifer. Die Schreie der Brennenden stiegen in den sternenklaren Himmel. Im Schein des Feuers sah Reynevan eine bekannte Gestalt. Ein schwarzer Mantel, ein schwarzes Wams, schwarze, bis zu den Schultern reichende Haare, ein Vogelgesicht und eine Nase wie ein Vogelschnabel.

»Fangt sie lebend!«, schrie der Mauerläufer, sein Gesicht vor dem lodernden Feuer schützend. »Ich will sie lebend haben!«

»Weg!« Samson rüttelte den vor Schreck wie gelähmten Reynevan an der Schulter. »Los, weg!«

»Es brennt! Feuer!«

Sie rannten aus Leibeskräften, die Gasse hinter ihnen dröhnte von den Schritten der Verfolger.

»Fangt sie lebend! Leeebend!«

»Feuer! Es breeennnt!«

Sie rannten, was ihre Beine hergaben, und der panische Schrecken verlieh ihnen neue Kraft. Sie wussten, was es bedeutete, wenn man sie lebend fasste. Lange, langsame Qualen in der Folterkammer, die Seiten durch rot glühendes Eisen verbrannt, ausgerissene Gelenke, von Zangen und Kloben zersplitterte Knochen. Ein grausamer Tod auf dem Richtplatz. Nur das nicht, dachte Reynevan, während er so schnell wie ein Windhund davonrannte. Alles, nur nicht Birkhart Grellenort.

Jemand holte sie ein, Samson erschlug aus einer halben Drehung heraus einen der Verfolger mit seinem Goedendag. Dem zweiten rammte Reynevan von unten her das Stilett in den Bauch, der Verwundete heulte auf und wand sich auf dem Pflaster, ein dritter stolperte über ihn; noch bevor er zu Boden sank, hatte Reynevan ihm das Gesicht zerfetzt.

Sie rannten weiter und gewannen ein wenig Vorsprung. Sie sahen Scharley, der ihnen den Weg wies – in einen schmalen Durchschlupf hinein. Sie rannten. Vor ihnen lief Bisclavret. Trutwein war verschwunden.

»Schnell! Jetzt nach links!«

Die Schritte der Verfolger wurden etwas schwächer, es war ihnen offenbar für kurze Zeit gelungen, sie irrezuführen; ihre Verfolger waren von Leuten aufgehalten worden, die mit Wassereimern zum Brandherd eilten. Aber Reynevan und Samson hielten nicht an, sie rannten atemlos weiter. Unter ihren Füßen schmatzte Schlamm, gluckerte Wasser, in ihre Nasenlöcher drang Gestank, ein schrecklicher Geruch nach Urin und Kot. Bisclavret und Scharley rissen krachend ein Brett ab.

»Klettert hier herein! Los, schnell!«

Es dauerte ein wenig, bis Reynevan begriff, dass der Franzose ihn anwies, in den Abtritt zu steigen, durch das Abtrittsloch geradewegs hinunter in die entsetzlich stinkende Kloake. Scharley war unter gluckernden Geräuschen bereits darin verschwunden. Besser in die Scheiße als in die Folterkammer, dachte Reynevan. Er holte tief Luft. Unten nahm ihn ein angenehm warmer Brei in Empfang. Und eine große Welle schwappte auf, als Samson nach unten sprang. Der Gestank erstickte Reynevan fast.

»Hier entlang, pfui …!« Bisclavret spuckte aus, was ihm die Welle in den Mund gespült hatte. »In den Kanal. Haltet den Kopf nach oben. Das ist nur am Anfang so schlimm. Später wird die Öffnung größer.«

Die Schritte der Verfolger kamen wieder näher. Reynevan hielt sich die Nase zu und tauchte unter.

Daran, auf allen vieren durch den steinernen Kanal gekrochen zu sein, wollte er sich später lieber nicht erinnern, er verbannte dies aus seinem Gedächtnis. Der Durchmesser des gemauerten Gewölbes war bald größer, bald kleiner, mal hatte man den Mund über, mal unterhalb der flüssigen Scheiße. Hände und Knie steckten in dem, was in einer dicken Schicht den Boden überzog, nämlich Scheiße von der Konsistenz von Ton, die hier schon seit sechzig Jahren lagerte, denn wie Reynevan später erfuhr, reichten die Anfänge der Glatzer Kanalisation in das Jahr 1368 zurück.

Wie lange diese Höllenfahrt andauerte, war schwer zu sagen. Wie es schien, eine halbe Ewigkeit. Aber plötzlich verspürten sie die betörende Freude frischer Luft und die pure Lust an frischem Wasser, die ihnen fast die Tränen in die Augen trieben – direkt aus dem Abflusskanal waren sie in den Mühlgraben gefallen. Von dort aus war es nicht mehr weit bis zur Neiße, in deren rascherem Lauf sie sich gründlicher abwaschen konnten. Sie warfen sich ins Wasser und schwammen hinüber zum rechten Ufer. Der Brand tauchte die Wasseroberfläche in Rot und Gold, in einem großen Feuer verbrannten die Schuppen und Buden im Fischerdorf und an der Viehtrift. Reiter jagten vorüber.

»Verdammt noch mal«, sagte Scharley mit müder Stimme. »Ich hatte ein Hefeteilchen in der Tasche … Das muss mir herausgefallen sein. Nun wird es nichts mit dem Frühstück …«

»Wer hat uns verraten? Trutwein?«

»Ich glaube nicht«, Reynevan setzte sich im flachen Wasser auf und freute sich an der ihn umspülenden Strömung, »die Bombe, die ich gezündet habe, verdanke ich ihm … Er hat mir ein bisschen Öl dafür gegeben … Er hat es in der Kirche gestohlen …«

»Öl in der Kirche?«

»Für die Letzte Ölung.«

Auf dem Ufersand erklang dumpf das Getrappel von Hufen.

»Vogelsang! Es tut gut, euch am Leben zu sehen, ihr Hundesöhne!«

»Řehors! Ha! Und Brázda von Klinštejn?«

»Du lebst, Reynevan! Grüß dich, Scharley! Samson, sei gegrüßt!«

»Berengar Tauler, du hier?«

»Höchstpersönlich! Ich bin von Tábor zu den Waisen übergewechselt. Aber ich bin immer noch der Meinung, dass Kriegführen eine Sache ohne Zukunft ist … Verdammt noch eins, ihr stinkt aber gewaltig nach Scheiße …«

»Auf die Pferde«, befahl Brázda von Klinštejn, das Gespräch unterbrechend, »Královec und Prokupek wollen euch sehen. Sie warten.«

Der Stab der Waisen hatte sich in der Vorstadt Neulende in einer Wirtschaft eingefunden. Als Reynevan von Brázda und Řehors hereingeführt wurde, trat Stille ein. Er erkannte den Anführer der Feldtruppen der Waisen, Jan Královec von Hrádek, einen Sauertopf und Bösewicht, der aber als fähiger Heerführer anerkannt wurde und von seinen Leuten fast ebenso verehrt wurde wie einst Žižka. Er kannte auch Jíra z Řečice, den Hauptmann von Žižkas alter Garde. Er kannte natürlich auch den Prediger Prokupek, der den Hauptleuten in nichts nachstand. Er kannte den immer lächelnden und stets fröhlichen Jan Kolda von Žampach. Den jungen Edelmann mit dem zweifach in ein schwarzes, silbernes und rotes Feld geteilten Wappenschild kannte er nicht, man sagte ihm, dies sei Matěj Salava z Lipé, der Hauptmann von Polička. Aber Piotr von Lichwin, genannt Piotr der Pole, konnte er nirgendwo entdecken, erst später erfuhr er, dass dieser mit seinen Leuten in der eroberten Burg Homole geblieben war.

Die Nachricht, dass der Sabotageversuch in der Stadt misslungen war, die Stadttore von Glatz nicht geöffnet und kein Brand entfacht werden würde, nahm Královec gelassen auf.

»Was soll's, so ist nun mal das Leben.« Er zuckte mit den Achseln. »Ich war zudem immer der Ansicht, dass dich Prokop und Filou überschätzt haben, Reynevan von Bielau. Du wirst schlicht und einfach überbewertet. Außerdem, entschuldige bitte, stinkst du ganz fürchterlich.«

»Ich bin durch den Abwasserkanal aus Glatz herausgelangt.«

»Mit einem Wort, die Stadt hat dich ausgeschissen. Wie symbolisch!« Královec blieb gelassen. »Geh dich waschen, und reinige dich. Uns erwarten hier eine Menge Arbeit und ernsthafte Aufgaben. Wir müssen die Stadt selbst, ohne fremde Hilfe, einnehmen.«

»Meiner Meinung nach«, stieß Reynevan hervor, »sollten wir Glatz meiden. Die Verteidigung ist sehr stark, die Anführer sind mutig, die Moral der Leute ist hoch ... Wäre es nicht besser, nach Kamenz zu ziehen? Zum Zisterzienserkloster? Einem sehr reichen Kloster?«

Jíra z Řečice lachte, Kolda schüttelte den Kopf. Královec schwieg,verzog den Mund und blickte Reynevan lange und starrköpfig an.

»Wenn ich deine Meinung über die Kriegführung hören will«, sagte er dann, »lasse ich es dich wissen. Du kannst gehen.«

Über dem Klostergarten zog grauer Rauch auf, es roch nach verbranntem Unkraut. Der alte Chronist tauchte die Feder ins Tintenfass.

Anno Domini MCCCCXXVIII feria IV ante Palmarum Wyclifitae de secta Orphanorum cum pixidibus et machinis castrum dictum Glatz circumvallaverunt, in quo castro erant capitanei dominus Puotha de Czastolovic et Nicolaus dictus Mosco, et ibi dictis pixidibus et machinis sagittantes et per sturm et aliis diversis modis ipsum castrum conabantur aquirere et lucrare; ipsi vero se viriliter defenderunt ...

Die Feder kratzte über das Pergament. Es roch nach Tinte.

»Vorwärts!«, schrie, Kampfeslärm und Geschrei übertönend, Jan Kolda von Žampach. »Vorwärts, Gottesstreiter! Auf die Mauern! Auf die Mauern!«

Ein wohl von einem Katapult oder einer Wurfmaschine abgeschossener Feldstein knallte mit solcher Macht gegen den Rammbock, dass er sie alle, Reynevan und seine Mannschaft, die sich dahinter befanden, fast umgeworfen hätte. Zum Glück war Samson unter ihnen. Der Riese schwankte zwar unter dem Aufprall, hielt aber stand und ließ die Stützen nicht los. Zum Glück, denn von den Mauern schwirrten unaufhörlich Wolken von Geschossen heran. Vor Reynevans Augen wurde einer der

Schützen, der hinter einer Pavese gleich nebenan hervorlugte, von einer Kugel mitten in die Stirn getroffen. Sie zerfetzte ihm den Kopf.

Vom Böhmischen Tor her erklang wilder Lärm, den Waisen dort war es gelungen, Leitern und Rammen aufzustellen, jetzt versuchten sie, unter großen Verlusten darauf emporzuklettern. Siedendes Pech und kochend heißes Wasser wurden über sie ausgegossen, Steine und mit Nägeln beschlagene Balken auf sie herabgeworfen. Nicht besser erging es den Rotten von Jíra von Řečice, die den Abschnitt zwischen dem Grünen Tor und der Wäscherpforte angriffen – zweimal schon hatten sie Leitern aufgestellt, und beide Male waren sie zurückgeworfen worden.

Tauler und Samson schoben den Rammbock wieder nach vorn. Řehors fluchte, während er sich mit der klemmenden Winde seiner Armbrust abmühte. Scharley und Bisclavret, die ihre Hakenbüchsen luden, schoben die Läufe vor das Gerüst und feuerten. Im selben Moment löste sich aus einer auf einem Wagen stehenden Zwölfpfünder unmittelbar neben ihnen ein Schuss. Alles war in Rauch gehüllt, und Reynevan fühlte sich einen Moment wie taub. Er hörte nichts mehr, weder den Knall noch die Schreie, weder das lästerliche Fluchen noch das Wimmern der Verwundeten. Bis er einen Stoß mit einem Peitschenknauf auf die Schulter erhielt, hatte er nicht einmal den Hauptmann Jan Královec gehört, der herangeritten war und den ihn umschwirrenden Kugeln nur Verachtung entgegenbrachte.

»... rdammt!«, drang es endlich zu Reynevan hin. »Hörst du denn nicht? Die Pest über dich, du Mistkerl! Du hattest den Befehl, nicht zum Sturm anzusetzen! Wir haben dir verboten, Krieg zu spielen! Wir brauchen dich für etwas anderes! Los, zurück! Alle zurück! Wir ziehen uns zurück!« Koldas Kämpfer konnten vor den Mauern Královecs Befehl nicht hören, aber das brauchten sie auch nicht. Sie warfen die Leitern um und zogen sich zurück. Ein Teil von ihnen in Gefechtsordnung, gedeckt von Pavesen und die Verteidiger hinter den Schießscharten noch immer mit Feuer aus den Selbstzündern bedenkend.

Die anderen rannten ganz einfach davon, sie türmten voller Panik, nur fort von den Mauern und dem Tod, der sich von oben ergoss. Reynevan sah, wie sich die Waisen unter Jíra von Řečice ebenfalls vom Grünen Tor in Richtung Neulende zurückzogen. Die Verteidiger auf den Mauern brachen in Triumphgeschrei aus, sie schwenkten ihre Waffen und Fahnen und achteten nicht auf Geschosse, Kugeln und Pfeile, die die Belagerer zu ihnen heraufschickten. Auf dem Turm über dem Tor wurden die weiß-blaue Fahne von Puta von Czastolovice und ein großes Prozessionskruzifix hinaufgezogen, die Leute schrien und sangen. Sie triumphierten. Obwohl ein Viertel der Stadt in Flammen stand, triumphierten sie.

Bisclavret legte seine Hakenbüchse auf das Gerüst des Rammbocks, zielte und führte die Lunte ans Zündloch. Die Hakenbüchse ging donnernd los.

»Wenn ich doch Herrn Puta direkt in den Arsch ballern könnte!«, knurrte der von Rauch eingehüllte Écorcheur. »Heilige Gottesmutter! Lenke meine Kugel!«

»Wir ziehen uns zurück.« Scharley wischte sich über sein rußgeschwärztes Gesicht. »Wir ziehen uns zurück, Jungs! Schluss mit den Spielchen!«

Glatz hatte den Angriff abgewehrt.

»Jesuuuuuus!«, schrie der am Brückenkopf am Boden liegende Parzival von Rachenau aus Leibeskräften. »Jesuuuus Christuuuuus!«

»Hör auf!«, zischte Heinrich Baruth, genannt Spatz, der sich über ihn beugte. »Benimm dich! Plärr hier nicht herum wie ein Weibsbild!«

»Weibsbild ...« Parzival schluckte. »Ich bin ja schon ein Weibsbild! Jesuuuus! Mir hat's die ... Mir hat's da unten alles abgerissen! O Gooottt! O Gooooott!«

Spatz beugte sich vor und berührte die blutende Hinterbacke des Freundes fast mit der Nase, fachmännisch überprüfte er die Wunde.

»Gar nichts hat's dir abgerissen«, stellte er energisch fest. »Bei dir ist alles noch dran, so, wie's sein soll. Die Kugel ist dir in den Arsch gedrungen. Sitzt gar nicht mal tief. Die ist von ziemlicher Entfernung abgefeuert worden und hatte kaum noch Durchschlagskraft ...«

Parzival heulte, fluchte und weinte. Vor Schmerz, vor Scham, vor Angst und vor Erleichterung. War vor seinem inneren Auge doch bereits klar und deutlich und in allen Einzelheiten die infernalische, haarsträubende Szene abgelaufen: Wie er, er selbst, im Falsett sprach, in einen Kapaun verwandelt wie weiland Petrus Abaelard, wie er wie Abaelard dämliche Traktate schrieb und Briefe an Ofka von Baruth und wie es Ofka währenddessen im Bett mit einem anderen, vollwertigen Mann trieb, bei dem alles noch am rechten Fleck saß. Der Krieg ist eine schreckliche Sache, das wurde dem Jungen nun mit Schaudern klar.

»Ich hab ... hab noch alles dran?«, fragte er, zur Sicherheit, und schluckte die Tränen hinunter. »Spatz ... Sieh doch noch mal nach ...«

»Alles noch da, alles noch dran«, beruhigte ihn Spatz. »Du blutest auch kaum noch. Halte durch. Hier kommt schon ein Mönch mit Verbandszeug, der holt dir gleich die Kugel aus dem Hintern. Wisch dir die Tränen ab, die Leute gucken schon!«

Die Verteidiger von Glatz guckten nicht, sie interessierten sich weder für die Tränen noch für das blutende Loch in Parzival von Rachenaus Hintern. Sie waren damit beschäftigt, auf den Mauern zu triumphieren und Hochrufe auszubringen. Puta von Czastolovice und Prior Vogtsdorf wurden auf Händen getragen.

»Ich trage aber doch ein geweihtes Halsband mit der Mutter Gottes ... Das habe ich bei den Mönchen gekauft ... Es sollte mich vor Kugeln schützen! Wie kann denn dann so etwas passieren? Was ist das denn für ein ...«

»Schnauze!«, zischte Spatz. »Halt die Schnauze, sonst kriegen wir Probleme!«

Die Feder kratzte.

Zeugen vermeldeten, dass Královec, der capitaneus Orphanorum, *die durch den heldenhaften Widerstand der Verteidiger zurückgeschlagen wurden, seinen speziellen Rufern, Stentores genannt, befahl, vor den Mauern laut zu rufen und den Verteidigern mit schrecklichen Qualen zu drohen, wenn sie die Stadt nicht übergäben, um durch diesen* clamor *Schrecken unter ihnen zu verbreiten. Als er bemerkte, dass dies vergeblich war, ließ er eine große Leinwand aufstellen und darauf mit großen Lettern schreiben: ERGEBT EUCH ODER TOD, und ließ diese den Verteidigern zeigen, an jenem Mauerteil, den Prior* Henricus et fratres canonici regulares *verteidigten, die des Schreibens kundig waren. Aber Prior* Henricus, *der Hektor von Glatz, war tapferen Herzens und fürchtete sich nicht. Den Brüdern befahl er, gleichfalls eine Leinwand aufzustellen und darauf, den Wyclifiten zur Verachtung, in Buchstaben zu fassen:* BEATA VIRGO MARIA ASSISTE NOBIS.

»Was?«, knurrte Jan Kolda, »was haben die da hingeschmiert?« Brázda von Klinštejn prustete. Jíra z Řečice lachte scheppernd.

Auf der Leinwand, die an der Mauer von den schreienden, Vivat rufenden Verteidigern aufgerollt wurde, stand in riesigen Buchstaben:

DEINE MUTTER DIE HUR

Královec betrachtete das Transparent lange, lange und starrköpfig, als erwartete er, dass sich die Buchstaben anders zusammensetzen würden. Schließlich wandte er sich um, sein Blick heftete sich auf Reynevan.

»Kamenz, hast du gesagt? Das Zisterzienserkloster? Das reiche Kloster der Zisterzienser? Waren dies deine Worte?«

»Das habe ich gesagt.«

»Na dann …« Královec blickte noch einmal auf Glatz, ein bisschen sehnsüchtig, wie es schien. »Worauf warten wir dann noch? Auf!«

Et sic Orphani, schrieb er mit kratzender Feder auf das Pergament, *a Glatz feria II pasce recesserunt.*

Der Chronist machte einen Punkt, legte die Feder beiseite, stöhnte und streckte den schmerzenden Rücken.

Die Chronik war fertig.

Zwanzigstes Kapitel

in dem sich Beteiligte, Augenzeugen und Chronisten an gewisse Ereignisse aus der Zeit unmittelbar vor Ostern 1428 erinnern. Und man wieder mal nicht weiß, wem man Glauben schenken soll.

Mein Name, heiliges Tribunal, ist Bruder Zephyrinus. Aus dem Zisterzienserkloster von Kamenz. Vegebt mir meine Verwirrung, ehrwürdige Väter, aber ich stehe zum ersten Mal vor dem Officium … Ich werde gerne zum *testimonium* beitragen, aber …«

»Jawohl, sofort, ich komme sogleich zur Sache. Will sagen zu dem, was sich im Kloster an jenem tragischen Tag, am Dienstag der Karwoche Anno Domini 1428, zugetragen hat. Und was ich mit meinen eigenen Augen gesehen habe. Und ich sage unter Eid aus, so wahr mir Gott … Bitte? Zur Sache? *Bene, bene.* Ich rede ja schon.«

»Ein Teil unserer Klosterbrüder hatte schon früher, am Samstag vor jenem Sonntag, an welchem man dem Herrn das *Judica me Deus* singt, das Fasten begonnen, als die Häretiker Ottmachau, Patschkau und Pomsdorf in Brand setzten. Den Feuerschein haben wir nachts überm halben Himmelsgewölb gesehen, und anderntags ist die Sonne kaum durch den dichten Rauch gedrungen. Da hat es, wie soll ich sagen, einigen *fratres* an Mut gemangelt, und so nahmen sie denn, so viel sie mit den Händen greifen konnten, und rannten davon. Der Abt hat getobt, sie Feiglinge genannt und ihnen mit der Strafe Gottes gedroht, ha, wenn er gewusst hätte, was ihm blüht, wäre er wohl selbst als Erster geflohen. Auch ich wäre gerne geflohen, ich will vor dem heiligen Tribunal nicht lügen, aber ich wusste nicht, wohin. Ich bin gebürtiger Lombarde aus der Stadt Tortona, nach Schlesien bin ich von Altenzelle gekommen, zuerst nach Leubus, und vom Kloster in Leubus bin ich nach Kamenz gekommen ... Hä? Ich soll bei der Sache bleiben? *Bene, bene*, ich bleib schon dabei. Gleich sag ich, wie es war.«

»Gleich *post dominicam Judica quadragesimalem* hab ich von Flüchtlingen gehört: Die Ketzer sind abgezogen, sie sind nach Grottkau gegangen. Da hab ich Erleichterung verspürt, bin gleich in die Kirche zum Altar und habe mich in Kreuzesform auf den Boden geworfen, *gratias tibi, Domine*, großer Gott, dir sei Dank. Dann war wieder Geschrei: Es kommen neue Bekenner dieses Teufels Hus, Waisen nennt man sie, von Glatz her. Wartha haben sie angezündet, schon das zweite Mal haben sie in dieser Unglücksstadt Feuer gelegt. Wir hatten noch Hoffnung, dass sie vorüberziehen und nach Frankenstein gehen möchten, auf der Breslauer Straße, dass sie nicht nach Kamenz einbiegen. Da sind wir in die Kirche, um dafür zu beten, *sancta Maria, mater Christi, sancta virgo virginum, libera nos a malo, sancte Stanislaus, sancte Andrea, orate pro nobis* ... Aber unsere Gebete haben nicht geholfen, offenbar wollte der Herr uns wie Hiob prüfen, damit wir ... Ach ja, ich weiß schon, ich soll beim Thema bleiben.«

»Also fasse ich mich kurz: Es war so, dass diese Höllenbrut dann am Kardienstag ins Kloster eingefallen ist. Plötzlich, wie der Blitz aus heiterem Himmel, sind sie über die Mauer geklettert, haben das Tor eingeschlagen, bevor wir noch *peccatores, te rogamus* rufen konnten, war der ganze Haufen auch schon drin. Und begann zu morden ... Ein Horror! *Sanctus Deus, sanctus fortis, sanctus immortalis, miserere nobis* ... Bruder Adalbert haben sie mit einem Speer durchbohrt, Bruder Pius wie den heiligen Dionysius mit Schwertern, Bruder Matthäus mit einer Armbrust erschossen, von den anderen waren viele *graviter vulneratus* ... Die Hussiten, Gott möge sie strafen, haben die Kühe, die Schweine und die Schafe aus dem Stall getrieben ... Alles haben sie mitgenommen, bis zum letzten

Stück Vieh ... Pfui, diese Hundesöhne, nicht genug damit, dass sie Häretiker sind, dazu auch noch *latrones et fures*! Aus der Kirche haben sie die Gerätschaften herausgetragen, den Reliquienschrein, Umhänge, Ornate, das große silberne Kreuz, Votivgaben, Leuchter ... Nichts haben sie dagelassen. Diejenigen von uns, die noch am Leben waren, haben sie in den Hof getrieben, an die Mauer. Da ist der Anführer dieser Bande gekommen, eine schreckliche Fratze hat er gehabt, sofort merkt man, dass das ein Ketzer ist, Královec haben sie ihn gerufen, und mit ihm noch ein anderer, den nannten sie Kolda. Dann haben sie die Bauern gerufen. Das heilige Tribunal muss wissen, dass mit diesen hussitischen Böhmen auch unsere hiesigen Bauern mitgezogen sind, diese gottlosen Abtrünnigen. Denen hat der Häretiker Královec befohlen, los, zeigt uns, wer von den Mönchen hier das Volk gequält hat, gleich halten wir Gericht. Gleich werden wir diese gemästeten Blutsauger, so hat er uns genannt, bestrafen. Da haben diese Bauernjudasse auf Bruder Maternus gezeigt, der habe sie gequält. Es stimmt schon, Frater Maternus hat diese Knechte manchmal hart angefasst, er sagte immer *rustica gens optima flens*. Jetzt kriegte er's zurück. Sie haben ihn herbeigeholt und mit Dreschflegeln erschlagen, diese Verbrecher. Dann haben sie den *cellerarius* Scholer erschlagen, den haben die Bauern angezeigt, weil er immer die Weiber betatscht hat und manchmal auch jungen Burschen nachstellte ... Nach ihm den *custos* Wenzel, Bruder Ägidius, Bruder Laurentius ... Das war ein Geschrei, ein Stöhnen und Flehen, das Blut spritzte, wir auf den Knien, weinend, *ab ira tua, ab odio et omni mala voluntate libera nos, Domine ...*«

»Was mit dem ehrwürdigen Vater, unserem Abt, geschehen ist, fragt Ihr? Ich sag's gleich. Schon schickten sich die Hussiten an, abzuziehen, da kam so ein blondhaariger Junker herbei, mit bösen Augen, das Gesicht zu einer Grimasse verzogen ... Sie nannten ihn Renevan. Nein, ehrwürdiger Vater, ich irre mich nicht, ich hab's genau gehört: Renevan. Aufs Kreuz möchte ich's schwören ... Jener Renevan hat den ehrwürdigen Vater am Habit gepackt. Der ist es, hat er gerufen, das ist Nikolaus Kappitz, der Abt von Kamenz, der schlimmste Leuteschinder, ein Lump, ein Zuträger und ein Inquisitoren … hmm, hmm, vergebt … ein Inquisitorenhund. Und zum Abt hat er gesagt, erinnerst du dich an Adele, du Hundesohn?, und hat mit den Zähnen geknirscht. Die du in Münsterberg für hundert ungarische Dukaten der Zauberei angeklagt hast? Dem Tod geweiht? Dafür wirst du jetzt bezahlen. Denk an Adele auf deinem Weg zur Hölle, du mieser Pfaffe! Das hat er zum Abt gesagt, bevor sie diesen in den Hof gezerrt haben. Ich hab es wohl gehört. Jedes einzelne Wort. Aufs Kreuz möchte ich's schwören …«

»Beim Thema bleiben, jawohl. Den ehrwürdigen Vater haben sie erschlagen. Mit Stöcken und Beilen … Jener Reneván hat nicht geschlagen. Er stand nur da und sah zu.«

»Das ist alles, was sich zugetragen hat, heiliges Tribunal, am Kardienstag im Jahre des Herrn 1428. Ich habe die Wahrheit gesagt, die ganze Wahrheit und nichts als die Wahrheit, so wahr mir Gott helfe. Die Ketzer haben unsere Kirche und das Kloster in Brand gesteckt. Sie haben auch in die Scheune, die Mühle, die Bäckerei und die Brauerei Feuer geworfen. Und sind weggezogen, unterwegs haben sie noch unser Klosterdorf Radkowitz angezündet. Und uns, die wir am Leben geblieben waren, haben sie die Habite ausgezogen. Da haben wir noch nicht gewusst, was das soll. Das ist erst später bekannt geworden. Nämlich, als diese Räuber Frankenstein überfallen haben …«

»Was seid ihr denn für welche?«, rief der Wachmann vom Glatzer Tor herab. Neben ihm kauerten andere hinter den Schießscharten, die Armbrüste schussbereit. »Die Tore sind geschlossen! Wir lassen niemanden in die Stadt!«

»Wir sind aus Kamenz!«, krähte Řehors unter seiner Mönchskapuze hervor. »Zisterzienser! Wir sind durch die Wälder vor dem Massaker geflohen! Das Kloster steht in Flammen! Öffne das Tor, guter Mann!«

»Sonst noch was? Es ist verboten! Verstehst du, Mönch! Ich darf nicht!«

»Im Namen Gottes, lasst uns ein!«, rief Reynevan flehend. »Ihr Brüder in Christus! Die Ketzer sind uns auf den Fersen! Überlasst uns nicht dem Verderben! Belastet euer Gewissen nicht mit unserem Blut! Öffnet!«

»Was weiß ich denn, wer ihr seid? Womöglich verkleidete Hussiten?«

»Wir sind Mönche, gute und fromme Christen! Zisterzienser aus Kamenz! Seht ihr unsere Habite nicht? Macht auf, beim lebendigen Gott!«

»Wenn ihr wirklich Zisterzienser aus Kamenz seid«, forderte der Wachmann, »dann sagt mir, wie heißt euer Abt?«

»Nikolaus Kappitz!«

»Was für einen Psalm singt ihr zur *Laudes* am Sonntag und an den Feiertagen?«

Reynevan und Bisclavret blickten sich fragend an. Scharley rettete die Situation.

»Den Psalm der drei Jünglinge«, erklärte er selbstsicher. *»Benedicite Dominum.«*

»Singt ihn!«, befahl der Wächter. »Aber laut! Oder wir spicken euch mit Bolzen!«

»Benedicite, omnia opera Domini, Domino!«, plärrte der Demerit mit falscher Stimme und rettete erneut die Situation. *»Laudate et superexaltate eum in saecula! Benedicite, caeli, Domino, benedicite, angeli Domini ...«*

»Das sind tatsächlich Mönche«, behauptete der Bruder von Heiligen Grabe im Brustton der Überzeugung. »Die müssen wir einlassen! Schiebt die Riegel zurück. Macht schnell!«

Und dann zeigte sich, das war Verrat, das waren keine Mönche, sondern Häretiker, qui se Orphanos appellaverunt, *in Mönchsgewänder gekleidet, die sie den Zisterziensern ausgezogen hatten, als sie* in feria III Paschae monasterium Cisterciense de Kamenz *überfallen hatten, das* eodem die effractum et concrematum est. *Keine Schäflein Gottes waren dies, sondern Wölfe,* lupi in vestimento ovium, *dieselben Verräter, die sich Vogelsang nannten, Judasse und Lumpen ohne Treu und Glauben. Auf nichtswürdige Weise hatten sie sich durch das Tor gedrängt, das durch Unachtsamkeit geöffnet worden war, hatten die Wachen überwältigt, und hinter ihnen her kamen andere* Orphani, *die bislang auf dem Wagen unter einer Plane, wie einst die Achaier in jenem hölzernen Pferd, verborgen waren. Sie töteten die Wachen, öffneten das Tor, und schon sprengten die* equites *der Häretiker im Galopp herein, dahinter das Fußvolk in vollem Lauf, und zwei Vaterunser später waren schon dreihundert Mann eingedrungen, und immer neue kamen hinzu. Und verbreiteten großen Schrecken …*

Als sie die Neue Straße unter dem Neustädter Wall entlangliefen, wagte es keiner, sich ihnen in den Weg zu stellen. Sie waren nur etwa zwanzig Mann, machten aber Lärm und Geschrei für hundert. Die Hussiten schrien und lärmten, sie klapperten mit hölzernen Rasseln. Bisclavret und Řehors bliesen in Messinghörner, Scharley schlug auf eine blecherne Zimbel ein. Die erschrockenen und durch den entsetzlichen Lärm verstörten Einwohner Frankensteins stoben vor ihnen davon und rannten zum Markt. Nur ein einziges Mal wurden sie völlig ziellos beschossen, mit Armbrüsten und Selbstzündern aus einem Fenster der Brauerei. Sie hielten weder im Laufen inne noch hörten sie auf zu lärmen. Von Süden her, von dem mit List eingenommenen Glatzer Tor, und bald darauf auch von Westen nahmen das Geschrei und das Gedröhn der Geschütze gewaltig zu. Die Hussiten stürmten wohl bereits das Schloss und die Kirche St. Anna.

Sie rannten. In der Unteren Wäschergasse wurden sie erneut beschossen, diesmal erfolgreicher, zwei Tote blieben im Rinnstein liegen. Mit einer aufs Geratewohl abgeschossenen Salve aus Armbrüsten begrüßte sie die mehr als zehnköpfige Wache am Münsterberger Tor, den Schützen zitterten die Hände, was nicht verwunderlich war, sahen sie doch schon den von den Dächern aufsteigenden schwarzen Rauch und hörten die Schreie derer, denen der Tod drohte.

Sie drangen sofort wütend auf die Wachen ein, es war, als wollten sich die Waisen für ihren mörderischen Lauf entschädigen.

Sofort gab es Tote, Blut färbte das Pflaster vor dem Tor. Reynevan beteiligte sich nicht am Kampf, mit Tauler und Samson stürmte er ins Tor und schlug die Riegel herunter. Scharley hielt ihnen den Rücken frei, dem Wächter, der ihn angriff, verpasste er ein paar rasche Schläge mit dem Krummsäbel.

Die Sperren und Balken fielen mit Getöse herunter, die von außen aufgestoßenen Flügel des Tores schwangen auf, mit donnerndem Hufschlag stürmten die Reiter durchs Tor, hinter ihnen das Fußvolk mit Geschrei. Das Pflaster hallte wider vom Hufschlag, wie ein Strom ergossen sich die Waisen in die Stadt, direkt auf die Münsterberger Straße.

»Gute Arbeit, Reynevan!«, rief Jan Královec von Hrádek und riss sein Pferd schwungvoll knapp vor ihm herum. »Gute Arbeit war das mit diesem Tor! Ich habe jetzt eine andere Meinung von dir! Man lobt dich mit Recht! Und jetzt vorwärts, vorwärts! Die Stadt ist noch nicht in unserer Hand!«

Als sie auf den Marktplatz stürmten, sah es so aus, als habe sich Královec geirrt, und Frankenstein sei schon in der Hand der Waisen. Das Haus des Abtes der Zisterzienser von Heinrichau brannte, die Tuchlauben brannten, Kramläden und Buden standen in Flammen, Rauch und Feuer drang auch aus den Fenstern der Zunfthäuser. Der Sturm auf das Rathaus hielt noch an, das Kampfgeschrei der Angreifer wurde übertönt von den hellen Schreien der Todgeweihten, Leute, die man aus den Fenstern warf, fielen direkt in die aufgerichteten Spieße und Hellebarden. Auch in den Gewölben der Steinhäuser am Markt hielt das Gemetzel an. Vom Südteil der Stadt her erklang immer noch Geschützlärm, anscheinend verteidigte sich das von Kolda von Žampach angegriffene Schloss noch immer. Aber der Glockenturm von St. Anna stand bereits in Flammen.

Hussitisches Fußvolk drang auf den Marktplatz. Hinter ihnen Reiter unter der Führung von Matěj Salava. Das Gesicht des jungen Ritters war rußgeschwärzt, in der Hand hielt er ein bluttriefendes Schwert. »Dorthin!«, befahl Královec, mit seinem Streitkolben die Richtung vorgebend und sein in den Blutlachen immer wieder ausrutschendes Pferd zügelnd. »Wir werden hier schon allein fertig! Lauft ihr dorthin! Zum Dominikanerkloster! Auf zum Kloster, Gottesstreiter!«

»Also, Jungs«, Reynevan drehte sich um, »zum Kloster! Kommt, wir laufen, Scharley, Řehors ...«

»Ja, wir laufen, tapferer Reynevan Toröffner!«

»Tauler, bist du da? Samson?«

»Ich bin da.«

Salavas Reiterei, die bei den Häuserkämpfen fehl am Platz war, verschwand in den Gassen und überließ dem Fußvolk den Sturm auf das Dominikanerkloster. Etwa hundert Mann, angeführt von Smil Půlpán, dem Unterhauptmann von Nachod, einem dicklichen Kerl mit einem bis auf die blanke Haut geschorenen Kopf. Reynevan kannte ihn. Er war ihm früher schon begegnet.

»Los, auf sie!«, brüllte Smil Půlpán und wies mit dem Schwert die Kampfrichtung. »Los, auf sie, Brüder! Schlagt! Stecht!«

Die Hussiten stürzten sich mit Gebrüll in den Angriff, der vom Hagel der Geschosse immer wieder zerstreut wurde. Aber jedes Mal griffen sie sofort wieder an.

»Los, auf sie! Tod den Papisten!«

Unterstützt von Bürgern und Zunftmitgliedern, verteidigten die Dominikaner eifrig und verbissen ihren Sitz, aber dies war ein aussichtsloses Unterfangen. Die Übermacht der Waisen war erdrückend, die Heftigkeit ihres Angriffes furchterregend.

Die Mönche wichen unter dem Ansturm, zogen sich zurück, ließen Tote in weißen Habiten zurück und überließen den Hussiten nach und nach die einzelnen Gebäude des Klosters.

Die letzte Bastion der Verteidigung war die Kirche zum heiligen Kreuz, ihre Vorhalle und der verbarrikadierte Haupteingang. Die Mönche kämpften hier bis zum letzten Armbrustbolzen und bis zur letzten Kugel aus dem Schießrohr. Und bis zum letzten Mann.

Als die durch den Widerstand wütend gewordenen Waisen über die Körper der Toten hinweg ins Presbyterium eindrangen, sahen sie im Widerschein des durch die bunten Glasfenster dringenden Lichts des Regenbogens nur noch Männer, die am Leben waren. Einer kniete mit gesenktem Kopf vor dem Altar, direkt beim Antependium. Der zweite schützte den Knienden mit seinem Leib und einem Kruzifix.

»*Templum Dei sanctum est!*« Seine dünne Stimme stieg ins Gewölbe hoch und klang von dort in einem Echo zurück. »Wer Gottes Heiligtum vernichtet, vernichtet Gott! Weicht, ihr Höllenmächte! Weicht, Satane und Häretiker, bevor Gott euch verbrennt!«

»Das ist Johann Buda«, beeilte sich einer der mit den Waisen verbündeten Schlesier schnell zu verkünden. »Und der dort kniet, ist Nikolaus Carpentarius, der Prior. Beide haben gegen die Lehre von Meister Hus gepredigt. Ein guter Böhme ist ein toter Böhme, so haben sie jedes Mal die Predigt beendigt. Beide haben die Truppen gesegnet, die nach Nachod gezogen sind.«

Smil Půlpáns Wange und Hals waren blutbedeckt, er hielt mit einer Hand sein Ohr, dessen größter Teil von einem Bolzen abgerissen worden war. Er hatte beim Sturm auf Kirche und Kloster etwa ein Dutzend Leute verloren, und ebenso viele waren verwundet, aber das Ohr erboste ihn, wie es schien, am meisten.

»Ein guter Böhme ist ein toter Böhme, ja?«, wiederholte er boshaft. »Da habt ihr aber Pech, ihr Pfaffen, weil ihr lebenden und bösen in die Hände gefallen seid. Wir werden euch zeigen, wie böse ein lebender Böhme werden kann. Packt sie! In den Hof mit ihnen!«

»Wagt es nicht, mich anzurühren!«, schrie Johann Buda. »Wagt es ja nicht ...«

Er bekam einen Faustschlag ins Gesicht und verstummte. Der Prior leistete keinen Widerstand.

»Vexilla Regis prodeunt ...«, wimmerte er, als sie ihn durch das Kirchenschiff schleiften. *»Fulget crucis mysterium ... Quo carne carnis conditor... Suspensus est patibulo ...«*

»Dem ist der Verstand durcheinandergeraten«, meinte einer der Waisen.

»Das ist eine Hymne.« Smil Půlpán war vor der Revolution Sakristan gewesen, Reynevan hatte davon gehört. »Das ist die Hymne *Vexilla Regis.* Die wird in der Karwoche gesungen. Und heute ist Karfreitag. Der geeignete Tag für ein Martyrium.«

Vor der Kirche umringte eine große Anzahl Waisen die beiden Mönche. Gleich darauf erfolgte der erste Faustschlag, dann der erste Fußtritt, danach kamen weitere Fußtritte, und dann wurden Schlagstöcke und Knüppel eingesetzt. Der Prior stürzte hin. Johann Buda hielt sich noch auf den Beinen, er betete laut und spuckte das Blut, das seinem zerschlagenen Mund entquoll, aus. Smil Půlpán sah ihn hasserfüllt an. Auf sein Zeichen hin wurde ein Hackklotz herangeschleppt.

»Wie es scheint, hast du denen, die nach Nachod gezogen sind, die Waffen gesegnet, du Papist. Wie wir dich dafür bestrafen werden, haben uns die Schergen des Bischofs in Nachod beigebracht. Bringt ihn her, Brüder.«

Johann Buda wurde herangeschleift, man legte eines seiner Beine auf den Klotz. Ein Hussit, ein riesiger Kerl, hob das Beil und schlug zu. Johann Buda brüllte fürchterlich, aus dem Beinstumpf schoss das Blut in Strömen. Die Waisen hoben den sich in Zuckungen windenden Dominikaner auf und legten sein anderes Bein auf den Klotz. Das Beil fiel mit dumpfem Schlag und Splittern, von diesem Schlag erzitterte selbst der Boden. Johann schrie noch einmal bestialisch auf.

Berengar Tauler machte ein paar schwankende Schritte, stützte sich mit beiden Händen an der Kirchenwand ab und übergab sich heftig. Reynevan hielt sich noch, aber nur mit dem letzten Rest seines Willens. Samson war sehr bleich geworden, er blickte plötzlich nach oben, zum Himmel. Lange verblieb er in dieser Haltung. Als würde er etwas von dort erwarten.

Auf einem Klotz, der zum Holzkleinmachen dient, haben jene Henker, haeretici, *deren Herr und Meister der Teufel selbst ist, an Bosheit und Grausamkeit einander übertreffend, mit Beilen alle* extremitates *des Unglücklichen nacheinander abgetrennt.* Diese *Schreckenstat zu beschreiben, sträubt sich meine Feder, die Hand zittert,* lacrimae *fließen aus den Augen ... Nicolaus Carpentarius, Johannes Buda und Andreas Cantoris,* martyres de Ordine Fratrum Praedicatorum, *gemartert für das Wort Gottes und für das Zeugnis, das sie ablegten. Gott, Gott, wir rufen zu Dir!* Usquequo, Domine sanctus et verus, non iudicas et vindicas sanguinem nostrum?

Inzwischen hatten die Waisen alles geraubt, was in der Kirche nur irgendeinen Wert darstellte. Heiligenbilder, Chorgestühl und heruntergerissene Altarreste, die keinen großen Wert besaßen, verbrannten auf einem riesigen Scheiterhaufen. Auf Půlpáns Befehl wurden die beiden schrecklich zugerichteten und mit dem Tode ringenden Mönche herbeigeschleppt und auf den Scheiterhaufen geworfen. Die darum herumstehenden Hussiten sahen zu, wie sich die beiden ihrer Gliedmaßen beraubten Körper hilflos in den Flammen wälzten. Das Feuer brannte nur recht und schlecht, es hatte zu regnen begonnen. Smil Půlpán betastete sein abgerissenes Ohr, fluchte und spuckte aus.

»Hier haben wir noch einen!«, brüllten ein paar Hussiten, die aus der Vorhalle gestürmt kamen. »Bruder Půlpán! Wir haben noch einen gefangen! Er hatte sich auf der Kanzel versteckt.«

»Her mit ihm! Her mit diesem Papisten!«

Der von den Hussiten herbeigeschleppte, schreiende, stöhnende und sich windende Mönch war – Reynevan hatte ihn sofort erkannt – der Diakon Andreas Kantor. Als man ihn vorbeizerrte, erblickte er Reynevan.

»Junker Bielau«, heulte er, »schick mich nicht ins Martyrium! Laaass miiich! Rette mich, Junkeeer!«

»Du hast mich verkauft, Kantor! Weißt du noch? Du hast mich wie Judas dem Tod ausgeliefert. Also wirst du auch wie Judas verderben!«

»Junkeeeer! Gnaaadeee!«

»Her mit ihm!« Půlpán wies auf den blutüberströmten Hackklotz. »Es gibt einen dritten Märtyrer. *Omne trinum perfectum!*«

Vielleicht hatte ein Impuls darüber entschieden, irgendeine verwischte Erinnerung. Vielleicht war es auch nur ein Moment der Schwäche, der Müdigkeit. Vielleicht der tieftraurige Blick Samsons, den er aus den Augenwinkeln gesehen hatte. Reynevan wusste selbst nicht genau, was ihn eigentlich zum Handeln, zu dieser Tat gezwungen hatte. Er riss einem neben ihm stehenden Böhmen die Armbrust aus der Hand, zielte und drückte ab. Der Bolzen traf Kantor mit solcher Wucht unter dem Brustbein, dass er auf dem Rücken wieder austrat und den Diakon fast den Händen seiner Peiniger entrissen hätte. Er war tot, bevor er zu Boden sank.

»Ich hatte mit ihm noch eine alte Rechnung zu begleichen«, erklärte Reynevan in die tiefe, tödliche Stille hinein.

»Ich verstehe«, Půlpán nickte. »Aber tu das nie wieder, Bruder. Andere könnten das missverstehen.«

Prasselnd fraßen sich die Flammen durch das Dach der Kirche, Dachgerüst und Balken fielen in das brennende Innere. Jeden Moment konnten die Wände brechen und einstürzen. Eine Säule aus Funken und Rauch stieg in den Himmel empor. Schwarze Fetzen kreisten über dem Feuer wie Krähen über einem verlassenen Schlachtfeld.

Der Reiter, der auf den Platz stürmte, hielt sein schaumbedecktes Pferd vor den Hauptleuten der Waisen an. Vor Jan Královec, Prokupek, Kolda von Žampach, Jíra z Řečice, Brázda von Klinštejn und Matěj Salava z Lipé.

»Bruder Jan! Bruder Prokop ist aus Ohlau zurückgekehrt und zieht jetzt über Strehlen nach Reichenbach. Er fordert Euch auf, Ihr mögt Euch unverzüglich dorthin begeben!«

»Habt ihr gehört?« Královec wandte sich zu seinem Stab um. »Tábor ruft!«

»Das Schloss wird noch immer verteidigt«, erinnerte ihn Prokupek.

»Dann haben sie Glück. Anführer, zu den Abteilungen! Ladet die Beute auf die Wagen und treibt die Kühe zusammen. Abmarsch! Wir ziehen nach Reichenbach, Brüder! Nach Reichenbach!«

»Seid gegrüßt, Brüder. Seid gegrüßt, Tábor!«

»Gott zum Gruße, Brüder! Seid gegrüßt, Waisen!«

Die herzlichen Begrüßungsrufe nahmen kein Ende, Freude über die Begegnung und Euphorie hatte alle erfasst. Kurz darauf fasste Jan Královec von Hrádek die Rechte Prokops des Kahlen, Prokupek küsste Markolts zotteligen Backenbart, Jan Zmrzlík klopfte Matěj Salava auf den gepanzerten Rücken, und Jaroslav von Bukowina stöhnte unter der kräftigen Umarmung von Kolda von Žampach. Urban Horn umarmte Reynevan, Řehors Drosselbart. Die Dreschflegelkämpfer und die Schützen der Waisen begrüßten die Lanzenträger von Tábor, die Hellebardenträger von Schlan und die Nimburger Streitaxtkämpfer drückten die Armbrustschützen von Chrudim. Die Wagenmeister begrüßten einander, wobei sie, wie immer, schrecklich fluchten.

Der Wind zerrte an den nebeneinander wehenden Standarten – dicht neben dem *veritas vincit*, der Hostie und der Dornenkrone von Tábor, flatterte der Pelikan der Waisen, der rotes Blut in einen goldenen Kelch vergoss. Die Gottesstreiter riefen ein Hurra nach dem anderen und warfen ihre Kappen und Helme in die Luft.

Im Hintergrund brannte die Stadt Reichenbach, von schwarzen Rauchwolken durchzogen. Die Taboriten hatten sie angezündet, nachdem die in Panik geratenen Bewohner geflohen waren.

Prokop, die Hand immer noch auf Jan Královecs Schulter, blickte mit zufriedenem Lächeln auf die sich formierende Armee. Jetzt, wo alle zusammen waren, zählten sie mehr als tausend Reiter, mehr als zehntausend Mann Fußvolk und dreihundert Kampfwagen, voll gespickt mit Artillerie. Er wusste, dass es in ganz Schlesien keinen gab, der sich dieser Streitmacht in einer offenen Feldschlacht würde widersetzen können. Den Schlesiern blieben nur noch die Mauern der Städte. Oder, wie den Einwohnern von Reichenbach, die Flucht in den Wald.

»Abmarsch!«, rief er den Hauptleuten zu. »Bereitmachen zum Abmarsch! Nach Breslau!«

»Nach Breslau!«, nahm Jaroslav von Bukowina die Parole auf. »Gegen Bischof Konrad! Abmaaaarsch!«

»Heute ist Ostersonntag!«, rief Královec. »*Festum festorum!* Christus ist auferstanden! Er ist wahrhaftig auferstanden!«

»*Resurrexit sicut dixit!*«, rief Prokupek. »Halleluja!«

»Halleluja! Lasst uns Gottes Lob singen, Brüder!«

Aus den Kehlen der Dreschflegelkämpfer der Waisen und der Lanzenträger von Tábor stieg ein Lied auf und setzte sich wie Donnerhallen bis zum Himmel fort. Sogleich fielen die Hellebardenträger von Chrudim, die Pavesenträger von Nimburg und die Armbrustschützen von Schlan mit ihren mächtigen Stimmen ein.

Buóh všemohúcí
vstal z mrtvých žádúcí.
Chvalmež Boha s veselím,
tot' nám všěm Písmo velí!
Kyrieleison!

Während sie sich in Marsch setzten, griffen die Speerträger von Sigmund von Vránov, die Panzerreiter von Zmrzlík, dann die Wagenmeister, die leichte Reiterei von Kolda von Žampach, Salavas Reiter und Tovačovskýs Mähren den Gesang auf. Am Ende, die Nachhut bildend, kamen, mit donnerndem Gesang auf den Lippen, Puchałas Polen auf ihren Pferden.

Der Staub lagerte in einer Wolke über der Straße nach Breslau. Das immer noch brennende Reichenbach hinter sich lassend, zog Prokops aus Taboriten und Waisen bestehende Armee nach Norden. Auf den sich am Horizont dunkel abhebenden, wolkenverhangenen Zobtenberg zu.

Jezukriste, vstal si,
nám na příklad dal si,
žeť nám z mrtvých vstáti,
s Bohem přebývati.
Kyrieleison!

Die Brände wüteten noch immer in der Stadt, während die Vorstädte fast vollständig niedergebrannt waren, Rauch stieg empor, und verglühende Flämmchen zuckten noch auf den Balken und Bohlen. Als sie hörten, dass der Gesang der Hussiten in der Ferne verebbte, begannen die Leute aus ihren Verstecken herauszukriechen, aus den Wäldern und von den Bergen herunterzukommen. Sie blickten sich erschrocken um und weinten, als sie ihre vernichtete Stadt sahen. Dann wischten sie sich Ruß und Tränen aus dem Gesicht. Und sangen. Denn es war Ostern.

Christ ist erstanden
Von der Marter alle.
Des soll'n wir alle froh sein,
Christ soll unser Trost sein.
Kyrieleison!

Die Franziskanermönche kamen aus ihrem Versteck und stiegen den Weinberg hinunter. Sie gingen weinend und singend auf die verbrannte Stadt zu.

Es war Ostern.

Christus surrexit.
Mala nostra texit
Et quos dilexit
Hos ad caelos vexit.
Kyrieleison!

Die Armee Prokops des Kahlen marschierte nach Norden. Eine Feuerwolke und Rauchsäulen erhoben sich über den Dörfern, die von den Abteilungen Salavas und Ostrogskis angesteckt worden waren. In hellrotem Feuerschein explodierten die Dächer von Bertholdsdorf. Prauß, Harthau und Rudelsdorf gingen in Flammen auf. Kurz darauf stand der ganze Horizont in Flammen.

Es war Ostern.

Die Gottesstreiter marschierten nach Norden. Mit Gesang auf den Lippen.

Všichni světí, proste,
nám toho spomozte,
bychom s vámi bydlili
Jezukrista chválili!
Kyrieleison!

Es war Ostern. Christus war wahrhaftig auferstanden.

Das Feuer hatte das ganze Land erfasst.

Einundzwanzigstes Kapitel

in dem verschiedene Personen aus verschiedener Perspektive beobachten, was die Geschichte so treibt. Und die Geschichte, die sich von der Kette losgerissen hat, treibt es verdammt schlimm. Und zeigt, wozu sie imstande ist.

»Armes Schlesien.«

»Verfluchtes Schlesien!«

Das in der Nähe von Neumarkt gelegene Flüchtlingslager am Neumarkter Wasser war mehr als überfüllt, es platzte geradezu aus allen Nähten. Der übliche Wechsel von Kommenden und Gehenden hatte das Überleben zwar bisher irgendwie ermöglicht, aber heute erschrak Dzierżka de Wirsing nahezu bei dem Gedanken, dass neue Flüchtlinge auftauchen könnten.

Als es zu dämmern begann, atmete sie erleichtert auf, denn nachts kam meist kaum jemand, und sie wusste, dass viele Flüchtlinge planten, bei Tagesanbruch weiterzuziehen. Die Hussiten waren abgezogen, nach Süden, auf der Straße, die nach Kostenblut, Striegau, Bolkenhain und Landeshut führte. Vielleicht kehrten sie ja nach Böhmen zurück? Tagsüber hingen keine schwarzen Rauchwolken mehr am Himmel, auch nachts leuchtete kein Feuerschein mehr. Die Leute hatten die Nase voll vom Umherirren, sie wollten nach Hause. Zu den Brandstätten. Zu ihren niedergebrannten Städtchen und Dörfern. Nach Zobten am Berge, nach Gnichwitz, nach Gorrek, Frankenthal, Arnoldsmühle, Lorzendorf, Rackschütz und Schlaup. Und in viele, viele andere Orte mit fremd klingenden und nichts sagenden Namen.

Ein Ochse brüllte, eine Ziege meckerte. Igendwo bei den Wagen weinte ein Kind. Mit raschem Schritt ging Elencia von

Stietencron an Dzierżka vorbei. Nachdem sie zusammen mit den anderen die Arbeit in der Küche beendet hatte, war Elencia nicht mit ihnen gekommen, um sich auszuruhen und Kraft zu schöpfen. Elencia schien sich niemals auszuruhen. In den sieben Tagen, seit Dzierżka de Wirsing das Lager leitete und finanziell unterstützte, hatte sich Elencia nur auf entschiedenen Befehl hin ausgeruht. Dzierżka mochte ihr gegenüber jedoch nicht befehlend auftreten. Sie hatte gesehen, wie das Mädchen darauf reagierte. Sie hatte es gleich am ersten Tag gesehen, als Elencia von Stietencron auf dem Braunen von Tybald Raabe nach Schalkau gekommen war. Als Dzierżka noch gemeint hatte, sie wüsste, wie man das Mädchen am wirksamsten aus seiner Dumpfheit und Lethargie hervorlocken könnte.

»Armes Schlesien«, wiederholte der dickliche Kaufmann aus Breslau, den selbst der Überfall auf Schlesien nicht davon abgehalten hatte, mit einem Wagen voller Waren loszufahren.

»Verdammtes Schlesien!«, wiederholte der Müller aus Märzdorf.

Die Flüchtlinge, die um das Feuer herumsaßen – so etwas wie ein aus eigenständiger Initiative hervorgegangener Lagerrat, Leute von sichtlicher Autorität –, nickten und murmelten etwas vor sich hin. Dzierżka war unter ihnen die einzige Frau. Aufrechte Landleute mit dem Aussehen und der Haltung geborener Anführer waren in der Mehrzahl. Neben dem dicklichen Breslauer saß da der Müller aus dem in der Nähe von Brieg gelegenen Märzdorf, ein Pächter aus der Nähe von Kanth, zwei Soldaten in bunten Uniformen, die der Staub vieler Straßen hatte verblassen lassen, und ein Wirt aus Gorrek. Dann ein Bader aus Zobten am Berge, der sich nützlich machte, ein Minderbruder aus dem Kloster von Neumarkt, einer von den älteren, die jüngeren kümmerten sich ununterbrochen um die Kranken und Verwundeten. Dann ein Jude, von dem keiner wusste, woher er kam. Und ein Ritter. Einer von den ärmeren, der aber allein durch seine Anwesenheit Aufsehen erregte.

»Zweimal haben wir schon in Breslau um unser Leben gebangt«, erzählte der dickliche Kaufmann. »Das erste Mal am Donnerstag vor Palmsonntag, als die Hauptmacht der Hussiten vor Ohlau stand, nachdem sie Brieg geplündert und Ritschen niedergebrannt hatten.«

»Der Feuerschein und der Rauch waren weithin zu sehen, und der Wind hat den Brandgeruch zu uns herübergetragen. Und von Ohlau nach Breslau ist es doch nur noch ein Katzensprung ... Wohl sind die Mauern fest und mit Schießgerät gut bestückt, um unser Leben haben wir trotzdem gebangt ... Aber Gott hat uns beschützt. Sie sind abgezogen.«

»Nicht für lange«, bemerkte einer der Soldaten.

»Gewiss nicht. Kaum hatten wir aufgeatmet, nachdem wir gehört hatten, dass Prokop nach Strehlen zieht, kaum hatten wir ein unruhiges Osterfest gefeiert, da läuteten schon wieder die Glocken aller Türme. Die Hussiten kommen zurück! Sie kommen mit noch größerer Streitmacht. Nachdem sie sich mit diesen höllischen Waisen verbündet hatten, haben sie Reichenbach niedergebrannt und Zobten am Berge, die Wege waren schwarz von Flüchtlingen. Am Freitag vor dem Sonntag *Misericordia* haben wir auf den Mauern erneut Rauch aufsteigen sehen. Diesmal von Westen her, da brannte Kanth. Die Nachricht kam, dass bei Neumarkt ein großes Heer steht, dass sich Prokop auf die Erstürmung vorbereitet. Wieder haben die Glocken geläutet, und die Frauen sind mit den Kindern in die Kirchen geflüchtet ...«

»Aber auch diesmal habt ihr Glück gehabt«, meinte Dzierżka. »Es hat kein Ansturm stattgefunden, wie wir alle wissen. Zwei Tage später, eben am Sonntag *Misericordia*, sind die Böhmen abgezogen.«

»Sie sind abgezogen«, bestätigte der andere Soldat, »in Richtung Striegau. Alle dachten, sie würden gegen Schweidnitz vorrücken. Taten sie aber nicht. Vielleicht hat die Befestigung sie abgeschreckt ...«

»Nein, es war nicht deswegen«, widersprach ihm der Ritter. »Schweidnitz hat bereits vor einem Jahr ein geheimes Abkommen mit den Hussiten geschlossen. Deshalb wurde es verschont.«

»Und in den Mauern von Schweidnitz hat der Herr Starost Kolditz gesessen, sicher und behaglich«, spottete der Müller von Märzdorf. »Was geht es ihn an, wenn das Land in Flammen steht und im Blut schwimmt. Ihm geschieht nichts, er hat alles gut geplant. Pfui!«

Eine Zeit lang herrschte Stille. Der Wirt von Gorrek beendete sie.

»Von Striegau aus sind die Hussiten nach Westen gezogen. Jauer haben sie umgangen, ohne es anzugreifen. Aber Schönau haben sie geplündert und in Rauch aufgehen lassen. Bis auf die Grundmauern haben sie Klein Helmsdorf niedergebrannt, das Vorwerk der Leubuser Mönche. Dann sind sie nach Goldberg weitergezogen. Heute habe ich auf dem Hof einen Bekannten getroffen. Der sagte mir, sie hätten Goldberg niedergebrannt. Die Stadt hat Pech. Schon zum zweiten Mal haben die Hussiten sie zerstört. Prokop und die Waisen ziehen angeblich nach Löwenberg ...«

»Die Nachrichten sind veraltet«, warf der Bader aus Zobten am Berge ein. »Ich habe die Flüchtlinge auch gefragt. Die Hussiten sind bereits vor einer Woche nach Löwenberg gezogen, am Donnerstag, aber sie sind nicht über den Bober. Aber die Lausitzer Ritterschaft, die Herren in Eisen, die zum Entsatz nach Schlesien eilen sollten, haben es mit der Angst zu tun bekommen und sich am linken Ufer verschanzt, wie die Mäuse unterm Reisigbesen sitzen sie dort. Die Lausitzer werden uns nicht zu Hilfe kommen. Wir sind ganz auf uns gestellt, Leute. Armes Schlesien!«

»Verdammtes Schlesien.«

Ein Ochse brüllte, ein Hund bellte. Ein anderes Kind weinte laut. Elencia wandte den Kopf, aber sie konnte nicht zu ihm hingehen. Sie hatte einen kleinen Jungen auf dem Arm und beruhigte ihn, ein kleines Mädchen, nicht viel älter, klammerte sich an ihren Rock. Elencia seufzte und schniefte. Dzierżka beobachtete sie unter den gesenkten Wimpern hervor. Sie selbst hatte nie ein Kind geboren, sie hatte nie eigene Kinder gehabt, aber sie hatte es nie bereut, es war nie ein Problem für sie gewesen. Bis heute nicht, dachte sie plötzlich, erschrocken über die Kälte, die ihr die Brust verengte und die Kehle zuschnürte.

»Die einzige Hoffnung, die wir haben«, meinte der Kaufmann aus Breslau, »ist, dass dieser Kriegszug schon so lange dauert. Die Hussiten müssten doch allmählich müde sein, das viele geraubte Zeug muss sie drücken ...«

»Es bedarf nur einer Niederlage«, sagte der Ritter. »Die Fliehenden verlässt die Kraft ihrer Beine, das Gut, das sie gerade geraubt haben, drückt sie zu Boden. Ein Sieg verleiht Kräfte, da kommt einem die Beute so leicht vor wie eine Feder! Wer siegt, dem geht es gut! Ihre Pferde fressen den Weizen aus unseren Scheunen, sie schnuppern in unserer Asche herum. Aber es stimmt, der Krieg dauert schon einige Zeit. Vom Bober ist es nicht weit zu den Pässen im Riesengebirge, nicht weit nach Böhmen. Geb's Gott, sie gingen.«

»Und für wie lange?«, brauste der Müller aus Märzdorf auf. »Sie haben doch gemerkt, dass wir schwach sind und ihnen im Felde keinen Widerstand entgegensetzen können. Dass wir keinen Kampfgeist haben! Dass keiner da ist, der uns in den Kampf führt! Dass die schlesischen Ritter beim Anblick der Hussiten die Beine in die Hand nehmen und wie die Hasen davonlaufen! Ha, sogar die Herzöge laufen davon! Was hat denn Ludwig von Brieg getan? Seine Stadt hätte er verteidigen müssen, die wehrlosen Menschen, seine Untertanen. Als er ihnen Abgaben abgepresst hat, sagten sie: ›Das macht nichts, wir zahlen unser schwer verdientes Geld, aber dafür verteidigt uns unser guter Herr, wenn es zum Äußersten kommt.‹ Und was hat der gute Herr getan? Feige davongelaufen ist er und hat Brieg den Angreifern überlassen. Bis zur letzten Hütte haben die Hussiten die Stadt geplündert, die Pfarrkirche angezündet und das Kollegiat der heiligen Hedwig in einen Stall verwandelt, diese Gotteslästerer!«

»Dafür sollte sie der Blitz aus heiterem Himmel treffen!« Der Bader aus Zobten am Berge schüttelte den Kopf. »Gottes Zorn sollte über sie kommen! Und da soll man nicht zweifeln… Hmm… Ich wollte sagen: Schwer sucht Gott uns heim…«

»Die Herren werden sich wohl oder übel an derlei Heimsuchung gewöhnen müssen«, ließ sich plötzlich der Jude vernehmen. »Ei, ei, ich sage euch, das fällt nur am Anfang schwer. Mit der Zeit gewöhnt man sich daran.«

Eine Zeit lang herrschte Stille. Diesmal beendete sie der Ritter.

»Um noch einmal auf Herzog Ludwig zurückzukommen«, sagte er, »es ist wahr, das war nicht ritterlich, Brieg auf Gedeih und Verderben den Hussiten auszuliefern! So darf sich ein Ritter und ein Herzog nicht verhalten. Aber…«

»Aber er war nicht der Einzige, wollt Ihr sagen?«, unterbrach ihn der Müller, eine grimmige Grimasse ziehend. »Da habt Ihr Recht! Auch andere haben dem Feind den Rücken zugekehrt und ihre Ehre befleckt. Wo, ach wo nur, ist Herzog Heinrich der Fromme geblieben, der eher fallen wollte, als das Feld zu räumen!«

»Ich wollte sagen, dass die Hussiten durch Verrat an Kraft gewonnen haben. Durch Verrat und Propaganda. Dadurch, dass sie falsche Gerüchte ausgestreut, Panik gesät…«

»Wo kommt der Verrat denn her?«, fragte der Minderbruder unvermittelt. »Warum keimt, was er gesät hat, so schnell und blüht so kräftig, warum kann er so reiche Ernte halten? Die Mächtigen und die Ritter übergeben ihre Festungen und Burgen kampflos und gehen zum Feind über. Die Bauern schließen sich den Hussiten an und dienen ihnen als Kollaborateure, sie führen sie zu den Priestern hin und liefern diese dem Tode aus, damit nicht genug, sie überfallen und plündern auch noch selbst Klöster und Kirchen. Auch unter den Geistlichen mangelt es nicht an Apostaten. Und es gibt keinen Herzog, der wie Heinrich der Fromme bereit wäre, *pro defensione christianae fidei* zu kämpfen und zu sterben. Warum das so ist, darüber müsste man nachdenken. Woher kommt das?«

»Vielleicht daher«, meinte einer der Bauern, ein kräftiger Mann mit wallendem Haar, »vielleicht daher, dass es weder Sarazenen noch Türken sind, gegen die man kämpfen muss, auch keine Tartaren, die zu Zeiten unserer Großväter in Schlesien eingefallen sind. Die sind angeblich schwarz gewesen, sie hatten rote Augen, spien Feuer aus ihren Mäulern, trugen teuflische Zeichen, verübten Zauber und erstickten die unsrigen mit Höllendunst. Welche Macht sie herbeiführte, konnte man sofort sehen. Aber die hier? Über dem böhmischen Heer weht die Fahne mit der Monstranz, auf ihre Schilde haben sie Hostien und gottesfürchtige Worte gemalt. Während ihres Marsches singen sie Choräle, vor dem Kampf beten sie, auf Knien, und empfangen die Kommunion. Gottesstreiter nennen sie sich. Vielleicht also … vielleicht …«

»Vielleicht ist Gott auf ihrer Seite?«, beendete der Mönch mit schiefem Lächeln den Satz.

Noch vor einem Jahr, dachte Dzierżka, während um sie herum Totenstille herrschte, noch vor einem Jahr hätte niemand so etwas auch nur zu denken gewagt, geschweige denn, es ausgesprochen. Die Welt verändert sich, sie ändert sich vollständig. Warum aber muss sich die Welt immer inmitten von Brand und Gemetzel ändern? Warum muss sie, wie Poppaea in der Milch, im Blut baden, damit sie sich erneuern kann?

»Ich beginne«, erklärte der auf den Altarstufen sitzende Scharley, »die Lehren von Hus, Wyclif, Payne und all den anderen hussitischen Ideologen aktiv zu unterstützen. Die Kirchen müssen tatsächlich verändert werden … Na, vielleicht nicht gleich zu Ställen, wie die Brieger Kollegiatkirche, sondern zu Unterkünften? Seht doch mal, wie nett es hier ist. Es regnet einem nicht auf den Kopf, es zieht nicht, Flöhe gibt es auch kaum … Ja, Reinmar. Was Kirchen anbelangt, trete ich zu deiner Religion über, ich beginne mein Noviziat.«

Reynevan schüttelte nur den Kopf und warf Holz in das Feuer, das er mit Berengar Tauler im Mittelschiff entzündet hatte. Samson seufzte. Er saß nicht weit von ihnen entfernt, unter einem Leuchter, mit einer Schrift, die er aus einem Stoß unter der Kanzel hervorgeholt hatte. Als die Kirche geplündert wurde, hatte niemand sich an den Schriften vergriffen. Offenbar schienen sie niemandem von Nutzen zu sein.

»In so einer Kirche, das ist doch der reinste Luxus.« Drosselbart brach von der Empore im Altarraum das nächste Brett ab. »An Holz fürs Feuer fehlt es nicht. Da kann man bis zum Sommer heizen.«

»Und an Essen mangelt es auch nicht«, fügte Bisclavret hinzu, mit den Zähnen ein Stück von einer strohtrockenen Wurst abreißend, die er in der Sakristei gefunden hatte. »Es ist wohl wahr, wenn sie sagen: *qui altari servit, ex altari vivit.*«

»Und Trinkgefäße findet man auch allenthalben.« Řehors hob den mit Messwein gefüllten Kelch hoch. »Da braucht keiner wie der Hund aus dem Fass zu schlabbern … Und lesen kann man … Stimmt's, Samson? Samson!«

»Wie?« Der Riese hob den Kopf. »Ach so … Ihr werdet es nicht glauben, in diesem lateinischen Werk habe ich einen Satz auf Deutsch gefunden. Die Handschrift stammt aus dem Jahre 1231, aus der Zeit kurz nach Heinrich dem Bärtigen. Da, vorne drauf, steht das Datum: *Anno verum millesimo CCXXXI*, darunter hingeklatscht, als hätt ein Ochse es geschrieben: *benefactor noster Henricus cum barba Dei gratia dux Silesiae, Cracoviae et Poloniae …*«

»Wie lautet denn der deutsche Satz?« Drosselbart interessierte sich dafür.

»›Wolt edle frouwe der minne gedenken‹«, las Samson Honig vor, »›so wolt si der summer dem hertze schenken.‹«

»Unsinn!«

»Stimmt!«

»Und der Reim ist für 'n Arsch.«

»Stimmt auch.«

Aus der Vorhalle waren, durch den Widerhall verstärkt, Schritte, Geklirr, Gepolter und das Durcheinander aufgeregter Stimmen zu hören. Fackeln und Kienspäne erhellten das Dämmerlicht, und man konnte jetzt diejenigen erkennen, welche die Kirche betraten. Scharley fluchte. Pešek Krečiř, ein Prediger der Waisen, einer von Prokupeks Untergebenen, machte ihnen seine Aufwartung. Hinter Krečiř tauchten ein paar bewaffnete junge Kerle auf. Scharley fluchte erneut.

So wie das Heer von Tábor wurde auch das der Waisen immer von Frauen begleitet, die sich hauptsächlich um die Verpflegung und die Küche kümmerten und manchmal die Verwundeten und die Kranken pflegten. Diese Frauen, in der Mehrzahl Witwen, hatten ihre Kinder dabei. Die älteren Kinder wuchsen im Laufe der Zeit zu einer für die Hussitenarmee charakteristischen Gruppe heran – die Abteilungen der Halbwüchsigen. Auf ihren Märschen nahmen diese sowohl Hirtenbuben aus den Dörfern wie auch Gassenjungen aus den Städten auf, und so vergrößerten sich diese Abteilungen stetig. Rasch wurden die Minderjährigen zu Maskottchen und Nesthäkchen der Armee, zu allseits begünstigten und verwöhnten Hätschelkindern. Da sie dies schnell spitzgekriegt hatten, waren die geliebten Hätschelkinder rasch unverschämt geworden. Die hussitische Propaganda, die aus ihnen »Gotteskinder der neuen Ordnung« gemacht hatte, säte bei diesen Rotzbuben Grausamkeit und Fanatismus, und dieser Same war bei ihnen, wie bei allen Kindern, auf ungewöhnlich fruchtbaren Boden gefallen. Überall nannte man sie nur die »Schleuderbuben«, denn sie waren hauptsächlich mit Schleudern versehen, der Lieblingswaffe von Gassenjungen und Hirtenbuben. Reynevan hatte noch nie gesehen, dass die Schleuderbuben ihre Schleudern im Kampf einsetzten. Ja nicht einmal, dass sie kämpften. Er hatte sie allerdings bei anderer Gelegenheit gesehen. Nach der Schlacht bei Aussig hatten die »Gotteskinder« den besiegten Sachsen die Augen ausgestochen, indem sie ihnen angespitzte Stöckchen in die Helmöffnungen stießen. Vor kurzem erst, in Ziegenhals, bei Neisse, in Wartha, in Frankenstein und in Goldberg, waren die Gefangenen geschlagen, getreten, mit Steinen beworfen, verstümmelt, mit heißem Wasser und mit kochender Milch übergossen worden.

»Was denn«, fragte Krečiř streng und deutete auf den Messkelch, aus dem Řehors gerade trank, »brichst du das Gesetz, Bruder? Du bittest doch nicht etwa um Bestrafung? Die Beute soll zu einem Haufen, der allen gehört, zusammengetragen werden! Wer auch nur eine Kleinigkeit für sich behält, wird bestraft! Getreu dem Buchstaben der Heiligen Schrift! Achan, der Sohn Serachs vom Stamme Juda, der von der Beute, die Gott gehörte, einen Mantel und Gold stahl, wurde im Tale Achor gesteinigt und verbrannt!«

»Das ist doch nur versilbertes Messing«, stammelte Řehors. »Aber gut, ich geb's her, nehmt es.«

»Und das hier?« Der Prediger riss Samson die Schrift aus der Hand. »Was ist das? Weißt du nicht, Bruder, dass ein neues Zeitalter heraufzieht? Dass man in diesem neuen Zeitalter keine Schriften braucht und auch sonst nichts Geschriebenes, weil das Testament Gottes in die Herzen eingeschrieben ist? Die alte Welt soll im Feuer vergehen!«

Die Schrift mit dem deutschen Satz aus dem Jahre 1231 flog ins Feuer.

»Die alte Welt soll vergehen! Und ihre verlogene Weisheit mit ihr! Weg damit! Weg damit! Weg damit!«

Bei jedem dieser Rufe flog eine Schrift ins Feuer, ein Traktat, ein Codex, eine Chronik oder eine Heldengeschichte ... Samson stand mit herunterhängenden Armen da, er lächelte. Reynevan gefiel dieses Lächeln ganz und gar nicht. Krečiř hingegen wischte sich den Staub von den Händen, riss einem der Schleuderbuben die mit Nägeln bespickte Keule aus der Hand, sah sich um und ging ins Seitenschiff. Er hatte ein Bild bemerkt. ›Die Anbetung des Jesuskindes‹.

»Eine neues Zeitalter!«, schrie er. »Der Mensch wirft die silbernen und goldenen Götzen den Maulwürfen und Fledermäusen vor! Gott spricht: ›Wendet euch ab von euren falschen Götzen und von jeglichem Unflat!‹«

Er holte aus, die Keule zersplitterte krachend das bemalte Holz. Einer der Rotzbuben lachte dümmlich.

»Du sollst dir kein Bildnis machen!«, schrie der Prediger, während er auf die nächsten Bilder eindrosch. »Weder von dem, was hoch im Himmel, noch von dem, was unten auf der Erde ist! Auch nicht von dem, was im Wasser und unter der Erde ist!«

›Die Vertreibung aus dem Paradies‹ zersplitterte, das Triptychon ›Mariä Verkündigung‹ fiel von der Wand, ›Die Huldigung der Heiligen Drei Könige‹ zerfiel in zwei Hälften. Zu Spaltholz wurde die ›Heilige Hedwig‹, die so licht und geheimnisvoll aussah, als wäre sie unter dem Pinsel von Robert Campin hervorgegangen. Krečiř schlug unaufhörlich drein, so dass das Echo in der Kirche erwachte. Rasend vor Wut, schlug er weitere Bilder von der Wand und zerfetzte die Gesichter der kleinen Cherubine auf dem Fries eines Pfeilers. Dann erblickte er die Figur. Eine bemalte Holzfigur. Alle sahen sie. Und erstarrten.

Sie stand, den Kopf leicht geneigt, da, mit schmalen Händen das in Falten gelegte Gewand raffend, jede Falte sang einen Hymnus auf die Kunst des Bildschnitzers. Leicht in die Höhe gereckt und stolz, als wolle sie ihren angeschwollenen Leib noch deutlicher zeigen, blickte sie die gebenedeite Madonna mit ihren geschnitzten und bemalten Augen an, und ihre Augen strahlen *gratia* und *agape* aus. Die gebenedeite Madonna lächelte, und in dieses Lächeln hatte der Künstler Größe, Ruhm und Hoffnung gelegt, die Helle der Morgenröte nach der dunklen Nacht. Und die Worte *magnificat anima mea Dominum*, leise und voller Liebe gesprochen.

Magnificat anima mea Dominum.
Et omnia quae intra me sunt.

»Keine Figur«, schrie Krečiř und hob die Keule, »keine Figur! Ich strafe die Götzen Babylons!«

Niemand wusste, wie Samson plötzlich vor die Figur geraten war, zwischen sie und den Prediger. Aber er stand da und verwehrte diesem den Zugang mit zum Kreuz erhobenen Händen. Was tut er, dachte Reynevan, der Taulers erschrockene Miene und das zu einer Grimasse der Resignation erstarrte Gesicht Scharleys sah. Was tut er da, um Gottes willen? Sich gegen einen Prediger der Waisen aufzulehnen, kam dem Selbstmord gleich … Zudem hatte Krečiř im Prinzip Recht … Im neuen Zeitalter würde man keinen Idolen oder Statuen huldigen oder gar vor ihnen das Haupt senken. Ein solches Risiko eingehen für eine Figur, die aus einem Stück Lindenholz geschnitzt war? Samson …

Der Prediger tat erschrocken einen Schritt nach hinten. Aber er hatte sich schnell wieder gefasst.

»Einen Götzen verdeckst du? Einen Götzen verteidigst du? Du spottest über das Bibelwort, du Lästerer?«

»Mach etwas anderes kaputt«, antwortete Samson in aller Seelenruhe. »Das hier nicht.«

»Das hier nicht? Das hier nicht?« Krečiř hatte Schaum vor dem Mund. »Ich werde dir … Ich werde dir … Los, Kinder! Auf ihn! Schlagt ihn!«

Im selben Augenblick stellte sich Scharley blitzschnell neben Samson, neben ihn Tauler, daneben Drosselbart, Řehors und Bisclavret. Und Reynevan. Ohne dass er selbst wusste, wann, wie und warum. Aber er stand da. Und er beschützte Samson und die Figur.

»So ist das also? So ist das, ihr Häretiker?«, kreischte Krečiř. »Ihr Götzenanbeter! Los, Kinder! Auf sie!«

»Halt!«, ertönte von der Vorhalle her eine klangvolle, herrische Stimme. »Halt, habe ich gesagt!«

Zusammen mit Prokop dem Kahlen betraten Královec, Prokupek, Jaroslav von Bukowina und Urban Horn die Kirche. Ihre Schritte hallten durch das Kirchenschiff und weckten ein bedrohlich wirkendes Echo. Die Fackeln warfen drohende Schatten.

Prokop trat näher, und mit einem raschen, strengen Blick hatte er die Situation erfasst und eingeschätzt. Unter seinem Blick senkten die Schleuderbuben die Köpfe und versuchten vergeblich, sich hinter Krečiřs Rockschößen zu verstecken.

»Ja ... Bruder ... es ist so ...«, stotterte der Prediger, »die hier ... die haben ...«

Prokop der Kahle brachte ihn mit einer Handbewegung zum Verstummen. Einer ziemlich entschlossenen Handbewegung.

»Bruder Bielau, Bruder Drosselbart«, mit der gleichen Handbewegung rief er die beiden zu sich. »Erlaubt, ich muss vor dem Abmarsch noch gewisse Dinge mit euch besprechen! Du hingegen, Bruder Krečiř ... Geh raus. Geh und ...«

Er brach ab und blickte auf die Figur.

»Mach was anderes kaputt«, setzte er nach einer Weile hinzu.

Der Ochse brüllte, die Ziege meckerte. Der Rauch kroch in nieder hängenden Schwaden dahin und floss hinüber zum Röhricht am Fluss. Der Verwundete, den der Bader aus Zobten am Berge gerade erst zusammengeflickt hatte, wimmerte und stöhnte. Zwischen den Flüchtlingen glitten die Minderbrüder wie Geister umher, nach Anzeichen einer möglichen Seuche Ausschau haltend. Gott hat uns diese Mönche geschickt, dachte Dzierżka. Sie kennen sich mit Seuchen aus, sie sehen, wenn irgendetwas droht. Und sie haben keine Angst. Wenn Gefahr droht, laufen sie nicht davon. Die nicht. Die kennen keine Angst. In ihnen lebt immer noch die bescheidene, stille Tapferkeit des heiligen Franziskus.

Die Nacht war warm, es roch nach Frühling. Nebenan betete jemand laut.

Elencia, die in Dzierżkas Schoß schlief, bewegte sich und wimmerte. Sie ist erschöpft, dachte Dzierżka, sie ist müde.

Deshalb schläft sie so unruhig. Deshalb quälen diese Albträume sie.

Immer wieder.

Elencia stöhnte im Schlaf. Sie träumte von Kampf und Blut.

Ein schwarzer, dahinschreitender Stier auf goldenem Feld, dachte Reynevan, während er auf den halb im Schlamm versunkenen Schild starrte. Solch ein Wappen hieß in der Heraldik: *d'or, au taureau passant de sable.* Das Wappen auf dem anderen Schild, kaum noch auszumachen unter dem geronnenen Blut, nannte man: *d'azur, à la bande d'argent, chargée de trois roses de gueules.*

Er strich sich mit einer nervösen Bewegung über das Gesicht. *Taureau de sable*, der schwarze Stier, das war das Wappentier des Ritters Heinrich von Baruth. Desselben Baruth, der mich vor drei Jahren auf dem Münsterberger Turnier geschmäht, geschlagen und getreten hat. Jetzt hatte er die Strafe dafür erhalten, ein Hieb mit dem eisenbeschlagenen Dreschflegel hatte seinen Helm so platt gedrückt und verformt, dass man sich besser nicht vorstellen wollte, wie der Kopf darunter aussah. Die Hussiten hatten den Getöteten zwar aus seiner bayerischen Rüstung gezogen, den verbogenen Helm aber nicht angerührt. Baruth lag also in Hemd und Unterhose da, eine monströse, groteske Gestalt, mit Kapuze und Helm, in einer Blutlache, die unter dem Helm hervorrann.

Die drei Rosen hingegen, *trois roses,* das war die Wappenzierde von Christian von Der, dem Sohn des Walpot von Der aus Wammelwitz. Ich habe in meiner Kindheit mit ihm gespielt, in den Wäldern hinter Balbinow, an den Froschteichen, auf den Powojowitzer Wiesen. Wir haben Ritter der Tafelrunde gespielt, Siegfried und Hagen, Dietrich und Hildebrand. Später waren wir dann gemeinsam hinter der Wammelwitzer Müllerstochter her, in der durchaus berechtigten Hoffnung, sie würde uns erlauben, sie da und dort zu berühren. Dann hat

Peterlin Griselda von Der geheiratet, und Christian ist mein Schwager geworden … Und nun liegt er da, im blutigen Schlamm, und starrt mit gebrochenen Augen in den Himmel. Und ist so tot, wie er es nur sein kann.

Er wandte den Blick ab.

Der Krieg hat keine Zukunft, Krieg zu führen ist ein aussichtsloses Unterfangen, hatte Berengar Tauler behauptet. Aus den Kriegswirren wird eine neue, bessere Welt geboren, hatte Drosselbart, nicht aufrichtig, dem Mamun verkündet. Am zwanzigsten April im Jahre des Herrn 1428, einem Dienstag, hatten im Dorfe Erbenswunsch die Hoffnungen beider geendet – Taulers Hoffnungen auf eine Zukunft, Drosselbarts Hoffnung auf was auch immer.

Prokop hatte ihnen befohlen, nach Erbenswunsch zu reiten, um zu agitieren. Die Befürchtung, man könnte in Schlesien die Bauern dazu aufhetzen, sich zu einer Rotte Fußvolk zu formieren, war zwar nicht sehr groß, dennoch wollte Prokop lieber kein Risiko eingehen. Bei Neisse waren die Bauern, die man indoktriniert hatte, geflohen, noch bevor es zu Zusammenstößen mit ihnen kam. Dennoch musste weiteragitiert werden. Im Hinblick auf eventuelle künftige Zusammenstöße.

Sie waren am frühen Morgen aufgebrochen, an die zehn Berittene, und mit einem Kampfwagen. Die Berittenen hatte Fedor von Ostrogski gestellt, es waren, wie der überwiegende Teil seiner Leute, Ungarn und Slowaken. Der von vier Pferden gezogene Streitwagen gehörte dem Nimburger Otíka z Lozy und hatte eine Standardbesatzung: den Wagenhauptmann, zwei Fuhrleute, vier Armbrustschützen, vier Schützen mit Handfeuerwaffen und fünf Mann, die mit Dreschflegeln, Speeren und Spießen ausgerüstet waren. Mit ihnen zogen Drosselbart als Agitator, Řehors als Hilfsagitator, Reynevan als Gehilfe des Gehilfen, Scharley als Reynevans Gehilfe, Berengar Tauler als Anhängsel von Prokops Gnaden und Samson als Samson.

Die ungarischen Reiter, die von den Böhmen verächtlich

»Kumani« – Gevattern – genannt wurden, hatten die Bewohner von Erbenswunsch auf dem Anger zusammengetrieben und sich danach rasch wieder zwischen die Hütten verdrückt, wo sie, ihren Gepflogenheiten gemäß, versuchten, ein bisschen zu stehlen und auch ein bisschen zu vergewaltigen.

Diese »kumanischen« Sitten wurden in der Hussitenarmee streng geahndet, und so wagten denn Ostrogskis Magyaren auch nur, ihnen heimlich zu frönen, nämlich auf Zügen, die in die weitere Ferne führten und auf denen sie niemand sah. Der Wagenhauptmann befand es für richtig, nichts zu sehen. Auch die unter seinem Kommando Stehenden verwandten ihre Energie eher darauf, sich schläfrig miteinander zu unterhalten, sich am Hintern zu kratzen und in der Nase zu bohren.

Drosselbart war auf den Wagen gestiegen und hatte agitiert. Er hatte gepredigt. Dass alles, was ringsherum geschehe, kein Krieg und kein Raubzug, sondern brüderliche Hilfe sei und eine Friedensmission, dass alle militärischen Aktionen der Gottesstreiter ausschließlich gegen den Bischof von Breslau gerichtet seien, einen Lumpen, Unterdrücker und Tyrannen. Nicht etwa gegen das schlesische Brudervolk, denn wir Gottesstreiter liebten das schlesische Volk sehr, und sein Wohl liege uns am Herzen. So sehr, dass »der Gottessohn und 's Herrgöttl selber helfen mechten«.

Drosselbart predigte mit großem Eifer, er machte den Eindruck, als glaube er selbst an das, was er sagte. Reynevan wusste natürlich, dass Drosselbart nicht glaubte und nur das verkündete, was Prokop und Markolt befohlen hatten. Wie können anscheinend vernünftige Leute auch nur annehmen, fragte sich Reynevan staunend, dass irgendjemand einen so dick aufgetragenen und so eindeutigen Unsinn glaubt wie diese »Friedensmission«? An so etwas durfte einfach keiner glauben, der noch einen Funken Verstand im Kopf hatte. Selbst ein Bauernlümmel, der sein Leben damit verbrachte, Mist von einem Haufen auf den anderen zu laden, würde so etwas nicht glauben. Scharleys Theorie, dass alle eine jede Blödsinnigkeit glaubten, wenn man sie nur lange genug wiederholte, akzeptierte Reynevan nicht.

Drosselbart hatte seine erste Agitation beendet und begann mit der zweiten. Vom heraufziehenden neuen Zeitalter. Die Gesichter der Bauern, die bei der »Friedensmission« steinern geblieben waren, belebten sich plötzlich. Die »neue Zeit« enthielt im Gegensatz zur »Friedensmission« für die Bauern einige interessante Aspekte.

»In jener Zeit wird es kein irdisches Königtum und keine irdische Herrschaft mehr geben, keine Untertanen, keinen Herrenzins und keine Abgaben. Könige, Fürsten und Prälaten werden verschwinden, und die Schinderei des armen Volkes wird aufhören. Die Bauern werden nicht mehr zinsen und fronen, und die Gehöfte, Teiche, Wiesen und Wälder werden ihnen gehören …«

Auch die Haine und Auwälder wären sicherlich gleich an die Bauern gefallen, aber Drosselbarts Litanei fand ein brutales Ende. Durch einen Armbrustbolzen, abgeschossen im nahen Walde. Die dürre Gestalt stürzte, direkt in den Bauch getroffen, vom Wagen. Aus dem Wald preschten Berittene heran und griffen so schnell an, dass die Männer kaum etwas ausrichten konnten.

Ein Teil der Nimburger floh, nahm ganz einfach die Beine in die Hand und suchte, dem Beispiel der Bauern folgend, zwischen den Hütten, Katen und Umfriedungen Schutz. Sie wurden auf der Flucht erschlagen. Die anderen wurden auf dem und um den Wagen herum eingekreist. Dann begann das Gemetzel. Berengar Tauler war einer der Ersten, die fielen. Die anderen Taboriten schlugen sich wie die Teufel, mit ihnen Reynevan, Scharley, Řehors und Samson, der mit seinem Goedendag verheerend um sich schlug. Aber es war ziemlich schlecht um sie bestellt, lange hätten sie nicht mehr standgehalten, wären ihnen nicht die im Galopp hinter den Hütten hervorsprengenden »Kumani« zu Hilfe geeilt. Das Gemetzel verlagerte sich vom Kampfwagen in die Nähe des Dorfangers, verwandelte sich zunächst in eine Hetzjagd zu Pferde und danach in einen Kampf Mann gegen Mann.

»Dort…«, stöhnte Řehors, kroch mühsam unter dem Wagen hervor und drückte Reynevan eine Armbrust in die Hand, »siehst du den? Den auf dem Grauschimmel mit dem Stier im Wappen? Das ist der Anführer… Ich habe eine durchschossene Hand… Schieß, Reinmar…«

Reynevan packte die Armbrust, lief, um sicherzugehen, näher heran und schoss. Der Bolzen prallte mit einem lauten Krachen vom Schulterschutz der Rüstung ab. Aber der Ritter war auf ihn aufmerksam geworden. Er brüllte etwas unter seinem Visier hervor, zeigte einem anderen Reynevan mit dem Schwert, und dann drangen beide in vollem Galopp auf ihn ein.

Scharley hob ein Schießrohr vom Boden auf, ohne Lunte. Samson bemerkte es und warf ihm geschickt ein glimmendes Holzstück aus dem von Pferdehufen zerstreuten kleinen Feuerchen zu. Der Demerit fing das glimmende Holz ebenso geschickt auf, drehte sich um und zielte aus der Achsel. Im Zündloch war zum Glück noch Pulver, es knallte, der Lauf spie Feuer und Rauch aus, und der angreifende Reiter wurde heftig aus dem Sattel geschleudert, direkt unter die Hufe der ihn verfolgenden Ungarn. Der andere Ritter, der mit dem Stierwappen, drang auf Reynevan ein, das Schwert zum Schlag erhoben. Plötzlich streckte er sich und ließ Schwert und Zügel fahren – einer der Nimburger hatte ihm einen Spieß in die Achsel gestoßen. Ein zweiter lief mit einem Dreschflegel heran und schlug zu, dass es krachte; unter dem sich verformenden Helm sprang das Blut hervor.

»Denen haben wir's aber gegeben!«, wiederholte der Wagenhauptmann immer wieder, auf unsicheren Beinen schwankend und sich das Blut aus den Augen wischend, das von seinem Kopf herunterrann. »Denen haben wir's … aber gegeben …«

Auf dem Anger schrien die Ungarn triumphierend. Die flüchtenden schlesischen Ritter verfolgte niemand. Der Himmel bewölkte sich.

Vier Schlesier waren tot. Fünf von den Hussiten waren gefallen, doppelt so viele waren verwundet. Bevor sie die Leichen hinter eine Hecke in ein Birkenwäldchen tragen konnten, starb noch einer der Verwundeten. Sie benötigten ein tiefes Grab.

Berengar Tauler. Drosselbart von Vogelsang. Heinrich von Baruth, der schwarze Stier. Christian von Der, *trois roses de gueules.* Ein berittener Schütze. Ein Lanzenträger. Ein Adamec, ein Zbořil, ein Raček, auf die ihre Frauen zu Hause vergeblich warten würden.

»Gebt mir einen Spaten«, sagte Samson in die Stille hinein, »ich werde graben.«

»Ich grabe.« Er stieß den Spaten in den Boden, trat fest darauf, zog ihn heraus und warf eine große Erdscholle beiseite. »Ich werde zur Buße graben. Denn ich bin schuldig geworden! *Iniquitates meae supergressae sunt caput meum!* Ich bin in den Krieg gezogen! Aus Neugier! Ich hätte die anderen davon abhalten können, und ich habe es nicht getan. Ich hätte sie belehren können. Manipulieren. Wenn es nötig gewesen wäre, hätte ich jemandem in den Hintern treten können! Ich hätte mir all dies auch am Arsch vorbeigehen lassen können, mit Marketka an meiner Seite in Podskalí sitzen und schweigen können und zusehen, wie die Moldau vorbeifließt. Aber ich bin in den Krieg gezogen. Aus den niedrigsten Beweggründen: aus Neugier am Krieg und an der menschlichen Natur.«

»Also bin ich schuldig am Tode derer, die hier liegen. Schuldig werde ich auch am Tode jener sein, die noch folgen. Darum, verdammt noch mal, schaufle ich dieses Grab. Aus der Tiefe, *de profundis clamavi ad te Domine … Miserere mei Domine*, erbarme dich meiner, Herr, in deiner Gnade. Lösche durch die Größe deiner Barmherzigkeit meine Verfehlungen aus. Wasche mich rein von meiner Schuld, und reinige mich von meinen Sünden.«

Nach dem dritten Vers betete er nicht mehr allein. Auch die anderen gruben.

Dzierżka war eingenickt, laute Stimmen weckten sie. Sie hob den Kopf, tastete mit den Händen um sich und spürte unter ihren Fingern Elencias Unterarm. Das Mädchen warf den Kopf hin und her und hustete trocken.

»Es gibt Neuigkeiten«, sagte der von den anderen umringte Franziskaner. Er hatte seinen Habit hochgeschlagen, an den Füßen trug er statt Sandalen Reitstiefel, man konnte sehen, dass er direkt vom Kloster in Neumarkt hergaloppiert war. »Es gibt Nachrichten von unseren Brüdern, den Geistlichen in Leubus.«

»Sprecht, Frater.«

»Die Hussiten haben Haynau überfallen. Am Samstag vor *Jubilate*.«

»Vor fünf Tagen also«, rechnete jemand rasch nach. »Jesus, sei uns gnädig!«

»Und Herzog Ruprecht?«

»Noch vor dem Angriff ist er mit seinen Rittern nach Lüben geflohen. Er hat Haynau seinem Schicksal überlassen.«

Der mehrstündige Beschuss mit feuerspeienden Büchsen hatte zur Verwunderung aller Wirkung gezeitigt. Der rote Hahn saß auf allen Hausdächern, vielerorts brannten auch die hölzernen Verstrebungen an den Mauern, und das Feuer trieb auch die Verteidiger wirksamer heraus als Armbrüste, Handfeuerwaffen und Tarrasbüchsen. Die Haynauer waren gezwungen, das Feuer zu löschen, sie schafften es nicht, ihre Mauern zu schützen, an denen jetzt die Hussiten wie Ameisen emporkrochen – die Taboriten zu beiden Seiten des Liegnitzer Tores und die Waisen fast auf der gesamten Länge der nördlichen Stadtmauer.

Kampfgeschrei und Gebrüll schwollen plötzlich noch mehr an. Das brennende und von Bombarden beschossene Liegnitzer Tor erzitterte, ein Torflügel hing herab, der zweite polterte in einer Eruption von Funken zu Boden. Mit wildem Geschrei rannte das Fußvolk auf das Tor zu, zuerst Jan Blehs Dreschflegelkämpfer, hinter ihnen drängte die schnelle Reiterei heran, die Böhmen von Zmrzlík und von Otíka z Lozy, Tovačovskýs Mähren und Puchałas Polen.

Reynevan und Scharley waren bei den Letzteren. Diesmal verbot ihnen niemand den Kampf, ganz im Gegenteil, um die Haynauer zu einer lückenlosen Verteidigung zu zwingen, hatten Prokop und Královec befohlen, dass alle, die dazu in der Lage waren, zu den Waffen greifen sollten.

Hinter dem Tor gerieten sie direkt ins feurige Maul des Brandes, in eine schmale Gasse zwischen brennenden Häusern. Die Verteidiger, die versuchten, in diesem engen Gässchen Widerstand zu leisten, wurden sofort überwältigt, der Rest lief davon. Von Norden her wurde der Geschützdonner schwächer, das Geschrei dafür stärker, es war klar, dass die Waisen die Mauer erstürmt hatten und nun in die Stadt drangen.

Sie kamen auf den lang gestreckten Marktplatz, vor ihnen erhob sich der steinerne Bau der Kirche. Und der hohe, rauchverhangene Turm. Bevor sie einen klaren Gedanken fassen konnten, spuckte der Turm bereits Feuer und Eisen auf sie hernieder. Reynevan sah, wie Kugeln und Bolzen um sie herum den Boden durchpflügten und wie um sie herum die Leute hinsanken. Der Lärm war ohrenbetäubend.

Er kniete sich hin. Einem Verwundeten drückte er die von einem Bolzen zerrissene Halsschlagader zu. Neben ihnen wimmerte und wälzte sich ein anderer, dem die Kugel aus einer Handkanone das Bein direkt unterm Knie abgerissen hatte. Ein weiterer krümmte sich, aus seinem Bauch quoll Blut. Ein vierter zitterte nur.

»Steh auf, Reynevan! Vorwärts, zum Turm!«

Er hörte nicht, er war damit beschäftigt, den immer noch quellenden Blutstrom aufzuhalten, vergeblich. Als der Verwundete Blut hustete und starb, wandte er sich dem mit dem abgerissenen Bein zu. Er riss dessen Hemd in Streifen, band das Bein ab und legte einen Verband an. Der Verwundete heulte.

Aus einem brennenden Haus rannte ein Mann mit einem Speer, hinter ihm lief ein Halbwüchsiger, dessen Kleidung brannte und der ein Hündchen trug. Der Kopf des Mannes wurde sofort von einem Dreschflegel zermalmt, den Halbwüchsigen spießte man auf und heftete ihn an die Tür, zusammen mit seinem Hündchen. Der Junge hing an dem Spieß, das Hündchen zappelte, winselte und schlug mit den Vorderpfoten in die Luft.

Reynevan legte Verbände an. Vor dem rauchverhüllten, feuerspeienden Kirchlein liefen die Angreifer zusammen. Vom Turm her wurde noch immer geschossen, Kugeln und Bolzen pfiffen durch die Luft.

»Looos! Auf siiieee!«

Aus einer Seitengasse brachen die Waisen hervor, rußgeschwärzt, wie Teufel aussehend, die in Panik davonlaufenden Haynauer vor sich her treibend und mordend. Scharley rüttelte Reynevan an der Schulter. Er ließ von dem Verwundeten, den er versorgt hatte, ab, lief weiter und sprang über die Toten hinweg.

Am Markt vor der Kirche war der Kampf schon vorbei. Die Verteidiger des Turmes und zahlreiche Frauen und Kinder wurden aus der Kirche herausgezerrt und an der Mauer zusammengetrieben. Dort erteilte Jaroslav von Bukowina seine Befehle. Die von der Südseite der Stadt herüberdringenden Geräusche eines Massakers übertönten seine Stimme, aber seine Gesten ließen keinen Zweifel zu. Die Gefangenen wurden an der Mauer zusammengedrängt. Dann zerrte man sie einzeln oder zu zweit hervor. Schleuderte sie auf die Knie. Und erschlug sie. Das Blut floss in Strömen, es rann in einen rot aufschäumenden Bach, der die Abwässer und Abfälle aus dem Rinnstein spülte.

»Erbarmen! Leute!«, heulte eine Bürgerin im grauen Rock, die man auf die Knie geworfen hatte, auf. »Wofür denn? Warum? Beim lebendigen Gott ...«

Ein Hieb mit dem Dreschflegel zerteilte ihren Kopf wie einen Apfel. Sie stürzte lautlos hin.

»Weil ich gerufen habe und ihr nicht geantwortet habt«, erklärte Prokop der Kahle, der daneben stand. »Ich habe zu euch geredet, aber ihr habt nicht gehört. In meinen Augen habt ihr Böses getan und das gewählt, was mir nicht gefällt. Deswegen fallt ihr dem Schwert anheim; ihr werdet alle abgeschlachtet.«

»Brüder! Gottesstreiter!«, brüllte Královec. »Gewährt keine Gnade! Lasst keinen am Leben, alle unters Messer! Stecht sie ab! Und verbrennt die Stadt! Bis auf den blanken Boden! Nicht einmal Quecken sollen hier in hundert Jahren mehr wachsen!«

Prasselnd schlug das Feuer über den Dächern von Haynau empor. Die Schreie der Todgeweihten stiegen noch höher. Hoch über den sich zusammenballenden Rauch.

»Nachdem sie Haynau verbrannt und alle Einwohner ermordet hatten«, berichtete der Mönch weiter, »kehrten die Hussiten nochmals um und zogen auf der Görlitzer Straße nach Bunzlau. Als sie die Nachricht von deren Herannahen vernahm, flüchtete die Bevölkerung in die Wälder, nachdem sie die Stadt vorher selbst angezündet hatte.«

»Jesus Christus …«, der Breslauer Kaufmann bekreuzigte sich, aber gleich darauf erhellte sich sein Gesicht. »Ha! Wenn Prokop nach Bunzlau gezogen ist, auf der Görlitzer Straße, bedeutet das, dass er uns in Ruhe lässt! Er zieht in die Lausitz!«

»Vergebliche Hoffnung!«, entgegnete ihm der Mönch unter den Seufzern der Umstehenden. »Prokop ist von Bunzlau aus umgekehrt und wieder nach Schlesien gezogen. Er ist in Lüben eingefallen.«

»Christe, erbarme dich!«, klangen Stimmen auf. »Gott erbarm …«

»Gestern hat Lüben sich noch gehalten.« Der Mönch faltete die Hände. »Die Vorstadt stand in Flammen, auch die Stadt brannte, weil die Angreifer brennende Geschosse auf die Dächer geschickt haben, aber sie hat sich tapfer verteidigt und den Sturm abgewehrt. Die Nachrichten aus Haynau sind wohl rasch zu ihnen gedrungen, die Lübener wissen, was sie erwartet, wenn sie fallen. Deshalb halten sie sich.«

»Der Graben dort ist tief«, brummte ein alter Soldat, »die Mauer über sieben Ellen hoch, und es gibt mehr als zehn Basteien ... Sie werden standhalten. Wenn ihr Kampfgeist sie nicht verlässt, werden sie standhalten.«

»Geb's Gott.«

Elencia zitterte und wimmerte im Schlaf.

Dzierżka war trotz gewaltiger Anstrengungen doch eingenickt, ein Rütteln holte sie aus dem Schlaf. Der sie da gerüttelt hatte, war ihr Knecht und Mitarbeiter Sobek Snorrbein. Snorrbein führte eine Gruppe von Pferdeknechten an, die auf Dzierżkas Befehl landauf, landab nach verirrten, herrenlosen Pferden suchten, besonders nach Rassehengsten und *dextrarii* der Ritter, die gutes Deckmaterial für das Schalkauer Gestüt abgaben. Elencia, die, als sie Snorrbein Anweisungen erteilt hatte, große Augen gemacht und unfreiwillig das Gesicht verzogen hatte, erklärte Dzierżka kurz und bündig, dass es eine Sünde sei, sich Vorteile entgehen zu lassen, uneigennützige Großherzigkeit sei zwar eine gute Sache, aber eher an Feiertagen, und dass man die Pferde ihren Eigentümern zurückgeben würde, so sich diese fänden und ihre Rechte beweisen könnten. Elencia stellte keine Fragen. Besonders deshalb nicht, weil Dzierżka kurz darauf ein Flüchtlingslager einrichtete und leitete, dem sie restlos ihre Werk- wie auch ihre Feiertage opferte.

»Herrin«, Sobek Snorrbein beugte sich zum Ohr der Pferdehändlerin hinab, »es sieht nicht gut aus. Die Böhmen kommen. Sie haben die Vorstadt von Steinau verbrannt. Auch Parchwitz brennt. Die Hussiten ziehen nach Breslau ... Das bedeutet, sie kommen hier vorbei ...«

Dzierżka de Wirsing wurde sofort hellwach. Sie sprang hastig auf.

»Sattle unsere Pferde, Sobek. Elencia, steh auf.«

»Was ist?«

»Steh auf. Ich gehe für einen Moment zu den Mönchen hinüber, wenn ich zurückkomme, musst du fertig sein. Wir verschwinden hier. Die Hussiten kommen.«

»Ist denn eine solche Eile wirklich notwendig? Von hier nach Parchwitz ...«

»Ich weiß, wie weit es von hier nach Parchwitz ist«, unterbrach Dzierżka sie. »Die Eile ist notwendig. Die hussitische Reiterei kann jeden Moment hier sein. Einige Böhmen ...«

Sie brach ab und sah Snorrbein an.

»Einige von denen haben verdammt gute Pferde«, murmelte sie dann.

»Jesses«, seufzte Jan Královec. »Steht die Stadt im Meer oder wie?«

»Das ist die Oder und ihr Nebenarm.« Urban Horn deutete auf die weite Wasserfläche. »Und das ist die Ohle, sie umfließt die Stadt im Süden.«

»Die verwehrt den Zugang gar nicht schlecht«, warf Jíra z Řečice ein. »Da könnte man meinen, die bräuchten gar keine Mauern.«

»Aber sie haben welche«, sagte Blażej z Kralup. »Und zwar mächtige. An Basteien mangelt es auch nicht ... Und wie viele Kirchtürme! Fast wie in Prag!«

»Der erste da«, sagte Horn, sich mit seinem Wissen hervortuend und deutend, »das ist St. Nikolai, und dort ist das Nikolai-Tor. Die große Kirche da mit dem hohen Turm ist die Pfarrkirche St. Elisabeth. Und die andere, ebenfalls recht ansehnliche, ist auch eine Pfarrkirche, nämlich St. Maria Magdalena. Der Turm dort, das ist das Rathaus. Die Kirche dort ...«

»Das ist St. Dorotheen«, fiel ihm Prokop der Kahle ins Wort, der Breslau anscheinend ebenso gut kannte. »Dort auf der Sandinsel ist die Marienkirche. Hinter der Sandinsel liegt die Dominsel und darauf das Kollegiatstift zum heiligen Kreuz, daneben der Dom, immer noch im Bau. Da weiter hinten … auf dem Elbing, ein riesiges Prämonstratenserstift. Und dort, das ist St. Katharinen und St. Adalbert, die Kirche der Dominikaner. Zufrieden? Wisst ihr nun schon alles? Das ist gut, denn ihr werdet die Breslauer Kirchen nicht aus der Nähe zu sehen bekommen. Jedenfalls diesmal nicht.«

»Das ist klar.« Jan Tovačovský z Cimburka nickte. »Es wäre ja geradezu närrisch, die Stadt anzugreifen.«

»Du Kleingläubiger!« Prokupek verzog das Gesicht und spuckte aus. »Hätte Josua so gedacht wie du, stünde Jericho bis zum heutigen Tage! Gottes Stärke lässt die Mauern einstürzen …«

»Lasst Gott in Frieden«, ermahnte Dobko Puchała sie gelassen. »Jericho hin, Jericho her, Breslau jetzt stürmen, das würde nur ein Schwachsinniger.«

Die hussitischen Heerführer brummten zustimmend. Die Mehrzahl teilte die Meinung Puchałas und des Mähren. Das Aufblitzen in den Augen von Královec, von Jan Bleh und von Otíka z Lozy zeugte jedoch davon, dass sie es gerne versucht hätten.

»Wir sind aber von recht weit her zu diesem Nest des Antichristen gekommen«, Prokop hatte das Aufblitzen sehr wohl bemerkt, »und wir haben einen so langen und schwierigen Weg hinter uns, dass es eine Sünde wäre, dem Antichristen nicht eine Religionsstunde zu erteilen.«

Vor ihnen, vor der Anhöhe, floss in einem flachen Tal die Lohe dahin, die sich mit ihrem Frühjahrshochwasser weit über die Wiesen ergoss, in denen Störche umherwateten. Die Birkenwälder schmückten sich bereits mit erstem, frühlingshaftem Grün. Die Traubenkirschen standen schon weit in Blüte. Auf dem Schwemmland blühten Butterblumen und Hahnenfuß, Löwenzahn breitete sich in gelben Teppichen aus. Reynevan blickte sich um. Die Hauptmacht der Taboriten und der Waisen hatte die Weistritz auf einer eroberten Brücke bei Leschnitz, neben dem brennenden Zollhaus, überquert.

»Wir werden den Breslauern und dem Bischof, diesem Antichristen, ein Unterrichtsstündlein geben. Dieses Dörfchen da vor der Anhöhe, wie nennt sich das?«

»Neukirch, guter Herr!«, beeilte sich einer der dienstfertigen Bauernführer zu erklären. »Und dort liegt Mochbern ...«

»Brennt beide nieder. Kümmere dich darum, Bruder Puchała. Oh, da sehe ich eine Mühle ... Da eine zweite. Dort ein Dorf ... Und noch ein Dorf ... Und was ist das dort? Ein Kirchlein? Bruder Salava!«

»Zu Befehl, Bruder Prokop!«

Nicht einmal eine Stunde verging, bis Feuer und Rauch in den Himmel stiegen und die frische Mailuft mit dem Gestank des Verbrannten drückend schwer erfüllten.

Ta vojna pěší, ta mě netěší,
Těšila by mě má nejmilejší ...

Von den Marschliedern von Prokops Armee wurden nun die traurigeren viel öfter gesungen. Immer deutlicher waren Anzeichen von Kriegsmüdigkeit zu spüren. Breslau hinter sich lassend, marschierten sie nach Süden, zu ihrer Rechten lag der Zobten, der sich unverhofft und drohend aus dem flachen Terrain hob. Der Gipfel des Berges, der keineswegs bis in den Himmel hineinragte, verschwand wie gewöhnlich in weit auseinandergezogenen Wolken – es sah aus, als hätten sie, am Himmel schwimmend, am Gipfel angelegt und wären dort nun festgezurrt und verankert.

Sie marschierten ziemlich schnell auf Strehlen und Münsterberg zu, ohne allzu viele Beutezüge zu unternehmen. Es gab, um die Wahrheit zu sagen, auch nicht mehr viel zu erbeuten. Jan Kolda von Žampach, der auf dem Stützpunkt am Zobten zurückgelassen worden war, hatte in seiner kleinen Burg nicht untätig herumgesessen, sondern war oft ausgezogen, um zu plündern, was zu plündern war, und zu verbrennen, was zu verbrennen war. Hie und da an Bäumen am Wegesrand aufgehängte Priester und Mönche gingen wohl auch auf sein Konto, obwohl man auch Rachetaten der hiesigen Dorfbevölkerung nicht ausschließen konnte, die oft die Gelegenheit nutzte, früheres Unrecht und Kränkungen durch den Pfarrer oder das Kloster abzurechnen. Reynevan bangte um Weißkirchen, hoffte aber auf die Abkommen, die mit dem Patriziat von Strehlen und dem Herzog von Ohlau getroffen worden waren. Und auf die dichten Wälder, die das Kloster verbargen.

Der Anblick von Münsterberg, der ihm die Erinnerung an Adele und Herzog Johann ins Gedächtnis rief, wirkte auf ihn wie das rote Tuch auf den Stier. Er suchte das Gespräch mit Prokop, in der Hoffnung, ihn dazu zu bringen, das Abkommen mit Johann zu brechen und die Stadt anzugreifen. Aber Prokop wollte nichts davon hören.

Das Einzige, was Reynevan erreichte, war, dass er sich der Reiterei Dobko Puchałas anschließen durfte, welche die Umgebung mit Überfällen heimsuchte. Prokop stimmte zu. Er brauchte Reynevan nicht mehr. Und Reynevan kostete seine Wut aus, indem er mit den Polen Weiler und Vorwerke in der Nähe von Münsterberg in Brand steckte.

Am fünften Mai, einen Tag nach St. Florian, kam eine seltsame Abordnung ins Hussitenlager. Einige prächtig gekleidete Bürger, ein paar Geistliche höheren Ranges, einige Ritter, die die Wappen derer von Zedlitz, Reichenbach und Bolz trugen, dazu noch ein polnischer Toporczyk. Diese Gesellschaft führte ein paar nächtliche Stunden lang eine geheime Unterredung mit Prokop, Jaroslav von Bukowina und Královec in einem Vorwerk der Zisterzienser, das überdauert hatte. Als Prokop in der Morgendämmerung den Befehl zum Aufbruch gab, klärte sich alles auf. Nach Johann von Münsterberg, Bernhard von Falkenberg und Ludwig von Ohlau hatten auch Helena von Ratibor, Przemko von Troppau, Kasimir von Auschwitz und Bolko von Teschen beschlossen, ihre Güter durch Abkommen zu retten.

Die Verhandlungen mit den schlesischen Herzögen nährten bei den Soldaten das Gerücht, das Ende des Kriegszuges und die Zeit zur Rückkehr seien gekommen. Es kamen auch Gerüchte auf, dass der von Prokop befohlene Marsch auf Neisse nun nach Troppau führte, von wo aus das Heer schnurstracks nach Mähren und zur Oder ziehen werde.

»Es kann schon sein«, bestätigte der auf die Gerüchte hin angesprochene Dobko Puchała, »dass wir an Himmelfahrt zu Hause sind. Für diesen Fall«, setzte er, Reynevan augenzwinkernd anblickend, hinzu, »ist es wohl gut, wenn wir hier noch ein bisschen zündeln, nicht?«

Ach! Mój smętku, ma żałości!
Nie mogę się dowiedzieci,
Gdzie mam pirwy nocleg mieci,
Gdy dusza z ciała wyleci.

Der Himmel hatte sich mit schwarzen Wolken zugezogen, ein kalter Wind wehte, manchmal peitschte ein nadelscharfer Regen herab. Das Wetter machte eindeutig seinen Einfluss auf die Lieder, die die Polen sangen, geltend.

Fałszywy mi świat powiedał,
Bych ja długo żyw by ci miał,
Wczera mi tego nie powiadał,
Bych ja długo żyw byci miał.

Puchałas Ziel war Berzdorf, mit einer Vorratsscheune des Klosters von Heinrichau – das Kloster selbst war durch das Abkommen mit Münsterberg geschützt. Weil er das herzogliche Vorwerk in Algersdorf und das wie durch ein Wunder bisher verschont gebliebene Kirchlein in Wigandsdorf zur gleichen Zeit in Flammen aufgehen lassen wollte, hatte Dobko seine Abteilung in drei Gruppen eingeteilt. Reynevan und Samson waren bei ihrem Anführer geblieben, Scharley nahm an dem Unternehmen nicht teil, er litt an einem so heftigen Durchfall, dass ihm selbst magische Arzneien nicht halfen.

Sie ritten querfeldein, durch Niederungen, von Bächen durchzogen, Zuflüssen zur Ohle, die ihr vom Torf geschwärztes Wasser über steinerne Hindernisse und umgestürzte Baumstämme hinweg trieben. An einem dieser Bäche sah Reynevan die Wäscherin.

Außer Samson und ihm sah niemand sie. Sie hingegen hob nicht einmal den Kopf, obwohl die Männer kaum zwanzig Schritte von ihr entfernt den Bach durchquerten. Sie war sehr schmal, ihre Schlankheit wurde durch das eng anliegende Kleid noch betont. Reynevan konnte ihr Gesicht nicht sehen, es war vollkommen von ihren glatten, langen dunklen Haaren verdeckt, die bis ins Wasser hinunterfielen, an dem sie kniete und das sie umspielte. In ihren wachsbleichen, bis zu den Ellenbogen eingetauchten Armen hielt sie ein Hemd oder eine Leinenbluse, das sie mit gespenstisch langsamen Bewegungen eintauchte und ausdrückte. Dem Hemd entquollen blutige Wolken, wie Rauch. Das Blut vermischte sich mit dem Wasser und färbte es dunkelrot, rosafarbener Schaum umspülte die Knie der Pferde.

Plötzlich kam ein Wind auf, ein boshafter Wind, der an den grünenden Zweigen zerrte und von den Hängen der Schlucht einen Staubwirbel aus vertrocknetem altem Unkraut herunterriss. Reynevan und Samson blinzelten. Als sie die Augen wieder öffneten, war die Erscheinung verschwunden.

Aber noch immer führte das Wasser Blut mit sich.

Sie schwiegen eine Zeit lang.

»Reiten wir weiter?« Samson räusperte sich. »Oder kehren wir um?«

Reynevan antwortete nicht, er gab seinem Pferd die Sporen und folgte eilends Puchała und dessen Polen, die schon hinter dem Grün der Erlen verschwanden.

In der nächsten Schlucht gerieten sie in einen Hinterhalt.

Vom gegenüberliegenden Hang, aus einem Gebüsch heraus, krachten Schüsse, Bogensehnen schwirrten, und auf die Polen prasselte ein Regen aus Kugeln und Bolzen hernieder. Menschen schrien, Pferde wieherten laut, einige bäumten sich auf und stürzten dann in die Schlucht hinab. Unter ihnen auch Samsons Pferd.

»Deckung!«, schrie Puchała. »Runter vom Pferd und in Deckung!«

Aus dem Gebüsch drang erneut das Schwirren von Bogensehnen, wieder zischten Pfeile. Reynevan verspürte einen Schlag gegen die Schulter, so heftig, dass er zu Boden stürzte und unglücklich auf eine mit feuchten Blättern bedeckte Schräge fiel. Die Blätter waren schlüpfrig wie Seife, er glitt über sie hinweg, und erst als er unten angekommen war und aufzustehen versuchte, bemerkte er den Bolzen, der unter seinem Schlüsselbein herausragte. Lieber Gott, bloß nicht die Schlagader, konnte er gerade noch denken, bevor er drohte in Ohnmacht zu fallen.

Er sah noch, wie Samson unter dem toten Pferd hervorkroch, sich aufrappelte und stand. Und wie er stürzte, den Kopf voller Blut, noch bevor der ohrenbetäubende Widerhall der aus dem Gebüsch abgefeuerten Handfeuerwaffe verklungen war.

Reynevan schrie, den Schrei übertönte die nächste Salve aus den Schießrohren. Die ganze Gegend war in Rauch gehüllt. Bolzen zischten. Verwundete schrien.

Obwohl sich seine Arme und Beine wie Stroh anfühlten und jede Bewegung ihn wahnsinnig schmerzte, kroch Reynevan zu Samson hinüber. Rings um den Kopf des Riesen hatte sich eine riesige Blutlache gebildet, Reynevan sah jedoch, dass die Kugel die Schläfe nur gestreift hatte. Aber der Kopf kann trotzdem versehrt sein, dachte er. Zum Teufel, bestimmt ist er versehrt. Seine Augen …

Samsons Augen waren verschleiert, plötzlich fingen sie tief in den Augenhöhlen an zu tanzen. Reynevan sah erschrocken, wie der Kopf des Riesen zu zittern begann, sein Mund sich verzog und Speichel herausfloss. Es schien, als würde sich aus seinem Munde gleich ein gewaltiger Schrei lösen.

»Dunkel ...«, stammelte Samson undeutlich, mit fremder Stimme. »Dunkel ... Finster ... Jesus ... Wo bin ich? Hier ist Nacht ... Will nach Haus ... nach Haus! Wo bin ich ...«

Reynevan presste ihm erschrocken die Hand auf die blutende Schläfe und flüsterte, oder besser, krächzte die Formel des Alkmenezaubers. Er spürte, wie Kälte ihn überkam, die von der Schulter, von dem unter dem Schlüsselbein feststeckenden Bolzen, ausging. Samson warf sich hin und her und fuchtelte mit der Hand, als wollte er etwas vertreiben. Plötzlich blickte er klarer drein. Verständiger.

»Reynevan ...«, stieß er hervor, »etwas ist ... etwas geschieht mit mir ... Solange ich noch kann ... Ich sage dir ... Ich muss dir sagen ...«

»Lieg still ...« Reynevan biss sich vor Schmerzen auf die Lippen. »Lieg ...«

Samsons Augen bedeckten sich innerhalb einer Sekunde wieder mit Schleiern und Furcht. Der Riese wimmerte, schluckte und rollte sich wie ein Fötus zusammen.

Die Verwandlung vollzieht sich, durch Reynevans Kopf zogen wie ein Sturmwind kreisende Erinnerungen und Zusammenhänge. Einer geht von uns, einer kommt zu uns. Der Klosteridiot kehrt aus dem Dunkel zurück, in das er gewandert ist, er kehrt in seine bisherige Hülle zurück. Das *negotium*, das im Dunkel lebt, kehrt in die Dunkelheit zurück. Er kehrt nach Hause zurück. Der Wanderer, der *viator*, kehrt nach Hause zurück. Das, was den Zauberern nicht gelungen ist, vollzieht hier vor meinen Augen der Tod.

Der Schmerz ließ ihn sich wieder aufbäumen, Krämpfe drückten ihm die Lunge und den Kehlkopf ab, sie raubten ihm völlig die Kraft in den Beinen. Mit zitternder Hand tastete er über seinen Rücken. Ja, wie er es erwartet hatte, das Geschoss ragte aus dem Schulterblatt. Dort floss das Blut reichlich.

»He, ihr da, ihr Hurensöhne!«, schrie jemand aus dem Gebüsch auf der anderen Seite der Schlucht. »Ihr Ketzer! Ihr ungläubigen Hunde!«

»Selber Hurensöhne!«, brüllte von der anderen Seite des Hohlwegs Dobko Puchała zurück. »Verfickte Papisten!«

»Wollt ihr euch ein wenig schlagen? Dann kommt rüber auf diese Seite, ihr Hurensöhne!«

»Kommt ihr doch rüber auf unsere, Hurensöhne!«

»Wir treten euch in die Ärsche!«

»Wir treten *euch* in die Ärsche!«

Es schien, als sollte der ungepflegte und schmerzlich triviale Wortwechsel immer so weitergehen. Das tat er aber nicht.

»Puchała?«, fragte ungläubig eine Stimme aus dem Gebüsch. »Dobiesław Puchała? Von Wieniawa?«

»Wer zum Henker will das wissen?«

»Otto Nostitz!«

»O Scheiße! Grunwald?«

»Grunwald! Am Tage der Aussendung der Apostel 1410!«

Eine Zeit lang herrschte Stille. Aber der Wind trieb den Gestank der brennenden Lunten herüber.

»He, Puchała? Wir werden uns doch wohl nicht gegenseitig an die Kehle gehen. Wir waren Kampfgefährten in einer Schlacht. Das schickt sich nicht, verdammt!«

»Schickt sich wahrhaftig nicht! Waren Kampfgefährten! Also was jetzt, ihr geht euren Weg, wir unseren? Was sagst du dazu, Nostitz?«

»So soll's sein.«

»Ich habe da unten Verwundete! Wenn ich die mitnehme, gehen sie mir vor die Hunde. Kümmerst du dich um sie?«

»Mein Ehrenwort als Ritter! Schließlich waren wir Kampfgefährten!«

Reynevan wusste selbst nicht, woher er die Kraft dazu nahm, aber mit einem immer wieder wiederholten Heilspruch gelang es ihm schließlich, den Blutstrom aus Samsons Kopf zu stoppen. Er stellte fest, dass er selbst bereits im Blut schwamm. Vor seinen Augen wurde es dunkel. Er spürte keine Schmerzen mehr.

Er war ohnmächtig geworden.

Zweiundzwanzigstes Kapitel

in dem das Fieber abwechselnd steigt und fällt und die Schmerzen immer schlimmer werden. Zu allem Übel muss man dabei auch noch fliehen.

Er erwachte in der Dämmerung, sah, wie die Dunkelheit dem Licht wich, wie dieses in die Dämmerung tröpfelte, sich mit ihr mischte und eine graue milchige Emulsion bildete. *Umbram fugat claritas,* ging es ihm durch den Kopf. *Noctem lux eliminat.* Aurora. *Eos rhododaktylos* erhebt sich und rötet den Himmel im Osten.

Er lag auf einer harten Pritsche. Der Versuch, sich zu bewegen, verursachte in Schulter und Schulterblatt einen wütenden Schmerz. Noch bevor er die dick mit einem Verband versehene Stelle betastete, war ihm der Bolzen eingefallen, der dort gesteckt hatte, vorne die Fiederung aus Gänsefedern und hinten, einen Zoll lang, das Eschenholz und dann die eiserne Spitze, ebenfalls einen Zoll lang. Auch jetzt steckte immer noch ein Pfeil darin. Der unsichtbare und unkörperliche Pfeil des Schmerzes.

Er wusste, wo er sich befand. Er war schon in vielen Hospitälern gewesen, die Ausdünstung vieler fiebernder Körper, der Gestank von Kampfer, Urin, Blut und Zersetzung waren nichts Neues für ihn. Und die darüber lagernde unaufhörliche, aufdringliche Melodie aus leisem Schnarchen, Stöhnen, Jammern und Seufzen.

Der Schmerz pochte gehörig in seinem Schulterblatt, hörte nicht auf, wurde nicht schwächer, strahlte über den ganzen Rücken, den Nacken und nach unten aus, bis in die Pobacken. Reynevan berührte seine Stirn, er spürte die nassen Haare unter seinen Fingern. Ich habe Fieber, dachte er. Die Wunde eitert.

Das ist schlimm.

»Herrgöttl hilf, Bruder. Wir leben. Eine weitere Nacht liegt hinter uns. Sakra, vielleicht werden wir's schaffen, wieder auf die Beine zu kommen ...«

»Bist du ein Böhme?« Reynevan drehte den Kopf zur rechten Seite seiner Pritsche, von der aus ihn sein Nachbar begrüßt hatte, bleich wie der Tod und mit eingefallenen Wangen. »Was ist das für ein Ort? Wo sind wir? Bei den Unsrigen?«

»Ja, bei den Unsrigen«, murmelte der Bleiche. »Wir sind alle hier gute Böhmen. Aber um die Wahrheit zu sagen, Bruder, wir sind von den Unseren seeehr weit weg.«

»Ich versteh ...«, Reynevan, der versucht hatte, sich aufzusetzen, fiel stöhnend wieder auf die Pritsche zurück, »ich verstehe nicht. Was ist das denn für ein Hospital? Wo sind wir?«

»In Ohlau.«

»In Ohlau?«

»In Ohlau«, bestätigte der Böhme. »Das ist so eine Stadt in Schlesien. Bruder Prokop hat mit dem Herzog einen Waffenstillstand und ein Abkommen geschlossen ... Dass er seine Ländereien nicht verwüstet ... Und der Herzog hat ihm dafür versprochen, dass er die taboritischen Verwundeten versorgen lässt ...«

»Und wo ist Prokop? Wo ist Tábor? Welchen Tag haben wir heute?«

»Tábor? Weeeeiiit weg ... Auf dem Weg nach Hause. Welcher Tag? Dienstag. Übermorgen, am Donnerstag, ist ein Feiertag. *Nanebevstoupení Páně*.«

Christi Himmelfahrt. Reynevan rechnete rasch, vierzig Tage nach Ostern, das fällt auf den dreizehnten Mai. Also ist heute der elfte. Am achten bin ich verwundet worden. Das heißt, ich war drei Tage lang nicht bei Bewusstsein.

»Du sagst, Bruder«, fragte er seinen Nachbarn weiter aus,

»Tábor verlässt Schlesien? Heißt das, dass der Kriegszug zu Ende ist? Wird denn nicht mehr gekämpft?«

»Es ist angeordnet worden«, war eine weibliche Stimme zu vernehmen, »dass es verboten ist, über Politik zu sprechen. Oder etwa nicht? Also bitte, dann wird auch nicht darüber gesprochen. Es wird gebetet. Zu Gott, um Gesundheit. Und für die Seele des Gründers dieses Spitals. Und unsere Wohltäter und Sponsoren dürfen wir im Gebet auch nicht vergessen. Also, Brüder in Christo, wer aufstehen kann, begibt sich in die Kapelle!«

Er kannte diese Stimme.

»Du bist also wieder bei Bewusstsein, Junker Lancelot. Endlich. Das freut mich.«

»Dorothea …«, seufzte er, als er sie erkannte. »Dorothea Faber …«

»Das ist lieb, dass du mich wiedererkannt hast, Junker, wirklich lieb.« Das Freudenmädchen schenkte ihm ein freundliches Lächeln. »Ich bin froh, dass du endlich wieder bei Bewusstsein bist … Oh, und das Kopfkissen ist heute auch nicht mehr voller Blut … Also wird das wieder werden mit dir. Wir werden den Verband wechseln. Elencia!«

»Schwester Dorothea!«, stöhnte jemand an der gegenüberliegenden Wand. »Mein Bein tut so furchtbar weh …«

»Du hast kein Bein mehr, Söhnchen, das habe ich dir doch schon gesagt. Elencia, komm doch bitte mal!«

Er erkannte sie nicht sofort. Vielleicht war es das Fieber, vielleicht die Zeit, die mittlerweile verflossen war, er blickte ziemlich lange verständnislos zu der blonden jungen Frau mit dem kleinen Mund und den blassblauen Augen hinauf. Und den langsam wieder nachwachsenden, ehemals gerupften Brauen.

Es dauerte eine Weile, bis er begriff, wer sie war. Dass das Mädchen offensichtlich genau wusste, wer er war, half. Er sah es ihrem ängstlichen Blick an.

»Die Tochter des Ritters von Stietencron … Die Gallenauer Wälder … der Steubernhau … Du lebst? Du hast überlebt?«

Sie nickte, mit einer ihr unbewussten Bewegung strich sie sich ihre Schürze glatt. Und er begriff plötzlich, woher die Angst in ihren Augen kam, das erschrockene Gesicht und das Zittern ihrer Lippen.

»Ich war das nicht …«, stammelte er. »Nicht ich habe den Steuereinnehmer überfallen … Ich hatte nichts damit zu tun … Alles, was über mich … Alles, was du gehört hast, das sind Lügen und Gerüchte …«

»Genug mit dem Gerede!«, unterbrach ihn Dorothea Faber vorsichtshalber. »Der Verband muss gewechselt werden. Hilf mir mal, Elencia!«

Sie gaben sich Mühe, sanft und schonend mit ihm umzugehen, dennoch sog er einige Male scharf die Luft ein, ein paar Mal stöhnte er laut. Als sie den Verband entfernt hatten, wollte er die Wunde sehen, aber er war nicht in der Lage, den Kopf zu heben. Eine Diagnose durch Betasten musste ihm genügen. Und eine des Geruches. Beide Diagnosen fielen nicht zufriedenstellend aus.

»Es eitert«, bestätigte Dorothea Faber ruhig. Durch einen Sonnenstrahl, der durch das Fenster hereinfiel, war ihr Gesicht umstrahlt von einer Aura von Heiligkeit.

»Es eitert«, sagte sie noch einmal. »Und es ist geschwollen. Seit der Bader die Bolzensplitter herausgeholt hat. Aber es sieht besser aus als vorher. Besser, Junker Lancelot.«

Ihr Antlitz war wie von Heiligkeit umstrahlt, ein goldener Heiligenschein schien auch Elencia von Stietencrons Haupt zu umgeben. Martha und Maria von Bethanien, dachte er, während ihm schwindlig wurde. Göttlich schön. Beide sind göttlich schön.

»Ich heiße nicht …« In seinem Kopf drehte es sich mehr und mehr. »Ich heiße nicht Lancelot … Auch nicht Hagenau … Ich bin Reinmar von Bielau …«

»Das wissen wir«, antworteten Martha und Maria aus ihrer himmlischen Helle.

»Wo ist mein Freund? Ein großer Mann, ein Riese fast ... Er heißt Samson ...«

»Er ist hier, bleib ganz ruhig. Er ist am Kopf verwundet. Der Bader kümmert sich um ihn.«

»Wie steht es um ihn?«

»Sie sagen, er wird wieder gesund. Er ist sehr stark, sagen sie, er hält einiges aus. Hat ein geradezu unirdisches Durchhaltevermögen.«

»Verdammt ... Ich muss ihn sehen ... Helft ...«

»Bleib liegen, Junker Reinmar.« Dorothea Faber schüttelte ein Kissen auf. »In deinem Zustand kannst du niemandem helfen. Nur dir selber schaden.«

Das neben der Kirche St. Zoerardus gelegene Hospital, das diesen Heiligen ebenfalls als seinen Patron verehrte, eines von den beiden, über die Ohlau verfügte, unterstand dem Rat der Stadt und wurde von den Prämonstratensern von St. Vinzenz in Breslau geleitet. Neben den Prämonstratensern arbeiteten hauptsächlich Freiwillige im Hospital, wie Dorothea Faber und Elencia von Stietencron. Die Patienten waren momentan fast nur Taboriten und Waisen, Hussiten, die meisten davon schwer verwundet oder schwer krank. Es gab auch Verstümmelte. Alle waren sie in einem Zustand, der Prokop gezwungen hatte, sie als nicht transportfähig zurückzulassen. Aufgrund des Waffenstillstandes und des Abkommens – beides hatte man Herzog Ludwig von Ohlau abgepresst – war ihnen das Hospital St. Zoerardus überlassen worden. Hier wurden sie kuriert, und den Genesenen hatte man freies Geleit bei der Rückkehr nach Böhmen zugesichert. Einige der genesenen Böhmen mochten sich nicht auf das Wort Herzog Ludwigs, auf den Waffenstillstand und die Garantie für die Rückkehr, verlassen, sondern folgten einem ziemlich weit gehenden Pessimismus. Je weiter Prokop entfernt sei, behaupteten sie, umso weniger gelte der Waffenstillstand. Als die Gottesstreiter vor seinen Toren gestanden waren und die Möglichkeit von

Brand und Zerstörung durchaus gegeben war, da ist Herzog Ludwig zu Zugeständnissen und Schwüren bereit gewesen, zu allem, nur um sein Herzogtum zu retten. Jetzt, wo die Gottesstreiter hinter Bergen und Wäldern verschwunden waren, war auch die Bedrohung verschwunden, und aus Schwüren wurden Versprechungen. Und man weiß ja: Versprechen und Halten ist zweierlei!

Als er am anderen Morgen erwachte, warf Reynevan einen Blick auf die Pritsche zu seiner Linken.

Samson Honig lag darauf. Mit bandagiertem Kopf. Bewusstlos.

Er wollte aufstehen, um nachzusehen, wie es um den Freund stand. Er konnte nicht. Er war zu schwach. In der geschwollenen linken Schulter pochte der Schmerz. Die Finger der linken Hand waren gefühllos, sie fühlten sich an wie Holz. Der Wundbrandgeruch hatte sich verstärkt.

»Unter meinen Sachen war eine kleine Schatulle …«, stieß er stöhnend hervor, »eine kleine Messingschatulle …«

Elencia seufzte. Dorothea Faber schüttelte den Kopf.

»Als sie dich hierhergebracht haben, hattest du nichts bei dir. Du hattest nicht einmal Schuhe an. Sie haben dich barmherzig behandelt, aber die Barmherzigkeit erstreckte sich nicht auf deine Habe. Sie haben dich gründlich ausgeraubt.«

Reynevan spürte, wie ihn eine heiße Welle überrollte. Bevor er aber noch fluchen und mit den Zähnen knirschen konnte, war seine Erinnerung zurückgekehrt. Und mit ihr die Erleichterung. Die unschätzbare Schatulle war bei Scharley geblieben. Reynevan hatte den an Durchfall Leidenden magisch behandelt, mit Hilfe von Meister Telesmas Amuletten. Als er sich mit Puchała zu dem Überfall aufgemacht hatte, hatte er die Schatulle bei dem Kranken zurückgelassen.

Die Erleichterung hielt aber nur kurz an. Die Amulette, obwohl sie gerettet waren, befanden sich mit Scharley und

Tábor auf dem Rückweg nach Böhmen, waren momentan also außer Reichweite. Und die Situation erforderte es, sie bei der Hand zu haben. Seine eiternde Wunde benötigte magische Behandlung. Überließ er sie den traditionellen Methoden, drohte ihm der Verlust des Armes bis zum Schultergelenk. Im günstigsten Fall. Im schlimmsten kostete es ihn das Leben.

»In Ohlau«, stöhnte er und fasste das Freudenmädchen an der Hand, »in Ohlau gibt es eine Apotheke ... Der Apotheker hat bestimmt ein geheimes Alchemiekabinett ... Nur für Eingeweihte ... Für Leute aus der magischen Bruderschaft ... Ich brauche magische Heilmittel. Für Samson ... Für ihn brauche ich eine Arznei, die man *dodecatheon* nennt. Für mich, für meine Schulter, brauche ich *unguentum achilleum ...*«

»Der Apotheker ...«, Dorothea schüttelte den Kopf, »der Apotheker verkauft uns nichts. Der lässt uns nicht einmal über seine Schwelle. Ganz Ohlau weiß, wen wir hier behandeln. Das Hospital steht unter dem Schutz und in der Obhut des Herzogs. Aber die Einwohner hassen euch. Sie helfen nicht. Es schadet, wenn wir dorthin gehen ... Und man hat Angst, sich auf der Straße sehen zu lassen ...«

»Ich gehe«, sagte Elencia Stietencron. »Ich gehe in die Apotheke. Ich werde darum bitten ...«

»Sag ihm die Losung: *Visita Inferiora Terrae.* Der Apotheker wird verstehen ... *Visita Inferiora Terrae ...* Wirst du das behalten?«

»Ich werde es mir merken.«

Es gelang Reynevan mit großer Mühe, seinen im Fieber verschwimmenden Blick auf sie zu konzentrieren. Erneut hatte er den Eindruck, etwas Überirdisches umgebe sie. Ein Nimbus. Eine Aureole.

»Die Medikamente ...« Er spürte, er würde gleich das Bewusstsein verlieren. »Die Namen ... *dodecatheon ...* und *unguentum achilleum ...* Wirst du das auch nicht vergessen?«

»Ich vergesse es nicht.« Sie wandte sich ab. »Ich kann nicht.

Gott hat mich wohl damit gestraft, dass es mir unmöglich ist, etwas zu vergessen.«

Er war zu krank, um zu bemerken, wie bitter das klang.

»Dorothea?«

»Ja, Reinmar?«

»Als wir uns vor drei Jahren begegnet sind, hier in der Nähe von Ohlau, auf dem Weg nach Strehlen ... Da wolltest du in die weite Welt wandern. Du hast gesagt, sogar bis nach Breslau. Um dein Brot dort zu verdienen ... Irgendwie bist du nicht sehr weit gekommen ...«

»Ich war in Breslau.« Das Freudenmädchen stellte die Schüssel ab, aus der es ihn gefüttert hatte. »Ich war dort und bin wieder zurückgekehrt. Es läuft wohl darauf hinaus, dass das Brot überall gleich ist. Und dass man überall gleich schwer dafür arbeiten muss. Da bin ich zu meiner alten Arbeit zurückgekehrt, nach Brieg, ins Freudenhaus ›Zur Krone‹. Sollen sie mich wenigstens, wenn ich mal sterbe, auf demselben Gottesacker wie mein Mütterchen begraben. Und dann begannen die Kriegszüge, die Mönche in den Spitälern brauchten Hilfe, es gab eine Unzahl an Verwundeten und Kranken. Da musste man einfach helfen ... Na, da habe ich eben geholfen. Zuerst in Brieg, im Hospital zum Heiligen Geist. Dann bin ich hierhergekommen, nach Ohlau.«

»Du hast dich für ein Hospital entschieden ... Das ist eine schwierige und schwere Arbeit, ich kenne mich da aus ... Schwerer und undankbarer vielleicht als ...«

»Nein, Reinmar. Nicht wirklich.«

Obwohl es beinahe an ein Wunder grenzte, hatte der Ohlauer Apotheker die benötigten Spezifika vorrätig. Obwohl es beinahe an ein Wunder grenzte, verkaufte er sie Elencia von Stiencron. Obwohl es beinahe an ein Wunder grenzte, war bereits nach den ersten Anwendungen die Wirkung ersichtlich. Die Schafgarbe, *achillea millefolium*, ein Kraut, das der Hauptbestandteil des *unguentum achilleum* war, trug nicht von ungefähr den Namen eines der Helden vor Troja – unfehlbar schnell und sicher schloss es Wunden, die man im Kampfe davongetragen hatte. Nach dem ersten Behandlungstag konnte sich Reynevan schon aufsetzen und nach den beiden nächsten aufstehen – wenn auch nicht ohne Dorotheas und Elencias Hilfe.

Und sich Samson widmen. Nach einem Tag der Anwendung des *dodecatheon*, einer Mixtur, die in ihrer Wirkung nur dem legendären *mola* nachstand, öffnete Samson die Augen. Obwohl die in der Ohlauer Apotheke erstandene Dosis des Medikaments gering war, erlangte der Riese nach zwei Tagen das Bewusstsein zurück. Zumindest so weit, um sich über die unerträglichen Kopfschmerzen zu beklagen. Dazu bedurfte es dann keiner Medizin mehr, Kopfschmerzen linderte Reynevan mit einer Beschwörung und durch Handauflegen. Samsons Schmerzen erwiesen sich aber als ziemliche Herausforderung, bis er ihrer Herr wurde, war er einigermaßen erschöpft. Beide, Arzt und Patient, lagen am nächsten Tag fast reglos da. Bis zum neunzehnten Mai.

Am neunzehnten Mai fingen die Probleme an.

»Einen Schwarzhaarigen«, wiederholte Dorothea Faber. »Schwarz gekleidet. Lange schwarze Haare, bis zu den Schultern. Ein Gesicht wie ein Vogel, die Nase wie ein Schnabel. Und einen Blick wie der Teufel. Kennst du so jemanden?«

»Den kenne ich, verdammt noch mal«, brachte er mühsam hervor und wischte sich den kalten Schweiß von der Stirn. »Den kenne ich, und wie!«

»Er kennt dich auch. Er war beim Spitalverwalter und hat dich ganz genau beschrieben. Er hat gefragt, ob so einer hier sei. Zum Glück ist der Spitalverwalter ein anständiger Mensch, und er hat überhaupt kein Gedächtnis, was Gesichter anbelangt. Daher hat er auch vollkommen aufrichtig Nein gesagt, nein, so einen habe er nie gesehen, und so einer sei auch nie hier im Spital gewesen. Und als jener schwarze Vogelmensch verlangt hat, ins Hospital eingelassen zu werden, da hat der Spitalmeister dies rundweg abgelehnt und sich auf die herzoglichen Befehle berufen, auf das Abkommen, das den Hussiten sicheres Asyl garantiert. Der andere hat versucht, ihn zu erschrecken und ihm zu drohen, als er aber gemerkt hat, dass dies vergebens war, ist er weggeritten. Nicht ohne zuvor zu verkündigen, er werde bald zurückkommen, mit der Erlaubnis des Herzogs in der Hand, und werde dann das Hospital gründlich durchsuchen, und wenn er dich fände und sich erwiese, dass der Spitalmeister gelogen habe, dann gnade ihm Gott. Ha, Reynevan, mir scheint, dieser Vogelmensch gehört tatsächlich zu denen, die Not mit sich bringen. Und dies sogar gern.«

»Da hast du vollkommen Recht.«

»Mir schwant auch, dass er mit der herzoglichen Erlaubnis zurückkehren wird.«

»Da hast du vollkommen Recht. Ich muss von hier verschwinden, Dorothea. Sofort. Heute noch.«

»Ich muss auch verschwinden«, jammerte Elencia. Sie war weiß wie die Wand.

»Ich kenne diesen Menschen auch ...«, brachte sie endlich heraus. »Ich denke, er ist meiner Spur bis nach Ohlau gefolgt. Er verfolgt mich.«

»Das ist unmöglich«, widersprach ihr Reynevan. »Er verfolgt mich! Mich fordert er heraus. Ich bin sein Ziel.«

»Nein. Ich. Ich bin sicher, dass ich es bin.«

Samson setzte sich auf seiner Pritsche auf. Seine Augen waren schon ganz klar.

»Ich denke«, sagte er bei vollem Bewusstsein, »dass ihr euch beide irrt.«

Sie verließen Ohlau, unbemerkt und noch vor Einbruch der Dämmerung. Dorothea Faber hatte, wie sich herausstellte, viele gute Bekannte unter den richtigen Leuten. Der Fuhrknecht des Hospitals, der das rothaarige Freudenmädchen mit zärtlichen Blicken bedachte, besorgte ihnen Kleider und half ihnen, das Hospital heimlich zu verlassen. Einen ähnlich weichen Blick hatte auch ein kräftiger Knecht, der sie zum Stall brachte und Samson beim Gehen half. Denn helfen musste man ihm noch. Reynevan selbst war auch nicht gerade in blendender Form. Beunruhigt dachte er an den Ritt, der ihnen bevorstand.

Dorothea und Elencia hatten auch daran gedacht, wie sich zeigte. Mit Hilfe des Fuhrknechtes und des anderen Knechtes banden sie die beiden mit Riemen in den Sätteln fest, so dass sie sich in einer mehr oder weniger senkrechten Position darauf halten und nicht herunterrutschen oder fallen konnten. Das war alles andere als bequem. Aber Reynevan beklagte sich nicht. Er hatte allen Grund anzunehmen, dass sie, wenn sie Birkhart von Grellenort in die Hände fielen, noch bedeutend größere Unannehmlichkeiten zu spüren bekämen.

Sie verließen Ohlau durch eine Pforte unweit des Brieger Tores, im südwestlichen Teil der Stadt. Sie taten auch dies nicht ganz freiwillig. Dorothea hatte Bekannte unter den Wächtern, die hier ihren Dienst versahen. Diesmal genügten aber weder Liebreiz noch ein viel versprechendes Lächeln – hier waren Argumente in klingender Münze angebracht. Reynevans Schulden bei dem Freudenmädchen wuchsen rasch.

»Du könntest Schwierigkeiten bekommen«, sagte er, als sie sich verabschiedeten. »Sie haben dein Geld genommen, aber wenn es hart auf hart kommt, liefern sie dich aus, ohne auch nur mit der Wimper zu zucken. Willst du nicht mit uns fliehen?«

»Ich komme schon zurecht.«

»Bestimmt?«

»Das sind doch nur Männer. Mit denen kann ich umgehen. Reitet mit Gott. Bleib gesund, Elencia!«

»Lebt wohl, Frau Dorothea. Danke für alles.«

Sie ritten südlich um die Stadt herum. Auf einem Pfad unter Korbweiden erreichten sie den Fluss. Sie fanden eine Furt und gelangten ans linke Ufer. Kurze Zeit später hatten die Pferde festeren Boden unter den Hufen. Sie waren auf der Straße.

»Unsere Pläne haben sich nicht geändert?«, fragte Elencia, die sich ganz passabel im Sattel hielt, sicherheitshalber. »Wir reiten dorthin, wo wir hinsollen?«

»Ja. Dorthin.«

»Werdet ihr durchhalten?«

»Wir halten durch.«

»Dann weiter. Wir verlassen die Breslauer Straße und wenden uns nach Westen. Schneller! Wir müssen, solange es noch hell ist, so weit kommen, wie wir nur können.«

»Elencia.«

»Ich höre.«

»Ich danke dir.«

»Danke mir nicht.«

Die Mainacht duftete nach Traubenkirschen.

Als er sagte, sie würden durchhalten, hatte Reynevan Elencia Stietencron angelogen. In Wirklichkeit hielten ihn und Samson nur noch die Riemen im Sattel. Und die Angst vor Grellenort.

Der Weg durch die Nacht war wahrhaftig ein Weg nach Golgatha. Es war die reinste Wohltat, dass sich Reynevan an nicht viel erinnern konnte, das Fieber schüttelte ihn wieder und verwehrte es ihm, die Umgebung wahrzunehmen. Um Samson stand es nicht viel besser, der Riese stöhnte, krümmte sich, kauerte sich im Sattel zusammen und schwankte mit dem Kopf wie ein Betrunkener über der Pferdemähne hin und her. Elencia ritt zwischen den beiden und hielt sie fest, so gut es ging.

»Elencia?«

»Ja?«

»Vor drei Jahren, am Steubernhau ... Wie hast du dich retten können?«

»Ich will nicht darüber sprechen.«

»Dorothea hat erwähnt, dass du später, im Dezember, auch das Massaker von Wartha überlebt hast ...«

»Darüber will ich auch nicht sprechen.«

»Entschuldige.«

»Es gibt nichts zu entschuldigen. Halt dich im Sattel, bitte. Sitz aufrechter ... Beug dich nicht so nach vorn ... Gott, wann ist diese Nacht endlich zu Ende ...«

»Elencia ...«

»Dein Freund ist entsetzlich schwer.«

»Ich weiß nicht ... wie ich dir danken kann ...«

»Ich weiß, dass du das nicht weißt.«

»Was ist los mit dir?«

»Die Hände schlafen mir ein ... Sitz gerade, bitte. Und reite.«

Sie ritten weiter.

Das Morgengrauen zog herauf.

»Reinmar?«

»Samson? Ich dachte, du ...«

»Ich bin bei Bewusstsein. Allgemein gesagt. Wo sind wir? Ist es noch weit?«

»Ich weiß es nicht.«

»Es ist nah«, meldete sich Elencia. »Das Kloster ist ganz nah. Ich höre schon die Glocken ... Morgenandacht ... Wir haben es geschafft ...«

Die Stimme und die Worte des Mädchens verliehen ihnen Kraft, ihre Euphorie war stärker als ihre Müdigkeit und ihr Fieber. Die Entfernung, die sie noch von ihrem Ziel trennte, überwanden sie rasch, sie wussten selbst nicht, wie. Die Welt, die aus dem klebrigen, zottigen Grau der Morgendämmerung hervorkam, schien völlig irreal, illusorisch und unbegreiflich zu sein, alles, was ringsherum geschah, geschah wie im

Traum. Wie im Traum segelten sie an Ziegenmelkern vorbei, wie im Traum waren da das Kloster und die Klosterpforte, die in ihren Angeln quietschte. Im Nebel tauchte wie im Traum die Schwester Pförtnerin in ihrem grauen Habit aus dicker friesischer Wolle auf. Ihr Aufschrei war wie aus einer anderen Welt... Und die Glocke. Die Morgenandacht, wirbelte es durch Reynevans Kopf, *laudes matutinae*... Aber wo bleibt der Gesang? Warum singen die Nonnen nicht? Ach, das ist ja Weißkirchen, der Orden der Klarissen, die Klarissen singen die Stundengebete nicht, sie beten sie... »Jutta... Jutta? Jutta!«

»Reynevan!«

»Jutta...«

»Was ist mit dir? Was hast du? Bist du verwundet? Mutter Gottes! Hebt ihn aus dem Sattel... Reynevan!«

»Jutta... Ich...«

»So helft doch... Hebt ihn auf... Ach! Was ist mit dir?«

»Die Schulter... Jutta... Es geht schon... Ich kann stehen... Mir ist nur so schwach in den Beinen... Kümmert euch um Samson...«

»Wir bringen beide in die Krankenstube. Gleich, auf der Stelle. Schwestern, helft...«

»Warte.«

Elencia von Stietencron war nicht abgestiegen, sie wartete, noch immer im Sattel sitzend. Mit abgewandtem Kopf. Sie blickte ihn erst wieder an, als er ihren Namen sagte.

»Du hast gesagt, du hast einen Ort, zu dem du reiten willst. Aber vielleicht bleibst du hier bei uns?«

»Nein. Ich reite gleich weiter.«

»Wohin? Wenn ich dich aufsuchen möchte...«

»Ich bezweifle, dass du das möchtest.«

»Trotzdem.«

»Schalkau bei Breslau«, sagte sie langsam, wie mit großer Mühe. »Das Gut und der Pferdehof von Frau Dzierżka de Wirsing.«

»Bei Dzierżka?« Er konnte seiner Verwunderung nicht Herr werden. »Du bist bei Dzierżka?«

»Leb wohl, Reinmar von Bielau!« Sie wendete das Pferd. »Gib Acht auf dich. Und ich …«

»Ich werde versuchen, dich zu vergessen«, sagte sie leise, als sie schon weit genug von der Klosterpforte entfernt war, damit er sie auch ja nicht hören konnte.

Dreiundzwanzigstes Kapitel

in dem der Sommer des Jahres 1428, den er als liebliche und wonnigliche Idylle erlebt, Reynevan wie ein flüchtiger Moment erscheint. Fast möchte man seine Geschichte mit den bekannten Worten beenden: »Und wenn sie nicht gestorben sind, dann leben sie noch lange und glücklich.« Aber was hilft's, dass man dies möchte, wenn dafür leider der Platz fehlt?

Reynevan lag bis Trinitatis, dem ersten Sonntag nach Pfingsten, in der Krankenstube des Klosters. Ganze neun Tage. Diese Tage konnte er aber erst später errechnen, denn das in Schüben zurückkehrende Fieber bewirkte, dass er sich an das Krankenlager und die Behandlung nur schwach erinnerte. Er erinnerte sich, dass Jutta de Apolda viel Zeit an seinem Krankenbett verbracht hatte, er erinnerte sich an die rundliche Vorsteherin der Krankenstube, die, wie passend, Schwester Misericordia hieß. Er erinnerte sich an die Äbtissin, die ihn behandelt hatte, eine hochgewachsene, ernste Nonne mit blaugrauen Augen. Er erinnerte sich an die Eingriffe, die sie an ihm vorgenommen hatte, höllisch schmerzhafte Eingriffe, die unweigerlich Fieber und Unwohlsein nach sich zogen. Aber dank jener Eingriffe hatte er immer noch seinen Arm und konnte ihn mehr oder weniger benutzen. Er hatte gehört, wovon die Nonnen während der Operationen sprachen – da war die Rede von seinem Schlüsselbein, vom Schultergelenk, von der Armschlagader, vom Achselnerv, von den Lymphdrüsen und den Muskelfasern gewesen. Er hatte genug mitbekommen, um zu begreifen, dass ihn die medizinischen Kenntnisse der Äbtissin mehrmals gerettet hatten. Und auch die Medikamente, über die sie verfügte und derer sie sich zu bedienen verstand. Einige davon waren magisch, einige hatte Reynevan erkannt, entweder am Geruch oder an der Wirkung, die sie hervorriefen. Sowohl das *dodecatheon*, ungleich stärker als das in Ohlau erworbene, als auch das *peristereon*, ein sehr seltenes, sehr teures und bei Entzündungen äußerst wirksames Spezifikum, waren zur Anwendung gekommen. Die mehrfach geöffnete Wunde hatte die Äbtissin mit einer als *garwa* bekannten Arznei behandelt, die angeblich von den Druiden aus Irland überliefert worden war. Reynevan erkannte auch den charakteristischen Mohngeruch des Wundkrauts, eines magischen Krauts der Walküren, mit dem sie die Verwundeten nach der Schlacht im Teutoburger Walde gepflegt hatten. Den Geruch getrockneter Bilsenkrautblätter verriet das *hierobotane* und der Duft nach Pappelrinde das *leukis*, zwei starke Heilmittel gegen Wundbrand. Nach Bärlapp roch ein Puder, das *Lycopodium bellonarium* hieß. Als das *Lycopodium bellonarium* angewendet wurde, durfte Reynevan schon aufstehen. Die Finger seiner linken Hand waren nicht mehr steif, so dass er schon verschiedene Gegenstände damit halten und den Nonnen bei der Behandlung Samsons helfen konnte, der, obschon bei Bewusstsein, noch längst nicht in der Lage war aufzustehen.

Jutta wich auch nicht einen Schritt von Reynevans Seite. Ihre Augen leuchteten vor Tränen und vor Liebe.

Der Krieg, den sie schon beinahe vergessen hatten, brachte sich kurz nach Trinitatis wieder in Erinnerung. Am Morgen des ersten Junitages versetzte Kanonendonner von Westen her Reynevan, Jutta und die Nonnen von Weißkirchen in Unruhe. Noch bevor genaue Nachrichten bis zum Kloster vorgedrungen waren, hatte Reynevan geahnt, worum es ging. Jan Kolda von Žampach hatte sich nicht mit der Armee Prokops des Kahlen zurückgezogen, er war in Schlesien geblieben, auf dem Zobten verschanzt. Er und seine Räuberbande waren für die

Schlesier wie Salz im Auge oder ein Stachel im Hintern, zu widerlich, als dass man sie hätte hinnehmen können. Ein starkes und mit schweren Bombarden ausgerüstetes Kontingent aus Breslau und Schweidnitz belagerte die Burg auf dem Zobten und hatte mit dem Beschuss begonnen, nicht ohne zuvor Jan Kolda aufgefordert zu haben, sich zu ergeben. Kolda hatte sie daraufhin, wie eine mehrhäuptige Fama zu berichten wusste, mit einer volkstümlichen Bezeichnung für das männliche Geschlechtsorgan angesprochen und ihnen empfohlen, sie möchten sich doch gegenseitig befriedigen. Woraufhin er sich auch noch revanchiert hatte, indem er sie von den Mauern herab mit Geschützfeuer versorgte.

Die gegenseitige Beschießung dauerte eine Woche, und eine Woche lang zerriss es Reynevan fast vor Verlangen, zum Zobten zu ziehen und Kolda irgendwie, vielleicht durch Spionage und Sabotage, zu helfen. Er konnte kaum gehen, vom Reiten ganz zu schweigen, aber ihm war nach Kampf. Jutta bereitete diesem Verlangen ein Ende und erledigte seine Kriegspläne endgültig. Jutta war standhaft. Sie stellte ihm ein Ultimatum, entweder sie oder der Krieg. Reynevan entschied sich für sie.

Jan Kolda von Žampach verteidigte sich auch noch die ganze kommende Woche über und brachte den Schlesiern derart empfindliche Verluste bei, dass er, als sich seine Möglichkeiten, weiterhin Widerstand zu leisten, erschöpft hatten, eine gute Verhandlungsposition besaß. Er kapitulierte am Tage nach dem Festtag des heiligen Antonius, aber zu ehrenvollen Bedingungen, mit dem Versprechen, ihm freien Abzug nach Böhmen zu gewähren. Die Burg auf dem Zobten aber schleiften die Schlesier und ließen dabei keinen Stein auf dem anderen, damit sie, um Gottes willen, nicht noch einmal einem Kolda dienen konnte.

Diese Einzelheiten erfuhr Reynevan vom Gärtner, der auf dem Gutshof des Klosters arbeitete und außer guten Informationsquellen auch eine Vorliebe und ein Talent für Gerüchte und deren Verbreitung besaß. Nachdem der Zobten gefallen war, brachte der Gärtner eher beunruhigende Neuigkeiten. Schlesien erholte sich endlich vom Osterzug der Hussiten. Und begann sich abzureagieren. Mit Gewalt und Blut. Die Hinrichtungsstätten waren überschwemmt mit dem Blut derer, die sich im Kampf als feig erwiesen oder mit den Böhmen paktiert hatten. Die Anhänger der hussitischen Lehre brannten auf den Scheiterhaufen, und auch jene, die man dessen verdächtigte. Auf Rädern und Pfählen verendeten Bauern, die den Hussiten gedient hatten. Die Galgen bogen sich unter der Last derer, die man denunziert hatte. Da man schon einmal dabei war, wurden auch jene hingerichtet, die mit den Hussiten rein gar nichts zu tun gehabt hatten. Wie üblich: Juden, Freidenker, Troubadoure, Alchemisten und Engelmacherinnen.

Der bis dahin sichere Zufluchtsort hinter den Klostermauern verlor plötzlich seine Beschaulichkeit. Der Rekonvaleszent Reynevan fuhr, mit kaltem Schweiß bedeckt, bei jedem Läuten der Glocke und bei jedem Klopfen an der Pforte empor. Und schlief erleichtert wieder ein, wenn es nicht die Inquisition und auch nicht Birkhart von Grellenort war, sondern nur der Fischhändler mit seiner Lieferung.

Die Zeit verging, Ruhe, Pflege und Behandlung taten das Ihrige. Die Wunden verheilten, langsam, aber gut. Nach St. Antonius stand Samson auf, und nach St. Gervasius und Protasius fühlte er sich schon so wohl, dass er begann, dem Gärtner bei der Arbeit zur Hand zu gehen. Reynevan war schon so weit wiederhergestellt, dass ihm Blicke und Händchenhalten mit Jutta nicht mehr genügten.

Die Johannisnacht kam. Die Klarissen von Weißkirchen feierten sie mit einer Messe. Reynevan und Jutta aber, gefolgt von den neugierigen Blicken der Nonnen, liefen in den Wald, um die Farnblüte zu suchen. Im Birkenwäldchen schon erklärte Reynevan Jutta, dass die Farnblüte eine Legende sei, und sie zu suchen, obwohl dies romantisch und aufregend sei, mache eigentlich überhaupt keinen Sinn, und es sei schade um die

Zeit, es sei denn, man wolle die jahrhundertealte Tradition unbedingt wahren. Jutta bekannte ihm denn auch sehr schnell, dass sie die Tradition zwar achte, allerdings eher gewillt sei, die kurze Juninacht besser, vernünftiger und angenehmer zu gestalten.

Reynevan, der diese Ansicht teilte, breitete seinen Mantel auf dem Boden aus und half ihr, sich zu entkleiden.

»*Adsum favens*«, flüsterte das Mädchen, langsam und nach und nach ihren Hüllen entsteigend wie Aphrodite dem Schaum des Meeres. »*Adsum favens et propitia*, wohlwollend und zugeneigt. Lass deine Tränen und deinen Kummer fahren, hinweg mit der Verzweiflung: Denn schon erwächst dir aus meiner Gnade der Tag der Erlösung.«

Sie flüsterte, und vor Reynevans Augen erschien ihre Schönheit. Die berauschende Schönheit ihrer Nacktheit, der Ruhm ihrer delikaten Weiblichkeit, der Gral, die Reliquie, die Heiligkeit. Vor seinen Augen erschien die *donna angelicata*, eines Pinsels solcher Meister würdig, die er kannte, wie Domenico Veneziano, Simone Martini, Robert Campin, Masaccio, Masolino, die Brüder Limburg, Sassetta, Jan van Eyck. Und auch jener, die er noch nicht kennen konnte, die erst kommen würden. Deren Namen – Fra Angelico, Piero della Francesca, Quarton, Rogier van der Weyden, Jean Fouquet, Hugo van der Goes – die entzückte Menschheit erst noch kennen lernen sollte.

»*Sit satis laborum*«, flüsterte sie und schlang ihre Arme um seinen Hals. »Genug der Qualen.«

Als sie sah, dass seine wunde Schulter Reynevan immer noch hinderte, ergriff sie die Initiative. Indem sie ihn auf den Rücken rollte, verband sie sich mit ihm in der Stellung, die der Dichter Martial als Hektor und Andromache bezeichnet hat.

Sie liebten sich wie Hektor und Andromache. Sie liebten sich in der Johannisnacht. Irgendwo hoch droben erklangen Chöre, es war nicht ausgeschlossen, dass es Engelschöre waren. Und um sie herum hüpften die Waldwichtel und sangen:

Auf Johanni blüht der Holler,
Da wird die Liebe noch viel toller!

In den kommenden Nächten und oft auch am Tage machten sie sich nicht mehr die Mühe, in den Wald zu laufen. Sie liebten sich gleich hinter der Klostermauer, in der hellen Sonne, verborgen von Schlehenbüschen und Holunder. Sie liebten sich, und um sie herum hüpften – selbst am Tage – die Waldwichtel.

Petersilie, Suppenkraut wächst in unserm Garten.
Schöne Jutta ist die Braut, soll nicht länger warten.
Hinter einem Hollerbusch gab sie Reynevan 'nen Kuss,
Roter Wein, weißer Wein, morgen soll die Hochzeit sein!

Das Kloster von Weißkirchen war in drei Abteilungen gegliedert, die Reynevan unweigerlich mit den drei Kreisen der Weihe in Verbindung brachte. Den ersten Kreis, natürlich keineswegs kreisförmig, bildeten das Gut des Klosters, der Garten, die Krankenstube, das Refektorium und das Dormitorium der *conversae* sowie die Schlaf- und Wohnräume der Gäste. Der zweite Kreis, dessen Herz die Kirche darstellte, war für Gäste nicht zugänglich; in dem Gebäude neben der Kirche befanden sich die Bibliothek und das Skriptorium sowie die Räume der Äbtissin. Den dritten Kreis bildete die Klausur, das große Refektorium und das Dormitorium der Nonnen.

Die Klarissen von Weißkirchen hielten – zumindest nach außen hin – die Ordensregeln streng ein. Sie fasteten streng, Fleisch gab es auf dem klösterlichen Speiseplan nicht. Sie wahrten während der Mahlzeiten Schweigen, die Große Stille währte von der Komplet bis zur Messe des Konvents. Den ganzen Tag über waren sie mit Arbeit, Gebet, Buße und Kontemplation beschäftigt, es stand ihnen nur eine Stunde für eigene Belange und zum Ausruhen zu, mit Ausnahme des Freitags, an dem es diese Stunde nicht gab.

Die *conversae* – außer Jutta waren noch vier andere im Kloster, alles Mädchen aus bedeutenden Geschlechtern – folgten einer etwas lockereren Regel, ihre Pflichten beschränkten sich im Prinzip auf die Teilnahme an der Messe und am Unterricht, man verlangte von ihnen nicht einmal, sich an den Offizien zu beteiligen.

Je länger Reynevan im Kloster weilte, umso mehr Unterschiede bemerkte er. Was ihm sofort aufgefallen war, war das hier herrschende ziemlich freie Verhältnis zur Klausur. Wo Außenstehenden absolut kein Zutritt gestattet schien, gab es innerhalb der Klausur keine Schranken – die Nonnen bewegten sich völlig frei auf dem gesamten Territorium des Klosters. Selbst die Anwesenheit von zwei Männern im Kloster, nämlich von Samson und ihm, hatte keinerlei Einfluss auf die Bewegungsfreiheit. Einem eigenartigen Zeremoniell wurde jedoch Folge geleistet – die Nonnen taten so, als wären die Männer nicht vorhanden, und die Männer taten, als sähen sie die Nonnen nicht. Die Äbtissin betraf das nicht, sie tat, was sie wollte und wann sie es wollte. Freien Umgang mit den beiden Männern hatten auch die Schwester Schaffnerin und die Schwester Krankenpflegerin.

Je mehr Reynevan von den Nonnen akzeptiert und als Vertrauensperson angesehen wurde, umso mehr gestatteten sie ihm, zu sehen. Und er sah, dass die vom Orden auferlegte Regel des Wechsels von Buße und Kontemplation in Weißkirchen durch Unterricht, Vorlesen aus Schriften und Traktaten, Diskussionen und sogar Dispute ersetzt wurde. Zu diesen märchenhaft erscheinenden Zirkeln war er aber nicht zugelassen. Obwohl Jutta Zugang dazu hatte, blieb ihm dieser verwehrt.

Aber als ein Schock erwies sich erst die Messe. Reynevan ging im Allgemeinen nicht zur Messe. Die Atmosphäre von Weißkirchen brachte es mit sich, dass er sich sicher fühlte, er dachte auch gar nicht daran zu verbergen, dass er als Calixtiner und Utraquist weder eine Papistenmesse noch die Kommunion anerkannte.

Einmal jedoch verspürte er das Bedürfnis, zur Messe zu gehen, und ging, da er es nach einigem Nachdenken für recht zweifelhaft hielt, dass Gott Zeit habe, sich um liturgische Einzelheiten zu kümmern und sich darüber aufzuregen, auch hin. Er ging in die Kirche und erlebte einen Schock.

Die Messe zelebrierte die Äbtissin.

Eine Frau.

Nach ein paar Tagen ließ die Äbtissin Reynevan plötzlich zu sich rufen. Auf dem Weg zu ihr wurde ihm sowohl bewusst, dass dies eine Ehre bedeutete, wie auch, dass sie ihn prüfen würde. Er hatte dies schon lange erwartet.

Als er eintrat, saß sie an einem Pult und las in einer Inkunabel. Als Bibliophiler und Bibliomane erkannte Reynevan an der Ausgestaltung und den Holzschnitten sofort das ›Psalterium decem cordarum‹ des Joachim von Fiore. Seiner Aufmerksamkeit entgingen auch die in Reichweite liegenden anderen Werke nicht: der ›Liber divinorum operum‹ der Hildegard von Bingen, ›De amore Dei‹ des heiligen Bernhard, die ›Theogonia‹ des Hesiod und ›De ruina et reparatione Ecclesiae‹ von Nicolas de Clamanges. Ohne dies wahrzunehmen, wunderte er sich keineswegs, in dieser Nachbarschaft auch ein zerfleddertes Exemplar des ›Necronomicons‹ zu finden.

Die Äbtissin betrachtete ihn eine Zeit lang über die geschliffenen Gläser ihrer Brille hinweg, als wolle sie prüfen, wie lange er in der Lage sei, diesen Blick zu ertragen.

»Es ist unfassbar«, sagte sie schließlich, und der Zug um ihre Mundwinkel konnte sowohl ein Lächeln bedeuten wie auch das Gegenteil, »es ist unfassbar. Nicht nur, dass ich in meinem Kloster einen Hussiten gesund pflege, nicht nur, dass ich einen Häretiker beherberge. Nicht nur, dass ich hier einen Magier dulde, wer weiß, vielleicht sogar einen Nekromanten. Nicht nur, dass ich ihn toleriere und pflege, nein, ich gestatte ihm auch noch, sich mit einer meiner Obhut anvertrauten *conversa* Liebesspielen hinzugeben. Mit einem Edelfräulein, für das ich die Verantwortung trage.«

»Wir lieben uns ...«, begann er. Aber sie ließ ihn nicht ausreden.

»Das stimmt. Das tut ihr ziemlich oft. Aber ich bin neugierig, ob ihr auch schon mal über eventuelle Konsequenzen daraus nachgedacht habt? Wenigstens einen kurzen Moment lang?«

»Ich bin Arzt ...«

»Erstens, vergiss das nicht. Zweitens ging es mir dabei nicht nur um Empfängnisverhütung.«

Sie schwieg eine Zeit lang und spielte mit der Leinenschnur, mit der ihr Habit umwunden und die mit den vier Knoten geschlossen war, die die Gelöbnisse der heiligen Klara, der Patronin und Gründerin des Ordens der Armen Frauen, symbolisierten.

»Es ging mir um die Zukunft.« Sie strich sich mit der Hand über die Stirn. »Eine sehr unsichere Sache in der heutigen schweren Zeit. Denkst du an die Zukunft? Nein, nein, Einzelheiten interessieren mich nicht. Nur die Tatsache allein.«

»Ich denke an die Zukunft, ehrwürdige Mutter.«

Sie blickte ihm direkt in die Augen. Sie hatte eine graublaue helle Iris. Ihre Gesichtszüge erinnerten ihn an jemanden. Aber er kam nicht darauf, an wen.

»Du denkst daran, sagst du.« Sie hielt den Kopf schief. »Und was, wenn ich fragen darf, überwiegt? Woran denkst du mehr? An Jutta oder an das, was gut für sie ist? Oder an den Krieg? Den Kampf um die gerechte Sache? Den Wunsch, die Welt zu verändern? Und wenn es, nehmen wir einmal an, zum Konflikt kommt, wenn die Ideale einander gegenüberstehen ... was wirst du wählen? Und worauf verzichtest du?«

Er schwieg.

»Es ist bekannt«, fuhr sie fort, »dass, wenn es um große und wichtige Dinge geht, der Einzelne nicht zählt. Den Einzelnen opfert man. Jutta ist so eine Einzelne. Was wird mit ihr? Wirfst du sie weg wie einen Stein auf die Schanze?«

»Ich weiß es nicht«, er schluckte schwer, »ich kann und ich

will dir nichts verbergen, ehrwürdige Mutter. Ich weiß es wirklich nicht.«

Sie blickte ihm lange in die Augen.

»Ich weiß, dass du es nicht weißt«, sagte sie schließlich. »Ich habe auch keine Antwort erwartet. Ich möchte ganz einfach nur, dass du ein bisschen darüber nachdenkst.«

Kurz nach St. Peter und Paul, als sich alle Wiesen mit dem Blau der Kornblumen überzogen hatten, setzten unangenehme, lang anhaltende Regengüsse ein. Die Orte, an denen sich Reynevan und Jutta ihrem Liebestaumel hingegeben hatten, hatten sich in schlammige Sümpfe verwandelt. Die Äbtissin sah eine Zeit lang zu, wie die Liebenden unter den Arkaden umherwandelten, wie sie sich in die Augen blickten, um sich dann schließlich zu trennen und auseinanderzugehen. Eines Abends, nachdem sie in der Abtei einige Änderungen bei den Unterkünften hatte vornehmen lassen, rief sie die beiden zu sich. Und führte sie in eine Zelle, die aufgeräumt und mit Blumen geschmückt war.

»Hier werdet ihr wohnen«, erklärte sie kurz angebunden. »Und schlafen. Alle beide. Von jetzt ab. Von dieser Nacht an.«

»Danke, ehrwürdige Mutter.«

»Dankt mir nicht. Und verliert keine Zeit. *Hora ruit, redimite tempus.*«

Der Sommer kam. Der heiße, brennende Sommer des Jahres 1428.

Der unermüdliche Gärtner schleppte ständig neue Gerüchte an. Jan Koldas Kapitulation und der Verlust des Stützpunktes am Zobten, erzählte er, während er ein Nest mit nackten Mäusen zertrat, habe die Hussiten erzürnt. Mitte Juli, am Donnerstag nach St. Margareta, hätten die Waisen mit einem raschen Konter Hirschberg angegriffen, erobert und niedergebrannt.

Obwohl er dazu etwas länger brauchte, lieferte der Gärtner auch Gerüchte aus Böhmen, Nachrichten, auf die Reynevan und Samson sehnsüchtig gewartet hatten. Der Hauptmann der Prager Neustadt, Velek Kúdelník z Březnice, so erzählte der Gärtner, während er Mist von einer Forke kratzte, sei um den St.-Urbans-Tag herum ins Land der Bayern eingefallen. Die Hussiten hätten Neumarkt, die Residenz des Pfalzgrafen Otto, verbrannt und seien durch das Tal der Naab bis vor Regensburg gezogen. Gewissenhaft geplündert und gründlich zerstört hätten sie das Zisterzienserkloster in Walderbach. Mit Wagen, voll beladen mit Beute, seien sie nach Böhmen zurückgekehrt, Schutt und Asche hinterlassend.

Ungefähr zur selben Zeit, erzählte der Gärtner, in der Nase bohrend und seinen Fund mit Interesse betrachtend, sei Tábor, um Herzog Albrecht Mores zu lehren, in einem wilden Zug in Österreich eingefallen. Brennend, raubend und alles verwüstend, seien die Taboriten, die auf keinerlei Widerstand trafen, bis zur Donau gelangt. Obwohl es bis Wien nur noch ein kleines Wegstück war, hätten sie den gewaltigen Fluss nicht bezwingen können. Zur Demonstration ihrer Macht hätten sie denn vom linken Ufer aus ein bisschen mit ihren Büchsen geknallt, danach seien sie fortgezogen.

»Sicher war da auch unser Scharley dabei«, brummte Reynevan Samson zu, »und hat Unfug getrieben.«

»Na sicher doch«, gähnte der Riese und kratzte sich an seiner Schramme am Kopf. »Ich glaube nicht, dass er ohne uns bis nach Konstantinopel gewandert ist.«

Am Vorabend von St. Jakob ließ die Äbtissin Reynevan ein zweites Mal zu sich rufen.

Diesmal las sie im ›Buch der göttlichen Tröstung‹ des Meister Eckart, einer schönen und reich illustrierten Handschrift.

»Du warst lange nicht in der Kirche«, sagte sie und blickte ihn über ihre Brillengläser hinweg an. »Du solltest hin und wieder hingehen und vor dem Altar knien. An dies und jenes denken. Dies und jenes überdenken ...«

»Ach, stimmt ja«, sie hob den Kopf und fuhr fort, ohne eine Antwort abzuwarten, »dir fehlt die Zeit dazu. Ihr seid beschäftigt, du und Jutta, sehr beschäftigt. Nun, ich verstehe euch und verurteile euch nicht. Ich war nicht immer Nonne. In meiner Jugend, ich muss es zu meiner Schande gestehen, habe auch ich Priapos und Astarte ausgiebig gehuldigt. Und manchmal schien mir, ich sei in den Armen eines Mannes Gott näher als in der Kirche. Ich war im Irrtum. Das hindert mich aber nicht daran, all jene zu verstehen, die noch darauf warten müssen, ihren Irrtum zu erkennen.«

»Wir haben dir hier Schutz und Pflege gewährt«, meinte sie nach einer Weile. »Dass uns nicht nur die Barmherzigkeit geleitet hat, hast du inzwischen wohl begriffen. Für unsere Sympathie für dich waren nicht zuletzt auch die Zuneigung und die Gefühle entscheidend, die Jutta de Apolda für dich hegt, die uns sehr lieb und teuer ist. Es gab aber auch andere Gründe. Nun ist es wohl an der Zeit, darüber zu reden.«

»Dein aufmerksames Auge hat gewiss schon entdeckt, dass sich dieses Kloster von anderen etwas unterscheidet. Nicht nur ihr Utraquisten strebt die Notwendigkeit einer Reform der Kirche an, nicht nur ihr verlangt danach. Und wenn es euch auch manchmal so scheint, als wärt ihr in euren Bestrebungen radikal, dann stimmt das trotzdem nicht. Es gibt welche, die Veränderungen anstreben, die noch darüber hinausgehen. Weit darüber hinaus.«

»Dir sind, wie ich annehme, die Brüder vom Orden des heiligen Franziskus bekannt, die aus einer Quelle großer und geheimer Weisheit schöpften, aus derselben, in die sich auch der von einer heiligen Idee und einem ebensolchen Willen beseelte Joachim von Fiore vertiefte. Ich rekapituliere: Unsere Welt ist in die Abfolge von drei Zeitaltern und in drei Orden geteilt. Im ersten Zeitalter und im Orden des Vaters, die von Adam bis zu Christus andauerten, herrschte das Gesetz einer strengen Gerechtigkeit und Macht. Im zweiten, im Zeitalter und Orden des Sohnes, das mit dem Erlöser begann, herrschte das Gesetz der

Gnade und der Weisheit. Das dritte Zeitalter brach an, als der Heilige von Assisi sein Werk begann, und es ist das Zeitalter des Heiligen Geistes, dessen Ordensgesetz die Liebe und die Barmherzigkeit ist. Und der Heilige wird herrschen bis an der Welt Ende.«

»Die Macht des Heiligen Geistes, sagt der erleuchtete Meister Eckart«, die Äbtissin legte die Hand auf die Schrift, »ergreift alles, was am reinsten, empfindsamsten und erhebendsten ist, sie ergreift den Funken der Seele und trägt ihn zu den höchsten Höhen in Feuer und Liebe. Ähnlich, wie es mit einem Baum geschieht: Die Kraft der Sonne weckt in seiner Wurzel das, was am reinsten und zartesten ist, und trägt es bis in die Zweige, aus denen es als Blüte hervordringt. Auf dieselbe Weise wird auch der Funken der Seele emporgetragen ins Licht und zu seinem Ursprung geführt. Dort verschmilzt er zum vollkommenen Einssein mit Gott.«

»Du siehst also, junger Mann, dass die Ankunft des Heiligen Geistes die Vermittlung durch die Kirche und die Priester überflüssig macht, denn die Gemeinschaft der Gläubigen ist unmittelbar vom Lichte des Geistes erfasst und vereinigt sich und setzt sich durch den Geist in eins mit Gott. Ohne Mittelsmänner. Man braucht keine Mittelsmänner dazu. Besonders keine sündigen und falschen Mittelsmänner.«

»In der Tat«, wagte Reynevan zu erwidern, nachdem er sich geräuspert hatte, »es scheint, wir haben ähnliche Ansichten und Ziele. Genau das sagten auch Jan Hus und Hieronymus, und vor ihnen Wyclif ...«

»Dasselbe sagt auch Petr Chelčický«, unterbrach sie ihn. »Warum hört ihr dann nicht auf seine Worte? Wenn er lehrt, dass man Gewalt nicht mit Gewalt begegnen, auf Gewalt nicht mit Gewalt antworten kann? Dass ein Krieg nie mit einem Sieg endet, sondern nur den nächsten Krieg gebiert, dass Krieg nichts bringen kann außer einem weiteren Krieg? Petr Chelčický kannte und liebte Hus, aber mit den Befürwortern von Gewalt und Mord wollte er nichts zu tun haben. Er wollte nichts zu tun haben mit Leuten, die ihr Gesicht Gott zuwenden und dabei auf einem mit Leichen übersäten Schlachtfeld knien. Die das Kreuzzeichen machen, dabei aber bis über die Ellenbogen mit Blut besudelt sind.«

»Ostern 1419 seid ihr auf die Berge gezogen«, fuhr sie fort, noch bevor er etwas erwidern konnte, »auf den Tábor, auf den Oreb, auf den Schafberg, den Sion und den Ölberg und habt dort die Bruderschaft der Gotteskinder gegründet, durchtränkt vom Heiligen Geist und der Nächstenliebe. Da wart ihr wahrhafte Gottesstreiter, weil eure Seelen und Herzen rein waren, weil ihr eifrig Gottes Wort weitergetragen und die Liebe Gottes verkündet habt. Aber das hat nur fünfzehn Wochen gedauert, mein Junge, nur fünfzehn Wochen. Schon an St. Abdon und Sennen, am dreißigsten Juli, habt ihr die Menschen aus den Fenstern in die Spieße gestürzt, in den Straßen gemordet, in Kirchen und Häusern Gewalt und Massaker ausgeübt. Statt der Liebe Gottes habt ihr begonnen, die Apokalypse zu verkünden. Der Name Gottesstreiter steht euch nicht mehr zu. Denn das, was ihr tut, freut eher den Teufel. Über Berge aus Leichen gelangt man nicht ins himmlische Königreich. Auf denen schreitet man in die Hölle hinab.«

»Aber du hast doch gesagt, dass der Utraquismus dir nahesteht«, warf er, sie in ihrem Zorn unterbrechend, ein. »Dass du die Notwendigkeit einer Kirchenreform bemerkt hast, dass du dir der Notwendigkeit weit gehender Reformen bewusst bist. Zu der Zeit, als Chelčický rief: ›Fünftens: Du sollst nicht töten!‹, war ein Kreuzzug der Papisten gegen Prag gerichtet. Wenn wir damals auf Chelčický gehört hätten, der uns befahl, uns ausschließlich durch den Glauben und das Gebet zu verteidigen, wenn wir den römischen Horden nur Demut und Nächstenliebe entgegengesetzt hätten, hätten sie uns ermordet. Böhmen wäre im Blut geschwommen und Hoffnungen und Träume wie Rauch verweht. Es hätte keine Veränderungen und keine Reformen gegeben. Rom wäre in seinem Triumph noch frecher, noch eingebildeter und arroganter, noch verlogener und von Christus noch weiter entfernt gewesen. Es galt, um etwas zu kämpfen, also haben wir gekämpft …«

Die Äbtissin lächelte, und Reynevan errötete. Er konnte sich des Eindrucks nicht erwehren, dass dieses Lächeln ein wenig mit Spott durchsetzt war. Dass die Äbtissin wusste, wie lächerlich er sich machte, wenn er »wir haben«, »wir sind« und »uns« sagte, weil er Ostern 1419 den Zug auf die Berge aus der Ferne, verwirrt, angstvoll und ohne eine Spur von Verständnis, beobachtet hatte. Dass er, schockiert durch den Fenstersturz im Juli, vor der entfesselten Revolte in Prag davongelaufen und, zu Tode erschrocken durch den Verlauf der Ereignisse, aus Böhmen geflohen war. Dass er selbst jetzt nicht mehr war als ein Neophyt und sich auch wie ein solcher aufführte.

»Im Hinblick auf Veränderungen und Reformen stimmen wir tatsächlich überein«, fuhr die Klarisse lächelnd fort. »Uns unterscheidet aber nicht nur die Art, sondern auch der Bereich und der Wirkungskreis. Ihr wollt Veränderungen in der Liturgie und Reformen des Klerus auf der Grundlage des Prinzips *sola scriptura.* Wir, und ich habe dir schon gesagt, unser sind viele, wollen viel, viel mehr verändern. Sieh her.«

An der Wand gegenüber hing als einziger Schmuck des Raumes ein Bild, ein Holzbild, das eine weiße Taube darstellte, die mit ausgebreiteten Flügeln in den von oben herabfallenden Lichtstrahl flog. Die Klarisse hob die Hand und sagte etwas in einem kaum hörbaren Flüsterton. Plötzlich erfüllte der Duft von Raute und Verbenen die Luft, charakteristisch für die weiße Magie, die auch die aradische genannt wurde.

Der Lichtstrahl auf dem Bild wurde heller, die Taube begann mit den Flügeln zu schlagen, sie flog empor und verschwand im Licht. An ihrer Stelle erschien eine Frauengestalt auf dem Bild. Hochgewachsen, dunkelhaarig, mit Augen wie Sterne, in ein Kleid mit vielen Mustern gehüllt, das in vielen Tönen spielte, mal weiß, dann kupferfarben, dann wieder purpur …

»Ein großes Zeichen ist am Himmel erschienen«, begann die Äbtissin mit leiser Stimme die immer deutlicher werdenden

Einzelheiten des Bildes zu erklären. »Die Frau, eingehüllt in Sonnenstrahlen, zu ihren Füßen der Mond und auf ihrem Haupt ein Kranz aus zwölf Sternen.«

»Der Prophet sagt, wenn er vom Geist spricht: Wie eine Mutter tröstet, so werde ich euch trösten. Sieh her. Hier ist die Mutter. *Ecce femina! Ecce Columba quae tollit peccata mundi!* Dies ist die Dritte Kirche. Die wahrhaftige und in ihrer Wahrheit die endgültige. Die Kirche des Heiligen Geistes, dessen Gesetz die Liebe ist. Und der dauern wird bis ans Ende der Welt.«

»Da, sieh her: Magna Mater, Panthea – die Allmutter, Regina – die Königin, Genetrix – die Gebärerin, Creatrix – die Schöpferin, Victrix – die Triumphatorin, Felicitas – die Glückliche. Die himmlische Jungfrau, virgo caelestis.«

»Dies ist die Mutter Natur, die Herrscherin der Elemente, *astrorum Domina*, der ewige Anfang aller Dinge. Die größte Göttin, die Königin der Schatten, die Herrin der strahlenden Höhen, des Himmels, des lebenspendenden Atems der Meere, der Stille des Unterirdischen. Die, deren einzige Göttlichkeit in vielerlei Gestalt die ganze Welt mit unzähligen Namen in den verschiedensten Kulten verehrt.«

»*Descendet sicut pluvia in vellus.* Sie steigt hernieder wie der Regen auf das Gras, wie ein starker Regen, der die Erde wässert. In ihren Tagen wird Gerechtigkeit und großer Frieden aufblühen, solange der Mond nicht verlischt. Und herrschen wird sie von Meer zu Meer, vom Fluss bis an den Rand der Welt. Und so wird es sein bis ans Ende der Welt, denn sie ist der Geist.«

»Verneige dich vor ihr. Nimm ihre Macht an und begreife sie.«

Samson kratzte sich an der Narbe auf seinem rasierten Kopf und lauschte den Erzählungen und der Besorgnis Reynevans – wie üblich, ohne einen Kommentar abzugeben, ohne Gefühlsregungen und ohne das geringste Anzeichen von Ungeduld. Reynevan hingegen wurde zusehends klar, dass den Riesen weder die Bewegung zur Errichtung der Dritten Kirche noch der wiederauferstehende Kult der Allmutter interessierten. Dass er keinen besonderen Wert auf die Einteilung der Weltgeschichte in drei Epochen legte. Dass es ihm im Grunde genommen egal war, ob sich die Äbtissin der Klarissen in Weißkirchen zu den Thesen der Waldenser und Chiliasten bekannte und sie mit Leben erfüllte oder sich den Doktrinen der Brüder und Schwestern des Freien Geistes zuwandte. Es schien, als gingen Samson die Begarden, Beginen und Guglielmiten herzlich wenig an. Was Joachim von Fiore und Meister Eckart anlangte, hatte man den Eindruck, dass beide Samson völlig ... hmm ... schnuppe waren.

»Ich reite fort«, erklärte der Riese unvermittelt, nachdem er sich Reynevans vertrauliche Mitteilungen höflich angehört hatte. »Du musst allein mit deinen Problemen fertigwerden. Ich reite nach Böhmen. Nach Prag.«

»Du warst dabei, als ich verwundet worden bin«, fuhr er fort, ohne abzuwarten, bis sich Reynevan von der Überraschung erholte und ein Wort herausbringen konnte. »Du hast gesehen, was passiert ist, als die Kugel in meinen Kopf eingedrungen ist. Du bist Zeuge gewesen, du hast die Möglichkeit gehabt, es aus der Nähe zu sehen. Ich war auf etwas Ähnliches vorbereitet. Man hat mir davon gesprochen, ja sogar ... mir sogar dazu geraten. Axleben in Prag und Rupilius auf Troský. Sie nannten es: Rückkehr durch Tod. Die einzige Möglichkeit, in mein eigenes Universum zurückzukehren und in meine eigene ... sozusagen körperliche Gestalt, ist, meine gegenwärtige körperliche Gestalt loszuwerden. Kurz gesagt: Das Einfachste wäre es, diesen riesigen Körper zu töten. Ihn auszulöschen und alle Lebensprozesse in ihm definitiv zu unterbinden. Seine materielle Existenz zu beenden. Mein eigener geistiger Grundstoff würde dann frei werden und könnte dorthin zurückkehren, wohin er zurückkehren sollte. Das meinen Axleben und Rupilius. Das, was am achten Mai geschehen ist, scheint zu bestätigen, dass sie Recht haben.«

»Worin das Problem besteht, kannst du dir denken. Du verstehst wohl, warum mir diese Methode nicht gefällt und warum ich eine weniger drastische vorziehen würde. Erstens möchte ich den Tod des Klosteridioten, in dessen Körper ich schon seit drei Jahren herumspaziere, nicht auf mein Gewissen laden. Zweitens waren weder Axleben noch Rupilius bereit, zu gewährleisten, dass die Sache auch hundertprozentig gelingt. Und drittens, und das ist wahrscheinlich das Wichtigste: Irgendwie habe ich es nicht mehr eilig zurückzukehren. Der Grund dafür hat kupferfarbenes Haar und heißt Marketka. Und sie ist in Prag. Deshalb kehre ich nach Prag zurück, Freund Reinmar.«

»Samson …«

»Kein Wort mehr, bitte. Ich gehe allein zurück. Du bleibst hier. Ich wäre dir ein schlechter Freund, wenn ich versuchen würde, dich von hier loszueisen, dich von dem zu trennen, was diesen Ort für dich ausmacht. Hier ist deine Ogygia, Reinmar, deine Insel der Seligen. Bleib und lebe es. So sehr und so lange es geht. Bleib und verhalte dich klug. Trenne das, was zart ist, von dem, was undurchdringlich ist. Dann erringst du dir den Ruhm dieser Welt. Und alle Dunkelheit weicht von dir. Das sage ich dir, dein Freund, das Wesen, das als Samson Honig bekannt ist. Du musst mir glauben, denn *vocatus sum Hermes Trismegistus, habens tres partes philosophiae totius mundi.* Hör mir gut zu. Der Brand ist noch nicht gelöscht und erstickt, er ist nur ein wenig kleiner geworden, er glimmt noch. Jeden Tag kann die Welt erneut in Flammen stehen. Und wir werden uns wieder begegnen. Aber bis dahin … Leb wohl, mein Freund.«

»Leb wohl, mein Freund. Glückliche Reise. Und grüße Prag von mir.«

Am Waldrand wandte Samson sich noch einmal im Sattel um und winkte ihnen. Sie grüßten zurück, bevor er zwischen den Bäumen verschwand.

»Ich habe Angst um ihn«, flüsterte Reynevan. »Bis nach

Böhmen ist es ein weiter Weg. Die Zeiten sind schwer und gefährlich …«

»Er wird sicher dort ankommen.« Jutta schmiegte sich an ihn. »Hab keine Angst. Er wird wohlbehalten ankommen. Ohne böse Zwischenfälle. Und er wird sich nicht verirren. Jemand wartet auf ihn. Jemandes Laterne wird im Dunklen leuchten und ihm den Weg weisen. Wie Leander wird er den Hellespont sicher überqueren. Denn auf ihn warten Hero und ihre Liebe.«

Es war der erste August. Beim Alten Volk und bei den Hexen war es der Tag des Festes Hlafmas. Das Erntefest.

Die ganze Woche schon trug Reynevan sich mit der Absicht, ein Gespräch mit Jutta zu führen. Er fürchtete dieses Gespräch, er hatte Angst vor den Konsequenzen.

Jutta hatte oft mit ihm über die Lehren von Hus und Hieronymus gesprochen, über die Vier Prager Artikel und, ganz allgemein, über die Bedingungen der hussitischen Reformen. Obwohl sie gewissen Doktrinen des Utraquismus skeptisch gegenüberstand, hatte sie nie, mit keinem Wort, ja nicht einmal mit der geringsten Anspielung oder Andeutung das erwähnt, wovor er sich fürchtete, nämlich dass seine Begeisterung die eines Neophyten war. Das Kloster in Weißkirchen – das Gespräch mit der Äbtissin hatte keinen Zweifel daran gelassen – war durchdrungen von der Lehre des Joachim von Fiore, des Begründers der Dritten Kirche und der Schwesternschaft des Freien Geistes; die Äbtissin, die Nonnen und gewiss auch die *conversae* verehrten die ewige und dreifaltige Große Mutter, was sie mit der Bewegung der Verehrerinnen der Guillemette de Bohème als weibliche Inkarnation des Heiligen Geistes verband. Und Mayfreda da Pirovano, die erste guglielmitische Päpstin. Hinzu kam, dass die Nonnen offensichtlich weiße Magie betrieben und sich damit dem Kult der Aradia, der Königin der Hexen, verbanden, die in Italien *La Bella Pellegrina* genannt wurde. Aber obwohl Reynevan aufmerksam wie ein Kranich um Jutta herumschlich und auf ein Signal oder Zeichen wartete, bekam er doch nichts zu fassen. Entweder konnte Jutta sich so gut tarnen und verbergen, oder aber sie war keine eifrige, flammende Neophytin der joachimitischen, guglielmitischen oder aradischen Lehren. Reynevan konnte weder die eine noch die andere Möglichkeit ausschließen. Jutta war sowohl schlau genug, sich zu maskieren, wie auch vernünftig genug, sich nicht kopfüber in etwas hineinzustürzen oder irgendwelchen dubiosen Strömungen zu folgen. Trotz der Gefühle, die sie zu verbinden schienen, trotz der häufig und einfallsreich praktizierten Liebe und obwohl es schien, als hätten ihre Körper voreinander schon längst keine Geheimnisse mehr, begriff Reynevan, dass er längst nicht alles über sie wusste und weit davon entfernt war, alle ihre Geheimnisse zu ergründen. Aber wenn es so war, dass sich Jutta noch nicht vollständig mit der Häresie verbunden hatte, sie vielleicht noch zögerte, zweifelte oder dieser gar kritisch gegenüberstand, war es nicht ratsam, das Thema aufzugreifen.

Andererseits war es auch nicht ratsam, es hinauszuzögern und tatenlos zuzusehen. Bisher hatte er sich die Worte der Grünen Dame zu Herzen genommen. Er war in Schlesien ein Provokateur, ein mit dem Bannfluch Belegter, ein Hussit, ein Feind, ein Spion und Agent. Das, was er war, woran er glaubte und womit er sich herumschlug, setzte Jutta der Gefahr und dem Risiko aus. Die Grüne Dame, Agnes de Apolda, Juttas Mutter, hatte Recht – wenn er auch nur einen Funken Anstand im Leibe hatte, durfte er sein Mädchen all dem nicht aussetzen, er durfte nicht zulassen, dass sie seinetwegen leiden musste.

Das Gespräch mit der Äbtissin hatte vielleicht nicht alles verändert, zumindest aber vieles. Das Kloster in Weißkirchen, die Tatsache, dass sie dort weilte, konnte für Jutta noch viel gefährlicher werden als ihre Beziehung zu und ihre Verbindung mit Reynevan. Die Thesen Joachims und der Spiritualen, die Häresie der Gründer der Dritten Kirche – er konnte immer noch nicht in anderen Begriffen daran denken –, der Kult der Guillemette und der Mayfreda waren für Rom und die Inquisition eine ebenso schwer wiegende Irrlehre wie die Lehre eines Hus. Jegliche Häresie und Ketzerei wurden von Rom in eins gesetzt. Jeder Ketzer wurde als Diener des Teufels betrachtet. Dies betraf auch – was geradezu lächerlich war – den Kult der Großen Mutter, der älter war als die Menschheit selbst. Und als der Teufel, den doch erst Rom erdacht hatte.

Aber eine Tatsache war unumstößlich: Der Kult der Allmutter, die Verehrung der Guillemette, die Lehre Joachims, die Schwesternschaft des Freien Geistes, die Dritte Kirche – jeder einzelne dieser Entwürfe reichte aus, um ins Gefängnis und auf den Scheiterhaufen zu kommen oder in den Kerkern der Dominikaner lebendig begraben zu werden. Jutta durfte nicht im Kloster bleiben.

Man musste etwas unternehmen.

Reynevan wusste schon, was. Oder erfasste es zumindest instinktiv.

»Du hast mich im Winter gefragt, ob ich bereit sei, alles hinzuwerfen.« Er drehte sich auf die Seite und sah ihr in die Augen. »Ob ich bereit sei, so, wie ich hier stünde, wegzugehen und mit dir bis ans Ende der Welt zu wandern. Ich antworte mit Ja. Ich liebe dich, Jutta, ich möchte mich mit dir bis zum Ende unseres Lebens verbinden. Die Welt tut, wie es scheint, was sie kann, um uns daran zu hindern. Lass uns also alles stehen und liegen lassen und weggehen. Und wenn es bis nach Konstantinopel ist!«

Sie schwieg lange und streichelte ihn nachdenklich.

»Und deine Mission?«, fragte sie schließlich langsam, dabei jedes Wort abwägend. »Du hast doch eine Mission. Hast eine Überzeugung. Du hast eine wirklich wichtige und heilige Pflicht. Du willst die Welt verändern, sie verbessern, sie besser machen. Also? Missachtest du deine Mission? Gibst du sie auf? Vergisst du den Gral?«

Gefahr, dachte er. Achtung! Gefahr!

»Die Mission«, fuhr sie fort und sprach noch langsamer, »die Überzeugung, die Berufung, die Aufopferung, die Ideale. Das Königreich Gottes und der Wunsch, es möge heraufziehen. Der Traum davon, dass es heraufzieht. Der Kampf darum, dass es heraufzieht. Sind das Dinge, auf die man verzichten kann, Reinmar?«

»Jutta!« Er hatte sich entschieden und stützte sich jetzt auf den Ellenbogen. »Ich kann nicht mit ansehen, dass du dich in Gefahr begibst. Gerüchte darüber, wozu ihr euch hier bekennt, sind im Umlauf, viele wissen, was in diesem Kloster vor sich geht, mir ist es in diesem Winter zu Ohren gekommen, Ende letzten Jahres. Das ist kein Geheimnis mehr. Die Denunziationen haben ihre Adressaten vielleicht schon erreicht. Ihr seid äußerst bedroht. Mayfreda da Pirovano ist in Mailand auf dem Scheiterhaufen verbrannt worden. Fünfzehn Jahre später, im Jahre 1315, haben sie in Schweidnitz fünfzig Beginen verbrannt ...«

Und die Adamitinnen in Böhmen, dachte er plötzlich. Und die gefolterten und verbrannten Pikardinnen? Die Lehre, der ich mich verschrieben habe, verfolgt Dissidenten nicht weniger grausam als Rom ...

»Jeder Tag kann dein Verderben bringen, Jutta. Du könntest umkommen ...«

»Du könntest auch umkommen«, unterbrach sie ihn. »Du könntest im Krieg fallen. Du hast auch etwas riskiert.«

»Ja, aber nicht für ...«

»Hirngespinste, ja? Los, weiter, sag's doch laut! Hirngespinste. Hirngespinste von Weibern?«

»Ich wollte überhaupt nicht ...«

»Doch, du wolltest.«

Sie schwiegen. Hinter dem Fenster die Augustnacht. Und die Grillen.

»Jutta.«

»Ich höre, Reinmar.«

»Lass uns fortgehen. Ich liebe dich. Wir lieben uns, und die Liebe ... Lass uns das Reich Gottes in uns selbst finden.«

»Ich soll dir glauben? Dass du aufhörst ...«

»Glaube mir!«

»Du opferst mir viel«, sagte sie nach einer langen Pause. »Ich weiß das zu schätzen. Und ich liebe dich dafür noch mehr. Aber wenn wir unsere Ideale verwerfen ... Wenn du deine aufgibst und ich meine ... Ich kann mich des Gedankens nicht erwehren, das wäre wie ...«

»Wie was?«

»Wie Scheitern. Ohne die Hoffnung auf *consolamentum.*«

»Du sprichst wie eine Kartharerin.«

»Montségur dauert an«, flüsterte sie, die Lippen dicht an seinem Ohr. »Der Gral ist noch nicht gefunden.«

Sie berührte ihn, berührte und elektrisierte ihn sanft durch ihre Zärtlichkeit. Als sie sich auf die Knie erhob, brannten ihre Augen in der Dunkelheit. Sie beugte sich über ihn und war behutsam und sanft, wie eine Welle, die den Sand am Strand berührt. Ihr Atem war heiß, heißer noch als ihre Lippen. Samson hat Recht, konnte er gerade noch denken, bevor die Lust ihm die Fähigkeit zu denken nahm. Samson hat Recht. Hier ist mein Ogygia. Und sie ist meine Kalypso.

»Montségur dauert an.« Es dauerte einige Augenblicke, bis er ihr lautes Flüstern hörte. »Und es hält stand. Es ergibt sich nicht und wird nie eingenommen werden.«

Der August des Jahres 1428 war heiß, eine schier unerträgliche Hitze hielt bis zur Hälfte des Monats an, bis Mariä Himmelfahrt, das im Volksmund auch das Grüne Marienfest genannt wird. Auch der September war noch sehr warm. Erst nach Matthäi begann sich das Wetter ein wenig zu verschlechtern. Und am dreiundzwanzigsten September fiel endlich Regen.

Am vierundzwanzigsten September kehrten alte Bekannte zurück.

Ein erstes Zeichen, dass die Rückkehr alter Bekannter bevorstand, war – indirekt, über den unermüdlichen Klostergärtner – ein Gerücht, das, anfangs undeutlich und wenig klar, im Laufe der Zeit jedoch immer deutlichere Gestalt annahm. Jemand hatte Flugblätter auf den Marktplatz von Brieg geworfen, die ein ziegenköpfiges Gespenst mit einer Tiara auf dem gehörnten Kopf zeigten. Ein paar Tage später tauchten ähnliche Bildchen in Wansen und in Strehlen auf – zu sehen war darauf ein Schwein, das eine Mitra trug, und der Untertitel, der keinen Zweifel ließ, lautete: *»Conradus episcopus sum.«*

Ein paar Wochen später wurde es dann ernst. Unbekannte Täter – die Fama hatte ihre Zahl mittlerweile auf zwanzig erhöht – hatten auf der Straße nach Breslau Herrn Rupert von Seidlitz überfallen und erstochen, den Vizechef der Schweidnitzer Gegenspionage, der für seine grausamen Methoden bei der Verfolgung hussitischer Sympathisanten bekannt war. An einem Dolchstich starb in Grottkau der Stadtschreiber, der sich gerühmt hatte, über hundert Menschen denunziert zu haben. In Zobten am Berge traf ein Armbrustbolzen den Propst von St. Anna, der seine etwas freier denkenden Pfarrkinder hart verfolgte, auf der Kanzel.

Am Freitag nach Matthäi, am vierundzwanzigsten September, noch bevor die Nachricht das Kloster erreicht hatte, dass im nahe gelegenen Priebron der Schulze mit einem Stilett erstochen worden war, erschienen Bisclavret und Řehors in Weißkirchen. Man ließ sie natürlich nicht ein, sie warteten im Gutshof auf Reynevan. Am Brunnen. Řehors wusch in einem Trog das Blut von den Ärmeln seines Wamses, und ohne sich auch nur im Geringsten zu schämen, spülte er seine vom Blut klebrige Navaja ab.

»Schluss mit dem Auf-der-faulen-Haut-Liegen, lieber Bruder Reinmar!« Řehors wrang den ausgewaschenen Ärmel aus. »Die Arbeit wartet!«

»So eine?« Reynevan deutete auf den blutigen Schaum, der aus dem Trog rann. Bisclavret lachte.

»Ich mag dich auch sehr«, spöttelte er. »Ich habe mich auch schon nach dir gesehnt und freue mich, dass du wieder bei guter Gesundheit bist, wie ich sehe. Obwohl du, wie mir scheint, ein wenig schmaler geworden bist. Hat dich das Fasten so geschmälert? Das Klosteressen? Oder die Liebesspiele?«

»Verdammt noch mal, steck endlich dieses Messer weg!«

»Was denn? Gefällt's dir nicht? Verletzt es deine Gefühle? Das Kloster hat dich verändert, wie ich sehe. Noch vor einem halben Jahr hast du in Eisersdorf bei Glatz einen Mann mit bloßen Händen getötet. Aus persönlicher Rache. Und auf uns, die wir für die Sache kämpfen, wagst du es, von oben herabzublicken? Und rümpfst deine adelige Nase?«

»Ich habe gesagt, steck das Messer weg! Warum seid ihr gekommen?«

»Das kannst du doch sicher erraten.« Řehors verschränkte die Arme vor der Brust. »Und wenn du's erraten hast, dann kneif deinen Arsch zusammen. Wir haben gesagt, es gibt Arbeit. Vogelsang geht zum Gegenangriff über, und du gehörst immer noch dazu, keiner hat dich von der Liste gestrichen und dich deiner Pflichten entbunden. Prokop und Neplach haben ihre Befehle gegeben. Diese betreffen auch dich. Du weißt, was dir droht, wenn du dich weigerst?«

»Ich mag euch auch«, Reynevan zuckte nicht mit der Wimper, »und scheiß mir bei eurem Anblick vor Freude in die Hosen. Aber schlagt mal einen etwas anderen Ton an, Jungs. Was die Befehle anbelangt, so seid ihr Boten, nichts weiter. Für das Erteilen von Befehlen bin ich zuständig. Daher sage ich euch: Redet, und zwar schnell und genau. Das ist ein Befehl. Ihr wisst ja, was bei Zuwiderhandlung droht.«

»Hab ich's dir nicht gesagt«, lachte Bisclavret, »hab ich nicht gesagt, du sollst mit ihm nicht so umspringen?«

»Der ist erwachsen geworden«, gab Řehors lächelnd zu. »Ganz wie sein Bruder. Ganz wie Peterlin. Vielleicht hat er Peterlin sogar schon übertroffen.«

»Bruder Prokop der Kahle und Bruder Bohuchval Neplach, genannt Filou, wissen das.« Bisclavret, der endlich die Navaja weggesteckt hatte, verneigte sich übertrieben höflich, sozusagen äffisch. »Sie wissen, was für ein eifriger Utraquist Peterlins Bruder ist, was für ein glühender Eiferer für die Sache des Kelches. Daher bitten die genannten Brüder unseren Bruder Reynevan durch unsere unwürdigen Münder, er möge noch einmal seine Treue zum Kelch unter Beweis stellen. Die Brüder bitten untertänig.«

»Halt's Maul, Franzose! Rede du, Řehors! Kurz und wie ein normaler Mensch.«

Prokops Befehl für Vogelsang war tatsächlich kurz und bündig und lautete: das Netz wiederaufbauen. So schnell, dass man es beim nächsten Überfall auf Schlesien nutzen konnte. Wann dieser Überfall stattfinden sollte, darüber hatte Prokop keine genauen Angaben gemacht.

Reynevan wusste nicht recht, wie er etwas wiederaufbauen sollte, von dem er nur eine ganz allgemeine und recht vage Vorstellung hatte – das Netz, über das er praktisch nichts wusste, außer, dass es angeblich existierte. Bisclavret und Řehors, zur Ordnung gerufen, gestanden, sie betrachteten es schon als Hilfe seinerseits, dass es, wie sie sich ausdrückten, zu dritt sicherer sei, etwas zu unternehmen, als zu zweit.

Trotz der angeblichen Eile war Reynevan nicht damit einverstanden, sofort aufzubrechen. Er wollte Vogelsang etwas Mores und Achtung vor seiner Person lehren. Vor allem aber musste er die Sache mit Jutta klären. Wie er es erwartet hatte, erwies sich dies als schwierig. Aber dennoch ging es leichter, als er angenommen hatte.

»Was soll's«, sagte sie, als ihr erster Zorn verflogen war. »Das hätte ich auch vorhersehen können. Galahad liebt, verspricht und schwört. Angeblich für die Ewigkeit. In Wirklichkeit aber nur bis zu dem Moment, in dem Nachricht vom Gral eintrifft.«

»So ist es nicht, Jutta!«, protestierte er. »Es hat sich nichts geändert. Es ist doch nur für ein paar Tage. Dann komme ich zurück ... Es hat sich nichts geändert.«

Sie sprachen in der Kirche miteinander, vor dem Altar und dem Altarbild, das, wie sollte es anders sein, eine auffliegende Taube darstellte. Aber Reynevan hatte die unglückliche Mayfreda da Pirovano vor Augen, die auf der Piazza del Duomo auf dem Scheiterhaufen verbrannte.

»Wann gehst du?«, fragte sie, nun schon ruhiger.

»Am frühen Morgen nach dem *Festum angelorum.*«

»Also haben wir noch ein paar Tage für uns.«

»Die haben wir.«

»Und ein paar Nächte«, seufzte sie. »Das ist gut. Lass uns niederknien. Lass uns zur Göttin beten.«

Am dreißigsten September, am Morgen nach St. Michael, Gabriel und Raphael, kamen Řehors und Bisclavret zurück. Sie waren reisefertig.

Reynevan wartete auf sie. Auch er war bereit aufzubrechen.

Vierundzwanzigstes Kapitel

in dem der Geist der Zerstörung zurückkehrt, der zugleich – so scheint es jedenfalls – wohl auch ein schöpferischer Geist ist. Reynevan aber wird vor die Wahl gestellt.

Seit seinem Bestehen war es Vogelsang gelungen, in Schlesien ein zahlenmäßig recht ansehnliches und weit verzweigtes Netz von »Schläfer«-Agenten zu schaffen, es gab also durchaus etwas wiederherzustellen. Das Problem bestand darin, dass die in der letzten Zeit über Schlesien hinwegschwappenden Wellen der Verfolgung nicht ohne Folgen für die Angeworbenen geblieben waren. Einige von ihnen, das stand zu befürchten, waren als Märtyrer, von denen nicht einmal mehr Aschespuren existierten, in die Geschichte eingegangen. Von denen, die überlebt hatten, hätte ein Teil unter dem Druck der wütenden Inquisition seine Ansichten radikal ändern und zu dem Schluss gelangen können, mit Wyclif nicht mehr sympathisieren zu wollen und Hus sehr viel weniger zu mögen als vordem. Unter ihnen konnten aber auch welche sein, die, freiwillig oder unter Repressionen, radikal die Seiten gewechselt hatten. Umgedreht und angeworben warteten sie nun darauf, dass sich jemand bei ihnen meldete. Und sobald sich jemand meldete, würden sie im Nu die entsprechenden Stellen davon in Kenntnis setzen.

Der Kontakt mit einem jeden früheren Agenten barg also immer ein großes Risiko in sich, und er sollte nicht hergestellt werden, bevor man sich nicht ausreichend abgesichert hatte. Und für drei, das war gar keine Frage, war es hundertmal leichter, sich abzusichern, als für zwei.

Mehr als einen Monat zogen Reynevan, Řehors und Bisclavret nun schon durch Schlesien – manchmal durch Kälte und Herbstregen, dann wieder im hellen Sonnenschein, von Fäden des Altweibersommers umwoben. Sie waren in vielen Ortschaften gewesen, von den großen Städten wie Breslau, Liegnitz und Schweidnitz bis hin zu Dörfern, Weilern und Siedlungen, deren Namen man einfach nicht behalten konnte. Sie hatten verschiedene Leute aufgesucht, verschiedenen Leuten mit unterschiedlichen Methoden und mit unterschiedlichem Erfolg die früher beschworene Verbundenheit mit der Sache ins Gedächtnis gerufen. Hals über Kopf fliehen mussten sie nur einige Male. Einmal, in Ratibor, als Řehors einer von der Inquisition aufgestellten Falle durch einen Sprung aus dem Fenster im ersten Stock eines Wohnhauses hinunter auf den Markt entkam, dem ein beeindruckender Galopp durch die Lange Gasse bis zum Nikolai-Tor folgte. Ein andermal wurden sie alle drei in der Vorstadt von Steinau umzingelt und flohen, wobei ihnen der Nebel trefflich zu Hilfe kam, der sich wie auf Bestellung aus den Odersümpfen erhob. Später, in Schurgast, mussten sie ihren Verfolgern, die hartnäckig an ihren Fersen klebten, so schnell entfliehen, wie die Pferde galoppieren konnten, als die Söldner, welche die Zollstation und die Brücke über die Glatzer Neiße bewachten, Verdacht geschöpft hatten. Und dann, in Namslau, hatte, während Řehors und Reynevan mit einem Böttcher sprachen, der den Rückzug sichernde Bisclavret dessen Sohn, einen zwölfjährigen Bengel, den der Vater heimlich zur Stadtwache schicken wollte, ergriffen und in die Stube gezerrt. Bevor man noch Judas Ischariot sagen konnte, hatte sich der Böttcherssohn am Boden gekrümmt und sich aus seiner von der Navaja durchtrennten Kehle Blut ergossen, und während Böttchersfrau und Töchter in den verschiedensten Tonlagen lamentierten, hatten die Gefährten, über Zäune springend, Reißaus genommen und waren auf die im Dickicht verborgenen Pferde zugelaufen.

»Im Kampf um die gerechte Sache gibt es keine Ethik.« Řehors richtete sich stolz auf, als Reynevan ihm einige Zeit später

Vorwürfe machte, vor allem des Zwölfjährigen wegen. »Erfordert es die Sache, dass getötet werden muss, dann wird getötet. Der Geist der Zerstörung ist zugleich ein schöpferischer Geist. Töten für die gerechte Sache ist kein Verbrechen, daher darf man auch nicht zögern, für die gerechte Sache zu töten. Erhobenen Hauptes und sicheren Schrittes betreten wir die Bühne der Geschichte. Wir verändern die Geschichte, Reinmar, und formen sie. Wenn die neue Welt ersteht, werden die Kinder alles darüber in der Schule lernen. Und die Bezeichnung dafür, was wir tun, wird die ganze Welt kennen. Das Wort ›Terrorismus‹ wird in der ganzen Welt zu hören sein.«

»Amen«, schloss Bisclavret.

Zwei Tage später kehrten sie zurück. Řehors und Bisclavret hatten den Namen des Namslauer Agenten herausbekommen, der den Böttcher angeworben hatte. Sie töteten ihn. Sie stachen ihn mit ihren Messern nieder, als er nachts von der Schenke nach Hause kam.

Man musste zugeben, dass der Geist der Vernichtung von Tag zu Tag erfinderischer wurde.

»Nun meckere doch nicht ständig herum.« Bisclavret verzog das Gesicht, als er sah, was für eine Miene Reynevan aufgesetzt hatte. »Eines Tages kriegen wir von Filou den Befehl, dann ziehen wir drei gemeinsam los und packen diesem Grellenort, der deinen Bruder ermordet hat, das Messer in den Bauch. Oder Herzog Johann von Münsterberg. Oder dem Bischof von Breslau höchstpersönlich. Was ist, meckerst du dann immer noch herum und predigst über Ethik und Ehre?«

Reynevan antwortete nicht.

In der Nacht vom siebten auf den achten November waren diejenigen, die dorthin bestellt worden waren, zum vereinbarten Ort gekommen, einem Sühnekreuz am Rande eines Eichengehölzes beim Tampadel-Pass, der zwischen Zobten und Geiersberg lag. Dies waren die »wiederbelebten« Agenten, die Vogelsang für verlässlich hielt und zur Durchführung von Spezialaufträgen brauchte. Selbstverständlich wurden Vorsichtsmaßnahmen getroffen, denn die Anwesenheit eines Spitzels konnte nicht ausgeschlossen werden. Am Tampadel-Pass wartete daher auch nur ein Vertreter von Vogelsang – das Los hatte Řehors dazu bestimmt. Ging alles ohne Zwischenfall ab, sollte Řehors die Gruppe nach Osten zu den Hütten der Hirten führen, wo Reynevan auf sie warten sollte. Gab es auch hier keine Falle, sollte die Gruppe bis zum Dorf Bankwitz wandern, wo Bisclavret auf sie wartete. Er hatte den kürzesten Strohhalm gezogen.

Aber es ging alles glatt, und in einer einzigen Nacht hatte sich die Zahl der Mitglieder von Vogelsang um neun erhöht. Höchst unterschiedliche Leute. Ein Rentmeister aus Breslau, ein Krämer aus Parchwitz, ein Tischler aus Trebnitz, ein Steinmetzgeselle aus Neumarkt, ein Lehrer aus Kanth, der Verwalter des Gutshofes des Leubuser Klosters, ein Waffenknecht, der früher den Bolz' von Zeiskenberg gedient hatte, ein ehemaliger Mönch aus Himmelwitz, der jetzt Ablassverkäufer war, und als Krönung des Ganzen der Propst der Herz-Jesu-Kirche von Pogarell.

Sie reisten nachts – die Gruppe war schon zu groß geworden, als dass sie sich tagsüber hätte fortbewegen können, ohne Aufsehen zu erregen –, kamen nach Reichenbach, von dort aus nach Lampersdorf und zum Eulengebirge, zum Hausdorfer Plänel. Hier, auf einer Wiese in den Wäldern bei Hausdorf, von dem der Pass seinen Namen hatte, trafen sie auf die Gruppe, die aus Böhmen herübergekommen war. Diese Gruppe zählte vierzehn Professionelle. Es war nicht gerade schwer zu erraten, welches Handwerk sie ausübten. Reynevan musste noch nicht einmal raten, denn zwei von ihnen kannte er, er hatte sie am Weißen Berg gesehen. Dort waren sie im Referat Mord geschult worden.

Die Gruppe wurde von einem Bekannten angeführt.

»Urban Horn«, sagte Łukas Bożyczko. »Die Gruppe aus Böhmen hat Urban Horn angeführt. Höchstpersönlich.«

Gregor Hejncze, der *inquisitor a Sede Apostolica specialiter deputatus* der Diözese Breslau, nickte, um zu zeigen, dass er sich dies schon gedacht hatte. Und dass er keinesfalls überrascht war. Łukas Bożyczko räusperte sich, er war der Ansicht, seinen Bericht fortsetzen zu können.

»Es ging natürlich um Glatz. Unser Mann war Zeuge eines Gespräches von Horn und Reinmar von Bielau mit diesen beiden anderen von Vogelsang, Řehors und Bisclavret. Glatz, sagte Horn zu ihnen, sei das Tor und der Schlüssel zu Schlesien. Und er fügte hinzu, dass Herr Puta von Czastolovice dabei sei, ein äußerst lästiges Symbol zu werden, das eine Gefahr für uns darstelle ... Das heißt für sie ... das heißt für die Hussiten ... Und dass Glatz diesmal fallen müsse.«

»Waren das genau die Worte unseres Mannes?« Der Inquisitor hob den Kopf.

»Ganz genau, von Anfang bis Ende«, bestätigte der Diakon. »Diese Worte hat unser Mann an unseren Agenten in Glatz weitergegeben. Und der hat sie mir übermittelt.«

»Fahr fort.«

»Dieser Bisclavret von Vogelsang hat gesagt, dass ihr Agent Trutwein die Wirren überlebt habe und wieder für sie tätig sei. Dass er *oleum*, Harz und andere Zutaten besorge. Dass es diesmal an nichts fehlen werde, dass sie in Glatz ein solches Feuer entfachen würden, dass ... es sind seine eigenen Worte ... sich dem Herrn Puta auf der Burg die Barthaare entzünden würden. Und dass diesmal nicht sie, sondern Herr Puta durch das Loch im Scheißhaus fliehen müsse. Das hat er gesagt, mit genau diesen Worten: durch das Loch im Scheißhaus ...«

»Die Gruppe wird also nach Glatz verlegt«, schlussfolgerte Hejncze. »Wann geht das vor sich?«

»Am Freitag nach St. Martin. Es werden nicht alle auf einmal verlegt, sondern nach und nach, zu zweit oder zu dritt, damit sie kein Aufsehen erregen. Unser Mann war zum Glück bei einer der ersten Gruppen, die man eingeschleust hat. Daher wissen wir auch, dass das mit diesem Trutwein wahr ist. Dieser Trutwein, Johann Trutwein, ist Altardiener an der Marienkirche und seit langem ein Spion der Hussiten. Um ihn herum arbeitet in Glatz schon seit geraumer Zeit eine Keimzelle für Spionage und Agenten.«

»In diesem Moment ist also die ganze Gruppe bereits in Glatz, wenn ich das recht verstehe?« Der Inquisitor schob das Siegel weg, mit dem er bisher gespielt hatte. »Alle?«

»Alle. Außer Horn, Bielau, Bisclavret und drei anderen. Die sind an St. Martin von Hausdorf fortgeritten. Unser Mann weiß nicht, wohin. Welche Befehle habt Ihr, Hochwürden? Was unternehmen wir?«

Vor dem Fenster war der Lärm der Stadt zu hören, die Händlerinnen stritten sich auf dem Hühnermarkt. Der päpstliche Inquisitor schwieg und rieb sich die Nase.

»Unser Mann dort«, fragte er schließlich, »wer ist das?«

»Kaspar Dompnig. Der Rentmeister. Hier aus Breslau.«

»Dompnig ... Der ist nicht erpresst worden. Das wüsste ich, denn ich vergesse keine Erpessung ... Aber bezahlt haben wir ihn auch nicht, wie mir scheint. Sollte das ein Idealist sein?«

»Er ist ein Idealist.«

»Dann hab ein Auge auf ihn, Łukas .«

»Amen, Euer Hochwürden.«

»Du hast gefragt, was wir tun.« Gregor Hejncze reckte und streckte sich gähnend. »Vorläufig nichts. Aber sobald der Überfall beginnt, wenn die Hussiten vor Glatz stehen und der Stadt Gefahr droht, soll unser Mann die ganze Gruppe sofort hochgehen lassen. Er soll sie unverzüglich Herrn Putas Gegenspionage ausliefern.«

»Wäre es denn nicht besser«, Łukas Bożyczko lächelte, »wenn uns dieses Verdienst zufiele? Bischof Konrad hat ...«

»Bischof Konrad interessiert mich nicht. Und das Heilige

Officium ist nicht dazu da, Verdienste einzuheimsen. Ich sage es noch einmal: Unser Mann soll die Gruppe der Gegenspionage von Glatz ausliefern. Herr Puta von Czastolovice soll die Spione liquidieren. Und für die Hussiten noch mehr als bisher zu einem Symbol werden, das Schrecken verbreitet. Ist das klar?«

»Gewiss, Euer Hochwürden, ich bestätige es. Werden wir dort ... irgendwelche Aktionen durchführen?«

»Vorläufig nicht. Hör zu, Łukas. Sollte Reynevan nach Glatz zurückkehren ... Sollte er sich dem Spionagekreis anschließen ... Kurz gesagt: Wenn er Herrn Puta in die Hände fällt, sollt ihr ihn herausholen. Lebendig und unversehrt. Hast du verstanden?«

»Jawohl, Euer Hochwürden.«

»Dann lass mich jetzt allein. Ich möchte beten.«

Nach Schweidnitz machten sie sich zu sechst auf – Horn, Reynevan, Bisclavret und drei der Mörder, die mit Horn gekommen waren. Die Mörder begleiteten sie jedoch nur bis Frankenstein, sie kamen nicht mit in die Stadt, sondern trennten sich von ihnen und verschwanden in der Ferne. Ohne ein Wort des Abschieds. Sie hatten, das stand außer Frage, in Schlesien eigene Aufgaben und Ziele. Horn kannte diese Ziele wahrscheinlich, er wusste wohl, wen sie töten wollten. Aber ebenso gut konnte er es auch nicht wissen. Reynevan fragte nicht. Er wäre aber nicht er gewesen, hätte er nicht eine Rede über Ethik und Moral gehalten.

Horn hörte ihm geduldig zu. Er war wieder ganz der alte Horn, wie Reynevan ihn kennen gelernt und in Erinnerung hatte. Horn in seinem eleganten, kurzen Mantel, der von einer silbernen Spange zusammengehalten wurde, in einem mit Silberfäden durchzogenen Wams, Horn, der ein Stilett mit einem Rubin im Griff am Gürtel und messingbeschlagene Sporen an seinen Stiefeln aus genarbtem Saffianleder trug. Mit seinem *chaperon* aus Atlasseide auf dem Kopf und der langen, phantasievoll um den Hals geschlungenen *liripipe*. Horn mit den durchdringenden Augen und den arrogant verzogenen Mundwinkeln. Einer Arroganz, die zunahm, je mehr sich Reynevan in Fragen der Moral, in ethischen Normen, in Regeln und Gesetzen des Krieges erging und dabei die Anwendung von Terror als Mittel der Kriegsführung besonders intensiv behandelte.

»Krieg bringt Terror mit sich«, antwortete Horn, als Reynevan geendet hatte. »Und er stützt sich auf Terror. Der Krieg an sich ist Terror. *Ipso facto.*«

»Zawisza der Schwarze von Garbowo hätte dir nicht zugestimmt. Er hat Krieg und das *ius militare* anders aufgefasst.«

»Zawisza der Schwarze ist tot.«

»Was?«

»Hast du denn nichts davon gehört?« Horn drehte sich im Sattel um. »Hast du nichts vom Tode eines der berühmtesten Ritter des modernen Europa gehört? Zawisza der Schwarze ist gefallen. Als treuer Vasall ist er mit dem Luxemburger gegen die Türken gezogen, um die Festung Golubac an der Donau zu belagern. Die Türken haben sie dort, bei Golubac, geschlagen, der Luxemburger ist, wie das so seine Art ist, feig geflohen, Zawisza hat, wie das so seine Art war, den Rückzug gesichert. Und ist gefallen. Es geht die Kunde, die Türken hätten ihn enthauptet. Das ist am achtundzwanzigsten Mai gewesen, am Freitag nach St. Urban, meinem Schutzpatron, daher weiß ich das Datum noch so gut. Zawisza der Schwarze von Garbowo, der gute Ritter, weilt nicht mehr in dieser Welt. *Sic transit gloria.*«

»Ich denke, noch viel, viel mehr. Viel mehr als *gloria*.«

Als sie in Schweidnitz ankamen, spürten sie sofort die Erregung, die in der Stadt herrschte. Nachdem sie durch das Untere Tor und auf der im Schlamm versinkenden Langen Straße auf den Marktplatz gelangt waren, vermeinten sie, zu einem Volksfest zu kommen – der Anlass für diese Erregung schien eher ein freudiger zu sein. Bisclavret mischte sich unter die Leute, um herauszufinden, was los war, Reynevan aber wurde sogleich an Prag im Sommer 1427 erinnert, als die Nachricht vom Sieg bei Tachau die Stadt in Erregung und in einen Freudentaumel versetzt hatte. Diese Vorstellung erwies sich denn auch als überaus zutreffend. Und Bisclavrets Miene war, als er zurückkehrte, eher säuerlich. Horns Gesicht verfinsterte sich, als er hörte, was ihm dieser ins Ohr flüsterte, und umwölkte sich zusehends, je mehr er zu hören bekam.

»Was ist denn los?« Reynevan hielt es nicht mehr aus. »Was geht hier vor?«

»Später«, vertröstete ihn Horn, »später, Reynevan. Jetzt haben wir gleich ein Treffen. Und wichtige Gespräche. Bisclavret, du suchst jemanden, der unser Vertrauter und gut infomiert ist. Ich will mehr wissen.«

Das Treffen fand in einer Schenke in der Bogengasse statt, unweit des gleichnamigen Tores, und bei den wichtigen Gesprächen ging es um Lieferungen von Waffen und Pferden aus Polen. Ihr Gesprächspartner war ein Raubritter, ein Pole, den Reynevan kannte und der Poraj Błażej Jakubowski hieß. Jakubowski erkannte Reynevan nicht. Kein Wunder. Es war viel Zeit seit damals vergangen. Und es hatte sich inzwischen einiges ereignet.

Das Lärmen und die mehr als fröhliche Stimmung der anderen Gäste störten das Gespräch ein wenig. Die Schweidnitzer hatten offenbar Grund zum Feiern. Nicht nur Reynevan war neugierig, was das wohl für ein Grund sein mochte.

»Es heißt, sie hätten euch geschlagen«, warf Jakubowski plötzlich ein und deutete mit einer Kopfbewegung auf die feiernden Bürger. »In der Lausitz? Bei Kratzau oder so ähnlich? Angeblich haben euch dort die Herren Polenz und Kolditz eine empfindliche Niederlage beigebracht, so heißt es. He? Rede schon, Horn, ich würde gerne Einzelheiten erfahren.«

»Dazu ist jetzt keine Zeit.«

In diesem Moment kehrte Bisclavret zurück, Jakubowski erriet sofort, womit. Und er beharrte darauf, es sei sehr wohl an der Zeit. Da war nichts zu machen.

»Die Waisen unter Jan Královec haben in Böhmen eine Festung belagert«, begann der Écorcheur nach einigem Zögern zu erzählen, »mein Informant hat vergessen, welche und wo das war. Ihnen ist die Verpflegung ausgegangen, ein Ende der Belagerung war nicht in Sicht, also beschlossen sie, mit einigen Rotten auf Raubzug zu gehen. In die Lausitz. Am sechsten November haben sie Friedland verbrannt, an den darauffolgenden Tagen die Gegend um Görlitz, Löbau und Zittau. Sie haben die Wagen mit Beute beladen, die Rinder zusammengetrieben und sich auf den Rückweg gemacht. Auf dem Weg über Grottau an der Lausitzer Neiße. Und hier...«

»Haben sie sie überfallen, stimmt's?«

»Sie haben sie überfallen«, gab Bisclavret, ungern, zu. »Královec war sich seiner Sache zu sicher... Er hat die Deutschen falsch beurteilt, er hat sie unterschätzt. In der Zwischenzeit hat der Sechsstädtebund ein starkes bewaffnetes Kontingent unter dem Kommando von Lothar von Gersdorf und Ulrich von Biberstein aufgeboten. Aus der Unterlausitz ist ihnen Landvogt Hans von Polenz in einem Eilmarsch zu Hilfe gekommen, von Schweidnitz ist Albrecht von Kolditz herangezogen. Herzog Johann von Sagan und sein Bruder, Herzog Heinrich von Glogau, haben sich ihnen schnell angeschlossen, Gottsche Schaff von Burg Greiffenstein und seine Mannen haben das Ganze vervollständigt. Sie sind Královec hinterhergejagt und am St.-Martins-Tag in der Morgendämmerung über die marschierenden Waisen hergefallen. Eine Meile hinter Grottau. Bei Kratzau.«

»Und sie haben sie geschlagen!«

»Geschlagen oder nicht«, Bisclavret machte die Miene eines Mannes, der ausspucken möchte, aber hinunterschlucken muss, »Královec ist davongekommen... Er hat... Er hat ein paar...«

»Ein paar hundert Leute verloren«, vollendete der Pole den Satz. »Die Wagen. Und die gesamte Beute.«

»Von den Deutschen sind aber auch viele bei Kratzau gefallen«, knurrte der Écorcheur. »Mit Lothar von Gersdorf an der Spitze.«

»Immerhin hat Kratzau gezeigt, dass ihr nicht unbesiegbar seid«, brummte Jakubowski.

»Nur Gott ist unbesiegbar.«

»Und die, die sich der Gnade Gottes erfreuen.« Der Pole setzte ein schiefes Lächeln auf. »Solltet ihr Hussiten dieser Gnade etwa nicht mehr teilhaftig sein?«

»Gottes Ratschluss ist unerforschlich, Herr Jakubowski.« Horn blickte ihm direkt in die Augen. »Man kann ihn nicht durchdringen noch vorausnehmen. Anders ist es mit den Menschen, die kann man durchschauen. Aber wir verlieren unnötig Zeit mit derartigen Erwägungen. Lasst uns zu unseren Geschäften zurückkehren. Das allein ist jetzt wichtig.«

Urban Horn hatte viele wichtige Dinge zu erledigen. Reynevan, der zu seinem Assistenten aufgestiegen war, hatte immer weniger Möglichkeiten, schnell zu Jutta zurückzukehren.

In Schweidnitz blieben sie nicht lange, sie ritten nach Neisse, zuvor verabschiedeten sie sich aber noch von Bisclavret.

»Wir sehen uns.« Der Écorcheur sah Reynevan beim Abschied tief in die Augen. »Wir sehen uns, wenn die Zeit dafür gekommen ist. Ich werde erscheinen, damit du es nicht vergisst. Ich werde in deinem gemütlichen Klösterchen erscheinen und dich an deine Pflicht erinnern.«

Das klang fast wie eine Drohung, aber Reynevan kümmerte sich nicht recht darum. Er hatte keine Zeit dazu. Horn drängte.

Sie ritten ins Oppelner Land, in eine Gegend, die Horn für verhältnismäßig sicher hielt. In den Herzogtümern Oppeln und Falkenberg hatte der Erbe dieser Fürstentümer, der junge Bolko Wołoszek, immer mehr an Einfluss gewonnen und war zusehends bedeutender geworden. Bolkos Antipathie gegenüber dem Bischof und die Aversion, die er gegen den Klerus und die Inquisition hegte, waren allgemein bekannt. Im Oppelner Land wurde Verfolgung nicht geduldet. Der Bischof und der Inquisitor drohten dem jungen Prinzen zwar mit Exkommunikation, aber Wołoszek pfiff darauf.

Horn und Reynevan hatten keinen festen Standort; sie waren ständig unterwegs, operierten zwischen Kreuzburg, Oppeln, Strehlitz und Gleiwitz, nahmen Kontakt zu Leuten auf, die aus Polen herüberkamen – aus Olkusch, Sachsdorf, und Trebnitz, aus Wieluń, aus Pabianice, ja sogar aus Krakau. Es gab viel zu erledigen und vieles zu besprechen. Reynevan, der bei den Verhandlungen über die Lieferungen meist schweigend dabeisaß, war über das kaufmännische Geschick Urban Horns verwundert. Ebenso erstaunte ihn, wie kompliziert die Dinge waren, die er bis dahin für lächerlich einfach gehalten hatte.

Eine Kugel zum Beispiel war nicht einfach wie die andere. Für die Handfeuerwaffen, welche die Hussiten benutzten, benötigte man meist Kugeln, deren Kaliber die Größe eines Fingers hatte. Ein Finger und ein Gerstenkorn war die typische Kaliberstärke für leichtere Hakenbüchsen, die Läufe der schwereren Hakenbüchsen und Handkanonen hatten ein Kaliber von der Größe von zwei Fingern und einem Korn. Urban Horn musste mit den Vertretern der polnischen Schmiede die Lieferung all dieser Arten von Kugeln in entsprechender Menge aushandeln.

Dann wurde Reynevan klar, dass Schießpulver nicht gleich Schießpulver war, es war schon lange nicht mehr das, was es zu Zeiten von Berthold Schwarz gewesen war. Die Proportionen von Salpeter, Schwefel und Holzkohle mussten genau aufeinander abgestimmt sein, auch hingen sie davon ab, für welche Waffe das Pulver bestimmt war. Handfeuerwaffen benötigten einen höheren Anteil an Salpeter, für Hakenbüchsen, Tarrasbüchsen und Bombarden brauchte man ein Pulver, das mehr Schwefel enthielt. Stimmte das Mischungsverhältnis nicht, eignete sich das Pulver nur noch für ein Feuerwerk, und dazu noch ein schlechtes. Das Pulver musste auch noch entsprechend granuliert sein – war es das nicht, zersetzte es sich während des Transportes: Der schwerere Salpeter wanderte nach unten und setzte sich auf dem Grund des Behälters ab, die leichtere Holzkohle blieb an der Oberfläche. Ein stabiles und leicht entzündliches Granulat erhielt man, wenn das gemahlene Pulver mit menschlichem Urin berieselt wurde, wobei der Urin von Leuten, die oft und stark betrunken waren, am besten war. Es war daher nicht weiter verwunderlich, dass sich in Polen hergestelltes Pulver auf dem Markt eines guten Rufes erfreute und die polnischen Pulvermühlen ihren Ruhm zu Recht genossen.

»Fast hätte ich es vergessen«, sagte Horn, als sie nach dem Abschluss eines Geschäftes zurückkehrten. »Scharley lässt dich grüßen. Ich soll dir ausrichten, dass es ihm gut geht. Er ist immer noch bei den Feldtruppen von Tábor. Hauptmann der Feldtruppen ist jetzt Jakub Kroměšín z Březovice, denn Jaroslav von Bukowina ist im Oktober bei der Belagerung von Bechyn gefallen. Scharley war bei der Belagerung dabei. Er hat auch an den Feldzügen nach Österreich und in die Oberpfalz teilgenommen. Es geht ihm gut, das habe ich ja schon gesagt. Er ist gesund und fröhlich. Manchmal sogar zu sehr.«

»Und Samson Honig?«

»Samson ist in Böhmen? Das wusste ich gar nicht.«

Am nächsten Tag ritten sie nach Tost, um mit den Polen über Kugeln, Kaliber, Schwefel und Salpeter zu verhandeln. Reynevan begann die Sache allmählich zu langweilen. Er träumte von seiner Rückkehr zum Kloster, zu Jutta. Er träumte davon, es möge etwas geschehen, das es ihm ermögliche, dorthin zurückzukehren.

Und dann wurde dieser Wunsch wahr.

»Wir müssen uns verabschieden«, erklärte Horn, der zur Kollegiatschule von Oppeln wollte, in die er häufig, aber allein, ohne Reynevan, ging, diesem mit umwölkter Stirn.

»Ich muss weg. Ich habe nicht erwartet, dass das so schnell geht, das gebe ich zu. Reinmar, wir haben wieder Krieg. Královecs Waisen haben die schlesische Grenze überschritten. Bei Lewin. Sie ziehen wie ein Sturm direkt nach Glatz. Es kann sein, dass du nicht mehr in die Stadt kommst, bis Královec mit der Belagerung beginnt. Aber du musst hin. Sofort. Aufs Pferd, mein Freund.«

»Leb wohl, Horn.«

Es war der fünfte Dezember 1428. Der zweite Adventssonntag.

Er ritt nach Brieg, auf der Straße nach Krakau. Die Nachricht erreichte ihn unterwegs. Královecs Waisen hatten den Glatzer Kessel mit Feuer und Schwert verwüstet. Habelschwerdt war in Flammen aufgegangen, in der Stadt hatten sie ein Gemetzel veranstaltet. Glatz selbst hatte Královec noch nicht angegriffen, wie aus der Nachricht hervorging, er hatte sich der Stadt noch nicht einmal genähert. Aber Schlesien war, wie schon im März, von Panik erfasst. Wieder waren die Wege von Flüchtlingen verstopft.

Reynevan hatte es eilig. Aber nicht, nach Glatz zu kommen. Er ritt nach Weißkirchen. Zu Jutta.

Er war schon nicht mehr weit entfernt. Prieborn hatte er bereits hinter sich gelassen, schon konnte er Rummelsberg sehen. Da spürte er auf einem Waldweg Magie.

Am Wegrand bleichte ein Pferdeskelett vor sich hin, bereits stark vom Gras überwuchert, eine unübersehbare Mahnung an den Frühjahrsfeldzug. Reynevans Pferd erschrak und sträubte sich, es schnaubte und tänzelte auf der Stelle. Aber nicht das Skelett hatte das Pferd erschreckt, auch kein Wolf oder ein anderes Tier. Reynevan spürte Magie. Sie war fast überall fühlbar.

Er empfand, roch, hörte und nahm sie wahr in dem starken Geruch nach Feuchtigkeit und Schimmel, im Krächzen der Krähen, in den bräunlichen, frosterstarrten Stängeln des Engelwurz. Er spürte die Magie. Als er sich umblickte, entdeckte er, woher sie kam. Das Dickicht blattloser Bäume barg einen hölzernen Bau. Ein Kirchlein. Wohl aus Lärchenholz. Mit einem schlanken, spitzen Glockentürmchen.

Er stieg vom Pferd.

Man hatte versucht, das Kirchlein anzuzünden, das mitten auf dem Weg der Gottesstreiter gelegen hatte, davon zeugten die schwarze Vorderfront und die stark angekohlten Balken am Eingang. Das Feuer hatte das Gebäude aber nicht verschlungen, der Regen musste es gelöscht haben. Oder etwas anderes.

Das Innere war vollkommen leer. Man hatte alles aus dem Kirchlein geschleppt, was sich darin befunden hatte, viel konnte es nicht gewesen sein. Die Apsis, in die das Kirchenschiff mündete, war voll gestopft mit Brettern und Lumpen, gewiss die Überreste des Altars. Auch hier gab es Spuren von Feuer, schwarze Brandflächen. War dies ein zorniges Feuer gewesen, ein Feuer voller Zerstörungswut und Hass, ein Feuer aus blinder Rache als Antwort auf den Scheiterhaufen von Konstanz? Oder nur ein einfaches Biwakfeuer, das man entzündet hatte, um den Kessel mit der verklumpten Grütze vom gestrigen Tag aufzuwärmen, an einem Ort, der Schutz vor Regen und Kälte bot? Das konnte man nicht mit Sicherheit sagen. Reynevan sah in diesem eroberten Kirchlein beide Arten von Feuer.

Die Magie, die er spürte, ging von hier aus. Denn hier, an der Stelle, wo einst der Altar gestanden hatte, lag ein Hexenzeichen. Ein Sechseck, geflochten aus Zweigen, Bast, Streifen von Birkenrinde, bunter Wolle und Fäden, mit welkem Farn, Waldmeister, Eichenlaub und einem Erysimon genannten Kraut, das die Dwimmerkraft, die Kraft der Magie, deutlich erhöhte. Das Hexenzeichen konnte, so wie es gefertigt war, von

Dorfhexen oder von jemandem vom Alten Volk stammen. Irgendjemand – entweder eine Hexe oder einer vom Alten Volk – hatte es hierhergebracht und hingelegt. Um Ehre zu erweisen. Ehrfurcht zu bezeugen. Und Mitgefühl zu zeigen.

Auf die geglätteten Bretter, mit denen die Wände der Apsis verkleidet waren, war etwas gemalt. Diese Bilder trugen keine Spuren von Axtschlägen, sie waren auch nicht mit Erde oder Exkrementen beschmiert worden, anscheinend hatte den hier kampierenden Gottesstreitern die Zeit dazu gefehlt. Oder die Lust.

Reynevan trat näher.

Das Bild nahm die ganze Apsis ein. Es war ein Bilderzyklus, eine Sequenz aufeinander folgender Szenen.

Der Totentanz.

Der Maler war kein großer Künstler gewesen. Eher ein wenig begnadeter und zweifelsohne einer, der nur über primitive Mittel verfügte. Wer weiß, vielleicht hatten der Priester oder der Vikar aus Gründen der Sparsamkeit selber zum Pinsel gegriffen? Die Gestalten waren sehr einfach gemalt, in ihren Proportionen fast lächerlich. Erschreckend komisch waren die zaundürren Skelette, die die *dramatis personae* packten und in einen tödlichen Reigen zogen: den Papst, den Kaiser mit seiner Krone, den Ritter in Rüstung und mit Lanze, den Kaufmann mit einem Sack voller Gold und den Astrologen mit übertrieben semitischen Zügen. All diese Gestalten waren komisch, übertrieben pathetisch, sie erweckten wenn schon kein Gelächter, dann doch ein mitleidiges Lächeln. Erbarmungswürdig sah auch der Tod selbst aus, lächerlich grotesk, in einer Pose und mit einem Bahrtuch wie aus dem Puppenspiel verkündete er sein eschatologisches *memento mori*, das mit schwarzen kantigen Lettern auf seinem Totenschädel geschrieben war. Die Buchstaben waren gleichmäßig, die Schrift leserlich – der Künstler war ein entschieden besserer Kalligraph als Maler gewesen.

Heran ihr Sterblichen,
Umsonst ist alles Klagen.
Ihr müsset einen Tanz nach meiner Pfeife wagen.

Das Hexenzeichen pulsierte unerwartet vor magischer Kraft. Und der Tod wandte plötzlich seinen grotesken Totenschädel. Und war nicht mehr grotesk. Er wurde schrecklich. Im dunklen Innenraum des Kirchleins wurde es noch finsterer. Das Bild auf den Brettern hingegen gewann an Helligkeit. Das Bahrtuch des Todes wurde weiß, die toten Augen flammten auf, die Sense in den Knochenhänden blitzte.

Vor dem Tod stand, demütig gebeugt, die Jungfrau, eine der allegorischen Gestalten des Totentanzes. Die Jungfrau trug Juttas Züge. Sie hatte Juttas Stimme. Mit Juttas Stimme flehte sie den Tod um Gnade an. Juttas flehende Stimme hallte in Reynevans Kopf wider wie eine Flöte, wie ein Kirchenglöckchen.

Sum sponsa formosa
mundo et speciosa.

Die Stimme des Todes, die auf das Flehen antwortete, war wie das Knirschen brechender Knochen, wie wenn Eisen über Glas kratzte, wie das Quietschen einer rostzerfressenen Friedhofstür.

Iam es mutata,
a colore nunc spoliata.

Reynevan begriff. Er stürzte aus der Kirche, warf sich aufs Pferd und trieb es schreiend und indem er ihm die Sporen gab zum Galopp an. In seinen Ohren gellte und keuchte noch immer die grausame Stimme.

Iam es mutata,
a colore nunc spoliata!

Er sah schon von weitem, dass im Kloster etwas nicht stimmte. Die meist fest verschlossene Pforte stand sperrangelweit offen, über den Innenhof glitten die Umrisse von Menschen und Pferden. Reynevan beugte sich im Sattel vor und trieb sein Pferd zu einem noch rascheren Galopp an.

In diesem Augenblick schnappten sie ihn.

Zuerst spürte er den Zauber, eine hingeworfene Beschwörung, eine blitzartige Entladung von Energie, die das Pferd in Panik versetzte und Reynevan aus dem Sattel schleuderte. Noch bevor er wieder auf den Füßen war, sprang ein gutes Dutzend Männer aus den Gräben und hinter den Bäumen hervor und warf sich ihm entgegen. Er konnte gerade noch den Dolch herausziehen, den er in seinem Stiefelschaft aufbewahrte, erwischte zwei von ihnen mit weit ausholenden Bewegungen und traf einen Dritten mit einem kurzen Stoß ins Gesicht. Doch die anderen bekamen ihn zu fassen. Sie verpassten ihm harte Schläge und warfen ihn zu Boden. Traten ihn. Warfen sich auf ihn. Überwältigten ihn. Banden ihm die Hände auf dem Rücken zusammen.

»Fester!«, hörte er eine bekannte Stimme sagen. »Fester den Strick, bloß kein Mitleid! Wenn ihr ihm was brecht, ist es auch nicht schlimm. Das ist nur ein kleiner Vorgeschmack von dem, was ihn erwartet.«

Sie rissen ihn hoch. Er öffnete die Augen. Und erschauderte.

Vor ihm stand der Mauerläufer. Birkhart von Grellenort.

Durch einen Schlag ins Gesicht zuckten Blitze vor seinen Augen, seine Wange und sein Auge brannten, als hätte man sie mit einem glühenden Eisen berührt. Der Mauerläufer holte aus und versetzte ihm einen weiteren Schlag, diesmal von links, mit der Außenseite seiner behandschuhten Hand. Reynevan spürte den Geschmack von Blut in seinem Mund.

»Das sollte nur deine Aufmerksamkeit erregen«, erklärte der Mauerläufer leise. »Damit du gut aufpasst. Du passt doch gut auf?«

Reynevan antwortete nicht. Er drehte den Kopf, um zu sehen, was sich hinter der Klosterpforte tat, was das für Reiter und Knechte waren, die dort umherstreiften. Eines war sicher – dies waren nicht die schwarzen Reiter. Die Männer, die ihn festhielten, sahen wie gewöhnliche Strauchdiebe aus. Neben ihnen stand ein kleiner Mann mit rundem Gesicht, dessen Kleidung ihn als Wallonen auswies. Und seine Augen als Magier. Der Wallone war es, mutmaßte Reynevan, dessen Beschwörung ihn aus dem Sattel geworfen hatte.

»Hast du wirklich geglaubt«, stieß der Mauerläufer zwischen den Zähnen hervor, »ich würde dich vergessen? Oder dich nicht finden? Ich habe dir doch gesagt, dass ich meine Augen und Ohren überall habe.«

Er holte aus und schlug Reynevan noch einmal, mitten auf die bereits angeschwollene Wange. Das noch vom letzten Schlag schmerzende Auge begann zu tränen. Das andere auch. Dazu floss es ihm aus der Nase. Der Mauerläufer beugte sich zu ihm vor. Sehr nahe.

»Mir kam es so vor«, zischte er, »als würdest du mir noch immer nicht deine ganze Aufmerksamkeit schenken. Ich bestehe aber darauf. Also, streng deinen Grips an! Und hör dir meinen Vorschlag an. Du sitzt in der Falle! Lebend kommst du hier nicht mehr heraus. Aber ich kann dir helfen, deine Haut zu retten. Wenn du mir versprichst, mich zu ihm zu bringen … Du weißt schon, zu wem. Zu diesem Astralwesen, das die Gestalt von diesem großen Schwachkopf angenommen hat. Du kannst dein Leben retten, wenn du mich zu ihm führst …«

»Holla, Herr Grellenort!«

Ein Ritter in einem Plattenpanzer blickte vom Rücken seines Pferdes auf sie herab. Sein Pferd trug eine schachbrettartig blau und silbern gemusterte Satteldecke. Reynevan kannte ihn. Er erinnerte sich an ihn.

»Der Herzog verlangt, ihn zu sehen. Sofort.«

»Entscheidest du dich?«, zischte der Mauerläufer noch. »Bringst du mich zu ihm?«

»Nein.«

»Das wirst du bereuen.«

Im Innenhof des Klosters wimmelte es geradezu von Reitern und Knechten. Im Gegensatz zu dem bunt gekleideten und reichlich heruntergekommenen Haufen des Mauerläufers waren die Bogenschützen und Knechte auf dem Innenhof ordentlich und einheitlich in Schwarz und Rot gekleidet. Die meisten Berittenen waren Panzerreiter, sowohl Waffenknechte wie auch wappengeschmückte Ritter.

»Her mit ihm! Her mit dem Hussiten!«

Reynevan kannte diese Stimme. Er kannte die Statur und das männlich schöne Gesicht und den nach Ritterart modisch ausrasierten Nacken. Und er kannte den schwarz-roten Adler.

Der Anführer der berittenen Schar auf dem Innenhof des Klosters war Herzog Johann von Münsterberg höchstpersönlich, in einem hermelinverbrämten Mantel über seiner Mailänder Rüstung.

»Bringt ihn hierher, noch näher!« Er machte eine gebieterische Kopfbewegung. »Herr Marschall Borschnitz! Herr Grellenort! Hierher mit ihm! Und schafft mir diesen Wallonen aus den Augen! Ich kann Zauberer nicht ausstehen!«

Reynevan wurde zu ihm geführt. Der Herzog blickte von oben, aus der Höhe seines Rittersattels, auf ihn herab. Er hatte helle, graublaue Augen. Reynevan wusste jetzt wieder, an wen ihn die Augen und die Gesichtszüge der Äbtissin erinnert hatten.

»Gottes Mühlen mahlen langsam, aber trefflich fein«, verkündete Johann von Münsterberg nasal und mit großem Pathos. »Langsam, aber trefflich fein, jawohl. Du hast der Religion und dem Kreuz abgeschworen, Bielau, du Judas. Hast schwarze Magie betrieben. Mir nach dem Leben getrachtet. Auf Verbrechen folgt Strafe, Bielau. Auf Verbrechen folgt Strafe.«

Kaum hatte er diese Sentenz ausgesprochen, blickte er nicht mehr auf Reynevan herab, sondern in Richtung Klostergarten. Dort standen vier Nonnen. Unter ihnen auch die Äbtissin.

»In diesem Kloster wurden Hussiten versteckt«, verkündete der Herzog mit dröhnender Stimme und richtete sich in den Steigbügeln auf. »Spionen und Verrätern wurde hier Asyl gewährt! Das wird nicht ungestraft bleiben! Hörst du mich, Weib?«

»Nicht du wirst mich strafen«, erwiderte die Äbtissin mit lauter und furchtloser Stimme. »Nicht du! Du brichst das Recht, Herzog Johann! Du brichst das Recht! Zu diesem Kloster hast du keinen Zutritt!«

»Das ist mein Land, und hier bestimme ich, was Recht ist! Und dieses Kloster existiert allein durch die Gnade meiner Vorfahren!«

»Dieses Kloster existiert durch die Gnade Gottes! Und untersteht weder deiner Herrschaft noch deiner Rechtsprechung! Du hast kein Recht, dieses Kloster zu betreten, weder du noch deine bewaffneten Mannen! Und auch nicht dieser Lump da mit seinen Strauchdieben!«

»Aber der da«, Johann von Münsterberg stand aufrecht in den Steigbügeln, »der hatte das Recht, hier zu sein? Den ganzen Sommer über? Ist es rechtens, Frau Schwester, Häretiker hier zu verstecken? Solche wie den da, der dort liegt?«

Reynevan schaute in die Richtung, in die der Herzog gedeutet hatte. Dort, wo die Mauer, die den Klostergarten umgab, auf die mit vertrocknetem Efeu bedeckte Wand des Infirmariums traf, lag Bisclavret. Reynevan erkannte ihn an seinem maßgeschneiderten Rock aus Kalbsleder, den der Franzose erst vor kurzem erworben hatte und in dem er sich von allen hatte bewundern lassen. In diesem Augenblick war er nur noch an seinem Rock zu erkennen. Sein Leichnam war auf grauenhafte Weise entstellt. Der hellhaarige *miles gallicus*, früher ein Écorcheur und Beutelschneider, hatten seinen Gegnern allem Anschein nach einen schweren Kampf geliefert. Lebend hatten sie ihn nicht gekriegt.

»Wie ist es nun?«, fragte der Herzog spöttisch. »Besitzt dieses Kloster etwa einen Dispens zur Beherbergung von Ketzern und Verbrechern? Ich denke, nicht. Also schweig, Weib, schweig! Bezeuge Demut. Herr Borschnitz, befehlt Euren Leuten, die Ställe dort zu durchsuchen! Da können sich noch andere verbergen!«

Der Mauerläufer packte den gebundenen Reynevan beim Kragen, schleifte ihn zur Äbtissin und blieb dicht vor ihr stehen, Auge in Auge.

»Wo ist sein Kamerad«, zischte er, »der Riese mit dem Idiotengesicht? Rede, Nonne!«

»Ich weiß nicht, worum es dir geht!«, antwortete die Äbtissin furchtlos. »Auch nicht, um wen es dir geht!«

»Du weißt es. Und du wirst mir sagen, was du weißt!«

»*Apage*, du Satansbrut!«

In den Augen des Mauerläufers glomm ein höllisches Feuer auf, aber die Äbtissin senkte auch diesmal die Augen nicht. Der Mauerläufer beugte sich zu ihr vor.

»Rede, Weib. Oder ich sorge dafür, dass du es bereust. Du und deine Nönnlein!«

»Heda, Grellenort!« Der Herzog saß immer noch reglos auf seinem Pferd, er richtete sich jetzt nur stolz im Sattel auf. »Was soll das, kochst du etwa dein eigenes Süppchen? Ich gebe hier die Befehle! Ich richte, und ich setze die Strafen fest! Nicht du!«

»Die Nonnen halten noch mehr Ketzer versteckt, Herzog. Da bin ich mir sicher. Sie halten sie in der Klausur versteckt. Sie denken, dass wir dort nicht hingelangen, und verspotten uns.«

Johann von Münsterberg schwieg eine Weile und kaute auf seiner Unterlippe.

»Wir durchsuchen auch die Klausur!«, entschied er schließlich mit kalter Stimme. »Herr Borschnitz!«

»Das wirst du nicht wagen!«, rief die Äbtissin. »Das ist Heiligenschändung, Johann! Ich exkommuniziere dich dafür!«

»Aus dem Weg, Schwester! Herr Borschnitz, ans Werk!«

»Ihr Ritter!«, rief die Äbtissin aus, während sie die Hände hob und den Bewaffneten den Weg versperrte. »Soldaten!

Hört nicht auf diese gottlosen Befehle, erfüllt den Willen dieses Apostaten und Heiligenschänders nicht! Wenn ihr ihm gehorcht, trifft der Bann auch euch! Und ihr werdet keinen Platz mehr finden unter den Christen! Keiner wird euch mehr Speise oder Wasser reichen! Solda …«

Auf ein Zeichen des Mauerläufers hin hatten seine Männer die Äbtissin ergriffen, einer presste ihr seinen eisenbeschlagenen Handschuh auf das Gesicht. Unter dem Handschuh rann das Blut hervor. Reynevan warf sich hin und her und riss sich aus den Händen der überraschten Knechte los. Er sprang hinzu und rannte trotz seiner gefesselten Hände einen der Schergen um, mit einem Schulterstoß stieß er einen zweiten zurück. Aber schon waren die Münsterberger Knechte über ihm und rissen ihn zu Boden. Sie bearbeiteten ihn mit den Fäusten.

»Die Gebäude durchsuchen!«, befahl Herzog Johann. »Auch die Klausur. Und wenn sich dort ein Mann befindet … Wenn wir dort auch nur einen Hussiten finden, ich schwöre bei Gott, dann wird das Kloster teuer dafür bezahlen! Und auch du wirst teuer dafür bezahlen, Frau Schwester!«

»Nenn mich nicht deine Schwester!«, schrie die Äbtissin, Blut ausspuckend und sich in den Händen der Schergen windend. »Du bist nicht mehr mein Bruder! Ich sage mich los von dir!«

»Das Kloster durchsuchen! Macht gefälligst schnell! Herr Borschnitz! Herr Risin! Worauf wartet Ihr? Ich habe es befohlen!«

Borschnitz verzog das Gesicht und zerquetschte einen Fluch zwischen den Zähnen. Viele von den durch den Befehl getroffenen Knechten und Waffenknechten aus Münsterberg machten betretene Gesichter. Viele murrten zornig vor sich hin. Die Schwester Schaffnerin begann zu weinen. Und der Himmel bewölkte sich plötzlich. Herzog Johann schielte nach oben. Als fürchte er sich ein wenig.

»Du da, Pater!« Er räusperte sich und nickte dem Kaplan in seinem Gefolge zu. »Du gehst mit ihnen. Damit bei der Durchsuchung ein Priester dabei ist und es mit der Religion seine Ordnung hat. Damit es später kein Gerede gibt.«

Kurz darauf war aus den durchsuchten Räumen das Krachen und Splittern von zerschlagenem Mobiliar zu hören. Aus der Klausur drangen Geschrei, Quietschen und enttäuschtes Rufen. Aus den Fenstern des Skriptoriums und den Privatgemächern der Äbtissin flogen Schriftrollen und Handschriften. Der Mauerläufer hob einige von ihnen auf.

»Wyclif?«, lachte er und drehte sich zur Äbtissin um. »Joachim von Fiore? Waldhausen? So etwas wird hier gelesen? Und du Hexe wagst es, uns zu drohen? Für diese Bücher wirst du im Kerker des Bischofs sitzen, bis du verschimmelst. Und mit der Exkommunikation, mit der du drohst, wird dein ganzes häretisches Kloster belegt!«

»Es reicht, es reicht, Grellenort!«, ermahnte ihn Johann von Münsterberg zähneknirschend. »Mäßige deinen Ton, und lass sie in Ruhe! Du spielst dich hier viel zu sehr auf! Herr Seifersdorff, treibt die Leute bei der Durchsuchung an, das dauert mir alles viel zu lange! Die Schriften da auf einen Haufen! Und verbrennen!«

»Beweise für Häresie?«

»Grellenort! Dass ich dich nicht noch mal zur Ordnung rufen muss!«

Die Schriften wurden im Feuer schwarz und rollten sich zusammen. Die Durchsuchung wurde beendet. In der Klausur waren keine Männer und keine Hussiten gefunden worden. Die wütende Miene des Mauerläufers sprach für sich selbst. Die saure Miene Herzog Johanns hingegen besänftigte plötzlich ein Lächeln, sein hübsches Gesicht hellte sich auf. Reynevan, von den Knechten festgehalten, wandte den Kopf und sah sich um. Er sah, was den Herzog so erfreute. Und dann ließ er den Mut sinken.

Borschnitz und Risin führten Jutta aus der Klausur.

»Ja, ja, Bielau«, hörte er, scheinbar aus weiter Ferne, die Stimme des Herzogs. »Ich weiß viel über dich. Was denkst du, woher ich wohl gewusst habe, dass ich dich hier finde? In Glatz haben sie hussitische Spione gefasst, alle bei lebendigem Leibe. Einer davon, dein Kamerad, wusste sehr viel. Er hat sich lange dagegen gewehrt zu reden, aber schließlich hat er es doch getan. Und hat alles erzählt. Von diesem Kloster. Von dir. Und auch von deiner Liebschaft.«

Wie Reynevan es erwartet hatte, machte sich der Tross von Herzog Johann auf den Weg nach Münsterberg. Anders als er es erwartet hatte, ritt aber der Herzog nicht nach Münsterberg, sondern befahl, in Heinrichau Halt zu machen. Gleich neben dem Kloster. Den Zisterziensern, die zu seiner Begrüßung herbeigelaufen kamen, dankte der Herzog jedoch für ihre Gastfreundschaft und ordnete an, ein Biwak am Waldrand unter einer riesigen Eiche zu errichten. Hier wurde ein großes Feuer entfacht, man begann, die von den Mönchen herbeigetragenen Speisen zuzubereiten sowie die Fässer anzustechen. Reynevan besah sich all das auf seinem Pferd sitzend, denn man hatte ihm nicht gestattet abzusteigen. Drei Bewaffnete bewachten ihn die ganze Zeit. Weil die Fesseln in seine Arme und Beine einschnitten, wurde er steif, steif geworden, begann er zu frieren.

Er hatte keine Möglichkeit, Jutta zu sehen. Sie wurde auf einem der mit Planen bedeckten Wagen gefangen gehalten, und ihr wurde nicht erlaubt, den Wagen zu verlassen. Unterwegs war der Herzog ein paar Mal herangeritten und hatte unter die Plane geschaut. Ein paar Mal hatte auch der Mauerläufer nach ihr gesehen. Reynevan schauderte, er machte sich auf das Schlimmste gefasst.

Bald darauf wurde auch klar, was dieser Halt bedeutete und warum er genau unter der Eiche vorgenommen worden war. Vom Ortsrand näherten sich Berittene. Ritter in voller Rüstung. Begleitet von Waffenknechten, Schützen und Knechten.

Hintsche von Borschnitz, der Marschall des Herzogs, begrüßte die Ankömmlinge. Johann von Münsterberg selbst spitzte nur die Lippen, mit kaum merklichem Kopfnicken gab er zu verstehen, dass er geruht hatte, ihre respektvollen Verbeugungen zu bemerken. Nur einem der Ritter gestand Johann ein wenig mehr Aufmerksamkeit zu. Auf seinem Schild trug dieser einen grünen, von drei Schwertern durchbohrten Apfel. Das Wappen derer von Füllstein.

»Seid mir gegrüßt, Ihr Herren«, bequemte sich Herzog Johann endlich zu sagen. »Ich schulde jenen Dankbarkeit, denen Ihr dient, dass sie Euch auf meine Bitte hin hierher gesandt haben. Dank auch Euch für die Mühe. Seid mir in meinem Lande willkommen. Ich grüße Troppau und das Herzogtum Leobschütz in der Person des edlen Herrn von Füllstein. Ich grüße die Abgesandten des Bischofs von Breslau und der Stadt Grottkau in der Person des Herrn Starosten von Tannenfeld. Ich grüße Breslau, ich grüße Schweidnitz.«

Die Genannten verneigten sich. Die Abgesandten von Breslau trugen keine heraldischen Zeichen, aber in einem von ihnen erkannte Reynevan zu seiner Verwunderung den Raubritter Hayn von Czirne. Schweidnitz war durch einen Ritter vertreten, der auf seinem Wappen den silbernen Haken derer von Oppeln trug. Der Abgesandte des Bischofs, Tannenfeld, der Starost von Grottkau, trug an seinem Sattel einen Schild mit einem grünen Rautenkranz auf schwarz-goldenen Bändern, ein Zeichen, das an das Wappen der Askanier erinnerte.

»Weshalb Euch der edle Herzog zu sich gerufen hat«, sagte Hintsche von Borschnitz zu den Versammelten, »könnt Ihr Euch gewiss denken, edle Herren. Die böhmischen Häretiker sind erneut in unser Land eingefallen. Wieder bedrohen sie die Stadt Glatz. Und sie werden wieder gegen uns ziehen, sobald sie mit Glatz fertig sind. Daher ist es an der Zeit, die Kräfte zu bündeln. Widerstand zu leisten!«

»Mit Glatz werden die Hussiten nicht fertig«, meinte der Abgesandte von Schweidnitz, Herr von Oppeln mit dem Haken auf dem Schild. »Herr Puta von Czastolovice hat die Befestigungen der Stadt verstärkt, er hat eine mächtige und kampfbereite Mannschaft. Durch Verrat können sie die Stadt auch nicht einnehmen, denn er hat die hussitischen Spione wie Krebse aus dem Teich gefischt. Jetzt spannt er sie auf die Folterbank und lässt einen nach dem anderen hinrichten, dazu hat er unseren Schweidnitzer Henker angestellt. Ich sage euch, haha, der Meister hat alle Hände voll zu tun mit den Hussiten.«

»Und wir erhalten dadurch viel bessere Informationen.« Borschnitz zwirbelte seinen Schnurrbart. »Wir wissen über den Feind Bescheid! Wolltet Ihr noch etwas dazu sagen, werter Herr Reibnitz?«

»Nur so viel«, sagte der Abgesandte von Breslau, ein Gefährte von Hayn von Czirne, »dass es kein Geheimnis ist, was wir über die Hussiten wissen, und dass nicht nur Ihr über dieses Wissen verfügt. Alle wissen alles über sie. Jan Královec von Hrádek führt sie an, den haben wir schon kennen gelernt. Er hat zweihundert Berittene unter seinem Kommando, viertausend Mann Fußvolk und zweihundert Wagen mit Feuerwaffen. Worüber wir uns hier beraten werden, kann ich mir wohl denken. Und daher frage ich: Wird es uns gelingen, so viele Männer aufzubieten, dass wir uns mit Královec messen können?«

»Das werden wir gleich erfahren«, entgegnete darauf Johann von Münsterberg. »Und zwar von Euch, werte Herren. Man hat Euch, nehme ich an, mit guten Nachrichten hierher gesandt. Tragt sie mir also vor. Einer nach dem anderen. Ihr als Erster, Reibnitz, da Ihr nun schon einmal angefangen habt zu reden.«

»Herzog«, der Breslauer reckte sich, »vergebt, aber ich wollte nicht reden, sondern fragen. Ich, Jörg Reibnitz von Falkenberg, bin ein einfacher Dienstmann. Ich tue das, was man mir befiehlt. Und mir haben die Herren vom Rat der Stadt in Breslau befohlen, nicht zu reden, sondern zuzuhören. Also werde ich mir zuerst anhören, was die anderen zu sagen haben. Denn auf Befehl des Rates der Stadt muss ich erst in Erfahrung bringen, wer von den hier Vertretenen daran denkt, gegen die Hussiten zu kämpfen. Und wer es wie üblich vorzieht, mit ihnen zu verhandeln und einen Waffenstillstand zu schließen.«

Füllstein errötete leicht, schwieg aber und hob nur stolz den Kopf. Johann von Münsterberg kräuselte die Lippen. Oppeln hielt es nicht mehr aus.

»Was gewesen ist, ist gewesen!«, brauste er auf. »Aber nun ist alles anders! Schweidnitz hat bewiesen, dass es gegen die Ketzer kämpfen kann. So eindeutig bewiesen wie keiner von denen, die hier stehen. Wer hat denn bei Kratzau die Hussiten besiegt, demselben Královec, der heute Glatz belagert, aufs Haupt geschlagen? Wir! Herr Starost Albrecht von Kolditz und Herr Unterstarost Stosch! Die Schweidnitzer Ritterschaft hat bei Kratzau gekämpft, sie hat die häretischen Schweinehunde bekämpft. Keiner von denen, die bisher vor den Hussiten davongelaufen sind, hat das Recht, über Schweidnitz herzuziehen.«

»Gut gesprochen!« Herzog Johanns klangvolle Stimme übertönte das Gemurmel. »Gute und wichtige Worte hat Ritter von Oppeln gesprochen. Einen wichtigen Namen genannt. Kratzau, meine Herren Ritter. Merkt Euch das: Kratzau!«

»Aber ein Kratzau macht noch keinen Sommer«, bemerkte Tamsch von Tannenfeld, der Starost des zum Herrschaftsbereich des Bischofs gehörenden Grottkau, der bisher geschwiegen hatte. »Seit der Schlacht ist kaum ein Monat vergangen, und der angeblich besiegte Královec macht uns vor Glatz erneut Schwierigkeiten. Kratzau war eine wichtige Schlacht, das will ich nicht bestreiten, aber es wäre vernünftiger, sie als glücklichen Zufall anzusehen.«

»Oder wie das Korn«, warf Reibnitz ein, »das selbst ein blindes Huhn einmal findet.«

Die Ritter lachten. Oppeln wurde rot.

»Aus euch spricht der Neid!«, schrie er. »Ihr neidet Schweidnitz und den Lausitzern den Ruhm und die Ehre! Die Herren Kolditz und von Polenz sind kühn in den Kampf gezogen, erhobenen Hauptes und mit wehenden Standarten zum Kampf zu Pferd wie Richard Löwenherz vor Askalon, und da *audentes fortuna iuvat*, haben sie die Ketzer im Felde geschlagen, ihnen ein Blutbad bereitet, ihnen Beute und Wagen abgenommen und sie durch die Lausitz gejagt. Und ihr beneidet sie hier! Denn ihr habt hier im Frühjahr Prügel bezogen und seid wie Hasen vor den Hussiten davongelaufen …«

»Gib Acht, was du sagst!«, zischte Hayn von Czirne.

»Was denn, ist das etwa nicht wahr?« Oppeln, durch Czirnes bösen Gesichtsausdruck keinesweg entmutigt, stemmte die Fäuste in die Hüften. »Prokop hat halb Schlesien in Rauch aufgehen lassen, und ihr habt euch hinter den Mauern von Breslau vor Angst in die Hosen geschissen!«

Czirne schoss dunkle Röte in die Wangen, Jörg Reibnitz hielt ihn rasch zurück und legte ihm seine Hand auf die Schulter.

»Kolditz und Polenz haben bei Kratzau eine lang gezogene Marschkolonne überfallen«, sagte er, »und Wagen, die so schwer mit Beute beladen waren, dass sie kaum vom Fleck kamen. Mit einem plötzlichen Sturmangriff haben sie das hussitische Heer auseinandergetrieben, die völlig Überraschten und in Panik Geratenen zerhauen, ihnen keine Zeit gelassen, die Büchsen zu laden und zu benutzen. Sonst hätte es dort kein Askalon gegeben, sondern ein Hattin. Und in Schweidnitz statt Siegesfeiern große Trauer.«

»Aber eben dafür gebührt den Schweidnitzern und den Lausitzern der Ruhm!« Marschall von Borschnitz lachte laut heraus. »Dass sie den Ort, die Zeit und ihre Überlegenheit wohl genutzt und die Situation zu ihren Gunsten gewendet haben und unverhofft auf den Feind eingedrungen sind, ihn durch kluge Taktik überraschend … Das sind Bedingungen, wie große Feldherren sie nutzen. So haben Žižka und Prokop gesiegt, Ruhm den Herren Landvögten, dass sie es verstanden haben, die Hussiten mit ihren eigenen Waffen zu schlagen. Ich beneide sie darum, ich beneide sie um den Triumph und den Ruhm. Und ich schäme mich dessen nicht.«

»Der Sieg bei Kratzau hat uns mit neuem Geist erfüllt«, setzte Füllstein hinzu. »Die Hoffnung ist zurückgekehrt, die wir schon verloren hatten. Möge Gott uns einen zweiten solchen Sieg schenken!«

»Möge Gott ihn uns geben«, erklärte, sich stolz aufrichtend, Johann von Münsterberg. »Und ich gebe ihn Euch. In den Kampf mit den Häretikern werde ich selbst Euch führen. Zu einem Sieg, der den Lausitzer Sieg verblassen lässt. Ich werde Euch zu einer solchen Glorie führen, dass Polenz und Kolditz darüber in Vergessenheit geraten. Sie haben bei Kratzau Královec kaum angekratzt. Wir werden ihn zu Pulver zerreiben. Aus den Leichen der Ketzer werden wir einen Scheiterhaufen errichten, und den Gefangenen werden wir auf dem Richtplatz die Haut in Streifen herunterreißen. Eben das schlage ich Euch vor, Euren Herzögen, Starosten und Räten. Dass wir uns verbünden, gemeinsam gegen die Böhmen ziehen und nach ihrer Vernichtung gemeinsam das Weihnachtsfest begehen. Wer ist mit mir? Und mit welcher Kraft? Ha? Was sagt Breslau? Schweidnitz? Troppau?«

»Im Namen von Wenzel, Sohn des Przemko von Troppau und Herzog von Leobschütz und Grätz«, sagte Füllstein rasch, als befürchte er, jemand könne ihm zuvorkommen, »sage ich hundert Lanzenreiter der Troppauer Ritterschaft zu. Der edle Herzog selbst wird sie anführen.«

»Bischof Konrad wird sich mit seinem ganzen Fähnlein stellen«, sagte Starost Tannenfeld nach einigem Überlegen. »Verstärkt durch die Kräfte aus Grottkau und Ottmachau. Insgesamt siebzig Lanzenreiter.«

»Die Stadt Breslau stellt einhundertfünfzig Berittene.« Jörg Reibnitz stemmte die Hände in die Hüften. »Was ist mit Schweidnitz?«

»Die Stadt Schweidnitz«, erklärte Oppeln stolz, »hat zum Sieg bei Kratzau erheblich beigetragen. Wenn jetzt Euer Herzogliche Gnaden einen Sieg versprechen, der Kratzau in den Schatten stellt, darf Schweidnitz nicht fehlen. So leicht lassen wir uns nicht in den Schatten stellen oder auf den Blättern der Geschichte ausradieren. Schweidnitz stellt hundertfünfzig erstklassige Reiter unter dem Kommando von Unterstarost Stosch. Wir würden uns in Schweidnitz alle freuen, wenn wir sähen, wie die Hussiten zu Pulver zermahlen werden. Aber vielleicht geruhen Euer Hoheit uns zuerst zu erklären, mit welcher Methode Ihr dieses Zerreiben vorzunehmen gedenkt.«

»Erstens gedenke ich all dies durch Stärke zu bewirken«, antwortete Johann von Münsterberg unverzüglich. »Aus Euren Zusagen zu schließen, beträgt unsere Streitmacht etwa tausend Berittene, darunter dreihundert schwer bewaffnete Reiter. Královec hat viertausend Mann Fußvolk und knapp zweihundert Reiter. Und da ein Ritter in Rüstung zehn Männer Fußvolk aufwiegt, haben wir die Übermacht. Zweitens werden wir sie auf dieselbe Art erledigen wie vor Kratzau. Wir greifen die Marschkolonne aus dem Hinterhalt an. Zuerst aber werden wir veranlassen, dass sie dorthin marschieren, wo wir auf sie warten.«

»Wie wollen wir das denn veranlassen?« Oppeln runzelte die Stirn.

»Wir haben da eine Methode.«

Der krächzende und flügelschlagende riesige Mauerläufer am Fenster des Schlosses von Neisse überraschte den Bischof Konrad, aber man muss hinzufügen, dass der Bischof den Mauerläufer ebenso überraschte. In seiner Stube, die bewacht wurde, gab er sich erstaunlicherweise weder einer Orgie noch der Trunksucht oder dem Glücksspiel hin. Er ruhte auch nicht etwa von einer Orgie, einem Trinkgelage oder dem Glücksspiel aus. Nein. Er las. Er widmete seine Zeit der Lektüre.

Hereingelassen verwandelte sich der Mauerläufer rasch in seine menschliche Gestalt. Er warf einen Blick auf die Schrift auf dem Lesepult. Und schüttelte, grenzenlos verwundert, den Kopf. Nicht nur, dass es die Heilige Schrift war, eine herrlich illustrierte Bibel. Zu allem Überfluss auch noch in deutscher Sprache.

»Ich weiß, womit du anmarschiert, oder besser, angeflogen kommst«, sagte Konrad, der Piast, Herzog von Oels, Bischof von Breslau und Statthalter König Sigismunds in Schlesien, den Mauerläufer überraschend.

»Heute ist der zweiundzwanzigste Dezember Anno Domini 1428.« Der Mauerläufer setzte sich und griff nach der auf der Kommmode stehenden Karaffe. »Am siebten November 1427, also vor über einem Jahr, habe ich Euch hier in diesem Schloss, in dieser Stube angefleht, und Euer Bischöfliche Gnaden hatten mir versprochen ...«

»Die Bischöfliche Gnaden ist zu einer anderen Ansicht gelangt«, sagte Konrad von Oels, ihm das Wort abschneidend. »Und zwar *ad maiorem Dei gloriam.* Reinmar von Bielau ist zu einer wichtigen Figur in diesem Spiel geworden, und der Einsatz ist hurensohnmäßig hoch. Womit hast du denn gerechnet? Dass ich dir Bielau überlasse, damit du ihn umbringen kannst? Wegen einer für mich undurchschaubaren privaten Angelegenheit? Ich weiß, ich weiß, wir hatten früher mit Bielau andere Pläne, er sollte uns dazu dienen, die Affäre mit dem Überfall auf den Steuereinnehmer zu vertuschen. Aber jetzt verlangt das Wohl der Kirche und des Landes etwas ganz Anderes. Ich habe dir befohlen, mit Herzog Johann bei der Suche zusammenzuarbeiten. Ich habe Johann die Erlaubnis erteilt, ins Kloster von Weißkirchen einzudringen. Ha, er wäre sicher auch ohne Erlaubnis gegangen, das Kloster steht auf seinem Grund und Boden, und die Äbtissin ist seine Schwester, aber das ist jetzt nicht so wichtig. Wichtig ist, dass sich Johann von Münsterberg an eine wirklich große Sache wagt. Wenn dieses Kriegsunternehmen glückt – und es hat große Aussicht auf Erfolg –, versetzen wir den Häretikern einen gewaltigen Schlag, einen Schlag, wie sie ihn bislang nicht zu spüren bekommen haben. Begreifst du das, Birkhart, kannst du das mit deinem Verstand erfassen? Zuerst schwere Hiebe bei Kratzau, jetzt ein Pogrom, das Johann von Münsterberg bald gegen sie verüben wird. Der Mythos, dass die Hussiten im Kampf nicht zu besiegen seien, wird zerbersten. Andere werden unserem Beispiel folgen. Das wird der Anfang von ihrem Ende sein. Ihrem Ende, mein Sohn. Ich war im Jahre zwanzig in Prag, zu Sigismunds Krönung. Ich habe von der Burg auf die Stadt heruntergeschaut, die sich wie ein wütender Hund hinter dem Fluss duckt. Und als wir von dort fortgezogen sind, habe ich mir gelobt, dass ich eines Tages wiederkomme. Dass ich mir ansehe, wie man diesem tollen Hund die Fangzähne ausschlägt, wie diese ganze ketzerische Nation die Strafe für ihre Verbrechen erhält. Wie das Blut durch die Straßen dieser elenden Stadt strömt und die Moldau sich davon rot färbt. Und so wird es sein, so wahr mir Gott helfe. Und ein bedeutender Schritt in diese Richtung ist Johann, der Herzog von Münsterberg. Und der Kriegsplan, den ich erdacht habe und den Johann ausführt. Dieser Plan muss gelingen. Gott will es. Und ich will es auch.«

»Deshalb«, der Bischof richtete sich auf, »verbiete ich dir ausdrücklich alle Unternehmungen, die diesen Plan gefährden könnten. Oder auch nur verkomplizieren. Johann hält Reinmar von Bielau im Kerker des Münsterberger Schlosses gefangen. Ich verbiete dir, dich diesem Kerl auch nur einen Schritt zu nähern, ich verbiete dir, mit Reinmar zu reden, und ich verbiete dir, ihn auch nur anzurühren. Ich verbiete es dir strengstens und ausdrücklich. Ich weiß, dass du ein Zauberer, ein Polymorpher und Nekromant bist, ich weiß, dass du durch die Mauern gegangen bist, um in Breslau zu den Gefangenen zu gelangen. Ich weiß, was du kannst und wozu du in der Lage bist. Aber ich warne dich: Wenn du meinen Befehl nicht befolgst, wirst du meinen Zorn auf dich ziehen. Und dann wirst du merken, wozu ich in der Lage bin. Hast du verstanden, Birkhart, mein Sohn? Wirst du dich danach richten?«

»Habe ich denn eine Wahl? Vater?«

Der Bischof schnaubte zornig. Dann schlug er die Bibel mit einem Knall zu und stellte einen Pokal obendrauf. Und goss sich Burgunderwein mit Zimt ein.

»Mal so ganz unter uns«, fragte er nach einer Weile, offensichtlich ganz gleichmütig, »wozu wolltest du eigentlich diesen Bielau? Doch nicht nur aus purer Rachgier und Mordlust? Du wolltest etwas aus ihm herausbekommen, irgendetwas erforschen. Was? Ha, du willst es mir gewiss nicht sagen ... Keine Einzelheiten verraten. Aber vielleicht so ganz allgemein?«

Der Mauerläufer lächelte, aber es war ein ausgesprochen bösartiges Lächeln.

»So ganz allgemein«, stieß er langsam und halblaut zwischen seinen lächelnden Lippen hervor, »warum nicht? Ich wollte aus Reinmar Bielau eine Information herausholen, die mich zu einem seiner Gefährten geführt hätte. Aus dem hätte ich dann weitere Informationen herausgeholt. Und dabei ein wenig an Wissen gewonnen. Ganz allgemein. Unter anderem darüber, ob die Schrift, in der du gerade gelesen hast, Väterchen Bischof, wirklich das ist, wofür man sie gewöhnlich hält. Oder ob sie nur so viel wert ist wie die Fabeln von Äsop.«

»Interessant«, sagte Konrad, nachdem er einen Moment gestutzt hatte, »wirklich interessant. Aber wie dem auch sei, meine Befehle bleiben bestehen. *Ad maiorem Dei gloriam.* Um Fabeln kümmern wir uns, wenn die Zeiten besser sind.«

Der Mauerläufer flog von den Zinnen des Neissener Schlosses auf und überschlug sich ein paar Mal in der Luft, weggetrieben vom Windstoß, der vom Reichensteiner Gebirge herabkam. Er fing sich wieder, krächzte und segelte in die Nacht hinaus. Er flog auf das Massiv des Zobten zu. Aber nicht zum Zobten selbst. Der Zobten war etwas für Amateure, für Dilettanten, als Ort für Zauberei ein wenig zu geistlos und maßlos überschätzt. Der Mauerläufer flog zum Geiersberg, auf dessen lang gestreckten Gipfel. Zum Steinwall und dem in seiner Mitte befindlichen Stein, der an einen Katafalk erinnerte. Ein Monolith, der schon hier gelegen hatte, als im Vorland der Sudeten noch das Mammut herumgetrampelt war und Riesenschildkröten ihre Eier auf der heutigen Sandinsel abgelegt hatten.

Auf dem Stein angekommen, verwandelte er sich. Der Wind zerrte an seinen schwarzen Haaren. Er streckte beide Arme in die Höhe und schrie. Wild, laut und lange. Es schien, als erzittere der ganze Geiersberg von diesem Schrei.

In der fernen Einöde, auf dem Gipfel eines entlegenen Berges, entzündeten sich rote Feuer in den Fensteröffnungen der über einer Felsenklippe thronenden Burg Sensenberg. Den Himmel über der alten Wehrburg erhellte ein rötlicher Schimmer. Mit Getöse öffneten sich die Pforten. Ein dämonischer Schrei und Hufgetrappel erklangen.

Die schwarzen Reiter beeilten sich, dem Ruf zu folgen.

»Ich habe beschlossen«, erklärte, mit einem Stilett spielend, Johann, der Herzog von Münsterberg, »ich habe beschlossen, dir noch eine Chance zu geben, Reinmar von Bielau.«

Reinmar blinzelte, der Schein der Kerzen blendete ihn schmerzhaft nach seinem langen Aufenthalt im Dunkel. Außer dem Herzog waren noch andere Leute in dem Gemach. Er kannte nur Borschnitz.

»Obwohl deine Vergehen schwer sind und die strengste Bestrafung erfordern«, der Herzog spielte immer noch mit dem Stilett, »habe ich beschlossen, dir eine Chance zu geben. Damit du deine Schuld wenigstens ein bisschen sühnen und dir durch Bußfertigkeit die Gnade Gottes verdienen kannst. Jesus hat für uns gelitten, und Gott ist barmherzig, er vergibt die Sünden und wäscht alles Unrecht von uns ab. Mögen auch die Sünden rot wie Scharlach sein, wäscht er sie doch rein wie Schnee. Auf Jesu Fürbitte und die Barmherzigkeit unseres Herrn kann ein jeder rechnen, selbst so ein Abtrünniger, Lästerer und Zauberer, so ein entarteter Lumpenhund, so ein Auswurf von Ratten, so eine Eiterbeule, so ein Fetzen, Sudelfink, Hurenkerl und

Hundspimmel wie du. Die Bedingung dafür sind Reue und die Bereitschaft zur Besserung. Ich gebe dir die Chance, dich zu bessern, Reinmar Bielau!«

»Die Hussiten zögern immer noch mit dem Sturm auf Glatz.« Johann von Münsterberg warf das Stilett auf den Tisch, auf die dort aufgeschlagene Karte. »Sie haben ein befestigtes Lager im Süden der Stadt errichtet, in der Nähe von Rengersdorf, direkt an der Straße nach Mittelwalde. Du weißt, wo das ist, stimmt's? Du reitest dorthin. Královec kennt dich und traut dir, also wird er auf dich hören. Du wirst ihn dazu bringen, das Lager abzubrechen und nach Norden zu marschieren. Du wirst ihn mit einer Lüge ködern, mit der Aussicht auf reiche Beute, mit der Möglichkeit eines vernichtenden Angriffs auf die Truppen des Bischofs, mit der Aussicht, den Bischof bei lebendigem Leibe zu fangen … Es ist deine Sache, mit welcher Lüge du ihn dazu bringst, Hauptsache, er marschiert. Nach Norden, über Schwedeldorf und Roschwitz, das Tal der Steine entlang und dann weiter nach Neurode. Es ist wohl klar, dass die Hussiten nie so weit kommen, wir werden uns mit ihnen … früher befassen. Aber es ist immerhin wichtig … Hörst du mir zu?«

»Nein!«

»Was?«

»Du wirst keinen Verräter aus mir machen.«

»Du bist schon längst ein Verräter. Jetzt wechselst du nur die Seiten.«

»Nein!«

»Reynevan, weißt du, was man bei einem Menschen mit glühenden Zangen und Pechfackeln machen kann? Ich sage es dir: Man kann seine Seiten so lange ansengen, bis man die inneren Organe durch die Rippen hindurch sehen kann.«

»Nein!«

»Du willst den Helden spielen, wie?« Johann von Münsterberg machte eine wegwerfende Handbewegung. »Der nichts verrät? Nicht einmal dann, wenn sie dich zur Folter schleppen? Aber was ist, wenn sie gar nicht den Helden dorthin schleppen? Wenn sie jemand anderem die Seiten versengen? Und unser Held dabei zuschauen muss?«

Reynevan, vor Schreck wie gelähmt, wusste, was kam, noch bevor der Herzog ein Zeichen gab. Er wusste es, noch bevor die Knechte Jutta aus der Kammer herbeischleppten, die blass war und keinen Widerstand leistete.

Herzog Johann befahl mit einer Geste, sie näher herzubringen. Hatte Reynevan zuvor noch die Hoffnung gehegt, der Feudalherr würde es nicht wagen, die Tochter de Apoldas gefangen zu nehmen oder gar ihr Schimpf anzutun, er würde sich nicht erkühnen, einer Adeligen, einem Fräulein aus einem Rittergeschlecht, ein Leid zuzufügen, so ließen jetzt die Miene und die Augen des Herzogs diese Hoffnung vergehen und wie Staub im Wind verwehen. Der Herzog lachte, stellte sich vor sie hin und riss ihr die *cottehardie* und das Hemd mit einer heftigen Bewegung von den Schultern, vor den Augen des sich unter den Griffen der Knechte heftig hin und her werfenden Reynevan drückte er mit seinen Händen ihre nackten Brüste. Jutta zischte und wand sich, vergebens. Man hielt sie fest.

»Bevor wir dazu übergehen, dieses reizende Zwillingspaar zu versengen«, lachte der Herzog, während er die Brust des Mädchens immer noch brutal knetete, »hole ich mir das Fräulein erst einmal ins Bett. Und wenn du dann immer noch den Helden spielen willst, wandert sie in den Kerker im Rathaus, sollen sie doch auch dort ihre Freude an ihr haben. Du musst nämlich wissen, Bielau, dass sich die Wächter dort immer noch vergnügen, die gleiche Spießgesellenwirtschaft wie seinerzeit, als die Burgunderin das Pech hatte, dort zu landen. Dann kriegen die Jungs noch eine, die der Herzog überhatte, haha. Und dich lasse ich in die Nachbarzelle sperren. Damit du alles mit anhören und dir gut vorstellen kannst. Und dann … Dann werden wir sengen.«

»Lass sie los …«, stieß Reynevan kaum hörbar hervor. »Lass

sie los ... Lass sie ... Wag es nicht ... Hab Erbarmen mit ihr ... Herzog ... Ich tue, was du befiehlst.«

»Was? Ich habe das nicht gehört!«

»Ich tue, was du befiehlst!«

Das Pferd, das sie ihm gegeben hatten, war bockig, nervös und unruhig, vielleicht teilte sich ihm aber auch nur die Unruhe seines Reiters mit. Eine Eskorte von Rittern begleitete ihn auf dem Weg hinter dem Grottkauer Tor, darunter Borschnitz, Seiffersdorf und Risin. Und Herzog Johann höchstpersönlich.

Es war kalt. Gefrorene, reifbedeckte Halme knirschten unter den Hufen der Pferde. Im Süden verdunkelte sich der Himmel, ein Schneegestöber kündigte sich an.

»Die Hussiten«, Johann von Münsterberg zog die Zügel an, »müssen das Tal der Steine entlangmarschieren! Und dann weiter auf dem Neuroder Weg! Sei also überzeugend, Bielau, sei überzeugend! Vielleicht hilft dir ja der Gedanke, dass du, wenn es gelingt, wenn die Hussiten dort sind, wo ich sie haben will, das Mädchen retten kannst. Misslingt es dir aber, oder übst du Verrat, stürzt du sie ins Verderben und lieferst sie den Qualen und der Schande aus. Gib dir also Mühe!«

Reynevan antwortete nicht. Der Herzog richtete sich im Sattel auf.

»Vielleicht hilft dir bei deinem Tun auch noch ein anderer Gedanke: Wenn du die Hussiten ins Verderben führst, rettest du deine eigene unsterbliche Seele. Wenn wir sie mit deiner Hilfe mit Stumpf und Stiel ausrotten, wird dir der liebe Gott diese Tat gewiss anrechnen.«

Reynevan antwortete auch diesmal nicht. Er blickte ihn nur an. Der Herzog ließ ihn nicht aus den Augen.

»Ach, was für ein Blick, was für ein Blick!« Er verzog den Mund. »Genau wie Gelfrad von Sterz, mit dem dich so viel verbunden hat und wohl noch immer verbindet. Wirst du nicht auch versuchen, mir einen Schrecken einzujagen wie Sterz auf dem Richtplatz? Sagst du dann nicht auch: *Hodie mihi, cras tibi?* Sagst du es?«

»Ich sage gar nichts.«

»Vernünftig. Denn ich würde es dir auch für jede ausgesprochene Silbe heimzahlen. Oder besser gesagt, deinem Mädchen. Für jede Silbe eine Begegnung mit dem glühenden Eisen. Vergiss das nicht, Bielau. Vergiss das auch nicht einen Moment.«

»Ich vergesse es nicht.«

»Reite los.«

Im Grottkauer Tor kauerten Bettler, Aussätzige und Landstreicher. Herzog Johann, höchst zufrieden mit sich selbst, wies Marschall von Borschnitz an, ihnen eine Hand voll Münzen zuzuwerfen. Die Bettler prügelten sich um die Kupferstücke, die Eskorte ritt weiter, das Donnern der Hufe zog mit lautem Widerhall durch das Torgewölbe.

»Herzog?«

»Ja?«

»Wenn Bielau ...«, Hintsche von Borschnitz hüstelte in seine Faust, »wenn Bielau es schafft ... Wenn er ausführt, was Ihr befohlen habt ... Lasst Ihr das Fräulein dann frei? Und vergebt Ihr Bielau dann auch?«

Johann von Münsterberg lachte spöttisch auf. Dieses Lachen hätte Borschnitz als Antwort eigentlich genügen sollen. Der Herzog geruhte jedoch, die Sache zu erklären.

»Gott ist barmherzig«, erläuterte er ihm, »er vergibt und verzeiht. Manchmal geht er aber in seiner Barmherzigkeit so weit, dass er wohl selbst nicht mehr weiß, was er tut. Das hat mir einmal Bischof Konrad von Breslau gesagt, und der Bischof ist kein Kleriker wie jeder andere, der kennt sich in diesen Dingen aus. Bevor also, meinte der Bischof, Gott einem Sünder vergibt, muss man hier in diesem irdischen Jammertal dafür sorgen, dass der Sünder für seine Vergehen und seine Schuld ordentlich leidet. Das sagte der Bischof, und ich denke, das war gut gesprochen. Reinmar von Bielau und seine Gespielin werden also leiden. Sehr leiden. Und wenn sie dann nach ihrem Leiden vor Gottes Antlitz treten, so möge Gott ihnen verzeihen, wenn das sein Wille ist. Hast du das verstanden, Marschall?«

»Ich habe verstanden, Herzog.«

Der Himmel war von dem heranziehenden Schneegestöber schon völlig verdunkelt. Und von etwas noch Bedrohlicherem.

Bedrohlicher, weil man nicht wusste, was es war.

Fünfundzwanzigstes Kapitel

in dem Reynevan eine Entscheidung trifft.
Aber nicht alles nimmt ein gutes Ende.

Er ließ Frankenstein hinter sich, nachdem er die Stadt im Süden über Zedlin umgangen hatte. Sein Kopf schmerzte schrecklich, Beschwörungen halfen nicht, seine vor Erregung zitternden Hände gehorchten ihm nicht. Der Schmerz trieb Schleier vor seine Augen.

Er ritt wie im Traum. Wie in einem Albtraum. Der Weg, die Straße nach Glatz, ein Teil der Handelsstraße von Breslau nach Prag, hörte plötzlich auf, ein gewöhnlicher Weg, eine ihm vertraute Straße zu sein. Er verwandelte sich in etwas, was Reynevan nicht kannte und nie zuvor gesehen hatte.

In den bewölkten und ohnehin dunklen Himmel tropfte plötzlich, wie Tinte in Wasser, eine wirbelnde, pulsierende Wolke undurchdringlicher Dämmerung. Rauher Wind kam auf, der die Bäume schüttelte. Das Pferd warf den Kopf hoch, wieherte, schlug aus und wich zur Seite. Reynevan ritt, sich mühsam seinen Weg suchend, durch diese ägyptische Finsternis.

Im Dunkeln glimmen Irrlichter auf. Und rote Augen. Hinter den schwarzen Wolken lugt ein bleicher Mond hervor.

Das Pferd wiehert und bäumt sich auf.

Dort, wo das Dorf Tarnau sein sollte, ist kein Dorf. Dort ist ein Friedhof unter verkrüppelten Bäumen. Auf den Gräbern windschiefe Kreuze. Manche verkehrt herum in den Boden gerammt, das Oberste zuunterst. Zwischen den Grabhügeln brennen Feuer, in ihrem flackernden Schein huschen Schatten vorbei. Auf dem Friedhof wimmelt es von Ungeheuern. Lemuren kratzen mit ihren Krallen die Gräber aus. Aus dem gefrorenen Boden steigen Empusen und Necuraten hervor. Muronen und Mormolycien heben ihre Köpfe und heulen den Mond an.

Inmitten dieser Ungeheuer – Reynevan sieht es genau – sitzt Drosselbart. Jetzt, im Tode, ist er noch dürrer als einst im Leben, noch kadaverhafter als ein Kadaver, er sieht fast wie eine Mumie aus, wie ein altes Skelett, bedeckt nur noch von trockener Haut. Einer der Lemuren hält ihn mit den Zähnen am Ellenbogen gepackt, beißt und saugt. Drosselbart scheint es nicht zu merken.

»Wenn es um das Wohl der Sache geht«, ruft er und blickt Reynevan an, »zählt der Einzelne nicht! Beweise, dass du zu Opfern bereit bist! Manchmal muss man das opfern, was man liebt!«

»Einen Stein auf die Schanze!«, heulen die Lemuren. »Einen Stein auf die Schanze!«

Hinter dem Friedhof ist eine Wegkreuzung. Unter dem Steinkreuz, mit dem Rücken daran angelehnt, sitzt Řehors. Sein Gesicht ist zur Hälfte verhüllt, er ist in ein Bahrtuch gewickelt, eine blutgetränkte Plane aus Sackleinen.

»Das Rad der Geschichte saust dahin«, sagt er undeutlich und mit großer Anstrengung. »Keine Macht ist in der Lage, es aufzuhalten. Opfere sie! Du musst sie opfern! Für die Sache! Für den Kelch! Der Kelch muss triumphieren!«

»Einen Stein auf die Schanze!«, quaken hin- und herhüpfend die Schrettel mit den riesigen Ohren. »Wirf sie weg, wie einen Stein auf die Schanze!«

»Sie ist ohnehin verloren«, meint Bisclavret, der aus einem Graben am Wege aufsteigt. Man weiß nicht recht, wie und womit er spricht, statt Hals und Mund ist da nur ein blutiger Brei. »Johann von Münsterberg lässt sie nicht aus den Fingern. Egal, was du tust, du wirst sie nicht retten. Sie lebt nicht mehr. Sie ist verloren.«

Aus dem Graben auf der anderen Seite steigt Gelfrad von Sterz. Ohne Kopf. Den hält er unter dem Arm.

»Du hast geschworen«, sagt der Kopf. »Du hast dein *verbum nobile* gegeben, dein Wort als Edelmann. Du musst sie opfern. Ich habe mich selbst … geopfert. Ich habe meine Pflicht erfüllt. Ich habe ihm geschworen … *Hodie mihi, cras tibi … Hodie mihi, cras tibi …*«

Die Hufe trommeln auf den Boden. Reynevan galoppiert, im Sattel vornüber gebeugt. Hier irgendwo müsste das Dorf Baumgarten sein. Aber es ist nicht da. Da sind hohe, nackte Bäume, ein wilder Wald, ein Winterwald.

»Ihr wart ein schönes Paar«, ruft ein grünhäutiges Wesen mit phosphorglühenden Augen. »Joiosa und bachelor. Ihr wart es, ihr wart es!«

»Einen Stein auf die Schanze!«, heulen die sich aus dem Windbruch erhebenden Wichtel. »Einen Stein auf die Schanze!«

Hinter den Baumstämmen lugen Alpe hervor, hochgewachsene, dunkelhäutige Alpe mit weißen Haaren und spitzen Ohren.

»Tempus odii«, ein aufdringliches, gut hörbares Gewisper drängt sich an ihn heran, flüstert: *»tempus odii*, die Zeit des Hasses …«

Hier sollte das Dorf Kleinbuckau sein. Es ist nicht da.

»Die neue Ära!«, ruft, aus der Erde hervorspringend, Krečiř, der Prediger der Waisen. Er ist von But überströmt, es fließt aus seinem über dem Ellenbogen abgeschlagenen Arm und aus einer grässlichen Wunde am Kopf.

»Die neue Ära! Die alte Welt soll im Feuer vergehen! Opfere sie! Opfere sie für die Sache!«

»Einen Stein auf die Schanze! Einen Stein auf die Schanze!«

»Das Reich Gottes kommt!«, heult Krečiř. »Das wahrhaftige *regnum Dei!* Wir werden triumphieren! Der wahre Glaube triumphiert, das Unrecht hat ein Ende, die Welt verändert sich. Damit das geschieht, musst du sie opfern!«

»Du musst sie opfern!«

Den Hang herab, in einem langen, nicht enden wollenden Reigen, kommt der Totentanz gezogen, der *danse macabre*, hunderte, von zerrissenen Bahrtüchern umhüllte Skelette hüpfen, hopsen und tänzeln in wilden, grotesken Sprüngen. Zerschlissene Fahnen und Standarten wehen und rauschen. Trommeln veranstalten einen höllischen Lärm. Man hört das Klappern der Knochen, der Zähne. Und einen wilden, von quäkenden Stimmen intonierten Choral:

Ktož jsú božé bojovníci
a zákona jeho!

Über dem Treiben der Skelette kreisen und krächzen tausende von Raben, Krähen und Dohlen. Der Wind treibt abscheulichen Leichengeruch herüber. Knochen klappern, Zähne klappern. Die Schreie und das verdammte Geheul schwellen an. Und auch der Gesang.

Ktož jsú božé bojovníci
a zákona jeho!

Einen Stein auf die Schanze. Du musst sie opfern.

Reynevan vergräbt das Gesicht in der Mähne des Pferdes, er gibt dem Tier die Sporen.

Die Hufe trommeln über den gefrorenen Boden.

Der Albtraum endete abrupter, als er begonnen hatte. Die Dunkelheit wich im Handumdrehen. Die normale Welt kehrte zurück. Der normale Dezemberhimmel mit seinem Mond, bleich wie ein Weißkäse.

Das Dorf Frankenberg befand sich dort, wo es sein sollte. Hunde bellten. Rauch kroch über die Dächer und breitete sich über dem Brachland aus.

In der Ferne, im Süden, aus der Richtung, in die er reiten sollte, wohl in Wartha, wurde zur None geläutet. Reynevan ritt. Das Pferd warf den Kopf hoch und bockte.

Der Kopfschmerz war verflogen.

Er hatte Wartha hinter sich gelassen, das immer noch die Spuren von Brand und Verwüstung trug. Er ritt am linken Ufer der Glatzer Neiße entlang. Er überwand den Bergrücken über dem Durchbruch des Flusses, ritt am Dorfe Eichau vorbei und in den Glatzer Kessel hinein.

In Glatz wurde zur Vesper geläutet.

Er umging die Stadt im Norden und überquerte wiederum die Neiße. Er gelangte zu einer Weggabelung, an die Stelle, wo sich der Weg von Mittelwalde mit dem kreuzte, der nach Lewin und Nachod führte.

Und hier, vor einem Dorf, dessen Namen er nicht kannte, hielt ihn eine hussitische *hlidka* an. Eine Vorhut, eine Streife aus vier berittenen Bogenschützen.

»Ich bin von Vogelsang!«, antwortete er, als man ihn anrief. »Reinmar von Bielau. Bringt mich zum Stab.«

Die Waisen waren auf dem Marsch. Královec hatte das Lager bei Rengersdorf aufgegeben und zog nach Norden. Sie ziehen direkt ins Steinetal, dachte er. Ich muss sie nicht einmal dazu überreden, ich muss sie nicht überzeugen, sie tun genau das, was Herzog Johann wollte. Sollte das ein Zeichen Gottes sein? Ich muss nichts tun. Ich muss niemanden verraten. Wenigstens nicht wissentlich. Ich werde ganz einfach schweigen. Ich verschweige, was geschehen ist. Jutta wird gerettet ...

Die an den Flanken von Reitern und Fußvolk bewachte Kolonne war etwa eine halbe Meile lang – zu ihr gehörten an die hundertfünfzig Streitwagen und ein halbes hundert Transport- und Versorgungswagen. Es dauerte etwas, bis die Streife Reynevan zu den Hauptleuten gebracht hatte. Bis an die Spitze der Kolonne, die Schwedeldorf schon weit hinter sich gelassen hatte.

»Reynevan!« Jan Královec von Hrádek schien sehr erstaunt zu sein. »Du lebst? Sie haben erzählt, Herr Puta habe dich in Glatz zu Tode gequält. Du und Řehors wärt ihm in die Hände gefallen ... Durch was für ein Wunder ...«

»Jetzt ist keine Zeit dafür, Bruder, keine Zeit …«

»Ich verstehe.« Královecs Gesicht wurde starr. »Rede, was bringst du?«

Reynevan holte tief Luft. Jutta, dachte er, Jutta, vergib mir …

»Johann von Münsterberg zieht von Norden her mit tausend Mann schwerer Reiterei gegen euch. Sie wollen euch auf dem Marsch überfallen. Euch ein zweites Kratzau bereiten.«

Královec biss die Zähne zusammen, als dieser Name fiel. Die anderen Hauptleute gaben ein dumpfes Gemurmel von sich. Jan Kolda von Žampach war unter ihnen. Auch Matěj Salava z Lipé. Da war einer, der Matěj sehr ähnlich sah und auch das gleiche Wappen trug, zweifellos sein Bruder Jan. Brázda von Klinštejn war da, die Sturmleitern der Ronovic im Wappen tragend, auf einem gewaltigen Streitross, einem Grauschimmel. Vilém Jeník von Mečkovo war da, der Hauptmann von Leitomischl, den Reynevan nur vom Sehen kannte. Piotr z Lichwin war da, den sie den Polen nannten, der jetzige Kommandant der im Frühjahr eroberten Burg Homole. Und der rabenschwarze Pole Piotr ergriff auch als Erster das Wort.

»Was haben dir Münsterberg und Puta außerdem zu sagen befohlen?«, fragte er mit drohender Stimme. »Wozu solltest du uns überreden?«

»Ich sollte euch dazu bringen, das zu tun, was ihr gerade tut«, antwortete Reynevan nachdrücklich, das Gesicht Královec und nicht dem Polen zugewandt. »Zum Marsch nach Norden ins Steinetal. Ihr lauft ihm direkt in die Falle. Wenn ich ein Provokateur wäre, wie Herr von Lichwin glauben machen will, hätte es genügt zu schweigen. Aber ich warne euch vor der Gefahr. Rettet euch vor der Niederlage und dem Tode. Ihr wisst nicht einmal, welchen Preis ich dafür zahle. Wenn ihr mich für einen Spion haltet, dann tötet mich. Ich sage kein Wort mehr.«

»Das ist Reynevan«, sagte Brázda von Klinštejn. »Einer von uns! Und er warnt uns. Was sollte er dadurch, dass er uns warnt, erreichen wollen?«

»Dass wir anhalten«, sagte Vilém Jeník langsam. »Der feindlichen Armee die Zeit geben, die sie braucht. Den Dorfbewohnern der Dörfer, die wir plündern wollen, Zeit zum Fliehen geben. Ich kenne diesen Menschen nicht…«

»Aber ich kenne ihn«, unterbrach ihn Královec heftig. »Ich befehle, die Kolonne anzuhalten. Bruder Vilém, Wachen und Streifen nach Norden und in Richtung Glatz. Bruder Piotr und Bruder Matěj, ihr kümmert euch um die Reiterei.«

»Stellen wir eine *hradba* auf?«

»Wir stellen sie auf«, bestätigte Královec, der in den Steigbügeln stand und sich umsah. »Wie heißt das Dorf da, das wir eben hinter uns gelassen haben? Weiß das einer?«

»Altwilmsdorf.«

»Dort gehen wir in Stellung. Weiter, Bruder! Schnell!«

Wie eine Wagenburg, die so genannte *hradba*, aufgestellt wurde, hatte Reynevan schon ein paar Mal gesehen. Aber noch nie in einer derart geschickten Anordnung wie jetzt. Královecs Waisen tummelten sich wie die Ameisen, und ihre Ordnung und Organisation erweckten Bewunderung. Zuerst wurde das Zentrum gebildet, der *nucleus*, ein Ring aus Versorgungswagen, in dessen innerem Kreis die Zugpferde und das Hornvieh kamen. Um das Zentrum herum erwuchs sehr rasch die eigentliche *hradba*, ein Viereck aus Kampfwagen. Die Wagenlenker brachten ihre Fahrzeuge geschickt in die richtige Position. Die Pferde wurden ausgeschirrt und ins Zentrum gebracht. Die Wagen wurden im System »Rad auf Rad« aufgestellt, so dass das linke Hinterrad eines Wagens mit Ketten am Vorderrad des nachfolgenden befestigt werden konnte, wodurch die Seiten der Wagenschanze stufenförmig angeordnet waren. In den zwischen einigen Wagen übrig gelassenen Lücken wurde die Artillerie untergebracht, Haubitzen, Tarrasbüchsen und kleine Kanonen. Jede Seite wurde aus fünfzig Streitwagen gebildet, die ganze Wagenburg bildete ein Quadrat mit einer Seitenlänge von etwa zweihundert Schritten.

Noch bevor die Dämmerung einsetzte, stand die Wagenburg. Und wartete.

»Wir hatten geplant, Glatz durch Verrat einzunehmen«, wiederholte Brázda von Klinštejn, ganz in Gedanken versunken, sein Löffel verharrte schwebend über dem Napf. »Aber es ist nichts daraus geworden. Unsere Leute in der Stadt, sind alle geschnappt worden. Und zu Tode gefoltert. Řehors war unter ihnen, es heißt, sie hätten ihn schrecklich gefoltert, auf dem Blutgerüst am Markt. Und das Gerücht ging um, dass auch du dort ein schreckliches Ende gefunden hättest. Ich freue mich, dass du davongekommen bist.«

»Ich freue mich auch«, Reynevan biss die Zähne zusammen. »Bisclavret ist auch tot. Sie haben ihn erschlagen. Das ist das Ende von Vogelsang.«

»Du bist noch übrig. Du hast überlebt.«

»Ich habe überlebt.«

Brázda schlürfte wieder seine Suppe, aber nicht lange.

»Wenn die Schlesier heranziehen ... Wenn sich zeigt, dass ... Du kannst Schwierigkeiten kriegen, Reynevan. Hast du keine Angst?«

»Nein.«

Schweigend löffelten sie die Suppe. Von den Feuern wehten Rauchschwaden herüber. Die Pferde im inneren Ring der Wagenburg schnaubten.

»Brázda?«

»Was ist?«

»Ich habe keinen Prediger beim Stab gesehen. Weder Prokupek noch Krečiř ...«

»Prokupek ...« Der Ronovic schnäuzte sich und wischte sich die Nase. »Prokupek ist in Prag und macht Karriere. Er bereitet sich darauf vor, Bischof zu werden. Krečiř ist bei Kratzau gefallen, sie haben ihn zusammen mit seinen Schleuderbuben niedergemetzelt, so gründlich, dass nicht mehr viel von ihm übrig geblieben ist. Wir hatten noch einen Prediger, aber der war krank und schwächlich. Der ist gestorben. Bei Reinerz haben wir ihn begraben. Zwei Wochen ist das jetzt her.«

»Also seid ihr…« Reynevan räusperte sich. »Also sind wir ohne spirituellen Trost?«

»Wir haben Wodka.«

Sehr schnell und sehr plötzlich – es war der sechsundzwanzigste Dezember – brach die Dunkelheit herein. Da kamen die Streifen und Wachen zurück, die Reiterei des Polen Piotr. Auf dem von Feuern erhellten Platz der Wagenburg drängten sich die Berittenen.

»Sie kommen!«, meldete der Pole Piotr Královec, noch ganz außer Atem. »Sie kommen, Brüder! Der Deutsche Reynevan hat die Wahrheit gesagt, sie kommen! Nur Reiterei, an die tausend Pferde! Auf den Standarten die schlesischen Adler, auch die Zeichen von Troppau waren zu sehen! Sie sind in den Kessel hinunter, sind schon kurz vor Glatz! Vor der Morgendämmerung sind sie hier!«

»Werden sie angreifen?«, fragte Jan Kolda. »Sie hatten eigentlich die Absicht, wie bei Kratzau auf die dahinziehende Kolonne einzudringen. Wenn sie aber jetzt merken, dass wir vorbereitet sind? Werden sie angreifen?«

»Das weiß Gott allein«, erwiderte Královec. »Aber wir haben keine andere Möglichkeit, wir müssen abwarten. Lasst uns beten, Gottesstreiter! Vater unser, der du bist im Himmel…«

Es war kalt, leichter, trockener Schnee begann zu fallen.

»Was ist das für ein Dorf da vor uns?«

»Mügwitz, Herzog. Danach kommt dann schon Schwedeldorf…«

»Also wird es Zeit! Es ist Zeit! Die Fahnen voran! Wir werden unter unseren Bannern angreifen!«

Die Fahnenträger schoben sich an die Spitze. Allen voran schwang die Feldstandarte Münsterbergs mit dem zur Hälfte schwarzen, zur Hälfte roten Adler. Neben ihr erhob sich das Zeichen des Bischofs, schwarzer Adler und rote Lilie. Daneben blitzte weiß und rot die Standarte von Troppau. Daneben die Schweidnitzer Fahne, ein schwarzer Adler und ein schwarz-weiß gemustertes Schachbrett. Und der schwarze Adler von Breslau.

Johann von Münsterberg in seiner Mailänder Rüstung umstanden die Anführer. Der junge Wenzel, der Erbe von Troppau, der Herzog von Leobschütz. Nikolaus Zedlitz von Alzenau, der ein Fähnlein anführte, der Starost von Ottmachau, mit einer goldenen Klammer im roten Wappenfeld. Der Marschall des Bischofs, Lorenz von Rohrau. Der Starost von Grottkau, Tamsch von Tannenfeld. Der das Schweidnitzer Kontingent anführende Unterstarost Hinko Stosch. Georg Zettritz, der Anführer der Breslauer, leicht zu erkennen an dem rot-silbernen Stierkopf im Wappen.

»Vorwärts!«

»Herzog! Der junge Kurzbach von der Vorhut!«

»Her zu mir! Hierher! Rede! Wie sieht es aus? Wo sind die Hussiten?«

»Sie lagern …«, antwortete von seinem Pferd herab der junge Ritter mit den drei goldenen Fischen im Wappen. »Sie lagern bei Altwilmsdorf …«

»Sie befinden sich nicht auf dem Marsch?«

»Nein. Sie lagern.«

Die Anführer begannen zu murren. Hinko Stosch fluchte. Tannenfeld spuckte aus. Johann von Münsterberg tummelte sein Pferd.

»Das spielt keine Rolle!«, schrie er.

»Dein Spion hat uns offensichtlich verraten, Herzog«, urteilte Georg Zettritz trocken. »Aus der Überraschung wird nichts. Was nun?«

»Das spielt keine Rolle, habe ich gesagt! Wir greifen an!«

»Die Wagenburg?«, stammelte Lorenz von Rohrau. »Herzog … Die Böhmen sind kampfbereit …«

»Sind sie nicht!«, widersprach der Herzog. »Bielau hat uns nicht verraten. Das hätte der gar nicht fertig gebracht! Das ist ein Feigling und ein Schwächling! Er weiß, dass ich ihn in der Hand habe, dass ich ihn zugrunde richten kann, ihn und seine Gespielin ... Er würde es nicht wagen ... Královec, das garantiere ich, weiß nichts von uns, der hat keine Wagenburg gebildet, sondern ein ganz gewöhnliches Nachtlager errichtet! Unser Vorteil ist noch größer geworden! Vor der Morgendämmerung sind wir da, im ersten Dämmerlicht fallen wir über die Schlafenden her, zerschmettern sie und bringen sie um. Sie werden dem Angriff nicht standhalten, wir zerschlagen sie! Gott ist mit uns! Mitternacht ist vorüber, wir haben den siebenundzwanzigsten Dezember, den Feiertag Johannes' des Evangelisten, meines Patrons! Im Namen Gottes und des heiligen Johannes, vorwärts, Ihr Herren Ritter!«

»Vorwärts!«, schrie Wenzel von Troppau.

»Vorwärts!«, echote Nikolaus Zedlitz, der Starost von Ottmachau. Ein wenig zaghafter.

»Vorwärts! Gott mit uns!«

Auf den Wagen der Wagenburg, dazwischen und darunter warteten zweieinhalbtausend kampfbereite Gottesstreiter. Tausend warteten als geschlossene Reserve, bereit, die Gefallenen und Verwundeten zu ersetzen. In der Mitte des Platzes drängte sich die Sturmabteilung der Waisen, zweihundert Mann leichte Reiterei.

Man hatte die Feuer gelöscht. An den Wagen hingen Kessel mit roter Glut.

»Sie kommen!«, meldeten die zurückkehrenden *hlidki*. »Sie kommen!«

»Bereit machen!«, befahl Hauptmann Královec. »Reynevan, du bleibst hier bei mir.«

»Ich will auf einem Wagen kämpfen. In vorderster Linie. Bitte, Bruder.«

Královec schwieg lange und kaute auf seinem Schnurrbart. Im Mondlicht war sein Gesichtsausdruck nicht zu erkennen.

»Ich verstehe«, erwiderte er schließlich, »oder besser gesagt, ich kann mir vorstellen, warum. Aber ich muss deine Bitte ablehnen. Du bleibst bei mir. Wir beide werden, wenn die Zeit dazu gekommen ist, mit der Reiterei in den Kampf ziehen. Tausend Berittene kämpfen gegen uns, Junge. Tausend Berittene. Auf den Wagen, im Feld, überall, glaub mir, sind die Chancen gleich, dass sich deine Todessehnsucht erfüllt.«

Die Wagenburg verharrte in Konzentration und Stille, Totenstille, die kaum vom Schnauben der Pferde, dem Klirren der Waffen oder dem Husten eines der Gottesstreiter unterbrochen wurde.

Der Boden begann spürbar zu erzittern. Zuerst leicht, dann immer stärker und heftiger. Reynevans Ohren erreichte das dumpfe Gepolter von Hufschlag auf gefrorenem Grund.

Die Waisen begannen nervös zu husten, die Pferde schnaubten. Auf und unter den Wagen blitzten und blinkten die kleinen Feuer der Lunten.

»Warten«, wiederholte Královec von Zeit zu Zeit. Die Anführer gaben den Befehl durch die Linien weiter.

Das Trommeln der Pferdehufe schwoll an. Es wurde immer lauter. Kein Zweifel mehr. Die im Dunkeln verborgene schwere Reiterei ging vom Trab zum Galopp über. Die Wagenburg der Waisen war das Ziel des Angriffs.

»Jesus Christus«, sagte Královec plötzlich. »Jesus Christus ... Das ist doch nicht möglich. So dumm können die doch nicht sein!«

Das Hufetrommeln wurde stärker. Die Erde zitterte. Die Ketten an den Wagen klirrten. Die aneinanderschlagenden Spitzen der Spieße und Hellebarden klirrten. Das nervöse Husten nahm zu.

»Zweihundert Schritt!«, brüllte Vilém Jeník von den Wagen herüber.

»Bereitmachen!«

»Bereitmachen!«, wiederholte Jan Kolda. »Also Jungs, kneift die Ärsche zusammen!«

»Hundert Schritt! In Siiiicht!«

»Feuer!«

Von der Wagenburg blitzte das Feuer aus tausend Läufen. Tausend Schüsse hallten mit ohrenbetäubendem Lärm wider.

Unter Gewieher, Lärm, Geschützdonner und Waffengeklirr erhellte plötzlich Feuer die Dunkelheit. Anfangs nur dürftig und spärlich flackernd, brannte es, angefacht durch den sich erhebenden Morgenwind, plötzlich machtvoll und ungestüm. In hellen hohen Flammen standen die Häuser von Schwedeldorf und Altwilmsdorf, brannten die Heustadel am Roten Berg, die Scheunen, Schuppen und Katen am Willenberg. Waren die einen auf Královecs Befehl angezündet worden, so hatte Herzog Johann befohlen, im Moment des Angriffs die anderen in Brand zu setzen. Der Zweck war ein und derselbe: Es sollte hell werden. Hell genug, um einander töten zu können.

Die aus der Wagenburg abgegebene Salve hatte wahrhaft mörderische Folgen. Unter den Kugeln und Bolzen, die auf ihre Rüstungen trafen, fiel die erste Angriffslinie, als hätte der Wind sie umgeblasen; in das Wirrwar von stürzenden Pferden und Menschen trampelte die zweite Linie, die heranstürmenden Pferde stolperten und stürzten auf die bereits am Boden liegenden und verletzten Tiere, gerieten in Panik und warfen ihre Reiter unter angstvollem Wiehern und Stöhnen ab. In das Ächzen der Pferde mischten sich die Schreie der Menschen und stiegen in den nächtlichen Himmel.

Erst die dritte Linie erreichte die Wagenburg, und obwohl die Wucht ihres Angriffes deutlich gehemmt wurde, erzitterte die Wagenburg und knirschte unter dem Aufprall der Panzerreiter. Die Wagen wankten unter dem Ansturm. Aber sie blieben stehen. Und auf die gegen sie gedrückten Ritter ging eine

Lawine aus Eisen nieder. Von den eigenen von hinten nachsetzenden Gefährten in die Enge getrieben, ohne Möglichkeit, sich zurückziehen oder fliehen zu können, verteidigten sie sich, so gut sie konnten, gegen die Hiebe, die auf sie niederprasselten. Hussitische Dreschflegel, Streitäxte und Morgensterne zerschmetterten Helme, Hellebarden durchstießen Schulterstücke, Streitäxte hieben Arme ab, Kriegshämmer und Streitkolben schlugen zu, Speere und Spieße durchbohrten Brustpanzer.

Die unter den Wagen verborgenen Armbrustschützen schossen Bolzen auf Bolzen in die Pferdeleiber, Waffenknechte fuhren den Reittieren mit Sensen in die Beine. Wiehern, Krachen von Eisen und Schreie erhoben sich über dem Schlachtfeld, in den Säbelklingen spiegelte sich blutiger Feuerschein.

Als Erstes wich das Fähnlein des Bischofs zurück und wurde aufgerieben. Beim Angriff durch eine Salve von der Wagenburg dezimiert, traf es, wie auf einen gewaltigen Igel, auf einen Wald von Piken, Spießen und Wurfspießen. Bei diesem Anblick sank Nikolaus Zedlitz das Herz, und sein Geist erlahmte völlig. Irgendwelche sinnlosen Kommandos stammelnd und schreiend, wendete der Starost von Ottmachau plötzlich sein Pferd, warf seinen Schild mit der goldenen Klammer zu Boden und floh. Ihm hinterher galoppierte der Marschall Lorenz von Rohrau. Hinter den beiden machte sich das ganze Fähnlein aus dem Staube – oder das, was davon noch übrig war.

Der Nächste war Wenzel, der Herzog von Leobschütz, der Sohn Przemkos von Troppau. Wenzel, ein leidenschaftlicher Anhänger der Geheimwissenschaften, hatte den ganzen Weg über an dem geheimnisvollen Horoskop herumgerätselt, das seine Hofastrologen vor dem Feldzug erstellt hatten. Jetzt, als die Troppauer Ritter unter den Schlägen hussitischer Dreschflegel fielen, gelangte er zu der Überzeugung, dass die Konjunktionen nicht günstig waren und die Aussichten ganz einfach schlecht. Auf seinen Befehl hin trat das gesamte Troppauer Kontingent den Rückzug an. In panischer Angst.

Johann von Münsterberg, Hinko Stosch und Georg Zettritz hatten sich mittlerweile, Befehl um Befehl gebend, heiser gebrüllt. Die Reiterei zog sich von der Wagenburg zurück, um sich neu zu formieren. Das war der letzte und schlimmste Fehler der Anführer in dieser Schlacht. Die Waisen hatten es inzwischen geschafft, die Haubitzen und Tarrasbüchsen erneut zu laden, die Schützen hatten ihre Hakenbüchsen und Schießrohre in den Händen, und auch die Armbrustschützen waren bereit. Unter ohrenbetäubendem Getöse erglühte die Wagenburg aufs Neue in Feuer und Rauch, und auf die zurückweichenden Schlesier ging ein mörderischer Hagel von Geschossen nieder. Wieder durchschlugen Kugeln und Bolzen mit lautem Krachen das Blech, wieder stürzten stöhnend verletzte Pferde. Wer noch dazu in der Lage war, wandte sich jetzt zu wilder Flucht.

In wilder Hast, die unter seinem Kommando Stehenden zurücklassend, machte sich der Starost von Grottkau, Tamsch von Tannenfeld, davon. Mit dem Rest seiner Ritter flüchtete Unterstarost Stosch vom Schlachtfeld. Taub für die verzweifelten Rufe Herzog Johanns und Zettritz', zerstreuten sich die Breslauer und Münsterberger Ritter.

»Jetzt!«, brüllte Jan Královec von Hrádek. »Jetzt! Auf sie, Gottesstreiter! Auf sie! Schlaaagt siiieee!«

An den Seiten der Wagenburg wurden sofort einige Wagen weggerollt, durch die entstandenen Lücken strömte die böhmische Reiterei aufs Feld. Auf leichteren und ausgeruhten Pferden und weniger durch die Rüstung behindert, holten die hussitischen Reiter im Nu die fliehenden Schlesier ein. Wen sie erwischten, der wurde ohne Gnade und Nachsicht niedergemacht.

Hinter der Reiterei stürmte das Fußvolk aus der Wagenburg hervor. Die Schlesier, die von den Schwertern der Berittenen verschont geblieben waren, ereilte nun der Tod durch die Dreschflegel.

»Auf sie! Looos! Auf siiieee!«

Über das Schlachtfeld zogen der Rauch und der Gestank von Verbranntem. Die Brände erloschen allmählich. Und im Osten stieg eine blutrote Dämmerung auf.

»Los, auf sie!«, schrie Reynevan, der beim Angriff zwischen Salava und Brázda von Klinštejn ritt. »Schlagt sie!«

Sie erreichten die Schlesier, stürzten sich auf sie wie die Falken, und ein wildes Gemetzel begann. Schwerter trafen auf Panzerplatten, dass Funken von den Klingen sprangen. Reynevan kämpfte, was das Zeug hielt, er brüllte laut, und sein Gebrüll verlieh ihm Mut. Die Schlesier versuchten, dem Kampf zu entkommen, sie rannten davon. Reynevan galoppierte hinterher.

Da bemerkte ihn der Mauerläufer.

Der Mauerläufer hatte sich nicht an der Schlacht beteiligt, diese interessierte ihn nicht sonderlich. Er war, im Verborgenen der Spur des schlesischen Heeres folgend, nur aus einem einzigen Grund nach Altwilmsdorf gekommen. Nur zu diesem einen Zweck hatte er zehn seiner schwarzen Reiter vom Sensenberg hierhergebracht. Die Entwicklung der Ereignisse voraussehend, waren sie wie Gespenster auf das Schlachtfeld vorgedrungen, umherstreifend und Ausschau haltend.

Dass der Mauerläufer Reynevan im Durcheinander der Schlacht, in der großen Verwirrung und der nur von Bränden erhellten Dunkelheit überhaupt bemerkt hatte, war reiner Zufall. Ein bisschen Glück. Wäre dieses Quäntchen Glück nicht gewesen, hätten dem Mauerläufer weder Magie noch Haschisch geholfen.

Als der Mauerläufer Reynevan erblickte, stieß er einen melodischen Schrei aus. Die schwarzen Reiter wendeten sofort ihre Pferde. In rasendem Galopp ritten sie alles nieder, was sich ihnen in den Weg stellte.

»Adsumus! Adsuuumuuus!«

Reynevan sah sie kommen. Und war wie versteinert.

Aber Zufälle und ein Quäntchen Glück erfuhren alle, keiner hatte ein Monopol darauf. Besonders nicht in dieser Nacht.

Als das Fußvolk, der Reiterei folgend, hinter den Wagen hervordrängte, um die Schlesier zu jagen, hatten auch etliche Schützen ihre Kanonen verlassen und waren mitgestürmt. Aber nicht alle. Manche liebten ihre Feuerwaffe so sehr, dass sie sich ohne sie nicht an die Verfolgung machten. Die Haubitzen, die auf Lafetten saßen, waren für derlei Manöver geradezu ideal geeignet. Es war Zufall, dass drei Geschützmannschaften ihre Haubitzen gerade in dem Moment aufs Schlachtfeld zogen, als die schwarzen Reiter attackierten. Als sie begriffen, was vor sich ging, wendeten die Schützen ihre Lafetten. Und hielten die Lunten an die Zünder.

Der Hagel aus Bleiklümpchen, Eisensplittern und verschnittenen Nägeln war für die in Eisen gehüllten Reiter etwa so schwer zu verkraften, als hätte man mit Erbsen nach ihnen geworfen, denn wie Erbsen prallte er von ihren Brustpanzern ab. Der Winkel, den die Läufe der Haubitzen einnahmen, bewirkte jedoch, dass die Mehrzahl der Geschosse die Pferde traf. Und unter ihnen ein regelrechtes Massaker anrichtete. Nicht eines der zehn Pferde hielt der Salve stand, nicht eines hielt sich mehr auf den Beinen. Ein paar Reiter wurden zerquetscht, andere von den Hufen der wild um sich schlagenden Pferde getroffen und getötet. Der Rest kroch am Boden herum, versuchte röchelnd, sich zu erheben, und taumelte mit von Hasch'isch vernebeltem Blick umher. Man ließ sie nicht zur Besinnung kommen.

Aus der Wagenburg drangen die letzten Kräfte der Waisen hervor. Leicht Verwundete. Wagenlenker. Schmiede und Sattler. Frauen. Halbwüchsige. Bewaffnet mit dem, was den Gefallenen entglitten war. Die schwarzen Reiter wurden von Forken, Hellebarden und Spießen zurückgedrängt und umgeworfen, wie Ameisen machten sich die Waisen über die Gestürzten her. Rungen, Beile, Keulen, Scheite und Hämmer sausten auf sie nieder und trafen die Schwachstellen: die Visiere, die Schurze, die Armschienen, den Knieschutz. In die Spalten der Rüstung drangen scharfe Messer, Ahlen und Sicheln. Das Röcheln verwandelte sich in qualvolle, erschütternde Schreie.

Die schwarzen Reiter starben einen schweren Tod. Es dauerte lange. Lange Zeit wollten sie nicht vom Leben lassen. Aber die Hussiten schlugen und schlugen unaufhörlich auf sie ein.

Bis zum Ende.

Der Mauerläufer sah das alles, und auch Reynevan sah das alles. Reynevan sah den Mauerläufer, der Mauerläufer sah Reynevan. Sie sahen sich über das blutgetränkte Schlachtfeld hinweg mit hasserfüllten Blicken an. Bis Reynevan einen wütenden Schrei ausstieß, seinem Pferd die Sporen gab und, sein Schwert zückend, auf den Mauerläufer zusprengte.

Der Mauerläufer ließ die Zügel schießen, hob mit gewaltigem Schwung seine Arme und machte in der Luft eine komplizierte Bewegung. Sofort umgab ihn eine knisternde, funkensprühende Aura, aus den gespreizten Fingern begannen Feuerkugeln zu wachsen. Aber es gelang ihm nicht, seinen Zauber zu werfen. Er schaffte es nicht. Reynevan kam immer näher, und von der anderen Seite des Schlachtfeldes hielt eine Gruppe von Reitern auf ihn zu, die ihm jeden Moment in den Rücken fallen würde. Von den Wagen her näherte sich eine Gruppe Leitomischler Fußvolk mit Dreschflegeln und Hellebarden. Der Mauerläufer stieß eine Beschwörungsformel aus und schlug mit den Armen, als wären es Flügel. Vor den Augen Reynevans und der verwunderten Waisen schwang sich flügelschlagend ein riesiger Vogel aus dem Sattel des schwarzen Hengstes. Er flog auf, stieg in die Luft und flog wild krächzend hoch in den Himmel. Er flog weiter und verschwand.

»Zauber!«, schrie Matěj Salava z Lipé. »Papistenzauber! Pfui!«

Um seinem Zorn Luft zu machen, hieb er dem schwarzen

Hengst seine Streitaxt auf den Schädel. Der Hengst ging in die Knie, dann fiel er zur Seite und streckte steif die Beine von sich.

»Dort sind sie!«, schrie Salava und deutete in die Richtung. »Dort sind sie, die Hundsfotte! Da laufen sie! Hinterher, Brüder! Jagt sie! Haut sie! Für Kratzau!«

»Für Kratzau! Schlagt sie! Lasst keinen am Leben!«

Das Kampfgetümmel hinter sich lassend, war Johann von Münsterberg in Panik davongejagt, seinem schwer schnaubenden, galoppierenden Pferd das Letzte abverlangend.

Er strebte nach Norden, Richtung Schwedeldorf, das immer noch brannte. Er wusste nicht genau, wohin er wollte, es war ihm im Grunde auch einerlei. Vor Angst wie gelähmt, wandte er sich dorthin, wohin auch die anderen geflohen waren. Nur weg von diesem Massaker!

Er holte ein paar Ritter auf schaumbedeckten Pferden ein, die kaum noch in der Lage waren, sich fortzubewegen.

»Risin? Borschnitz? Kurzbach?«

»Herzog!«

»Auf die Pferde, schneller! Weg von hier!«

»Dorthin ...«, stieß Hintsche von Borschnitz keuchend hervor und deutete in die Richtung. »Hinter das Flüsschen ...«

»Auf die Pferde!«

Die Idee mit dem Flüsschen erwies sich als fatal. Als die schlimmste von allen, die überhaupt möglich waren. Nicht genug damit, dass man sie vor dem Hintergrund des brennenden Schwedeldorf so deutlich sehen konnte, als säßen sie einem auf der Handfläche, war auch das Ufer des Flüsschens trügerisch, weil es nie zufror. Kaum berührten die schweren Gäule der Ritter mit ihren Hufen die dünne Eisschicht an der Oberfläche, sanken sie ein. Manche bis zum Bauch.

Noch bevor sie ihre bedrohliche Lage ganz erfasst hatten, saßen ihnen auch schon die Verfolger im Nacken, und um sie herum wimmelte es von hussitischen Reitern. Risin heulte auf, von Speeren durchbohrt. Kurzbach schluchzte, er kauerte sich im Sattel zusammen, erhielt einen Schlag mit dem Streitkolben auf den Kopf, unter seinem Helm drang ein lauter Schrei hervor, er rutschte aus dem Sattel und fiel vom Pferd. Borschnitz brüllte auf und hieb mit seinem Schwert um sich, die anderen folgten seinem Beispiel. Johann von Münsterberg hatte sein Schwert auf der Flucht verloren, beim Anblick der ihn umringenden Hussiten griff er nach der Streitaxt an einem Sattel und schwang sie unter lauten Verwünschungen, in seiner Panik aber so ungeschickt, dass der krumme Schaft seinen Händen entglitt und die Axt davonflog. Die Hussiten griffen ihn von allen Seiten an. Er erhielt einen Hieb in den Rücken, dann auf den Kopf, unter seinem Helm drang ein wüster Schrei hervor, er glitt aus dem Sattel und stürzte. Noch einmal versuchte er aufzustehen und erhielt erneut einen Schlag, diesmal in die Seite, seine Rüstung verformend. Darunter brachen die Rippen, der Herzog würgte, es nahm ihm den Atem. Wieder erhielt er einen Schlag, er fiel auf den Rücken. Er sah, wie Blut in Strömen auf das zersplitterte Eis rann. Er hörte, wie der von Schwertern durchbohrte Kurzbach mit dünner Stimme aufheulte. Wie Borschnitz schrie, als sie ihn erschlugen. Dann begann er selbst zu schreien.

»Gnade! Gnaaaade!«, heulte er, während er seinen Helm vom Kopf riss. »Ich bin der Herzog ...«

»Hodie mihi, cras tibi.«

Den Herzog schauderte. Er hatte Reynevan erkannt.

Reynevan stellte ihm einen Fuß auf die Brust. Dann hob er hoch, was er in Händen hielt. Der Herzog sah, was es war. Und ihm wurde schlecht.

»Neeeiiin!«, winselte er wie ein Hund. »Tu das nicht! Ich habe meine Befehle gegeben! In Münsterberg! Das Mädchen stirbt! Wenn du mich anrührst, stirbt das Mädchen!«

Reynevan hob den Spieß, so hoch es ging. Und mit aller Gewalt, mit seiner ganzen Kraft stieß er ihn dem Herzog in den Bauch. Die vierkant geschliffene Spitze durchbohrte die Stränge des Schurzes. Der Herzog schrie vor Schmerz, zog zuckend die Beine an und griff mit beiden Händen nach dem Schaft. Reynevan drückte ihn mit dem Fuß zu Boden und riss den Spieß heraus.

»Ablöööse!«, heulte Johann. »Ich zahle Ablööse! Gooold! Jeesuus Christuuus! Erbaaarmeen!«

Erneut holte Reynevan gewaltig aus. Die Spitze des Spießes bohrte sich in den Spalt zwischen Brustpanzer und Schurz, grub sich bis über den Widerhaken ein. Johann von Münsterberg schrie, verschluckte sich, ein Blutschwall drang ihm aus dem Mund und tropfte auf Kinn und Rüstung.

»Gnaaade ... Gnaa... Aaaah ...«

Es kostete Reynevan einige Mühe, die Klinge, die sich verfangen hatte, herauszuziehen, endlich gelang es ihm. Er hob den Spieß und stieß zu. Die Spitze durchbohrte das Blech. Herzog Johann konnte schon nicht mehr schreien. Er stöhnte nur. Und übergab sich. Das Blut spritzte einen halben Klafter hoch.

Reynevan drückte seinen Fuß gegen den Brustpanzer und versuchte wieder, die verkeilte Spitze freizubekommen.

»Weißt du was, Bielau?«, sagte Jan Kolda, der neben ihm stand. »Ich denke, der hat genug.«

Reynevan ließ den Spieß los. Er hatte Mühe, den Krampf in seinen Fingern zu lösen. Er trat einen Schritt zurück. Und schauderte ein wenig. Dann beherrschte er sich.

Kolda räusperte sich lange und spuckte aus.

»Er hat genug«, sagte er noch einmal. »Wirklich genug.«

»Ja, sieht wohl so aus.« Reynevan nickte. »Wohl wirklich genug.«

So also starb Johann, der Herzog von Münsterberg, ein Fürst aus dem Geschlecht der Piasten, in direkter Linie ein Nachkomme von Siemowit und Mieszko, Blut vom Blute und Fleisch vom Fleische eines Bolesław Chrobry und eines Bolesław Krzywousty, und so eine Grabinschrift sollte er sich auch erwerben. Er starb am siebenundzwanzigsten Dezember 1428 oder, wie der Chronist sagen würde, *vicesima septima die mensis Decembris Anno Domini MCCCCXXVIII.* Er fiel in der Schlacht, die bei einem Dorfe mit dem Namen Altwilmsdorf eine Meile westlich von Glatz geschlagen wurde. Wie einige Chronisten meinen, fiel er wie sein Urur- – oder wie auch immer – -großvater Heinrich der Fromme: *pro defensione christianae fidei et suae gentis.* Andere sagen, er sei durch eigene Dummheit umgekommen. Wie auch immer, er fiel. Er starb.

Und die männliche Linie der Piasten von Münsterberg starb mit ihm aus.

Die Schlacht dauerte immer noch an. Einige Schlesier, denen die Flucht nicht gelungen war, leisteten verzweifelten Widerstand. Sie hatten einen Kreis gebildet und wehrten die heftigen Angriffe der Waisen ab. Einige von ihnen kämpften allein. Etwa Georg Zettritz, der Anführer der Breslauer. Zwei Pferde hatte man ihm schon erschlagen, das erste gleich zu Beginn der Schlacht vor der Wagenburg, das zweite während der Flucht. Damit fehlte ihm die Möglichkeit, schnell zu fliehen. Er hatte keinen Helm mehr, seine Haare waren blutbeschmiert, und er war zudem am Bein verwundet, ein hussitischer Speer hatte ihn am Oberschenkel getroffen und den Schurz seiner Nürnberger Rüstung durchbohrt. Das Blut rann über die Beinschienen. Der an einer Weide am Feldrain lehnende Zettritz schwankte, er konnte kaum noch stehen, hieb aber tapfer mit seinem Anderthalbhänder um sich, hielt sich die ihn umgebenden Angreifer vom Leibe und schlug auf die allzu lästigen ein, dass es nur so schepperte. Es lagen schon beachtlich viele Erschlagene im Kreis um ihn herum, bis es endlich einem der Böhmen gelang, ihn mit dem Schwert an der Wange so zu verwunden, dass die zerschlagenen Zähne knirschten. Zettritz schwankte, aber er blieb auf den Beinen. Er spuckte Blut auf seinen Brustpanzer und fluchte lästerlich.

Und er wehrte seine Angreifer weiter mit seinem Anderthalbhänder ab.

»Bei meiner Ehre, Herr Zettritz«, rief der im Schritt heranreitende Brázda von Klinštejn. »Sollte es nicht genug sein?«

Georg Zettritz spuckte Blut. Er blickte auf die Sturmleitern auf Brázdas Brust. Dann atmete er tief auf. Er fasste sein Schwert an der Klinge und hob es hoch, zum Zeichen, dass er sich ergab. Dann fiel er in Ohnmacht.

»Gott hat gesiegt«, sagte Jan Královec von Hrádek mit müder Stimme.

»Gott hat es so gewollt«, setzte er ohne jegliches Pathos hinzu. »Das Horn von Moab wurde abgeschlagen und sein Arm zerbrochen.«

»Gott hat gesiegt!« Der Pole Piotr hob sein blutiges Schwert. »Wir haben gesiegt, Gottesstreiter! Die hochmütige deutsche Ritterschaft liegt hier im Staub! Wer soll uns jetzt noch aufhalten?«

»Wir haben Kratzau gerächt!«, rief Matěj Salava z Lipé und wischte sich das Blut vom Gesicht. »Gott ist mit uns!«

»Gott ist mit uns!«

Das Triumphgeschrei aus den tausend Kehlen der Gottesstreiter schien Dämmerung und Nebel endgültig zu vertreiben. Durch den Rauch der Brände stieg ein neuer, heller Tag herauf. *Dies illucescens.*

»Ich muss reiten«, wiederholte Reynevan, äußerst bemüht, seine Zähne zusammenzubeißen, die plötzlich anfangen wollten zu klappern. »Ich muss wegreiten, Bruder Jan.«

»Wir haben sie aufgerieben«, wiederholte Jan Královec von Hrádek. »Wir haben das Horn von Moab abgeschlagen. Johann von Münsterberg ist tot, Schweidnitz und Breslau sind dezimiert. Schlesien ist unserer Gnade ausgeliefert. Willst du Rache? Dann komm mit uns.«

»Ich muss reiten.«

Die Sonne kämpfte sich durch die Wolken. Ein frostiger Tag kündigte sich an. Der siebenundzwanzigste Dezember 1428. Der Montag nach der Geburt des Herrn.

Královec schöpfte tief Luft.

»Ha, wenn du musst, dann musst du … Also reite! Mit Gott!«

Auf dem Kopf des Gehenkten hockte eine Krähe.

Der Tag, obgleich frostig, war hell und sonnig, und es war fast windstill. Der Gehenkte schaukelte nur ganz leicht und drehte sich an seiner knarrenden Schnur, was die Krähe überhaupt nicht zu stören schien. Die Krallen fest in den spärlichen Haarresten der Leiche vergraben, pickte sie dort heraus, was es herauszupicken gab.

Die Dachziegel der Türme von Münsterberg glänzten in der Sonne. Den Weg entlang in Richtung Grottkauer Tor zog eine endlose Reihe von Flüchtlingen. Die Nachricht von den heranziehenden Hussiten hatte sich rasch verbreitet.

Reynevan klopfte seinem Pferd den schaumbedeckten, klebrigen Hals. Die sechs Meilen, die Altwilmsdorf von Münsterberg trennten, hatte er in wahrhaft imponierenden anderthalb Stunden zurückgelegt. Mit dem Ergebnis, dass das Pferd vollkommen ausgepumpt war. Den letzten Teil des Weges schleppte es sich nur noch jämmerlich dahin. Mit Pausen.

Die Krähe erhob sich vom Kopf des Gehenkten, flog davon und krächzte, um sich gleich darauf etwas höher, auf dem Querbalken des Galgens, niederzulassen.

»Reinmar von Bielau, nehme ich an?«

Der Mann, der diese Frage gestellt hatte, war wie aus dem Nichts aufgetaucht. Als wäre er plötzlich aus der Erde gewachsen. Er saß auf einem scheckigen Pferd. Gekleidet war er wie ein Bürger. Er hatte ein unauffälliges Gesicht und sprach mit polnischem Akzent.

»Reinmar von Bielau, selbstverständlich«, beantwortete er sich seine Frage selbst. »Ich warte hier auf Euch.«

Statt zu antworten, griff Reynevan nach seinem Schwert. Der Mann mit dem unauffälligen Gesicht verzog keine Miene.

»Ich warte hier ohne böse Absichten«, sagte er ruhig. »Nur deshalb, weil ich Nachrichten zu überbringen habe. Wichtige Nachrichten. Darf ich sprechen? Werdet Ihr mich ruhig anhören?«

Reynevan hatte nicht die Absicht, auf diese Frage mit Ja zu antworten. Der Fremde bemerkte dies. Als er sprach, klang seine Stimme verändert. Eine metallischer, böser Ton klang darin auf.

»Du hast keinen Grund, in die Stadt zu reiten, Reinmar von Bielau. Du bist schnell geritten, hast dein Pferd nicht geschont. Und doch bist du zu spät gekommen.«

Reynevan beherrschte seine plötzlich aufkommende Verzweiflung. Er kämpfte mit seiner Schwäche. Er bezwang das Klopfen seines Herzens, das er bis in den Hals hinauf spürte. Die Hände, die zu zittern begannen, versteckte er unter dem Sattelknopf. Er biss die Zähne zusammen, bis es wehtat.

»Das Fräulein, zu dessen Rettung du herbeigeeilt bist, befindet sich nicht mehr in Münsterberg«, sagte der Fremde. »Ganz ruhig! Keine Torheiten! Geduld, mehr Geduld! Hör mich an…«

Reynevan dachte nicht daran zuzuhören. Er zog sein Schwert und gab seinem Pferd die Sporen. Das Pferd zuckte zusammen, scharrte mit den Hufen, schnaubte, bäumte sich auf und wandte den Kopf. Es wich nicht einen Zoll von der Stelle.

»Mehr Geduld«, wiederholte der Unbekannte. »Mach keine Dummheit. Dein Pferd bewegt sich nicht von der Stelle, und du kannst nicht näher an mich herankommen. Hör mich an, bitte.«

»Rede! Rede! Was ist mit Jutta?«

»Fräulein Jutta de Apolda ist heil und gesund. Aber sie hat Münsterberg verlassen.«

»Woher…« Reynevan atmete tief durch. »Woher soll ich wissen, dass du nicht lügst?«

Der Unbekannte lächelte böse.

»*Veritatem dicam, quam nemo audebit prohibere*«, sein gutes Latein verriet ebenfalls durch den Akzent, dass er Pole war. »Fräulein Jutta weilt nicht mehr in Münsterberg. Wir fanden, dass ihre Sicherheit in den Händen Herzog Johanns nicht gewährleistet sei. Dass die Leute, deren Obhut sie der Herzog anvertraut hatte, ihre körperliche Unversehrtheit nicht garantierten. Also haben wir beschlossen, Fräulein Jutta aus dem Münsterberger Gefängnis zu erretten. Das ist uns geglückt, wir haben sie gerettet. Und wir haben sie, wenn ich mich so ausdrücken darf, *sub tutelam* genommen.«

»Wo ist sie jetzt?«

»An einem sicheren Ort. Ruhig, junger Mann, ganz ruhig. Ihr droht nichts. Ihr wird kein Haar gekrümmt. Sie befindet sich, wie ich schon andeutete, unter unserer Obhut.«

»Unter wessen Obhut? Unter wessen, verdammt noch mal?«

»Du bist überraschend phantasielos.«

»Die Inquisition?«

»*Tu dicis.*« Der Unbekannte lächelte. »Du sagst es.«

Reynevan versuchte erneut, sein Pferd dazu zu bringen, sich in Bewegung zu setzen, aber es schnaubte nur und stampfte auf.

»Andere verbrennt ihr der Magie wegen.« Er spuckte aus. »Beschissene Heuchler seid ihr! Ich frage nicht, was ihr von mir wollt, auch nicht, was das Ziel dieser Erpressung ist. Und ich warne euch ganz ehrlich und aufrichtig: Eben erst habe ich so einen erpresserischen Hurensohn getötet. Und ich habe mir fest vorgenommen, alle anderen, ganz gleich, wer sie sind, ebenfalls umzubringen. Das kannst du Gregor Hejncze sagen. Und dich, du Bote, werde ich auf die Warteliste setzen, da kannst du sicher sein. Du wirst weder den Tag noch die Stunde kennen.«

»Geduld, Reinmar, Geduld.« Der Unbekannte verzog den Mund. »Beherrsche dich, und zügle dich. Denn ein Mangel an

Selbstbeherrschung kann schwer vorhersehbare unangenehme Folgen haben. Sehr unangenehme Folgen.«

»Für Jutta? Ich verstehe.«

»Du verstehst nicht. Steck dein Schwert weg und hör mich an. Wirst du mir zuhören?«

»Habe ich denn eine andere Wahl? Andernfalls hat es ja unangenehme Folgen. Jutta ist in euren Händen. In eurem Kerker...«

»Sie ist in keinem Kerker«, unterbrach ihn der Unbekannte. »Keiner wird ihr etwas zuleide tun, keiner wird sie auch nur anrühren, ihr zu nahe treten oder ihre Ehre verletzen. Jutta de Apolda ist in unserer Obhut. Sie ist isoliert, das wohl... Mit der Kenntnis und der Zustimmung ihrer Mutter, der Frau Agnes, der Frau Mundschenk von Schönau. Fräulein Jutta befindet sich an einem sicheren Ort. Verborgen und abgeschottet von den Gefahren dieser Welt. Von einer gewissen Idee, die einst Mayfreda da Pirovano auf den Scheiterhaufen gebracht hat. Und von dir. Besonders von dir. Und vorläufig wird Fräulein Jutta auch abgeschottet und verborgen bleiben.«

»Vorläufig?«

»Bis es Zeit ist.«

»Bis es Zeit ist wofür? Wann lasst ihr sie frei?«

»Wenn die Zeit gekommen ist. Und unter gewissen Bedingungen.«

»Also, weiter!«, bellte Reynevan, immer noch vergeblich bemüht, sein Pferd in Bewegung zu setzen. »Zur Sache! Ich höre! Was sind das für Bedingungen? Wen soll ich diesmal verraten? Wen soll ich verkaufen? Wen dem Tod ausliefern? Und wenn ich tue, was ihr verlangt, dann gebt ihr mir Jutta zurück, ja? Vielleicht legt ihr auch noch dreißig Silberlinge dazu?«

»Geduld!« Der Unbekannte hob die Hände. »Reg dich nicht auf, galoppier nicht gleich los. Ich habe dir gesagt, was ich sagen sollte. Jetzt kehre zu deinen Leuten zurück. Zu den Waisen, von denen das Gerücht geht, sie würden geradewegs nach Norden marschieren und jeden Moment hier eintreffen. Kehre zurück. Und warte auf Nachricht von uns. Hochwürden Hejncze empfiehlt dir, die Worte des Propheten Hosea zu erwägen: Die Wege des Herrn sind gerade, und die Gerechten wandeln darauf, aber die Sünder kommen auf ihnen zu Fall. Es wird Zeit, dass du aufhörst zu stolpern, Reinmar von Bielau. Zeit, auf den rechten Weg zurückzukehren. Wir versuchen, dir dabei zu helfen.«

»Ich zweifle keineswegs daran, dass ihr das versucht.«

»Warte auf Nachricht. Wir werden dich finden.«

»Seid ihr so sicher, dass ihr mich findet?«

»Wir werden dich finden.« Der Bote der Inquisition lachte. »Ohne Schwierigkeiten. Du bist wie Majoran. Überall zu finden. In jedem Essen. Ich heiße Łukas Bożyczko.«

»Ich werde es mir merken.«

Łukas Bożyczko lachte, ihm schien die in Reynevans Stimme mitschwingende Drohung nichts auszumachen. Er warf seinen Mantel über die Schulter zurück. Wendete seinen Schecken. Gab ihm die Sporen. Und ritt im Galopp auf das Grottkauer Tor zu. Dem mehr und mehr Flüchtlinge zustrebten.

Reynevan sah ihm noch lange nach. Er war zum Umfallen müde. Aber er wusste, dass er keine Zeit hatte, zu schlafen oder sich auszuruhen. Er zog die Zügel an und wandte sich in Richtung Frankenstein. Das Pferd schnaubte. Der Weg war voller Leute. Die Nachricht vom herannahenden Zug der Waisen hatte sich wie ein Lauffeuer verbreitet, Schlesien war wieder von Panik erfasst.

Und Jutta befand sich in den Händen der Inquisition.

Im Süden bedeckte sich der Himmel mit Wolken, es wurde kälter, ein Schneegestöber kündigte sich an.

Und noch viel Schlimmeres.

ENDE DES ZWEITEN BANDES

Anhang

Prolog

S. 6: *Africae Terra, ubi sunt leones*: das Land Afrika, wo es Löwen gibt (in dem Sinne: ein Land, das man nicht kennt)
India inferior: das untere Indien

S. 7: *ubi oriens iungitur aquiloni*: wo sich der Osten mit dem Norden verbindet
Insulas Canarias: Kanarische Inseln
El Navegador: der Seefahrer

S. 8: *sanguisugae, polypi, octopodes, locustae, cancri, ... pistrices et huic similia*: Blutsauger, Polypen, Kraken, Langusten, Krebse, ... Haifische und diesem Ähnliches
navigare necesse est [, vivere non est necesse]: zur See zu fahren, ist notwendig [, zu leben ist nicht notwendig]; ins Allgemeine umgedeutete lat. Version eines Ausspruches des Pompeius bei Plutarch
Fortunatae Insulae: glückliche Inseln; Bezeichnung röm. Schriftsteller für die Kanarischen Inseln
quod erat demonstrandum: was zu zeigen war (in dem Sinne: was zu beweisen war)

S. 9: *Salvatoris omnium*: Des Retters aller (Anfangsworte der Bulle Papst Martins V.)
a latere: [entsandt] von der Seite [des Papstes]

S. 10: *caput regni*: das Haupt (die Hauptstadt) des Reiches

1. Kapitel

S. 17: *Maleficium*: Verbrechen, Übeltat; hier: Zauberei

S. 19: *in spe*: wörtl.: in der Hoffnung; zukünftig
sub utraque specie: [Kommunion] in beiderlei Gestalt

S. 20: *primo – secundo – tertio*: zum Ersten – zum Zweiten – zum Dritten

S. 25: Ktož jsú Boží bojovníci / a zákona jeho, / prostež od Boha pomoci / a úfajte v něho, / že konečně vždycky s ním svítězítě: Die ihr Gottes Streiter seid / und seiner Gebote, / erbittet Gottes Hilfe und glaubt an ihn, / damit ihr schließlich mit ihm siegen werdet (bedeutendster hussitischer Choral)

S. 26: *quodlibet[s]*: wörtl.: was beliebt; ein buntes Allerlei
Quasimodogeniti: wörtl.: wie die neugeborenen Kinder; 1. Sonntag nach Ostern, so benannt nach seinem Introitus (1. Petr. 2,2); auch Weißer Sonntag (nach den weißen Gewändern der Täuflinge, die in der frühen Kirche in der Osterwoche die Taufe erhielten)
lectorium ordinarium: die gleich bleibende Lesung [der Messe]

S. 29: *rigor mortis*: Totenstarre
Credo: Glaubensbekenntnis

S. 32: *per saldo*: in der Kaufmannssprache: aufgrund des Saldos, des Differenzbetrages, der sich nach Aufrechnung der Soll- und Habenseite des Kontos ergibt; übertragen: unterm Strich, überschlägig

S. 41*: Deus vincit! Veritas vincit! Te Deum laudamus!*: Gott siegt! Die Wahrheit siegt! Gott, dich loben wir!
impromptu[s]: rasch, ohne Vorbereitung

S. 43: *Já řezník, ty řezník, oba řezníci / Pudem za Prahu pro jalovici / Jak budu kupovat, budeš smlouvat / Budem se panenky hezky namlouvat!*: Metzger bin ich, Metzger bist du, Metzger sind wir beide / Holen uns gleich hinter Prag 'ne Färse von der Weide / Ich werd kaufen, du verhandeln / Mit dem schönen Mägdelein werden wir anbandeln!

S. 49: *requiescat in pace*: er ruhe in Frieden (Schlussformel der Totenmesse, Grabinschrift)

2. Kapitel

S. 56: *Pax sancta!*: Heiliger Friede!

S. 65: *caput regni*: vgl. S. 10
sub utraque specie: vgl. S. 19

S. 69: *Timor nocturnus.*: Der Schrecken der Nacht. (vgl. Ps. 90,5 Vulg. / 91,5)
Adsumus: Hier sind wir

S. 70: *Respice post te, hominem te esse memento, cave, ne cadas. Cave, ne cadas … Nescis, mi fili, diem neque horam.*: Sieh hinter dich, sei dir bewusst, dass du ein Mensch bist, hüte dich vor dem Fall. Hüte dich vor dem Fall … Du kennst, mein Sohn, weder Tag noch Stunde. (nach Mt. 25,13)

S. 75: *[Respice post te,] hominem te [esse] memento*: [Sieh hinter dich,] sei dir bewusst, dass du ein Mensch bist (Dies hatte der Staatssklave, der servus publicus, der die Triumphkrone über das Haupt des Triumphators hielt, diesem zu den Beifallskundgebungen des Volkes ins Ohr zu flüstern.)
in toto: in seiner Gesamtheit, insgesamt, gänzlich

3. Kapitel

S. 79: *sub utraque specie*: vgl. S. 19

S. 80: *Omnia sunt communia*: Alles gehört allen
sola scriptura: die [Heilige] Schrift allein

S. 82: *omne malum a clero*: alles Übel [kommt] vom Klerus

S. 83: *Cantate [Domino canticum novum]*: wörtl.: Singet [dem Herrn ein neues Lied]; die Bezeichnung für den 4. Sonntag nach Ostern, benannt nach den Anfangsworten des Introitus zum Tage (vgl. Ps. 97,1 Vulg. / 98,1)

S. 86: *doctor medicinae*: Doktor der Medizin
licentia docendi: Lehrbefugnis

S. 87: *Quare insidiaris animae meae?*: Was lauerst du meiner Seele auf? (vgl. 1. Sam. 24, 12)
Non veniet tibi quicquam mali.: Dir wird nichts Böses geschehen. (1. Sam. 28,10)

S. 88: *unisono*: mit einer Stimme, einstimmig, im Chor, im Einklang
doctor medicinae: vgl. S. 86

S. 89: *magnus nigromanticus*: ein Großmeister der schwarzen Magie

S. 90: *Cremor tartari*: Höllenschleim
unguentum populeum: Pappelsalbe

S. 94: *Beati immaculati, Cthulhu fhtagn!*: Selig [sind] die Unbefleckten, Cthulhu fhtagn!

S. 95: *antidotaria, dispensatoria ... ricettaria*: Gegenmittel, Verbände ... Rezepte
valde venerandus et eximius: der hoch zu verehrende und hervorragende

S. 96: *occultum*: Geheimnis; hier: Geheimzimmer

S. 97: *serpens mercurialis*: die Merkurschlange; gemeint ist die sog. Seelenschlange, eine dreiköpfige Schlange
Visita Inferiora Terrae Rectificando Invenies Occultum Lapidem: Durchforsche die Dinge unter der Erde, du wirst durch Rektifizieren den Stein der Weisen entdecken
albedo, nigredo: weißer, schwarzer [Zustand]; Stufen des alchemistischen Verfahrens
argentum vivum: Quecksilber

S. 98: *caput mortuum*: wörtl.: totes Haupt; Rückstände

S. 101: *ora et labora*: bete und arbeite; Ordensregel der Benediktiner
facultas docendi: Lehrbefähigung (für Hochschulen)
reverendissime doctor: höchst verehrungswürdiger Doktor

S. 103: *occultum*: vgl. S. 96
aspergillum: der Weihwedel
magnus experimentator et nigromanticus: ein großer Experimentator und Schwarzkünstler

S. 104: *ex fructibus eorum [cognoscetis eos]*: an ihren Früchten [sollt ihr sie erkennen] (Mt. 7,20)
Ecce quam bonum [et quam iucundum habitare fratres in unum]:

Siehe, wie fein [und lieblich ist's, wenn Brüder einträchtig beieinander wohnen!] (Ps. 132,1 Vulg. / 133,1)
Dominus illuminatio mea: Der Herr ist mein Licht (Ps. 26,1 Vulg. / 27,1)

S. 105: *Coniuro te mihi cito oboedire! Hodomos! Helon, Heon, Homonoreum! Dominus illuminatio mea et salus mea, quem timebo? Dominus protector vitae meae, a quo trepidabo?*: Ich beschwöre dich, mir rasch zu gehorchen! Hodomos! Helon, Heon, Homonoreum! Der Herr ist mein Licht und mein Heil; vor wem soll ich mich fürchten? Der Herr ist meines Lebens Kraft; vor wem sollte mir grauen? (Ps. 26,1 Vulg. / 27,1)

S. 106: *Ego vos invoco ... et invocando vos coniuro, per eum cui oboediunt omnes creaturae, et per hoc nomen ineffabile, Tetragrammaton, Jehova, in quo est plasmatum omne saeculum, quo audito elementa corruunt, arae concutiuntur, mare retrograditur, ignis extinguitur, terra tremit, omnesque exercitus Coelestium, Terrestrium et Infernorum tremunt et turbantur!*: Ich rufe euch an, und indem ich euch anrufe, beschwöre ich euch bei dem, dem alle Kreaturen gehorchen, und bei diesem unaussprechlichen Namen, dem Tetragramm, Jehova, in dem jedes Zeitalter gebildet ist, bei dessen Nennung die Elemente zusammenstürzen, die Altäre erschüttert werden, das Meer zurückweicht, das Feuer erlischt, die Erde bebt und alle Heere himmlischer, irdischer und höllischer Wesen zittern und in Verwirrung geraten!
Venite, venite quid tardatis? Imperat vobis Rex regum!: Kommt, kommt, was zaudert ihr? Der König der Könige befiehlt es euch!

S. 107: *Verum, sine mendacio, certum et verissimum: Quod est inferius, est sicut quod est superius, est sicut quod est inferius, ad perpetranda miracula rei unius.*: [Es ist] wahr, ohne Lüge, gewiss und zutiefst wahr: Das, was unten ist, ist wie das, was oben ist; und das, was oben ist, ist auch wie das unten ist, um das Wunder des Einen zu erreichen.
Per signum Domini Tau!: Beim Tau, dem Zeichen des Herrn!
Completum est quod dixi de Operatione Solis.: Was ich über das Wirken der Sonne zu sagen hatte, ist vollendet.

S. 108: *casus*: [juristischer] Fall
infortunium: Unglück, Ungemach
dies aegyptiaci: die ägyptischen Tage [der Knechtschaft]

S. 109: *in toto*: vgl. S. 75
nihil fit sine causa: nichts geschieht ohne Grund, ohne Ursache
causa efficiens: bewirkende, auslösende Ursache
Scire est causam rei cognoscere.: Wissen ist, die Ursache eines Dinges zu erkennen.
nexus: Zusammenhang

S. 110: *solve et coagula*: wörtl.: löse und lasse sich zusammenballen; löse und verbinde
occultum: vgl. S. 96

S. 113: *Diabolus potest sensum hominis exteriorem immutare et illudere.*: Der Teufel vermag die äußere Wahrnehmung des Menschen zu wandeln und zu täuschen.
ad gloriae suae ostensionem vel ad peccati poenitentiam sive ad peccantis correccionem sive ad nostram erudicionem: zum Erweis seines Ruhmes oder zur Buße für die Sünde oder zur Zurechtweisung des Sünders oder zu unserer Belehrung
incentor, excitator… impellator: der Anstifter, Erwecker… Verführer

S. 114: *casus*: vgl. S. 108

4. Kapitel

S. 116: *director operationum Taboritarum*: Leiter der taboritischen Operationen

S. 128: *expressis verbis*: wörtl.: mit ausgedrückten Worten; ausdrücklich
crimen laesae maiestatis: wörtl.: Verbrechen der Majestätsbeleidigung; Majestätsverbrechen

S. 129: *vicarius*: wörtl.: Stellvertreter; ein Kirchenamt

S. 131: *Res nullius cedit occupanti*: wörtl.: Eine Sache, die niemandem gehört, fällt dem, der sie ergreift, zu; übertragen: herrenlose Sachen kann man sich aneignen

S. 132: *Gloria in excelsis [Deo]*: Ehre sei Gott in der Höhe (Beginn des Glorias in der lat. Messe; vgl. Lk. 2,14)

S. 133: *Primo – Secundo – Tertio*: vgl. S. 20

S. 134: *Curia Romana*: die römische Kurie

S. 135: *christianitas*: Christenheit

S. 139: *peccatum mortale*: Todsünde

5. Kapitel

S. 140: *magister scholarum*: hier: Schulleiter

S. 141: *Ecce sub occiduas versae iam Noctis habenas / astrorumque obitus, ubi primum maxima Tethys / impulit ...*: Da, wie die Nacht abwärts zum Ziel der Bahn das Gespann lenkt, / als die Gestirne erbleichen, und eben die mächtige Tethys / antreibt (Statius, Thebais III 33-35)

S. 142: *Primo – Secundo – tertio:* vgl. S. 20

S. 143: *Numquam tibi sanguinis huius / ius erit aut magno feries imperdita Tydeo / pectora; vado equidem exsultans*: Niemals wirst du ein Recht auf dieses Blut haben oder dem großen Tydeus die unverwundbare Brust durchstoßen; ich gehe jubelnd von dannen (Statius, Thebais III 83-85)
magister scholarum: vgl. S. 140

S. 149: *la danse macabre*: der Totentanz

S. 150: *Adsumus*: vgl. S. 69

S. 151: *Tempora cum causis Latium digesta per annum / lapsaque sub terras ortaque signa canam ...*: Von den Zeiten, wie sie durch das Jahr in Latium geordnet sind, mit ihren Ursachen, und von den Sternen, wie sie auf- und untergehen, will ich singen ... (Ovid, Fasti I 1 f.)
magister scholarum: vgl. S. 140

S. 153: *Adnue conanti per laudes ire tuorum / Deque meo pavidos excute corde metus.*: Nicke mir freundlich zu, wenn ich versuche, mich im Lob deiner Verwandtschaft zu ergehen, und vertreibe aus meinem Herzen die feige Furcht. (Ovid, Fasti I 15 f.)

S. 155: *in spe:* vgl. S. 19

S. 158: *cazzo, fanculo, putana … porcamadonna:* Schwanz, Hure … Schweineherrin

S. 159: *quintadecima die mensis Septembris Anno Domini 1425*: am fünfzehnten Tag des Monats September im Jahre des Herrn 1425

S. 162: *communitas*: Gemeinschaft, Gemeinsinn, auch Gruppe

S. 165: *pictoribus atque poetis quidlibet audendi semper fuit aequa potestas*: Malern und Dichtern war von jeher alles zu wagen erlaubt (Horaz, Ars poetica 9 f.)

S. 173: *inquisitor a Sede Apostolica specialiter deputatus*: der Inquisitor des Apostolischen Stuhles, besonders [zu diesem Zweck] gesandt

S. 174: [Vikar] *in spiritualibus*: [des Bischofs] geistlicher Stellvertreter; Weihbischof

S. 175: *revocatio et abiuratio*: Widerruf und Abschwörung

S. 181: *Haereses ac multa mala hic in nostra dioecesi surrexerunt.*: Häresien und viele Übel haben sich hier in unserem Bistum erhoben.

S. 182: *Sanctum Officium*: das Heilige Officium

S. 183: *droit de seigneur*: Recht des (Feudal-)Herrn, Herrenrecht
Ergo: Also (eine Schlussfolgerung einleitend)
habet omnia iura tamquam dux: hat alle Rechte, so wie ein Herzog

S. 184: *droit de seigneur*: vgl. S. 183

S. 185: *Ad maiorem Dei gloriam [vicit pietas.]*: Zum größeren Ruhme Gottes [siegt die Frömmigkeit.]; diese auf Papst Gregor I. zurückgehende Formel wird später zum Wahlspruch des Jesuitenordens
[qui non est mecum,] contra me est: [wer nicht mit mir ist,] ist gegen mich (Mt. 12,30)
[Dictum] sapienti sat [est].: Für den Verständigen [ist] genug [gesagt].

S. 189: *Adsumus*: vgl. S. 69

S. 192: *Non enim est aliquid absconditum quod non manifestetur, nec factum est occultum sed ut in palam veniat.*: Denn es ist nichts verborgen, was nicht offenbar werden soll, und ist nichts geheim, was nicht an den Tag kommen soll (Mk. 4,22).
Anno Domini: im Jahre des Herrn

S. 193: *mea culpa [, mea culpa, mea maxima culpa]*: meine Schuld, [meine Schuld, meine übergroße Schuld] (aus dem Schuldbekenntnis, dem Confiteor, der katholischen Messe)

S. 194: *Maior sum quam cui possit Fortuna nocere!*: Ich bin zu groß, als dass mir das Schicksal schaden könnte (Ovid, Metamorphosen VI 195)
Quem dies vidit veniens superbum, hunc dies vidit fugiens iacentem.: Wen der anbrechende Tag stolz sieht, den sieht der scheidende Tag gestürzt (Seneca, Thyestes 613 f.).

S. 196: *Irritabis crabrones*: Du wirst Hornissen aufscheuchen (Plautus, Amphitruo 707)

S. 197: *magister scholarum*: vgl. S. 140

S. 198: *Aurea prima sata est aetas, quae vindice nullo, / sponte sua, sine lege, fidem rectumque colebat. / Poena metusque aberant, nec verba minantia fixo / aere legebantur, nec supplex turba timebat / iudicis ora sui, sed erant sine vindice tuti.*: Als Erstes entstand das goldene Menschengeschlecht, das keine Rächer kannte und freiwillig, ohne Gesetz, Treue und Redlichkeit übte. Strafe und Furcht waren fern, keine drohenden Worte las man auf öffentlich angeschlagenen Erztafeln, keine bittflehende Schar fürchtete den Spruch ihres Richters, sondern sie waren auch ohne Rächer geschützt. (Ovid, Metamorphosen I 89-93; zitiert nach der Prosaübersetzung von Michael von Albrecht, München: Wilhelm Goldmann Verlag, 2. Aufl. 1984)
de duro est ultima [aetas] ferro: das letzte [Zeitalter] ist von hartem Eisen

S. 202: *Nunc dimittis [servum tuum, domine]*: [Herr,] nun lassest du [deinen Diener] fahren (vgl. Lk. 2, 29-32; aus dem Nachtgebet zur Complet)

6. Kapitel

S. 212: *genera ludorum fortunae*: Arten von Glücksspielen
tesserae: Würfel
accozzamento: Vereinigung, Gemisch
sex stantia … sex puncti: ein Sechserpasch … sechs Augen

S. 214: *ludus chartularum*: Kartenspiel
accozzamento: vgl. S. 212

S. 217: *ergo*: vgl. S. 183
[Kommunion] *sub utraque specie*: vgl. S. 19

S. 219: *in saecula saeculorum*: von Ewigkeit zu Ewigkeit (aus dem Gloria Patri, mit dem jedes kirchliche Psalmengebet, auch das Stundengebet, endet)

S. 220: *fellatio*: das Saugen (im obszönen Sinne)
intermezzo[s]: Zwischenstück, Zwischenspiel

S. 223: *Et in Arcadia ego*: wörtl.: Auch in Arkadien ich (in dem Sinne: auch ich habe das Glück genossen, auch ich bin zum Glück geboren)

S. 224: *spasmus musculi faciei*: Krampf bzw. Zuckung des Gesichtsmuskels

7. Kapitel

S. 238: *peccatum mortale*: vgl. S. 139

S. 242: *Primo – secundo – tertio*: vgl. S. 20

S. 243: *Ad maiorem Dei gloriam*: vgl. S. 185

S. 247: *EGO SUM PAPA.*: Ich bin (der) Papst.

S. 249: *Na volavský stráni / skřiváncí zpívají, / že za mou milenkou / všiváci chodějí. / Dostal bych já milou / i s její peřinou / radši si ustelu / pod lipou zelenou.*: Am Berghang von Volava / singen's die Lerchen, / dass Lausbuben / mein Mädchen besuchen. / Und wenn ich die

Liebste / samt ihrem Federbett bekäme, / ich bettete mich doch lieber / unter der grünen Linde.

S. 252: *et consortes*: und (Schicksals-)Genossen, Konsorten

S. 255: *et consortes*: vgl. S. 252

S. 260: *primo – secundo*: vgl. S. 20
Amor: der Gott der Liebe oder die Liebe selbst
E lo spirito mio, che già cotanto / tempo era stato ch'a la sua presenza / non era di stupor, tremando, affranto, / senza de li occhi aver più conoscenza, / per occulta virtù che da lei mosse, / d'antico amor sentì la gran potenza.: Und meinem Geiste, dem indes vergangen / So lange Zeit, seit ihre Gegenwart / Erfüllte ihn mit Zittern und mit Bangen, / Ward, ohne daß die Augen mehr gewahrt, / Durch die geheime Kraft, die ihr entsprossen, / Der alten Liebe Kraft geoffenbart. (Dante, Göttliche Komödie, Purgatorio Canto xxx, Läuterungsberg, 30. Gesang; zitiert nach der Übersetzung von Wilhelm Hertz, München: Deutscher Taschenbuch Verlag 1978, 15. Aufl. 2005)

8. Kapitel

S. 267: *Pax Dei*: Der Friede Gottes, Gottesfrieden

9. Kapitel

S. 278: *Par montaignes et par valees / Et par forés longues et lees, / Par lieus estranges et sauvages / Si passa maint felons passages / Et maint perilz et maint destroit…*: Durch Gebirge und durch Täler / Und durch weite, ausgedehnte Wälder, / Durch absonderliche und wilde Lande / streifte er durch bedrohliche Pfade / Fremder, tödlicher Gefahr… (Chrétien de Troyes, Le Chevalier au Lion)
nom de guerre: wörtl: Kriegsname; Deck-, Künstlername

S. 292: *signum temporis*: Zeichen der Zeit

S. 294: *circa [mea] pectora*: wörtl.: um [meine] Brust; um mein Herz

10. Kapitel

S. 302: *oubliette*: Burgverlies

S. 305: *Visum repertum, visum repertum, visum repertum.*: Gesehen – gefunden, gesehen – gefunden, gesehen – gefunden.
oubliette: vgl. S. 302

S. 306: *Grůnet der walt allenthalben. / wa ist min geselle also lange? / der ist geriten hinnen. / owi! wer sol mich minnen?*: Es grünt der Wald allenthalben. / Wo ist mein Gefährte so lange? / Der ist weggeritten. / Ach, wer wird mich liebhaben? (Carmina Burana 149, II; hier zitiert nach: Carmina Burana. Die Lieder der Benediktbeurer Handschrift. Zweisprachige Ausgabe. München: Deutscher Taschenbuch Verlag 1979, 6., revid. Aufl. 1995)

S. 307: *Video videndum!*: Ich sehe das [den], was [den] ich sehen will [muss, kann, was zu sehen ist]

S. 308: *Alma ... Mater... Nostra*: [Toledo ist] unsere nährende Mutter
oubliette: vgl. S. 302

S. 309: *Commemoratio animarum*: wörtl.: Gedenken an die Seelen; Allerseelen

S. 310: *Constringo [te]*: Ich fessele [dich]

S. 312: *oubliette*: vgl. S. 302

S. 313: *[levate portae capita vestra et] elevamini ianuae [sempiternae et ingrediatur rex gloriae]*: machet [die Tore weit und] die Türen [in der Welt] hoch [, dass der König der Ehre einziehe] (Ps. 23,7 Vulg. / 24,7)

S. 314: *oubliette*: vgl. S. 302

S. 320: *oubliette*: vgl. S. 302
[siquidem] ecce cecidit paries [numquid non dicetur vobis ubi est litura quam levistis]: Siehe, da ist die Wand eingefallen. [Was gilt's, wird dann man zu euch sagen: Wo ist jetzt die Tünche, mit der ihr sie gestrichen habt?] (vgl. Ez. 13,12)

S. 322: *unisono*: vgl. S. 88

S. 325: *Adsumus*: vgl. S. 69

11. Kapitel

S. 327: *Adsumus*: vgl. S. 69

S. 328: *timor nocturnus*: vgl. S. 69

S. 333: *simiae*: Affen

12. Kapitel

S. 357: *inquisitor a Sede Apostolica specialiter deputatus*: vgl. S. 173

S. 358: *post sextam diem mensis Novembris*: nach dem sechsten Tag des Monats November

S. 359: *inquisitor a Sede Apostolica specialiter deputatus*: vgl. S. 173

S. 361: *nona die Novembris*: am neunten Tag des November

S. 362: *Ad maiorem Dei gloriam*: vgl. S. 185

S. 363: *Magna Magia*: die große Zauberkunst
Media nox: Mitternacht
officium matutinum: Frühmesse

S. 364: *Septima Novembris.*: Der siebte November.

S. 374: *sicut ceterae mulieres*: wie die übrigen Frauen

S. 383: *cocu*: Hahnrei, betrogener Ehemann

S. 384: *verbum nobile*: Adelswort, Ehrenwort

13. Kapitel

S. 385: *postcommunio*: die Postkommunio; der auf die Kommunion folgende letzte Teil der Messe

S. 389: *et consortes*: vgl. S. 252

S. 390: *via regia*: wörtl.: Königsstraße; im Mittelalter eine Reichsstraße, die durch besondere Rechte geschützt war

S. 391: *meritum*: Verdienst, verdienstliche Tat

S. 399: *carpe diem*: ergreife den Tag (Horaz, Oden I 11, 8). Appell, den gegenwärtigen Tag zu genießen und nicht an den nächsten Tag zu denken.

S. 400: *les fenêtres d'enfer*: die Fenster der Hölle

S. 401: *In vino veritas.*: Im Wein [liegt die] Wahrheit.

S. 402: *[sic] transit gloria [mundi]*: [so] vergeht die Herrlichkeit [der Welt]

14. Kapitel

S. 405: *dictum*: Ausspruch; hier: Wort

S. 407: *[Nos autem,] quibus viventibus non communicavimus, mortuis communicare non possumus.*: [Aber] mit wem [wir] als einem Lebenden nicht kommuniziert haben, mit dem können wir als einem Toten nicht kommunizieren. (Papst Leo I. an Rusticus von Narbonne)

S. 409: *hora, puncta, momenta, uncie, atomi*: Die hora, die Stunde, wurde eingeteilt in Punkte, Momente, Uncien und Atome: 1 hora = 4 puncta = 40 momenta = 480 uncie = 21600 atomi

S. 410: *Nec cras, nec heri, numquam credas mulieri.*: Weder morgen noch gestern, nie sollst du einer Frau vertrauen.

15. Kapitel

S. 423: *aequinoctium*: Tagundnachtgleiche

S. 426: *sub utraque specie*: vgl. S. 19

S. 430: *Nomina sunt odiosa*: Namen sind anstoßerregend (in dem Sinne: Namen zu nennen, ist anstoßerregend)

S. 431: *nox intempesta*: tiefe Nacht

S. 437: *philia*: [die Kraft der] Liebe
preux chevalier: ein aufrichtiger, wackerer Ritter (in dem Sinne: ein keuscher Ritter)

S. 440: *malocchio*: der böse Blick
occultum: vgl. S. 96

S. 441: *Veritas, lux, via ... et vita omnium creaturarum, vivifica me*: Wahrheit, Licht, Weg ... und Leben aller Kreaturen, belebe mich
Veritas, lux, via, vivifica me.: Wahrheit, Licht, Weg, belebe mich.

S. 442: *Coniuro et confirmo super vos ... qui apparuisti in monte Sinai, cum glorificatione regis ..., per nomen stellae, quae est Mars, et per quae est Saturnus, et per quae est Lucifer, et per nomina omnia praedicta super vos coniuro ..., ut pro me labores!*: Ich verschwöre mich und bestätige [den Eid] bei euch ..., der du auf dem Berge Sinai erschienen bist in der Verherrlichung des Königs ..., bei dem Namen des Sterns, der der Mars ist, und des [Sterns], der der Saturn ist, und bei dem, der Luzifer ist, und bei allen vorgenannten Namen beschwöre ich euch ..., dass du für mich wirkst!
Et diabolus stet a dextris.: Und der Teufel stehe zur Rechten.

S. 443: *occultum*: hier: die Zauberschrift
Et diabolus stet a dextris!: vgl. S. 442

S. 444: *Regina delle streghe!*: Königin der Hexen!
Fiat, fiat, fiat!: Es geschehe, es geschehe, es geschehe!
Con tre gocciole d'olio: Mit drei Tropfen Öl
malocchio: vgl. S. 440
Se la Pellegrina adorerai / Tutto tu otterai!: Wenn du die Pilgerin verehrst / Wird dir alles gewährt, worum du bittest!

S. 445: *Pone me ut signaculum super cor tuum, ut signaculum super brachium tuum, quia fortis est ut mors [dilectio, dura sicut infernus aemulatio]*: Lege mich wie ein Siegel auf dein Herz, wie ein Siegel auf deinen Arm. Denn [Liebe] ist stark wie der Tod [und Leidenschaft unwiderstehlich wie das Totenreich]. (Hohelied Salomos 8,6)

Elementorum omnium domina: Herrin aller Elemente (also von Wasser, Feuer, Erde, Luft; Apuleius, Metamorphosen XI 5, 1)
Regina delle streghe!: vgl. S. 444
Una cosa voglio vedere, / Una cosa di amore, / O vento, o acqua, o fiore! / Serpe strisciare, rana cantare. / Ti prego di non mi abbandonare!: Ein Ding zu sehen, wünsche ich mir / ein Ding, das die Liebe betrifft, / O Wind, o Wasser, o Blume! / [Zu sehen,] wie die Schlange kriecht, der Frosch singt. / Ich bitte dich, mich nicht zu verlassen!

S. 451: *conversa*: Laienschwester

S. 453: *divina facies, miranda species*: göttliches Angesicht, bewundernswerte Gestalt
Elementorum omnium domina: vgl. S. 445

16. Kapitel

S. 461: *miles gallicus*: französischer Ritter
morbus gallicus: französische Krankheit, Franzosenkrankheit (Syphilis)
Verum nomen ignotum est: Der wahre Name ist unbekannt
de gente Alemanna: aus dem Volk der Alemannen

S. 465: *Alba Ecclesia*: weiße Kirche (Weißkirchen), nach der Farbe des Kirchengebäudes

S. 468*: D'antico amor sentì la gran potenza*: vgl. S. 260

S. 470: *[Tityre, tu patulae recubans] sub tegmine fagi*: [Du liegst, Tityrus,] unter dem Dach einer ausladenden Buche (Vergil, Eklogen 1, 1)
regnum Dei: Reich Gottes

S. 471*: iatreion*: eine Arztpraxis
Patria mea totus hic mundus est.: Mein Vaterland ist diese ganze Welt.
ubi bene, ibi patria: wo es einem gut geht, da ist das Vaterland

S. 472: *[dies] natalis Domini*: [der Tag der] Geburt des Herrn, Weihnachten

S. 473: *circumcisio Domini*: die Beschneidung des Herrn; wurde früher am achten Tag nach Weihnachten gefeiert, also am 1. Januar

S. 475: *dictum*: vgl. S. 405

S. 476: *Hodie mihi, cras tibi.*: Heute mir, morgen dir. (nach Jes. Sir. 38,23)

S. 477: *Basta!*: Genug!

S. 478: *Invocabit [me, et ego exaudiam eum]*: wörtl.: Er wird [mich] anrufen [und ich werde ihn erhören]; der 1. Fastensonntag, der 1. Sonntag nach Aschermittwoch, benannt nach den Anfangsworten des Introitus zum Tage (Ps. 90,15 Vulg. / 91,15)

S. 479: *[Si] Deus pro nobis [, quis contra nos?]*: [Wenn] Gott für uns [ist, wer kann gegen uns sein?] (vgl. Römer 8,31)

17. Kapitel

S. 482: *Slyšte rytieři boží, připravte se již k boji, / chválu boží ku pokoji statečne zpievajte. / Antikristus již chodí, zapálenú péčí vodí, / kněžstvo hrdé již plodí, pro Buoh znamenajte!*: Hört, ihr Ritter Gottes, rüstet euch zum Kampf / singt tapfer Gottes Lob zum Frieden. / Der Antichrist zieht schon heran / brennende Fürsorge täuscht er vor, / den stolzen Klerus mehrt er, merket auf, bei Gott!

S. 483: *Tráva, kvietie i povietřie, plač hlúposti človie čie, / zlato, kamenie drahé, poželejte s námi. / Anjelé, archanjelé, vy Kristovi manželé, / tróny, apoštolové, poželejte s námi.*: Gras, Blumen und Luft, beweint des Menschen Dummheit / Gold und Edelsteine, weint darüber mit uns. / Engel und Erzengel, Christi Gefährten, / Thronen, Apostel, weinet mit uns.
Laetare [Ierusalem]: wörtl.: Freue dich, Jerusalem; der 4. Sonntag der vorösterlichen Fastenzeit oder der 3. Sonntag vor Ostern; benannt nach dem Anfangswort des Introitus zum Tage (vgl. Jes. 66,10)

S. 488: *[tuum brachium cum potentia] firmetur manus tua [et exaltetur dextera tua]*: [dein Arm ist voll Kraft,] deine Hand [ist] stark [, deine Rechte hoch erhoben]

S. 492f.: *[Dictum] sapienti sat [est].*: vgl. S. 185

18. Kapitel

S. 496: *in crastino Sancte Gertrudis Anno Domini MCCCCXXVIII:* an dem auf St. Gertrud folgenden Tag im Jahre des Herrn 1428
circa M: etwa 1000

S. 497: *mea culpa*: vgl. S. 193

S. 499: *Ktož jsú Boží bojovníci / a zákona jeho, / prostež od Boha pomoci / a úfajte v něho, / že konečně vždycky s ním svítězítě.:* Die ihr Gottes Streiter seid / und seiner Gebote, / erbittet Gottes Hilfe und glaubt an ihn, / damit ihr schließlich mit ihm siegen werdet.
Kristust' vám za škody stojí, / stokrát víec slibuje, / pakli kto proň život složí, / věčný mieti bude; / blaze každému, ktož na pravdě sende.: Christus lohnt euch euren Schaden, / hundertfach verspricht er euch, / wer sein Leben für ihn hingibt, / wird das ewige Leben erlangen; / wohl dem, der für die Wahrheit stirbt.
Tent' pán velít' se nebáti / záhubcí tělesných, / velít' i život složiti / pro lásku svých bližních.: Dieser Herr heißt nicht zu fürchten, / die, die unsern Leib verderben, / er befiehlt uns, unser Leben / für die Nächsten hinzugeben.

S. 507: *Judica [me Deus]*: wörtl.: Richte [mich, Gott]; der 5. Sonntag der vorösterlichen Fastenzeit; benannt nach den Anfangsworten des Introitus zum Tage (vgl. Ps. 41,1 Vulg. / 42,1)

S. 511: *pax Dei*: vgl. S. 267

S. 513: *Virtus, ecclesia, clerus, diabolus! Cessat, calcatur, errat, regnat!*: Die Tugend, die Kirche, der Klerus, der Teufel! Lässt nach, wird mit Füßen getreten, irrt, herrscht!

S. 514: [Supirre] *spe, vero. Aures quia audiunt.* [Supirre] *spe, vero.*: Supirre durch Hoffnung, durch das Wahre. Ohren, weil sie hören. Supirre durch Hoffnung, durch das Wahre.

S. 518: *In medio Quadragesimae anno Domini MCCCCXXVIII traxerunt capitanei de secta Orphanorum Johannes dictus Královec, Procopius Parvus dictus Prokoupko et Johannes dictus Colda de Zampach in Silesiam cum CC equitibus et IV milibus peditum et cum CL curribus et versus civitatem Glatz processerunt. Civitatem dictam Mittelwalde et civitatem dictam Landeck concremaverunt et plures villas et oppida in eodem districtu destruxerunt et per voraginem ignis magnum nocumentum fecerunt ...*: Mitten in der Fastenzeit im Jahre des Herrn 1428 zogen die Hauptleute der Sekte der Waisen, Johannes, genannt Královec, Prokop der Kleine, genannt Prokupek, und Johannes, genannt Colda von Zampach, mit 200 Reitern und 4000 Fußsoldaten und 150 Wagen nach Schlesien und rückten gegen die Stadt Glatz vor. Sie äscherten die Stadt, die Mittelwalde genannt wird, und die Stadt, die Landeck genannt wird, ein und zerstörten zahlreiche Dörfer und Städte in demselben Bezirk und verursachten durch die Feuerbrunst großen Schaden ...

19. Kapitel

S. 519: *diversis modis*: durch unterschiedliche Methoden

S. 528: *[Hostem a tergo palus, Romanos flumen aut montes claudebant: utrisque] necessitas in loco, spes in virtute, salus ex victoria!*: [den Feind hielt von hinten der Sumpf, die Römer hielten der Fluss oder Berge umschlossen; für beide beruhte] der Zwang auf der Örtlichkeit, die Hoffnung auf der Tüchtigkeit, die Rettung im Sieg! (Tacitus, Annalen II 20)
[chevalier] sans peur et sans reproche: [Ritter] ohne Furcht und Tadel (der Beiname des Pierre Bayard)

S. 529: *sub utraque specie*: vgl. S. 19

S. 530: *Ignis inextinguibilis*: unauslöschliches Feuer

S. 533: *Ignis suspensus*: emporgehobenes, schwebendes Feuer
intra muros: innerhalb der Stadtmauer

S. 535: *Ignitegium*: Bezeichnung für das Ave-Maria-Läuten oder die Abendglocke

S. 536: *Fulgur fragro!*: Ich rieche einen Blitz!

S. 537: *Ignis! Atrox!*: Feuer! Grausames!

S. 542: *Anno Domini MCCCCXXVIII feria IV ante Palmarum Wyclifitae de secta Orphanorum cum pixidibus et machinis castrum dictum Glatz circumvallaverunt, in quo castro erant capitanei dominus*

Puotha de Czastolovic et Nicolaus dictus Mosco, et ibi dictis pixidibus et machinis sagittantes et per sturm et aliis diversis modis ipsum castrum conabantur aquirere et lucrare; ipsi vero se viriliter defenderunt...: Im Jahre des Herrn 1428 am vierten Tage vor dem Palmsonntag umstellten die Wyclifiten von der Sekte der Waisen die Burg, die Glatz genannt wird und in der Herr Puta von Czastolovice und Nikolaus, genannt Moschen, die Hauptleute waren, mit Hakenbüchsen und Belagerungsmaschinen. Dort versuchten sie, eben diese Burg mit den eben genannten Büchsen und Maschinen durch Pfeilhagel und Bestürmung und durch andere unterschiedliche Methoden einzunehmen und zu gewinnen. Die Belagerten aber verteidigten sich tapfer...

S. 546: *capitaneus Orphanorum*: der Anführer der Waisen
clamor: Geschrei
Henricus et fratres canonici regulares: [Prior] Heinrich und die Brüder Regularkanoniker
BEATA VIRGO MARIA ASSISTE NOBIS.: Heilige Jungfrau Maria, steh uns bei!

S. 567: *Et sic Orphani... a Glatz feria II pasce recesserunt.*: Und so zogen sich die Waisen... am zweiten Tag der Ostern von Glatz zurück.

20. Kapitel

S. 548: *testimonium*: Zeugnis, Zeugenaussage
Bene, bene: Gut, gut
Judica me Deus: vgl. S. 507

S. 549: *post dominicam Judica quadragesimalem*: nach dem Sonntag Judica in der Fastenzeit
gratias tibi, Domine: Dank sei dir, Herr
sancta Maria, mater Christi, sancta virgo virginum, libera nos a malo, sancte Stanislaus, sancte Andrea, orate pro nobis...: heilige Maria, Mutter Christi, Heilige Jungfrau der Jungfrauen, befreie uns von dem Übel, heiliger Stanislaus, heiliger Andreas, bittet für uns...
peccatores, te rogamus: [wir] Sünder, dich bitten wir
Sanctus Deus, sanctus fortis, sanctus immortalis, miserere nobis...: Heiliger Gott, heiliger Starker, heiliger Unsterblicher, erbarme dich unser...
graviter vulneratus...: schwer (lebensgefährlich) verwundet

S. 550: *latrones et fures*: Räuber und Diebe
rustica gens optima flens [, et pessima ridens]: der Bauer ist am besten, wenn er weint [, am schlimmsten, wenn er lacht]
cellerarius: Kellermeister; Verwalter der Vorräte eines Klosters
custos: wörtl. Wächter; in Klöstern meist der Gehilfe des für den Unterhalt und die Ausstattung der Kirche und der Sakristei verantwortlichen Sacratarius
ab ira tua, ab odio et omni mala voluntate libera nos, Domine ...: von deinem Zorn, vom Hass und von allem bösen Willen befreie uns, Herr ...

S. 552 f.: *Laudes*: Lobgesänge
Benedicite Dominum: Preiset den Herrn!
Benedicite, omnia opera Domini, Domino! ... Laudate et superexaltate eum in saecula! Benedicite, caeli, Domino, benedicite, angeli Domini ...: Preiset, alle ihr Werke des Herrn, den Herrn! ... Lobt ihn und erhebt ihn überaus hoch in Ewigkeit! ... Preiset, ihr Himmel, den Herrn, preiset, ihr Engel des Herrn ... (vgl. Dan. 3, 57 ff.)
qui se Orphanos appellaverunt ... in feria III Paschae monasterium Cisterciense de Kamenz ... eodem die effractum et concrematum est ... lupi in vestimento ovium ... Orphani ... equites: die sich Waisen nannten ... am dritten Tage der Osterwoche das Zisterzienserkloster von Kamenz ... am selben Tage aufgebrochen und verbrannt worden ist ... Wölfe in der Kleidung der Schafe ... Waisen ... Reiter

S. 556: *Templum Dei sanctum est!*: Der Tempel Gottes ist heilig!

S. 557: *Vexilla Regis prodeunt ... Fulget crucis mysterium ... Quo carne carnis conditor ... Suspensus est patibulo ...*: Die Fahnen des Königs ziehen voran ... Es gleißt des Kreuzes Geheimnis ... An dem Kreuzesbalken, an dem des Fleisches Schöpfer ... ausgestreckt im Fleische ... (aus dem Kreuzeshymnus des Venantius Fortunatus)

S. 558: *haeretici ... extremitates ... lacrimae ..., martyres de Ordine Fratrum Praedicatorum ... Usquequo, Domine sanctus et verus, non iudicas et vindicas sanguinem nostrum [de his qui habitant in terra]?*: Häretiker ... Gliedmaßen ... Tränen ..., Märtyrer vom Orden der Predigerbrüder ... Herr, du Heiliger und Wahrhaftiger, wie lange richtest du nicht und rächst nicht unser Blut [an denen, die auf der Erde wohnen]? (vgl. Offb. 6,10)

S. 559: *Omne trinum perfectum!*: Alles Dreifaltige ist vollkommen!

S. 560: *veritas vincit*: vgl. S. 41

S. 561: *Festum festorum!*: Das Fest der Feste, das höchste Fest
Resurrexit sicut dixit!: Er ist auferstanden, wie er gesagt hat (Mt. 28,6)
Buóh všemohúcí / vstal z mrtvých žádúcí. / Chvalmež Boha s veselím, / toť nám všěm Písmo velí! / Kyrieleison!: Der allmächtige Gott / erstand wie ersehnt von den Toten. / Lasset uns Gott froh lobpreisen / und die Schrift sei uns Befehl! / Kyrieleison!

S. 562: *Jezukriste, vstal si, / nám na příklad dal si, / žeť nám z mrtvých vstáti, / s Bohem přebývati. / Kyrieleison!*: Jesu Christ, du bist erstanden, / hast uns ein Beispiel gegeben, / dass es uns gegeben ist, von den Toten aufzuerstehen / und an Gottes Seite zu verweilen. / Kyrieleison!

S. 563: *Christus surrexit. / Mala nostra texit / Et quos dilexit / Hos ad caelos vexit. / Kyrieleison!*: Christus ist auferstanden. / Er hat unsere Übel bedeckt / Und die er geliebt hat / hat er in den Himmel geholt. / Kyrieleison!
Všichni světí, proste, / nám toho spomozte, / bychom s vámi bydlili / Jezukrista chválili! / Kyrieleison!: Ihr Heiligen alle, verwendet euch für uns, / helfet uns dabei, / mit euch zu leben / und Christus zu loben! / Kyrieleison!

21. Kapitel

S. 566: *Misericordia [Domini plena est terra]*: wörtl.: Der Barmherzigkeit [des Herrn ist die Erde voll]; der 2. Sonntag nach Ostern; benannt nach Anfangsworten des Introitus zum Tage (vgl. Ps. 32,5 Vulg. / 33,5)

S. 569f.: *pro defensione christianae fidei*: für die Verteidigung des christlichen Glaubens

S. 571: *qui altari servit, ex altari vivit*: wer dem Altar dient, lebt vom Altar
Anno verum millesimo CCXXXI ... benefactor noster Henricus cum barba Dei gratia dux Silesiae, Cracoviae et Poloniae: Im Jahre 1231 ... unser Wohltäter Heinrich mit dem Bart von Gottes Gnaden Herzog von Schlesien, Krakau und Polen

S. 574: *gratia … agape*: Gnade … Nächstenliebe
magnificat anima mea Dominum: meine Seele erhebt den Herrn (Beginn des Lobgesanges Mariens, vgl. Lk. 1,46)
[benedic anima mea Domino] et omnia quae intra me sunt [nomini sancto eius]: [lobe den Herrn, meine Seele,] und alles, was in mir ist [, seinen heiligen Namen]; (vgl. Ps. 102,1 Vulg. / 103,1, das Hohelied der Barmherzigkeit Gottes)

S. 577: *d'or, au taureau passant de sable*: ein schwarzer Stier auf goldenem Feld
d'azur, à la bande d'argent, chargée de trois roses de gueules: blau, drei rote Rosen, auf einem silbernen Band

S. 582: *trois roses de gueules*: vgl. S. 577
[Quoniam] iniquitates meae supergressae sunt caput meum [sicut onus grave gravatae sunt super me.]: [Denn] meine Sünden gehen über mein Haupt [; wie eine schwere Last sind sie mir zu schwer geworden.] (Ps. 37,5 Vulg. / 38,5)
de profundis clamavi ad te Domine … Miserere mei Domine: aus der Tiefe rufe ich, Herr, zu dir … Erbarme dich meiner, Herr (vgl. Ps. 129,1 Vulg. / 130,1)

S. 583: *Jubilate [Deo, omnis terra]*: wörtl.: Jauchzet [, Gott, alle Lande!]; der 3. Sonntag nach Ostern; benannt nach den Anfangsworten des Introitus zum Tage (vgl. Ps. 65, 1 Vulg. / 66,1)

S. 587: *dextrarii*: equus dextrarius, das kräftige, aber schwere Kampfpferd des Ritters, das der Knappe als Handpferd auf der rechten Seite führte

S. 590: *Ta vojna pěší, ta mě netěší, / Těšila by mě má nejmilejší …*: Der Dienst beim Fußvolk freut mich nicht mehr, der bei der Liebsten umso mehr …

S. 592: *Ach! Moj smętku, ma żałości! / Nie mogę się dowiedzieci, / Gdzie mam pirwy nocleg mieci, / Gdy dusza z ciała wyleci.*: Ach, meine Wehmut, meine Trauer! / Dass ich nicht erfahren soll, / Wo mein erstes Nachtlager ist, / Wenn meine Seele den Körper verlässt.
Fałszywy mi świat powiedał, / Bych ja długo żyw by ci miał, / Wczera mi tego nie powiadał, / Bych ja długo żyw byci miał.: Die falsche Welt hat mir gesagt, / Ich sollt noch lange leben, / Doch gestern hat sie's nicht gesagt, / Ich sollt noch lange leben.

S. 595: *negotium [perambulans]*: [ein herumschleichendes, böses] Wesen (Anspielung auf Ps. 90,6 Vulg. / 91,6)
viator: der Wanderer

22. Kapitel

S. 598: *Umbram fugat veritas, / Noctem lux eliminat*: Die Wahrheit verjagt den Schatten, / das Licht verbannt die Nacht. (Aus dem Lauda Sion, der Fronleichnamssequenz des Thomas von Aquin.)
Eos rhododaktylos: die rosenfingrige Eos (Homer)

S. 604: *dodecatheon*: wörtl.: eine nach den zwölf Göttern benannte Arznei; Götterblume, Götterprimel
unguentum achilleum: Achillessalbe
Visita Inferiora Terrae: Durchforsche die Dinge unter der Erde; vgl. auch S. 97

S. 605: *achillea millefolium*: wörtl.: tausendblättriges Achilleskraut; lat. Name der gemeinen Schafgarbe

S. 606: *mola*: wörtl.: [oberer] Mühlstein, Mühle

S. 611: *laudes matutinae*: Morgengebet

23. Kapitel

S. 614: *dodecatheon:* vgl. S. 604
peristereon: Taubenkraut
garwa: Schafgarbe
hierobotane: Eisenkraut
leukis: Extrakt aus der Weißpappel
Lycopodium bellonarium: wörtl.: das Wolfsfüßchen der Bellona; ein Bärlappgewächs

S. 617: *Adsum favens et propitia*: Ich bin da, voller Huld und Gnade (Apuleius, Metamorphosen XI 5, 4)
donna angelicata: engelsgleiche Herrin
Sit satis laborum: Genug der Mühen (Apuleius, Metamorphosen XI 2, 4)

S. 618: *conversae*: Laienschwestern

S. 622: *Hora ruit, redimite tempus.*: Die Stunde enteilt, kauft die Zeit aus! (vgl. Eph. 5,16)

S. 627: *sola scriptura:* vgl. S. 80

S. 628: *Ecce femina! Ecce Columba quae tollit peccata mundi!*: Siehe die Frau! Siehe die Taube, die der Welt Sünde trägt!
astrorum Domina: die Sternenherrin
Descendet sicut pluvia in vellus [et sicut stillicidia stillantia super terram.]: Er wird wie Regen herab auf das Vlies strömen [, wie Schauer, die sachte die Erde befeuchten.] (Ps. 71,6 Vulg. / 72,6)

S. 630: *[Itaque] vocatus sum Hermes Trismegistus, habens tres partes philosophiae totius mundi*: [Darum] bin ich Hermes der dreimal Größte, der die drei Teile des Wissens der ganzen Welt besitzt, genannt (aus der Tabula smaragdina)

S. 631: *conversae*: vgl. S. 618
La Bella Pellegrina: Die schöne Pilgerin

S. 635: *consolamentum*: Trost[mittel]

S. 636: *Conradus episcopus sum.*: Ich bin Bischof Konrad.

S. 639: *Festum angelorum*: das Engelsfest, der Michaelistag

24. Kapitel

S. 644: *inquisitor a Sede Apostolica specialiter deputatus:* vgl. S. 173
oleum: Öl

S. 647: *Ipso facto:* wörtl.: Durch die Tat selbst; eben, gerade dadurch
ius militare: das den militärischen Dienst der Ritter regelnde Recht; auch das Kriegsrecht
Sic transit gloria [mundi]: vgl. S. 402

S. 655: *dramatis personae:* die Personen des Schauspiels
memento mori: sei dir bewusst, dass du (einmal) sterben wirst

S. 656: *Sum sponsa formosa / mundo et speciosa.*: Ich bin die Braut, wohlgestaltet / vor der Welt und blendend schön.
Iam es mutata, / a colore nunc spoliata.: Schon bist du verwandelt, / der Farbe nun beraubt.

S. 660: *miles gallicus*: vgl. S. 461

S. 661: *Apage*: Weiche

S. 668: *audentes fortuna iuvat*: den Wagemutigen hilft das Glück (Vergil, Aeneis X 284)

S. 671: *ad maiorem Dei gloriam*: vgl. S. 185

S. 673: *Ad maiorem Dei gloriam.*: vgl. S. 185

S. 678: *Hodie mihi, cras tibi*: vgl. S. 476

25. Kapitel

S. 682: *verbum nobile*: vgl. S. 384
Hodie mihi, cras tibi: vgl. S. 476
[tempus dilectionis et] tempus odii [tempus belli et tempus pacis]: [lieben hat seine Zeit,] hassen hat seine Zeit [; Streit hat seine Zeit, Friede hat seine Zeit] (Pred. 3,8)
regnum Dei: vgl. S. 470
danse macabre: vgl. S. 149

S. 683: *Ktož jsú božé bojovnícé / a zákona jeho!*: Die ihr Gottes Streiter seid / und seiner Gebote! (vgl. S. 25 u. 499)

S. 695: *Adsumus!*: vgl. S. 69

S. 699: *Hodie mihi, cras tibi*: vgl. S. 476

S. 701: *vicesima septima die mensis Decembris Anno Domini MCCCCXXVIII*: am siebenundzwanzigsten Tag des Monats September im Jahre des Herrn 1428
pro defensione christianae fidei et suae gentis: für die Verteidigung des christlichen Glaubens und seines Geschlechtes